霍達文集

卷十
散文诗词卷

听雨楼札记
抚剑堂诗抄

北京出版集团公司
北京十月文艺出版社

作者简介

霍达，女，回族。国家一级作家，第七、八届全国政协委员，第九届全国人大代表，第十、十一、十二届全国政协常委，中央文史研究馆馆员，国务院授予政府特殊津贴。著有多种体裁的文学作品约800万字，其中，长篇小说《穆斯林的葬礼》获第三届茅盾文学奖；长篇小说《补天裂》获第七届全国五个一工程奖的长篇小说和电视剧两个奖项，并被中宣部、文化部、新闻出版总署、广播电视总局、中国文联、中国作协评为建国50周年全国十部优秀长篇小说之一；中篇小说《红尘》获第四届全国优秀中篇小说奖；报告文学《万家忧乐》获第四届全国优秀报告文学奖，中国消费者协会授予保护消费者杯全国个人最高奖及3·15金质奖章；报告文学《国殇》

获首届中国潮报告文学奖；话剧剧本《红尘》获第二届国家舞台艺术精品工程优秀剧本奖；电视剧《鹊桥仙》获首届全国电视剧飞天奖；电影剧本《我不是猎人》获第二届全国优秀少年儿童读物奖；电影剧本《龙驹》获建国四十周年全国优秀电影剧本奖；散文《义冢丰碑》《烟雨文武庙》获香港回归征文全国一等奖；散文《为了那片苍天圣土》获全国政协庆祝香港回归十周年优秀征文奖，散文《听海》获中华散文学会优秀散文获。此外，代表作尚有电影剧本《秦皇父子》、话剧剧本《海棠胡同》等，并曾多次获全国少数民族文学创作骏马奖，以及建国40周年北京优秀文学创作奖、北京文学奖荣誉奖、火凤凰报告文学奖、炎黄杯当代文学奖、花城文学奖等多种奖项。2009年当选全国民族团结进步模范，在国务院第五次民族团结进步表彰大会上受到表彰，2010年获上海世博会联合国千年发展目标主题活动组委会授予民族文化传承和发展卓越成就奖。1999年北京出版社出版六卷本《霍达文集》，2009年人民文学出版社出版八卷本《中国当代作家·霍达系列》、九卷本《霍达文选》。作品有英、法、阿拉伯、乌尔都等多种文版及港台出版的繁体字中文版行世。曾应邀出任开罗电影节国际评委、第四次世界妇女大会代表、《港澳大百科全书》编委，并赴美、英、法、日、俄、意大利、西班牙、新加坡、马来西亚、芬兰、挪威、埃及等十余国进行访问和学术交流，生平及成就载入《中国当代名人录》和英、美版《世界名人录》。

本卷概要

本卷收入《听雨楼札记》《抚剑堂诗抄》。

《听雨楼札记》是作者的散文辑录。作者以散文写作为“小说家的基本功”，兴之所至，情之所感，自然流露，质朴率真。读者既可从中获得艺术享受，亦可借之解读作者其人其文。

《东山男儿》1990年获《光明日报》“祖国在我心中”优秀征文奖，《烟雨文武庙》1999年获国务院港澳办和中国报刊副刊研究会“香港百年沧桑话回归”一等奖，《义冢丰碑》1999年获《人民日报》(海外版)“香港回归”征文一等奖，《为了那片苍天圣土》2007年获全国政协“庆祝香港回归十周年”优秀征文奖。

《抚剑堂诗抄》是作者的诗词辑录。作者自幼受传统文化浸染，钟爱诗词，多年来在小说、报告文学和影视戏剧文学创作之余练笔不辍，于格律限制中自由驰骋、畅抒情怀，作品古朴典雅、自然清新。公开发表的篇什曾广为传诵，如《武陵春·难诉相思》(电视剧《鹊桥仙》插曲)、《水调歌头·送中国远洋渔业船队起航》(长篇报告文学《搏浪天涯》卷首词)、《忆秦娥·香港抒怀》(长篇小说《补天裂》卷首词)等。

《抚剑堂诗抄》是作者的诗词作品首次汇集出版。

目　录　Contents

听雨楼札记

目 录 Contents

目　录　Contents

目　录　Contents

港岛札记

目　录　Contents

目 录 Contents

听雨楼札记

自序　还可以写得更好些

在传统的中国，散文本来是文学的正宗，而将小说列为首位是“五四”以后的事。

散文的涵盖面极广，从天子朱谕、重臣奏章到凡人的述志、抒怀、辩理、记事、论人之作，以至序跋、日记、书信、碑记等，凡在韵文、骈文之外几乎无所不包。现代所谓的报告文学本来亦属散文一族，宣布独立也不过二三十年。

散文似乎是最好写的。小学生初学“作文”，无论什么记叙文、议论文、说明文，通通都是散文；连不识字的人接受采访，由识字的人把那些啰里啰嗦的话记下来，稍加整理，发表在报纸上，印在书本里，也算“散文”吧。

散文其实是最难写的。试看在我们这个散文大国，上下五千年，文人们天天在“作文”，而留下《谏逐客书》、《报任少卿书》、前后《出师表》、《桃花源记》、《讨武曌檄》、《滕王阁序》、《陋室铭》、《醉翁亭记》、前后《赤壁赋》……那样名篇绝唱的能有几人！写文章第一靠才情，李太白“请日试万言，倚马可待”，天赋才情绝非东施可效颦者；第二靠学识，王国维谓读书三境界：“独上高楼，望尽天涯路”“衣带渐宽终不悔，为伊消得人憔悴”“众里寻他千百度，蓦然回首，那人却在灯火阑珊处”，于学识积累之中终达悟境；第三靠功力，白乐天“五六岁便学为诗，九岁谙声韵，十五六始知有进士，苦节读书。十二以来，昼课赋，夜课书，间又课诗，不遑寝息矣。以至于口舌成疮，手肘成胝，既壮而肤革不盈，未老而齿发早衰白，瞥然如飞蝇垂珠在眸子中也”，其读书治学如此辛苦，乃功力之源。中国古代的教育制度、科举制度纵然有种种弊端，但私塾先生用木尺打着学生手心强迫命令背诵古文却也逼出了不少人才，暂时不懂不要紧，背熟了，长大自会慢慢领悟，一辈子受用不尽。我猜想，苏轼、苏辙恐怕就是这样被苏洵老先生教育出来的，不然怎能成就“一门三学士”？曹雪芹幼时在他恨透了的那个类似“大观园”的大家庭里也一定受过这样的严格训练，不然怎能写出《红楼梦》？散文是小说家的基本功，也是一切文学样式的作者必备的基本功，如果连一篇千字文都写不好，遑论其他。

一个人，先天的才情不可强求，但学识和功力靠后天的学习和锻炼是能够弥补的。我尝懊悔自己少时死记硬背的功夫下得不够，“书到用时方恨少”；我尝感叹自己多年来一直在忙于小说和报告文学、影视文学的创作，而没有时间精研散文，不然，多下些力气，或许还可以写得更好一些。

我为什么而写作

——《穆斯林的葬礼》获奖感言

鲁迅先生曾经写过一篇文章《我怎么做起小说来》。其中说："说到'为什么'做小说罢，我仍抱着十多年前的'启蒙主义'，以为必须是'为人生'，而且要改良这人生……所以我的取材，多采自病态社会的不幸的人们中，意思是在揭出病苦，引起疗救的注意。"

现在借用先生的题目做文章，谈谈我为什么而写作。

我在年轻的时候，没有鲁迅先生那么伟大的"改良人生"的抱负。我以前曾经学过戏剧，后来又曾经跟随秦史专家马非百先生研究历史，对这两方面的兴趣都相当浓厚，所以我糅合二者，从事历史剧的创作，这给了我极大的享受。自由地出入上下五千年、纵横八万里的时空，探索千古风流人物的喜怒哀乐，让那些死有余辜的权奸在我笔下呻吟，这是非常快意的！在接连创作了几部表现历史人物的剧本之后，创作题材由历史扩展到现实，体裁也从剧本扩展到小说和报告文学。我的小说与剧本不同，几乎全是反映现实的。因为我从历史的回顾中感到了现实的沉重，加深了对鲁迅先生的那番话的理解："我的取材，多采自病态社会的不幸的人们中，意思是在揭出病苦，引起疗救的注意。"如获得全国优秀中篇小说奖的《红尘》，写了一个曾经在旧社会沦为妓女的不幸女人。

新中国成立之后，政府取缔了色情行业，使她获得了新生。她热爱新生活，满怀希望地做一个普通的人，正常的人。由于恐惧社会的偏见，她隐瞒了自己的历史，反而得到了周围人们的尊敬和羡慕。但当她后来说了真话，说出了自己过去的身世时，她便立即被人们所鄙弃，在“文化大革命”中受尽了种种屈辱，最后终于选择了死这一条真正属于她的路。欺骗使她侥幸成功，真诚却使她不幸失败，人生竟是这么复杂，这么反复无常，这么不可思议！我当然不是仅仅在为这个弱女子铺叙一个催人泪下的故事，而是要着力写出愚昧和狡诈、瞒和骗扼杀真善美的社会氛围，引起读者对人生、对历史、对民族命运和前途的思索。

一九八七年，我完成了《穆斯林的葬礼》这部五十多万字的长篇小说。这部书是我前半生人生体验和创作实践的一个总结，也是对我的民族——中国的回回民族的历史的一次回顾。回族作为中国五十六个民族的一员，她和其他兄弟民族一样，在漫长的封建社会受尽了屈辱和苦难。但她比汉族还要多一层不幸，她是一个弱小的民族。民族偏见使她长期得不到应有的社会地位。书中写了一个穆斯林家族从一九一九年到一九七九年这六十年间的变迁兴衰，三代人的命运沉浮，两个发生在不同时代却又交错扭结的爱情悲剧。写了伊斯兰文化和华夏文化的撞击和融合，这种撞击和融合都是痛苦的，但又是不可避免的，中华民族的历史就是这样延续发展的，是不以人的意志为转移的。书中的第一代人、玉器艺人梁亦清身怀绝技，却难以施展，在资本竞争的倾轧下，在对琢玉艺术的追求中，含恨死去了。第二代人韩子奇，继承了师傅的绝技和真诚善良的品德，并且接受了西方世界的某些先进思想作风的影响，奋发进取，一举成为名震中外的“玉王”。他一生都为了玉而生存，而奋斗，却失去了人生最宝贵的东西，在感情世界一贫如洗。面对难分难解的爱情纠葛、家庭矛盾，他一筹莫展，彻底失败，在失去爱人、失去女儿又失去视若性命的玉之后，他在“文化大革命”的凄风苦雨中死去了。第三代人，少女韩新月，不甘心重蹈前辈的覆辙，有着对人生、对事业、对爱情的执着追求。但是，世界还没有来得及为她提供一个全新的生存环境，社会和家庭氛围的压力、不治之症的折磨、爱情的绝望，最后断送了这个年轻的生命。但是，一代又一代人的死，都不是重复的，不是毫无意义的，民族的希望，正在于不断的追求之中，子孙后代终究会明白：人，应当怎样活着！这大概就是鲁迅先生所说的“为人生”和“改良人生”吧？

如果说，当年的影视戏剧创作是为自己的爱好而写，为历史而写，那么，今天的小说和报告文学则是为人民而写，为现实和未来而写了。祖国和民族的命运也就是我的命运，这其实是中国当代大多数知识分子和文学家、艺术家的共识。今天的中国，还是一个发展中国家，比起一些发达国家，我们经济上还很落后，还需要几十、几百年的艰苦奋斗。在这样的现状下，文学绝不是一项轻松的工作，而是艰巨的使命。早在几十年前，鲁迅先生就在我前面提到的那篇文章中说过，他不赞成把文学看作“闲书”，并且认为所谓“为艺术而艺术”只不过是“消闲”的别称。他老先生是对的，中国的文学家、艺术家还远远没到“消闲”的时候，我们要为祖国和民族而忙碌。恐怕到了遥远的未来，当这个动荡不安的地球上的许多问题都解决了，人类生活得远比今天滋润的时候，文学艺术也不会变为“消闲”的玩意儿。因为到那时，更新的使命又会摆在文艺家面前。

在《穆斯林的葬礼》获得茅盾文学奖之际，《文艺报》的同志嘱我向关心我、爱护我的读者说几句话。我谨在此向为本书的编辑、出版付出了辛勤劳动的同志，向一切曾经给予我关怀、帮助的朋友，向国内外的读者，致以深深的谢意！这部书不是我个人的“消闲”之作，我是为我的祖国、我的民族而写，里面有我的血、我的泪、我的殷切期望和苦苦追求。我盼望着我们的国家和民族昌盛，人民幸福，我们的母亲更健康、更美！

（发表于1991年4月20日《文艺报》）

难忘那一片叶子

在《穆斯林的葬礼》创作20周年座谈会上，我和叶咏梅老友重逢。多年不见，她这片“叶子”仍然碧绿、青翠，生机勃勃。“叶子”是叶咏梅的笔名，本意是“甘当绿叶衬红花”“为他人作嫁衣裳”，低调而谦和，但换个角度说，又何尝不是“俏也不争春，只把春来报”的充实和自信！

我和叶咏梅相识在1988年。当时，《穆斯林的葬礼》出版不久，她通过出版社找到了我的电话，约我见面，问我愿意不愿意在“长篇小说连播”栏目里播出。恕我孤陋寡闻，在此之前还不知道中央人民广播电台有“长篇小说连播”这个栏目，也不知道怎么个播法儿。她解释说，这种广播形式不同于广播剧，也不同于电影录音剪辑，而是由演员声情并茂地朗诵小说，虽然某些地方可能要稍微做一些技术处理，但基本上是照本宣科，忠于原著。我说，这正合我意。在以往的创作中，我的小说多次改编成电影、电视剧，尽管都是由我自己编剧，但在拍摄中仍然被导演任意改动，这是我最恼火的。而朗诵则是我所喜欢的艺术形式，小说中叙述、描写、议论、抒情都可以淋漓尽致地得以展现。有了这个“底”，我和叶咏梅一拍即合，把自己心血的结晶交给了她，她也就立即进入工作状态：将小说按照连续广播的形式分成74讲，寻找配乐素材，选择演员，并且就演播技巧和演员反复探讨，不断磨合。如果和影视拍摄相比，这简直是集责任编辑、导演、剧务于一身，其辛苦、繁杂、忙碌可以想见，而叶咏梅却以苦为乐，每次见面都笑容可掬。人生之乐，莫过于兴趣和职业的一致，叶咏梅把事业视为生命，她为此忙碌，因此快乐。

1989年春，《穆斯林的葬礼》如期播出，反响热烈。"长篇小说连播"这种形式，突破了纸质出版物的局限，让文学长上了翅膀，使受众扩大到难以数计。听众来信雪片般飞来，从耄耋老人到莘莘学子，从专家学者到普通百姓，许多人是在繁忙的工作和学习间歇，捧着饭碗收听广播的，听完一讲，意犹未尽，期待着明天在同一时间继续收听。他们含着眼泪向我倾吐心声，说这部书如何让他们感动，给他们以启迪，甚至有的听众说，这部书改变了自己的人生。我并不认为一部小说能够有这么大的力量，而更愿意相信，是读者和听众融入了自身的人生感悟，和作者共同创造了文学。值得一提的是，听众并没有忽略了隐身在幕后的那片"叶子"，许多来信都特别感谢责任编辑叶咏梅制作了这么好的节目，这也就是对她最好的回报了。

首播成功之后，应听众要求，《穆斯林的葬礼》又重播了3次，并且在中国国际广播电台和多家地方电台播出，至今我仍然经常接到读者和听众来信，要求中央人民广播电台再度重播。

1997年香港回归祖国前夕，我的长篇新作《补天裂》在北京和香港同时出版。为创作这部书，我赴香港深入生活数年之久，查阅中外文献上千万字，采访各界人士数百人次，并且反复踏勘历史遗迹，寻访当年抗英志士的后人，搜集大量史料，终于在1997年年初完成。富于政治敏感和艺术敏感的叶咏梅当然不会放过这个机遇，和我谈妥之后，立即投入紧张的录制，与香港回归倒计时同步播出，并且在7月1日凌晨香港回归祖国庆典之前选播该书的重要章节，为雪我国耻、扬我国威尽了自己一分力量。当“化五色石，补南天裂”的朗诵响彻祖国长空，震动海内外中华儿女的耳膜和心扉，我和叶咏梅都长长地舒了一口气。

回望往昔，我和叶咏梅的交往已近20年。但仔细想想，在我们之间却似乎并没有什么特别的私人情谊，温暖着我们的，牵动着我们的，是默契的合作，是共同的心愿，是一项充满魅力、充满激情、连接着祖国和人民的事业。每当我提起叶咏梅，就立即想到“长篇小说连播”，而说到“长篇小说连播”，就立即想到叶咏梅，她已经和这项事业融为一体。“长篇小说连播”已经开办了许多年，播出了许多作品，绿树早已成荫，但我和许多听众一样，会永远记住那片报春的“叶子”！

我的书房是流动的

小时候，家里常挂一副对联：

“书到用时方恨少，事非经过不知难”。几十年来，深感其是。中国人讲究“经世致用”，读书的目的就是为了用。然而，读了半辈子的书，却仍然不够用，写文章遇到捉摸不定的事，还要查书，不敢贸然下笔。比如，我在写《穆斯林的葬礼》时遇到的一个问题：北京改名叫北平是哪一年？为了这个年份，我查了几十本书才得以落实，是一九二八年。再比如，写《补天裂》时遇到的一个问题：晚清大内总管是“李莲英”还是“李连英”？为了一个草字头，又翻遍故纸堆，一直查到了李连英的墓碑碑文，终于确信没有这个草字头。这还只是最小的例子。海底捞针，苦则苦矣，但此中欣慰，局外人也难以体味。

人非生而知之。再聪明的人，如果不读书，仅凭自身的亲历亲闻，能有多少见识？常听人说某处有神童，未曾入学，便会心算加减乘除，很大的数目也能一口清。这当然很难得，但如果沾沾自喜于此，而不去接受系统的教育，成年之后也就“泯然众人矣”。那点小聪明，只能用来算算柴米油盐豆腐账，而根本不可能涉足高等数学。智商不等于智慧。智慧，至少应该包括智商和知识两个方面，而人类的知识，绝大部分还是要从书本中获得。我曾用一则谜语“考”过许多人：“眼前有景道不得，崔颢题诗在上头。”打一当代著名演员。很遗憾，没有一个人答得上来。我只好说出谜底：李默然。对方不服，还反问我：“为什么是李默然?”其实，这则谜语涉及的典故并不算生僻。李白诗兴勃勃地登黄鹤楼，却见楼上已有崔颢题诗一首：“昔人已乘黄鹤去，此地空余黄鹤楼。黄鹤一去不复返，白云千载空悠悠。晴川历历汉阳树，芳草萋萋鹦鹉洲。日暮乡关何处是？烟波江上使人愁。”于是李白感叹道：“眼前有景道不得，崔颢题诗在上头。”胸中的诗意已被崔颢说尽，这位姓李的大诗人“默然”了，谜底谜面扣得严丝合缝。但是，如果您压根儿没读过崔颢的《黄鹤楼》，也没听说过李白登楼的典故，上哪儿猜去？猜它八十年也猜不出来！

“学然后知不足”“开卷有益”，这是我们自幼接受的信条。不过，近年来我也遇到相反方向的烦恼。从报刊广告中得知新出版的某某书好得不得了，待拿到手里(赠阅的或购进的)，充满期待地先睹为快，却大失所望，只好丢进废纸堆。这不由得令人想起辛弃疾所说：“近来始觉古人书，信著全无是处。”诗人的牢骚语，固然不必字字当真，“全无是处”倒未必，只说“古人书”也有失片面，今人书又如何呢？辛弃疾所处的时代，印刷、出版行业远没有现在发达，他也没有见到如今这么多“金玉其外，败絮其中”的文化垃圾，不然，当会又有说辞的：面对书房里堆积如山的旧书，以及源源不断涌来的新书，我在想，人生这么短暂，书是读不完的，只能有所选择地读。选择的标准就是有用，无论是资料性的实用价值、哲理性的启迪价值、艺术性的欣赏价值还是娱悦性的消遣价值，总之要有一点用的才留下来，沙里淘金，其余一概扔掉。我不是版本收藏家，只读有用的书。开卷未必有益，要懂得选择，懂得舍弃。一部电影，如果头十分钟不能吸引你，就不愿看了；同样，一本书，如果头十页毫无趣味，也就不必看了。无用的书，扔掉毫不可惜。

不断地读书，不断地扔书，我的书房是流动的。

（发表于 2014 年第 8 期《秘书工作》）

咀嚼悲剧

我从年轻的时候就喜欢悲剧。莎士比亚写过许多成功的喜剧和悲剧，我喜欢的是他的悲剧，永远也忘不了哈姆雷特、李尔王、罗密欧和朱丽叶。鲁迅先生说过：喜剧是把无价值的东西撕破给人看，悲剧是把有价值的东西打碎给人看(来不及核对原文，但我记得意思是不错的)。无价值的东西，假恶丑的东西，伪装得道貌岸然，撕破它，当然也给人以快意；但有价值的东西，真善美的东西，当众被打得粉碎，却能给人以灵魂的震颤，激发人的良知，因而我以为悲剧仍然胜过喜剧。酸辣苦甜，人各有好，我只说个人所爱，丝毫也没有勉强别人的意思。

我从开始写作就偏爱悲剧。凡是我用了心写的、比较有代表性的作品，差不多全是悲剧。《秦皇父子》是悲剧，《红尘》《年轮》《魂归何处》是悲剧，《穆斯林的葬礼》是悲剧，连非虚构性的报告文学《国殇》也是悲剧，所写的人物死得只剩下一个，文章发稿后他也死了，只好又补上一笔。

《秦皇父子》写的是两千年前的往事。雄才大略、叱咤风云的秦始皇帝凭借谋略和武力，用了十年时间，吞二周而亡诸侯，实现了统一天下的大业，但是，灿若新星的秦王朝在历史上却只存在了短短的十五年，就像彗星一样地陨落了，多么令人扼腕太息！而造成这一悲剧的不是别人，恰恰是梦想着秦王朝万世不朽的秦始皇帝本人！这真是一个不可多得的悲剧材料。而其中吸引我非写不可的，是公子扶苏这个人物，史书上说他“刚毅而武勇，信人而奋事”，是个深受朝野人士爱戴的皇子。但他竟然敢于反对皇帝钦定的焚书坑儒这件使天下震惊的大事，这就必然和他那位专横跋扈、凶暴残忍的父亲以及伺机篡夺宫廷权力的阴谋家赵高产生矛盾。这种强烈的戏剧性，使我极度兴奋，废寝忘食地编织这个很有些莎士比亚味儿的故事。戏的高潮部分，始皇在旅途中病重，临死之前留下遗诏，立扶苏为太子，但阴谋家赵高伙同丞相李斯窜改了遗诏，把既愚蠢又残暴的胡亥立为太子，而假借始皇的名义杀死了扶苏。扶苏怀着对父皇的绝对忠诚也怀着无限的悲愤和遗憾挥剑自杀，血洒长城。当我写到这里，自己的心都颤抖了！史学家们评价扶苏，说他如果能够继位，中国秦汉时期的历史将会改写！而我耳畔却仿佛听到莎翁在《哈姆雷特》中所写的悲愤的台词：“如果他能践临王位，一定是一位贤明的君王，我们要用战士的礼炮为他送葬！”在戏的结尾，秦始皇帝已经死了，公子扶苏死了，十几个公子和十个公主都死了，世代忠良的蒙恬、蒙毅和右丞相冯去疾、大将冯劫也死了，参与杀害扶苏的丞相李斯却戏剧性地被赵高逮捕下狱。这时，我着意安排让李斯这个罪恶的灵魂在死牢中做痛彻肺腑的忏悔：“……物极必反，盛极必衰。我李斯从平民做到宰相，已经走到了尽头，该死了，现在想重新当一个上蔡的平民，带着孩子们、牵着黄狗去打猎，都办不到了！”我无情地鞭挞他，嘲弄他，不让他的灵魂得到安息，感到无比的快意！中国的历史太长了，留下了一部糊涂的历史。我希望人们在登临长城的时候，不只是记起秦始皇帝和孟姜女那个荒诞的故事，也想一想为筑起长城洒过热血的人们，想得更多一些。

《红尘》则比《秦皇父子》晚了两千多年，取材于现实生活，写了一个曾经在旧社会沦为妓女的不幸女人。新中国成立之后，政府取缔了色情行业，使她获得了新生。她热爱新生活，满怀希望地做一个普通的人，正常的人。由于恐惧社会的偏见，她隐瞒了自己的历史，赢得了周围人们的尊敬和羡慕。在人们心目中，她是一个高贵而美丽的女人。但当她后来说了真话，说出了自己过去的身世时，她便立即被人们所鄙弃，成了人人不齿的“臭窑姐儿”。在“文化大革命”中受尽了种种屈辱，最后终于选择了死这一条真正属于她的路。欺骗使她侥幸成功，真诚却使她不幸失败，人生竟是这么复杂，这么反复无常，这么不可思议！而在她为社会所抛弃、所逼杀之后，人们却又偏偏不肯忘记她，感到生活中缺少了某种“调料”，遇有生人到来，还常常提起：“从前，咱们这儿还住过一个窑姐儿呢！”那语气似乎有些炫耀。我当然不是仅仅在为这个弱女子铺叙一个催人泪下的故事，而是要着力写出愚昧而狡诈，瞒和骗扼杀真善美的社会氛围，引起读者对人生、对历史、对民族命运和前途的思索。我们的民族，背负着太重的负担！

《穆斯林的葬礼》因为部头大，时间跨度大，也就具有更大的悲剧容量，从一九一九年到一九七九年，这六十年间三代人的命运随着时代的变迁而沉浮，一个又一个的悲剧发生了。但是，一代又一代人的死，都不是重复的，不是毫无意义的，民族的希望，正在于不断的追求之中，子孙后代终究会明白：人，应当怎样活着！

《穆斯林的葬礼》出版和广播之后，我收到许多读者来信，其中有不少人含着眼泪说我太“残酷”了，竟然让新月这么好的姑娘死掉，甚至呼吁电台“赶快修改之后再广播”。我理解这些善良的心，但我当然不可能那样“修改”。我不是有意要“折磨”读者，也不是“偏爱”死，那是人物的命运使然，我无能为力。反过来说，如果我在书的结尾安排一个“大团圆”场面，则不知要挨多少读者的骂呢！我在书的《后记》中说过：

“我觉得人应该做那样的人，即使一生中全是悲剧，悲剧，也是幸运的，因为他毕竟完成了并非人人都能完成的对自己的心灵的冶炼过程，他毕竟经历了并非人人都能经历的高洁、纯净的意境。人应该是这样一个大写的‘人’。”

咀嚼悲剧，品味人生，冶炼心灵，这便是我的创作生涯。

（发表于1991年第8期《民族文学》。
收入本书时，由作者做了删节）

漫谈小说的语言

——在美国爱荷华国际写作中心演讲稿

毫无疑问，小说是叙事文学。但叙事的手段是语言，因而小说又是语言的艺术。当然其他文学形式也必须讲究语言，但小说更讲究。一个短篇小说，至少有几千到一万字；中篇一般有几万字；长篇则可以长到几十万、几百万字。如果语言平淡乏味，或是疙里疙瘩，是很难让人读下去的。没有人读的小说，还写它干什么？

凡是真正优秀的小说，必是经得起历史淘汰的小说名著，必是语言的典范。古今中外都是这样。

记得都德在小说《最后一课》中借哈迈尔先生之口说过：法兰西语言是世界上最美的语言。我不懂法语，无从判断这话的准确性。但我相信世界上任何种族和民族都会这样评价自己的语言，因为人们对母语怀着对母亲那样的深情，是和喝母亲的乳汁同时学会的。因此，我必然认为华语华文是世界上最美的语言文字。中国的方块字，每个字就是一个语言单位，它的精确，它的信息量之大，是任何文种所不可比拟的。而且，尽管中国各地的方言在读音上差别很大，但书写起来却是一致的。不但在今天是如此，在两千年前秦始皇统一中国之后是如此，秦以前也就如此了。不然，孔夫子周游列国、苏秦佩七国相印，还要说“外语”、用翻译吗？一些历史悠久的国家的古文字，已经没有人认识了，废弃了，而汉字一直流传到现在，历数千年而不衰，不能不说是一个伟大的奇迹，值得我们百倍地珍爱它。如今，汉字又成功地被输入了电脑，对于流行于世界更是如虎添翼。

回过头来接着说小说的语言。中国的小说，前身是民间口头文学的底本，古时候叫“话本”。话本本来不是供阅读的，是民间艺人“说书”的依据，它靠艺人的嘴和听众接触。因而它必须情节紧凑、语言精练、生动形象，否则无法抓住听众。人都跑了，说书的就只好喝西北风了。

这个传统，传到今天，当然不会一成不变。不过现在中国人仍然喜欢“听书”，从北方到南方都保留着这种一个人说、大家听的表演形式。我的长篇小说《穆斯林的葬礼》就曾在中央人民广播电台播出，一位演员绘声绘色地朗读，成千上万的人在收音机前静听，每天中午听半个小时，一直听了两个半月。听得津津有味，听得泪流满面、感叹唏嘘。这次实践，使我对小说的语言有了更深的体会。

现代小说已有很大发展，当然不能等同于口头文学。但口头文学仍给我们启示，那就是：想方设法，最大限度地发挥语言的魅力，牢牢地抓住读者，把你的心和他们交流。据说现在美国有畅销小说的录音带，这是否“复归”现象？

正是由于中国小说有着这样的渊源，便形成了自身的语言特色。在传统的中国小说中，绝对不可能像托尔斯泰那样一口气花费好几页的篇幅去描写景色。在中国人看来，那是个笨办法。中国人有中国人的办法。比如中国的诗词，用字极省，却写景极真、极美，意境深远。宋代柳永的名句“杨柳岸晓风残月”并列了江岸、风、月亮三个名词，而且“岸”是生长着杨柳的岸，“风”是早晨的风，“月”是早晨的月，而且不是圆月，是残月。名词之间省略了一切连接词。只用了七个字，却活画了一幅清新淡雅的景色，弥漫着孤独的旅行者无法排遣的凄凉和哀愁。再比如宋代王安石的名句“春风又绿江南岸”，也是写了风、江岸和杨柳，情趣却完全不同了。这里的“风”是春风，“岸”是江南岸，一派明媚的大好春光。杨柳在这里没有明写，是藏起来的，通过一个“绿”字，既写了风，又写了杨柳，杨柳是被春风吹绿的，“绿”在这里成了动词，像彩笔一样把大江南岸染绿了。中国的小说吸收了诗词的长处，把描写的语言运用得凝练典雅。而且把写景和写物的动作、情绪结合起来，收到以少胜多的效果。例如《水浒传》中写林冲雪夜上梁山，不单独写人、写动作，也不单独写雪，而用了“踏着凌琼碎玉”这极富诗意的语句，雪的洁白、凌乱，人的匆忙、凄凉和穷途末路、义无反顾，都活生生地表现出来了。这比啰里啰嗦写了半天雪再写人要高明得多。

小说语言的另一部分是人物的对话。对话比叙述语言更难写，因为在对话中绝对不能使用标准的书面语，也不能使用作者自己的语言，而必须是人物自己在说话，张三就是张三，李四就是李四。试想《红楼梦》中众多的人物，宝玉、黛玉、宝钗、凤姐，以至于那成群的小丫头、看门的焦大，哪个人物的语言是相同的？一人一个腔调，那是他的人生阅历、修养、性格造就的，别人无法代替的。再让我们看看《水浒传》中的对话。在写到野猪林中董超、薛霸要谋杀林冲时，那两个坏蛋的语言真是奇绝妙绝。他们不说：“林冲，我们今天要杀死你！”而是说：“林冲！你须精细着：明年今日是你的周年！”杀气腾腾，凶狠毒辣，却还充满了得意扬扬的嘲笑。因为他们两人把林冲事先用骗术捆在了树上，英雄无用武之地了，不是他们的对手了，必死无疑了，完全有把握杀死他了（如果不是鲁智深相救，林冲必然到明年今日是逝世一周年），所以在杀死他之前还有兴致开个玩笑。莎士比亚也是很善于写这类语言的。再看看那个在十字坡开店卖人肉包子的孙二娘，她用麻醉药麻倒了武松（实际上武松是伪装麻醉)，说了什么呢？她拍着手说：“倒也，倒也！由你精似鬼，喝了老娘洗脚水！”多么生动！匪气、泼妇气、豪气都有了，并且还有幽默，还押韵，朗朗上口。这样的语言，只能用汉字写出来，读者会发出会心的微笑，译成其他任何文字都会走样的，因而我赞成一位同行说的话：美文不可译。

现代的中国口语，真是丰富多彩，每个地区都有自己的特色，而我认为最适合文字表达的，也是我在各种方言中最熟悉的，是北京方言。中国的普通话是以北京语音为基础的，北京的方言也为大家易懂。所谓“京腔”，字正腔圆，柔和动听，朗朗上口。这是长期形成的。北京作为千年古都，南北交汇，五方杂处，必然会产生通行全国的语言。而北京人生活在“天子脚下”，又有一种底气十足的自豪感，别看表面上笑容可掬、娓娓而谈，骨子里却透着一股傲气哩！

当然，北京人也有士农工商之别，身份不同，经历不同，文化修养不同，说出话来也不一样。前门外胡同串子的语言，绝不可能出自大学教授之口；反之，文绉绉老夫子的语言，也不可能由大栅栏的个体户嘴里说出来。所谓“京油子”，主要是指市民阶层。我在写作中为写好北京市民的语言而煞费苦心。往往是写好了的对话，一琢磨，还差点儿味儿，于是再改。比如我常常要把稿子中所有的“看”字统统改掉，换成“瞅”或者“瞧”。北京市民口语中几乎没有“看”字，“看书”说“瞅书”，“看电影”说“瞅电影”或“瞧电影”，连“看病”也说“瞧病”。就是不肯说“看”这个字儿，真是邪门儿。只有在“看门”“看家”这些词儿里才有“看”字儿，却已经念成“堪”的音了；意思也不是“看书”的“看”，而是“看守”的“看”了。

我常常在写对话时边写边说，以检查顺不顺口，对不对味儿。空闲的时候，有意到街上走走，或是和附近的邻居聊天儿，都是为了感受语言、熟悉语言、搜集语言。是生活给了我活生生的语言。

随便举个极平常的例子，我的小说《红尘》中有这样的对话：

“我可不待见嚼老婆舌、串是非的，各人的日子各人过，我管人家干吗？”

“大嫂，要都像您这么样儿，世界倒清静了。咳，什么事儿不是坏在街坊的嘴里？就说武二爷吧，要不是卖梨的郓哥儿和那个老不死的何九叔串是非，武二爷也不至于连杀三条人命，闹得一条街不得安宁！”

这是一个不识字的、做过妓女的、对外界时时保持警惕的善良女人和一个百无聊赖、不怀好意、无事生非、没话搭啦话的单身汉的对话，虽然都是“京腔”，又各自打着不同的身世和性格的印记。在书中，即使不标明谁说谁说，也是分得清的。如果把“不待见”换成“不喜欢”，“嚼老婆舌、串是非”换成“散布流言蜚语、挑拨是非”，把“像您这么样儿”换成“像你这个样子”，把“老不死的”换成“健康长寿”，那就全完了！

可惜在座的朋友要通过英语译文来听我说的这些话，这是要打很大折扣的。正如中国读者只有通过中文译文来读你们的书一样，那味道已经所剩无几了。怎么办呢？最好的办法，是努力学好对方的语言，我们才能没有障碍地交流。因为美文不可译。

1990 年 10 月于爱荷华

（发表于 1993 年第 2 期《小说林》）

历史毕竟不能重写

——关于《秦皇父子》的创作

大型历史话剧《秦皇父子》由北京人民艺术剧院首次公演了。尽管是自己的剧本，我熟悉每一个人物、每一句台词，尽管排练场没有灯光、布景、服装、音乐等任何舞台效果，但我仍然被公演前的连排打动了。

前辈作家曹禺同志在和我谈论《秦皇父子》时，喟然慨曰："如果扶苏能继承皇位，整个中国的历史就要重写了！"

是的，我正是怀着这种深深的遗憾，创作了剧本《秦皇父子》。

然而历史毕竟不能重写。作为剧作者，我更无权改变历史。

我无意把秦始皇塑造成殷纣王那样的暴君，虽然他的暴虐超过了纣王。但秦始皇毕竟是一个有巨大贡献的政治家。统一六国的豪雄帝业只用了短短十年，如果不是他审时度势、当机立断、一鼓作气地推进统一战争，战国的局面能否在公元前二二一年结束，就难说了。统一之后，废分封、置郡县，书同文、车同轨，北收匈奴、南取百越，筑长城、修灵渠，如果没有他雄才大略、号令天下、矢志不移地说到做到，秦能否在历史上留下深深的轨迹，也就更难说了。他"天下之事无小大皆决于上，上至以衡石量书，日夜有呈，不中呈，不得休息"，这是许多封建帝王做不到的。他善于用人，在统一前夕，秦国几乎聚集了全中国所有第一流的军事家、政治家。他又勇于改过，灭楚时误用李信而失败，马上自责，亲请王翦出征，取得胜利。而听从李斯《谏逐客书》的逆耳之言，更是为后世称道。

遗憾的是，他在晚年走向了自己的反面，迷恋于求仙寻药之道。且狂暴多疑，用过去战争年代对付敌人的办法来对付人民、功臣乃至于亲生儿子，使自己成了怨声载道、孤立无援的真正的“孤家寡人”，终将大权旁落于真正的仇敌之手。惜乎，英雄的晚年！

失败的英雄毕竟还是英雄。他在气息奄奄的危难时刻，尚能保持杰出政治家的清醒头脑，立下传位于扶苏的遗诏，这是他政治生涯中何等光彩的最后一笔！

由此，我看到了他勇于改过的优秀素质的复苏，我不忍让他默默地死去，而为他传达谢世之前痛彻肺腑的心声：“人生为什么这样短暂？刚刚开始，却又要结束了！……大秦的事业还没有做完，大秦的江山还没有走遍，万里长城还没有登临！朕还没有立下太子，不能一死了之！……继承祖业的人，应该是最为忠孝、最为仁爱的，懂得爱天下之人，方能治理天下！”

由此，我看到了一个人性和良知未曾泯灭的始皇。我相信，远在边塞的公子扶苏也一定能够领受这样的父子之情：“天！我贵为天子，为什么还要受天的愚弄和折磨？……让天下的人，连我的儿子都把我看成无道的暴君？……为什么？我的儿子！我竟是如此可怕吗？你忘了，我虽是天子、是皇帝，但也是你的父亲，也是人！人，又岂能无情！”

只有这样，我才觉得剧本中的始皇形象总算完成了，多少抵消了他在我的笔下死去时给我造成的痛苦和遗憾！

我也无意把公子扶苏写成一个十全十美的“完人”。如果没有阴错阳差，我完全相信扶苏可以成为一个“明君”。然而历史却让他死了，并且死得那样惨！面对赵高、李斯伪造的漏洞百出的“赐死”诏书，蒙恬不肯轻从，扶苏却深信不疑：“父而赐子死，尚复安请！”以这样的愚忠结束了自己的生命，也推卸了历史关头落在他肩上的重任。剧本行笔至此，我甚至惊奇自己何以这样冷静，既不去谴责，也不去掩盖他的“历史局限性”，扶苏就是扶苏，谁也不能代替他。

我无意把置扶苏于死地的赵高勾画成一个十足的“坏蛋”，他是一个有能力、有心计而又深得始皇信任的阴谋家。我也努力把他当作一个“人”来写，无论“好人”“坏人”，有情才能动人！

我也无意把与赵高同谋改诏的李斯简单地归入“反面人物”。他是一个杰出的政治家，秦始皇的丰功伟绩，许多都与他分不开。但是，他本身的致命弱点导致了身败名裂。当时，他的地位仅次于始皇，始皇驾崩，可以说天下之安危系于李斯一身，凭他的权力，杀赵高而救大秦并不难。但在关键时刻，在国家与个人利益激烈斗争的当口，他动摇了，投降了！历史不能原谅他。他写的伪诏，冷酷地折磨他那伤残的灵魂，逼着他剖析自己复杂的内心世界：“陛下曾经说过：李斯是个忠臣，可与屈原相比。不！屈原为楚国投身汨罗，而我却不敢为大秦而死！天，为什么生我无能的李斯！”

北京人艺把《秦皇父子》搬上了舞台，奉献给观众。遥远的历史浓缩于一瞬间，成乎？败乎？任人评说。我，连同我笔下的人物，都无须再说什么了。

（发表于1986年12月3日《中国文化报》）

《补天裂》：从小说到剧本

在已经过去的一九九七年，我的时间全部花在了《补天裂》上。耗时三年的小说创作在一月完成，经过亲自校阅三次校样，五月，由北京出版社和香港明报出版社在香港回归祖国前夕同时出书，中央人民广播电台在“小说连播”节目开始播出。七月，连播还未结束，我已经在着手把它改编为三十集电视连续剧剧本。许多听众和读者热情地来信，期望着《补天裂》早日搬上屏幕，这也正是我早在小说动笔之前就已经拟订的计划，我们不谋而合。但我也深知，把一部小说变成电视剧，怎一个“搬”字了得？改编，其实是一次再创作的繁复历程。

难度当然不仅仅在于从文学语言到影视语言的转换，这是任何一部作品的改编都无可回避的。阅读不能代替观赏，文字符号的解读愉悦与视听感官刺激和审美享受毕竟是两回事，即便像《茶花女》那样的经典著作，同出自小仲马之手的同名小说和剧本就已经有了很大的不同，后人无数次据此改编的影视作品则更是各有各样。近世虽有“电视小说”作为百花齐放中的一朵并且深受部分热爱文学、执着于“原汁原味”的读者青睐，但终究不可能成为屏幕叙事作品的主流，形式上的“削足适履”总是难以满足更为大量的观众（而不只是读者）的多种需求。特别是在科学技术高速发展、传播手段空前丰富、文化市场竞争极为激烈的今天，因特网的遍布天下，国外“大片”的引进，激光影碟的普及，电视频道的激增和国产电视剧的饱和，使电视剧生产正如整个国民经济的转型一样，突然进入了“买方市场”。满街声色娱乐目不暇接震耳欲聋，倦怠的受众轻易不肯迈入电影院的门槛，打着饱嗝仰靠在自家的沙发上，手持遥控器，以高傲的心态、挑剔的目光，随意褒贬着屏幕上那些送货上门的“商品”，刹那之间的取舍造成各频道的无情断杀，争夺观众已经成为编、导、演和制片人的首要策略。有鉴于此，创作者便不能不直面现实。我在《补天裂》的改编中，对原著进行了大幅度的调整和增删。不仅是那些经过艰苦查证的史实，为营造时代氛围和史诗意蕴而精雕细刻的叙述语言，对人物和场景的大量描写，在剧本中却必须统统删去，留下来的只有动作和台词，以“故事”作为剧本的基本支柱，并且对原有的事件重做剪裁和铺叙，还增加了众多的人物和情节，让每一集都跌宕起伏，一波三折，为此而不惜绞尽脑汁、煞费苦心。从事严肃文学创作的作家往往轻易不愿意“触电”，究其原因，不外有二：一是难以忍受“改”的折磨，一部剧本的诞生，改来改去，改个十稿八稿者屡见不鲜，要改得导演满意、观众认可，绝非易事；二是不大适应从严肃文学到通俗艺术的转换，心中难免生出“俯就”之感。但是，谁也不可否认，在当今所有文艺门类之中，再没有比电视的覆盖面更大、受众更广。当你操起这种最大众化的传播工具，面对围坐在屏幕前的男女老幼，就必须实实在在地“心里装着群众”。此时，大学教授和中学生的距离大大缩小了，其接受心理并无多大差别。莘莘学子不打算由此受教育，白发学者也不指望即席做学问，他们和家庭主妇的需求不相上下，电视剧只不过是工余饭后的一杯茶或咖啡、一包花生或瓜子而已。消闲、娱悦功能成为人们的主要需求，而内涵超载、负荷过重的“药膳”“食补”则可能会使人敬而远之。创作者似也不必把自己的“事业”看得过于“神圣”，若以平常心态，置身于电视文化消费者的行列，便容易理解他人的消费观念了。

当然，剧本改编中的大众化、通俗化也有一个“度”。空洞、干瘪的说教令人生厌，“寓教于乐”则可以使人们在观赏愉悦之中获得健康、美好的教益。取材于十九世纪英国殖民主义者强租“新界”、中国新安县人民反抗外来侵略的重大史实的《补天裂》，是一部悲剧，一曲悲歌。它要表现的是在十九世纪国破家亡之际中华民族的大悲大痛，正义与邪恶拼死较量的大起大落，爱国主义这一严肃主题是不可能也不允许“改”掉的，戏既要拍得“好看”，却又并不意味着“淡化时代”“远离政治”。既不能拍成回避政治、卿卿我我的“言情片”，也不能拍成刀光剑影、花拳绣腿的“动作片”，而恰恰应以特定时代、特定政治氛围中的人物命运紧扣观众的心弦，把戏做足，淋漓尽致地弘扬民族正气，使观众的爱国热忱在痛洒一掬热泪的观赏过程中得以充分宣泄，这也是一种“娱悦”，一种高尚情操的陶冶和升华。通俗不等于媚俗，“迎合观众”“适应市场”往往一厢情愿，进口“大片”风风火火了一阵，人们在“大开眼界”之后便觉得那些以电影新技术赚取高票房收入的打打杀杀“不过如此”，而某些思想苍白、内容贫乏、仅靠噱头搞笑支撑的“泡沫剧”也已经败坏了人们的胃口。观众呼唤思想性、艺术性俱佳的精神食粮，这一真诚的愿望理应得到艺术工作者的尊重和积极回应，弘扬真善美、鞭笞假恶丑，这是文艺工作者的基本职责，也是人民群众对文艺作品这一特殊“商品”的正当要求。

基于此种认识，我在《补天裂》的改编中一方面注意情节跌宕、节奏紧凑，强化视听效果，另一方面，丝毫不肯削弱其思想内涵，清廷中爱国与卖国两股势力的矛盾，香港爱国义士与英国侵略者的斗争，东西方价值观念和文化心理的冲撞，都予以深化和延伸，力求在观众过目之后有所记忆、有所思索，而不致“古今多少事，都付笑谈中”。当然，剧本的完成只是“纸上谈兵”，还有赖于导演、演员和各部门创作人员的共同努力搬上屏幕，以飨观众。本剧播出时正值“新界”人民武装抗英斗争一百周年，我们把此剧奉献给海内外的同胞，并且以惴惴之心期待着你们的品评。

（发表于 1998 年 2 月 26 日《光明日报》）

就《补天裂》创作答记者问

记者：霍达老师，感谢您创作出了《补天裂》这样的好书。最近同名电视剧就要播出，为了让我们的读者了解您的作品及创作的背景和电视剧的有关情况，请您抽出宝贵的时间回答我们代读者提出的几个问题。我们不胜感谢！

霍达：谢谢贵报编辑部和广大读者对我的作品的厚爱！

记者：关于鸦片战争的历史小说很多，大多是对灾难和贫弱的描述，而您书中的主题却是民间的抗英活动。请问，为什么要独辟蹊径写这段历史？

霍达：《补天裂》所写的不是鸦片战争，而是它的继续。在中国，几乎家喻户晓一八四〇年英国发动鸦片战争，一八四二年强行签订《南京条约》，割占香港。但那还是狭义的香港本岛，而不是后来广义的香港地区。一八六〇年，英法联军打进北京，火烧圆明园，这是第二次鸦片战争，这场战争的结果是清廷被迫签订《北京条约》，其中一个重要条款是割让九龙给英国。到了一八九八年，英国又强迫清廷签订《展拓香港界址专条》，将原属广东新安县的大部分土地和海域租借给英国，租期九十九年，英方于一八九九年四月十六日正式接管；英占香港的面积由此展拓了十倍以上，形成了包括香港本岛、九龙和"新界"在内的广义的香港地区。当时，新安县十万乡民对英军的武装接管进行了英勇的反抗，表现了中华民族最可贵的品格。过去的历史的一些教科书和历史著作往往较多地介绍两次鸦片战争，而对于“香港拓界”则较少涉及，有的甚至不着一字，因此，除了少数从事历史研究的专业人士之外，一般读者对此了解甚少，不要说在内地，即便在香港，许多人对于“新界”的由来也几乎一无所知。我为此而深深地遗憾。被压迫人民、被压迫民族不能忘记自己屈辱的历史，不能失却威武不屈的民族魂，借用列宁说过的一句话：“忘记过去，就意味着背叛！”这就是我创作《补天裂》的动机。

记者：您在《后记》中曾谈到写作前准备工作的艰辛，这也表明您对创作和读者的严肃态度。能否详细地说一说您在史料挖掘中的收获？

霍达：这段历史是血泪凝成的，容不得“戏说”，也容不得“想当然”，我要对历史负责，对读者负责，这就注定了前期准备工作的艰辛。为此，我前往香港深入生活，调查研究，花费三年的时间，查阅了中外档案文献数千万字，并且实地踏勘了历史事件的发生地和现存遗迹，采访了各界人士数百人次，搜集了许多湮没在民间的珍贵资料，此中甘苦，一言难尽。所幸的是，百年沧桑并没有使历史完全泯灭，我在港英当局的档案中查到了香港拓界的主要当事人如港督卜力、辅政司骆克、警察司梅轩利、驻港英军司令加士居、港英军官伯杰等人在接管“新界”过程中所写的大量文件、布告和书信，其中具体地记述了港英武装镇压新安人民的暴行和抗英义士的英勇抵抗，这些珍贵史料为我研究香港拓界史提供了正反两方面的铁证。我在采访中还得到了“新界”抗英义士后裔的大力支持，邓氏族人拿出了他们从来秘不示人的族谱、家庭账簿和一些先人遗物，使我真切地感受当时的历史氛围，连他们为抗英大计而捐资购买枪炮的收支账目都查有实据。从邓氏族谱中我弄清了抗英斗争的主要领导人邓菁士、邓植亭等人的生卒年、月、日，生平脉络和家族世系，这是一个很大的收获。在以往一些材料中，邓菁士的名字、住所往往被误传、误记，抗英事迹也语焉不详，现在得以溯本寻源，探窥原貌，甚感欣慰。一位前辈作家说过：“没有伟大的人物出现的民族，是世界上最可怜的生物之群；有了伟大的人物，而不知拥护、爱戴、崇仰的国家，是没有希望的奴隶之邦。”以邓菁士为代表的“新界”抗英义士是我们的民族英雄，应该得到后人永远的纪念，永远的崇仰。

记者：目前，历史小说中有“以文代史”和“以史代文”两种类型。前者的史料以民间传说和野史为主，偏重文学氛围；而后者的史料则源于正史，人们读的就是历史。您怎样看待这两种类型以及所产生的不同反应？

霍达：历来文无定法，文学创作是活泼泼的生命，不宜以僵死的框框来界定。作家的审美取向和读者的欣赏趣味是千差万别的，谁也无权规定可以怎样写，不可以怎样写，作家和受众都享有充分的自由。就史料来说，“钦定正史”不一定就是真实的历史，“稗官野史”也不一定就是“假语村言”，都可以有选择地用作写作的素材。在史料相对丰富、翔实、可信的情况下，作家可以在不违背历史真实的框架的基础上，进行合理的艺术虚构。而某些题材可能史料极其匮乏，也就只有更多地依靠虚构了。无论以史实为主还是以虚构为主，都可能写出好作品，这是由作家的思想境界和学问素养、艺术技巧所决定的。但文与史是不能互相“代替”的，优秀的历史小说应该是二者的完美结合。我主张“亦文亦史”，毕竟读者阅读的是文学而不是历史教科书，味同嚼蜡难免不忍卒读；反之，缺乏历史内涵的“戏说”如同毫无营养的糖精水，也令人食之无用。我本人不喜欢“戏说”，并且认为以虚构为主的，仅靠服饰和人物生活方式作为“历史”标签的小说、影视或戏剧虽然也有可能写得很好，但只能算是“拟古”小说或“古装”剧，而不是“历史小说”或“历史剧”。

历史小说或历史剧有其特定的含义，它应该是以于史有据的历史人物、历史事件为基础创作的，从本质上真实地反映历史风貌和历史精神的文艺作品。

记者：您的作品中人物个性鲜明，同时也呈现出复杂的内心活动，尤其是林若翰这样的英国牧师，很有人情味。您觉得小说和电视剧对人物的表现有哪些不同？各自的长处是什么？

霍达：在改革开放之前，由于时代的局限，在我们的文艺作品中，外国人特别是西方人多数是“反面人物”，形象比较单一，往往流于简单化、脸谱化，这是文艺创作的大忌。今天，我们可以冷静、客观地回顾历史、表现历史了。《补天裂》中出场的英国人很多，在特定的历史时期，他们作为“征服者”来到香港统治中国人，有着“优等民族”共同的特点，或视“劣等民族”如犬羊而肆意杀戮，或以“救世主”自居而感化怀柔，根本目的都是要香港华人放弃反抗，甘心做大不列颠的顺民。但由于每个人的出身、经历、素质、性格的不同，这些洋人之间也存在着种种差异。比如骆克，此人出身于英国的少数民族苏格兰，自青年时代就对东方文化充满兴趣，来港之后刻苦学习汉文，成为一个“汉学家”和“收藏家”，这些都为他这位港府辅政司兼“新界”专员行使职权提供了方便。从本质上讲，他当然是个不折不扣的侵略者，但他与骄纵蛮横的港督卜力和残暴刚愎的警察司梅轩利相比，却又在性格和行为上存在着很大差异。《补天裂》注意表现了这些差异，从卜力到骆克、梅轩利、加士居等人，都不雷同。我在电视剧中为骆克设计了这样一段台词：“也许在将来的某一天，香港会重新回到中国人手里，他们将重写香港的历史。但愿在他们的笔下，我詹姆斯·斯图尔特·骆克哈特不至于是一个青面獠牙的‘鬼佬’！”这种话是只有骆克才可能说得出的。林若翰则是我糅合了诸如傅兰雅、李提摩太等西方传教士的形象而虚构的一个人物，作为东西方思想文化碰撞的一个枢纽，他几乎和所有的人物都要发生纠葛，悲天悯人的宗教信仰和血淋淋的弱肉强食不可调和，他在夹缝中艰难地挣扎，从而使这个人物的各个侧面得以淋漓尽致地展现。一位评论家说：“易君恕临终前质问林若翰，上帝为什么不去惩罚英国人在中国犯下的累累罪恶？这一问，问出了西方的宗教、文化在强权政治面前的苍白。”这也正是我塑造这个人物的立意所在。在电视剧中，扮演林若翰的演员表演很到位，受到观者一致赞誉。在改编剧本的过程中，根据电视剧的特点，我注意强化人物的行为、动作，亦即“可视性”，这是电视剧的特点；而人物心理刻画和文化内涵的揭示则是小说的特点，二者各有所长。从小说到电视剧，作家要调整心态，运用不同的艺术语言，不能用写小说的办法写电视剧，也不能用写电视剧的办法写小说。

记者：对于清朝官员的道德评判和历史批判，书中做了一些描述，那么在电视剧中又如何表现呢？

霍达：对于历史人物的评价，道德评判和历史批判往往是矛盾的。比如千古一帝秦始皇，他统一中国、统一文字和度量衡等历史功绩是巨大的，但他同时又是一个施行苛刑峻法、杀人如麻的暴君。而这二者又极不协调地集于一身。历史批判是理性的，道德评判是感性的；没有历史批判的作品缺乏思想的高度和深度，没有道德评判的作品很难赢得读者和观众的共鸣。这是历史小说和历史剧创作的一个难题。具体说到《补天裂》，其中涉及的历史人物如光绪皇帝、慈禧太后、李鸿章、谭嗣同等人，百年来对他们的评价一直众说纷纭，这里难以细谈。我以为，不管这些人物呈现多么复杂的表象，尽管卖国贼也可能在个人操守方面有某些长处，爱国者也难免存在许多历史局限性，而当我们用国家和民族利益这把尺子去衡量，也就基本上可以判断是非了。近年来为李鸿章翻案的言论不少，讲他办洋务、发展民族工商业的“功绩”，但只要看一看他亲手签订的那些数不胜数的丧权辱国的条约，任何“功绩”也不能掩其罪责，这是我对这个人物的基本定位。我更有兴趣的是两广总督谭钟麟，此人僵化保守，抵制新政，在戊戌变法中无疑是个“顽固派”。但他在强寇入侵、民族危亡的关头，却在一定程度上表现了一个正直的封建官僚爱国爱民的品格，这是值得肯定的。在英军暴政屠民的惨剧发生之后，他痛心疾首地仰天长叹：“如果我真的下令九龙水师向英夷开炮，中国岂不又出了个林则徐吗？可惜，我谭钟麟纵有此心，却无此胆，纵有此兵，却无此权，又可奈何！”这些语言当然是我虚构的，但我相信它的历史真实性，“有心杀贼，无力回天”，这是那个屈辱的时代的中国人无可奈何的悲鸣。《补天裂》的剧本对小说原著做了很多增删和调整，而有关谭钟麟的戏却有增无减，重要台词几乎一字未改，演员的表演也很精彩，看过此剧的专家学者都被这个人物打动了，由此可见天地人心！

记者：对于文学借助于影视剧播出所产生的轰动效应，您觉得正常吗？

霍达：近年来频频出现这样的现象，某些很好的小说问世几十年，读者面仍不大，一旦改编、拍摄为电视剧，立即风靡全国，连带原著也随之畅销起来，于是文学界便不免有人感叹“文学搭了电视剧的车”。其实，这也难怪。古往今来，文艺体裁样式“各领风骚数百年”，唐诗的主流地位被宋词取代，宋词又让位于元曲，直至《红楼梦》诞生的年代，小说也未登大雅之堂，它作为中国文学的“正宗”只是“五四”以后的事。现代社会的发展日新月异，列宁曾说电影是“最大众的艺术”，不料未消几十年，便又被电视后来居上，其受众之广，远远超过了书、报、杂志甚至电影，这已是不争的事实。在市场经济商品竞争十分激烈的今天，出版社不讲经济效益就不能存活，既然有电视剧这辆轻便“车”，它岂肯不“搭”？不过，即使在这样的情况下，电视剧也不能代替小说，小说自有其他文艺样式不可比拟的优势和生命力，一个国家，一个民族，总不能人人不读书，不看报，天天坐在电视机前靠嗑瓜子看电视来打发日子。真正高品位、有深度的文学作品还是拥有读者的，我们的文学家大可不必气馁，无须张望“行情”，无须顾忌“冷”“热”，真诚地写下去就是了。

记者：请谈谈您最近的创作情况。

霍达：我这个人做事习惯于做完一件再做另一件。过去酝酿已久的一些创作计划，都因为《补天裂》而搁置了。这部作品从小说到电视剧，花费了我好几年时间，现在处于体力休整和读书、研究阶段，为下一步的创作做准备。以前搁置的题材，现在可以付诸实施了。在香港生活的那几年，也积累了不少素材，一部书是用不完的，还可以再写出新的东西。但愿我能够不辜负读者的期望。

（1999年5月26日于北京）

直面血与火，讴歌民族魂

五月八日，以美国为首的北约悍然袭击我驻南联盟使馆的消息传来，立即激起了十二亿中华儿女的无比愤怒，发出了惊天动地的吼声。

就在那一天，北京电视台按照预定的节目安排，开始播出根据我的小说《补天裂》改编、拍摄的同名长篇连续剧。荧屏内外，历史和现实惊人地重叠！整整一百年前，英国殖民主义者以坚船利炮和强权政治胁迫清王朝签订了丧权辱国的《展拓香港界址专条》，强行“租借”广东新安县绝大部分土地，并以武力强行接管，于一八九九年四月十六日在“新界”大埔运头角山升起“米”字旗。但是，“新界”人民并没有屈服，邓、文、廖、彭、侯五大家族联合十万乡民，揭竿而起，在清廷和英军两面夹击、腹背受敌的情况下，那些胼手胝足的农夫、渔民拿起大刀、长矛、抬枪、火铳，以低劣的武器，与大英皇家舰队、警察部队展开了血肉拼杀，先后两战大埔，再战林村谷、上村石头围，最后据守锦田吉庆围，遭到英军“屠城”式的血腥镇压，男女老幼死伤无数。英军血洗“新界”之后，又于五月十六日出动六艘军舰，强行占领不在“拓界”范围内的九龙寨城和深圳、沙头角，抗英先烈“宁为华夏之鬼，不做英夷之奴”，谱写了一曲中华民族宁死不屈抵御外侮的慷慨悲歌。

一百年过去了，中国和世界发生了巨大变化，西方列强殖民五大洲的时代已经结束，中国已经胜利地对香港恢复行使主权，澳门也即将回归祖国。但是，千变万变，帝国主义的侵略本性并没有变，以美国为首，包括英国在内的北约称霸世界的野心，肆意践踏别国主权、侵犯别国领土的炮舰政策并没有变，它们公然无视联合国宪章和国际关系基本准则，为迫使南联盟俯首称臣而对一个主权国家持续进行四十多天的狂轰滥炸，甚至以导弹袭击作为联合国常任理事国之一的中国驻南使馆，这些灭绝人性的野蛮暴行都与一百年前的老牌殖民主义者一脉相承。倒是善良的人们应该深思：对于中华民族曾经被侵略、被奴役的历史，我们还记得吗？记住了多少？

早在《补天裂》创作之初，以至同名电视剧改编和拍摄过程中，都有好心的朋友从旁提醒：现在都什么时代了，知不知道文学和影视在流行什么？你再翻腾那些陈年老账，还有人要看吗？我说，我不懂得也不会写“淡化政治”“回避崇高”的流行作品，但是，当我踏着香港“新界”那曾经血染的土地，来到抗英志士的无名义冢前时，他们在我心中复活了，一声声向我发问：“百年国耻，你们忘记了没有？”那一刻，我的心颤抖了，耳畔回响着一些先贤的话语。毛泽东说：“不但要懂得中国的今天，还要懂得中国的昨天和前天。”“灾难深重的中华民族，一百年来，其优秀人物奋斗牺牲，前仆后继，摸索救国救民的真理，是可歌可泣的。”鲁迅说：“真的猛士，敢于直面惨淡的人生，敢于正视淋漓的鲜血。”“苟活者在淡红的血迹中，会依稀看见微茫的希望；真的猛士，将更奋然而前行。”郁达夫说：“没有伟大的人物出现的民族，是世界上最可怜的生物之群；有了伟大的人物，而不知拥护、爱戴、崇仰的国家，是没有希望的奴隶之邦。”在我面前的义冢之中，就埋葬着我们中华民族灾难深重的历史，埋葬着一批为国捐躯的英雄人物；如果我们漠视、淡忘了这段历史，岂不是民族的不肖子孙；如果我们不知拥护、爱戴、崇仰这些英雄，岂不是没有希望的奴隶之邦？作为中华民族的一员，我有责任把这血写的历史开掘出来，以先烈们的不朽业绩激励后来者奋然前行，否则，我的良心将不得安宁！我不明白“淡化政治”“回避崇高”为什么会成为而今“流行”的“时尚”，刚刚吃了几天饱饭的中国人还没有富足闲适到只需靠搞笑、娱乐来打发日子的时候，而风靡中国银幕的好莱坞“大片”却既不“淡化”也不“回避”地频频塑造着美国式的“英雄”，恰在此时，北约的导弹正在瞄准象征着中国主权的驻外使馆！

贝尔格莱德隆隆爆炸声，给了我们怎样的警示啊！在这个霸权横行、弱肉强食的世界上，从来没有天赐的民族平等和独立自由，没有一厢情愿的安宁与和平，没有“淡化政治”“回避崇高”的世外桃源。这就是血淋淋的历史和现实。我在《补天裂》的结尾曾经写下这样一段话：当抗英义士易君恕被港英当局送上绞刑架时，前来送别的英国牧师林若翰要他向上帝做临终忏悔，易君恕昂然说道：“不，我根本无罪！为国捐躯是我平生所愿，今日如愿以偿，我已经无愧无悔！向上帝忏悔？如果天上真有一位上帝，他能够容忍人间的残暴、罪恶、欺诈、掠夺吗？如果普天下的人都是上帝的儿女，他能够偏爱白种的儿女、虐待黄种的和黑种的儿女吗？我亲身经历了你们英国人强占中国新安县的全过程，亲眼看到英国军队和警察用战舰、大炮、快枪、刺刀屠杀了无数的中国人，亲耳听见他们在冲锋的时候高喊着：‘上帝保佑我们！’翰翁，我不明白，上帝为什么要保佑他们？为什么不去惩罚他们在中国所犯下的累累罪恶？为什么还要让失去了国土、失去了同胞、受尽了酷刑，最后又被屠夫送上绞刑架的人忏悔？翰翁，你能回答我吗？”

林若翰当然无法回答。回答他的，是整整一百年之后又一次为捍卫国家主权和世界和平而英勇献身的中华儿女邵云环、许杏虎、朱颖，是十二亿站起来的中国人民，是不畏强暴、顶天立地、奋发图强的中华魂，是我们如长江黄河浩浩荡荡五千年奔流不息的民族史。这魂魄，这历史，将由我们一代一代传下去!

（发表于1999年5月29日《文艺报》）

史学家的终点，是小说家的起点

在《补天裂》的创作中，为了最大限度地接近历史的真实，我曾花费三年时间赴香港深入生活、调查研究，查阅中英档案文献数千万字，采访各界人士数百人次，并且实地踏勘历史事件的发生地，探寻相关遗迹和文物，挖掘到许多鲜为人知的珍贵史料，使我对那段历史烂熟于心，闭目如在眼前。然而，史学家的终点，只是小说家的起点，历史小说既要真实地反映历史，却又不能仅止于罗列史料，它必须以人物和情节去打动读者，以期达到读者和作者对历史的共识。艺术虚构是小说创作的基本手段，没有虚构就没有小说，小说家必须具有"把死人说活"的本事，而又不能超出既定的历史框架所允许的范围。这是历史小说创作的最大难点。《补天裂》中有许多人物如中方的光绪皇帝、慈禧太后、总理衙门大臣李鸿章、两广总督谭钟麟、定界委员王存善，英方的港督卜力、辅政司骆克、警察司梅轩利、驻港英军司令加士居等都是真名实姓的历史人物，我尽可能地对他们的身世、事迹详加研究，但再翔实的史料也不能为小说提供现成的艺术形象，大量的细节必须在合理的想象下进行虚构，有血有肉的人物是要靠作者创造出来的。晚清皇室和封建官僚并不是铁板一块的卖国贼，英国侵略者并不是统一模式的青面獠牙的鬼佬，爱国志士也不是千人一面的"高大全"英雄，由于每个人的政治观念和出身、经历、素质、性格诸多方面的各不相同，他们之间都存在着种种差异，在历史的大舞台上扮演着各自的角色，展现出各自的风貌，当这盘棋在作者的运筹下活起来，小说便走上了进退自如的轨道。书中的另一些人物则是完全虚构的，但又不是凭空杜撰的，比如作为东西思想文化的一个碰撞点，林若翰几乎和所有人物都要发生纠葛，悲天悯人的宗教信仰和血淋淋的弱肉强食不可调和，他在夹缝中艰难地挣扎，从而使这个人物的各个侧面得以淋漓尽致地展现，最终碰得头破血流。一位评论家说："易君恕临刑前质问林若翰，上帝为什么不去惩罚英国人在中国犯下的累累罪恶？这一问，问出了西方的宗教、文化在强权政治面前的苍白。"这也正是我塑造这个人物的立意所在。

历史小说的创作，是我认识历史、认识世界的一种途径，也是我锤炼学术素养和艺术技巧的一种方法，虽然备尝艰辛，但给予我颇多教益，我乐此不疲。

（发表于1999年10月2日《人民政协报》）

对历史负责，对读者负责

——《补天裂》获奖感言

《补天裂》是我所有作品中准备时间最长、创作最辛苦的一部，我付出的时间、精力、体力自不必说，而且在财力上耗费了大量的私人积蓄，这是一次透支生命和金钱的长跑，我只希望能够活着跑到终点，而不求回报。创作过程中，我常常感到心力交瘁，也曾孤独、苦闷，然而，一想到那些长眠地下沉寂百年的抗英先烈，想到那些热情接待我、倾力支持我的创作的"新界"乡亲们，便欲罢不能了。屏山邓氏族人在祭祀祖先的祠堂里，以最尊贵的礼遇迎接来自祖国首都北京的作家，七十三岁的邓圣时老人含着眼泪说："我们是大清国的'遗民'！霍老师，你从北京千里迢迢来到这里，写我们先辈的抗英事迹，我们感谢你呀！"正是这些"大清遗民"的后裔，这些生活在尚未回归祖国的香港却已经在祠堂前升起五星红旗的同胞，鼓舞着我写下去。

《补天裂》所表现的那一段历史是中华民族的血泪凝成的，容不得"戏说"，也容不得"想当然"，我必须对历史负责，对读者负责，为此我付出了长时间的艰苦努力，自认为是值得的。以我个人的爱好而言，我喜欢历史题材的创作，但不喜欢"戏说"。我认为，如果人物和事件没有历史依据，仅仅靠服饰和人物的生活方式作为"标签"，那样的作品不能称为“历史小说”或“历史剧”。“历史小说”或“历史剧”当然也需要虚构，但它必须以于史有据的历史人物和历史事件为基础，从本质上反映历史风貌和历史精神。

在新中国成立五十周年之际，《补天裂》获得了第七届全国“五个一工程”奖的长篇小说和同名电视剧两项大奖，并被评为新中国成立五十周年十部优秀长篇小说之一，这是祖国和人民对我的鼓励和鞭策。谢谢！

（发表于1999年11月18日《文艺报》）

为了那片苍天圣土

——记创作《补天裂》的日子

“待从头收拾旧山河”的豪情，激励我踏上南下香港之路

一九八四年，中英两国政府发表了《关于香港问题的联合声明》，向全世界宣布：中国政府定于一九九七年七月一日对香港恢复行使主权，英国政府于同一时间将香港交还中国。百年国耻，将一朝雪洗，海内外中华儿女是何等的振奋，世界又是何等的震惊！一股“待从头收拾旧山河”的豪情油然而生，激起了我以小说形式再现香港历史的强烈愿望。但我也深知这一题材的艰巨，英国殖民主义者强占香港已经一百五十年，血泪斑斑的历史从何说起？这一个半世纪之间已经更迭了好几代人的生命，要想以某个人物贯穿始终是根本不可能的！

经过数年的读书、研究和思考，我的思路渐渐清晰了，决定以十九世纪末的“香港拓界”为小说的中心事件。我们今天所说的“香港”，其实包括香港本岛、九龙和新界三个组成部分，其中香港本岛割让于一八四二年的《南京条约》，是第一次鸦片战争的产物，九龙割让于一八六〇年的《北京条约》，是第二次鸦片战争的结果，而新界本属广东新安

县，一八九八年，英国政府出于扩张野心，向中国提出“展拓香港界址”的无理要求，软弱无能的清廷被迫签订《展拓香港界址专条》，将新安县大部土地和海域租让与英国，租期九十九年，这是英国蚕食我国领土香港“三部曲”的一个总结。香港拓界自一八九八年四月李鸿章与英国公使窦纳乐谈判起，到一八九九年四月英军以武力接管新界止，前后正好一年的时间，事件紧凑，人物贯穿，比较适合一部长篇小说的基本框架，再以一九〇〇年一月李鸿章出任两广总督时途经英国的香港做结，首尾呼应，浑然天成。我仿佛找到了一把打开历史之门的钥匙，兴奋不已！

一九九四年，在中共中央统战部和北京市委的支持下，我终于踏上了南下香港之路。

面对无碑的义冢，抗英义士在我心中复活了

国人凡是学过中国现代史的，对于两次鸦片战争先后割让香港、九龙大都耳熟能详，唯独租让新界这一段史实，教科书要么一笔带过，要么只字不提，有关的历史著作如凤毛麟角。莫说内地人，连香港同胞对此也知之甚少，许多久居港岛的人都没去过新界，更不知道在那里曾经发生过多么惨烈的故事……

当年，《展拓香港界址专条》的签订激起了新安县乡民强烈的义愤，由邓菁士等义士牵头，联合邓、文、廖、彭、侯五大家族，奋起抗英保土，在清廷和港英当局两面夹击的情势下，他们知其不可为而为之，宁为华夏之鬼，不做英夷之民，先后在大埔、林村谷、上村石头围、鸡公山与全副武装的英军和警察展开血战，最后据守锦田吉庆围，遭到毁灭性的残酷镇压，男女老少战死无数。死难者的遗体由乡亲们运出来，埋葬在鸡公山下，血肉之躯和着那血染的黄土，堆成一座义冢。

我从北京来到香港，从港岛来到新界，吉庆围前，鸡公山下，寻找这座义冢。途中向人问讯，一问三不知，百年义冢，与喧嚣浮华的时尚距离太远了。然而我寻寻觅觅，终于在一株盘根错节的榕树下找到了它。这是一座硕大的坟墓，占地数十平方米，墓身呈徐缓的坡形，以水泥覆顶，正面砌以屏风式石壁，本也是粤地常见的墓葬形式。而不寻常之处在于，墓前并没有记载逝者姓名、身份、事迹的墓碑，只在一块不大的石板上刻着“义冢”二字。为什么？因为埋葬在这里的是一群抗英义士，在港英当局眼中属“犯上作乱”分子，当然不允许彰显颂扬，过去如此，时至二十世纪九十年代也仍然如此。义冢无碑，英灵无言，我默默地站在坟前，向着他们三鞠躬。那一刻，我的耳畔响起一个声音：“由此上溯到一千八百四十年，从那时起，为了反对内外敌人、争取民族独立和人民自由幸福，在历次斗争中牺牲的人民英雄永垂不朽！”那一刻，含恨长眠在义冢中的抗英义士在我心中复活了，我要写，把那一页血染的历史写出来，不然，将无颜面对这些英灵！

片纸只字都来之不易，我把它们看得比命还重

我一次又一次从港岛穿越海底隧道，登上九龙半岛，翻越大帽山，从吐露港到大埔墟，从林村谷到石头围，从锦田到屏山、厦村，沿着抗英义士当年走过的路，辨认他们战斗的足迹，查询他们的姓名。时过境迁，物是人非，九十多年前的往事，人们还记得吗？

在屏山“文物径”的尽头，六百年古塔聚星楼近旁，有一座硬山式老屋，已经十分破旧，粉墙斑驳，门前堆着垃圾杂物，长着齐腰深的荒草，与修葺一新的聚星楼极不谐调，显然不属于供人参观的“文物”之列。但在它门楣上镌着的三个大字“英勇祠”却引起了我的注意，近前看去，里面光线幽暗，四壁的下半部浸泡在积水里，水中还露出半截石

碑，碑的上方悬有一匾，上书“忠义留芳”。我向当地的邓圣时老人请教：这“英勇祠”祭祀的是何人？为什么破败如此？哪知这一问，正好触到老人痛处，也震撼了我的心灵！原来，这石碑上所镌刻的烈士、烈妇姓名，正是一八九九年四月抗英保土战的死难者！港英当局为了掩盖血腥的历史，在二十世纪八十年代借口“市政建设需要”，填平了屏山河，将平地垫高五六米，破坏了原有天然排水系统，山洪、雨水和生活废水无处排放，地势低陷的“英勇祠”惨遭水淹！

我从老人的手中接过“英勇祠”石碑碑文的复制件，如获至宝，急切地拜读那些被岁月淹没的姓名。我以为，这就是鸡公山下义冢之中全部死难者的名单。但是我错了，碑上只有一百七十三个名字，而整个新界保卫战中为国捐躯的烈士、烈妇的数目，百倍、千倍于此也不止，英勇祠中所祭祀的死难者只不过是他们之中极小的一部分，而绝大多数连姓名也没有留下来，青山处处埋忠骨，与这片浸透鲜血的热土共存了。即便是碑上留名的，有些也仅是“阿英”“阿珠”这样的乳名，以及“邓门梁氏”“苏门黄氏”之类有姓无名的称呼，当武装到牙齿的侵略者强占他们的家园之时，这些农夫、农妇拿起火铳、大刀、长矛甚至菜刀，与称霸世界的英国殖民军奋死拼搏，直到生命的最后一息。

邓圣时老人自此成为我的挚友，数年的采访，他和他的乡亲们给予了我很多帮助。他们拿出记载着当年抗英斗争中购买枪炮款项的家族账簿，以及祖上曾使用过的刀、枪、油灯和杯、碗，使我亲切地嗅到了那历史的气息；他们拿出向来秘不示人的族谱，为我清晰地勾画出邓氏家族由内地迁粤并在新安县绵延的脉络，尤为可贵的是抗英斗争领袖邓菁士等人的身世，不仅为小说创作提供了可靠的依据，而且极具史料价值。以往看到的一些资料，多把邓菁士写作“邓清士”或“邓青士”，而且称他为吉庆围人，都是错误的，真实的邓菁士是厦村人，邓氏族谱载：“国学公名芝槐，字弼才，号菁士，乳名乳槐，乃郡庠诞献公长子也。补国学生。娶仇氏，生一子，曰锡龄。公生于道光二十八年戊申九月二十三日，终于光绪二十五年六月二十四日卯时，享年五十二岁。”当我看到这样翔实的第一手资料时，激动之情难以名状。邓氏族人在他们的祠堂里，以当地最尊贵的“九大簋”盛宴招待我，我说：“邓先生，太客气了，不敢当！”邓圣时老人眼含热泪，说：“我们是大清国的遗民！霍老师，你从北京来到这里，写我们祖先的事迹，谢谢你啊！”

那时候，我住在港岛北角。每天采访回来，泡上一杯从北京带来的茉莉花茶，打开电视，调到中央4台，我听着它的声音，整理好当天的采访记录，然后再准备第二天的采访提纲，一切就绪，已经是凌晨两点左右。草草睡几个钟头，起床后又出发了。在长达数年时间里，我的生活几乎天天如此。支撑我的，绝不仅仅是对文学的热爱，更是重负在肩的责任感、使命感，仿佛那些不灭的英灵在冥冥之中注视着我，期待着我，催促着我，使我不敢有丝毫的懈怠。

那些年，我凭着两只脚踏遍了香港，前前后后，采访各界人士数百人次，查阅中外文献资料数千万字，探访文物古迹不计其数。一个世纪的反差，香港早已面目全非，街道、建筑、码头、车船、服饰……全变了。而在我的笔下，却必须时光倒流，太平山，维多利亚港湾，皇后像广场，港督府，英军司令部，中央警署，圣约翰大教堂，域多利监狱，添马舰码头，天星渡轮码头，宋王台……都要恢复当年原貌，谈何容易！感谢新华社香港分社的领导和同志们，感谢我那些香港朋友，他们尽其所能，为我提供了许多方便，从浩如烟海的书籍、报刊、档案中沙里淘金，发掘有用的文字和图像资料。所幸的是，百年沧桑并没有使历史完全断裂，我竟然查到了香港拓界时港英当局的大量文件、布告和书信，英军镇压新安县人民的暴行和抗英义士的英勇抵抗，如影视戏剧般一幕幕重现在我眼前。借助于境外资料，我对“拓界”中的几个重要的英方人物，包括当时的港督卜力、辅政司骆克、警察司梅轩利、驻港英军司令加士居等人的身世、生平，都做了尽可能详尽的考察，连骆克的名字当中为什么要加上姥姥家的姓“斯图尔特”，他的夫人姓甚名谁，娘家是干什么的，都摸清了底细，这样，下笔时就心中有数了。

我把所有的资料都复制了备份，一份传真到家里，一份用特快专递寄回，原件由我自己带回北京。为什么要这么谨慎？因为片纸只字都来之不易，我把它们看得比自己的命还重。万一飞机出了事，即使我的作品没有完成，也不能让这些珍贵的史料泯灭！

与香港回归同步，“化五色石，补南天裂”！

详尽地占有资料只是历史小说创作的第一步，小说不同于教科书，它必须以血肉丰满的人物和引人入胜的情节来征服读者，史学家的终点是文学家的起点。

长篇小说《补天裂》讲述了这样一个故事：一八九八年初夏，接连发生的香港拓界和戊戌变法这两件大事震动清廷。变法失败后，曾经谏阻香港拓界并参与变法的京师举人易君恕仓皇出逃，在英国牧师林若翰的掩护下亡命香港。林若翰的华裔养女倚阑，在与易君恕共同生活中终于找回了民族认同感，并且和他产生了刻骨铭心的爱情。易君恕与昔日挚友锦田邓伯雄重逢，义无反顾地投入了新安乡民的抗英保土斗争，英军攻破吉庆围，邓伯雄壮烈殉国，易君恕被俘，由港英法庭判处死刑。临刑前，林若翰要他向上帝忏悔，易君恕昂然道：“不，我根本无罪！如果天上真有一位上帝，他能够容忍人间的残暴、罪恶、欺诈和掠夺吗？

我亲眼看到英国军队和警察用战舰、大炮、快枪、刺刀屠杀了无数的中国人，为什么上帝不去惩罚他们，还要让失去了国土、受尽了酷刑，又被送上绞刑架的人忏悔？翰翁，您能回答吗？您不能回答，我也决不忏悔！”遂从容赴死。此刻，在那打素医院里，倚阑正在遭受产前阵痛的折磨。随着一阵嘹亮的婴儿啼哭声，她生下了一个黑头发、黑眼睛的华夏男儿。

小说是在香港回归倒计时的秒针跳动声中完成的，卷首题写着我以书中主人公易君恕名义所作的《忆秦娥·香港抒怀》：

涛声咽，登楼又见伤心月。伤心月，故国山水，异邦城阙。

零丁洋上忠魂烈，宋王台下男儿血。男儿血，化五色石，补南天裂！

我有幸与香港回归同步，写完了这部对祖国、对香港充满深情的六十万字的作品。一九九七年六月，小说在北京和香港同时出版，中央人民广播电台全文广播，并且在七月一日凌晨回归仪式开始之前摘播其中的重要章节，那时，我正在香港会展中心，等待着亲眼见证五星红旗在香港的土地上升起。当那难忘的时刻到来时，热泪模糊了我的双眼，我想，义冢中的忠魂可以瞑目了！

长篇小说《补天裂》和同名电视剧获第七届全国“五个一工程”奖的双奖，并当选新中国成立五十周年十部优秀长篇小说。对我来说，重要的并不在于这些荣誉，而在于它记载着我曾为香港回归祖国尽了一份心血。值得欣慰的是，十年之后，当香港战胜金融风暴，完成平稳过渡，步入繁荣发展的今天，人们仍然没有忘记《补天裂》，由中华海外联谊会和中国电影基金会银梦影视公司再度拍摄为四十集电视连续剧《苍天圣土》，献给香港回归十周年。在此，我深深地、深深地为这片苍天圣土祝福！

（发表于2007年7月2日《光明日报》、第7期《纵横》。获全国政协庆祝香港回归十周年优秀征文奖）

答《信报》记者问

写作之痛——我以为自己的葬礼要先举行了

记者：您一九八七年写完了《穆斯林的葬礼》，与那个年代其他一些作品相比，这部书十几年来一直长销不衰，您觉得是为什么？

霍达：两个字：幸运。如果非要说理由，我认为可能是我的真诚，我写作从来不太考虑社会效应如何，我只想首先感动我自己，再感动别人。一个怀有真善美之心的人才可能写出好的文章，否则再有才华，从道德品质上讲是个卑劣小人，那他绝不会有真正的创作成就。

记者：我听说当时的写作过程非常痛苦，您心绞痛反复发作，边写边吞药才完成，现在写作还是这样吗？

霍达：写这本五十万字的书，你知道我用了多长时间？四个半月！可前期准备工作时间相当漫长，可以说是从我懂事起，就酝酿着想写这本书。提笔前我踏着故事中男女主人公的足迹四处奔走，看到他们曾经生活过的地方，历史就像在我的面前复活了。我在稿纸前常常忘记了现实生活中的人和事，窗外正是三伏盛夏，书中却是数九严冬，我不寒而栗……我为书中主人公的欢乐而欢乐，为他们的痛苦而痛苦，有时甚至不得不停下来痛哭一场。当我把他们一个一个地送离人间的时候，我被生离死别折磨得痛彻肺腑。心绞痛发作得越来越频繁，我不得不一次次停下来吞药。我甚至担心自己的葬礼先于书中的葬礼而举行……写作让我现在一点儿也不怕死，因为我早就“死”过好多次了。

写作之乐——岁数最大的读者九十三岁

记者：写完后用什么方式调整自己？知道发表后这么引起轰动吗？

霍达：没有喘一口气，马上开始了报告文学的创作。我知道有许多人喜欢这本书，我非常感谢这些读者。甚至有两位读者已经到了“强迫性思维”的地步，他们一男一女，三十来岁，一个是陕西人，一个是河北人，除了每天给我打两三个长途电话外，还千方百计找到了我家，没完没了地想同我聊天，他们对《穆斯林的葬礼》《补天裂》中许多片段都倒背如流，我都不太敢接他们的电话了……

还有一位东北的书商，有一次与我谈另一本书的合作，他不小心透露说他靠《穆斯林的葬礼》赚了二百万元。

记者：我周围喜欢这本书的读者从二十岁到六十岁不等，且翻译成多国文字后在异域也同样为人所喜爱，对于书中描述的苦难与人性，您觉得下一代人还能理解吗？

霍达：你当时看的时候也就二十来岁，你觉得看懂了吗？我相信能理解，就像一个六个月大的婴儿，你对他微笑，他能用同样的目光来回应你。人性是相近的，它不分年龄和国界。我知道的岁数最大的一位读者是九十三岁的老人，他对我说：“书中的韩子奇有原型吗？你能那么理解一个老人的心意，我走了也知足了。”他那句话分量很重！知道有那么多读者喜欢我的文字，无论多累，我都没法放下手中的笔。

写作之情——担心飞机失事，把资料寄一份给丈夫

记者：最近在做什么创作？

霍达：正在写两个长篇，一本写女性的，一本反映海峡两岸几个家庭悲欢离合的，书名暂不透露。我写作一般都是先定好书名才开始动笔。很少在成书后再改动，当年《穆斯林的葬礼》也是，动笔前三年我就想好了书名。

记者：您除了《穆斯林的葬礼》，还有《补天裂》《红尘》《年轮》等多部小说和报告文学，但最有影响的还是《穆斯林的葬礼》，您眼中的这本书是否与众不同？

霍达：说实话，我最满意的长篇小说是《补天裂》，有评论称那是部"史诗"。

在我以往的创作中，对历史题材有着浓厚的兴趣，但晚清史却恰恰是我最不喜欢的，因为那是一段充满民族屈辱的历史。一九八四年，中英两国政府发表《关于香港问题的联合声明》，中国政府定于一九九七年七月一日对香港恢复行使主权，我萌生了以小说形式再现香港历史的念头，经过陆续几年的准备，一九九四年我终于踏上了南下香港之路，开始了历时三年的采访和调查研究。之前不久，有位富翁出五百万港元要我为他写自传，我拒绝了。

记者：讲讲在香港搜集素材时的事情吧。

霍达：说这些好像有自夸的嫌疑。当时在图书馆翻阅了相关的文献资料数千万字，看到有价值的东西我会兴奋得发抖，赶紧复印四份，其中一份寄给远在北京的丈夫，由他保留着。为什么？我怕万一飞机失事我死了不就白找了吗？

我还实地踏勘一些历史事件的发生地，探寻尚存的历史遗迹和文

物，往往是每天早上八点半起来，带着地图或坐公交车或步行，走遍了香港的大街小巷、荒山野岭。当时每天早出晚归，往往回到住处后整理资料到半夜，把电视调到央视4台，不管里面说什么呢，我都会感觉自己离家那么近。

生活之爱——我最不能舍弃的是我先生

记者：如果这世间让您对目前所拥有的一切进行选择，您最不能舍弃的是什么？

霍达：（毫不犹豫）我最不能舍弃他——我的先生。

记者：《穆斯林的葬礼》中韩新月与楚雁潮的爱情让人神往，您怎么看待爱情？

霍达：爱情不是口头上的东西，在我现在看来，青年人的爱往往是性爱，中年人是情爱，到了晚年才是爱情。相爱的人应该以命相许、以命相托。在我的生命中我无法想象没有我先生会是什么样子。我们探讨过，如果不能一起走，我希望我先离开世界，由他来料理后事；如果他先走了，我很快会随他而去，因为没有他，我的生命就失去了意义。

生活之重——文学是母亲，话剧是爱人，电影是情人

记者：您曾说过写作是为书中人物的心灵作传，一向都是纯净严肃，甚至是有使命感地写作，如今人们对待写作的态度越来越宽松，您怎么看？

霍达：很明显，随着年龄的增长，我写作的态度越来越慎重。我很欣赏这个说法：文学是母亲，话剧是爱人，电影是情人。对于一个国家来说，文学不可以太不严肃，它代表了一个国家人民的文化素养和思想境界。像戏说历史呀，美女作家的私人写作呀，我也不去指责，但我自

己是不会去看的。一些浅薄的“现代文化”将人们丰富细腻的情感一笔抹杀，把水搅浑，致使社会上许多人轻率地效仿，随便地同居、闪电般结婚、轻易地分手……越是这样，人们的精神境界越贫乏，越向往宝黛的纯情，向往韩新月与楚雁潮的完美。这也是好多作品畅销的理由，没什么便盼什么呀。

生活之思——我现在是个“堕落”的人

记者：您怎么评价自己的现在？

霍达：我觉得我现在是个“堕落”的人。以前从事报告文学的写作时，为了将一个受害人的真相公之于众，我能一口气奔走于三十七个县，顶着巨大的压力到村子里面找农民谈话，真是为民请命啊。哀莫大于心不死，我非常关心国家命运，老想把作家与政治家合一，我真心希望我们的民族越来越富强。

（发表于2003年11月2日《信报》，2005年11月7日至13日《文学故事报》转载）

小说集《红尘》自序

这本集子里所收的《红尘》等几个中短篇小说，是从我近年的作品中选编的。

有朋友问我：你写的电影、电视和话剧剧本多为历史题材，而小说则多为现实题材，为什么？

我一想，可不是嘛！又一想，也不尽然，我是“掺和”着写的，小说也有历史的，剧本也有现实的，并没有明确的“分工”。

我写作全凭个人兴趣，一个题材激动了我，就非写不可，根本没有考虑是哪朝哪代的事儿。“历史”和“现实”，怎么分呢？陈年古代的人物，也可以写得有“现实感”；当今生活中的琐事，也可以写得有“历史感”。今天看昨天，就是历史，明天再看今天，也成了历史。什么叫历史？我说：历史就是人生。写历史，就是写人生，写人生的真谛。

这又是一个大题目，够理论家写好几本厚书的。我想说得省事一点儿，干脆一点儿：人生的真谛，就是人活一世，活得值！

要想“活得值”，也不大容易。每个人的脑袋上都有一个不可知的幽灵在徘徊：命运。命运主宰着人生，或直上青云，或坠入深渊。对命运俯首贴耳、任其摆布的，一辈子等于白活；而敢于和命运较量的，哪怕碰得头破血流、七疮八孔、粉身碎骨，也算活得值！

因此，我喜欢凌芳这个清贫的强者；我赞赏钟剑辉这个扑向太阳的人；我钦佩王月梅、林若竹这两位纯情的母亲！他们各自都有不同的结局，但对我来说，这并不重要，重要的是他们怎样写出了这个大写的“人”字。

人和历史，都是属于民族的。对于生我养我的中华民族，我怀着女儿对母亲那样的感情。《秦台夜月》中的老父亲，便是我心目中的中华民族的化身，他贫穷、病弱、无能，却又不同于别人笔下那种愚钝、麻木的老农，他胸中蕴藏着丰厚的文化，却被贫瘠的黄土埋葬了，但他却平静地含笑死去，因为他相信，他的热血仍将在儿女的血管中奔涌！

我们的民族经历了太多的苦难，其原因，来自外部，也来自内部。我写《红尘》，用意不在于铺叙一个“窑姐儿”的浮沉荣辱，着眼点是她所处的历史氛围，这便是我对于上述问题的思索。

历史，民族，人生。我的思索。

是为序。

1986 年 6 月于抚剑堂书屋

（小说集《红尘》，花城出版社 1988 年出版）

话剧《红尘》答问录

记者：霍达老师，祝贺您的话剧剧本《红尘》获得国家舞台艺术精品工程优秀剧本奖，并且由国家话剧院在京上演！

霍达：谢谢！

记者：我记得，您的同名小说发表于一九八六年，一九八八年获第四届全国优秀中篇小说奖。同一部作品，原著和改编相隔将近二十年，两度获得国家大奖，真是难得，充分说明了它强大的生命力。尤其是去年刚刚完成的话剧剧本，还没有演出就已经获奖，这种情况好像还没有先例……

霍达：有没有先例我不知道，接到获奖的通知我很意外，但也很高兴，自己的作品被别人认可，总是一件好事。

记者：当年，小说《红尘》刚刚发表时我就拜读了，最近又看了据此改编的剧本，两个文本我都喜欢，可谈的话题很多，最令我心动的是这部作品的"点子"想得非常巧妙，而立意又极其深刻。一个曾经在旧社会当过"窑姐儿"的女子，在解放后将怎么生活？这个悬念可以有多种答案，而您选择了出人意料的一种：当她刻意隐瞒自己的历史时，和蹬三轮儿的丈夫生活得十分"滋润"，被街坊四邻艳羡"要样儿有样儿，要派有派"；而在一次诉苦会上她经不起街道主任的煽情，痛说自己不幸的过去，暴露了“见不得人”的隐私，便立即成了人们所不齿的另类，在“四清”和“文化大革命”运动中受尽凌辱，最终自己结束了生命。请问，您是怎么想到这个“点子”的？生活中有“德子媳妇”的原型吗？

霍达：生活中不可能有现成的艺术形象，但是德子媳妇这个人物不是从天上掉下来的，而是从生活的土壤中长出来的。中华民族自古以来就崇尚“诚信”，但我可以说，真正做到人和人之间互不设防的“诚信”社会，五千年来都未曾有过，将来也未必会有。一代又一代的孩子们在讲堂上被教导说“要诚实”“不要说谎”，那些教条只能写进套话连篇的作文中，而在没有外人的私密场合，家长教给孩子的处世箴言却是“逢人只说三分话，未可全抛一片心”，这才是最实用的。因为历朝历代都可以举出许多因为讲真话而倒了霉甚至丢了性命的事例，经验和教训使得人们变得圆滑了。正如鲁迅先生所说：“中国人的不敢正视各方面，用瞒和骗，造出奇妙的逃路来，而自以为正路。在这路上，就证明着国民性的怯弱，懒惰，而又巧滑。”

记者：不幸的是，被别人认为“经多见广”的德子媳妇恰恰并不具备这种圆滑或曰巧滑。在悼念毛主席的时候，她有一大段台词，其中说：“我知道自个儿出身低贱，这辈子没有多大的望兴，只求活得像个人，跟旁人一样的人！我不偷不摸，不坑不骗，没有害人的心，没做过一件坏事儿，我这心是干净的，手是干净的，为什么世人还嫌我‘脏’，嫌我‘臭’？我到底‘脏’在哪儿，‘臭’在哪儿？唉！要怪只能怪我自个儿，不该听了孙主任的话，在诉苦会上倒那一肚子苦水！我要是不说呢？不就谁都不知道、谁也不敢踩践我了吗？瞒他们一辈子，骗他们一辈子，那就什么事儿都没有了，多踏实！可是，共产党不是教导世人要‘做老实人，说老实话，办老实事’吗？我说了实话，怎么反倒遭了罪呢？……”这一段话，是否可以视为全剧的“眼”？

霍达：你说得没错，德子媳妇始终无法理解的就是：为什么真诚的代价是如此的惨烈？不过，她倒也并不是全然不懂“瞒”和“骗”。一个从八大胡同的污泥浊水中出来的女人，不可能像《皇帝的新衣》里说真话的孩子那样单纯。她和德子搬了多次家，就是为了躲避街坊四邻的刨根问底。搬到这条胡同来之后，她也曾经多次从容应对孙桂贞、马三胜等人的刺探，巧妙地掩盖了自己的历史。但是，经历过“以阶级斗争为纲”时代的人都还记得“忆苦思甜”的舆论导向的巨大威力，“忆旧社会的苦，思新社会的甜”，非常时尚而光荣，而这条胡同里的小业主们又诉不出像样的苦来，映衬得德子媳妇更加苦大仇深，“谁也没我更‘无产’了，连身子都不是自个儿的”！于是，在孙主任的启发和鼓动下，她天真地解除了心理防线……

与此相对比，我设置了街道主任孙桂贞这条线。无论在小说里还是在剧本里，孙桂贞都没有对外人说过一句真话，她一生最大的成功就是敢于撒谎而又善于撒谎，撒谎撒得有技巧，有水平，达到了弄假成真的地步。解放前夕，她的丈夫被国民党抓走去了台湾，在“以阶级斗争为纲”的年代，她本应是无可置疑的“反革命家属”，可是，这个人竟然以出奇的想象力和超人的胆量，虚构出丈夫因从事革命工作而被国民党杀害的故事，并且成功地骗取了烈属证书，为她自己和全家请来了护身符，从而在阶级斗争的惊涛骇浪里无往而不胜，甚至在“文化大革命”的残酷斗争中，连老区长都被诬陷成“假党员”，她这个假烈属却仍然毫毛未损。孙桂贞有一句名言：“看见的也说没看见，听见的也说没听见，知道的也说不知道，千万别说实话！”这是她的教子家训，连傻子疯顺儿都会背……

记者：真是奇绝妙绝！更妙的是，“文化大革命”结束，两岸关系发生了变化，一个爆炸性的消息传来：孙桂贞的丈夫在台湾，她家里挂的那张烈属证是假的！按照人们已经习惯的思维逻辑，孙桂贞这个“代代红的娘儿们”终于该倒霉了，可谁料此一时也，彼一时也，而今的“台胞”“台属”这些字眼儿比当年的劳模还光荣，孙桂贞歪打正着，又一次化险为夷，风光无限！这么精彩的情节，您是怎么想出来的？

霍达：这也是生活的赐予。以前总有人埋怨中国人思想保守，其实很冤枉，我们中国人是很善于接受新事物的，“大跃进”时期“放卫星”，“文化大革命”当中揪斗“黑帮”，一哄而起，都搞成了轰轰烈烈的群众运动。过去是越穷越光荣，现在是金钱至上，“贵族”走俏，冷不丁冒出来不少先前不曾听说的大清皇亲国戚、国军将领后人、花旗银行经理或是租界巡捕的嫡系子孙、台湾政要的什么远房亲戚之类，“人往高处走”嘛！孙桂贞如果再继续当“烈属”，即使是真烈属也意思不大了，恰在此时她突然变成了“台属”，这才真叫走运，天上掉馅儿饼，让那些“气人有，笑人无”的街坊们羡慕死、嫉恨死！

记者：“气人有，笑人无”这六个字也堪称经典，十分精确地概括了中国的国民性。

霍达：这是群众概括的，我只不过随手拈来，借孙桂贞之口说马三胜：“你小子，就是气人有，笑人无！”其实何止一个马三胜？君不见，哪个单位分房子，评职称，不争得你死我活？宁可谁都没份儿，也不让别人占了先。这些，我们都早已见怪不怪了。就说《红尘》里的这条胡同，街坊们对一路走红的孙桂贞早已恨得牙根疼，但慑于她的权势和霸道，敢怒而不敢言，唯一的宣泄方式是拣软柿子捏，欺负那个没有还手之力的德子媳妇，马三胜调戏她，黑子奶奶奚落她，黑子打她、揪斗她，周围的人也袖手旁观，从中取乐。鲁迅先生说：“勇者愤怒，抽刃向更强者；怯者愤怒，却抽刃向更弱者。”“群众——尤其是中国的——永远是戏剧的看客。牺牲上场，如果显得慷慨，他们就看见了悲壮剧；

如果显得觳觫，他们就看了滑稽剧。北京的羊肉铺前常有几个人张着嘴看剥羊，仿佛颇愉快，人的牺牲能给予他们的益处，也不过如此。”重温鲁迅的这些论述，我们能不被震撼吗？

记者：您在谈话中多次引用鲁迅的话，可见鲁迅在您心目中的位置。的确，我在读《红尘》的时候，脑际也闪现过鲁迅的《药》《祝福》《孔乙己》《阿Q正传》，以及他的一系列关于国民性的杂文……

霍达：剖析中国的国民性是鲁迅作品的一个重要主题，中国的文化人关于这个话题的议论也很多了，而且大多都要引用鲁迅的“哀其不幸，怒其不争”这八个字，仿佛他们所“哀”的这些“中国人”并不包括自己。十年“文化大革命”所造成的浩劫是让亲身经历者永远无法忘记的，但人们在庆幸灾难已经过去的同时，是否也曾思考过自己在这场灾难中扮演的是什么角色呢？自私、猎奇、欲望、残忍，亦即人性的恶，始终潜藏在人们的心中，而只要有了一个合适的时机，就会左右人的思想，就可能化为行动。“文化大革命”中揪斗“牛鬼蛇神”，残酷斗争，无情打击，除了少数坏人作祟，参加者不是还有大量的“革命群众”吗？难道都是受了“蒙蔽”？明末袁崇焕蒙冤被杀，京城百姓“生啖其肉”，难道都是出于“义愤”？当人们失去了怜悯、宽容、爱等一切美德的时候，一具具行尸走肉都变成了互相杀戮的斗兽机器，而看客也是他们的同类。鲁迅说：“于是大小无数的人肉的筵宴，即从有文明以来排到现在，人们就在这会场中吃人，被吃，以凶人的愚妄的欢呼，将悲惨的弱者的呼号遮掩，更不消说女人和小儿。”对于这“凶人的愚妄的欢呼”，我们是并不陌生的。

记者：您的这些话让我战栗。或许正是出于这样的认识，您在剧本中对梁思济这个人物的结局有所改动？

霍达：是的。在小说以及剧本的初稿中，梁思济都是一个“正面人物”，作为小市民群里唯一的知识分子，他担当了社会良知的象征和作者代言人的角色。而在定稿剧本的尾声，我做了新的处理：当他的冤案得到平反，当了院长，便不知不觉地产生了微妙的变化，对于哀哀求助的德子媳妇不再同情，而只是冷漠地以几句话打发了事。这一笔虽然着墨不多，但这个人物不概念了，完整了，真实了，可信了。

记者：也使整个作品升华了，而且更沉重了。记得当年小说《红尘》刚刚问世的时候，荒煤先生就曾撰文评论说：“作者很少急切地跳到读者面前来表白自己不控制的激情，发表种种哲理，而是十分平静却十分亲切地剖析人物的灵魂。”荒煤先生还特别欣赏“作者用她熟悉的‘京白’口语，似乎如叙家常地平静地娓娓而谈，却十分委婉、细腻、真实地描绘了几个平凡人物的命运，展示了他们的心理、个性”。地域性、生活化语言的成功运用也是《红尘》的一大看点，这在话剧剧本中体现得更加突出了。这将是一出“京味儿”十足的好戏，令观众充满了期待。

霍达：剧本只是为演出提供了一个基础，观众最终看到的是舞台形象。曹其敬导演是我所敬重的、成就卓著的艺术家，国家话剧院为此剧推出了由朱媛媛、韩童生、刘佩琦、柏寒、陈强、澹台仁慧等著名演员组成的强大阵容，并且由薛殿杰先生出任舞美设计，借此机会，我对他们的辛勤劳动表示感谢！

（发表于2005年4月25日《人民政协报》、《诗书画》2005年卷）

大雅若俗

——小说集《魂归何处》自序

前人语，有“大智若愚”“大巧若拙”，而未有“大雅若俗”，在下姑妄言之。

昔者俞伯牙，乃是个大大的雅士。一日，行至汉阳江口，忽然风托浪涌，大雨如注，舟楫难行，泊于崖下。待雨止云开，明月复出，伯牙独坐舱中，生雅兴而抚琴，曲未终而弦断。伯牙惊。左右上岸搜索，揪出一个听琴的樵夫。伯牙大笑：“山中打柴之人，也敢称‘听琴’二字！”樵夫答道：“大人若欺负山野中没有听琴之人，这夜静更深，荒崖下也不该有抚琴之客了！”伯牙见他“出言不俗”，乃邀樵夫上船，纵谈琴艺，樵夫对答如流。伯牙更弹一曲，樵夫尽识其意：“巍巍乎志在高山，洋洋乎志在流水。”伯牙相见恨晚，引为知音、知己，生死莫逆。

这故事流传了千百年，俞伯牙和樵夫钟子期都是被歌颂的对象，一个雅，一个“不俗”，两人赛着雅，雅到了一块儿，共同步入远离俗人的象牙之塔。

其实，我倒是觉得，樵夫钟子期不必归入“雅士”之列，应还其“俗人”面目。他生活在民间，每日里爬山、砍柴，能“雅”到哪儿去？只不过肚子里有和“雅”人相通的东西罢了，“你们那一套，我也懂”！做官的俞伯牙，也没有完全脱“俗”，他琴曲中的意境，高山也罢，流水也罢，本是樵夫眼中常见的东西。他们两位，一个在晋，一个在楚，相隔千里，那时候又没有电话，没有报纸，没有刊物，没有创作讨论会，默默地各干各的，一朝邂逅，却心灵相通。这并不奇怪。他们都食人间烟火，都读竹简上的方块字，都研究共同的文化艺术，他们之间有相通的东西。正因为这样，俞伯牙在荒野之中独自弹琴，也有人听，并且还能听懂，尽管他当时并未考虑到“上座率”和“票房价值”等。

假如俞伯牙真正存心和“俗”人过不去，那天晚上由着性儿地胡弹一通，使劲儿地“雅”，“雅”到自个儿都听不懂，那就行了，钟子期就傻眼了，赶紧挑起柴担子回家焖饭去，还听它干什么！

可是，俞伯牙并不想这样，他既要“雅”，又要觅“知音”。不管他承认不承认，他是在雅与俗之间周旋！

自古以来，雅人看不起俗人。

自古以来，俗人养活了雅人，也养活了雅人的文化。

雅人从俗人中得到了文化，又不大想让俗人听；一旦被俗人听懂了，便大惊失色，以为贬了值；真正没人听，又哀叹“阳春之曲，和者盖寡”！

世界上的俗人比雅人多得多。

没有俗人，便没有《诗经》《楚辞》……

没有俗人，白居易的诗歌绝不可能流传到“禁省、观寺、邮候墙壁之上无不书，王公、妾妇、牛童、马走之口无不道，至于缮写模勒、炫卖于市井，或持之以交酒茗者，处处皆是”的地步。

也正因为如此，雅人说“元轻白俗”，白居易落下个“俗”名，这帽子戴了一千多年。

雅俗之间，不应该有一条不可逾越的鸿沟，白居易等人的贡献正在于架起了一条沟通雅俗的桥梁。真正的杰作，真正的大师，还必须得到人民的认可。

说到这里，我想起了老舍。老舍的作品取材、语言风格，可以说“俗”到了家。虎妞在裤腰里塞个枕头，骗祥子说“我有了”；刘麻子给太监总管买媳妇；两个大兵合娶一个老婆……这些已经俗得“牙碜”的事儿，却在老舍的笔下生辉，俗人看了说：“嗯，是这么回事儿。”雅人看了说：“啊，只有老舍才写得出来！”

老舍做到了“大雅若俗”，貌俗而实雅。俗，不是要低级庸俗、俗不可耐；雅，不是要高不可攀、琢磨不透。他既没有把自己等同于一个小市民，去俯就、迎合其落后、愚昧甚至低下的趣味，也没有把自己装扮成超凡脱俗、足驾祥云的神仙，从高空中藐视脚下的芸芸众生。他是站在俗人之中，怀着深深的爱和深深的痛苦，把俗人的故事说给俗人听，也说给雅人听。听完了，俗人雅人都觉得心里亮堂了点儿。

“大雅若俗”把文学还给了俗人。

“大雅若俗”悄悄地把俗人变雅。

其实，俗人也不是顽固不化、不可救药的。中国实行开放政策以来，许多新东西一拥而入，包括物质的、精神的，俗人的接受、适应之快，甚至超过了某些雅人。俗人讲实惠，管它洋的、土的、俗的、雅的，自个儿合适就掏钱买。中国的雅人还得中国的俗人养活，得好好地想想生产什么样的精神食粮，既让人家认账，又得让自个儿不坑人，不亏心，不装腔作势，不招摇撞骗，不砸牌子。

不妨试试“大雅若俗”。

没有“大雅若俗”，文学便会两极分化，雅的更雅，俗的更俗。一见发现“庸俗文学”泛滥成灾，“严肃文学”无人问津，再惊呼，再感叹，似乎也没什么高招儿。

附带说一句，“严肃文学”的招牌也值得商榷。有些自命“高雅”、自视“严肃”的文学并不那么高雅，也并不那么严肃，故弄玄虚自作聪明地骗人罢了。这令人想起前些时候挂得满街筒子、像尿布似的“舶来品”，其实是从外国病人、死人身上扒下来的，拿来唬自个儿的同胞，不大地道！还有那些一坐就坏的沙发，“金玉其外，败絮其中”，让人家买回去骂。

俗人并不傻，也不大好糊弄的！

1986年岁首写于抚剑堂书屋

（发表于1986年第3期《丑小鸭》。小说集《魂归何处》，十月文艺出版社1988年出版）

我和《海魂》①

漫漫西行路，滚滚远洋潮。汽笛一声长啸，壮士赴滔滔。重驾郑和樯橹。再续丝绸古道，雪浪溅征袍。网落鱼龙舞，锚起星辰摇。　男儿血，赤子泪，洒碧涛。夜来船满明月，乡恋挂桅梢。梦里乘风归去，问讯故人安好？暮暮更朝朝。叩舷歌一曲，大海起狂飙！

这首《水调歌头》，是我的长篇报告文学《海魂》卷首序词。

在我们所居住的这个星球上，百分之七十以上的面积是茫茫大海。有史以来，人类为了自身的生存和发展，便开始了征服大海的不懈斗争。郑和下西洋的壮举曾在世界航海史上留下不朽篇章，然而直到本世纪八十年代，中国还没有一艘渔船驶出国门，被各大渔业强国远远地抛在后头了。

一九八一年初，新华社的两位记者从西班牙拉斯帕尔马斯群岛发来一份内参，介绍了大西洋捕鱼业的情况，建议祖国派出船队，开创远洋

① 后改名为《搏浪天涯》。

渔业。一片赤子情，牵动中南海，中国远洋渔业的开创就此拉开序幕。

一九八五年三月十日，中国第一支远洋渔业船队经过四年紧张的物资和技术准备，向国家贷款三百万美元外汇额度，终于乘改革开放的大潮从历史名港马尾拔锚起航，沿着郑和开辟的航道，驶向天涯海角、大洋深处，历尽千难万险，登上风云际会、群雄逐鹿的国际舞台，一举填补了我国远洋渔业的空白。

这项威武雄壮事业开创之际，带有极大的风险性，因而是悄悄地进行的。直到三年之后，中国远洋渔业船队已在大西洋站住了脚跟，新闻媒体才公开披露这一消息。于是，我到了中国水产联合总公司，开始了第一次采访。

办公室正在开会，总经理张延喜用两个小时向我讲述了中国渔业船队首闯大西洋的历史，我被深深地感动了。更使我感动的是他最后说的话："你们作家看得起我们这些打鱼摸虾的人……"听了他这句话，我就觉得，如果我的笔不去写这些"打鱼摸虾的人"，真是对不起他们了。于是就有了这本书的首章《弄潮大西洋》，摘要发表于《人民日报》，全文发表于《十月》。

现在回头再看我最初接触这一题材时所写的东西，已经觉得太简略了。但那毕竟是一个开端。从此，我虽为"局外人"，却时时关心着"中水"的一举一动，从大西洋传来的任何点滴消息都使我如同接到"家书"一样激动不已。中国远洋渔业虽然开创不久，但在国际上已经声名赫赫。因为远洋渔业的生产基地在国外，所以国内的同胞还不大知道，那些不怕困难，不怕挫折，不惜离乡背井、抛家舍业的人，正在为祖国、为人民进行着可歌可泣的奋斗！

我决心继续写下去。"中水"参加过西非创业的许多同志，向我提供了大量创作素材。采访面不断扩大，从北京一直到西非。我曾到拉斯帕尔马斯去亲身体验那个风云际会的世界渔业之都、各路英雄激烈竞争的战场；曾到大西洋的渔船上，去亲自参加他们那像战斗一样的海上捕捞；去倾听那些远离家乡、远离亲人的海外游子倾诉衷肠；曾到遥远的撒哈拉大沙漠，在毛里塔尼亚的努瓦迪布和努瓦克肖特，参加“中水”和国际合作伙伴的谈判；曾到祖国南方海岸的港口，为又一批远航的勇士送行；曾到“中水”所属的一些渔业公司和渔轮公司，了解他们在后方所做的默默贡献；曾到那些创业者的家里，询问渔家大嫂对天涯未归人的梦魂萦绕和殷殷寄语；曾利用那些船员归国探亲的宝贵机会，请他们用打鱼人的语言叙述那难忘的岁月；曾为在西非以身殉国的同志敬献花圈……

和他们接触得越多，我越觉得自己所知甚少，他们就像大洋大海，而我却只捕捉到一朵两朵浪花。那些朴朴实实的打鱼人，使我一次次受到灵魂的震撼，从他们身上，我看到民族的脊梁，国家的希望。他们默默无闻地无私奉献，从八十年代到九十年代，一如既往，并且还要传之久远。这是一种什么精神？我无法给以科学的定义。但凭一个作家的直觉，这正是中华民族要顶天立地、自立于世界民族之林所必须具备的最重要的精神！我把所见、所闻、所思、所想都写下来，奉献给我的读者，让他们知道在中华人民共和国的历史上，还曾有过这么一页也许不甚重要的篇章，而这一页却无论如何不应该被忘却、被丢弃！无数次的采访，无数次的核对，无数次的查阅资料，我尽一己之所能，尽最大努力，追寻历史的踪迹，探求最原始的事实，遵循报告文学最根本的原则：真实。

前面的工作时断时续，而到了一九九四年，我几乎丢下了一切，全力以赴写《海魂》。我已经放不下它，如果不一鼓作气地写完，头脑里很难开始其他题材的构思。那些光着脊梁、浑身晒成古铜的渔家汉子，他们用血肉之躯在国际舞台上展现的一幕幕威武雄壮的活剧，闭目如在我的眼前。我忘不了在拉斯帕尔马斯亲眼看着他们从凌晨四时顶着星月到码头接船，用铁肩膀卸下几千吨的渔货，小心翼翼地捡起不慎掉落在地的一鱼一虾，一直干到第二天的凌晨二时，把船送走！在海上打鱼的人，同样也是日夜不息，祖国人民沉浸在梦乡之际，正是他们在大西洋上拉夜网之时……

一九九五年的春天，这本题为《海魂》的长篇报告文学终于送到了读者的手上。多年以来，我对于厚爱我的读者，已感“负债”太多，但我以为，这本书也许可以向读者“还愿”，因为它是用我的心血写成的！

然而，当我再次阅读书稿时，心中仍然感到深深的遗憾。本来我计划中写得比现在更多，却未能如愿。当年，苏、美、日、韩等渔业强国的渔船驰骋天下，广阔的洋面上看不到一艘中国渔船。今天，从大西洋、印度洋到北太平洋、南太平洋，到处有五星红旗漫卷海风。十年之间，中国已经从一片空白中昂然崛起，成为举世瞩目的远洋渔业大国，在世界渔业界占有不可忽视的地位。我国远洋渔船有四百五十余艘、船员五千余人，我要全部走遍、访遍，显然是不可能的。

尽管我有很多遗憾，但我还是要敬告读者，《海魂》并不是中国远洋渔业史，而只是一个作家对中国远洋渔业的感受，一部文学作品。文学，从来就是历史的折射，但它又具有独立的品格，它以文学手段重现历史，给今人以精神的借鉴与启迪、艺术的享受与感发，似乎又与史书具有不同的存在意义。鉴于此，我给那些信任我、热爱我的读者捧出《海魂》，并且借此向那些默默无闻地为中国远洋渔业做出贡献的人，表达一个同胞的由衷敬意：致敬，时代的弄潮儿，中国远洋渔业的开拓者！

（发表于1995年4月5日《中国文化报》）

我和报告文学

——《霍达报告文学选》代序

我幼时爱读史胜于读文学，青年时代曾随先师马非百老人致力于史学研究，却又终于没有走专门治史的路，而进了文学之门。这是不是一个误会？不，我至今感谢历史老人非百先生，甚至觉得，如果不先下一番功夫读史，几乎无以为文。

在古代，文与史之间并没有明确的分界，言之凿凿的史实，寓于凝练典雅的文字之中。这一点，到司马迁的《史记》，达到了高峰，不愧为“史家之绝唱，无韵之离骚”！试看《项羽本纪》中《鸿门宴》一段：“项王即日因留沛公与饮。项王、项伯东向坐，亚父南向坐……沛公北向坐，张良西向坐。”以简练的相同句型把主要人物在宴会上的方位交代得清清楚楚。“范增数目项王，举所佩玉玦以示之者三，项王默然不应。”寥寥数语，揭示了一个密杀阴谋。没有对话，没有张牙舞爪的大动作，仅仅写了范增的眼神、手势和项羽的反应，两个人物的不同性格和心理活动便活灵活现，跃然纸上。及至项庄舞剑，樊哙拥盾而入，“披帷西向立，瞋目视项王，头发上指，目眦尽裂”。奇峰突起，剑拔弩张，令读者惊心动魄，连呼吸都停止了。樊哙饮酒，啖彘肩，说出一大段指斥项羽的言辞，那震撼力简直超过最优秀的话剧！而项羽却“未有以应，曰：

‘坐。’”高潮处突然置一静笔，更令人惊诧不已！

我后来写历史剧，写小说，写报告文学，可以说，无一不是受了太史公的影响和启发，他对于史料的充分占有和精辟独到的见解，对历史高度负责秉笔直书的大无畏精神，他对历史人物和事件游刃有余的驾驭所表现出来的高超的文学才能，都堪称千秋典范。如果要我把司马迁的著作界定某种体裁，我宁可说他写的是“报告文学”。

道出这一渊源，便很容易理解我为什么在报告文学创作中喜欢从历史的、宏观的角度入手，《万家忧乐》《国殇》《起步于黄帝陵前》《民以食为天》《渔家傲》《弄潮大西洋》……莫不如此。报告文学不等同于新闻报道，仅仅具有新闻价值的素材也并不为我所取。报告文学所观照的是历史，虽然它仅仅是历史的某一小小的片段，但在整个历史链条中，任何一个片段必然是其有机的一部分。由此及彼，举一反三。报告文学的任务应该是忠实地记录历史，帮助人们认识历史，为未来保存历史。对于今天活着的人们，它应当具有警策的作用；对于后世的人们，它还应该不失“以古为鉴”的意义。这就不是“热门话题”“花边新闻”“×星秘闻”“广告文学”所能承载的了。

然而报告文学毕竟不同于史书而是地地道道的文学，要成其为文学，就必须用文学笔法，亦文亦史。前述的《鸿门宴》仅是大家最熟悉的段落，类似的例子不胜枚举。我读《史记》，有时候又把它当历史剧来读，觉得太史公对于戏剧矛盾冲突的设置，人物性格的刻画，甚至对“台词”的设计，真是精彩之至！须知司马迁笔下的人物、事件，有许多对他来说已是历史，不可能直接采访；而历史的框架又是“木已成舟”，也不容他随意更动。但他却在重重严格限制下把“戏”写得生动活泼，有声有色，谈何容易！

报告文学是一项极艰苦又极有诱惑力的事业。我在报告文学创作中，花费了十倍、百倍于其他体裁作品的时间和精力，用于调查研究，追踪事件的来龙去脉，想方设法"撬"开所有当事人之口，取得第一手材料，反复核对、推敲，反复踌躇，犹如"办案"。唯此尚嫌不足，还要把当地的史、志尽可能详尽地搜寻、研究，查找与我关心的事件、人物有关的一切蛛丝马迹。当我认为准备工作已经就绪，这才抚纸命笔，下面的事情也就得心应手了。我在《仰雪词馆主》和《吴冠中》中为两位艺术家以及一些很有影响的历史人物作传，在《国殇》中为五位英年早逝的知识分子作传，在《小巷匹夫》等篇目中为一个个当代人物作传，都曾为动笔之前的奔波而伤神，但在落笔之后，胸中块垒一吐为快，又得到了莫大补偿。写到矛盾冲突的高潮处，虽是早已被事实框定的情节，也可以写得洋洋洒洒、淋漓尽致，有时像戏剧，有时像小说，有时像诗。像什么都无妨，究其本身，它还是像它自己——历史。现实也是历史，今天发生的一切，在明天看来就是历史。就这个意义上说，一切文学样式也都是在写"史"，而当作家明确地意识到这一使命，就感到肩上无比的沉重，因为每一笔落下去，都面对着历史老人，都要对历史负责。记得有一位外国作家说过"做时代的秘书"这样的话，这话说得很深刻。而承担这一使命的最称职的作家，在中国首推司马迁。

我愿做太史公的一名小学生。

（《霍达报告文学选》，江苏文艺出版社 1995 年出版）

《国殇》作者致读者

亲爱的读者：

你们好！拙作《国殇》发表后，《当代》编辑部给我转来了许多读者来信。这一封封信，大都出自中年知识分子之手，字里行间，渗透着悲壮的泪水，沸腾着滚烫的热血，使我读来仿佛又回到了为《国殇》而奔走采访的日子，看到了一颗颗“位卑未敢忘忧国”的豪士之心！

谢谢你们，我的虽不相识但心相通的朋友们，谢谢你们对一个作家的最好的安慰！

《国殇》是一篇文学作品，它不可能囊括我国中年知识分子全体的业绩和境遇，也不可能改变和解决现实生活中存在的许许多多的严峻问题，我深知自己的能力是极为有限的。一篇文章，如果能引起读者的强烈共鸣，能引起全社会（包括公仆和公民）的思索和关注，也就算没有白费笔墨。我作为中年知识分子群体中的普通一员，仅以一己之见表达了对民族前途的忧虑和希冀。当今寰球，改革和调整已不仅是中国的当务之急，而是世界潮流。在全人类以不同的认识、不同的姿态走向二十一世纪时，中国人应该怎么办？要自立于世界民族之林、跻身于强国之列，最重要的是提高人的素质，重塑民族之魂，而其关键正在于科学与文化！中国的“士”，经历了几千年的艰难跋涉，如今到了以身报国的最迫切的时期，就这个意义上说，“把我们的血肉筑成我们新的长城”，他们也就必然是最坚实、最可靠的砖石！因此，抢救知识、抢救人才也就成了这一切的前提！“伯乐葬马”“马找伯乐”那样的悲剧再也不应该重演了！

毋庸讳言，由于千百年的封建积习和几十年当中极“左”路线的束缚，在知识分子身上也一定程度地存在某些“劣根性”，如“达则兼济天下，穷则独善其身”的儒家思想和软弱性格，如在政治上的压力一旦“松绑”之后出现的“李白整杜甫”“武大郎开店”等现象，都表明了知识分子也需要一个觉醒、再造过程。要使自己真正成为“民族的脊梁”，无愧于任重道远的时代，既需要当局者的“慧眼相识”，也需要自身的砥砺和进取。

愿有识之“士”都能得其所哉、报国有门；愿在我们“新的长城”上，我们的知识分子焕发出新姿、新采！

朋友们，再次感谢你们充满真挚情感的来信，并且从心底里祈望我的《国殇》不再有“续篇”！

1988 年 9 月 2 日于抚剑堂书屋

（发表于 1988 年第 6 期《当代》）

万家忧乐上心头

报告文学《万家忧乐》发表于一九八六年。当时，中国还没有走出计划经济的旧有模式，市场经济仅仅作为计划经济的一个补充，中国消费者协会刚刚成立，人民群众对于“保护消费者利益”这一概念还缺乏认识，多数人甚至闻所未闻。但是，这并不等于在我们的社会中不存在“保护消费者利益”的问题，恰恰相反，假冒伪劣、坑蒙拐骗等等侵犯消费者利益的现象大量存在，许多普通百姓蒙受了经济损失和精神折磨却欲诉无门，不知道该到哪里去“讨个说法”。在中国消费者协会的协助下，我跑了许多省、市、城、乡，跟踪采访大量的身受其害的消费者，真是触目惊心。如果只是就事论事地单独看待这些事例中的产品质量问题、价格问题或者售后服务问题，无非是买方和卖方的一些纠纷，但是，宏观地来看，它却是一个大问题，反映了在我国经济转型期，市场发育尚不成熟的情况下，由于消费者的利益还不能得到法律的有效保护，不法商家乘隙扰乱国家的经济秩序和人民群众的经济生活，已经在某种程度上败坏了改革开放的声誉，成为建设有中国特色社会主义的一大阻力。我认为自己作为一个作家，不应该沉默，要为人民说话。在充分调查研究的基础上，我完成了报告文学《万家忧乐》。作品首先回顾了世界范围内的保护消费者利益运动的历史：自从一八九八年美国成立

"消费者协会"，将近一个世纪以来，已经发展成一个声势浩大的国际性运动。可是，直到一九八一年，联合国亚洲及太平洋经社理事会在曼谷召开"保护消费者问题座谈会"，才向中国发出邀请，那时我们还根本没有保护消费者的组织。这至少可以说明我们在这个问题上已经大大落后于世界。如果我们不承认落后，或者自甘落后，那么，要把中国建设成世界经济强国是根本不可能的。保护消费者利益运动在中国的兴起，是历史的必然，是时代的要求，是人民的迫切愿望！

当然，《万家忧乐》不是消协的文件，而是文学作品，我向读者讲述了一个又一个故事，故事的主人公都是生活在社会底层的普通人。他们拿着血汗钱走向市场，却遭到形形色色的欺骗、剥夺和折磨，到头来落得一把辛酸泪！这些人无权无势，但他们是堂堂正正的公民，是有偿取得商品或者服务的消费者，拥有神圣不可侵犯的权利，这些人就是保护消费者运动的主力，中国消协就是为他们说话的组织！作品在《当代》杂志发表之后，我收到了许多读者充满激情的来信，诉说他们自己的切身遭遇，表达对保护消费者运动的由衷拥护；而那些被点名曝光的厂家却不敢作声，没有一个跳出来狡辩，这说明了正义事业的威慑力！当然，并不是所有的人都赞成《万家忧乐》，也有少数人对此反感，认为这部作品"美化资本主义，丑化社会主义"。这帽子未必太大了点儿。须知，"消费者"这个词汇泛指一切有偿取得商品或者服务、用于生活需要的自然人和法人，不分阶级，不分国度，也不分姓"社"还是姓"资"，总统要穿衣吃饭，工人、农民也要吃饭穿衣，汽车工厂不可能同时生产面包，石油大王也要掏钱买皮鞋。在这个世界上，人人都是消费者，拥有同等的权利。邓小平同志说过："市场经济并不是资本主义的专利。"而消费者利益问题是市场经济的派生物，当然也不是资本主义的专利，我们大声疾呼"保护消费者利益"，天经地义，何罪之有？君不见，当中国消协帮助那些受到侵犯的消费者讨还公道时，他们热泪盈眶地“感谢党，感谢政府”，难道这不正是社会主义的光荣吗？

《万家忧乐》于一九八八年获得了全国第四届优秀报告文学奖，一九九二年又获得全国“保护消费者杯”个人最高奖。我并不把它看作个人的荣誉，而是人民对于方兴未艾的保护消费者运动的肯定。历史的潮流是不可阻挡的，我们现在已经有了保护消费者利益的一系列法规，中国的消费者组织成立十五年来，为消费者挽回了二十六亿财产损失，也保护、扶植了国产优质名牌，为推进中国保护消费者运动和改革开放事业做出了巨大贡献，这是有目共睹的事实。今天回过头来再看当年少数人的那些奇谈怪论，已是不值一驳的笑话了。在新千年之始，中国将加入世界贸易组织，中国的保护消费者运动也拥有更为广阔的用武之地，开创更加灿烂的前景，这是毫无疑问的。作为一个消费者，我和保护消费者运动息息相关；作为一名作家，我会继续关注这项关系到国计民生的事业。我很喜欢这样一副对联：“四面河山来眼底，万家忧乐上心头”。这是时代赋予作家的使命。

（发表于2000年3月15日《中国消费者报》）

《中国当代作家·霍达系列》自序

国学大师王国维谓："古今之成大事业、大学问者，必经过三种之境界：'昨夜西风凋碧树，独上高楼，望尽天涯路。'此第一境也。'衣带渐宽终不悔，为伊消得人憔悴。'此第二境也。'众里寻他千百度，蓦然回首，那人却在，灯火阑珊处。'此第三境也。"

此等语言，真正是过来人的经验之谈。其实，不必特指"成大事业、大学问者"，世间凡人，只要是下功夫研究点儿什么的，无论卖豆腐的、种西瓜的、编蝈蝈笼子的、弹钢琴的、唱戏的、写文章的，对于自己所从事、所熟悉、所热爱的工作，其中的酸甜苦辣，必有深切的体会：若要出类拔萃，独树一帜，绝非易事。人们要做好一件事，大都是从向往开始，如登高望远，对那遥遥可见的风景，充满无限的憧憬，这便是第一境。继而为之痴迷，苦苦追求，虽山重水复、万险千难也在所不惜，这便是第二境。许多人就在这第二境中停顿了，退却了，或者倒下了，吃尽跋涉之苦，却未曾尝到攀登之乐，因为他没有达到那风光无限的第三境。难就难在第三境，妙就妙在第三境。那是艰苦跋涉之后的突然发现，是长期积累之后的妙手偶得，是废纸三千之后的神来之笔。所谓"下笔似有神助"不过是自欺欺人，灵感来自作家自己，是冶炼了自身的天赋、智慧、阅历、学识和治学风格所浓缩的精华迸发的闪光裂变，可遇而不可求。一位前辈作家说过："寻诗争似诗寻我。"我曾在一篇文章中引用了这句话，并且阐述自己的创作体验：“从某种意义上说，作家并不是作品的主宰，文学创作是一个奇妙的‘互动’过程：你在‘寻’他，他也在‘寻’你。你为了寻找最佳的表现形式，‘众里寻他千百度’；而他好像是一件早已存在的、完整的、有生命的艺术品，等待着你的发现，‘蓦然回首，那人却在，灯火阑珊处’。这样的创作状态，对作者来说已不是苦行，而是艺术享受。”编辑在发稿时，认为“苦行”二字不妥，问我是不是改为“苦刑”。我说不能改，这不是笔误，而是我刻意这么写的。“苦刑”是他人强加于你的刑罚，只能被动地承受，因此才深感其苦；而“苦行”是你主动地自找苦吃，虽苦而无怨，若“苦行僧”然。二者有着明显的不同，我取后者。

写作是一个自我“修炼”的过程，不断挑战自我、超越自我、升华自我的过程。回首几十年文学生涯，自然是苦多于乐，大半时间都花在了“众里寻他千百度”，然而，偶有“蓦然回首，那人却在，灯火阑珊处”的惊喜，顷刻间便抵消了所有的辛劳，所有的付出，由衷地感到今生不虚此行，庆幸我选择了文学，文学选择了我。

收在这部集子里的，是我自二十世纪八十年代以来一些有代表性的作品，一个个都是当年十月怀胎、一朝分娩，耗去了我的一份心血和一段生命，重新翻检时，像抚摩着自己的儿女。现在，他们都长大了，再一次整齐地排列成阵，去面对我的读者。母亲是不愿意当众评价儿女的，那就把这个权利留给读者吧，也许你能够猜到，哪一个是我最钟爱的。

2008 年 12 月 6 日写于抚剑堂书屋

（《中国当代作家·霍达系列》

2009 年 7 月由人民文学出版社出版）

我和儿子一起走进《海棠胡同》

二〇一〇年七月十七日，我创作的三幕话剧《海棠胡同》在京公演。

天幕上林立着拔地而起的崭新楼盘，与近景的平房杂院形成强烈的反差。旧城改造的推土机几乎推平了整个海棠胡同，只剩下这座有着二百年历史的沧桑故园和三棵龙钟古树，却拆不动了，开发商和"钉子户"之间，一场胜负未卜的博弈，在舞台上展开了……

当剧终落幕，观众席上响起了热烈的掌声，这让我无比欣慰，不仅是因为自己的心血得到了观众的认同，更重要的是，这出戏的导演王剑男是我的儿子，我为他的成功而自豪！这并不是剑男的第一部戏，他自二〇〇四年从中央戏剧学院导演系毕业，成为国家话剧院最年轻的导演，几年来已经先后导过《夜游戏》《特别的爱》《坚守》《物理学家》等多部话剧，现在又出色地完成了《海棠胡同》，我看着他一步步走向成熟。对一个母亲来讲，最大的欣慰莫过于此。常常有读者问我，哪部作品是自己最喜爱的？我由衷地回答：我最重要、最喜爱的"作品"是我的儿子！

剑男出生的时候，我已经三十八岁，可谓"老来得子"。分娩的过程漫长而且十分痛苦，他爸爸等在产房外，也在忍受着难耐的折磨。当产房响起婴儿的啼哭声，护士抱着儿子来见他的时候，他已经笑不出来，只是感叹道："为了你，险些损失了我的一员大将！"他并且还写了一首七绝："竖子成名叹嗣宗，人间何处觅英雄。苍天赐我纯阳剑，醉望乡关唱大风！"看得出，爸爸对剑男未来成就一番事业，怀着怎样的殷殷期盼。

受父母的影响，剑男小时候喜欢画画，喜欢读书，在写作上也显示出某些天赋，曾获得过全国少儿绘画比赛金奖和作文比赛一等奖，但我和他爸爸都不希望儿子将来以绘画或写作为职业，这些都可以作为一种艺术修养，支撑他去做更大的事，在更广阔的领域发挥他的艺术才能，比如导演。二〇〇〇年，他高中毕业，以优异的成绩考入中央戏剧学院导演系，实现了他的梦想，也是父母对他的期望。人生最大的幸福莫过于兴趣和职业的一致，他得到了，可以专心致志地去做自己喜欢的事了。"中戏"的四年学习，"国话"的五年磨炼，他长大了，不再是当年那个腼腆的孩子，而成长为一个具有专业知识、专业技能和独立见解的青年艺术家了。爸爸、妈妈也已经不可以对他的创作妄加"指导"，而只能平等地探讨、商榷，甚至在许多时候要向他"请教"了。父母盼着儿子比自己强，这不正是他对我们最好的回报吗？

二〇〇八年，一场突如其来的"5·12"大地震震动了全国，国家话剧院副院长王晓鹰导演邀剑男同赴四川，联合导演由成都话剧院在抗震救灾火线创作的话剧《坚守》。当时他父亲正在住院，即将手术，使剑男陷于两难之境。前此一年，他被文化部评为优秀共青团员，现在国家有难，正是挺身而出的时候，难道能后退吗？其实，他多虑了，我们怎么会拦他？爸爸对他说："这时候你如果后退一步，将来就无颜面对历史！"我对他说："儿子，家里有我在，你放心去吧！"我至今记得在五月二十五日那个深夜，儿子提起一个推拉箱，挥泪而去。在四川，他们冒着余震的危险，只用了二十天时间，以"坚守"精神赶排出了《坚守》，及时进京公演，并且在全国巡演，引起强烈反响，获得了全国五个一工程奖，受到国务院和中央军委的表彰，剧组被评为抗震救灾先进集体。

剑男踏上艺术道路的时候，正赶上泛娱乐化的年代，低俗、搞笑之风盛行，高雅艺术的生存遭遇严峻的挑战。一个艺术家，是随波逐流、趋利媚俗呢，还是独立高标、洁身自好？剑男选择了后者，他认为，艺术应该是社会的良知，时代的精华，而不应该沦为浮华的奢侈品和浅薄的泡沫。这正是我们两代人的共识，他在《坚守》和《物理学家》中所流露的责任感和忧患意识令我震撼。《物理学家》是瑞士剧作家迪伦马特的名著，以貌似荒诞的故事，表达了知识精英对全人类命运的终极关怀这样一个极其严肃的主题，剑男选择这个剧本，就表明了对艺术品格的坚持和追求。这部戏在京一演再演，并且作为“高雅艺术进校园”剧目赴上海高校演出，还应瑞士驻华使馆之邀，为纪念爱因斯坦世界科学家大会做专场演出，取得了预期的成功。

二〇〇九年秋，我和剑男开始酝酿一部新作，这就是后来成形的《海棠胡同》。灵感从生活中来，“拆迁”这一极具时代特点的事件，你想躲都躲不开，在大街小巷，随处可见推土机在轰鸣前进，将一条条胡同夷为平地。这里面隐藏着多少故事？古都风貌和现代化进程的争夺，“钉子户”和开发商的博弈，社会公平和市场规律的较量……。我和剑男走街串巷，在拆迁工地残存的“废墟”旁，倾听那些故土难离而又望楼兴叹的草根平民的呼声，不能不进入严肃的思考：城市建设的根本目的是什么？是 GDP 数字，是政绩工程，还是让人民群众特别是普通劳动者生活得更幸福、更体面、更有尊严？在并不发达的中国，基尼系数已经超过发达国家，“有钱的进来，没钱的出去”这条并不成文却客观存在的市场规则在起着怎样推波助澜的作用？当以“危旧房改造”的名义推倒成片的历史街区，树起千篇一律的水泥森林之时，是否应该警惕“建设性破坏”割断了本不应割断的城市文脉？当一座城市失去了历史的记忆，我们还能为子孙后代留下什么？

剑男自始至终参与了编剧工作，当剧本还只有《海棠胡同》这个名字的时候，他已经搜集了有关海棠的大量资料，剧中那段关于“人生三恨”和“海棠四品”的精彩对话便是由此生发而来，那古树闲庭的雅趣幽情也为这个剧本的风格定下了一个基调：所谓“京味儿”，不只是京腔儿、京“骂”、胡同串子，古都北京有着深厚的文化底蕴，我们所追求、所营造的应该是幽默风趣却不流于鄙俗，精致典雅却不失之晦涩，而将雅俗熔于一炉，让观众仿佛在品尝炸酱面的同时，又闻到一缕久违了的书香茶韵。剑男主张，剧中所有人物，没有“正面”“反面”之分，编导不要简单化地偏袒任何一方，而是艺术地呈现生活本身的丰富驳杂，让观众自己去做出判断。这是极其高明的见解，现实生活就是“公说公有理，婆说婆有理”，不仅“得理不让人”，而且“无理搅三分”，我们最终完成的剧本，呈现的就是这种面貌，人人振振有词，让你听得津津有味，又莫衷一是，要论谁是谁非，还得回去好好想一想。

剧本经过反复修改，在字斟句酌中完成了。这是我们母子之间第一次合作，剑男不是在给我“帮忙”，而是“调动”我的一切积极因素，为他“服务”——这正是导演本色。如果把一出戏比喻为一项工程，那么，编剧只是设计师，绘制出平面的图纸，而导演则是工程的总指挥，协调各方关系，运用一切手段，把它立体地、生动地、富有魅力地呈现出来。排练是最考验导演功力的过程，看到我年轻的儿子在那些明星大腕儿面前指挥若定，掰开揉碎地给他们说戏，最大限度地挖掘他们的潜能，使之爆发出一个个火花，我不但放心了，而且感到庆幸：如果说一百个导演就会有一百个哈姆雷特，那么，剑男就是《海棠胡同》导演的最佳人选，因为他和我一样熟悉这条“胡同”，爱这条“胡同”，爱这里的每一个人，爱这里的一砖一瓦、一草一木。

儿子没有辜负我，没有辜负热爱他的观众。

（发表于 2014 年第 4 期《金色年代》）

两情若是久长时，又岂在朝朝暮暮

——电视剧《鹊桥仙》创作札记

> 纤云弄巧，飞星传恨，银汉迢迢暗度。金风玉露一相逢，便胜却人间无数。　　柔情似水，佳期如梦，忍顾鹊桥归路。两情若是久长时，又岂在朝朝暮暮！

这是宋代著名诗人秦少游的一首《鹊桥仙》词。我应中央电视台之约写一个古装电视剧本，便选定了以秦少游和苏小妹的爱情故事为题材，并以这首词为主题，定名为《鹊桥仙》。

苏小妹这个人物，在历史上毫无记载，但她和秦少游的故事却在民间广为流传，其中既有一些可以吸取的精华，也存在着大量的必须摒弃的糟粕。有的传说中，把秦少游描写成一个轻浮浪荡的“风流才子”，他慕苏小妹的才名而去求亲，又因为听到苏小妹容貌丑陋而懊悔，偷偷摸摸探得真相后才转忧为喜，和苏小妹结为夫妇，婚后不久却在赴任途中和一个什么妓女鬼混，完全背弃了当初的海誓山盟，而苏小妹却把丈夫的这种可耻行为看作“得意之事”，不但不加阻拦，反而百般促成，甚至以秦少游的名义将那个“名妓”接到自己家中。一个朝三暮四的“才子”，一个以耻为荣的“佳人”，他们之间还有什么“爱情”可言？这种“爱情”

又有什么值得歌颂、值得欣赏的呢？难道这就是我们要奉献于广大观众特别是青年观众的吗？不，艺术应该是真的、善的、美的，文艺工作者的职责应该是在人们的心灵里播种“真、善、美”，鞭挞“假、恶、丑”！既然苏小妹是个虚构的人物，她和秦少游的这段姻缘是前人杜撰出来的，我们也大可不必受其束缚，完全可以放开手脚进行新的创造。

苏小妹是大名鼎鼎的苏洵之女，苏轼、苏辙之妹，从她的身上，应该看到这个文学世家的影响。是既才华横溢、多情善感，又洁身自好、疾恶如仇的少女。她在自己的婚姻问题上不听任什么“父母之命、媒妁之言”“门当户对”“夫荣妻贵”，而是自有主张，“以文章妙选天下才子”。经过极严肃的选择，才委身于她最满意的秦少游，并且以自己的心爱之物瑶琴相赠。由于别人假冒秦少游之名进行的破坏，使她十分痛心，意识到自己择婿的标准只重“才”而忽略了“德”。决心和秦少游一刀两断，心中“只剩恨与羞”！而当她发觉事实与自己的判断不符，“其中有诈”时，又机敏、果敢地化装去秦少游寓所了解真情，看到了秦少游对她的真诚相爱之心，便勇敢地改正了错误，取回了那把秦少游所赠又被她撕毁退回的扇子，与秦少游重归于好。

秦少游在宋史中是有《传》的，但《传》中只字未提到他的爱情，这倒也为剧本的创作提供了有利条件，可以不受真人真事的局限了。他有大量诗词传世，其中不少是写爱情的，写得情真意切、深刻感人。我牢牢抓住他的那首《鹊桥仙》词不放，按照“金风玉露一相逢，便胜却人间无数”的意境来结构他和苏小妹的故事。人间的爱情故事的确是“无数”的，有各种各样的悲欢离合，有形形色色的欺骗、虚伪、无耻；有皆大欢喜的喜剧，也有令人目不忍睹的悲剧。而我们描写的这一对，应该“胜却”那些把一方的幸福建筑在另一方的痛苦之上的、尔虞我诈的假“爱情”，也应该“胜却”那些以一见倾心为基础实则完全没有基础的，甚至将婚姻以金钱、地位为交换条件高价出售的伪“爱情”，让美好的情操把那些龌龊肮脏的东西统统“胜却”！于是，我把秦少游处理成一位治学严谨、品行端庄的青年诗人。他毛遂自荐到苏府求婚，是有其思想基础的，他是苏轼的得意门生和知心朋友。对未曾见面的苏小妹实际上是了解的，是信赖的，希望苏小妹在学业上对他有所帮助。所以在得到婚姻许诺之后，虽然有人当面以苏小妹“貌丑”而挑唆，他也毫不理会，表示“决不负小妹”。由于别人的破坏而使他们的爱情一度破裂时，他仍然深深地怀恋小妹，坚信“小妹绝非朝秦暮楚之人”“我未负她，以心对天可也”！正是由于他对爱情的忠贞不渝，终于得到了苏小妹的完全了解，使两人的爱情经过考验之后，变得更坚实、更深厚、更牢不可破。

为了剧情的需要，在出场人物中除了苏轼之外，我还设计了方若虚、书童小乙和使女倩儿等人物。方若虚这个人是根据传说中王安石的儿子王雱曾向苏小妹求婚遭到拒绝这一线索而虚构的。在剧中，我把他处理成一个处处自作聪明又每每事与愿违的喜剧人物。他求亲不成，“多情却被无情恼”，便不惜用阴谋手段破坏别人的爱情来达到自己的目的，而结果却总是弄巧成拙，一步一步帮了倒忙，促成了苏、秦的婚姻，甚至在苏小妹洞房之夜三难新郎时，方若虚由于看到秦少游一时作不出佳对而幸灾乐祸地投石落水加以奚落，却不料为秦少游提供了构思的灵感，完成了他“成败都由萧何手，系铃解铃一线牵”这一身不由己的使命。

投石落水的情节，在民间传说中是苏轼有意提醒秦少游之举，突出了苏轼的才思敏捷，却未免显得秦少游太笨了，所以我不取此说，把戏给了方若虚，让他“无心插柳柳成荫”。“三难新郎”的情节，民间传说中也有，但只是文字游戏上，有“戏”而无“情”。除了最后一联，我将前二题都重新改写，让它们为主题服务，为苏、秦二人的爱情服务。

然而，戏并不能以此为完结。我想，“有情人终成眷属”“皆大欢喜”总不应该是爱情的全部。牛郎织女，鹊桥相会是在相爱，海天相隔也仍在相爱。我们不愿有情人离别，但离别毕竟是难免的，在现实生活中也是大量存在的。民间传说中的秦少游正是在“离”时出了问题，那么，我们就应该回避这个“离”字吗？不！我在全剧的结构上，把中心故事情节全部作为回忆出现，而在序幕和尾声中，把秦少游安排在得中进士之后出任定海主簿而走马上任的漫漫征途上。他望着滚滚的黄河，深情地回忆和苏小妹相爱的幸福新婚，对着浩瀚沧海又豪迈地表露“好男儿四海为家，岂能终日儿女情长”的情怀。他把坚贞的爱情深深地珍藏在心底，激励自己为国家大事而奋发作为，在全剧结束时，发出“两情若是久长时，又岂在朝朝暮暮”的最强音。广大电视观众特别是在热恋中的青年朋友们，如果能从这里受到哪怕一点点启发，得到一点点健康的艺术享受，便也是我的一点安慰了。

从电视文学剧本到搬上屏幕，是一件十分繁重复杂的集体劳动。导演果青同志和摄制组的全体演、职员同志，都为此剧付出了心血和汗水。热切希望广大电视观众在观看之余，提出宝贵的批评意见。

（发表于1981年第1期《广播电视杂志》）

今月曾经照古人

——《飘然太白》创作谈

××同志：

你好！来信收到。你约我写一点关于历史剧的创作体会，我因为没有思想准备，一时不知从何谈起。近年来，我陆续写了如《公子扶苏》《鹊桥仙》《江州司马》等历史题材的电影、电视剧本和一些历史小说，个中甘苦，自然是一言难尽。而且，“历史剧创作”这个题目也太大，很难在一篇文章中谈个彻底。我想，是否仅就在贵刊发表的《飘然太白》谈点管见。

李太白的名字，是孩童时代便印在我脑子里了的——大凡读过一点书的中国人都会这么说。“床前明月光”，连小孩子都能背诵。我们看见了明月，就仿佛看见了李白，他在中华民族中几乎成了一个与明月并存的人。为李白作传可以说是一件极为吸引文艺工作者的事，古往今来，不少旧戏曲、旧小说就曾经以他为题材。但作为现代的艺术形式——电影、电视，则还从未出现过李太白的形象。我被一种不可遏止的探索欲望所鼓动，开始了《飘然太白》的创作。

李太白活了六十二岁。他的一生，不仅经历极为丰富，而且留下了大量的脍炙人口的优美诗篇。这是中国文坛上雄视古今的一颗巨星，研究他的资料浩如烟海。要在一部五万来字的作品里容纳下这个李太白，确非易事。那么，从哪里下手呢？

感谢李白的知己好友杜甫，他的诗句“白也诗无敌，飘然思不群”提醒了我。“飘然”二字是李白的性格，有了性格便有了人物。李白是一位才华横溢、潇洒飘逸、豪放不羁的诗人，“司马子微一见，即谓其有仙风道骨，可与神游八极之表。贺知章一见，亦即呼为‘谪仙人’”①。真可谓超然物外、飘飘欲仙了。可是，这么一个“飘然”的人，却偏偏生不逢时，一生并没有真正“飘然”起来。李白所处的时代，正是大唐帝国发展到鼎盛而急转直下走向衰落的“安史之乱”前后，他不可能脱离时代而存在，不可能成为不食人间烟火的超人。他早年“仗剑去国，辞亲远游”，并不只是流连山水、浪迹江湖，而是怀着“达则兼济天下”的四方之志，寻找机会“申管晏之谈，谋帝王之术，奋其智能，愿为弼辅，使寰区大定，海县清一”②。这是封建社会的知识分子普遍的理想和事业心，与陆游的“万里觅封侯”、岳飞的“待从头收拾旧山河”是一种性质的，李白没有什么例外。正是出于这种目的，他才两次到了国都长安，并且在第二次进长安时（天宝元年秋）得到了玄宗的礼遇，受到不通过科举而直接由布衣入翰林的特殊恩宠。然而好景不长，他很快便被卷入了激烈、复杂的政治斗争，并且遭受了沉重的打击，在长安只待了两年左右的时间，便以“赐金放还”实际上是被贬出京的结局惨然离开了。后来，又因为永王璘的牵连锒铛入狱，备遭折磨，直到临死之前才在流放途中获释。他在青年时代曾以“扶摇直上九万里”的大鹏自比，最后终于

---

① 赵翼：《瓯北诗话·李青莲诗》。
② 李白：《代寿山答孟少府移文书》。

在碰得头破血流之后，哀叹着“大鹏飞兮振八裔，中天摧兮力不济”①而死去。这一前一后的两次赋大鹏，十分形象地概括了他的一生。他生性飘然，却被无情的风暴所摧折。飘然和摧折斗争的高潮，或者说由飘然到摧折的转折点是在长安时期。这段时间虽然极短，却是他一生中矛盾最尖锐、事件最集中的大起大落时期，似乎是他一生的缩影。于是，我便明确地把玄宗天宝元年至三年李白进出长安的活动作为剧本的主要内容。而把他早年出蜀漫游、晚年郁闷而死作为简短的序幕和尾声，其余各时期都一概从略了。戏剧矛盾的展开、发展、激化、解决都放在长安，组成了草答番书、上书受阻、醉卧长安、沉香亭赋词、遭谗被逐这样一个比较完整的故事。这样写来通顺畅达，比起从生到死写李白的一生似乎收到了事半功倍的效果。历史剧是“剧”，而不是教科书，它不可能也不应该对历史人物有闻必录地写编年史。历史学家们花了多年力气才能条分缕析地加以罗列的年代、事件，要让观众(和读者)在一两个小时之内都看懂、都记住是不可能的，也是不应该的。剧作家走的是另一条路。他让观众(和读者)从生动有致的故事中去认识人物，而不是勉强他们为了人物而去吃力地记住那些繁杂的事件。

基于这样的考虑，我在《飘然太白》里，尽量减轻观众(和读者)的负担，让他们不须特别提醒自己去思考什么“时代背景”“历史事件”，他们只要盯住李白就行了，看看这位飘然而来的“谪仙人”来到长安后的命运怎么样，他的“兼济天下之志”实现得了实现不了，在宫廷里混得下去混不下去；等到故事看完了，这些也都有了答案。

在长安，李白一踏上政治舞台，便遇到了对立面。这不只是一两个“坏人”“奸臣”，而是一股强有力的腐朽势力。这股势力不仅控制了当

---

① 李白：《临终歌》。

时的朝政，而且左右了玄宗皇帝。“唐玄宗在开元年间，是励精求治的皇帝。”但是“在励精求治，取得了成就以后，便筋疲力尽，骄侈心代替了求治心。唐朝到开元时期才达到极盛的顶点，也就在这个时期的季年，造成了天宝时期的乱源”“骄侈政治使得一切消极因素都乘机活跃，在这一方面，他是代表腐朽势力的昏君”。① 正因为如此，李林甫、杨国忠、高力士、安禄山等人勾结在一起为所欲为才能得逞，并且愈演愈烈。在这种情况下，李白“由布衣得翰林供奉”，只不过是为唐玄宗的“爱才”做一点装点，实际上，唐玄宗根本没有打算让李白施展他的抱负。在他眼里，李白与乐师李龟年、神鸡童贾昌没有什么本质的不同，都是娱乐耳目的工具、粉饰太平的脂粉罢了。只不过由于李白的才高名大，所以才在形式上特别地显示出一些礼贤下士。李白在宫中的出路，只有两种可能：一是甘做玩偶，投入腐朽势力的怀抱；二是不肯随波逐流，被他们击败。李白走的是第二条路，不这样就不成其为李白了。所以，这场斗争的一开始，李白的败局就已定了。然而，从观众(和读者)的心理来看，是希望看到李白的成功和胜利的，而这实际上又不可能，于是我采取把李白的失败“慢慢道来”的办法，一步一步引向失败，而在总的败局中安排了许多小胜(如答番书，剑刺贾昌，羞辱杨、高等)，借以安慰观众(和读者)，激起他们站在李白一边的好胜心，吸引他们关心最后的胜负，直至最后才把底牌摊出来，激起他们心头的极大不平，造成情绪上的大幅度跌宕。

李白的失败虽已“命中注定”“在劫难逃”，而导火线却是由他自己点燃的，这便是他在沉香亭前奉玄宗之命为杨贵妃所作的《清平调》三

① 范文澜:《中国通史》。

首。“力士素贵，耻之，摘其诗以激杨贵妃……”①这真是一个极富戏剧性的材料，当然不可不用。问题是怎样去理解，怎样去用。在剧本中的沉香亭一场，我把李白处理成似醉非醉、似醒非醒之中，在玄宗皇帝命他立进《清平调》词时，他的耳畔响起了贾昌的奚落讥笑：“翰林供奉算个几品官儿！恕我冒昧，怕是不入品吧？你只不过写几首歪诗给皇上解闷儿，和我的鸡一样，是一种玩意儿罢了，又有什么可以显赫的?”一种羞辱之感袭上他的心头，他看见，歌姬、宫女、梨园子弟们期待他出场献技，宦官、侍臣好像在欣赏一只临阵斗鸡选手，他看见安禄山、高力士、杨国忠怨恨、鄙夷、轻蔑的神色……这一切，使他变得十分清醒，他清楚地意识到自己所处的玩偶地位，而又不可能当众拒绝君命，便机智地利用了这一机会捉弄了杨国忠、高力士，让他们磨墨、脱靴，并且写出了三首对杨玉环貌似歌颂、内含讽刺的歌词。就剧本发表后的反应看，这样的处理是为人们所接受的。

与李白对立的人物，为了紧凑，我做了一些取舍和归纳，把李林甫推到了幕后，幕前只出现了高力士、杨国忠、安禄山和杨玉环等几个人。这几个人，身份、性格各不相同。高力士，突出一个“奸”字；杨国忠，突出一个“贪”字；安禄山，突出一个“贼”字。至于杨玉环，则比他们都要复杂，不是一个字所能概括得了。

杨玉环是一个自身充满矛盾的人物。外貌姣美而灵魂空虚，地位显赫而内心痛苦等。过去的旧戏曲和演义中，要么把杨玉环作为对爱情坚贞不渝的悲剧形象，深表同情地加以歌颂，要么把她写成狐媚误国的万恶之源，我认为，这两种倾向都过于简单化、绝对化了。杨玉环本来不过是一个普通的民女，只是因为长了一副“倾国倾城”的容貌，被玄宗之

---

① 《新唐书·杨贵妃传》。

子、寿王李瑁选为妃子，进而玄宗又强占子妻，封为太真妃，并且“姊妹弟兄皆列土，可怜光彩生门户”①，成为红极一时的政治人物。这种“有了貌就有了一切”的怪现象是封建社会的特有产物，她本身就是旧时代造就的怪胎。要说她与唐玄宗的“爱情”，真是无稽之谈，一方“宠幸”，另一方“承恩”，是玩弄与被玩弄的关系。实际上，她的地位与一名妓女并无什么本质的不同。今天她“回眸一笑百媚生，六宫粉黛无颜色”，就“承欢侍宴无闲暇，春从春游夜专夜”②，一旦“春去秋来颜色故”，就会“门前冷落车马稀”③，哪里有什么“爱情”可言？杨玉环的悲剧在于，她一旦被命运拖上了这条道路，便只能前进，不能后退。无数“失宠”后妃的悲惨结局使她拼命地利用自己的武器——容貌，去斗，去争，去邀宠、固宠，以便保住自己的地位，免得万一失宠，一败涂地。然而，这种时时如临深渊、如履薄冰的争斗又使她痛苦，她恨那个使她痛苦的人，因而自甘堕落、破罐破摔，与安禄山不清不白地鬼混，以此来作为“报复”。在尖锐、复杂的政治斗争中，她的这种私欲和冒险自然而然地打上了政治烙印。在安史之乱后，忠于皇室的将士们愤而逼她自杀，似乎也并不算冤枉，但以为杀了她便除了祸根却未免好笑，她只不过是一个牺牲品罢了。没有杨贵妃也一定会有张贵妃、赵贵妃的，祸根在于封建社会的腐朽政治，并不是因为某一个贵妃长得太漂亮，因而迷了皇帝的心窍以至于误国的。

我在剧本中没有对杨玉环做表面的丑化。丑化肯定是行不通的，她是历史上有名的美人，你弄成个獐头鼠目的小丑怎么行？外表的美一定

---

① 白居易:《长恨歌》。

② 白居易:《长恨歌》。

③ 白居易:《琵琶行》。

要承认，一定要表现。观众(和读者)看到一个雍容华贵、艳冶娇媚的杨贵妃才承认她是杨贵妃。至于人品怎么样，那可以通过戏来表现嘛。我力图把笔触伸进角色的心灵中，寻找她的各种行动的内在根源和思想基础，分三个阶段展示她的性格：第一阶段，显示她的受宠与豪华；第二阶段，揭示她内心的痛苦；第三阶段，才写出她的自私、阴险、狠毒。

需要特别提一提的是，我在剧中写了杨玉环对李白的爱慕。她早在幼年时期就在蜀中仰慕李白的才名，却一直未得睹其风采，直至做了贵妃仍念念不忘。所以，当听说李白来到长安的消息时她感到异常欣喜，李白为她写《清平调》时她由衷地陶醉，并原谅了李白对于杨国忠、高力士的嘲弄，甚至在关键时刻援助了李白。在李白醉卧便殿时，她按捺不住心猿意马，一个人悄悄地找到李白，先是旁敲侧击地述说自己的痛苦，最后竟然直言不讳地当面倾吐了对李白的爱慕之情，请求李白留在她的身边，主宰她的心灵，宽慰她的寂寥。而在这一切都落空之后，她在无限惆怅之余，被高力士的挑拨激怒，对李白的爱变成了强烈的恨，进行了无情的报复，以至于成为摧折李白的恶势力当中的一员主将，最终完成了她在本剧中的反面角色任务。

这一人物的这种处理，得到一些老前辈和同志、朋友的赞同，认为此剧在杨玉环的塑造上“道前人未道”，有独特之处。但也有个别同志对此不以为然，认为写了杨贵妃对李白的爱简直是大逆不道。理由呢？两点：一是“有损李白的形象”，二是“缺乏历史根据”。

所谓“有损李白形象”，真是一个怪论点。杨玉环的思想、杨玉环的行动怎么会有损李白的形象呢？狐狸想吃葡萄而未吃到，难道会“有损”葡萄吗？杨的行动由杨的头脑支配，李的行动由李的头脑支配，杨并不等于李。面对着杨玉环的花容月貌、柔情絮语，且看剧中的李白如何回答：

月光下，李白庄重地向杨玉环一揖：“太真娘娘，可惜你看错了李白！我告辞了！”

……

清冷的月光，洒在李白身上，照在李白脸上，他像冰雪琢成的一座玉佛，寒光袭人，凛不可犯。

他说：“可惜，我不是那只专事学舌逗笑的白鹦鹉，而是狂放不羁、飘游四海的野鹤！刚才娘娘的话，使我更加清醒，翰林供奉的滋味我已经尝到了，那不过是皇帝和你手中的玩具！其实你自己也是皇帝的玩具，我还要做玩具的玩具？这就是翰林供奉吗？哈哈，可怜的翰林供奉！”

……

李白拂袖而去，清风飘起那洁白的衣袂。

难道这样就“有损李白的形象”吗？真是令人不可理解！这使我想起，阿Q欺负了小尼姑，未庄的人反而骂小尼姑不是东西，实在是太不公平了。我们今天的观众(和读者)总不至是未庄人的后裔吧？

我们不是常说“衬托”吗？我在剧中安排杨玉环这个人物，就是让她起衬托作用。衬托谁？衬托李白，烘云托月嘛！我就是想用她的浓艳来衬托李白的洁白，用她的空虚来衬托李白的充实，用她的腐朽堕落来衬托李白的高风亮节。没有黑就无所谓白，没有坏就看不出好，没有高山就不显平地，事物都是相比较而存在的！把李白安排在这个极端豪华而又极端腐朽的宫廷中，才能充分显示他的出污不染的品格，这个道理是显而易见的。

至于认为“缺乏历史根据”的说法，也未免太武断了吧？他大概只有在唐书中直接查出杨贵妃对李白说过“我爱你”三字才承认有根据！这显然又混同了历史剧与历史教科书，这一点在前面我们已经略略提及。前人也已经进行了许许多多精辟的论述。

历史剧是以艺术的手法再现历史，而不是机械地记载历史。即便是史书也不是把每一人物都有闻必录，事无巨细，见诸文字。历史上的人物并不是按照事先写好的剧本去生活的。因此，生活的原样照搬过来就不能成为“戏”，这在现代戏也是一样的。生活当中没有现成的“戏”，而只有素材，剧作家把这些素材概括、提炼、加工才使之成为戏，这加工的手段之一便是虚构。高尔基说，没有虚构便没有艺术，这一点也是不错的。如果不允许虚构，那么，历史剧便不必写了，我们只要读二十四史就行了。现代戏也不必写了，生活本身就是一切。科学幻想、神话、童话剧更没法写了，因为世界上压根儿就没有这些事。亚里士多德是这样区别历史家和剧作家的：“一是述说已然的事物，另一是述说可能的事物。”①历史现象有的是偶然性的，有的是必然性的。偶然是表象，必然才是本质，才是规律。被动地记录偶然的表象，不如主动地掌握必然的规律，找到了历史的规律、人物的规律，就取得了自由，不必一言一行都去考证是否确有其事，而是让它按照自身的规律去发展。在这里，主宰人物行动、人物命运的是规律，而不是作者，作者并不能为所欲为，人物活起来之后，他(她)要说什么、干什么，往往是作者无法预料、无法干预的。托尔斯泰说他没有想到安娜会死。这绝不是假话。我在写到杨贵妃在月下对李白说的那一番话时，是她这个特定人物在特定环境、特定关系中非说不可、脱口冲出的，我事先并没有做什么“设计”，在她不顾一切地倾吐已尽，脸上火辣辣地等待李白的反应时，连我也感到有些吃惊：嗬，你说得痛

---

① 亚里士多德：《诗学》。

快，看怎么收场吧！我们不是要看“戏”吗？这就是“戏”啊！

实在说，我这点虚构真是算不了什么。古典名著《三国演义》中的虚构有多少？数不胜数。如果把它和《三国志》细细比较，就会大吃一惊。但是，《三国志》并不能把它推翻、把它压倒、把它代替，它作为一部成功之作世代流传。

当然，这并不等于说可以随心所欲地杜撰历史。历史上的重大事件、著名人物、关键年代应该尽可能忠实于历史，在大框框“查实有据”的基础上，允许细节的虚构。违反了这个原则，就会失误。比如同样以李白为题材的旧小说《李谪仙醉草吓蛮书》中编造了一个李白参加科举考试受到杨国忠、高力士羞辱的情节，就纯属画蛇添足。历史上的李白从未考过科举，是直接“由布衣得翰林供奉”的，你把考场的戏编得再精彩，再富有戏剧性，也是败笔。“从心所欲”，还要“不逾矩”啊！

由历史剧引起的这些话题，一扯起来就长得很，没完没了。我想就此打住，听听你的意见。《飘然太白》正在拍摄中，不久即可与观众见面，还不知将是个什么面目，观众反应如何，这都是我所想知道的。因为作品是给人看的，写历史剧也是给今人看的，并不是为了“发思古之幽情”，为古人而写的。事实上，想在今天完全真实地再现唐代的历史，达到起死回生般地酷似李太白，是根本不可能的。我们只能就我们的理解，塑造我们心目中的李太白罢了。正如我们在书房里摆一只锈迹斑斑的青铜文物，大可不必去把它打磨得如初铸时那样金光闪闪了。因为我们是立足于今天来看历史，是无法也不必要去剥掉时间留在历史上的苔迹的。李太白的形象出现在今天的电视屏幕上，他所激发起来的是我们对祖国的光辉灿烂的文化传统的热爱，对较之封建制度优越千百倍的社会主义制度的热爱，对于振兴中华的辉煌前景的坚强信念。这，绝非是李白所能给予他的同时代人的东西。

“今人不见古时月，今月曾经照古人。”①李太白的这两句诗说得多么精彩！我面对着亘古永存的明月，就是这样想的。这明月已不是唐时的月了，但它确曾照过唐时的李太白。这么说来，我们同李太白共照此月，真是三生有幸而极富有诗意！

1982 年春，月明之夜于北京听雨楼

（发表于 1982 年第 3 期《电视·电影·文学》）

① 李白：《把酒问月》。

石迹耿千秋

——读李四光诗《悼子元》

李四光同志作为一位卓越的科学家，早已人所共知。但很少有人知道，他还是一位诗人。这里，介绍他的一首五言古诗《悼子元》：

崎岖五岭路，嗟君从我游。
峰峦隐复见，环绕湘水头。
风云忽变色，瘴疠蒙金瓯。
山兮复何在？石迹耿千秋！

此诗写于一九四三年，发表在李四光的重要学术论文《南岭何在》的卷首，系为悼念地质学家朱森而作。朱森，字子元，湖南郴县人。中学时代曾因积极参加五四运动被开除。一九二二年，考入北京大学预科，两年后进地质学系。当时的系主任就是刚刚从国外留学回来不久的李四光教授。在与国内外反动势力“围剿”的孤军奋战中，朱森是李四光最得力的助手、最心爱的学生。

“崎岖五岭路，嗟君从我游。”诗一开头便是这样的雄浑、深沉而悲壮，充满回首征途的无限感慨。那是一九三二年，为了解开当时中外地质学界迷惑不解的疑团——地理上的重要天然界线南岭，在地质构造上究竟是否存在，这是极为重要的课题，李四光携朱森等人从湖南到广西，考察南岭中部。他们往往兼程而宿，并日而食。凡有疑问，不解不去；遇有所获，乐而忘归。“观测所及，绝无丝毫苟且之处”。他们走遍闽西、赣南、湖南、粤北，数跨南岭。“峰峦隐复见，环绕湘水头”，南岭的雄姿开阔了他们的眼界，给他们探索科学奥秘增添了莫大的勇气。诗中朴素的风景描写，饱含着对祖国山河的眷恋和赞赏。正是这次难忘的南岭之行，产生了他们的专著《南岭何在》（李四光）和《南岭山脉地质纪要·自湖南武冈至广西柳州之地质》（李捷、朱森），证明了“南岭构造带”确实存在及其在地质上的重大意义。

一九四二年七月，朱森被国民党反动派妄加罪名，诬陷迫害致死。噩耗传来，李四光心痛欲裂，泣不成声。“风云忽变色，瘴疠蒙金瓯。”笔锋陡转，诗人用含血溅泪的十个字，强烈地抒发了胸中的悲愤，表达了他对国内外反动派的极大愤恨！

诗的结尾两句：“山兮复何在？石迹耿千秋！”一问一答，语调悲壮激昂，含义深远：朱森虽然被害致死了，他为祖国地质科学所做的贡献却不可磨灭；国土虽然破碎了，但河山犹在，将千秋万代放光辉！

李四光同志作为一位爱国科学家，永远是我们学习的榜样。他和他的战友们的卓越贡献将与山河共存。“石迹耿千秋”，这不也正是李四光同志对祖国、对人民的耿耿丹心的不朽写照吗？

（发表于 1978 年 5 月 21 日《光明日报》）

女人的形象

一九六一年九月，英国陆军元帅蒙哥马利访华期间，在洛阳街头散步，路过一个小剧场，便闯进去看豫剧《穆桂英挂帅》。戏演了一半，剧场休息时，他却不想再看了。回到宾馆，评论说："这出戏不好。怎么让女人当元帅？"

中国官员说："这是中国民间传奇，群众很爱看。"

蒙哥马利说："爱看女人当元帅的男人不是真正的男人，爱看女人当元帅的女人不是真正的女人。"

中国官员说："中国红军就有女战士，现在解放军有位女少将。"

蒙哥马利说："我对红军、解放军一向很敬佩，不知道还有女少将，这有损解放军的声誉。"

中国官员说："英国女王也是女的，按照你们的体制，女王是国家元首和全国武装部队总司令。"

蒙哥马利于是无言以对。

事后，这位中国官员受到了周恩来总理的批评："你讲得太过分！告诉客人这是民间传奇就够了。他有看法，何必驳他……还不晓得求同存异？弄得人家无话可说，你就胜利了？"

于是周恩来审查了为蒙哥马利安排的文艺晚会节目单，发现有一出折子戏《木兰从军》，便下令换掉了。“又是一个女元帅！幸亏问了你，不然他会以为我们故意刺他。”

周恩来如此处理这件事，是在特定的历史条件下顾全大局，体现了他的缜密和宽容。蒙哥马利对于穆桂英的高论，我们也不必论其是非。但是，从这则小小的故事中，我们是否也可以多少得到一点信息：在处处“女士优先”的西方世界，女人到底是什么形象？

在美国，有一位创建“化妆品帝国”的女强人艾丝蒂·劳德，她曾于一九七八年获得法国政府颁发的“法兰西荣誉勋位勋章”，一九七九年获得“巴黎市金质奖章”，一九八四年被美国全国母亲节委员会提名为“本年度杰出的母亲”。此外，她还获得纽约市政促进协会水晶苹果奖，以及美国“十大工商界女强人”“美国化妆业女王”的称号，她的化妆品公司年销售额达十亿多美元。而促使她走上成功之路的缘由，说来却是一个微不足道的刺激。那是她刚刚开始做化妆品生意的时候，一天，遇到一个仪容美丽、服饰漂亮的女人，她忍不住说：“这衣服多么雅致！我想问一下，在哪里能买到。您不介意吧？”

“告诉你和不告诉你会有什么两样呢？”那女人却冷笑着说，“你永远也穿不起这样的衣服！”这使她羞辱，使她发愤：“决不让别人第二次再对我说这样的话！有朝一日，我想得到的我都会有：名誉地位、各种珠宝、精美艺术品、舒适的家——一切的一切。”

这便是她的理想、她的奋斗目标，一个“女强人”追求的一切也不过如此而已！她为自己塑造了一个女人的形象，并且用她那名扬四海的化妆品塑造全世界的女人形象。

女人应该是这样的！对女人来说，比金钱、荣誉更重要的是华贵的服饰和美丽的脸！哪怕是当上了女王或者“第一夫人”的女人，不也是如此吗？

至此，我们也就不难理解蒙哥马利关于女人的那一番宏论了。

其实，在号称“妇女能顶半边天”的中国，人们也未必都像在戏台前边看《穆桂英挂帅》时那样看待女人，未必和蒙哥马利的观点相差多少，包括女人们自己。

穆桂英和花木兰被誉为“巾帼英雄”“女中丈夫”，只是因为有些“丈夫”气，不大像女人才成了稀罕物。而这两位稀罕物又是人们虚构的，推敲起来，史无其人。在中国历史上能留下姓名的女人本来就少得可怜，而能侥幸青史留名的却又大都(不是全部)没有什么功业可言，只不过靠了一张漂亮的脸蛋儿。不信吗？苏妲己、褒姒、西施、郑旦、赵飞燕、王昭君、杨玉环……都是“绝色美人”，如果没有这项资本，早已化为尘灰，谁也不会记得她们。什么“亡国祸水”，什么“爱国主义”，不过是人们根据需要贴上去的标签，她们只是男性统治者的玩物和工具而已，发迹也罢，倒霉也罢，都只是因为长得“美”。“云想衣裳花想容”“一枝红艳露凝香”“名花倾国两相欢，长得君王带笑看”。李太白为杨玉环写的赞辞《清平调》说得再明白不过了。“汉皇重色思倾国，御宇多年求不得。杨家有女初长成，养在深闺人未识。天生丽质难自弃，一朝选在君王侧。回眸一笑百媚生，六宫粉黛无颜色。”白居易的《长恨歌》也说得再明白不过了。就连那个在四面楚歌声中慷慨自刎的虞美人，也未脱这个模式。项羽兵败乌江，连江山、生命都舍得，唯独舍不得她，哀叹：“虞兮虞兮奈若何?”也只是因为她漂亮。她呢？“君王意气尽，贱妾何聊生?”从一而终，一副奴才相。史书上找不到她在楚汉相争中有什么政治上、军事上的贡献，仅仅靠了美色，当个“随军家属”，也够可怜的。项羽自身难保，她不死，还能有什么出路？只能当殉葬品。

女人，女人！女人只能是这个形象吗?!

中国的“第一夫人”江青在倒台之后，遭到万人唾骂，当然是因为她政治上作恶多端，咎由自取。但人们在讨伐之际，于义愤之中还多了一层意思：“女人怎么能……”如果她是个男人，便会少了这层意思，亦即古已有之的“祸水”论。说到这里，我还得郑重声明：本人一点儿也不喜欢江青，半点儿也不想为她翻案，只是觉得人的性别差异怪有意思的。男人该干什么，女人该干什么，似乎古今中外有一个约定俗成的界限。

那么，中国的女人应该怎么着呢？

《周礼·天官·九嫔》有明文规定：“掌妇学之法，以教九御，妇德、妇言、妇容、妇功。”简言之便是德、言、容、功，女子应该具备的四种美德。德，品德；言，言辞；容，仪容；功，女红。其中三项可视为修养或本事，但“容”也算一项，就不免太难为人了。一个人的脸蛋儿、身条儿或是花容月貌，或是奇丑无比，原是胎里带来的，本人如何做得了主？为什么不要求男人个个貌如潘安，而偏偏要求女人？答案简单之极：自从人类告别了母系社会，女人便成了男人的附属品，你不仅要供男人消愁解闷，为男人生儿育女，替男人持家劳作，还得使男人赏心悦目——要漂亮，“燕瘦环肥”，“樱桃樊素口，杨柳小蛮腰”，各取所需。长得不漂亮怎么办？那就挖空心思地打扮，讨男人的青睐。“容”作为名词的含义是“容貌”，作为动词的含义便是“化妆”。地球上第一个对着水面端详自己的容貌、第一个用兽骨兽牙之类装饰自己的原始人不一定是女人，即便是女人也绝不是为了取悦于男人，而是为了自我。而当女人为了取悦于男人而化妆的时候，女人已经失去了自我。

《战国策·赵策一》有一句流传千古的名言“士为知己者死，女为悦己者容”，把这个道理讲得一点儿都不含糊。我的一位朋友反其道而行之，说道：“‘女为悦己者容’不对。王八蛋喜欢你，你也为他而‘容’吗？应该是‘女为己悦者容’，为你所爱的人而‘容’。”这番话，我初听觉得新鲜，深以为然。细细想来，也不过是换汤不换药而已。为你所爱的人而“容”，必然是依照那个人的审美趣味去“修整”自己的“门面”，还是要取悦于他。一碗豆腐，豆腐一碗。仍然没有你自己。

前几天到发廊去做头发，与理发员聊起来，她诉说了许多委屈。她是个个体户，手艺不错，起早贪黑，顾客盈门，领导发型新潮流，赚了不少钞票。她的丈夫却拿这钱去赌博，一输就是好几千！

“那你挣钱不是白挣吗？为什么这么怕他？”我问。

“唉，有什么办法！”她长长地叹息，“不用钱拢着他，又怕他出别的事儿。女人老得快，我都奔四十的人了，他要是嫌我老，再找个年轻的，我可怎么办？所以，我这不还得自个儿打扮着点儿嘛！”

这位姐妹的坦诚话语使我震动。她也算是个有能耐、有资本的“强人”了，可内心深处却是这么柔弱！其原因只是她是个女人！

女人的容貌以及为容貌所做的辅助手段，其实只是商品，是交换的资本。这个商品的价值标准以及型号、样式和包装的审美趣味，迄今为止还是由男人制定的，哪怕假借了女人的手。中国女人古时以缠足为美，今时又以为丑，都是以男人的好恶为标准，女人对男人“投其所好”。而娼妓、舞女、应召女郎等职业则把这一特征表面化了。

前不久，北京举办了一个“人体艺术大展”，观者如堵。这件事本身没什么不好，但奇怪的是，在展出的作品中，为什么大部分是青年女模特儿的人体？也许是因为其“观赏”价值大于男人、老人和儿童。不仅有漂亮的脸蛋儿，还有裸露的身体，一丝不挂，任君观赏。我没有去调查观赏者都是什么人，持何种心理，但我听说在画家和女模特儿之间打了官司。这些年轻的姑娘，在当今中国，敢操此业，“为艺术而献身”，是勇敢的。画家对她们说：人体是最美的，没有什么羞耻可言。在外国，谁被画家画上了画，还因为自己的美而自豪哩！说得全对，一点儿不错。问题是，这些姑娘(或媳妇)的父母(或丈夫)不干，认为丢了他们的丑，他们于是诉诸公堂。你看看，这是怎么回事儿？画家认为你美，你自己也深知自己美，你的亲人自然也觉得你美，为什么到头来又成了“丑”事儿呢？说穿了，不是什么侵犯了“肖像权”的问题，而是侵犯了“欣赏权”的问题。一个女人的人体美，欣赏权只属于她的丈夫。作为“观赏物”的性质并没有变，不过更专制、更独裁罢了。而只有娼妓，这个“权”才能由诸多男人分享！

女人，女人！女人算人吗？

在大街上，我看见一些未成年的女孩子抹着蓝眼圈儿、红嘴唇，旁边跟着个小痞子，用粗俗的话骂她，甚至打她，她仍然曲意逢迎，唯命是从；在剧场里，我看到一些妖妖艳艳的“歌星”在一片喧嚣声中忸怩作态；在电视屏幕上，我看到一些年迈女士厚施脂粉，苦苦争春，竭力掩饰岁月刻在脸上的皱褶……我纳闷儿：她们这是干吗呀？她们的自我在哪里？

人可以失去一切，唯独不应该失去自我。

女人不但是女人，而且首先是人。

我国女界不断有“新潮”涌现，西方出现点儿什么“主义”，立即有人响应，似乎得了什么真传，可以立地成佛。其实，无论东方、西方，女人活得都不容易，争得都艰难。“解放”绝非好听好玩的两个字，它是“付出代价”的同义语。无论就社会或自身，都注定是漫长的。

我曾经应邀参加过一个女界的聚会，当某国女士问到“中国妇女地位怎样”时，我国一位女界人物答：“中国流行一句话：‘妻管严’！”

“妻管严”能说明什么地位呢？

写到这里，就此打住。但愿不被女同胞们误认为我反对妇女解放或者存心要拆哪家化妆品公司的台或者还有什么恶意。

己巳之春于抚剑堂书屋

（发表于1989年第11期《家庭》）

荐书五种

《史记》司马迁著　中华书局出版

在《史记》之前，中国已经有像《春秋》那样的编年史，有像《国语》《战国策》那样的国别史，有像《尚书》那样的政治史，但没有像《史记》这样的纪传体通史。司马迁首创了这一体例的史书，同时，也开创了传记文学或曰纪实文学。

一切文学作品都是人类社会生活在作家头脑中的反映，都是在写历史，写作者眼中、心中的某个时代，区别只在于作者观察历史、认识历史和以文学手段表现历史的能力的差异，以及历史色彩的浓淡和题旨显、隐的程度的差异。司马迁正是具备了洞察历史、驾驭历史的非凡功力，才得心应手、游刃有余地写出了《史记》。

读《史记》当然首先是读史，但我同时又很看重它的文学价值。因为单纯的史书，别的史官也可以写，文字干瘪、味同嚼蜡也无妨，只要所记真实，即可为史书。司马迁是把《史记》作为文学来写的。他当然追求真实，时间、地点、人物、事件以及前因后果，无不力求做到查实有据。然而，上下几千年的历史遗迹，随着岁月而湮没，而剥蚀，而变色，这是不可避免的。远的不讲，就连距司马迁年代较近的秦，经过项羽"烧秦宫室，火三月不灭"，使司马迁失去了多少"创作素材"？恐怕难以估计了。事实上，百分之百地“重现历史”是根本不可能的，历史永远只是侥幸遗留下来的一部分，是后人重新认识的历史。司马迁很明白这个道理。所以他不仅忠实地记录了历史的框架，而且天才地丰富了历史的血肉。

以《项羽本纪》为例。我毫不怀疑他所记述的诸如“鸿门宴”等事件确曾发生过，但我却坚定地相信司马迁在不违反“纪实”原则的前提下一定程度上运用了想象和虚构的文学手法。试想，在刘邦被项庄舞剑吓得心惊肉跳之后，借故上厕所，托张良把白璧、玉斗代献项羽和范增，自己逃之夭夭，这样的细节，漫说相隔百十年的司马迁不可能亲见，即使当时的人也未必得知，那惶惶如惊弓之鸟、急急如漏网之鱼的神态毕现，对话、语气栩栩如生，简直就像小说了——当时还没有“小说”这个品种。我甚至怀疑西楚霸王垓下与虞美人的壮别、赠乌骓与乌江亭长等情节也是用了此类手法。这么说，丝毫没有贬低太史公的意思，只是佩服他的聪明，在那个时代，就已经如此熟练地将历史与文学融为一体。如果没有司马迁，“割断历史”恐怕不至于，但这部伟大的文学作品就不会存在了。

《秦集史》马非百著　中华书局出版

马非百先生，湖南人，与毛泽东主席既是同乡，又曾同学。一生研究秦史，胡适曾为他的书斋题写“秦史书屋”，并在两侧加书：“非百百非不非秦，因以名其室。”

在五十年代的那场政治运动中，马老因“自己不小心”而被扣上了“资产阶级右派分子”的帽子，从此失去了著述的权利。直至七十年代末期，“改正”之后才得以出版几部花了毕生心血的著作，那时已八旬有余也！

《秦集史》是他研究秦史的结晶之一。此书仿纪传体史书成例，分纪、传、志、表四部分。“纪”称“国君纪事”，自非子邑秦起，至二世胡亥止，即有秦一代国君之编年史。“传”记秦代人物事迹，志有二十六，表有十五，记秦代之典章制度，郡县设置、风俗、教育、都邑、封爵、会盟等。作为一部大秦皇朝的“集史”，作者取材当然不会局限于《史记》，还广搜博取诸如《战国策》《韩非子》《汉书》《论衡》《水经注》等，把所有能够见到的有关秦的史料统统囊括、汇编，单单这一巨大工程的工作量，就已令人赞叹！

非百先生治史极其严谨，在充分占有史料的前提下，独立思考，绝不盲从。比如《史记·始皇本纪》中“始皇东游，至阳武博浪沙中，为盗所惊”一句，他经过实地勘察，发觉历来句读有误，遂改为“始皇东游，至阳武博浪，沙中为盗所惊”。不但指明了当年始皇遇刺时的地理环境、气候特点，而且将一直流传的“博浪沙”这一地名也给予更正了。又如赵高的出身，《史记·蒙恬列传》中曾提到“赵高兄弟皆生隐宫”一语。何为“隐宫”？《史记·集解》云：“徐广曰：为宦者。”《史记·索隐》：“刘氏云：盖其父犯宫刑，妻子没为官奴婢。妻后野合，所生子皆赵姓，并宫之。”《史记·正义》云：“宫刑，一百日隐于荫室养之乃可，故曰隐宫……”总而言之，都认定赵高的父亲受了“宫刑”，而宫刑犯人须在“隐宫”养之百日，而赵高兄弟即在此时生于“隐宫”。绕了好大的弯子，总是难以服人。赵父纵使受“宫刑”，与其妻何干？为什么她也要到所谓“隐宫”去生孩子？马老经过缜密查寻，终于在新出土的云梦秦简中找到答案。秦简云：“工隶臣斩首及人为斩首以免者，皆令为工，其不完者以为隐官工。”原来，秦时根本无“隐宫”之设，倒是有个“隐官”，乃是一个收容受过刑罚因立功被赦的罪人的机关，与后世之劳动教养所类似。赵高之母正是在这个地方生下了赵高，与“宫刑”毫无关系，两千年迷雾终于廓清！

马老曾嘲讽一些“权威人士”对于史籍“无错错改，有错错解”，确是鞭辟入里。我辈后学，当谨记之。

《红楼梦》曹雪芹、高鹗著　上海古籍出版社出版

关于《红楼梦》的作者，关于它的不同版本，历来争论得厉害，近两年尤其热闹。我对此没有做过深入的研究，也无兴趣纠缠这些陈年官司，所以避而不谈。让“红学家”们争论去！我看重的是《红楼梦》这部书，至于它的作者是谁，其实无关紧要。

人们习惯于将《红楼梦》看作“爱情小说”，毛泽东主席说它是“政治小说”。前者是就其取材角度而言，后者偏重其思想深度，好像也并不矛盾。写爱情，如果离开了时代，离开了政治，只好去写外星人的爱情——恐怕外星人也有政治，也有社会，也有历史，实在是逃不脱的。《西游记》从傲来国的石猴出世写到灵霄宝殿，写到取经路上的神神怪怪，写到西天极乐世界，写来写去，还是人间社会的反映。民间传说中牛郎与织女的故事，应该是彻头彻尾的“外星人”了吧？读来却仍然充满人间烟火味儿。

《红楼梦》既写了爱情，也写了政治，或者说通过爱情写了政治。这些都不是它成功的根本原因。爱情可以写得庸俗不堪，政治可以写得味同嚼蜡，这已屡见不鲜，恕不列举。依我看来，《红楼梦》无论写爱情，还是写政治，关键在于写得精彩。任何作品都是小中见大，无论你怎么“全景式”，总是划定那么一块地盘，出场几个、十几个主要人物，把他们的生生死死、分分合合做一番文章罢了。《水浒传》写了一百零八将，其实许多人物只是符号，读者真正记住的不过十个左右。这十个左右写得精彩。

偌大大观园，其实也就是重点写好了十来个人物。这十来个人物立起来了，满盘棋就活了，“爱情”的故事也精彩了，“政治”的意义也深刻了。

这些似乎不用我多说。我想强调的一点是，不管《红楼梦》的原始作者是谁，他必定是一个饱经沧桑的历史见证人。没有这一点，绝对写不出《红楼梦》。《红楼梦》里有一个留下了长久的话柄的刘姥姥，进了大观园，一举一动都“露怯”。这是作者以大观园主人的眼光在观察刘姥姥。刘姥姥好像在乡下日子还过得去，可能属于“富农”之列，所以作者嘲弄她也没有犯下“丑化贫下中农”的错误。这么一位富农婆，到了大观园却显得土得掉渣儿，愈加反衬出大观园的豪奢。没有这点底气，不要动辄写“豪门”这个那个，须知，那是以刘姥姥的眼睛去看大观园，就只有“露怯”的份儿了。我曾看过一部描写八仙故事的影片，里面铁拐李、汉钟离之流都会无中生有、意念取物，如今天某些“气功大师”所鼓吹者然。这些，在八仙手里只不过小玩意儿而已，可是影片中却让韩湘子、何仙姑看见那些“意念取物”也惊之诧之，岂不成了“刘姥姥”？

《凡·高传》[美]欧文·斯通著　十月文艺出版社出版

一生穷困潦倒、自己开枪结束三十七年短暂生命的文森特·凡·高在逝世百年之后，成为全世界画价最高的画家，以至本来并不知其名或不喜欢其画的人也要津津有味地谈论一番。如果谁现在写一部《凡·高传》，便似有附庸风雅之嫌了。

然而欧文·斯通构思《凡·高传》(原名《渴望生活》)在一九二七年，出版于一九三四年，那时，凡·高还远远没有现在“走红”。他是在看到凡·高的画作之后，被一种不可遏止的激情所冲动，萌发了为凡·高立传的念头。我相信他是真懂凡·高的，绝非附庸风雅。附庸风雅的人也写不了凡·高。当时只有二十六岁的欧文·斯通，沿着凡·高生活的轨迹，在荷兰、比利时、法国经过了长途跋涉，仿佛让凡·高的生命在他的身上再复活一次，当一个活生生的凡·高在他心中呼之欲出了，他才动笔，在“几近发狂的状态下”，用了六个月的时间，四易其稿，大功告成。

欧文·斯通所做的这件工作，套用现在的说法，“填补了一项空白”。除了凡·高本人留下的画作之外，供后人了解他、研究他的资料，一是他的胞弟提奥保存下来的三卷凡·高书信集，二就是欧文·斯通的这部《凡·高传》了。

对于大多数读者或作家来说，《凡·高传》的价值并不在用来研究凡·高，而是感受它的主旨——“渴望生活”，并且欣赏欧文·斯通本人的杰出才华。

我最感兴趣的是后者。欧文·斯通是当代传记文学的大家，他的一系列作品如表现杰克·伦敦的《马背上的水手》，表现米开朗琪罗的《痛楚与狂喜》，表现达尔文的《起源》，表现弗洛伊德的《思维的激情》，表现林肯夫妇的《永恒的爱》等，无不脍炙人口。欧文·斯通恪守传记文学的真实性这一根本原则，为真实地再现这些历史人物，付出了艰辛的调查研究，甚至亲手绘制出复原林肯时代白宫二楼的平面图，就连白宫建筑专家都自叹弗如！

但如果仅止于此，欧文·斯通的作品仍然不会获得举世公认的成功。他自己在《凡·高传》的《附记》中就说过：

“对话不得不是虚构的，必要时也有纯小说的夸张……有一两个地方，我也描写过无据可查然而我相信有可能发生的小插曲；为方便起见，我采用了一些办法，诸如在文森特跋涉于欧洲期间使用的货币，均以法郎代替；还省略了整个故事中几处不重要的零碎片断。除去上述在技术上大胆采用的措施之外，本书的内容完全是真实的。”

我敢断定欧文·斯通没有读过《史记》，然而他和司马迁的心却是相通的!

《艺术哲学》[法]丹纳著　人民文学出版社出版

读这部书等于读一部西方艺术史。但艺术史能令人读得津津有味如《艺术哲学》的却不多见。丹纳是一个“为思想而生活”的人，面对人类所创造的灿烂艺术，他不仅用眼睛去感受，而且用心去思考。他认为，物质文明与精神文明，决定因素是种族、环境、时代。伟大的艺术家绝不是孤立的一个人，而是一个艺术家家族的杰出代表，“我们隔了几个世纪只听到艺术家的声音；但在传到我们耳朵边来的响亮的声音之下，还能辨别出群众的复杂而无穷无尽的歌声，在艺术家的四周齐声和唱。只因为有这一片和声，艺术家才成其为伟大”。这一基本观点透露了丹纳及其著作的价值——理性思考，即“哲学”性。能在一百年前就如此分析时代与天才的关系、社会与艺术的关系、“普及”与“提高”的关系，实属难能可贵。

丹纳的治学方法是“从事实出发，不从主义出发；不是提出教训而是探求规律，证明规律”。他主张：“科学同情各种艺术形式和各种艺术流派，对完全相反的形式与派别一视同仁，把它们看作人类精神的不同表现……植物学用同样的兴趣时而研究橘树和棕树，时而研究松树和桦树；美学的态度也一样，美学本身便是一种实用植物学。”

因此，便有了这部《艺术哲学》，对每一历史时期、每一艺术流派的产生、发展、演变、消亡的全过程都提供了大量的史料佐证，又用丰富生动的文学语言予以描述，所以是一部好看、易懂又引人深思的艺术史。反言之，生涩、枯燥、装腔作势的艺术史也不必去看。

作者生于一八二八年，卒于一八九三年，离开我们一个世纪有余了，身后的许多事，他并不知道，也还来不及总结。读这部书的时候，似也不必苛求古人。

（发表于1995年第3期《书摘》。收入《名家荐书》，大众文艺出版社1998年出版）

寂寞之道与道之寂寞

李太白诗云："古来圣贤皆寂寞，惟有饮者留其名。"《将进酒》系作者怀才不遇、愤世嫉俗之作，其压抑、愤懑之情自不难理解，但"惟有饮者留其名"一句毕竟太夸张、太浪漫了，把人类历史变成了一部"饮酒史"，无论如何难以交代。纵观有史以来，杜康留名，本不唯酿酒之功，而是率众攻灭寒浞，恢复夏氏统治，成就"少康之治"；刘伶传世，亦不在醉酒数月，创造了可以列入《吉尼斯大全》的纪录，而在于借醉酒消极抵抗当时的强权政治的名士风骨。即使包括李太白本人在内的"饮中八仙"，也都是因为各自在诗歌或书法上的成就早已举世瞩目，如"李白斗酒诗百篇""张旭三杯草圣传"，若不然，即使饮上千斗万杯、醉他十年八载，也不足为奇。

相比之下，前一句"古来圣贤皆寂寞"却平实得多，虽系情绪化的感叹之语，却包含着朴素的真理。我不能确切地知道李太白所说"圣贤"究竟包括哪些人，但试想像他那样敢于"风歌笑孔丘"的"楚狂人"，未必会像俗人似的迷信什么偶像，所谓"圣贤"，无非"智者"而已。太史公曰："古者富贵而名摩灭，不可胜记，惟倜傥非常之人称焉。盖文王拘而演《周易》；仲尼厄而作《春秋》；屈原放逐，乃赋《离骚》；左丘失明，厥有《国语》；孙子膑脚，兵法修列；不韦迁蜀，世传《吕览》；韩非囚秦，《说难》《孤愤》；《诗》三百篇，大抵贤圣发愤之所为作也。此人皆意有所郁结，不得通其道，故述往事，思来者。”即如司马迁本人，腐刑废身而不改其志，“隐忍苟活，幽粪土之中而不辞者，恨私心有所不尽，鄙陋没世而文采不表于后世也”。“欲以究天人之际，通古今之变，成一家之言。草创未就，会遭此祸，惜其不成，是以就极刑而无愠色。仆诚以著此书，藏诸名山，传之其人，通邑大都，则仆偿前辱之责，虽万被戮，岂有悔哉!”其坚忍、自信跃然纸(简)上，却又透露出无比的寂寞与孤独：“然此可为智者道，难为俗人言也。”可见，太史公也是将“贤圣”与“智者”“倜傥非常之人”视为同义语的。“古来圣贤皆寂寞”，这是历史的无情，“富贵而名摩灭”“倜傥非常之人称焉”，则是历史的公正。华域之外，哥白尼、布鲁诺、伽利略倡日心说、地动论而遭教廷迫害，麦哲伦环球航行而为土人所杀，凡·高才华冠世而终生穷困潦倒，莫不“死日然后是非乃定”!

智者的寂寞在于“究天人之际，通古今之变”的思想与行动远远超出同代人的认知水平，首创的“一家之言”惊世骇俗。布鲁诺宁肯烧死在火刑柱上也要坚持真理，谭嗣同在断头台上仰天大笑“死得其所，快哉快哉”！高昂的头颅不肯向世俗屈服，乐观自信之中又包含着多么悲哀的自怜！其他如伯牙摔琴，屈子投江，太白捉月，张旭佯狂，凡·高割耳，莫不深藏着“难为俗人言”的大悲大哀!

智者的超前思想、超前行动，酿成了自身的悲剧，“死日然后是非乃定”，终为世人所认同，社会被推向前进，作为对其生前的寂寞、孤独乃至牺牲的莫大报偿。“文章千古事，得失寸心知”“千秋万岁名，寂寞身后事”，这是智者的清醒。“通其道”“思来者”，这是智者的远见，把检验真理的权利交付于绵绵历史，交付于子孙后世的智者。

很难讲多少年出一个司马迁，多少年出一个李太白，多少年出一个布鲁诺，多少年出一个凡·高。然而既有“古来圣贤皆寂寞”一说，却又似乎给人以希望，给人以安慰，似乎耐得寂寞便可成圣贤。于是“寂寞”便也成了时髦的东西，作为愤世嫉俗的标签。“道可道，非常道”，“道不行”，不必“乘桴浮于海”，“自甘寂寞”也就是了，且待下个世纪，下下个世纪！问题是下个世纪，下下个世纪的到来为时尚远。评判“道”之真伪的标准也就一时把握不定而莫衷一是、五花八门、层出不穷，于是陈腔滥调、邪门歪道、狗窃鼠盗、末流杂耍也都粉墨登场，混迹于“道”，人世间热闹得一点儿都不寂寞了，寂寞的倒是道。

（发表于1995年第4期《文学自由谈》，1996年第1期《散文》转载。收入《世界学术文库》华人第一集，世界学术文库出版社1999年出版）

难忘《木木》

少年时代读《木木》，三十年来未能忘。

屠格涅夫紧蹙的双眉之间刻着两道深深的竖纹，忧郁的眼睛闪射着愤怒，他用低沉的语调给我们讲述了那个故事……

“在莫斯科的一条偏僻的街上，有一所灰色的宅子，这所宅子有白色圆柱，有阁楼，还有一个歪斜的阳台”。在一大群家奴包围之中有一个寡居的贵族老太太，“她生活里的白天，那个没有欢乐的、阴雨的日子早已过去了；可是她的黄昏比黑夜还要黑”。只三言两语，便活画了这所大宅子——农奴制度的一个缩影，没落、寂寥、阴沉、冷酷的氛围自此笼罩全篇。

聋哑人盖拉新从乡下来到莫斯科，成了这座深宅大院的看门人。作者极力渲染他的魁伟和强力：差不多两米高的身材，在乡下时“一个人做四个人的工作”，“耕地的时候，把他的大手掌按在木犁上，好像他用不着那匹小马帮忙，一个人就切开了大地的胸脯”，“勇猛地挥舞镰刀，仿佛要把一座年轻的白桦林子连根砍掉一样”。“自从某一天晚上他捉住了两个小偷，把两个脑袋在一块儿狠狠地碰了几下(碰得那样厉害，简直用不着再把他们送到警察局去了)”。“没有人敢在饭桌上坐他的位子”，“连公鸡也不敢在他的眼前打架”。当管衣服的女人向塔吉雅娜寻衅时，“盖拉新突然站了起来，伸了他的大手，把它放在管衣服的女人头上，并且非常凶狠地望着她的脸，吓得她把头埋在饭桌上面。众人都不敢作声”。瘦小而温顺的洗衣女工塔吉雅娜唤起了盖拉新深藏心底的爱，成为他情感的寄托。他以哑巴特有的方式向她表示亲近，以巨人般的体魄和气力保护她，送给她姜饼做的小公鸡，并且默默地准备了向她求婚的聘礼——一方红棉布头巾。然而，出于这座宅子的女主人无法抗拒的意志，塔吉雅娜嫁给不可救药的酒鬼、鞋匠卡皮统。被夺去心中之爱的盖拉新一直把她送到克罗里米亚浅滩，归途中救了一只陷在泥泞中濒临死亡的小狗，他以哑巴含糊不清的“语言”叫它“木木”。此后，忠实的木木成了盖拉新在这所大宅子里唯一的朋友。可是，当这条小狗得罪了女主人，难以在此继续容身的时候，盖拉新也束手无策了。这位大力士不仅没有能够保护弱女塔吉雅娜，没有能够保护一条可怜的小狗，甚至连自己那强壮的体魄之中的一点情感也未能保护，因为悬在头顶的不平等的社会制度，其力量远远胜于他百倍、千倍、万倍！

作者以非凡的洞察力和表现力，将聋哑人盖拉新灵魂深处的痛苦极其真切地展现在读者面前：在塔吉雅娜与酒鬼卡皮统成婚的当天，盖拉新“空着手从河边回来：他在路上不知怎样把水桶弄破了；夜里他在马房里拼命地洗擦马身，弄得那匹马像草给风吹着似的摇摆起来，在他的铁拳下面它有点站不稳了”；木木不见了，盖拉新“呻吟了一个整夜”；木木失而复得，盖拉新把它藏在顶楼，自己却以“天真的狡猾”在人前保留着忧郁的表情，夜晚“脸色苍白地躺在他的床上，紧紧地扣住木木的嘴巴”；当他意识到保护木木无望时，“在自己的颈项上做了一个记号，好像在拉紧一个活结似的”，表示“他要自己担任弄死木木的工作”：他穿上过节时才穿的长裾外衣，带着经过细心梳理、毛皮发亮的木木到饮食店去，专门为它买了白菜肉汤，痴情地看着它吃，“两颗大的眼泪突然从他眼睛里落下来：一颗落在狗的倾斜的额上，一颗落在白菜汤里面。他拿自己的手遮住了脸”……一颗渴望自由、渴望爱的心灵在巨大压力下的无望搏斗和无可奈何的自戕，激起了读者感情世界的巨大波澜，产生了永久的艺术魅力。

“巨人”“树妖”盖拉新终究是一个弱者，他一步步妥协，一步步退让，最后不得不把自己的最后一点精神寄托亲手扼杀！

暮色苍茫的莫斯科郊外，克罗里米亚浅滩上，一只尖艉的俄式小木船。船上立起一副高大的身躯，昏暗中已经辨不清衣着的色彩。而只是一尊雕塑般的剪影。他的怀里抱着小狗木木，木木的脖子上套着一条带活结的绳子，绳子下端系着两块砖。

他长久地凝视着怀中的木木，凝视着脚下平静的河水……

那似乎是一幅色彩凝重、笔触雄浑的油画，在我心中凝固了三十多年，不忍让下面的情节打破它！

屠格涅夫出身于十九世纪俄国的一个贵族家庭，却又是这个家庭和这个阶级的逆子。由于发表反抗农奴制度的《猎人笔记》，他被放逐，《木木》是在监禁中写成的。十九世纪英国作家加莱尔曾经说过：“这是全世界最动人的故事。”二十世纪英国作家高尔斯华绥也曾经说过：“在艺术方面，比这个更强烈的对专横暴虐的抗议，还不曾发生过。”这些评价，《木木》当之无愧。屠格涅夫的全部作品，都反映了他对农奴制度及其一切产物的极大仇恨，对劳动人民悲惨遭遇的无限同情，以及对维护文化、教育、信仰与言论自由的热切渴望，而《木木》无疑是其中最精彩的篇章，小中见大，一以当十。聋哑人盖拉新自始至终没有一句“台词”，却令人于无声处听到了振聋发聩的惊雷！

值得注意的是，对于这所宅子的女主人——那位至高无上的主宰、农奴制度的象征，小说却着笔不多，只写了她的闲愁寂寞和喜怒无常，而并没有做任何形象上的丑化，甚至在小说的结尾还特地交代："她从来没有命令他们把那条狗弄死。"这并非因为她的原型是屠格涅夫的母亲而"手下留情"，作者的高明之处正在于：他没有把悲剧的产生归咎于统治者个人的品质，他鞭挞的是扼杀人性的社会制度。维护这一制度的不仅是统治者，还包括了被统治者。且看那一群家奴的表演：管家加利夫洛在女主人面前唯唯诺诺，明知把塔吉雅娜许配给酒鬼并不合适而且将会带来许多麻烦，不仅不直言劝谏，却坚决执行，而且与众家奴密谋，创造性地设计了骗局，使盖拉新"自动放弃"塔吉雅娜；寄食女人白天像马车夫一样睡大觉，养精蓄锐以陪伴女主人度过漫漫长夜，察言观色地揣摩女主人的心思，投其所好；为了讨得女主人的赏识，加利夫洛先是背着盖拉新将木木卖掉，后来又兴师动众地带领一大群家奴攻上顶楼追捕木木；在这一系列举动中，跟班、厨子、尾巴叔叔、爱管闲事的马夫、寄食女人柳苞芙·柳比莫夫娜等都是不可或缺的帮凶；不幸的姑娘塔吉雅娜"只要听见人提起太太的名字就发抖"，得知太太要把她配给酒鬼卡皮统，她没有表示一丝反抗，"掉转身子，在门柱上轻轻地靠了一下，就走出去了"；包括大力士盖拉新，也"很害怕他的女主人""希望她给他恩惠"。当厄运向他头顶压过来，他也只有忍着心中的剧痛，一次次就范。这些奴才们身上的奴性，正是农奴主统治的社会基础。这使我们想起比屠格涅夫晚些时候的鲁迅先生对中国封建社会末期国民性的犀利的解剖，"哀其不幸，怒其不争"，鲁迅与屠格涅夫的心是相通的！

暮色苍茫中克罗里米亚浅滩上的那幅油画并没有凝固。盖拉新把套着活结、坠着砖块的木木举在河面上，最后一次看它。木木"信任地而且没有一点恐惧地回看他，轻轻地摇着尾巴。他掉开头，眯着眼睛，放开了手"。盖拉新听不见木木落下水去时的尖叫声，"等他再把眼睛睁开的时候，微波照旧一个追一个地在水面上急急旋动；它们照旧地碰在船舷上飞溅开去了，只有在后面远远的一些大的水圈逐渐在扩大，一直到了岸边”。

故事到这里本该结束了。而屠格涅夫却不肯结束，又续写了一个尾巴：“巨人”盖拉新“带了一种不屈不挠的勇气和一种交织着绝望与快乐的决心”返回家乡，好像“他的母亲现在唤他回到她的跟前去一样”，“他好像一头雄狮，强壮地、勇敢地踏着大步走去”。屠格涅夫在一八八三年与世长辞，距一九一七年俄国资产阶级二月革命和无产阶级一月革命还有三十四年，他生前还不可能为盖拉新们指出一条真正的出路，而只能倾其心血，将高压下的农奴的灵魂震颤摄录于笔端，永留人间。

（发表于1996年第7期《博览群书》。收入《小说家喜爱的小说》，十月文艺出版社1996年出版）

春联贴倒了……

写下这个题目，兴许被人嘲笑：“你是说门上的‘福’字儿？那是成心倒着贴的，求的是个吉利：福‘到’家门！”

我这里说的，不是指那个“福到家门”。

春节期间出去走走，在一条胡同口，见一座门楼上贴着大红春联：“玉犬迎春万户歌，金鸡辞岁千家喜”。

看那两笔字写得还不错，对仗也工整，只可惜上、下联颠倒了，应该是：“金鸡辞岁千家喜，玉犬迎春万户歌”。送走的是鸡年，迎来的是犬年，怎么“玉犬”倒跑到“金鸡”前头去了呢？

心里这么想着，脚步已走到第二家门前，这里也贴着春联：“神州无处不春风，华夏有天皆丽日”。

又是一副好对子，可惜也贴颠倒了。

再往前走，家家门前都贴着春联，而无一例外，都是上、下联“交换场地”。我想，这到底是怎么回事儿？不怕麻烦，掉头往回走，仔细看了看，这些春联的笔迹都很相近，像是出自同一人手笔。想必写这些春联的人，早年间受过描红临帖的基本训练，或者曾是教书先生，或者当过什么字号的账房，最不济也许曾以代写书信糊口，因为有这两笔字，一条胡同的春联都请他写，他也乐得奉献“余热”，有求必应，练练腕子，等于在街头开个“书法展”。可惜的是他的这些大作都被贴颠倒了，糟践了。如果老先生腿脚还利落，扶着拐杖出来瞧瞧，怕是要气歪了鼻子，连连摇头叹息：“有辱斯文!”

春联是中国民间习俗之一，源远流长。过年贴上它，显得吉利、红火、喜庆，既是装饰品，又是艺术品。世界四大发明之一的火药也是中国人首创的，烟花爆竹的历史比春联还要久远，如今说禁就禁了，人们的年还是照样过。春联贴不贴倒也无关紧要。如今北京城高楼林立，四合院的地盘越来越小了，要贴春联没地方，已难以“千门万户曈曈日，总把新桃换旧符”。可是人们还是丢不掉那一份儿浓浓的怀旧之情，有门有院的人家，年头岁尾就想起来这码子事。但是，要贴，就把它贴端正了，弄得颠三倒四，却又煞了风景，有附庸风雅之嫌。

细究起来，贴倒了春联的人也未必有心“附庸风雅”，实在是无能为力。如今中年以下的人，认真练过毛笔字的不多，不要说“书法”，连书写都困难。半个世纪前小孩子发蒙必读的“天对地，雨对风，大陆对长空”，现在成了“古董”，许多人不知“平仄”为何物，手里拿着那两条写着字的红纸，认得哪是上联、哪是下联？便胡乱贴上罢了。说起来，这种颠倒的事儿多了去了，也不必较真儿。连文化人搞的电视剧中都随时可以听到称自己的家为“府上”，称别人的爹为“家父”；报纸上的许多文章把艺术“品位”写成“品味”，仿佛评论的是风味小吃，如今不是“食文化”大兴嘛!

据行家预测：到下个世纪，全人类将有两千种语言在地球上消失；而在现今世界上最通行的几种语言文字当中，汉语汉字使用的人数最多，涵盖地域最广，又具有简约、精确、规范、优美等优势，也许将成为世界通用的语言文字之一种。然而，与此同时，我们却不能不看到一个统计数字：我国目前有三亿左右的文盲，到下世纪，随着人口的增长，弄不好没准儿还会增加。如果到了那时候，老外们满口汉语，下笔“颜、柳、欧”，而我们这儿却认识汉字的越来越少，将如何是好？又是一个大颠倒！

须知，破坏比建设容易得多，把颠倒的历史重新颠倒过来是相当费力的。比如，国外有位科学家经过研究，说他已证明埃及的金字塔原来是个倒立的三角，上面的平台是外星人用来发射 UFO 的，后来他们走了，怕地球人利用这个平台，就给颠倒了过来。现在这位科学家突发奇想，要把被颠倒了的金字塔再颠倒过来，这谈何容易？——话说远了，就此打住。

（发表于 1994 年 3 月 12 日《光明日报》）

从《凤求凰》到《白头吟》

司马相如者，汉赋名家也。景帝时，相如曾为武骑常侍。文人竟做武官，用非所长，而且景帝刘启又“不好辞赋”，想必相如也觉得这个官当得没有多大趣味，便与枚乘等人去梁而游。梁孝王死后，他没了依靠，回到四川老家，穷得一无所有，且无以为业。于是投奔邛县县令王吉，并认识了当地富豪卓王孙。卓王孙有女名文君，新寡。相如慕其才貌，“以琴心挑之”。一曲《凤求凰》使文君心旌摇荡，一见钟情，两人私奔而去。于是有了“文君当垆”的故事，早已为人们所熟知。

如今实行社会主义市场经济，有人提起这段陈年往事，说司马相如和卓文君二位开了“文人下海”的先河云云。这未免牵强附会。按司马相如和卓文君的私奔，只是为了爱情，卿卿我我之余，也还得吃饭，不得已做点小买卖，卖酒为生。文君在前台当老板娘兼女招待，相如在后面和打工仔、打工妹一样洗盘子。一位风流名士，一位豪门之女，落到这个地步，也是没法子的事，并非凭着什么商品意识的先知先觉，去做市场经济的弄潮儿。国人长期以来形成了一种历史认同心理，凡事总想找个历史依据，证明“古已有之”才心安理得，找不出来就勉强凑数。其实大可不必，历史毕竟不是任人雕琢的大理石。

闲话不表，只说司马相如和卓文君。《凤求凰》和“文君当垆”还只是他们两位的故事的一半，这一半又是以老丈人卓王孙终于认了司马相如这个女婿为收场，未免老套而且俗气。其实后面还有一半。我认为，后半比前半还要精彩，至少可以说，有了后半，这故事才更完整、更耐人寻味。

前面说了，司马相如本无心“下海”。那么他后来当然也就没有成为企业家，还是按照“学而优则仕”的模式，终于又做了官，当然是靠了他的文章才做成的。他有个四川老乡名杨得意，向新皇帝刘彻(即大名鼎鼎的汉武帝)推荐了相如的得意之作《子虚赋》，皇帝极为赏识，召见相如，相如又作了一篇《上林赋》，天子大悦，赐郎官之职。

故事于是又有了新的进展，节外生枝。相如突然要娶小老婆了！此时他大约已经把卓文君当初的听琴、私奔、当垆都忘到了九霄云外，又爱上了茂陵的一位女子，爱得疯狂，爱得热烈，要纳她为妾。其事载《西京杂记》。在那个时代，像司马相如这样的名人想做这样的事，是极为容易的，用不着找什么借口说两人“存在着个性差异，感情合不来，缺乏爱情基础，扭曲了人性，尝尽了无爱的婚姻的苦头”等，也不必说卓文君“粗俗”“母老虎”之类，连正式的离婚手续都不必办，直接娶茂陵女就是了。

麻烦在于卓文君。此人既然曾做出过惊世骇俗的私奔之举，就说明是位有“性格”的女性，不会甘心就这么被司马相如甩了，而要有所表示。不过她采取的方式不是去告司马相如，也不是去找茂陵女那个第三者去算账，而是赋诗一首——《白头吟》。诗曰：

皑如山上雪，皎若云间月。
闻君有两意，故来相决绝。
今日斗酒会，明旦沟水头。

躞蹀御沟上，沟水东西流。
凄凄复凄凄，嫁娶不须啼。
愿得一心人，白头不相离。
竹竿何袅袅，鱼尾何蓰蓰。
男儿重意气，何用钱刀为！

这诗写得极富感情，却并不悲悲切切。以皑皑白雪和皎皎明月象征纯洁的爱情，将忠贞不贰、白头偕老视为爱情的至高境界。然而，一旦“闻君有两意”，却又毅然决然，各奔东西，“故来相决绝”，主动提出离婚。尤其是末尾二句，“男儿重意气，何用钱刀为”！正气凛然，咄咄逼人，一扫巾帼柔弱，直使须眉汗颜！

司马相如万万没有料到她来这一手。也许是被她打动了，想起当初“以琴心挑之”的那份儿柔情蜜意，想起“文君当垆”时两人卖酒洗盘子那份儿相濡以沫的不容易，艰难困苦都过去了，现在要甩人家，良心上不禁自责。而且他和文君本来是百分之百的自由恋爱、反封建的结合，如今却翻脸不认账，想一笔勾销，实在难以自圆其说，也许他未必有什么自责，只是将利弊权衡来权衡去，觉得卓文君不好惹，这个包袱不好甩，别弄得打不成狐狸惹一身臊，怏怏然只好将纳妾的打算作罢。

司马相如这档子外遇和婚变，至此宣告失败。

李太白有诗咏叹此事：

……
宁同万死碎绮翼，不忍云间两分张。
此时阿娇正娇妒，独坐长门愁日暮。
但愿君恩顾妾深，岂惜黄金买辞赋。

相如作赋得黄金，丈夫好新多异心。
一朝将聘茂陵女，文君因赠《白头吟》。
东流不作西归水，落花辞条归故林。
……

李太白的立场显然是同情文君、谴责相如的，“丈夫好新多异心”，已说得很明白，还有“兔丝固无情，随风任倾倒”“两草同一心，人心不如草”等句，都直刺那个翻云覆雨、见异思迁、朝秦暮楚的负心男人。

遗憾的是，卓文君并没有通过这次婚变认清司马相如，事后竟然原谅了他，与他和好如初。由此，我倒怀疑那首《白头吟》的动机了。“故来相决绝”说不定是故作姿态，以此来要挟甚至是争取相如，“白头不相离”才是真正的目的。相如妥协了，她也就既往不咎了，显出了弱者的本相，这又令人感到文君的窝囊。在长期的封建社会，妇女是无法摆脱依附于男性的被动地位的。不要说卓文君，就连那些名气比她更大些的女性，命运也都操在别人手里。西施被越王勾践当作糖衣炮弹，以自己的血肉之躯去腐蚀吴王夫差；王嫱奉旨“和亲”，嫁给匈奴单于，老单于死了又嫁给他的儿子；杨玉环先做寿王妃，后做公爹的贵妃。对她们来说，哪里谈得上什么“爱情”和“人性”，纯粹是工具、玩物、皇权加夫权的牺牲品而已。卓文君也是生活在那种氛围里，天大本事也跳不出去的。她的爱情火花，或许只在隔帘听琴、长街当垆时闪出了点光彩，便很快熄灭了。破镜重圆之后和司马相如“白头偕老”，倒真是“勉强凑合”的“无爱婚姻”了。

还值得一提的是那位没有留下姓名的茂陵女。她有没有隔墙向司马相如搔首弄姿，我不得而知，更大的可能是司马相如这个有妇之夫、情场老手先勾引的她。这位涉世未深的少女对相如的痴迷恐怕不亚于当初的文君，也幻想着“白头不相离”，却不料还没有来得及被纳为“妾”，就被甩了，落入了始乱终弃的轨道。谁曾为她鸣不平呢？

（发表于1994年3月19日《人民政协报》）

从修复石头城说起

六朝遗风，十代古都，钟山龙盘，石城虎踞。南京在中国历史上具有无可替代的地位，在文人的心中更是无价瑰宝。最近于报端得知，南京有关部门要修复石头城遗迹，甚感欣慰，同时也不无忧虑。

近年来，不断在新闻传媒中见到某某古迹被“恢复原貌”“修葺一新”的报道，我总是不敢相信这报道的真实。既然要“恢复原貌”，为什么“修葺一新”？反之，如果已“修葺一新”，又何言“恢复原貌”？

以唯物主义的观点来看，任何事物，“恢复原貌”都是不可能的。“原貌”就是事物最初的面貌，随着岁月的流逝，“原貌”一点点改变，或被自然力所剥蚀，或被人为地破坏、改变，总是要变样子的，要使它永远地维持“原貌”，除非日月静止，宇宙凝固，这当然不可能，不过是形而上学的梦想罢了。时过境迁、今非昔比之后，人们要“恢复原貌”，其实只是“恢复”到某个历史阶段的表象而已，因为那个被念念不忘的历史阶段，事实上已经不存在了。曾记得当时的规模、布局，更好一些的，能找到反映当时面貌的文字、图画资料，依样施工，依稀当年模样，犹如洋人给林肯总统做蜡像，或者用现代科技制造出一个依照设计好的程序会说会笑会和参观者握手的昔日影星玛丽莲·梦露，说到底还是假象，给活着的人一个安慰罢了，真的林肯早已灰飞烟灭，活的梦露早已香消玉殒，无处话凄凉了。文物古迹的“修葺一新”，实际往往是以新换旧。本来还保留着一些断垣残壁、旧砖古石，“修葺一新”的结果，是连那一点真东西也不存在了，文物古迹被“更新换代”了，这已经不再是古迹，而是“新迹”。断垣残壁、旧砖古石，当然也不是“原貌”，但好歹还是原物，那剥蚀，那残破，那斑斑锈迹，那点点苍苔，是历史流程留给它的印记，使后人在凭吊时发思古之幽情，做沧桑之感叹。鲁迅先生曾经嘲笑那将铜鼎擦得锃亮、大煞风景的土财主，但土财主毕竟还是没有将古鼎熔化再铸一个新鼎，只不过“整旧如新”罢了。试想青铜鼎在新铸之时恐怕也是锃亮的，喜好古物的文人们却不认可这般模样，偏偏爱它的锈迹斑斑。这是真正懂得文物，热爱历史。圆明园惨遭帝国主义焚毁，中国人当然痛心疾首，但那“宁为玉碎，不为瓦全”的断垣残壁，作为国耻的象征，倒可以使后人警醒，这便是文物古迹的价值，远远超过再花费巨资重造一个圆明园。如果我们把那仅存的一点古物、古迹也以新材料、新工艺、新技术充之、代之，则连这点意义也没有了呢！

鉴于文物古迹不断在以“保护”和“修复”的名义下被再度损坏，这方面的专家主张“整旧如旧”，而不是“整旧如新”。文物古迹的修复不仅应是“原址”，而且应保留“原物”，虽一砖一瓦，失去了就不可复得。对于年久风化或损毁的文物，可谨慎地修补、加固，但不应“以新换旧”。这是完全正确的，也是国际文物界公认的原则。但遗憾的是，说到容易做到难，许多文物古迹的“修复”并没有听这一套。

上述原则还有一个更难以做到的延伸：对于具有历史价值的文物古迹，不仅应修复和保留文物本身，而且应同时保留周围的环境，作为一个“历史地段”，使今人和后人瞻仰时，能够身临其境，如在当时氛围。时见某纪念馆或是某名人故居，原本是平平常常的民居，出了名是因为这里曾经发生过大事或是曾住过名人，现在“修复”的结果不仅焕然一新，了无当年气息，而且连周围的民居都统统拆除，剩下那所纪念馆或是故居孤零零地立在拔地而起的新楼之间。如果这种名人故居和新楼一起再被保留千百年，后人到此，将做何感想？恐怕要怀疑这位名人有精神病，爱在危楼之间故作“隐居”之态呢！

由石头城要修复的消息，引发出这些联想，把一些与石头城无关，与南京也无关的事都扯了起来，在此絮叨一番，似有聒噪之嫌。但我想，其中道理，未必真的与主题无关。我不知道石头城将怎样修复，修复到什么样子，也许我所说的这些，人家早想到了，无须我杞人忧天、班门弄斧。将来我到修复后的石头城瞻仰，也许只有叹服，别无话说。如此，则幸甚。

（发表于1994年6月4日《扬子晚报》）

秦俑作者姓“宫”吗？

据有关报道，举世瞩目的雕塑艺术杰作秦兵马俑终于找到了作者，他们是“宫欬”“宫丙”“宫疆”等八人。一批默默无闻的下层工匠艺术家从此将名垂史册，这无疑是一个伟大的发现，引起了史学界、艺术界人士的极大兴趣。有学者引用《史记·秦始皇本纪》中“隐宫徒刑者七十余万人，乃分作阿房宫，或作丽（骊）山”一语作为依据，认为：“他们既是服劳役的囚徒，原先的姓就得一律抹去；而他们既然都受过宫刑，‘宫’也就可能成为加于他们每个人的‘姓’”。

其实，这是一个很大的误解。

《史记·秦始皇本纪》中除上引之语之外，在《蒙恬列传》中尚有“赵高昆弟数人，皆生隐宫”与之呼应。“隐宫”是什么？《史记》之《集解》徐广曰：“为宦者。”《索隐》刘氏云：“盖其父犯宫刑，妻子没为官奴婢。妻后野合，所生子皆赵姓，并宫之。故云‘兄弟生于隐宫’也。又《秦始皇本纪》亦有‘隐宫徒刑者七十余万人，乃分作阿房宫，或作丽（骊）山’之语。”《正义》：“余刑见于市朝。宫刑，一百日隐于荫室养之乃可，故曰隐宫，下蚕室是。”前人的这些解释均将“隐宫”认定为施行宫刑之所，学者正是承袭了这一观点。但前人由于历史条件的局限，解释未必正确，难免望文生义，似是而非。显而易见的漏洞至少有两点：其一，说赵高的父亲“犯宫刑”，于史无据，及“妻后野合，所生子皆姓赵，并宫之”，属想当然。宫刑本是阉割男子的刑罚，与赵高的母亲何干？“赵高昆弟数人，皆生隐宫”，若说这里“隐宫”的“宫”就是宫刑，于情理上实在说不通。其二，宫刑施于男子，主要目的在于制造宦者即后世所称太监（也有少数例外，如司马迁曾因替投降匈奴的李陵辩解而受宫刑，出狱后任中书令），而秦时修阿房宫和骊山墓的刑徒有七十余万之众，若一律施行宫刑，既无必要，也无可能。人们之所以产生上述误解，都是由“隐宫”之“宫”字所引起。

历史疑案搁置两千年之后，本世纪七十年代出土的云梦秦简终于透露了谜底。秦简云：“工隶臣斩首及人为斩首以免者，皆令为工，其不完者以为隐官工。”“将司（伺）人而亡，能自捕及亲所知为捕，除毋罪，已刑者处隐官。”“可（何）罪得处隐官？群盗赦为庶人，将盗戒（械）囚刑罪以上，亡，以故罪论。断右趾为城旦。后自捕所亡。是处隐官。它罪比群盗者，皆如此。”秦史学家马非百曾对秦简中的“隐官”二字给予特别注意，经考证，认为：“所谓隐官，乃是一个收容受过刑罚而因立功被赦之罪人的机关。处在隐官之罪人，必须从事劳动。其性质与后世劳动教养所大致相同。以此之故，余疑《史记》‘隐宫’乃‘隐官’之误。”在地下埋藏两千年后出土的秦简当然比世上流传的典籍更可靠，马非百的见解是极具说服力的。也就是说，所谓“隐宫”，并非《史记》原文，秦代也无此机构，而实际上是“隐官”。“隐官”的性质和职能，出土秦简和马非百的解释都已经说得明明白白，与“宫刑”无关。若照此，“隐宫（官）徒刑者七十余万人，乃分作阿房宫，或作丽（骊）山”便都顺理成章了。《秦始皇本纪》在叙述始皇陵墓建造时也有“天下徒送诣七十余万人，穿三泉，下铜而致椁，宫观官百奇器珍怪徙臧（藏）满之……”之说，也可与之相证，不仅证明了七十万人乃是从“天下”直接送往工地的，而非集中京师做过什么“宫刑”，并且从“宫观官百奇器珍怪”的字里行间也已透露出七十万人当中不乏能工巧匠的信息。陈胜、吴广和刘邦起义之时率领的刑徒当包括在这七十万之内，如果说这些人都受过“宫刑”，岂不荒唐？那些刑徒在送往阿房宫或骊山服役之前受过拘留管制是完全可能的，但那是在“隐官”，而非“隐宫”。

那么，秦俑作者宫欬、宫丙、宫疆等人何以都冠以“宫”字？他们是否都姓“宫”？有学者又以“在骊山做苦工的，还有一个虽未罹致宫刑却受过黥刑的犯人，他原来姓英名布，后来就改称为黥布”为例，“作为一条佐证”，来证明秦俑作者“何以都姓宫”。

英布“虽未罹致宫刑却受过黥刑”，以前说“他们既然都受过宫刑”本身就自相矛盾。至于英布改姓的原因，据《史记·黥布列传》载：“黥布者……姓英氏。秦时为布衣。少年，有客相曰：‘当刑而王。’及壮，坐法黥。布欣然笑曰：‘人相我当刑而王，几是乎?’”可见英布是为了应验相面先生“当刑而王”的预言，把受黥刑看作是因祸得福的吉兆，因而“欣然”改姓，并非统治者强加于他“黥”姓，这与秦俑作者“姓”什么完全无关。秦时并无后世“赐姓”习惯，古今之别，不可混淆。

有学者认定秦俑都“姓宫”，显然是以今视古，以为凡名字第一个字必是姓氏。其实，无论先秦还是秦汉，史籍中所列人名多矣，未见得一律以姓氏为冠。如鲁班，姓公输名般，因是鲁国人，史称“鲁班”(“班”与“般”谐音)，却并不姓“鲁”；如“商鞅”，其祖本姓姬，氏公孙。卫国人，因称“卫鞅”，后因功封于商、於，故又称“商鞅”，并不姓“商”；如“燕太子丹”“秦王政”之称均未冠以姓，而冠以国名和身份。再如盗跖并不姓“盗”，“盗”是他的职业(强盗)；优旃也不姓“优”，“优”是他的身份(倡优)；尉缭亦不姓“尉”，“尉”是他的官职(国尉)，犹言李斯为“丞相斯”、赵佗为“尉佗”，只不过李斯、赵佗的姓传了下来，而跖、旃、缭的姓失传罢了，如果硬派他们姓“盗”“优”“尉”，则大谬不然。明白了这一点，我们便不难理解为什么秦俑作者的名字前面都冠以“宫”字，那不过是表明他们作为宫室匠人的身份而已，与“宫刑”风马牛不相及。

（发表于1995年2月20日《光明日报》）

楚汉相争中的道德力量

“秦失其鹿，天下共逐之，捷足者先得。”刘邦和项羽双雄并起，叱咤风云，合力灭秦，夺得天下，又一分为二，豆萁相煎，势不两立，经过旷日持久的楚汉相争，最后以刘邦的胜利和项羽的失败而告终。究其原因，历来众说纷纭。范文澜先生说：“推究刘项胜败的原因，主要在于刘邦的拥护者是广大农民特别是旧秦国农民，项籍的拥护者只是些野心的领主残余分子。两人所依靠的力量不同，因之后果也不同。”项籍“代表领主残余势力，要把社会倒退到秦以前的旧时代去，阻挠历史前进的趋势，他只能成为一蹶不振的可怜虫”（《中国通史简编》）。至“文化大革命”中，此说被利用于“批儒评法”，进一步上纲上线，说刘邦是法家，主张统一，是进步势力；项羽是儒家，主张复辟分裂，是反动势力。给他们二人贴上“阶级”和“路线”的标签，只不过一厢情愿，并不符合历史事实。刘邦和项羽的起义，是陈胜、吴广率领的农民起义的一部分，顺应了天下反秦之暴政的历史潮流，客观上都代表了农民的利益，难分彼此。而在主观上，两个人都是怀着做皇帝的野心揭竿而起，不管谁做了皇帝，都是想统治整个中国，亦无所谓孰优孰劣。当初见到秦始皇帝出巡的威仪，刘邦说：“大丈夫当如是也！”项羽说：“彼可取而代也！”这便是他们最坦率的自白。至于刘胜项败的原因，刘邦本人在做了皇帝之后有一番很为得意的“经验总结”。汉高帝五年(公元前二〇二年)，天下大定，高祖置酒洛阳南宫，向群臣发问：“吾所以有天下者何？项氏之所以失天下者何?”都武侯高起、信平侯王陵答道：“陛下慢而侮人，项羽仁而爱人。然陛下使人攻城略地，所降下者因以予之，与天下同利也。项羽妒贤嫉能，有功者害之，贤者疑之，战胜而不予人功，得地而不予人利，此所以失天下也。”但是刘邦却说：“公知其一，未知其二。夫运筹策帷帐之中，决胜于千里之外，吾不如子房。镇国家，抚百姓，给饱馕，不绝粮道，吾不如萧何。连百万之军，战必胜，攻必取，吾不如韩信。此三者，皆人杰也，吾能用之，此吾所以取天下也。项羽有一范增而不能用，此其所以为我擒也。”长期以来，论者多数以刘邦的见解为基础，从刘项两人在谋略和用人方面的强烈反差来分析刘胜项败的必然性，与前引“阶级”和“路线”的分析相比，倒更令人信服一些。

然而，这个答案还不是问题的全部。项羽的失败，还有一个致命的直接原因，两千年来一直被史学家们忽略。前引高起、王陵所说“陛下慢而侮人，项羽仁而爱人”这句话至关重要。对于刘邦的“慢而侮人”，人们印象很深刻，最典型的事例就是他蔑视知识分子，往儒冠里面撒尿。而对于项羽的“仁而爱人”，则完全不予注意。项羽这个人的确可以称得上杀人如麻的魔王。早年他攻襄城，由于久攻不下，一旦获胜，就对手无寸铁的百姓大加杀戮，“襄城无遗类皆坑之”。进军咸阳的时候，新安一战，又“夜击坑秦卒二十余万人”。他“引兵西屠咸阳，杀秦降王子婴，烧秦宫室，火三月不灭”。后来城阳之战“北烧夷齐城郭宫屋，皆坑田荣降卒，系虏其老弱妇女。徇其至北海多所残灭”。外黄一战竟然要将城中十五岁以上的男子一律坑杀……他一生杀了多少人，恐怕数也数不清，不仅杀“敌人”，而且杀俘虏，杀百姓。然而正是他的敌对阵营中的高起和王陵说他“仁而爱人”，这又怎么解释？高起、王陵是汉臣，在汉高祖刘邦面前，他们不可能违背事实，为项羽涂脂抹粉，而且刘邦也没有反驳，可见“项羽仁而爱人”已是当时人们普遍的看法。司马迁不以成败论英雄，为项羽破例地作《本纪》，将其功其过其得其失都秉笔直书，当然难能可贵。但司马迁毕竟也是汉臣，他不可能有意美化项羽，把不存在的美德强加于其身。“项羽仁而爱人”之说，必有所本。“仁”是什么？孔子曰：“仁者爱人。”曰：“博施于民而能济众。”曰：“志士仁人，无求生以害仁，有杀身以成仁。”孟子曰：“为天下得人谓之仁。”曰：“亲亲而仁民，仁民而爱物。”曰：“君仁，莫不仁；君义，莫不义；君正，莫不正。一正君而国定矣。”项羽生性残暴，少时“学书不成学剑”，未必读过多少圣贤书。但他毕竟出身于贵族世家，耳濡目染孔、孟倡导的“仁义礼智信”这一套道德规范，虽不一定信服，却难以摆脱其约束。也正是这一点，成为他的致命弱点，在楚汉相争之中几个关键时刻都表现出来。

公元前二〇六年，项羽摆下“鸿门宴”，欲杀刘邦。以当时的军事力量而言，项羽拥有四十万大军，号称百万，而刘邦仅十万，号称二十万，悬殊很大。刘邦战战兢兢，俯首称“臣”地来见项羽，根本不是对手。当时，项羽想杀掉刘邦，简直易如反掌！然而他并没有这样做，最大的障碍不在刘邦，也不在暗中帮助刘邦的项伯、项庄，而在项羽的内心世界。樊哙带剑拥盾闯帐时所说的那番话，正中他的要害：“怀王与诸将约曰：先破秦入咸阳者王之。今沛公先破秦入咸阳，毫毛不敢有所近，封闭宫室，还军霸上，以待大王来。故遣将守关者，备他盗出入与非常也。劳苦功高如此，未有封侯之赏，而听细说，欲诛有功之人。此亡秦之续耳，窃为大王不取也。”不管刘邦、樊哙的实际行动如何，至少在理论上满口仁义道德，头头是道，理直气壮，咄咄逼人，项羽竟无言以对。“义帝”楚怀王是他和刘邦拥立的，“先破秦入咸阳者王之”是共同约定的；如果他杀了刘邦，就毁了约，把自己陷入“不仁不义”的被动地位。而实际上，“义帝”仅仅是个傀儡，刘邦和各路将领都惧怕项羽，他即使背叛义帝，杀了刘邦，也无人敢说什么，但他自己的内心深处有一个“道德法庭”，阻止他那样做。于是，不顾范增的劝阻，放虎归山了。这是项羽的一次重大失误，正如范增事后所说：“唉！竖子不足与谋。夺项王天下者，必沛公也！”事实证明，这次失误造成了项羽的终生遗憾。刘邦死里逃生，得以休养生息，等到羽翼丰满，项羽再想消灭他，就难了。

公元前二〇三年，在鸿沟为界的广武战场，项羽为了要挟刘邦，曾经做了一个水平不高的手脚，把刘邦的父亲抓了来，隔岩绑在高俎上，对刘邦说：“今不急下，吾烹太公！”他满以为，刘邦为尽孝道，一定会向他让步。却不料刘邦完全不为所动，从容答道：“吾与项羽俱北面受命怀王，曰：约为兄弟。吾翁即若翁，必欲烹尔翁，则幸分我一杯羹！”这一招又失算了。他本来是以道德为武器，想制服刘邦，不料反为刘邦所制。刘邦这个人，为了全局利益，对于局部的必要的牺牲毫不怜惜。即使他的父亲真的被项羽所烹，也决不妥协。“治大国若烹小鲜”，“烹”一个太公又算什么?！何况他深知项羽的弱点。项羽既然和他“约为兄弟”，若烹了太公，就会落下“不孝”“不义”的罪名，所以他断定项羽绝不敢烹！而刘邦自己呢？他从彭城逃跑的时候，为了减轻负担，让车子跑得更快一些，以摆脱楚军的追击，曾经几次把自己的儿女踢下车！他心里只有自己，哪里还顾得上道德！可是在必要的时候，他又捡起道德这面旗帜，为自己大造舆论。项羽杀了“义帝”，刘邦借此做足了文章，为“义帝”发丧，联合诸侯讨伐“不义”的项羽，又击中要害！

公元前二〇二年冬，项羽在垓下大败，元气丧尽。在虞美人自刎以后，他把随着自己南征北战的爱马乌骓交给了乌江亭长，也拔剑自刎，结束了英雄的一生。对于项羽之死，历来评说甚多。项羽临终之前自己说：“此天亡我，非战之罪也！”完全回避了自己的责任，可以说死得糊涂。“力拔山兮气盖世，时不利兮骓不逝。骓不逝兮可奈何，虞兮虞兮奈若何！”把一切都归于“时运”“天命”，迂腐得可以。当时乌江亭长对他说：“江东虽小，地方千里，众数十万人，亦足王也。愿大王急渡。今臣独有船，汉军至，无以渡。”而项羽却拒绝了这最后救他于危难的一次机会，说：“天之亡我，我何渡为！且藉与江东子弟八千人渡江而西，今无一人还，纵江东父兄怜而王我，我何面目见之？纵彼不言，藉独不愧于心乎？”他宁可死也不愿意回去愧对江东父老，可以说又死得明白，死得壮烈。他还说过一番更为壮烈的话：“天下匈匈数岁者，徒以吾两人耳，愿与汉王挑战，决雌雄，毋徒苦天下民之父子为也。”把急于结束战争的愿望提高到了忧国忧民的高度。当初陈胜、吴广起义时，曾打着项羽的祖父楚将项燕和秦公子扶苏的旗号，项羽和刘邦后来又立楚怀王之孙为“义帝”，都是为了在全国树立一个道德和道义的形象，把造反夺权的行为披上“替天行道”的色彩，易于获取天下人心。而当“天下匈匈数岁”，项羽速胜的愿望不但不能实现，反而一败涂地时，他便决心以死平息这场战争，即所谓“舍生取义”“杀身成仁”者也。此时此刻，左右他的思想行为的只有两个字：道德。项羽一生做了许多不道德的事，也许是因性格使然，也许是不得已而为之，但他最后却死得非常道德，为自己画了一个完美的人生句号。后世人们把他看作失败的英雄，崇敬而惋惜，大概都是因为这一点。而也正是因为这一点，导致了项羽的最终彻底失败。试想在当时的情况下，如果兵败乌江的不是项羽，而是刘邦，他会死吗？绝不会。既然乌江边上只有一条船，追兵必然拿他无可奈何。江东又有“地方千里，众数十万人”的“根据地”，为什么不去重整旗鼓、招兵买马、卷土重来呢？杜牧题乌江亭诗曰：“胜败兵家事不期，包羞忍辱是男儿。江东子弟多才俊，卷土重来未可知。”但项羽毕竟是项羽，而不是刘邦，在生死关头，他没有选择生路，而选择了死亡。他对江东父老有情，对虞美人有情，对战马也充满了深情，他对乌江亭长说：“吾骑此马五岁，所当无敌，尝一日行千里，不忍杀之，以赐公。”在他的人生最后一幕，我们看到的仿佛已不是杀人如麻的西楚霸王，而是英雄气短，儿女情长，一个完美的殉情殉道者。甚至在死之前，他看到来追杀他的正是“叛徒”吕马童，还深情地呼唤：“若非吾故人乎？”“吾闻汉购我头千金，邑万户，吾为若德。”拔剑自刎，成全“故人”拿他的头去向刘邦邀功请赏。

楚汉相争之中决定胜负的不是政治上谁是谁非，甚至也不完全取决于军事上谁强谁弱、谋略上谁巧谁拙，更有一个无形的道德力量在左右着他们，成为胜败的直接关键。刘邦知己知彼，游刃有余，自己不为道德所束缚，却又以此为武器一次次紧逼项羽，必欲置之于死地而后快；项羽处处被动，而又总想在“道德”上无懈可击，一次次地坐失良机，最终四面楚歌，饮恨乌江。项羽的悲剧其实是道德的悲剧。他之所以两千多年来一直令人感叹唏嘘、追思怀念，多半在于其道德力量和人格魅力。最具代表性的莫过于李清照诗：“生当作人杰，死亦为鬼雄。至今思项羽，不肯过江东！”

（1995年稿，发表于2002年8月21日《中华读书报》、8月27日《天津日报》及《诗书画》2002年卷）

漫说张子房

司马迁作《史记·留侯世家》之时，鉴于汉高祖刘邦早已说过“运筹策帷帐之中，决胜于千里之外，吾不如子房”这样的评语，太史公便先入为主，猜测张良一定是“魁梧奇伟”的英雄状，乃至在采访中见到了张良的画像，却发现此人“状貌如妇人好女”，好自诧异了一番，并如实记载在他的大作之中，留下了颇堪玩味的一笔。

张良的“妇人好女”相貌，我辈已不复得见。但司马迁生活的年代距汉初不远，所见张良画像应当是可信的。虽然太史公也承认“以貌取人，失之子羽”，但他还是有些迷信，在《史记》中对历史人物的相貌多有记述，如秦始皇“蜂准，鸷鸟膺，豺声”，汉高祖“隆准而龙颜，美须髯，左股有七十二黑子”，等，都在描写中不知不觉地掺进了感情色彩，给读者留下了“以貌取人”的暗示。那么，叱咤风云的英雄张子房，竟然生得一副女人模样，这可怎么说呢?

张良，字子房，其先韩人也，姓姬氏。其祖父姬开地，相韩昭侯、宣惠王、襄哀王；其父姬平，相釐王、悼惠王。这是一个五朝元老的贵族家庭。悼惠王二十三年，姬平去世；又二十年后，秦灭韩。当时子房还很年轻，没有来得及做韩国的官，但国破家亡却让他尝到了切肤之痛，于是不惜倾家荡产而谋求刺客，以灭暴秦，报家国之仇。后来，他终于访得一位力士，认为可堪重托，便铸铁为椎，重一百二十斤，趁始皇东巡之际，让那位力士潜伏道旁，待始皇车队驶过，力士借风沙做掩护，奋力抛出铁椎，却误中了副车，没有成功。秦始皇帝狡猾得很，他乘坐的那辆金银车，有八十一辆副车做掩护，使刺客难以辨明目标，力士手中的铁椎虽然厉害，竟未伤始皇一根毫毛，有惊无险。始皇下令全国搜捕了十天，却也没有抓到力士和子房。子房逃亡隐匿于下邳(今江苏邳州市)，更名改姓，大约从那时才姓起“张”来。

这是历史有载的张良第一个惊天动地的行动，可与荆轲刺秦相伯仲。但张良不像荆轲那样被他人雇作杀手，而是怀着家国之恨向始皇复仇，可谓事出有因，正如毛泽东的那句名言：世界上绝没有无缘无故的恨。如果把张良的故事编成影视剧，应该比荆轲刺秦更合乎情理，也更好看。当然，张良毕竟是个文人，没有足够的武力和膂力。耍不了一百二十斤的大铁椎，所以才假手于那个没有留下姓名的力士。由此，似也可以印证他“妇人好女”的相貌。

此番刺秦未果，张良闲游于下邳沂水桥头，遇见了他后来终生不忘的恩师黄石公。老人故意把鞋子扔在桥下，谓张良：“孺子，下取履！”张良竟然忍受了这种倚老卖老的傲慢，下桥为老人取了鞋子，且为老人“长跪履之”。经过几番考验，老人赐张良《太公兵法》，使之成大器。苏轼《留侯论》曰，“古之所谓豪杰之士，必有过人之节。人情有所不能忍者，匹夫见辱，拔剑而起，挺身而斗，此不足为勇也。天下有大勇者，卒(猝)然临之而不惊，无故加之而不怒，此其所挟持者甚大，而其志甚远也”，极赞张良之勇。苏轼认为黄石公并非鬼神，而是秦末“隐君子”，“以为子房才有余，而忧其度量之不足，故深折其少年刚锐之气，使之忍小忿而就大谋”。此说极有见地。苏轼并且极而言之，认为楚汉相争，刘胜而项败，关键在于“能忍与不能忍之间”，而刘邦的“忍”，则得之于张良的指导。

在刘邦漫长的政治、军事生涯中，张良确是一位卓越的参谋，多次在关键时刻出了关键的主意。刘邦攻下咸阳之后，入秦宫，“宫室帷帐狗马重宝妇女以千数，意欲留居之”，樊哙谏之，不听，而张良以民谚“良药苦口利于病，忠言逆耳利于行”导之，使刘邦还军霸上。鸿门宴前夕，张良以公关手段联络了项伯做内应，又在宴会紧迫之际代献白璧玉斗，掩护刘邦脱逃。项羽围荥阳，刘邦听信郦食其之计，“复立六国后世……楚必敛衽而朝”。张良八数其弊，及时阻止，不然将坏了大事。凡此种种，皆非大智大勇者不可为，假设没有张良，刘邦也许早就全军覆没了。

如果说，张良早年博浪刺秦以至后来参加农民起义都是为了报亡国之仇，那么在秦亡之后，这个仇已经报了，他却仍然不肯罢休，继续辅佐刘邦与项羽对垒，“为韩报仇”的原始动机就难以说得通了。尤其在劝阻刘邦立六国之后时，张良竟然说：“今复六国，立韩、魏、赵、齐、楚之后，天下游士各归其主，从其亲戚，反(返)其故旧坟墓，陛下与谁取天下乎?”他所反对者，其故国韩首当其冲，这说明张良的思想早已突破“复仇”的局限，而以统一天下为己任了。

刘邦灭楚，大业成就，张良功高盖世，但他却从未为刘邦领兵打仗，“常为策划臣，时时随汉王”。据说是因为“张良多病”。刘邦对他是极其器重的。汉六年正月，本欲封张良为齐侯，食邑三万户。而张良固辞：“臣愿封留足矣，不当三万户。”于是为留侯。刘邦左右大臣皆山东人，主张都洛阳，只有张良支持刘敬之说，极言关中之利，力主都关中。随刘邦入关之后，天下大定，张良便称病杜门不出，学导引辟谷之法，练起气功来了。晚年更“愿弃人间事，欲从赤松子游耳”。他的这些行为，都是常人所不可思议的。张良“状貌如妇人好女”，体格当然不似樊哙、周勃那样强健，因此在战争年代不可能扮演冲锋陷阵的角色，这很容易理解。但功成名就之后主动称病退居二线，恐怕就不只是出于健康原因了，“飞鸟尽，良弓藏，狡兔死，走狗烹”才是他真实思想的表露。一个极富进取精神的战略家，晚年却唯恐功高震主，变得消极谨慎，虽然避免了个人的悲剧，却本身就是历史的悲剧。

张良的一生，可谓大起大落、大开大阖，先是知难而上，奋发进取，将自己的潜能发挥到极致，最大限度地体现人生价值；而后知其不可为而不为，急流勇退，最大限度地保护自己，都是非凡智慧的表现。他没有君临天下的野心，所以才有进退自如的明智。他早已参透了功名利禄，却又不肯清净无为地虚度此生，着着实实轰轰烈烈地大干了一番事业，这只能解释为历史的责任感、使命感使然。时代造就了张子房，在秦末汉初风起云涌的天空，他像一颗流星，发射出耀眼的光芒，然后自己燃烧了自己，在灿烂河汉中消失了。

张子房，一位“状貌如妇人好女”的奇男子，一位兼具阳刚阴柔之美的伟丈夫。

（发表于2003年2月11日《天津日报》、3月1日《人民政协报》、2003年第4期《文学风》）

读《留侯论》

我之所以爱读《留侯论》，是把它当作“制怒”的良方。人生在世，难免遇到不平事，每当怒而拍案，脑际倏地闪过“天下有大勇者，卒然临之而不惊，无故加之而不怒，此其所挟持者甚大，而其志甚远也”，不免自愧意气用事，暗暗感叹：此不足为勇也，我不如子房——当然也不如子瞻！

北宋嘉祐元年，公元一〇五六年，年仅十九周岁的苏轼进京应试，以《刑赏忠厚之至论》获主考官欧阳修激赏，本可稳拿“状元”，但欧阳修误以为这份最佳试卷是自己的门生曾巩所作，为了避嫌，判了个第二名“榜眼”，阴错阳差，委屈了苏子瞻。五年后，嘉祐六年，公元一〇六一年，苏轼应中制科考试，又写下了千古名篇《留侯论》。留侯者，汉初名臣张良也，字子房，出生在故韩国五朝元老之家，矢志抗秦，为打下汉室江山立下了汗马功劳，但到论功行赏时，他却谢绝了三万户侯的尊荣，只希望在小小的留县过退休生活，刘邦接受了他的请求，封他为留侯。

当年秦失其鹿，天下共逐之。张良访得一位力士，认为可付重托，便铸铁为椎，重一百二十斤，趁始皇东巡之际，让那位力士潜伏道旁，等始皇车队驶过，力士借风沙掩护，奋力抛出铁椎！岂知秦始皇狡猾得很，他乘坐的那辆金根车，有八十一辆副车做掩护，使刺客难以辨明目标，力士手中的铁椎虽然厉害，却误中了副车，竟未伤始皇一根毫毛！这是一次失败的行刺，但也是张良在政治舞台上的第一次出场，给世人留下了深刻的记忆。对于这次冒险行动，东坡先生显然是不赞成的，“子房不忍忿忿之心，以匹夫之力，而逞于一击之间”，这样的暗杀有多大的成功概率？拿生命去冒险，拿日后可能取得的巨大成功做赌注，值得吗？他甚至说：“千金之子，不死于盗贼。何者？其身可爱，而盗贼之不足以死也。”这样的说法，放在以阶级斗争为纲的年代，当然是典型的“活命哲学”，要饱受批判的。在趣的是，革命导师列宁也曾说过类似的话：遇到强盗，把钱都给他。列宁想必没有读过《留侯论》，但与东坡的思想却有相通之处：生命可贵，死在区区蟊贼手里太不值得了。东坡认为，“子房以盖世之才，不为伊尹、太公之谋，而特出于荆轲、聂政之计”，你有你的使命，做刺客、当亡命徒实在是太可惜了，而在行刺失败后的全国大搜捕中得以保全性命，也纯属侥幸，“此圯上老人所为深惜者也。”

由此，便引出了又一段著名的故事。

据太史公《史记·留侯世家》载，张良行刺未果，避居于下邳，一日闲游于沂水桥头，遇见了他后来终生不忘的恩师黄石公即圯上老人。当时并不相识。老人故意把鞋子扔在桥下，谓张良：“孺子，下取履！”张良很吃惊，世上竟然有如此无礼的人，甚至想上前揍他一顿，只是看在他一把年纪的分儿上，才强压怒火，到桥下为他取鞋子。老人又命令他：“履我！”此时张良已取履在手，忍怒“长跪履之”，老人欣然受之，含笑而去。张良大惊，直到这时才悟出点儿什么，望着老人远去。老人走后又返回来，对张良说：“孺子可教也。”并约定，“后五日平明，与我会此”。张良跪地应诺。五天后，天明时分，张良如约赴会，却见老人已经先到了，朝他怒喝：“与老人期，后，何也？”转身离去，说：

"后五日早会。"又过了五天，张良不待天明，闻鸡而起，匆匆前往，不料又落在了老人后头，再次受到老人怒责："后，何也?"命他"后五日得早来"。又是五天过去，已经是第十五天了，张良不等夜半就早早地赶去，终于抢在了老人前头。老人来了，满意地说："当如是。"于是赠给张良一部书，说："读此则为王者师也。后十年兴。十三年孺子见我济北，穀城山下黄石即我也。"交代完毕，飘然而去，从此与张良不复见。他赠给张良的书，乃《太公兵法》，张良时时攻读，从中汲取智慧和韬略，后来成为杰出的战略家，正如汉高祖刘邦所说，"运筹策帷帐中，决胜于千里外，子房功也。"

从圯上老人赠《太公兵法》算起，十三年后，张良随刘邦过济北，果然在穀城山下见到一块黄石，当年老人所做的预言都应验了。太史公曰："学者多言无鬼神，然言有物(精怪)。至如留侯所见老父予书，亦可怪也。"显然，对于这般神神秘秘的怪事，连司马迁这样的智者也看不透，敬畏与质疑并存。而东坡先生却说："然亦安知其非秦之世，有隐君子者出而试之?"一语道破真相，圯上老人不是鬼神，不是精怪，而是有志于灭秦的"隐君子"，对张良惜其才而忧其度量之不足，故意以神秘兮兮的手段来考验、指点他，"深折其少年刚锐之气"，"使之忍小忿而就大谋"。东坡解构了神话，给予科学的解释，"其事甚怪"的历史记载就顺理成章了。"而世不察，以为鬼物，亦已过矣"。

张良遇圯上老人的故事，主旨在一个"忍"字。东坡谓："古之所谓豪杰之士，必有过人之节。人情有所不能忍者，匹夫见辱，拔剑而起，挺身而斗，此不足为勇也。""且夫有报人之志，而不能下人者，是匹夫之刚也。"圯上老人刻意考验张良的，就是一个"忍"字；东坡先生着意赞赏张良的，也是一个"忍"字，"彼其能有所忍也，然后可以就大事"。如果圯上老人面对的不是张良，而是别的什么人，可能以后的一切都不会发生了。但张良毕竟是张良，“非有平生之素，卒然相遇于草野之间，而命以仆妾之役，油然而不怪者，此固秦皇之所不能惊，而项籍之所不能怒也”。

《留侯论》通篇说一个“忍”字，以此概括张良的一生，并以郑伯、勾践之“忍”证之，“忍”，是“古之所谓豪杰之士”的“过人之节”，“天下大勇者”智慧的精髓。他甚至把楚汉相争刘邦战胜项羽的原因也归结为这个“忍”字：“项籍唯不能忍，是以百战百胜而轻用其锋；高祖忍之，养其全锋而待其弊”，胜败“在能忍与不能忍之间而已也”。而这个“忍”字，并非出自刘邦本性，乃“子房教之也”。

成就大汉江山的首功归于张良，“非子房其谁全之”？司马迁作《史记·留侯世家》之时，猜测张良一定是“魁梧奇伟”的英雄状，及至在采访中见到了张良画像，却“状貌如妇人好女”，这很让习惯于把英雄豪杰概念化、脸谱化的人们感到意外，司马迁似乎也为张良没有“魁梧奇伟”的相貌而有些失望，遂用“以貌取人，失之子羽”来打圆场。其实，英雄豪杰本没有一定的模式。张良体弱多病，虽功高盖世，却只是“运筹策帷帐中”，未曾冲锋陷阵、攻城略地，不同于韩信、樊哙、周勃之流的武夫。此人外柔内刚、绵里藏针，能忍常人所不能忍，多次在关键时刻为刘邦做出正确决策，天下大定后又功成引退，避免了“飞鸟尽，良弓藏；狡兔死，走狗烹”的悲剧，真大智者也。张子房，一位“状貌如妇人好女”的奇男子，一位兼具阳刚阴柔之美的伟丈夫。东坡先生说得好：“此其所以为子房欤?”——这不正是张子房之所以是张子房吗?

《留侯论》寄托了苏轼对张良的深刻理解和由衷景仰，他多么希望自己也能为国家建功立业？“持节云中，何日遣冯唐？会挽雕弓如满月，西北望，射天狼!”不是为“封侯”，而是要体现自我价值。可是，纵观苏轼的一生，却是在权臣的无尽倾轧和朝廷的不断贬谪之中度过的。尽管如此，他仍然始终保持着豪放旷达的诗人本色，放眼“大江东去”，“天涯何处无芳草”，“一蓑烟雨任平生”！人非木石，岂能无情，我想，东坡先生也会有不平、不快甚至愤怒的时候，但当他想到留侯张良的“忍”，以至于“秦皇之所不能惊，而项籍之所不能怒”，也就释然了。

值得一提的是，苏轼的《留侯论》并非写于历尽沧桑的老迈岁月，而是初出茅庐的青年时代，以后的大风大浪、艰难坎坷都还未及出现，东坡先生——那时候也还没有“东坡”这个雅号，子瞻先生竟然似过来人，洞察世事，品评人物，如同一位历史老人，为后生孺子指点迷津，你道奇也不奇？“天下有大勇者，卒然临之而不惊，无故加之而不怒，此其所挟持者甚大，而其志甚远也。”此其所以为子房欤？此其所以为子瞻欤？

《春秋》情结

《人民政协报》的《春秋》周刊已经出满了一百五十期，摞起来，抵得上一部厚厚的大书了。这一百五十期，我每期必读，不是泛泛浏览，而是慢慢地细读、通读，重要的文章还要剪贴留存。在这个信息爆炸的时代，书籍报刊多得读不过来，能够这么吸引人——至少这么吸引我的，没有几份，《春秋》周刊就是其中之一。

一份报纸为什么被我如此珍爱？原因有二。

一是好看。(春秋)周刊给自己定的办刊宗旨是："权威一手材料，亲历亲见亲闻"，这对我有很大的吸引力。我以写作为职业，无论虚构性的小说和影视文学、话剧剧本，还是非虚构性的报告文学，都写，但当我读别人写的东西时，则偏爱报告文学(纪实文学)、传记文学、回忆录、日记、书信、笔记、文史掌故，等等。因为它们真实、没有水分，或比较真实、较少水分。巧妙地运用水分是作家的拿手好戏，一个历史事件，在史书上可能只有几行字的记载，在作家手里却可以演绎成一部大书，一台大戏，或者几十集电视连续剧，可见水分之多。当然，"水分"并非无用之物，植物的花、叶，动物的血、肉，绝大部分都是水分，生命因水而焕发光彩。但我们不应因此而忘记了植物的种子、动物的胚芽，那是生命最原始的源头。我有着强烈的好奇心，想知道那些我所不知道的事，比如，一些重大事件的内幕，一些历史人物的身世，一些曾经骚动了一代又一代文人墨客创作冲动的故事的本来面目，而我又没有那么多时间和耐心去蹚别人笔下的水，所以最简捷的途径是读没有水分或水分较少的“干货”。《春秋》周刊所刊载的，大都是这样的干货，且随手举例，如：《黄埔军校历任政治部主任纪略》(第144期)、《一份民国初年的参议院记录》(第146期)、《国民党“一大”筹备的台前幕后》(第148期)，等等，都是“踏破铁鞋无觅处”的珍贵史料，凭借《春秋》周刊，则“得来全不费功夫”。《春秋》周刊满足了我的好奇心、求知欲，捧读《春秋》犹如穿越历史时空漫步遨游，这是我写作之余最好的休息和消遣。

二是有用。我这里所说的“有用”，主要是指为我创作所用。我一向认为，作家的使命是认识历史、反映历史。即使你只写现实题材。今天的现实，便是明天的历史，更何况我所倾心的历史小说和历史剧。余生也晚，呱呱落地时，抗日战争已经结束，那么在此之前漫长的五千年中国历史，我都无缘亲历；当然，此后迄今的半个多世纪历史，以我的有限眼界，又能亲历多少？而从事历史小说、历史剧的创作，首先要尽可能深刻、准确地认识历史，才有可能真实地反映历史，带领读者走进历史。例如我前些年以一八九八年香港“拓界”前后的史实为素材创作的小说《补天裂》，动笔之前就花了很大功夫，把晚清史、香港史翻了个底朝天：中英《展拓香港界址专条》是怎样签订的？双方的当事人包括哪些人？经历了怎样的谈判？条约是在什么地方签订的？当时主管外交的“总理各国事务衙门”在什么地方？那座房屋是怎样的格局？当时香港的总督(包括历任的总督)以及相关的辅政司、警察司是谁？他们各有怎样的身世和家庭以及性格、嗜好？当时香港“新界”的抗英志士领袖有哪些人？他们的籍贯、生卒年月、生平事迹、家庭成员如何？那个时代，香港的社会结构、市政建设、交通和通信设备、官民人等的日常生活、语言特色等又各是怎样的？这些，我都必须知道，而又没有足够完备的“正史”可供查找，只有求助于文史类书刊，为此，我在香港奔走了三年，阅读了数千万字的资料，采访了知情或略知线索的各界人士数百人次。简直像是从沧海中捞取一粟；这样做犹感不足，我还实地踏勘。考察现存的有关遗迹，寻访秘藏于民间的族谱、账簿、私人手迹，它们都是活着的历史。哪怕片纸只字，也如获至宝。如果没有这些准备，小说就无从下笔，你纵有天大的虚构本领，也都是无源之水、无本之木。史学家的终点是小说家的起点。我爱文史，并非纯粹的“发思古之幽情”，而出于这样一个非常实际或曰实用的目的。那时候《春秋》周刊还没有创刊，不然可以助我一臂之力。但我的创作并没有停止，而是一直在继续，我的研究对象也随着创作题材的变换而不断扩大、延伸。比如，要创作一部反映民国初期人生命运的作品，我便首先要把民国吃透，那些重大事件，尽管只是作为故事的背景，也要弄清来龙去脉；而当时人们的诸多生活细节，更要做到了如指掌，使自己“生活”在那个时代。因此，我欢迎一切“有用”的文史读物，《春秋》周刊甫一创刊，便也为我所珍爱。当我将零零碎碎的剪报一一粘贴起来时，就像捡起一块块砖石，铺就一条通往历史的小路，也许它太曲折，太崎岖，并且时断时续，但仍然是珍贵的。

如果要说我对《春秋》周刊还有什么不满足或曰对它的期望，我倒是觉得，“权威一手材料，亲历亲见亲闻”这一宗旨似嫌过于苛刻了。“人生易老”，生于辛亥革命之前并且至今仍健在的人，已属凤毛麟角，那么，清代之前的事，还有几人具备“亲历亲见亲闻”的条件？难道我们就此画地为牢，只说民国以后的事吗？再过几十年，熟悉民国的人也陆续过世了，我们又该怎么办？其实，历来有“历史癖和考证癖”（胡适语）

的人，从来都是尽可能利用前人留下的可利用的材料，再加以自己的考证和分析，而绝不局限于“亲历亲见亲闻”。当年孔子作《春秋》，“文成数万，其指数千，万物之散聚皆在《春秋》。《春秋》之中，弑君三十六，亡国五十二，诸侯奔走不得保其社稷者不可胜数。”(司马迁：《太史公自序》)怎么可能全是孔老夫子的“亲历亲见亲闻”呢？司马迁作《史记》，“上计轩辕，下至于兹(霍达注：指汉武帝时)，为十表、本纪十二、书八章、世家三十、列传七十，凡百三十篇”，绝大部分也不是“亲历亲见亲闻”，而是“网罗天下放失旧闻，略考其行事，综其终始”(司马迁：《报任少卿书》)，太史公不是说得明明白白吗？那么，我们的《春秋》周刊也不必作茧自缚，而应该把门开大，把门槛放低，招贤纳士，网罗天下文史珍闻，虽未必“权威一手材料”，哪怕是道听途说，只要能为我所用，也不妨给它一席之地。再进一步设想，还可以命题征文，设问求答，如果引来对同一个事件、同一个人物的不同记述和评说，使我们获得相互印证、比较的机会，去粗取精，去伪存真，从而更准确地切近真实历史，岂不更好？

(发表于2004年2月19日《人民政协报》)

明日黄花蝶也愁

“黄瓜菜都凉了”，是北京人口语中常用的一句话，比如，甲对乙说：“别着急，等我回来，这事儿一定给您办成!”乙说：“等你回来?嘁，黄瓜菜都凉了!”意思是：晚了。这句话，我怎么听怎么别扭，总觉着实在毫无道理。要形容“晚了”，自有生动贴切的比喻，为什么非要说“黄瓜菜都凉了”？要知道，无论北京方言，还是规范的普通话，都只有“黄瓜”，而没有“黄瓜菜”这个词，其他地方的方言中好像也没有，那么，它是怎么被生造出来的？而且，黄瓜作为蔬菜，常常是生吃或凉拌，本身就是“凉”的；当然也可以炒着吃，但是如果炒出来不及时吃，任何菜放久了都会凉的，又岂止黄瓜？为什么非得用“黄花菜都凉了”来形容“晚了”？

今试解其谜。

我猜想，这个“黄瓜菜”恐怕是个变种，它本来是“黄花菜”；而“黄花菜”也是个变种，本来是“黄花”。但这个“黄花”却已不是“黄花菜”了，在古诗文里，“黄花”专指菊花。如相传为王安石所作的咏菊诗：“昨夜西风过院林，吹落黄花满地金。”李清照词《声声慢》：“满地黄花堆积，憔悴损，如今有谁堪摘?”《醉花阴》：“莫道不销魂，帘卷西风，人比黄花瘦。”

现在让我们来看苏轼咏菊的名句。《南乡子·重九涵辉楼呈徐君猷》："万事到头都是梦，休休。明日黄花蝶也愁。"末句"明日黄花蝶也愁"，在他的诗《九日次韵王巩》中也曾用过。此诗此词，都作于重阳节即夏历九月九日。"黄花"，当然是指菊花，古代有重阳赏菊的习俗。"明日"，指重阳节第二日，即九月十日。"明日黄花蝶也愁"，是说如果错过了重阳赏菊的最佳时机，待节后再来，花已凋谢，蜂蝶也无兴趣了，以此比喻过时的事物。当然，这是诗人夸张的说法，九日、十日只有一天之差，花不至于残到这种程度。唐人郑谷就说过："节去蜂愁蝶不知，晓庭还绕折残枝。自缘今日人心别，未必秋香一夜衰。"后两句说的是实话，花未必一夜衰败，是人的心境不同了。第一句给了苏轼启发，由"节去蜂愁蝶不知"升华为"明日黄花蝶也愁"。

最要紧的就是"明日黄花蝶也愁"这句话。若给以最简洁、最通俗的解释，它的意思就是"晚了"——这不恰恰和"黄花菜都凉了"是一样的意思吗？

结论已经有了："黄花菜都凉了"正是从"明日黄花蝶也愁"演变而来。只是因为苏学士的诗句太雅了，老百姓囫囵吞枣，难以消化，遂以讹传讹，先是把"黄花"变成了"黄花菜"，后来又变成了"黄瓜菜"。之所以造成这样的误会，大约那个"蝶"字也有一定的连带责任，它不是和盛菜的"碟"同音嘛！于是东坡居士的"黄花"终于变成了一道"黄瓜菜"，被盛到"碟"里，你要是来晚了可不就"凉了"嘛！

想到这里，不禁哑然失笑：雅俗之间的沟通竟如此之难，我们习以为常的语言文字中，这样的阴差阳错不知还有多少！

附带还要说一句："明日黄花"这个成语至今在书面语中仍然存活着，只是常被用错。我曾不止一次在稿件中使用"明日黄花"，待刊登出来发现已经编辑改成"昨日黄花"，人家好心地认为是我写错了，过时的当然是“昨日”，怎么能是“明日”呢？所以要帮我“改正”，而不知此典出处，更不明白东坡先生此处所用的“时态”——权且借用英语的“时态”概念——不是“过去完成时”而是“将来时”，有什么办法！

（发表于2004年10月25日《人民政协报》《诗书画》2004年卷）

公子扶苏事考

研读秦史，给我留下最深刻印象的却是太史公着笔不多的公子扶苏。

公子扶苏者，秦始皇帝之长子也，刚毅而武勇，信人而奋士。始皇烧天下书，坑诸生四百六十余人于咸阳，扶苏谏曰："天下初定，远方黔首未集，诸生皆诵法孔子，今上皆重法绳之，臣恐天下不安。唯上察之。"始皇怒，使扶苏北上监蒙恬于上郡。

始皇三十七年，行出游会稽，并海上，北至琅邪，至平原津而病，崩逝于沙丘平台。临终令赵高为书赐公子扶苏曰："以兵属蒙恬，与丧会咸阳而葬。"书已封，未授使者，始皇崩。中车府令赵高乃与公子胡亥、丞相李斯阴谋破去始皇所封书赐公子扶苏者，而更诈为丞相受始皇遗诏，立子胡亥为太子，更为书赐长子扶苏曰："朕巡天下，祷祠名山诸神以延寿命。今扶苏与将军蒙恬将师数十万以屯边，十有余年矣，不能进而前，士卒多耗，无尺寸之功，乃反数上书直言诽谤我所为，以不得罢归为太子，日夜怨望。扶苏为人子不孝，其赐剑以自裁！将军蒙恬与扶苏居外，不匡正，宜知其谋。为人臣不忠，其赐死，以兵属裨将王离。"封其书以皇帝玺，遣胡亥客奉书赐扶苏于上郡。

使者至。发书，扶苏泣，入内舍，欲自杀。蒙恬止扶苏曰：“陛下居外，未立太子，使臣将三十万众守边，公子为监，此天下重任也。今一使者来，即自杀，安知其非诈？请复请，复请而后死，未暮也。”使者数趣之。扶苏为人仁，谓蒙恬曰：“父而赐子死，尚安复请！”即自杀。

这便是《史记》中有关篇章所勾勒的扶苏大致轮廓。

但司马迁的记述似也有自相矛盾之处。如扶苏北上的时间，依《史记·秦始皇本纪》所说，是因为谏阻“坑儒”而遭遣，时在始皇三十五年(前二一二)，距三十七年(前二一〇)始皇驾崩，赵高、李斯、胡亥合谋沙丘改诏，赐扶苏自裁，仅两年的时间。而据《史记·李斯列传》所载的伪诏内容，有“今扶苏与将军蒙恬将师数十万以屯边，十有余年矣”之语，则扶苏北上为蒙恬监军绝不止两年，应在十年以上。著名秦史专家马非百先生就曾经指出：“扶苏之监上郡，绝非三十五年事。”(《秦集史》)那么，扶苏北上为蒙恬监军，究竟始于哪一年？如果从始皇三十七年上溯十年，恰好为秦统一六国的时间。《史记·蒙恬列传》载：“始皇二十六年(前二二一)，蒙恬因家世得为秦将，攻齐，大破之，拜为内史。秦已并天下，乃使蒙恬将三十万众北逐戎狄，收河南，筑长城，因地形，用制险塞，起临洮，至辽东，延袤万余里。于是渡河，据阳山，逶蛇而北。暴师于外十余年，居上郡。”这里的“暴师于外十余年”与伪诏中所说“十有余年矣”是一致的，由此可以认定，扶苏作为蒙恬部队的监军，自始皇二十六年至三十七年，参与了包括北逐“戎狄”、修筑万里长城和屯兵戍边的全过程，时间长达十年以上。

或问：始皇三十五年“使扶苏北监蒙恬于上郡”之说又如何解释？其实，若仔细推敲史料，也完全可以理顺。赵高、李斯、胡亥合谋炮制的伪诏中罗织的扶苏罪状有“无尺寸之功，乃反数上书直言诽谤我所为”一语，所谓“数上书”，当然是不止一次上书，也就是说，像谏阻“坑儒”这样的抗上行为，扶苏已经做过多次了。而且，谏阻“坑儒”时被始皇怒逐上郡，也不等于说这就是扶苏的初次北上，说不定他已经往返于上郡和咸阳之间多次，上书和被斥也已经反复了多次。尽管伪诏中扶苏的罪名均为诬陷不实之词，但“十有余年矣”和“数上书”总不至于是无中生有，应该还是可信的。

有一种观点认为：扶苏“为人仁厚而懦弱，对历史发展贡献不大。他在许多地方与秦始皇有不同的政见，包括修建长城。从某种意义上说，他是反对修建长城的”。

对此，我是不赞成的。“扶苏为人仁”，语见《史记·李斯列传》，但是，“仁”或曰“仁厚”都不等于懦弱，说他“懦弱”，则于史无据。恰恰相反，“长子刚毅而武勇，信人而奋士”却有案可查。而且，这两句话出自必欲除扶苏而后快的赵高之口，绝无溢美的可能。扶苏的行动也证明，他不是一个“懦弱”的人。秦始皇独裁统治时代是绝对没有言论自由的，“天下敢有藏《诗》《书》、百家语者，悉诣守、尉杂烧之。有敢偶语《诗》《书》者弃市。以古非今者族。吏见知不举者与同罪。令下三十日不烧，黥为城旦。”“使御史悉案问诸生……犯禁者四百六十余人，皆坑之咸阳，使天下知之，以惩后。益发谪徙边。”在这样血腥残暴的高压政策和恐怖气氛之下，扶苏敢于反对暴政，挺身而出，冒死苦谏，极其难能可贵，难道是“懦弱”者可为的吗？如果说“懦弱”是指他对待伪诏没有反抗而顺从地自杀，这就过于苛求古人了。在等级森严的封建社会，君要臣死，臣不得不死；父要子亡，子不得不亡。始皇既是扶苏的君王，又是生身之父，这双重身份，都是必须绝对服从的。尽管扶苏与始皇政见不同，但两人的阶级属性和根本利益是一致的，他不可能背叛始皇去“造反”，而只有服从，哪怕屈死也要服从，这是历代忠臣唯一可能的选择，也是历史的局限性使然。扶苏在不了解沙丘改诏阴谋的情况下，从容赴死是顺理成章的。他之所以没有接受蒙恬“复请”建议，是因为深知其父的专横武断，绝不会收回成命，“复请而后死”也是死，“父而赐子死，尚安复请”！从容赴死是需要极大勇气的，怎么能因此指责他“懦弱”呢？

说扶苏“反对修建长城”也于史无据。恰恰相反，扶苏是万里长城的监造者。如前所述，扶苏自始皇二十六年至三十七年为蒙恬部队监军，参与了北逐“戎狄”、修筑长城和屯兵戍边的全过程，劳苦功高，仅监造万里长城这一项就足以名垂千古，难道还“对历史发展贡献不大”吗？诚然，扶苏终其一生，都没有处于权力的中心，他空有“刚毅而武勇，信人而奋士”的雄才大略却不得施展，无法改变大秦帝国的走向，甚至连自己的命运都难以主宰，功成身亡，遗恨千古，这一历史悲剧正是由历史造成的，扶苏本身无可指责。始皇和扶苏相继而死，社会各种矛盾急剧爆发，曾“鞭笞天下，威震四海”的大秦帝国迅速土崩瓦解。值得一提的是，秦末的陈胜吴广起义军为了争取人心，曾打着公子扶苏的旗号，因为“百姓多闻其贤，未知其死也”，此举系“从民欲也”，“宜多应者”(《史记·陈涉世家》)，可见扶苏在国人心目中享有极高的威望。章太炎先生曾在《秦政记》一文中说：“藉令秦皇长世，易代以后，扶苏嗣之，虽四三皇、六五帝，曾不足比隆也，何有后世繁文饰礼之政乎！”这是极精辟的见解。试想，如果沙丘改诏之事不曾发生，或者虽发生而未能得逞，由扶苏继承皇位，定是一位贤明之君，那么，至少秦汉史将会改写了。但历史毕竟不能假设，扶苏和短暂的秦王朝都已成为遥远的过去，只留下默默无语的万里长城，令后世的登临者扼腕叹息！

（发表于2004年11月15日《人民政协报》《诗书画》2004年卷）

“金镶玉”还是“荆山玉”？

凡是经历过“样板戏”时代的人，都会记得《沙家浜》里有这么一句台词：“阿庆嫂，我刁小三有眼不识金镶玉！”意思是说，自己不知道阿庆嫂有“背景”、有能耐，非寻常之辈，把她小看了，有眼不识泰山。如果他说“有眼不识泰山”倒也罢了，可偏偏不是，而说的是“有眼不识金镶玉”。

这就不免令人纳闷儿，什么是“金镶玉”？为什么要说“有眼不识金镶玉”？

其实，这句话应该是“有眼不识荆山玉”，典出自那个著名的“和氏之璧”的故事。

《韩非子·和氏》载：楚人卞和在楚山中得一玉璞，献给楚厉王，厉王命玉工鉴别，玉工说：“石也。”厉王认为卞和欺骗了他，命人砍去其左脚。厉王去世，武王即位，卞和又将玉璞献给武王，武王又命玉工鉴别，玉工还是说：“石也。”武王也认为卞和在欺骗他，命人砍去其右脚。武王死后，文王即位，卞和抱着玉璞在楚山下痛哭，一连哭了三天三夜，泪水流尽，眼中滴血。文王听说，派人去问他：“天下受刑被砍掉脚的人很多，你为什么如此悲伤？”卞和答：“我悲伤的不是被砍掉双脚，而是美玉被当成石头，忠贞之士被当成骗子。”文王于是命玉工剖开玉璞，里面果然是宝玉，因而命名为“和氏之璧”。

楚国地处荆地，楚山也称荆山，和氏之璧出自荆山，又称荆山玉。三国曹植《与杨祖德书》：“人人自谓握灵蛇之珠，家家自谓抱荆山之玉。”唐骆宾王《上瑕丘韦明府启》：“倘荆璞无致于见疑，夜光不逢于按剑。”宋刘筠《许洞归吴中》：“荆山待价何犹晚，龟手犹期裂地酬。”明高叔嗣《古歌》：“荆和当路泣，良璞为谁鸣。”用的都是这个典故。

当玉璞未剖开之时，表面与普通石头无异，至于里面是否有玉，玉的质量如何，犹如隔皮猜瓜，也许是黑籽红沙瓤儿，也许是白籽白瓤儿的生瓜蛋子，实在是很难说。所以玉器行里把买卖玉璞特别是硬玉（翡翠）称为“赌石头”，赌赢了也许一夜暴富，赌输了也许破产跳楼，故有“要发财，赌石头；要跳楼，赌石头”之说，自古如此，至今仍然如此，因为要鉴别未剖的玉璞，实在是太难了，很大程度上是碰运气，如若不具备深厚的学识、丰富的经验和高超的技巧，“有眼不识荆山玉”是很难免的。所以，两代楚王的玉工都没能看透荆山玉，把它当成石头，这并不奇怪；直到第三代楚王的玉工把玉璞剖开了，才发现了和氏璧，这也很正常，完全符合人们由表及里、去伪存真地认识事物的规律。即便这个故事有虚构的成分甚至完全虚构，也虚构得很内行。“有眼不识荆山玉”由此成了著名的典故。

而“有眼不识金镶玉”则不然，根本“没讲儿”。什么叫“金镶玉”？无论金子镶在玉上，还是玉镶在金子上，都一览无余，不难识别，何谈“有眼不识金镶玉”？显然，“有眼不识金镶玉”是从“有眼不识荆山玉”讹变而来，讹变的原因当然是因为“荆山玉”不够通俗，所用的典故不是人人都能说得清的，识字不多和完全不识字的人便不知所云，甚至觉得有些绕口，于是在口语中渐渐地被发音相近的“金镶玉”所代替。

“有眼不识金镶玉”并不是《沙家浜》作者的杜撰，在此之前，民间就有这个说法，借了这部戏的传播，影响面更广了。正因为如此，我才觉得更有必要为之“正本清源”，免得再以讹传讹。也许，这个话说得太晚了。

（发表于《诗书画》2004 年卷）

说“私淑”

记得在去年也可能是前年，在某报上看到一篇文章，是谈论中国画传统的“师傅带徒弟”教学方式的。说这种教学方式“带有很大的私淑成分”。看到这里感到莫名其妙，师傅手把手地教学生，怎么会“带有很大的私淑成分”呢？显然，文章的作者误解了“私淑”的意思，以为就是秘传绝技、面授机宜。其实，“私淑”意思是：未能亲自受业但景仰其学术并尊之为师。比如，柳亚子从来没见过列宁，但尊崇列宁的学说，所以自称“私淑列宁”；白石老人的学生遍天下，真正得到他亲授的却只有数得过来的几个人，其余的都是慕其名而摹其画，甚至连他的面都没见过，但可以称为齐白石的“私淑”弟子。那篇文章，把“私淑”的帽子扣在入室弟子头上，意思完全弄拧了。最近又在这家报纸上看到一篇文章，说张仃先生的风景素描“是先生于焦墨山水同期经营的私淑作品”，也感到奇怪，不知先生“私淑”何人？看到下文，才知道指的是张仃先生这批作品“从未面世”，可见文章的作者也没弄懂“私淑”的意思，当成“自藏”使用了。

其实，“私淑”并不是特别生僻的词，翻翻辞典就可以弄清释义。

另外，此文说张仃先生的风景素描“一发而不可收拾，岁岁出行，写生不辍”，也是不妥的。此处的“一发而不可收拾”应为“一发而不可收”，喻事物开始之后其势不可遏止，如箭矢既已“发”出，是“收”不住的，写成“不可收拾”就带有了贬义。文章本身是赞扬张仃先生的画的，又怎么能“不可收拾”呢？

这两篇文章的作者都是在艺术界颇有影响的人物，正因为此，行文更应该严谨，免得贻误读者。

（发表于《诗书画》2005 年卷）

“期间”和“其间”

日常翻阅报刊，每每看到一些文章中该用“其间”的地方却用了“期间”，比如：

“从一九五八年父亲被戴上右派分子帽子直至‘文化大革命’结束，期间二十多年来，父亲吃尽了多种冤案、错案的苦头。”（二〇〇六年五月十二日《光明日报》）

这里的“期间”，按作者的意思，是指前面所说的从一九五八年到“文化大革命”结束这段时间，但既有逗号分隔，后面就不应直接用“期间”。“期间”是什么？“期”指时间、时期，“间”即中间、当中，“期间”所涵盖的范畴必须加以限定，才可成立，如“抗日战争期间”“‘文化大革命’期间”“求学期间”“暑假期间”等。像上述的例句，为概括前面所指时间范畴，则应该在“期间”前面再加上一个“这”字，“这期间”就是“这段时间”。更简练的办法，可以用“其间”二字。“其”是代词，相当于“这”，“其间”就是“这段时间”。总之，在这个句式里，代词“这”或“其”是必不可少的。

附带再说一句。“这”和“其”的词性、词义是相同的，使用时要避免重复。我尝在报刊上看到“这其中”“这其间”的字样，这里的“这”字就多余了。

（发表于《诗书画》2006 年卷）

“侧目”辨

读报看到这么一段文字：

“蒋廷黻十来岁时就立下了去西洋留学的志愿。当时，一位在东洋留学的亲戚来到他家，其仪表举止都令乡亲们侧目、羡慕。蒋当时就想：如果在东洋念书就能受到如此的尊敬，那么，自己将来一定要到更远的西洋去念书。”（二〇〇六年五月十一日《人民政协报》）

这里用了“侧目”二字。作者的意图很清楚，是把“侧目”当作“羡慕”的同义词的。但是，侧目一词并没有这个意思。“侧目”，就是斜着眼睛看人，非但没有羡慕之意，反而是表示畏惧、憎恨或鄙视。《中国成语大辞典》上有一些经典的例子：

《战国策·秦策一》：“（苏秦）妻侧目而视，侧耳而听。”

《史记·汲黯列传》：“天下谓刀笔吏不可以为公卿，果然。必汤也，令天下重足而立，侧目而视矣！”

《老残游记》：“诸君记得当年常剥皮做兖州府的时候，何尝不是这样？总做的人人侧目而视就完了。”

“侧目”或“侧目而视”被错用的情况颇为常见，看来有辨清词义的必要。

（发表于《诗书画》2006年卷）

没有两片相同的树叶

十多年前，我曾接到一封陌生人的来信，自称与我同名同姓。信中说，他在某报看到我的文章，他的同事便以为是他写的，要他用稿费请客，云云。此人并且希望了解我的情况，他觉得与同名同姓的人建立联系很有意思。接到这封信，我感到很奇怪。我这个姓本来就少见，取名“霍达”是用了“豁达”的谐音，自认为不大可能有人与我重复，却想不到竟然真的会有！但细想一想，大千世界，无奇不有，中国虽有“百家姓”之多，但总还是有限，用来做名字的汉字也只有几千常用字，在十来亿人之中，当然难免重复。比如在“文化大革命”当中，就有无数的人叫“×卫东”“×永红”等，屡见不鲜。当然，谁还是谁，而不可能互相代替。所以，对那封来信，我一笑置之。我并不知道此人是男是女，在此只好用一个泛指男女的第三人称：“他”。

过了几年，我创作的电视剧《鹊桥仙》由中央电视台拍摄、播映，导演果青同志又转来一封与我同名同姓者的来信，说由于他与该剧作者姓名相同，如果有人把给他的信寄到中央电视台，请转给他。此人是否与上次来信者是同一个人？我不清楚。《鹊桥仙》播出之后还获了奖，确实收到了不少观众来信，但没有一封是因为弄错了人而误投的。所以，对那封信就也没有必要答复了。

一九八八年，我应谢晋同志之邀，去上影商谈关于我的获奖报告文学《国殇》改编为电影剧本一事，责任编辑陆寿钧同志告诉我，在上影，有人把我与同名同姓的另一个人弄混了。这时我才听说，他们所说的那个人也是女性，至于是不是以前给我写过信的那个人，我当然不得而知。

又是几年过去了。我没有想到，这个姓名之扰至今存在。我的长篇小说《穆斯林的葬礼》获茅盾文学奖之后，不少记者来访，其中就有人对我说："我们还是校友呢，我也是复旦大学毕业的!"我当即说明："你弄错了！我根本不是复旦大学毕业的!"

最近，报社的编辑又告诉我，报社接到不少读者来信，询问我的情况。作家不像演员那样抛头露面，人们看到的仅是标明姓名的铅字，弄错了也在所难免。为了消除为期已久的误会，我只有借助于报纸一角，向关心我、爱护我的读者做一次公开的解释。

世上没有两片完全相同的树叶，也没有两个完全相同的人。姓名的雷同只是一个小小的巧合，而在其他诸方面，因民族不同，籍贯不同，年龄不同，履历不同，职业不同，家庭情况以至相貌、秉性也各异。我于一九四五年出生在一个回族家庭，北京人，并且四十余年来一直住在北京，从未移居外地，也未在外地上过学。我在文学之外还从事历史研究，曾受教于著名史学家马非百先生，而不曾毕业于复旦大学历史系。我以写作为职业，有一个美满的四口之家，丈夫是一位著名画家，育有一儿一女。凡此种种敬告读者诸君，以释疑惑。我为文为人，无论褒贬，均自负其责，请勿"张冠李戴"，反之亦然。

但愿误会到此终了。

（发表于 1992 年 9 月 26 日《光明日报》）

诗仙非仙

杜甫谓李白："白也诗无敌，飘然思不群。"贺知章一见李白，呼为"谪仙人"。此后的一千二百多年里，李白便以一位飘然出世的"诗仙"形象深深地印在人们心里。李白是中国从古至今绝对一流的大诗人，能够与他相提并论的，也只有屈原和杜甫等少数几个人，确实堪称诗坛泰斗。李白又是个信奉道教的人，道家的至高境界便是"羽化成仙"。所以，将"诗仙"的桂冠赠予李白，很浪漫很精彩也很传神。

然而李白毕竟是人不是仙。超然世外的"仙风道骨"只是表象，积极入世的儒家传统却渗透血液。他幼时的勤学苦读，青少年时代的习武和游历，并非为了日后"得道成仙"，而是"申管晏之谈，谋帝王之术，奋其智能，愿为辅弼，使寰区大定，海县清一"。这是中国长期封建社会中"士"阶层的最高理想和根本出路，李白生活在那个时代，未能免俗也根本不可能免俗，从一开始便表现为思想的矛盾和人格的分裂。

李白在二十岁之前，曾经和一个叫东严子的人一起在岷山"巢居数年，不迹城市。养奇禽千计，呼皆就掌取食，了无惊猜"。做出如此悠闲而怪诞的举动要干什么？"广汉太守闻而异之，诣庐亲睹，因举二人以有道……"明白了，原来是要用这养鸟的把戏哗众取宠，吸引官方的注意，扩大自己的知名度！李白之所以没有接受广汉太守的举荐，只不过觉得当时自己的影响还不够大，时机还未成熟罢了。二十六岁那年，他“仗剑去国，辞亲远游”，以安陆为中心漂泊了十六年之久，广泛交际，大造舆论，曾一掷三十万金以周济寒士，还曾“托身白刃里，杀人红尘中”，连白刀子进去、红刀子出来的勾当都干过，也都是在积极塑造自己的名士形象，寻找实现其政治理想的机会。他不耐烦或者不屑于爬台阶地走科举取士之路，朝思暮想着自布衣一跃而为卿相，一封《与韩荆州书》道尽胸中隐秘。“生不愿封万户侯”，故作姿态，言不由衷，“但愿一识韩荆州”才是真话。他对荆州刺史韩朝宗何以那般推崇？“以周公之风，躬吐握之事，使海内豪俊，奔走而归之。”大树特树韩荆州，其目的却是为了推销自己：“一登龙门，则声价十倍”“龙蟠凤逸之士，皆欲收名定价于君侯”“三千之中有毛遂。使白得脱颖而出”“使白扬眉吐气，激昂青云”。话说得如此露骨，其急迫之情溢于言表，使千百年后的人拜读诗仙的这篇遗作，都替他老人家不好意思。

李白在四十二岁时，由于道士吴筠的举荐，终于受到最高统治者玄宗李隆基的垂青，宣召进宫。期待已久的李白迸发出巨大的喜悦，“游说万乘苦不早，著鞭跨马涉远道……仰天大笑出门去，我辈岂是蓬蒿人”！他本来以为此去长安，一定会混个宰相啦什么的，却不料李隆基只赏给他一个小小的供奉翰林，弄臣般的御用文人，做做帮闲文字罢了，根本无权参与国家政治，人也只好“长安市上酒家眠，天子呼来不上船”了。看似很清高，很狂傲，但若是真清高，真狂傲，又何必到长安来呢？尤其难堪的是他奉玄宗之命为杨贵妃写的《清平调》三首，“云想衣裳花想容，春风拂槛露华浓”“名花倾国两相欢，长得君王带笑看”，这样粉饰太平、媚上趋时的词句竟然出自诗仙之手笔，也是很尴尬的事。尽管如此，他也仍然不能见容，高力士向杨玉环进谗言：“以飞燕指妃子，贱之甚也!”这叫没碴儿找碴儿，其实李白未见得果有此意。这就混不下去了，李白只好自找台阶儿，走人，总共在长安待了不到三年，仕途就此完结。“行路难！行路难！多歧路，今安在?”英雄末路，恓恓惶惶，被扭曲的诗人发出痛彻肺腑的呼号。

他的后半生又是到处流浪。好容易遇到了一个建功立业的机会，参加永王璘的部队去平定安史之乱，却又不料由于统治阶级内部的矛盾，永王璘成了叛徒，李白自然难脱干系，被捕入狱，流放夜郎，获释不久就死了，留下了“天生我材必有用”的哀叹和呐喊，使后来人读之又一次次地跃跃欲试。人或曰：以李白之才，好好地做诗人不好吗？干吗非要去治国平天下？商鞅、李斯都是直奔主题，专修政治，并没打着什么文学的幌子，而且还说焚书就焚书，说坑儒就坑儒。李白如果要治国平天下，也不必耗费那么多精力去弄诗歌，搞得自己人格扭曲，两头儿耽误！殊不知，不仅李白如此，中国封建社会的文人谁也没有把知识才学当作“纯学术”，而只是实现治国平天下的政治理想的手段。“达则兼济天下，穷则独善其身”，前者是拼搏的动力，后者是不得已的聊以自慰，失败后复作清高之状，顾一下面子。如若丢官后再有机遇做官，马上又眉飞色舞，弹冠相庆，感激涕零，再做一番“臣不惜肝脑涂地”之类的表态。

这似乎是躺着说话不腰疼，有意“寒碜”前贤。但前贤不是神，不是仙，谁也摆脱不了历史的桎梏。历史赋予李白储江藏海的才华，又加以残酷的挤压，使之喷涌倾泻，蔚为奇观，造就了名垂宇宙的大诗人。如果他年轻时隐居起来压根儿就不出山，只写些不食人间烟火的梦话，也就不成其为李白了，说不定史册上根本就留不下他这一号，后人不知其何许人也。

（发表于 1994 年第 3 期《文学自由谈》）

江上月魂

公元七二六年的一个秋夜，朦胧月色中，峨眉山下的平羌江(今青衣江)波光粼粼，一叶扁舟顺流而下，飘然东去。船头上，伫立着年仅二十六岁的诗人李白，这是他第一次离开养育他的巴蜀大地。怀着深深的眷恋，他轻声吟哦着：“峨嵋山月半轮秋，影入平羌江水流。夜发清溪向三峡，思君不见下渝州。”他披着故乡的月色走了。幼年的苦读，少年的游历，已经为此做了充分的准备，他终于“仗剑去国，辞亲远游”，要在更广阔的天地施展抱负，建立一番功业！

三十六年之后即公元七六二年，李白已经是六十二岁的老人。他饱经忧患，历尽坎坷，政治上的抱负已经彻底破灭，拖着老病残躯，他在长江的南岸当涂默默地注视着一轮浑圆的明月，回味着自己的一生……

“明月出天山，苍茫云海间。”“明月出海底，一朝开光曜。”这是他政治抱负的诗化。李白生活在道教盛行的时代，但积极入世的儒家思想却又时时鼓舞着他“申管晏之谈，谋帝王之术，奋其智能，愿为辅弼，使寰区大定，海县清一”。这是封建社会知识分子体现自己的价值的唯一途径。出于高度的自信，他甚至对科举考试这种按部就班地爬台阶的方式都不耐烦，迫不及待地希望由布衣一举而为卿相，一步登天。为此，他少年时代和东严子在岷山“巢居数年”，“养奇禽千计”致使“广汉太守闻而异之，诣庐亲睹，因举二人以有道”。这种颇有些哗众取宠意味的怪诞之举，以及他随后在安陆的十年浪游中“托身白刃里，杀人红尘中”的任侠之风，都可以被认为是在有意识地为自己制造舆论、提高知名度，以引起最高统治者的注意。而当他四十二岁时由于道士吴筠的举荐，受到玄宗的垂青，被召入宫，便毫不隐讳地道出了喜从天降的兴奋：“游说万乘苦不早，著鞭跨马涉远道……仰天大笑出门去，我辈岂是蓬蒿人！”

然而，严酷的现实教训了这位天真的知识分子。当时朝廷政治黑暗，奸佞当道，官场腐败，内忧外患，一触即发，玄宗已从励精图治转变为昏聩骄纵，大唐帝国岌岌可危，岂是李白这么一位地位如同弄臣的供奉翰林所能够改变的！他要么同流合污，甘作附庸，要么洁身自爱，急流勇退，此外别无选择。在经历过“长安市上酒家眠，天子呼来不上船”的自我麻醉，忍受过扭曲自己奉命写作“云想衣裳花想容”之类应景辞章的痛苦之后，终于在自秦汉以来形成的儒、吏之争中败下阵来，哀叹着“含光混世贵无名，何用孤高比云月”，自请归隐，重做游侠，“人生得意须尽欢，莫使金樽空对月”！

“旧国见秋月，长江流寒声。”安史之乱的爆发再一次使李白燃起报国的激情，当永王以抗击安史乱军为号召，三次下书召辟他为府僚佐时，他虽曾踌躇，最后还是“难以固辞”，毅然应召，“誓欲斩鲸鲵，澄清洛阳水”。李白在永王幕中总共不过一个来月的时间，却不料因此蒙受了有生以来最大的政治打击，当永王被肃宗以“叛乱”罪名诛灭之时，李白被捕入狱，流放夜郎。人们不必为诗人辩诬，也不必为诗人惋惜，以他的爱国痴情和政治上的天真，这个归宿正是历史的必然，只不过做了统治阶级内部倾轧的牺牲品而已。

“夜郎天外怨离居，明月楼中音信疏。”“迁客此时空寂寞，长洲孤月向谁明?”然而李白在流放途中还没有真正到达夜郎，在三峡即获释放，但那是因为太子登基而遇大赦，新皇帝为安抚民心而玩弄的惯技和惯例，并不意味着“平反昭雪”。但诗人却欣喜至极，似乎从今又有什么希望了，“朝辞白帝彩云间，千里江陵一日还。两岸猿声啼不住，轻舟已过万重山”！随后，年过花甲的诗人还请缨从军，更显天真，终因老迈多病，也未能如愿，“中夜四五叹，常为大国忧”！他没有等到亲眼看见安史之乱的平定，已经被病魔和死神扼住了咽喉。他意识到，自己的生命就要结束了……

明月无言，默默地映照着曾经千百次讴歌她的诗人。诗人无言，默默地注视着与他一生为伴的明月。那不是天上的明月，而是沉在江底的月影。当年，诗人曾多少次奇思异想，“欲上青天揽明月”，如今，明月近在咫尺。诗人一生追求光明，却始终被黑暗缠绕，唯有向明月倾诉衷肠了！那么，就再来一次对饮吧，“永结无情游，相期邈云汉”！诗人举杯邀月，且舞且歌，向江心的月影扑去。长江上飘过一片透明的云彩，卷起一个久久回旋的旋涡……

关于李白之死，历来有“病死”和“扑月而死”两说争执不下，其实又何必争论呢？一切自有大江明月做证。“古人不见今时月，今月曾经照古人”，看那万古不息的江流和永垂宇宙的明月，不正是诗人不灭的灵魂吗?

李白辞世时，他的夫人、女儿都已先他而去，身后唯余爱子伯禽。伯禽没有成为像父亲那样的诗人，却也像父亲一样“一生好入名山游”，世人不知其所终。伯禽有二女，均嫁了农民，泯然众人矣。这便是诗人的“千秋万岁名，寂寞身后事”。值得一提的是，李白有妹名“月圆”，关于她的故事没有流传下来，只有那充满诗意的名字和故乡的“月圆之墓”令人浮想联翩。妹葬江之头，兄葬江之尾，千秋万代伴随着滔滔江水和江上月魂。

（发表于1994年5月1日《扬子晚报》）

我书被盗

我的长篇小说《穆斯林的葬礼》自一九八八年出版，六年来已经十余次印刷。这期间，我曾接到大量的读者来信，多数是向作者倾诉阅读此书的感受，还有尚未买到书的读者询问我哪里可以买到。但是，近一两年来，情况发生了变化，有许多读者来信向我抱怨此书的印刷太粗糙，而且错别字连篇。有的读者还寄来详细的勘误表，第几页第几行出了什么错，都一一标明。你简直不敢相信，一本书中谬误竟达两千多处，甚至从目录就开始错！

这使我大吃一惊。我深知出版此书的北京十月文艺出版社的编辑们的敬业精神。《穆斯林的葬礼》的每一次印刷，在装帧上有什么细微的变动，责任编辑钟轩同志都事先向我打了招呼，事后又送来样书，“印刷粗糙”似不可能；此书在第一次印刷前已认真地做了三次校对，以后又做过多次重校，误排之处虽不敢说绝对没有，即使是有，也微乎其微，“谬误百出”更不可能。那么，读者怎会有那样的反映？我于是打电话给钟轩同志。他说，那必是盗版无疑。出版社也接到了类似的不少来信，指出的谬误五花八门，各有各的“错”法，看来盗版的还不止一家，而是许多家。这些书盗来无踪去无影，出书都是假冒原版，在版权页把书号、出版社、印刷厂、印数、定价等一律照抄不误，读者购书心切，买了假货，却来找出版社“算账”，不仅出版社的名誉受到败坏，而且蒙受了巨大的经济损失，因为盗印一万册就可以“赚”几万元，印几十万册则数百万到手，盗版者大发其财。他还说，某位作家的一本小说，仅作者本人搜集到的盗印本竟达二十七种之多！

我对这种无法无天的强盗行径感到愤慨。在这之前，我还不知道“书林大盗”竟然猖狂到如此程度。盗版者与抄袭、剽窃者不同，不是欺世盗名，而是欺世盗财。使我痛心的不仅是作家的著作权和出版社的专有出版权受到侵犯，而且深深地为读者痛惜。我从他们的来信中得知，凡爱书、买书的大都不是有钱人，为了买一部定价十几元的书，往往要节衣缩食，掂量再三。而当他们发现买到的是错误百出的假货时，该是何等心情！

我个人当然无力为那些买了盗版书的读者一一更换，出版社也无此责任和义务。靠作者和出版社来抓盗版者，当然是抓不完的。还是要靠法律，靠公检法，靠从中央到地方的层层行政管理机构，认真地抓一抓，抓住了书盗就绳之以法，重判他几例，以儆效尤。此外，也要靠公众舆论和全社会的监督。钟轩同志告诉我，有一位细心而又懂法的读者，在买到盗版本《穆斯林的葬礼》之后，及时地在当地报纸、电台将其“曝光”，使更多的读者了解真相、提高警惕，结果当地盗版书的“销路”就断了。这真是一个好办法。愿大家都来围剿“书林大盗”，看他们能横行到几时？

（发表于 1994 年 8 月 6 日《光明日报》）

诗人情怀

王安石性情执拗，百折不回，绰号“拗相公”。他在任宰相期间，大胆改革，厉行变法，遭到保守派的激烈反对，两次罢相，几起几落。反对派有司马光、文彦博、韩琦等人，还有大名鼎鼎的文坛巨子苏轼。

苏轼是宋代文学革新的主将，词开豪放一派，笔力纵横，气势磅礴，前无古人。胡寅《酒边词》称：“苏氏一洗绮罗香泽之态，摆脱绸缪宛转之度，使人登高望远，举首高歌，而逸怀浩气，超然尘垢之外，于是《花间》为皂隶，而柳氏为舆台矣。”王灼《碧鸡漫志》说：“东坡先生……指出向上一路，新天下人耳目，弄笔者始知自振。”然而与文学上的革新精神相反，他在政治上却相当保守，王安石推行新法，他极力反对，向神宗皇帝上《万言书》，并作诗文讽刺抨击，攻击新党“新进小生，小人招权”，王安石“怀诈挟术，以欺其君”。由此，两位文学大家便成为改革与反改革的政敌。王安石的姻家、御史谢景温弹劾苏轼在奔丧期间，“多占舟舡，贩私盐苏木”，回京时又“多占士兵”，企图以此整倒苏轼，虽查无实据，不了了之，也已使苏轼在京城处境艰难，出任外补。反又有“乌台诗案”事发，御史何大正、御史中丞李定等人弹劾苏轼诗文中“愚不识时，难以追陪新进；老不生事，或能牧养小民”“读书万卷不读律，致君尧舜终无术”“东海若知明主意，应教斥卤变桑田”等语为诽谤朝廷，使苏轼被捕入狱，自元丰二年八月二十日至十一月二日，审讯十一次，把他所有的作品一一审查，欲置之死地。幸而神宗无意杀之，仅贬为黄州任团练副使了事。这次大折腾，虽不是王安石直接动手，但他身为宰相，当然起了作用，和苏轼的矛盾进一步深化，成为冤家对头。

政治上的打击并没有使苏轼沉沦，在黄州谪居的闲愁之中，他仍以浪漫豪迈之情，写下了大量杰作，其中以《念奴娇·赤壁怀古》最为出色：

大江东去，浪淘尽，千古风流人物。故垒西边，人道是，三国周郎赤壁。乱石穿空，惊涛拍岸，卷起千堆雪。江山如画，一时多少豪杰！　　遥想公瑾当年，小乔初嫁了，雄姿英发。羽扇纶巾，谈笑间，樯橹灰飞烟灭。故国神游，多情应笑我，早生华发。人生如梦，一樽还酹江月。

此时，正处在仕途峰巅的王安石，却“高处不胜寒”，日子并不好过。在反对派激烈的攻讦下，变法失败，王安石第二次罢相，退居江宁（今南京）。在钟山脚下，辟园名“半山”，悄然栖息。著述之余，骑驴漫游，凭吊古迹，不乏吟唱，试看其金陵怀古之作《桂枝香》：

登临送目，正故国晚秋，天气初肃。千里澄江似练，翠峰如簇。征帆去棹残阳里，背西风，酒旗斜矗。彩舟云淡，星河鹭起，画图难足。　　念往昔，繁华竞逐，叹门外楼头，悲恨相续。千古凭高对此，漫嗟荣辱。六朝旧事随流水，但寒烟衰草凝绿。至今商女，时时犹唱，后庭遗曲。

这位失败的政治家，退休的宰相，面对六朝遗迹，想起历代兴亡，“悲恨相续”，“漫嗟荣辱”，心情激愤而苍凉，可与东坡《赤壁怀古》媲美。《历代诗余》引《古今词话》谓：“金陵怀古，诸公寄调《桂枝香》者三十余家，惟王荆公为绝唱。”

元丰七年（公元一〇八四年），神宗想起谪居黄州的苏轼，“人才难得，不忍终弃”，下诏移官汝州。苏轼在去河南汝州赴任途中，经过江宁。此时，苏在顺风，王处逆境，今非昔比。然而，苏轼却不计前嫌，特地去看望王安石。王安石身着便服，骑着小驴，亲自到江边迎接，两人相见，几多感慨！苏轼说：“轼今日敢以野服见大丞相！”虽不无幽默，亦饱含真诚。

苏轼在江宁盘桓月余，与王安石谈诗论政，甚为投机，昔日的嫌隙于相逢一笑之中烟消云散。苏轼即席赋诗，王安石赞曰：“老夫平生作诗，无此佳句！”苏轼读王安石《桂枝香》，也不由叹服：“此乃老野狐精也！”王安石称苏轼：“不知更几百年，方有如此人物！”苏轼谢王安石：“从公已觉十年迟！”惺惺惜惺惺，到了难分难舍的地步。赵翼《瓯北诗话》谓：“东坡襟怀浩落，中无他肠。凡一言之合，一技之长，辄握手言欢，倾盖如故。”苏轼如此，王安石亦如此，他虽与苏轼曾在政治上为敌，却深爱东坡之才，表现了大政治家、大文学家的风度襟怀。非蝇营狗苟、鸡肠鼠肚者所能望其项背也。

（发表于1994年9月26日《扬子晚报》）

路边的歌声

人多“悲秋”，而我“伤春”。北京的春天很短暂，仿佛严冬转眼间就是盛夏，如果说二者之间的转折期就算春天，却又春意甚微，由于少雨水而多风沙，连花儿都没有精神，看那一树树、一丛丛的红杏、碧桃、海棠、丁香，在干燥的空气中伸展着枝丫，无可奈何地听任骄阳的暴晒和风沙的摧残，不由人心生感慨：如此苦苦地争春，又何必呢？

心里这么想着，我穿过社区楼群间的花园，朝着附近的一家超市走去。园里的花期已近尾声，落英缤纷，被风吹得满地。脚踏着片片残红，抬头望望不阴不阳的天空，心头泛起一股莫名的惆怅。

突然，远处飘来一阵若隐若现的乐曲声，那旋律十分熟悉。再往前走了几步，听得更清楚了，竟然是我在二十多年前创作的电视剧《鹊桥仙》的插曲！陈年往事顿时浮现在眼前。此剧取材于“苏小妹三难新郎”的民间传说，熟悉宋史的人都知道，苏东坡并没有一个名叫“苏小妹”的妹子，秦少游也不是他的妹夫，此事纯系子虚乌有。但人们宁肯以假做真，相信大文豪苏轼的妹子必定是个了不起的才女，而能够与她匹配的也非淮海居士秦观莫属，希望在“三难新郎”的趣事中展露他们的才华，并从这一观赏过程中获取文化愉悦。剧本在野史素材的基础上进行艺术创造，设计了一系列的阴错阳差、矛盾冲突，使剧情跌宕起伏，一波三折。最后当然是误会解除，有情人终成眷属，皆大欢喜。这是我所有创作中唯一一部喜剧。那时候年轻，偏爱悲剧而并不大喜欢喜剧，唯恐把戏搞“俗”了，所以在喜剧的框架上又适当注入“雅”的因素。为此，我特地创作了一组具有古典诗词韵味的歌词《武陵春·难诉相思》，由男女声对唱、合唱，用在男女主角爱怨交织、矛盾缠绵处，词曰：

孤馆寒窗风更雨，欲语语还休。昨日春暖今日秋，知己独难求！　四海为家家万里，天涯荡孤舟。昨日春潮今日收，谁伴我，沉与浮？

连夜风声连夜雨，佳梦早惊休。错把春心付东流，只剩恨与羞！　风雨催花花何苦，落红去难留。春暮凄凄似残秋，说不尽，许多愁！

张弦难诉相思意，咫尺叹鸿沟。花自飘零水自流，肠断人倚楼。　夜夜明月今何在？不把桂影投！关关雎鸠恨悠悠，一般苦，两样愁！

此歌由时任电影乐团团长的高潮同志作曲，著名歌唱家王洁实、谢莉斯演唱，电视剧由果青同志导演，一九八〇年十二月三十一日晚在中央电视台播出。那时候还不兴“贺岁剧”的说法，现在看来，在除夕夜播出这么一出以婚恋嫁娶为题材的喜剧，给辛劳一年的人们带来一点欢愉，也可以算是大陆最早的“贺岁剧”了。播出之后，观众反应热烈。《鹊桥仙》获该年度全国优秀电视剧奖，后来被称之为“飞天奖”的奖项便是从那时开始的。此剧获奖并不意外，意外的是插曲《难诉相思》也拿了个太平洋影音公司“云雀奖”，那是我首次涉足词坛创作，有“种豆得瓜”之感。随着磁带的大量发行，这首歌风靡全国，后来又进入“卡拉OK”。多年以后，有一次在深圳，一对年轻的朋友请我吃饭，饭后又邀我去歌厅，我不会唱歌，客随主便罢了。正是在那里，我和《难诉相思》相逢。就像在一个陌生的地方，发现书店里有自己的著作，看见读者在购买、在阅读、在谈论，作者是很感欣慰的。请我听歌的年轻人说：“我们在上大学的时候，就是唱着《难诉相思》讨好女孩子的。现在，我和我爱人一起来唱这首歌，献给霍老师！”

从二十世纪八十年代初到现在，一晃二十多年过去了。“流行歌曲”像走马灯似的翻新了无数次，许多“老歌”已不再听见有人唱了。不料现在又听到了《难诉相思》。那么，这街边林荫道旁的歌者是谁？

我饶有兴致地快步向前走去，转了一个弯，绕过遮挡视线的树丛，这才看清了，那是一位盲人，席地而坐，手操胡琴，自拉自唱，而且变着声调转换男女两个角色。他的嗓音和胡琴演奏技巧都不算好，但拉得很专注，唱得很动情。这是盲人的特点，没有了外部世界形与色的干扰，他们对声音的感知和表达便特别敏感，特别细腻。眼前的这位盲人很年轻，看样子不过二十出头，正是青春萌动的年龄，虽然双目失明，但他的心灵是健全的，向往着美好的情感，所以唱起歌来“未成曲调先有情”。过往的行人都是他的听众，陆陆续续把一两枚硬币丢在他面前的旧罐头盒里，那“叮当”的声响便是对他最好的回报，最大的鼓励。

我在他面前停下来，静静地听他唱完。行人都走过去了，而我却没有走，从提包里掏出一张十元钞票，递到他手里。他捻了捻，一愣：“啊？给这么多！”

我俯下身，耳语似的对他说：“这歌儿是我写的！”

他显然吃了一惊。在他的卖唱生涯中，像这样的事儿恐怕还是头一回，竟然碰到了歌儿的作者！他很兴奋，朝我仰起头，使劲翻动着眼珠，尽管根本看不见我。突然，他猛地甩开手腕，又拉起了琴弓，更加起劲地演唱起来……

我“伤春”的情绪消失得无影无踪。一首二十多年前写的歌，今天还能听到一位盲艺人在街头当众演唱，这是我的造化。他什么也看不见，但记住了我的歌。谢谢！

（发表于 2002 年 7 月 18 日《北京晚报》）

在三八国际劳动妇女节八十周年纪念大会上的讲话

主席，各位副主席，各位委员，参加会议的同胞们、朋友们：

在国际妇女节八十周年纪念大会召开之际，我谨向各位女士致以节日的祝贺！八十年来，世界风云变幻，人类朝着和平与发展的方向前进，历史上灾难深重的中华民族发生了翻天覆地的变化。吃苦耐劳、善良坚韧的中国妇女在反帝反封建反法西斯的斗争中，在民主主义和社会主义革命中，以及在为把我国建设成四个现代化强国的艰苦劳动中，都发挥了不可估量的作用。无论是名载史册的巾帼英雄，还是默默无闻的普通劳动者，都是无愧于祖国母亲的忠诚女儿。我们应当为自己争得这样的权利、担当这样的义务、做出这样的成绩而自豪！

在古老而美丽的传说中，中华民族的先人是女娲氏用黄土塑造的；黄土地上滚滚东流的黄河是哺育我们的乳汁，是我们的母亲河。子子孙孙把祖国、民族作为一个母亲的形象印在心里，这正是女性的骄傲。祖国不正像一位母亲一样，以博大而温暖的胸怀护佑着她的儿女、养育着她的儿女吗？十一亿儿女不也正是为了让五千岁高龄的母亲青春长驻、繁荣昌盛而自强不息吗？

当然，我们的母亲曾经有过令世人瞩目的容颜焕发，也曾经有过贫病愁苦，由于复杂的历史原因，她至今仍然不是一位“贵妇人”，但我们都是“穷”妈妈用乳汁喂大的，我们能因此而不爱她吗？我们的血管里流着母亲的血：富贵不能淫，贫贱不能移，威武不能屈！祖国的好儿女一向以振兴中华为己任。我们每一个人，无论你是工人，是农民，是战士，还是科学家、文学家、艺术家，只有你紧紧拥抱在母亲的怀抱之中，你才有力量、有价值。科学无国界，但是科学家有国界；文学艺术属于全人类，但是文学艺术家属于自己的民族，古今中外真正杰出的文艺作品也无不植根于民族土壤、打着民族的烙印、体现着民族性格，否则，只能是无本之木、昙花一现。也只有当我们背靠着伟大的祖国，真正创作出具有民族魂魄的作品，才有可能获得世界的承认。

目前，我们的国家还面临着许多困难。作为文艺界人士，我们肩上的责任很重，我们要和国家、民族同呼吸，共命运，继承发扬悠久丰厚的民族文化传统，吸收对我们有益的外来精华，为提高整个中华民族的文化素质、为改革开放大业做出应有的贡献。弘扬真善美，鞭挞假恶丑，为人民奉献出优美高尚的精神食粮。廉政肃贪、端正社会风气、提高国民素质，不仅要靠国家，也要靠我们每一个人。人人都深恶痛绝的所谓“国民性”，不是一个虚幻的空洞形象。人人都从我做起，整个社会才有可能面貌一新。

回首过去，道路曲折而漫长；瞻望未来，道路依然曲折而漫长。但我们的前途是光明的，我们的民族是有希望的。愿我们各界女同胞和全国人民一道，携手奋进，一如既往地为祖国奉献出自己的一切！

谢谢大家！

（1990 年 3 月 6 日于北京）

文人与“海”

四十多年前，戏曲票友成为正式演员，称为“下海”。眼下，“文人下海”成为时髦，却不是要当名伶，而是专指经商，即文人做买卖。不时见到报章上说：“××下海了”“××也下海了”，大有大势所趋、非“下海”不可的紧迫感，似乎未“下海”的将要“落伍”了！

在全国政协八届一次会议上，“文人下海”成为文艺界委员的议论焦点之一。我认为：我们曾有过“八亿农民都是诗人”“全民炼钢铁”的经验教训，大凡一哄而起的事情，几乎都是做不成的。正如不可能全民都成为诗人一样，“全民经商”、文人都“下海”既不可能，也不合理。

有的人“弃文经商”，可能是不再热爱文艺创作这个行当了，人各有志，不可勉强；如果他确有经商的才能，那么，人尽其才，转业去做买卖，也无可非议。

有的人酷爱写作这个行当，却“囊中羞涩”，为自己或为一个文艺团体、一个地区的文艺事业生存、发展计，不得不去搞“三产”，筹集资金，“以商养文”，对此，我深表同情，甚至敬佩。但“以商养文”养得了养不了，还是个问题。

文艺作品作为社会财富，当然具有商品属性。但不可否认，它同时又是精神产品，对社会的政治、经济、文化、道德有着巨大的影响力，自古以来，优秀的传世之作往往感染了一代又一代人，诸葛亮的《出师表》、岳飞的《满江红》、文天祥的《正气歌》，成为民族精神的精华。这样的作品，绝不是经济杠杆操纵下可以批量生产的，让诸葛亮、岳飞、文天祥以及曹雪芹、曹禺、老舍去“练摊儿”“以商养文”，那岂不是以民族的灵魂为代价？舞台上的《茶馆》是民族瑰宝，而如果老舍本人去开茶馆，则成了民族的悲剧！

人民大众喜闻乐见的通俗音乐、通俗戏曲、通俗书刊，本身就在市场上流通，有本事的人把这部分市场活跃起来，搞得健康、红火、财源茂盛、皆大欢喜，也是好事。但是我们偌大一个拥有五千年历史、十二亿人口、幅员九百六十万平方公里的泱泱大国，绝不可能靠卡拉OK、迪斯科和武侠小说自立于世界民族之林。严肃文学、严肃艺术标志着一个国家和民族的文明程度，关系着社会繁荣进步的千秋大业，还是需要国家大力扶植，不要让它到了非“下海”不可的地步。

严肃文学、严肃艺术，历来是殚精竭虑的寂寞之道，“艰难困苦，玉汝于成”，从屈原到米开朗琪罗，从凡·高到曹雪芹，古今中外鲜有借此而“发财致富”者，选择这条路就必须耐得住清贫，无私奉献，为民族、为人类的文明而献身。而真正深刻地反映了民族精神和时代风貌同时又具有高度艺术感染力的文艺作品，放眼历史，也必然会经得起“市场”的考验，而不是昙花一现的过眼烟云。我国四部古典文学名著至今畅销不衰，就是明证。作家、艺术家应该专心致志地去为人民创造这样的精神食粮，国家应该尽力为他们创造必要的环境和条件。以经济建设为中心丝毫也不意味着精神文明的建设就不重要了，更不意味着“十亿人民九亿商”，作家、艺术家人人要“下海”。

（发表于1993年第9期《中华英才》）

中国女性和中国文学

——在第四次世界妇女大会上的演讲稿

我曾经在一篇题为“女人的形象”的文章中提及发生在一九六一年的小故事：英国陆军主帅访华时偶然看到《穆桂英挂帅》这出戏，颇不以为然，“这出戏不好，怎么能让女人当元帅？爱看女人当元帅的男人不是真正的男人，爱看女人当元帅的女人不是真正的女人”。

如果按照蒙哥马利的观点，中国就几乎没有“真正的男人”和“真正的女人”了，因为像穆桂英、花木兰这样的女英雄，在中国家喻户晓，受人尊敬。她们都是中国古代民间文学作品中的人物，虽然历史上未必确有其人其事，但必定以类似的真人真事为依据、为原型。这些女英雄在祖国面临危难的时候，挺身而出，英勇战斗，做出了和男人一样甚至超过男人的业绩。这些作品，不仅是中国女性的英雄赞歌，也是对以男性为中心的社会的有力抗争。

在长达两千多年的中国封建社会，文学作品中的女性，大量的是“温良恭俭让”的窝囊相，或者是凭借美色取悦男性的可怜相，像穆桂英、花木兰那样的女英雄毕竟太少了，因而才愈加可贵。在浩浩荡荡的古代作家队伍中，像李清照那样写出“生当作人杰，死亦为鬼雄”昂扬豪迈诗句的女作家更少了，简直是凤毛麟角，因而才愈加可贵。

一九一九年爆发的五四运动是中国有史以来对封建主义最猛烈的冲击，在至今将近一个世纪的时间里，中国社会发生了翻天覆地的变化，不仅“中国人民从此站起来了”，中国妇女的命运也得到了根本的改变。据最近的统计数字，中国妇女的就业率占就业总人数的百分之四十四左右，这在西方发达国家也是一个相当高的比例。从政府部门到各行各业，女官员、女专家、女学者、女先进工作者和劳动模范层出不穷。可以说，中国女性自古以来还从未像今天这样拥有与男性平等的社会地位和旗鼓相当地竞争的机会，这是必须充分肯定的、值得我们珍惜的。大批女作家以独具特色的作品登上文坛，成为中国文学界的一支劲旅，约占中国作家协会会员的三分之一，这也是中国历史上从未有过的。

当然，中国女作家及其作品并不等于“女性文学”，即使加上男作家所写的妇女题材的作品，也构不成“女性文学”这一概念。作家无论性别，他们首先是作家，关注的应该是整个中国的历史和现实，其中自然也包括妇女问题。

在当代中国，妇女解放的使命还没有彻底完成，封建主义陈旧观念和作风并没有肃清，近年来又与国外的一些所谓“新潮”汇合，形成一股逆流。盲目的“性解放”使得一部分女性的贞操观念淡薄，道德沦丧；应召女郎、舞女等专为男性服务的职业应运而生；甚至连娼妓、纳妾这些早已根绝的丑恶现象又重新出现；拐卖妇女、女性吸毒也时有所闻；低劣的色情书刊、录像流入市场，向西方社会看齐了。这是女性的耻辱，社会的病态，是对妇女解放运动的反动，中国妇女的命运面临着倒退到重新沦为男性的附属品、奴隶、玩物的危险。口头上和表面上的“女士优先”帮不了妇女的任何忙，新潮服装和昂贵的首饰也并不能真正美化妇女的形象。妇女的彻底解放，寄希望于全社会的文明进步，寄希望于妇女本身的自爱、自尊、自强。这正是中国作家所关注的焦点之一，中国文学所肩负的使命之一。

1995 年 9 月于北京

（发表于 1995 年 9 月 5 日《光明日报》）

珍惜英雄

最近，在同一天，看到三则新闻：“神舟五号”返回舱在京展出，航天英雄杨利伟为观众讲解；杨利伟在五四青年节与青年学生座谈；杨利伟和歌手孙楠一起唱歌。作为一名电视观众和报纸读者，对此不免且喜且忧。

喜者，为英雄的“亲民”而感动。自古以来，英雄模范人物总是受到人们的尊敬和热爱，因为他们之中，有的以鲜血和生命捍卫了祖国的尊严和人民的生命财产，有的在自己的工作岗位或学术领域，做出了突出的成就，为国家、为民族赢得了荣誉。过去我们常说，我们的时代是个英雄辈出的时代，然而与十三亿人口的庞大数字相比，英雄毕竟还是少数，尤其像杨利伟这样的航天英雄，中华民族有史以来第一人，虽凤毛麟角亦不足以喻其稀有。可喜的是，我们的英雄没有居功自傲，藐视凡人，而是谦逊礼貌，和蔼可亲，与民同乐，有求必应，那些围观的热心人，有要求合影的，有希望签名的，都一一予以满足，这是何等高尚的风范！中国人一向有崇尚英雄的传统，但一段时间以来却遭遇到“非英雄”的“挑战”，似乎“英雄”与“人性”是势不两立的，写“英雄”就泯灭了“人性”，讲“人性”就必须否定“英雄”，于是连历史上的民族英雄岳飞也需要重新“定位”了，早已家喻户晓、深入人心的红色经典里的英雄人物也一再被“改编”实则是不断被糟践，“英雄”一词逐渐淡出社会生活，在一些孩子的心目中，如果说还有“英雄”，那就是两种人，一是武侠小说和武打片中飞檐走壁、呼风唤雨的“大侠”，一是走红于银幕、荧屏、歌坛的“明星”，“追星族”对他们的痴迷膜拜，简直到了走火入魔的地步。而在“神舟五号”飞天成功之后，我们欣喜地看到另一番景象。为祖国争光、为民族争气的航天英雄杨利伟受到人民群众包括广大青少年异乎寻常的尊敬，从“明星崇拜”到“英雄崇拜”是一个巨大的转变，对于增强中华民族的凝聚力，全面建设小康社会，其精神作用是不可估量的。

那么，忧又何来？之所以忧者，我们的英雄太忙了。又是讲解，又是座谈，又是唱歌，再加上前一阵子还要做航天事迹报告，还要赶赴香港和那里的爱国同胞见面，英雄也是人，也仅一百多斤的血肉之躯，也是每天只有二十四小时，要在他的本职工作之外再做这么多事，简直不堪重负。何况这些事并不是非他本人去干不可，要做报告，要座谈，自可以让惯弄笔杆子的去写稿，让擅耍嘴皮子的去演讲，这方面的人才有的是；至于唱歌，更不是杨利伟的专长，何必非要他一展歌喉？杨利伟可是个任重道远的人哪，据报道，拟在明年升空的“神舟六号”，搭乘人员中头一个就是杨利伟，而且以后还有“神七”“神八”，那样的超高科技，是我们这些局外人无法想象的；那样的超高难度，容不得一丝一毫的含糊，杨利伟将全副精力投入仍唯恐不足，哪还有闲工夫掺和那些无关紧要的劳什子？

长期以来，我们已经看惯了这样的现象：一个人在某一领域出了成果，成了名，各种荣誉、头衔、会议、仪式便接踵而来，搞得他正经事儿干不了，表面看起来，光彩得很，而实际上，对于真正有事业心的英雄模范人物来说，其内心世界苦不堪言。社会若是爱护他，就让他专心致志地做自己所内行、所热爱的事。而不要把他当作稀罕物到处展览。钱钟书先生生前就极不愿意接受新闻媒体的采访和崇拜者的造访，说：“如果你吃了一个鸡蛋，觉得很好，又何必非要见那个下蛋的母鸡呢?”比埃尔·居里也曾说过：如果所有的宴会我都去参加，就没有时间做科学实验了。因此我很欣赏前不久中国工程院公布的一份文件，其中有两项内容，大意是：不提倡院士什么社会活动都去参加，不提倡院士担任非本专业的“评委”“顾问”之类，真可谓切中时弊，英明之极。

当年鲁迅先生逝世时，郁达夫曾说过一段痛心疾首的话：没有英雄的民族是可怜的生物之群；有了英雄而不知珍惜，是没有希望的奴隶之邦。在这里引用这段话，分量似乎太重了些，但它的主旨是不错的：珍惜英雄。

（发表于2004年5月10日《人民政协报》）

奏响中华文化复兴的黄钟大吕

——写在全国政协十届四次会议上

说复兴，综合国力的增强和国际地位的提高自不待言。但我以为，更为重要的是中华文化的复兴。

纵观天下，凡自立于世界民族之林的国家和民族，无一不是凭借其强大而富有特色的文化塑造自己的形象。一个人，还有一大批代表着各自民族文化的文化精英，使他和他们的祖国令世人肃然起敬。人们到了法国，首先想到雨果；到了英国，首先想到莎士比亚；到了印度，首先想到泰戈尔；到了俄罗斯，首先想到托尔斯泰。即使苏联解体，俄罗斯经济实力今不如昔，俄罗斯文化仍然闪耀着不朽的光辉，人们不会忘记托尔斯泰、契诃夫，像《钢铁是怎样炼成的》《这里的黎明静悄悄》这样的“红色经典”，也被中国人一再翻拍、移植。

源远流长的中华传统文化在世界上占有不可替代的地位，但近年来，国人的文化生活却呈现低俗化的趋势。私欲的膨胀、拜金主义的蔓延、境外流行文化的渗透，悄悄地改变着、塑造着人们尤其是年青一代的价值观；浮躁的心态使人们疏远传统，淡漠经典，抛弃道义，藐视崇高，亵渎英雄，调侃政治；经济利益的驱动，使文艺创作和新闻、出版、网络也在不同的程度上屈就、迎合潮流，甚至引领潮流，比如“快餐文化”和“休闲文化”就占据了我国文化市场的重要份额。

其实，“快餐”和“休闲”本身就是矛盾的：前者是快节奏，“急”不择食，立等可取；后者是无所事事，闲吃神聊。而不幸的是，这矛盾的二者却奇妙地结合在了一起。我要说，尚有数千万人存在温饱之虞的当今中国还远远不到集体“休闲”的地步，而靠吃“快餐”也根本不能强身壮体、益气养神，媚俗的结果只能导致民族文化的衰落。

文化是民族的灵魂，中华民族应该奏响文化复兴的黄钟大吕。

（发表于2006年3月9日《光明日报》）

君心似我心，两情长依依

近接天津的柳溪女士来信，说她“要编辑一部女作家谈丈夫或爱情的书籍”，嘱我写一写“这一部分不属于写作范畴内的生活内容”。因此，有了下面的文字。

我和他相识在二十年前。那时我们还多么年轻！他二十五岁，我还小他一岁。我们正处于人生的黄金年华，而祖国却在经受着“文化大革命”浩劫的折磨。我们当然无力回天，只能默默地关注着祖国的命运，瞩望着自己的前途，一片渺茫，难以预测。

记得我和他第一次见面是一九六九年的五月三日。那一天，几个年轻的朋友相约到香山春游，有认识的，也有不认识的；不认识的见面之后也就认识了。那天他穿一身深棕色布衣，身材瘦长，面目也清瘦，头发略显长，戴一副黑框近视眼镜；举止庄重，沉默寡言，文质彬彬。第一印象令人想起瞿秋白。

我们一起在山下的一家馆子用了午餐。吃的什么，已经记不得了，但我记得清清楚楚的是由他做东。他并不是这次春游的发起人，也不是香山人，无由尽“地主之谊”，却为什么要做东呢？隐隐可见此人在他周围朋友中的位置，也已显出他不甘居于人后的品性。

饭后一起登山。那天天气不好，“极目青郊外，阴霾布正浓”。因此游人极少，一般人总是喜欢艳阳晴空、万里无云的，殊不知那样常常煞了风景。阴天自有阴天的妙处，天低云暗，氤氲升沉，峰峦间平添出一股茁茁生气。他的兴致很高，步石阶，上陡崖，且时时驻足凝望远处，似在思索着什么。手中的一支香烟飘出缕缕青霭，与云天呼应。他的神色和阴沉的群山一样冷峻。

忽而，风乍起。山林间瑟瑟作响，如海啸，如裂帛，如五指急扫琵琶四弦，如千军万马齐奔、大纛旌旗猎猎。一时飞鸟齐滔，急急远遁；游人惊呼，四散奔逃。然而我们没有逃走，因为他没有走的意思。他兀立在山崖上，任狂风掀起长发和衣襟，双手背在身后，望着动荡中的群山，似乎十分兴奋。

俄顷，狂风祭起乌云。好一天云！从西北方向升起，初如海潮拍岸，继如狼烟直上，终于弥漫苍穹。汹汹然，荡荡然，浑浑然，凛凛然。而压顶黑云之中，又浓淡渗化，黑白扭结，翻滚奔涌，变幻莫测，“银瓶乍破水浆迸，铁骑突出刀枪鸣”！那个沉默寡言的人，此时被深深地激动了，振衣而呼：“走啊，上山！”

倾盆大雨冲刷着巍巍香山，石壁如铁，春草如翠，落花如雪。山间的石径上，攀登着一群不畏风雨的年轻人，哪管它衣衫湿透、寒彻肌骨！

雨停了，我们相互顾盼，朗声大笑。踏着泥泞落花，攀着带雨新枝，采食野杏山桃。“花褪残红青杏小”，那杏儿小如豆粒，犹如一枚枚翠珠。味微酸，微苦，了无甜味，却又觉甘之如饴。沉默寡言的人不再沉默，即兴赋诗曰：

林暗风低扫画楼，行人尽去鸟无留。
一天泼墨腾惊马，万树飞花走汗牛。

叠嶂迷蒙山隐脚，连溪涨满水出头。

赋诗何必经霜叶？若有豪情冒雨游！

一首七律，写尽了当天的所历、所见、所思。字里行间，洋溢着他作为画家的独特感受，自不待言。而最使我触动的则是末句，尤其是“豪情”二字，显露了这位文弱书生的“真气”：豪气、丈夫气、阳刚气！

当时我只知他名“为政”，不解其意，还以为是“文艺为无产阶级政治服务”的缩写。经询问，才知这名字是自幼由他的祖父取就的，名“为政”，字“北辰”，典出自孔子《论语·为政篇》：“为政以德，譬如北辰，居其所而众星拱之。”他还有两个别号，一为“古丰豪士”，嵌进他的出生地，且自称“豪士”，见其气概；二为“听雨楼主”，又见其淡泊明志、宁静致远。

从那一天起，他就突然闯进了我的生活，成为我有生以来所佩服的第一个男性。但是，我当时根本没有想到（他也没有想到）我们会成为终身伴侣。最初，我们只是彼此尊重的朋友，后来像兄妹。直到一年半之后，即一九七一年一月一日，我们结为夫妇，那是友谊发展的必然结果，“不谋而合”。我们庆幸彼此在长时间的交往中都没有以选择爱人的眼睛观察对方，也没有凭借“月下老人”的联络，这是人间最真诚、最自然、最纯朴、最完美的结合。“当两颗心经历了长久的跋涉而终于走到了一起，像镜子一样互相映照，彼此如一，毫无猜疑，当它们的每一声跳动都是在向对方说：我永远也不离开你！那么，爱情就已经悄悄地来临，没有任何力量把它们分开了！”——多年之后，我在自己的作品中这样写道。这正是我们的生活的真实写照，我们的生命的体验。

婚后，我们在一座绿荫环抱的白色公寓里的三层楼上，度过了最初的岁月，并且生下了第一个孩子。家里的一切都是自己购置的，没有接受父母的赐予和亲友的馈赠。房间里悬挂着一帧横幅：“自力更生”，那是他的手笔，骄傲地宣布好男儿自强自立、双肩承担起爱情所赋予的责任。我们的生活清贫、洁白，相濡以沫，两情依依。他有一首《浣溪沙》如此描述：

游遍芳丛五月山，奇峰险路看云烟，荒藤野树共攀缘。

几度春风人老矣，小楼灯火饼如盘，叮咚书案数余钱。

上阕仍是写当年的香山之游，何等浪漫；下阕笔锋一转，写眼前情景，又是何等现实！说“人老矣”，其实人并未老，只是心境苍凉，直如陆放翁“心在天山，身老沧洲”之慨！当时四害横行，万马齐喑，文章如土，芳林寥落，大批文艺工作者处境艰难，多有甚于我辈者，牢骚不发也罢。但他是血性男儿，在沉闷抑郁之中也难掩真情，“梦中忽忆丹青事，彻夜难平少壮心”！剑鸣匣中，厩马长嘶，这是他生命的呐喊，闻之使我心灵战栗！而我所能奉献于他的，唯有一颗爱心。在漫漫长夜，我们对坐灯前，互相抚慰，听冷雨敲窗，杜鹃啼血，等待天明。

我体弱多病，频繁就医，每次都由他陪伴。车站离医院太远，他便背着我去，那男子汉的肩背，给予我的岂止是力量！归来煎药，照例是他的事。他于烹调半窍不通，唯独练就了煎药的本领，为了我。而一边煎药，一边还借此对句自娱：“家常便饭三餐药，海外奇谈两寸针。”夜间照顾孩子，也偏劳他了。“最怕夜半娃娃醒，慢拍轻歌总不眠。”“梦里踢翻花被，醒哭几声无泪。夜半闹灯前，搅得爹娘如醉。如醉，如醉，奶罢呼呼酣睡。”夫妻之情，亲子之爱，给了他极大的安慰，也引发了他无穷的诗思，这个积习不改的人哪！

“四人帮”一朝覆灭，强加于知识分子的精神禁锢土崩瓦解。积压太久的情感像决堤洪水汹涌奔泻，我们各自的创作都繁忙起来。书房的灯火常常彻夜不熄，我们各据一案，倾吐胸中的“丝”，向祖国，向民族，向我们自己。有时，各自的奋战又交错扭结，我静静地立在他的身后，看他那酣畅淋漓的泼墨；或者是，他掷笔于案，静听我酝酿之中的文学构思。文学、艺术，我们赖以生存的土地，我们辛苦劳作的田园，我们“自力更生”的家，给予我们生命的依托、情感的纽带。这是属于我们的一片净土、圣土，没有喧嚣嘈杂，没有污秽尘埃，那洁白的雪峰之间回响着我们彼此的呼唤，那清澈的碧水之中映照着我们相印的心灵。一首小提琴协奏曲《梁祝》，是我们最喜爱的乐曲，在静静的夜，它在我们的书房、卧室回荡，如清泉淙淙，如春蚕吐丝，如絮语呢喃，两颗心深深地陶醉其中……

我们结为一体已经十九年了。十九年来，我们感情如初，没有过些许的欺骗和误解，更不要说纠纷争斗，有的只是真诚的爱。他生性清高孤傲，不尚空谈，不喜社交应酬，惜时如金，跳舞、打牌等游乐一概远远避之，所嗜唯诗、酒、书、画。他的好恶也就成了我的好恶，甘愿陪他深居简出。我自幼生活在一个穆斯林家庭，养成了独特的饮食习惯。十九年来，我的习惯也就成了他的习惯，不论家居、外出，甚至他只身独处异国，也从不破戒。这并不是宗教信仰，而是出于对我的尊重。“君子一诺重千金”“君子慎独”，这是他做人的准则。爱情，是尊重，而不是屈从；是给予，而不是索取；是奉献，而不是占有。这是我们对爱情的共识。爱情，在我们心中是一种崇高的信仰。“惟愿君心似我心，定不负相思意。”“上邪！我欲与君相知，长命无绝衰。山无陵，江水为竭，冬雷震震，夏雨雪，天地合，乃敢与君绝。”

一九八二年，我们生下了第二个孩子。产前长久的阵痛，折磨得我死去活来。他一直在产房外等着，感同身受。当护士抱着粉嫩婴儿向他报喜时，他却全无笑意，对初次见面的襁褓之中的儿子慨然叹曰：“为了你，险些损伤我一员大将！”这是长坂坡大战之后刘玄德对阿斗说的话。天可怜见，我的儿子不是阿斗，他的父亲也并非不爱儿子，但更爱的是儿子的母亲！

现在，儿女都渐渐长大了。总有一天，乳燕将离巢而去，而我和他，一对老燕子，还要长久地守着老巢，在我们的人生轨道上生活下去。爱情之树，是用心血和生命浇灌的，不断注入新的营养、新的活力，她是岁寒不凋、风雨难摧、根枝连理、花开并蒂的长青之树，我们珍惜她，犹如珍惜自己的眼睛。当然，也有暂时的别离。每当我或是他因事单独外出时，总要经受“断肠人在天涯”的滋味。鱼雁往还太慢了，那时最频繁的联络便是电话，即使分居在地球的两边也是如此。正因为这样，我们总不愿分别得太久，总是归心似箭。一次，他去新加坡举办个人画展，小住旬日，便思归心切，有诗为证：

南国西窗月影移，夜半无寐有所思。
天近平明忽一梦，妻儿嘱我勿归迟！

他就是这样一个人，一向刚毅不拔的豪情变作似水柔情了！另一次，他去瑞士参加国际艺术家交流活动。当时，我正在卧病。他为我煎好了最后一剂汤药，依依惜别。为了安慰他，我强撑病躯起来，送他到机场，目送载着他的飞机朝遥远的阿尔卑斯山方向飞去。在瑞士，他用三个月的时间完成了原定半年的工作计划，提前归国。东道主和朋友们执意挽留他，他婉言谢绝。那里留不住他，像磁石一样吸引他的，只有我们脚下的这片热土，只有我们这个温暖的家。临行前，他心绪不宁，耳边甚至“听”到了家中儿女的说话声。他打国际电话告诉我他的归期，那也是一首七言绝句：

夕阳鸦噪不成诗，倦客无眠忆妻儿。
莫道天涯别离苦，归来正是月圆时！

他就是这样一个人，就是这样一个人啊！

现在，当我写这篇文章的时候，他又在收拾书画，准备远行了。去吧，好男儿志在四方，我从不阻拦他，让他去做他所醉心的事业。飞得再远，也总是记着早早归巢。他的自画像，镶在我胸前项链上的鸡心佩里；我和孩子们的照片，装在他的日记簿里，我们仍然朝夕为伴。我们所喜爱的小提琴协奏曲《梁祝》，复制了两盘，让我们分别在两地重温那梦魂萦绕的天籁之声。“两情若是久长时，又岂在朝朝暮暮”！待到重逢时，我们将更深切地理解人生，理解爱情！

1990 年 1 月 8 日，写于抚剑堂书屋

（发表于 1990 年第 9 期《家庭》。收入《女作家的情和爱》，天津人民出版社 1991 年出版）

明月在天

公元一九七二年，岁在壬子。那是我和为政结婚的第二年，怀着孩子。初为人妻，将为人母。分娩预计在九月，正是阴历八月中旬。我住进了妇产医院，等待生产，也等待中秋。八月十一的夜晚，我进了产房。我当时被阵痛折磨着，无心看也看不见月亮；但可以想象，那天的月亮已经接近浑圆了，因为距中秋节只差四天了。为政在大厅里等着，焦急，又满怀着希望。在难耐的等待中，他在为未来的孩子命名，如果生个男孩，就叫“剑男”；女孩呢，叫“剑歌”。他想好了，“吟罢低眉无写处”，就写在火柴盒上。

夜里十一点整，孩子出世了，是个女儿，一个胖丫头。从这一刹那起，她有名字了：剑歌！（而“剑男”的名字是在十年之后我们有了儿子才真正用上的）护士送我们母女出产房，我疲惫已极，无力说话，只是向孩子的父亲报以一个艰难的微笑。他只得到这短暂的机会，看了我和初生的女儿一眼。我们被送进房间，他一个人走了，回到家，却没有入睡，在灯下写了一首长诗：《剑歌行》。诗中写道：“新生小女名剑歌，面色皎皎白胜雪。眼如其母含秋水，黄发似我不覆额。女孩性情多羞涩，姗姗来迟望海月。神医妙术催儿出，子夜秋熟瓜蒂落。落地呱呱哭声紧，婴儿声高母声弱……”从这些诗句中，可以看到他对我们母女怀着多么深的情爱！诗中“姗姗来迟”是指预产期已过，他等得非常急切；“望海月”之说，是因为李白有句：“海月十五圆”。剑歌生在八月十一，已经可以望见“海月”了。他这个人喜欢引经据典。在那个令人窒息的时代，他的诗情画意也只有寄托于妻女了。“生剑歌，爱剑歌。佩长剑，唱高歌。女孩当有男儿志，志在天涯海扬波！”他希望下一代不再受父母所经历的苦难！

三天后，他接我们母女平安回家。翌日就是中秋节了。那是一个寂寞的节日，我们两个人，不，我们已经是三个人了，相濡以沫，相依为命，内心却非常充实。因为我们无愧于人生，无愧于亲人，无愧于祖国。在祖国遭受“文化大革命”磨难的时候，我们依然深深依恋着她，默默地为她奉献，虽然那时力不从心。窗外，明月在天。我们给江苏老家写了一封家书，那里有高堂父母，还有年迈的奶奶。奶奶有了重孙女，四世同堂了，普通的人生、人情也弥足珍贵。信中还有一首七律：“清风明月望归鸿，喜报家书寄古丰。世代勤劳贫若水，儿孙振奋气如虹。前承祖德三槐绿，后起新人四世同。沽酒无钱心亦醉，剑歌堪慰白发翁！”

十八年过去了，老奶奶和白发公婆都先后去世了，我和为政已届中年，女儿和儿子长大了。他们赶上了改革开放的时代，不必再重复父母那风雨如晦的青春岁月了。

又近中秋，月亮一天天地圆了。可惜，今年的中秋我无法和丈夫、儿女一起度过，即将应邀前往美国参加爱荷华国际写作中心的活动，女儿也要东渡日本留学。“不应有恨，何事长向别时圆？人有悲欢离合，月有阴晴圆缺，此事古难全”。临别之际，我赠女儿七绝一首：“吾家小女渡扶桑，一水牵愁万里长。纵是东瀛山水美，月明勿忘是故乡！”无论我们在东瀛，还是在西洋，心里总是装着故土上方的明月！

走了的，留下的，愿我们各自珍重。再过几天，只有几天了，“海上生明月，天涯共此时”！

1990年中秋前夕，急就于北京抚剑堂

（发表于1990年10月3日《新民晚报》）

野　草

“野火烧不尽，春风吹又生。”白居易如此歌颂“原上草”即野草，除去人们在时常引用时所引申的其他意义，他原本歌颂的便是野草的旺盛的生命力。

而人们并非都是这么喜爱野草。比白居易早得多的东郭先生在被狼欺负了一回之后就发愤写了一篇文章：《除恶务尽，斩草除根》。其实他受的那番委屈和野草完全无关。因为老先生没法儿找狼报仇，只好拿野草出气，在他之前或者之后，也还有人时不时地跟野草过不去，比如屈原大夫就总把香草比作美人，把荆棘比作奸佞，荆棘也是野草。野草的名声总不大好就是了。

记得二十多年前，我还在读书的时候，每当学校当局要我们“大搞卫生”，便总少不了一项：拔草。当然是拔野草，把房前屋后、路边、操场四周的野草坚决、干净、彻底地消灭之，直到眼中不见绿色，才算完事儿，鸣金收兵，英雄似的。

现在再说二十多年之后。我不知道如今的学生们是否还在星期六下午奉命向野草发动进攻，但我家门前的草坪却是每隔不久就被洗劫一回。

说起来，那草坪也是怪可怜的。自从十多年前盖了我们居住的这排高层建筑，就有了门前的草坪。里边种的草，据说是花了很多钱从外地买来的优良品种。园林工人一撮一撮栽下去，还时常来浇水啦什么的，很用心。但不久就被孩子们踢球捉迷藏踩得一塌糊涂，于是就采取了防卫措施，在草坪周围装上铁栅栏，并且插上"严禁践踏草坪，违者罚款"的牌子，以示神圣不可侵犯。

但那草很不争气，受着这般如独生子女似的保护，却仍然长不好，过几天就死了一片，剩下少数幸存者，像瘌痢头上的几撮黄发，挺不好意思。园林局是铁了心的，不活，再栽。于是再栽再死，再死再栽。这场战役打了十几年，草坪仍不见起色。我看园林工人早就不耐烦了，只是拗不过领导，所以只好不厌其烦地重复无效劳动。

就在他们无可奈何地伺候这不识抬举的草坪的时候，野草不声不响地长起来了。先是在铁栅外边，然后侵入其内部边缘地区，后来索性登堂入室，填补"癞痢头"的空白了。而且后来居上，比人工栽的草高出一大截，繁茂无比。

这当然是不可容忍的。园林工人奉命拔草，就像我们当年奉命拔草一样。但拔了之后没几天，野草又冒了出来。于是就重复我们在二十年前打过的旷日持久的战役。因为拔了再长，这仗就总也打不完。

亚运会前夕，园林工人推来了剪草机，要把草坪修剪整齐。无奈野草已成气候，和"正式"的草混为一谈。分不清谁该拔，谁该留，而且时间紧急，容不得慢慢地选择，园林工人便干脆囫囵吞枣，排头推去，推成了小平头儿。野草们竟然侥幸混进"正式"行列，为亚运增光添彩了。

野草们当然无意和园林工人以至园林局过不去，它们只是不明白：为什么同样是草，却有的受百般优待，有的却一定要被"斩草除根"？而且，除也是除不尽的，野草的生命力远比那些备受青睐的草强盛得多。

我每天从门前经过，有意无意总要看一眼草们。不管是什么草，它们在我眼中是平等的。绿色的生命，人类的朋友。它们给予人类的好处，除去科学家们所说的那些之外，还有许多美的享受和人生的启迪。大话都不去说它，单单“映阶碧草自春色”“朱雀桥边野草花”的自然趣味，有何不好？

（发表于 1992 年第 1 期《绿叶》）

携手人生路

《光明日报·家庭周刊》的编辑葛宗渔同志恳约我和夫君谈谈婚恋和家庭，这是她这个栏目的题中应有之义。我自认为还不到写“回忆录”的年龄，而且也不喜欢将身边琐事充塞于文字，但小葛的盛意难却，只好勉力为之。

我和为政已经携手走过二十多年人生之路，当我们回首翻检家庭相册时，往事如昨，历历在目……

我们的第一张合影摄于一九七〇年夏天，我们结婚前不久。当时，“文化大革命”正闹得风起云涌，文章如土、芳林寥落，已经谈不上艺术。在人心惶惶之际，我跟他回了一次江苏老家，心灵得到暂时安宁。那时候，我还不足二十四岁，他刚满二十六岁，还多么年轻、多么单纯！我记得，即使在那样险恶的环境中，他还曾经写诗感叹：“梦中忽忆丹青事，彻夜难平少壮心！”

“四人帮”覆灭之后，国家趋于安定，我们才真正进入创作的风调雨顺。那时我们已经是“三十而立”的年龄，但比起众多的在“文化大革命”中历尽磨难甚至死于非命的前辈，还算是幸运的，“夺回失去的青春”，犹未为晚。

二十多年的共同生活，生儿育女、衣食住行，自然免不了无数艰辛，而创作则是这个家庭最主要的内容，我们两人共同的生命。我在创作《秦皇父子》时，连睡梦中都在念着人物的台词，他便扮演另一角色，和梦中的我对话；在创作《穆斯林的葬礼》时，我连续几个月夜以继日足不出书房，孩子不得不交给他照管，尽管他的创作也十分繁忙。与此相反的情形是，他作画时，我便给他端上一杯茶，静静地旁观。

文学、艺术，我们赖以生存的土地，我们辛勤耕作的田园，我们无限依恋的家。

对女性来说，我以为，难以容忍的平庸是没有事业的支撑，无法弥补的缺憾是没有温馨的家庭。感谢命运，把应该属于我的都给了我。

最近的一张合影由《中华英才》画报社记者李金华所摄，地点就在我们家门口，宽阔的前三门大街。我们走过世界其他国家的大大小小的不少街道，没有一条比得上家门口这条街，当然不仅仅是因为它宽阔、豁亮，更重要的是一份情感。我们已经在这条街上生活了十多年，林荫便道上的每一块方砖，斑马纹人行道上的每一条横线，似乎都印着我们的足迹。多少个清晨，我们匆匆跨过马路，送孩子去幼儿园；多少个黄昏，我们在绿荫下缓缓散步，交谈着正在酝酿的创作构思；夜深人静，我们在灯下工作，耳畔还传来这条通衢大道的车辆疾驰的声响，仿佛在催促着我们赶路……

人生是一条长长的路。我们两人本来有可能是擦肩而过的路人，由于命运的安排。有幸结伴而行。执着于创造的作家、艺术家都是孤独的，因为他的思想、他的艺术手法不可能与别人重复，命里注定要一个人默默地思索，默默地赶路。辛弃疾说："知我者，二三子！"这绝非故作清高，实在是艺术个性所决定的。而我们并不孤独，因为两个人一起赶路，比"独行侠"好得多了。我们一边赶路，一边交谈，或者是求索之中的苦闷，或者是一得之见的欣喜。鲁迅有赠许广平绝句一首："十年携手共艰危，以沫相濡亦可哀；聊借画图怡倦眼，此中甘苦两心知。”这首诗，我们读来极觉真切，所不同的是，我们“携手共艰危”不止十年，而是二十多年了。

李金华摄下的恰恰是我们互相扶携着穿过人生路口的一刹那。构图与当年那张合影极为相似，而影中人却已经不再是青春少年。回首人生路，无怨无悔，只是更觉珍惜由两个人融合的生命。有人问我们一生何求，答曰：以生命为代价，追求人生和艺术的完美。

（发表于 1995 年 5 月 19 日《光明日报》）

燕雀之志

冬日，一只小麻雀不知怎么地误入了居民楼，见人影憧憧，危机四伏，立即明白了这不是它待的地方，赶快逃走！它向楼道的窗子飞去，却“咚”的一声撞在什么东西上，如坠石般落了下来。于是更加惊慌，再次奋起，冲飞，仍然是那个结果，“锵”然有声，坠落在地。再三，再四，都是以冲锋开始，以失败告终。它实在不明白这是怎么回事，明明看见那一方明净澄澈的天空，却飞不出去，总有一种看不见的硬邦邦的东西在阻挡它，好似妖术魔法，那是什么东西呢？以麻雀的智力，很难弄懂人发明创造的那种玩意儿：玻璃。于是可怜的小东西为了逃生就坚持不懈地以血肉之躯反反复复地去撞玻璃。当然，它最终也没有撞开，只把自己弄得精疲力竭，伏在楼道里的水泥地上喘息，积蓄力量，以求一逞。

这情景，恰巧被我遇见。我从楼道里经过，看见它正在那里喘气。见有人来，急匆匆又要起飞，却已经没有了力气，于是，“束手就擒”，做了我的俘虏。

我的举动不应受到谴责，因为我丝毫不想加害于它。在这朔风呼号、万木萧索、滴水成冰的隆冬季节，我为这鸟儿顿生同情之心。北京城虽有广厦千万间，却没有它做巢的地方。北京城虽有诸多品味佳肴美馔的好去处，却不是为它准备的。它所要求的其实不过几粒谷物甚或草籽而已，但北京没有农田，供观赏的草坪在冬天也已是草枯冰封，觅食很难了。回想我们在“除四害”的时代，对麻雀“全民共诛之”，赶得它们上天无路、入地无门；后来科学家说麻雀每年吃掉多少多少害虫，有益于人类，这才又为它“平反”，从“耻辱柱”上卸了下来。想起这段历史，面对着这只小麻雀，觉得挺对不起它似的。所以，我“捉”鸟其实是爱鸟。昔日那些喜爱“放生”的和尚、居士以及做出仁爱之态的帝王之类，不也是先捉了鸟再“放生”吗？即使是当今“保护动物协会”的什么人，也会先救护它，然后再考虑安置它的出路。

我顺理成章地把小麻雀带回家来。当然，除了以上人道主义的考虑之外，还有一个很实际的目的：我的小儿子非常喜欢小动物，这正好可以做他的玩具。

儿子果然像得了宝贝那么高兴，立即把家里的铁丝笼找出来，供麻雀居住。那笼子是以前为养鸽子而做的，以两个铁丝文件筐对扣而成，还做了开阖自如的门，这是孩子的爸爸的手艺，他为满足孩子的乐趣舍得花时间做这些事。但这笼子的网眼儿太大，麻雀装进去，很容易钻出来，因此我们不得不再加以防范措施，用一根细绳儿缚住了它的腿，拴在笼子里面。麻雀即使钻出笼子也无法逃走，在它扑棱棱地寻找脱身之术之时，人已经闻声赶到，把它重新塞进笼子里去。

儿子非常珍爱这只小东西，为它在笼子里备了水，还专门买了小米来，供它膳食。一家人像争睹什么稀罕物，蹲在笼子前，看它吃食。

然而小麻雀却不为所动，大义凛然，宁肯忍饥挨饿，也“不食周粟”，视死如归，有伯夷、叔齐之气概。

儿子很着急：“小麻雀，你吃啊，吃啊！不吃东西会饿死的！”

他爸爸说：“养麻雀只能养没出窝的幼雀，成年的就难驯化了。你看，你看，它在生气呢，就这样不吃不喝，活活气死！”

那语气之肯定，表明他在儿时对此有着丰富的经验。

我却不大相信它真的会“绝食”到底。一只小小的麻雀，在它饥肠辘辘之时能够抵御近在嘴边的美食诱惑吗？

当晚，我们把笼子放在饭厅里，各自回房休息。

第二天一早，就听见儿子悲切的喊声：“妈妈，不好了！麻雀饿死了！”

我一惊，赶紧跑过去，只见麻雀仰面躺在笼子里，两只小爪儿静止地蜷缩在肚子上，果然是死了！

孩子的爸爸叹息着说：“怎么样？我说养不活就养不活吧？”

他的理论得到了证实。

我懊悔自己好心办了这么一件坏事，害了这小小的生命。默默地打开笼门，伸手去拿这只死雀，想找个地方把它埋掉。

谁能料想，就在我的手触到麻雀的一刹那间，它突然扑棱棱蹿跳起来，要趁此机会夺门而逃！

儿子破涕为笑：“噢，它没死，没死！”

我却大吃一惊，小小的麻雀竟然会想出这么高超的骗术，“装死躺下，以待时机”！

孩子的爸爸颇有些尴尬，他的“老经验”和面前的新问题完全对不上号。

有我们三人重兵把守，麻雀的这次“越狱”当然没有成功，结果是使我们更加防范。

又过了两天，麻雀仍然是那种绝食姿态，但也并没有饿死。它的体内究竟储存了多少营养，可供如此消耗？我也有些不安了。但因为忙，也没有时间老是注意它。一次，我无意中经过笼子旁边，竟然看到它正在啄食小米！心中不禁暗笑：看来，你的“英雄”行为也是很有限度的，这不就乖乖地就范了吗？

然而，就在这时，麻雀发觉了我在注视它，便立即停止进食，重新掉转头，闭上眼睛，卧在笼底，作宁死不屈的绝食状。

它“饿”而不死之谜被揭开了，原来它在对人采取两面派策略，既要保证自己不饿死，又要保持自尊，顾全面子。既然如此，我便放心了，嘱咐儿子和家人，给它留个时间吃东西，不要惊扰它。

如此几天过去，小麻雀安然无恙地活下来了，看来它的伎俩已尽，只好接受了这种牢笼中的生活方式。想必它也明白：这比它在外面栉风沐雨、食宿无着、担惊受怕要舒服得多了，有道是“人为财死，鸟为食亡”，一只小鸟嘛，除此之外又有何求呢？从此，我们也就心安理得，虽然它腿上的细绳儿松动了，也不再过问，由它去。笼子也由原来放在饭厅改为放在阳台上，除了添水、添米之外，尽量不打扰它。

不料有一天，当我们又怀着“窥测”的神秘感悄悄地接近阳台时，却发现笼子已经空空如也，麻雀不见了，逃走了，摆脱了人对它的控制，重新飞向那虽然居无定所、觅食艰辛却自由自在的天地了！为了实现这一目标，它动足了脑筋，要尽了花招，甚至忍受着人对它的种种误解，但是，它最终还是胜利了！

望着空荡荡的鸟笼，儿子怅然若失，我则仰天长叹！

太史公书载：陈涉少时，尝与人佣耕，辍耕之垄上，怅恨久之，曰：“苟富贵，勿相忘。”佣者笑而应曰：“若为佣耕，何富贵也？”陈涉太息曰：“嗟乎，燕雀安知鸿鹄之志哉！”

陈胜当然不是就鸟论鸟，他的本意，人人皆知，不必我解释。但自从他说过这句名言，像燕子、麻雀这样的小鸟，便成为“胸无大志”的象征，两千年来，铁案难翻。而我所遇见的这只小麻雀，却用自己的行动潇洒地推翻了人给它们强加的“诬陷不实之词”。

嗟乎，人安知燕雀之志哉！

（发表于1993年9月12日《北京晚报》）

我和我的狗

英国有一句谚语："爱我就爱我的狗。"中国也有一句俗语："打狗看主人。"两者似乎是一个意思，说的都是根据与主人的关系决定对狗的态度。但细细品味，一个着眼于"爱"，一个立足于"打"，内涵大大不同了。看来，我们中国人的传统心理，是把狗视为人的附庸，人的工具，人的"走狗"，并没有真正把它当成朋友。小时候，我家养过一只狗，叫"虎子"，二十世纪五十年代被"打狗队"活活打死，父亲无力救它，惨叫着："虎子!"一口鲜血喷涌而出！我至今不明白，人为什么要打狗呢?

"终于有了自己的狗!"

十多年前，北京又有人养狗了。那时我的孩子还小，看见人家的狗，很羡慕。我慑于童年的惨痛记忆，并不想再养狗，只是为了哄孩子，就从朋友家"借"了两只狗，心想，让他们"玩"几天，等新鲜劲儿过了，再还给人家。谁知借得容易，还就难了，孩子和狗有了感情，不肯放手。那天，我打发他们去看电影，借机让人家把狗带走。更没想到的是，借来的狗也恋我们这个家，临走时眼泪汪汪，不忍离去。那情景，至今历历在目。

家里没有了狗，就像丢失了一件心爱之物，到哪里去找回来呢？

一九九二年秋，农业部副部长张延喜去莫斯科开会，我拜托他，方便的话，帮我从国外买一只小狗。果然，他办到了，回京后提了一只纸箱来到我家，一打开，两只毛茸茸的小狗钻了出来，一只毛色棕黄的京巴儿，一只通体墨黑的贵妇犬，都很小，身长不过十多公分，估计刚刚满月。从莫斯科到北京，万里迢迢，张兄为他们付出了多少辛苦，真是一言难尽了。我问他花了多少钱，他笑笑说："五美元买了这只黄的，那只黑的是'饶'的。"当时苏联刚刚解体，经济崩溃，卢布贬值，人心惶惶，狗当然也就不值什么钱了，这两个小东西，真正是"丧家之犬"，有机会跟随张兄乘国际航班来到我家，也是缘分。全家人都喜欢得了不得，我先生当即为它们命名：那只黑的是雌性，比较文静，可称"默默"，"默"者，黑犬也；而那只棕黄色的是雄性，更活泼一些，就叫它"闹闹"吧。我十岁的儿子满足了心愿，说："妈妈，我们终于有了自己的狗！"

全家宠爱在一身

童年的闹闹尚未发育成熟，耳朵、尾巴、胸脯的长毛还没有长出来，但它那乖巧的神态十分招人喜爱，一双晶亮的大眼睛好似会说话，谁见了都说："这小狗真可爱！""闹闹"这个名字也越叫越"响"；而"默默"的体形则迅速增大，牛犊子似的，不怎么好看了，正式的名字"默默"也渐渐被欠雅的诨号"黑子"所取代。以貌取人是人类的弱点，我也未能免俗，不想再留黑子了，便把它送给了别人。

此后，闹闹集全家宠爱于一身，具有无可争议的地位，家里所有人的床，它想上哪张就上哪张。它从小就没拴过狗绳，出门都是家长抱着。冬天我穿着大衣，怀里揣着闹闹，只在胸口处露出个小脑袋，像袋鼠似的。第一次带它去肯德基，售货员喜欢它，“请”它吃鸡，不要钱。闹闹狼吞虎咽，把一块鸡吃得精光。那时候它好胃口，吃苹果，吃鸭梨，吃羊蹄儿，吃烤鸭，中国的美味吃不够，还是“社会主义好”啊，要把在俄罗斯的亏空都补回来。有一次，我们吃过饭还没有来得及收拾餐桌，闹闹把盘子里的一只鱼头叼走了，跳上我先生的床，吃得津津有味。小保姆看见了，急得大叫：“叔叔，快来啊，不得了啦!”先生跑过去一看，却说：“小声点儿，别惊动它，让它慢慢儿地吃!”一直耐心地等它吃完，至于一塌糊涂的床单怎么办，都无所谓了。北京当时还买不到狗粮，闹闹爱吃什么，我们就给它买什么。新鲜的羊肝儿，加上调料，蒸熟了，把馒头切成丁儿，拌在一起，开始它先闻闻，一副并不在意的样子，等来了食欲，才慢慢地享用。家里买了活鸡，总是先把那冒着热气的鸡肝儿、鸡心做熟了，给闹闹吃。闹闹还有一个特殊的嗜好，喜欢吃羊头肉上的羊眼睛。售货员说：“一个羊头上只有两个眼睛，我给你抠下来，剩下的肉还怎么卖啊?”但是，架不住我的恳求，也只好妥协，久而久之，那几位售货员都成了朋友，我尊称她们是闹闹的“姨”。

闹闹爱干净，给它洗澡的时候，不吵不闹，安安静静地让我给它淋浴，把那一身柔软的皮毛冲洗得干干净净。洗过之后，还要用吹风机小心地吹干，怕它着凉。这一套程序结束，闹闹就开始撒欢儿了，飞快地从这个房间窜到另一个房间，好似骏马在草原上疾驰，这大概是它最得意的时候了。飞奔犹感不足，它还要跳到我的床上，如果此时床上恰巧有报纸、杂志，那就像猎物撞上虎口，被它又撕又咬，扯得粉碎！我大声喊道：“你焚书坑儒，你是秦始皇!”闹闹毫不在意，每次洗澡过后都绝不错过这个“犯疯”的机会。我不忍心败它的兴，以后再给它洗澡，就事先在床上放一些过期的报纸，供它撒野。它尽兴之后，小保姆再耐心地收拾那个烂摊子。咳，谁让我们大家宠它呢!

我们在遛狗时候，偶尔也能碰见黑子，对昔日主人以及它的伙伴闹闹，黑子仍然充满深情，摇头摆尾，又闻又舔，亲得了不得。征得它的新主人同意，我们带黑子回家来玩一会儿。离开很久了，黑子还记得这个家，进了门，激动地到处乱窜，每个房间都要看一看，闻一闻，颇有花木兰万里归来，“开我东阁门，坐我西阁床”的意味。当时我一阵心酸，真后悔把黑子送了人，但已经无法挽回了。听说它的新主人为此打了它，以后再也不许它回“老家”了。

曾经张贴的和无处张贴的《寻狗启事》

动物学家说，小狗七个月就发育成熟，头一年的一岁相当于人的十六岁。闹闹成年以后，出落得光彩照人。一身棕黄色的皮毛，在太阳下闪耀着锦缎般的金光；两耳的长毛披到肩膀，镶着黑边儿，俗称“铁包金”；蓬松的大尾巴翘起来，再呈放射状下垂，像一束花；胸部、腹部、臀部的白色软毛日渐丰满，前腿的肘腋部位长出来一排丝绦般的“飞毛腿”，神气得很。那时我们住在市中心的前门西大街，遛狗的时候，不相识的路人“回头率”极高，都说：“嗬，这狗真漂亮！”闹闹高傲、悠闲地在前面走，我在后面紧跟着，邻居王奶奶说：“新鲜！人家都是人遛狗，你们这是狗遛人！”我说：“人家的狗被拴着项圈，扯着链子，跟囚犯似的被主人押解着上街，我看着倒不舒服！”闹闹走着走着，会时时回过头来，看见我落在后头了，它就等在那里，等我跟上了再走。如果我们相距五十米开外，只要我叫一声：“闹闹！”它就会飞跑回来，扑向我的怀里，惹得路人赞叹不已：“这小狗，跟人真亲啊！”为了这声赞叹，我们曾多次在马路上“表演”，每次闹闹都表现极佳，看来，风头连狗都愿意出啊！我有事出门，凡是能带闹闹的，都尽量带上它，实在不行，只好暂时把它留在家里。等我回来，它便迫不及待地迎面扑过来，拥在我的怀里，激动得又喘又叫。于是，这也成了我向人炫耀的“节目”，为了让它“激动”一个，我假装有事儿出门，哪怕只隔五分钟，回来它也照“激动”不误，我猜想，它大概也懂得这是“演”给人看的。

某日，家里人正在各忙各的，突然发现闹闹不见了。于是全家出动，楼前楼后，大街小巷，高喊着“闹闹”到处找，也不见踪影。它到哪儿去了呢？是自己跑丢了，还是让狗贩子给偷走了？万一有个好歹……我们怎么能失去闹闹？家里没有了闹闹，这日子怎么熬？眼看天快黑了，仍是一筹莫展。我先生猛然想起大清国两代帝师翁同龢张贴《访鹤启事》的故事。于是，他立即挥笔写下《寻狗启事》，备述闹闹的外貌特征，谎称此狗有病，急需治疗，烦请拾到者送还，愿以一画相赠。这一启事抄写了多份，四处张贴。一个小时后，便有一位中年男子抱着闹闹送上门来，看来，王为政先生的画还是颇有吸引力的。我们当即兑现诺言，把他的一幅代表作《小熊猫》送上，还对人家千恩万谢。是啊，还有什么能比这个小生命更重要呢？它能够失而复得，我们还有什么舍不得的？

闹闹两岁的时候，家里又来了一只狗，是张延喜夫人钱静杰介绍的，说她的朋友有一只狗，和闹闹长得一样，也是雄性，俩狗在一起，也好有个伴儿。我说，那就来吧。哪知来了一看，是一只西施狗的“串儿”，白棕相间的杂色，大概好久没洗澡了，毛挺脏，已经擀了毡，不大招人爱。但既然来了，也不好再送走，就留下了，顺着闹闹的名字往下起，叫它“欢欢”。但是，它在这个家里的地位，自然和“先入为主”的闹闹是无法相比的。前面已经说过，闹闹可以随便上主人的床，而欢欢则没有这个权利，晚上就睡在墙角的一只大盆里，它自己还叼来一只旧玩具娃娃，抱着睡。有一天，我从外边回来，一进房间，就看见闹闹和欢欢正在我的床上嬉闹。闹闹大展雄风，气壮如虎；欢欢也不示弱，闪转腾挪，身手不凡。正当厮杀得难分难解，突然发现我来了，欢欢瞥了一眼，便“噌”地跳下了床，两眼流露出羞愧的神色，好像在说：我错了，我犯纪律了！我不但没有处罚它，反而倒增添了对它的怜爱，这个小家伙，别看外表傻乎乎的，心里还挺“鬼”！

正因为欢欢机灵，所以出门也不需要照看，遛狗的时候我只管盯着闹闹，欢欢总是不离左右，即使它跑远了，只要喊一声“欢欢”，它便会立即出现在我的面前。那天，我到离家两站远的六部口去买东西，照例是抱着闹闹，让欢欢跟在后面。过马路的时候，欢欢警惕地看着飞驰的汽车，身子紧贴着我的腿，瑟瑟发抖，亦步亦趋走过去。到了和平门十字路口，再拐弯向北，到了那家商店，我想，闹闹抱在我怀里，不至于惹什么麻烦，要是让欢欢跟着进店，恐怕店家和别的顾客会有意见。于是就让它在门口等着，还委托一位摆摊儿的帮着照看一会儿。等到我买完了东西，出门却不见了欢欢。问那个摆摊儿的，他正忙着，根本没留神狗是什么时候跑的。我懊恼极了，真不该把欢欢托付给一个陌生人，把它弄丢了！我一路埋怨着自己，抱着闹闹走回家，上楼时对电梯司机说：“唉，我家的欢欢丢了！”不料她却说：“没有啊，刚才我还看见它呢，坐电梯上去，回家了！”真是令人难以置信，从六部口到家，要走交叉的两条街，还要过马路，上电梯，小欢欢怎么有这么大的能耐？

从那以后，我对欢欢刮目相看了。平心而论，欢欢长得也不算丑，那一身乱毛，洗净梳平了也挺漂亮，特别是那淡棕色的睫毛，长长的，弯弯的，楚楚动人。可是，这么好的狗，却又不能在家久留了。那时候北京市还没有关于养狗的法规，社会上风传要“打狗”，养狗的人家都人心惶惶，为了避“风头”，我还曾把闹闹和欢欢送到动物园去住过一阵，总也得不到准确的消息，又接回家来。到了一九九五年春天，北京市的“限养”令终于出台，对于市民养犬的注册、防疫以及遛狗时间等都做了详细规定，这些都没什么，最要命的是，每户人家只许注册一只狗，也就是说，我家的闹闹和欢欢，二者只能留其一，否则，自五月一日起，没有注册的那一只就成了“黑户”，若是被警察抓走，怎么办？全家人商量来，商量去，闹闹、欢欢都舍不得。但是，在没有万全之策的情况下，也只能让欢欢走了，我们总不能放弃闹闹吧？

解铃还须系铃人。当初，欢欢是钱静杰引来的，现在只好又请她为欢欢安排去路。她说：“我在唐山有个朋友，就送它到唐山去吧！”我们想，唐山现在对养狗还没有任何限制，何况又是交给小钱的朋友，欢欢也算有了个比较好的归宿了。

欢欢走的那天，全家人都很难过。车来了，欢欢却躲在床下不肯出来。它真聪明，从我们的言谈举动，就已经知道我们要“赶”它走了，可是它舍不得这个家！先生把它从床下拉出来，打开一听午餐牛肉，切成片，喂它吃，让它吃饱。这是欢欢在家里吃的最后一顿饭。我再给欢欢带上两大包它平时喜欢吃的烤鱼片，一瓶矿泉水，连同一封给它的新主人的信，送它上路。信是事先写好的，交代它的名字叫“欢欢”，备述它的种种优长、美德和生活习惯，拜托收信人善待它，它可是一只好狗啊！

欢欢走后，我们就再也没有见着它。起初得到的消息是，它到了唐山，只吃从家里带去的烤鱼片，喝从家里带去的矿泉水，人家喂什么都不吃，“不食周粟”，如此忠贞而执着，令人热泪盈眶，唏嘘不已，真想把欢欢再接回来，可是不能啊，回来注不了册怎么办？我们是遵纪守法的人哪，唉，太守法了！后来，又意外地听到，欢欢的主人不幸病逝，家人也已搬走，欢欢流落何处，不得而知。

欢欢是一九九五年走的，到现在已经十年有余。十年来，无尽的思念和懊悔一直在折磨着我，纵使再写一份《寻狗启事》，可又到哪儿去张贴？唉，欢欢，我对不起你！这十年的岁月，你是怎么生活的？你还在人间吗？欢欢，我们想你啊！

不老的童车

从一九九五年以来，我们再没有养过别的狗，一直是闹闹的独家天下。闹闹似乎也很习惯这样的生活方式，它跟人亲，跟狗并不亲，遛狗的时候常常是“小园香径独徘徊”，不大和人家的狗套近乎，特别是公狗，常常无来由地见面就打架，倒是对“女士”客气一些。它也曾有过几次恋爱，但“女”方所生的子女，我们都不知下落。尤其令人难过的是，那个怀着闹闹的孩子的“七七”莫名其妙地失踪了，留下了永远的遗憾。

我们全家人也早就习惯了这样的格局：四个人，一只狗，组成一个温馨的家庭。儿子每天放学回来，总是先和闹闹玩一会儿，再做功课。他和闹闹一起长大，闹闹是他的玩伴儿，他的朋友，他的童年不可分割的一部分。女儿出外求学多年，回来时已经成了大人，闹闹也长大了，久别重逢，彼此都已不是本来面目，而闹闹仍然熟悉她的气息，亲切地摇着尾巴，热烈地和她拥抱。平时，我先生作画累了，回到卧室，总习惯地仰卧在沙发上，把两条腿伸到床上歇一歇。每当这时，闹闹便不失时机地跳上床，然后沿着他那两条腿，像过独木桥似的走过去，舔先生的手。看着它过“桥”时摇摇晃晃的步态，以及它舔手时的迫不及待的神情，先生慈爱地笑了，那是他的身心真正放松的时候。闹闹和我，关系比他们更密切一层。它的狗筐就放在我的床边，我的床同时也是它的床，它想睡哪儿就睡哪儿。我读书、写作到深夜，它卧在床上等着我，等着等着睡着了，“呼噜噜”鼾声如雷。它睡到最熟、最舒坦的时候，袒胸露腹，四仰八叉，全不像野生动物在睡眠中也着意掩藏最容易受到外来攻击的咽喉和腹部。狗是人最亲密的伙伴，最忠诚的朋友，它绝不相信自己的主人会加害于它，躺在主人身边，当然是最安全的了。我怕房间里太亮，晃它的眼，就把台灯扭过来，并且把灯光调暗，让它毫无干扰地睡觉。只要有闹闹在身旁，即使悄无声息，我也无比踏实，它那孩童般均匀的呼吸，它的体温，温暖着我的心。

新世纪之初，我家从市中心搬到了方庄，小区里有花园，有大片的绿地，闹闹玩儿的地方多了，也大了。由于我和先生都很忙，在我家待了多年的小保姆就担起了每天遛狗、喂狗的任务。但我仍然不能完全解脱，闹闹的伙食仍然由我安排，从采购到烹调都要亲自动手。我最怕看到它渴望随我出门而又唯恐得不到允许时恳求的目光，每当那时，我便毫不犹豫地放下一切，先带它去玩儿。我不忍辜负它，不愿让它失望。为了省我的力气，也为了闹闹的舒适，我特地买了一辆童车，推着它招摇过市，闹闹高兴了，把前腿支在车前的“轼”上，巡视着前方，大将军似的，很是威风，任人观赏，毫不怯场。街坊四邻未必知道我姓甚名谁，但许多人都能叫出闹闹的名字，在这一带，它的“知名度”相当高。乘车的闹闹春风得意之际，也正是推车的我心满意足之时。旁观者常说：您把小狗当孩子养啊！是的，闹闹是我的孩子，最小的孩子，也是最乖的孩子，从没有和我有过任何争执；同时，它也是我最宽容的一个孩子，我从没有因为它的过错而惩罚它，对于一个不会说话的孩子，我忍心吗？

然而闹闹并不仅仅是我的孩子，还是我的朋友。进入二〇〇六年，闹闹十四岁了，它是北京市第一批注册的狗，当时它三岁，大名“王阿闹”。现在，它童年的伙伴儿大都已经辞世，“故人云散尽”，闹闹是硕果仅存的老前辈了，这是它的幸运，也是我的欣慰。一位动物学家对我说：十几年来，它带给了你那么多快乐，现在该你回报它了。这话没错，但不完整。在我看来，我和闹闹之间不仅是给予和回报，还有更重要的亲情和友谊。十几年来，它和我朝夕相处，耳鬓厮磨，分享我的幸福和欢乐，也分担我的忧愁与烦恼，在任何时候、任何情况下都不离不弃，不猜不忌，相依为命，诚挚如初，这样的倾心知己，一生能有几人啊？我愿闹闹永远坐在这辆不老的童车上，由我推着，轻轻地，缓缓地，朝前走啊，走啊，在我们面前，是和煦的春风，是无尽的绿地……

（连载于2006年1月28日至2月1日《北京晚报》）

此事古难全

十几二十年前，听说关于西方人养狗的种种奇闻，比如开设专门的狗食品店、狗美容店、狗医院、狗墓地，等等，觉得不可思议，认为那是资本主义社会的人们精神空虚，钱多得没处花。不承想若干年后，一切都悄悄地改变了。西方有的，我们这里也有了，更重要的是，理解了人和动物相互依存的那种深厚感情。

我家养狗是从上世纪八十年代初开始的，算上从朋友家“借”来的狗，前前后后养过丁丁、点点、莎莎、毛毛、闹闹、黑子、欢欢、菲菲、淘淘，以及最早的一只连名字也没有的豺狗，竟达十余只之多，但多数都没有久待，走马灯似的风云散尽。一九九五年，北京市政府开始“限养”，我们又送走了欢欢，只留下一个闹闹。我们养狗，开始只是为了哄孩子玩儿，饲养并不精心。渐渐地，孩子长大了，狗却像永远长不大的孩子，仍然和当初一样依恋着主人。当我从外面归来时，闹闹迎面扑来的那阵狂吻；当它意欲跟随我出门时，那执着而又有些惶恐的探寻目光，都使我怦然心动。我把它抱在怀里，那一团毛茸茸的小生命，像婴儿般的温暖着母亲的心。

不知不觉，我对闹闹的照料越来越精细。它不爱吃宠物商店里买来的狗粮，我就为它专门采购食品，按照它的口味和所需营养，单独烹制。家里买了活鸡，宰杀之后，曾是先把那冒着热气的心、肝儿洗干净，加上佐料，蒸熟了，给闹闹吃，看它嚼得那个香啊，我欣慰之极。岁月如流，闹闹的年龄一天天大了，几年前就开始掉牙，吃东西不大方便了，我和小保姆就嚼了喂它，那情景，哪像是喂狗，分明是在喂一个宝贝孩子。天气凉了，我们给闹闹准备了御寒衣物，从毛衣、棉衣到羽绒服，还有防雨雪的雨衣。近几年来，闹闹也不再像以前那么善跑了，遛狗的时候，它往往走一段路就累了。我为它专门买了辆儿童车，推着它走，它雄踞在车上，扶着车的前沿，像检阅部队的大将军。附近的邻居未必认识我，但许多人都熟悉闹闹，它是这一带的“知名人士”。我出门，凡是能带它的地方，总是带上它，而不忍心让它在家孤独地等待。有人不解地问我：为什么对闹闹这么好？是不是太过分了？我说：人对狗的爱，大概是缘于对人的失望吧？在物欲横流的经济社会，已经没有永恒不变的亲情，也没有永恒不变的友情，人与人之间的亲疏冷暖，都可以用金钱和现实利益来量化了。而狗和人却不会，永远不会，它爱你，爱得永远是那么专一，那么执着。即使你顷刻之间一贫如洗，所有的亲人、友人众叛亲离，还有你的狗追随着你，不离不弃，难割难舍，它是你最后的朋友。

闹闹是一九九二年出生的，到二○○六年就十四岁了，折合成人的年龄，已经是百岁高龄，它老了。但是，这一点恰恰被我忽略了，或者说是我不愿意正视，因为在我眼里，它永远是那么幼小，那么稚气未脱，像怀抱中的婴儿，我没有想过，也不敢设想，有一天它会离我而去。十几年来它虽然也有过一些小病小灾，但给它吃点儿药、打打针也就好了，我甚至学会了自己在家里给它打针。二○○五年九月，闹闹突然气喘得厉害，这种情况以前没有出现过，超出了我仅有的一点儿兽医知识范围。赶紧抱着它去医院，医生说，是心脏有问题，给开了药，嘱咐如何如何服用，并且说，如果它这一关能闯过去，再活两三年没问题。言外之意：要是闯不过去呢？就危险了。对此，我半信半疑。总觉得医生难免卖弄“生意”口，吓唬人的目的在于赚钱。儿子却听进去了，他九月底出差去外地，临行前抱着闹闹，亲了又亲，似乎唯恐这一别会成永诀。幸运的是，闹闹这一关竟然闯过去了，我们心里的一块石头落了地。可是，到了十二月下旬又出现了新问题，闹闹不吃不喝，勉强喂给它吃的，吃了就呕吐，有时一天要吐好几次。带它去医院，拍了X光片子，才知道是胃溃疡，遵医嘱要禁食禁水，靠输液给它补充营养，让胃部慢慢修复。读者谁能够想象给一只不会说话、没法商量的小狗输液有多么艰难？我们不忍把它绑在输液床上，而坚持请医生出诊，在家里给它输液，怕它乱动，家里的人有的抱着闹闹，有的扶住它的腿。为了适应它，人甚至要跪在地上，从下面托着它，一次输液就要坚持好几个小时，其累人的程度可想而知。而闹闹竟然表现得那么顺从，让伸左腿就伸左腿，让伸右腿就伸右腿，显然，它也懂得这是为它治病，也盼着治好。输液时间久了，它的腿肿得厉害，走路一瘸一拐。在输液的间歇，它走到水碗旁，想喝水，又不敢喝，抬起头来，以哀哀的目光看看我。我说：“实在渴了，就喝点儿吧！”它站在那里，犹豫许久，却终于没有喝，又走开了。它似乎知道，喝了水又要呕吐，它得忍着，好一个懂事的闹闹！

在难耐的煎熬中，我们跨入了二〇〇六年。到了一月三日，闹闹的腿肿得愈加厉害，输液愈加艰难，呕吐得也愈加剧烈，给它吃了灭吐灵也不管用，吐起来简直牵肠绞肚，胃里早已没有食物，吐出来的只是白沫和黄水。看着它那痛苦的样子，我忧心如焚，赶紧把医生请到家里来，问他有什么办法，请他无论如何要救救闹闹。医生沉吟道：“它年龄大了，多种器官老化了，衰竭了，你要做好精神准备！”我不禁一个冷战，似乎明白了医生的意思，轻声恳求他：“大夫，请你尽最大的努力抢救它，也请你尽最大的努力减轻它的痛苦！……”说这话的时候，我的脑际掠过一丝不祥的预兆，自己的脊背都发麻了。医生给闹闹打了镇静剂和解痉针，渐渐地，闹闹安静下来，也不再呕吐了。我抱着它，一边给它吸着氧气，一边轻轻抚摩它，它就这样睡着了。当时，我之所以理智地这样做，其实是因为我的懦弱，我不愿意，也不敢看着它痛苦地和我生离死别。闹闹这一次睡去，再也没有醒来。晚上八点十分，当我意识到闹闹的心脏已经停止了跳动，像遭受了致命的一击，一个鲜活的小生命，就这样突然结束了，我无法接受这个事实！唉，痴心的我啊，总是忘记了闹闹的年龄，虽然它在我的眼里永远是个孩子，可是屈指算来，十四岁的狗已经相当于百岁老人，和它同龄的狗早已先后辞世，它是硕果仅存的“寿星”，满嘴的牙都掉光了，胃溃疡使它水米难进，四条腿都已扎满了针眼，输液都输不进去了，即使暂时留住它的生命，又靠什么维持啊？“月有阴晴圆缺，人有悲欢离合，此事古难全”！

家里出了大事，儿子、女儿都回来了。闹闹侧卧在它平常睡觉的藤条筐里，身下铺着柔软的褥子，身旁撒满防腐的花椒和鲜红的花瓣儿。我把它金黄色的长毛梳得平平的，它的衣服，穿过的，没穿过的，都给它带走。在一张印着闹闹画像的新年贺卡上，我们郑重地写着：“我们永远爱你，全家人永远怀念你！”闹闹在这个生活了十四个年头的家过了最后一个晚上，次日凌晨，我们把它送走了，送到它的长眠之地，那里风景优美，树木茂密，绿荫如盖，安详静谧。我们把它深深地埋葬在地下，地面上没有凸起的坟，更没有墓碑，不留任何痕迹，使它不受任何干扰，静静地安息。

至今我仍然觉得奇怪，自己在当时竟然能够那么冷静、沉着。把闹闹的后事安排得那么井井有条。可是第二天，紧绷太久的精神就立即坍塌，再也支撑不起来了，一阕《诉衷情》，就是在那最痛苦的日子写成的：

> 此生谁许百年期？最怕别离时。千回百转无计，今夜送君归。
> 呼不应，影难追，墓无碑。从今唯有，冷月横空，照我徘徊！

自从闹闹走后，儿子就从家里搬出去住，他说，这里留着闹闹太多的痕迹，他不忍触景生情。此后，家里更冷清了。过去几乎在每个角落都随时可见闹闹的身影，而现在千呼万唤也难寻了。朋友们好心地劝我再养一只狗，我苦笑笑，说："我不缺狗，缺的是相依为命的闹闹，爱是不能替代的！"每当我想闹闹的时候，就到墓地去看看它。看是看不到了，只能隔着那三尺黄土，跟它说说话儿，述说无尽的思念之情。

那天，我又去看闹闹，远远地，听到一阵乐曲传来，轻柔哀婉，像是云南的民族乐器葫芦丝。我越走越近，果然看见一个中年男子在吹葫芦丝，他面对着的，恰恰是埋葬闹闹的地方。我奇怪，这人为什么单单选了这个地方，来演奏这么忧伤的曲子，好像是专门为了我，为了闹闹。我不语，静静地立在他身后，听他演奏。他神情专注，全然没有察觉有人旁听。等到一曲终了，我对他说："你演奏得真好，谢谢你！"他这才看了看我，谦逊地微微一笑。我又说："我想请你再吹几个曲子，献给我的朋友，我的亲人，可以吗？我给你钱！"他却摇了摇头："我是在这儿练习，不要钱！你想听什么曲子？"说着，摊开了面前的乐谱，让我随便点。我从心里感激他，点了一首《思念》。葫芦丝又"呜呜"地响起来，乐曲幽咽低回，像耳畔轻声絮语，像含泪的喃喃诉说，像牵心动腑、千回百转、柔肠寸断的思念！他一边吹，我一边哭，他当然不知道我在思念谁，而我的心里却在企盼着我的闹闹能听到葫芦丝声，这是妈妈对它的思念。没有等到乐曲结束，我已泣不成声，那人被我感染，也停住了吹奏。我不管他收不收，塞给了他一些钱，踉踉跄跄地跑开了，边跑边说：“闹闹，这是妈妈最后给你花的钱！”

（发表于 2007 年 1 月 3 日《北京晚报》）

珍爱生命

那已经是好几年前的事了。某日，瑞士驻华使馆的大使周铎勉来电话，约我和王先生到他那里吃饭。周大使是我们的老朋友，早在上世纪八十年代，他当文化参赞的时候，王先生赴瑞士开展两国之间的艺术交流，瑞方的经办人就是周铎勉，也正是从那时起，开始了我们的友谊。这个瑞士人热爱中国文化，不但起了个中国味儿十足的名字，还会说汉语，能写汉字，和中国人交往没有任何障碍。

我爽快地接受了邀请。一个小时后，周大使又来了个电话："你们的爱犬闹闹也一起来吧!"噢，真是一个意外的惊喜，我连忙说："好的，谢谢!"在中国，从来也没有请客连狗一块儿请的。你的狗再名贵，再娇宠，它还是狗，狗和人是不能平起平坐的，即使客人带了狗来，主人出于客气，不便拒绝，但绝不可能事先向狗发出邀请。而西方人在礼仪上却特别较真儿，请客吃饭，请谁谁到，未被邀请的是不能跟着来的。周大使知道闹闹在我家的娇宠地位，也知道我们外出常常带着它，所以主动地向闹闹发出了邀请，正合我意，诚如那句西方谚语所说："爱我就爱我的狗。"不仅如此，周大使此举，还有一层深意，须细心人才能体会。记得过去在交谈中，我曾经问他："你怎么不养一只狗啊?"他很认真地说："我经常外出，如果让狗自己待在家里，会很孤独，那太不人道了。”这句话让我感到震撼！中国人养狗的历史有几千年了，无论守家护院还是观赏把玩，都是为人所用，有谁想到过狗也会孤独，也需要人道吗？周大使自己不养狗，却比许多养狗人还懂得狗。他说这句话的时候并没有深思熟虑，而是脱口而出，一种根深蒂固的观念的本能反应——东西方文化竟然有这么多不同！现在，周大使邀请闹闹和我们一起赴宴，也正是充分考虑到闹闹的情感，不愿意让它孤独，真是“善解狗意”！

闹闹是一只毛色金黄的京巴儿狗，我们全家的最爱。一九九二年冬天它来自俄罗斯，当时还那么小，好像还没有满月，对故乡莫斯科不会有什么记忆，很快就把北京当作自己的家了，习惯了这里的一切。馒头、花卷儿、椒盐烧饼、五仁月饼、糖火烧、老婆饼、三鲜馅儿饺子，烤鸭、烧鸡、酱牛肉、羊头肉、羊蝎子，还有美国肯德基，都是它爱吃的。我们从没有给闹闹吃过残汤剩饭，每一顿饭都是为它专做的，而且为了胃口的新鲜，还不断给它变换花样。凡是人吃的，都有它的份儿，甚至有些特殊食品只有它才能享用，连我这个体弱多病的人都没有奢侈到吃牛初乳，却舍得买给它吃。家里所有的房间，每个人的床上都有它的位置，它想睡哪儿就睡哪儿，所有的沙发、椅子，它想卧哪儿就卧哪儿。有一次，王先生刚刚作完一幅画。铺在地板上晾干，不提防闹闹进了画室，大摇大摆地从画面上踏了过去。王先生看见，不但没有发火，还指着那一串清晰的爪印，笑道：“梅花点点，这是闹闹的杰作！”我们对闹闹就是这样的宽容，无论它“犯”了什么“错误”，从未遭到过呵斥。它是家里最特殊的成员，一个小生命，从遥远的异国来到我们身边，这是天赐的缘分，我们有责任照顾它，关爱它，呵护它，而不愿意让它受一点儿委屈。现在，周大使正式向闹闹发出邀请，把它当作朋友，当作贵客，我为闹闹感到欣慰，感到骄傲，狗也需要尊重！

按照约好的日期，我和王先生带着闹闹来到大使官邸，周大使和夫人热情待客。宾主落座，品茗交谈，闹闹就在客厅里随意溜达。时间久了，便忍不住跷起后腿，朝着沙发的根部“方便”一下。我看在眼里，心里发急，来不及阻止，又怕吓着了闹闹，不敢拦它。其实这也怪不得闹闹，在家里，它从不这样，总是等到外出时才“方便”。可是，来到这个新地方，又没人带它出去，又有什么办法呢？有道是“活人不能让尿憋死”，何况狗乎！正不知主人意下如何，只见周大使微微一笑，好像什么事也没有发生，又继续和我们说话。我悬着的心放下了。他是个懂得动物、尊重生命的人，小狗要“方便”是它的天性，既然请它来做客，就要尊重它的生活习惯。我想，对小狗如此宽容的周大使，恐怕不会喜欢观赏那些以鞭子威胁和食物诱惑的手段迫使骆驼下跪、老虎钻圈等违反动物天性的所谓“表演”吧？

开饭了。宾主入席，闹闹像往常一样，习惯地卧在我旁边的椅子上，却对餐桌不屑一顾。它就是这样，吃惯了自家的饭，在外边从不眼馋嘴贱，任凭别人以美味引诱，仍然置若罔闻，不吃嗟来之食，极具绅士风度。席间，服务员端上来一盘炸鸡翅，嗅觉极其灵敏的闹闹闻到了香味儿，突然一个纵身跳上了餐桌！不仅周大使夫妇吃了一惊，我和王先生也很意外，闹闹虽然任性，但像这种情况还没发生过！我连忙替它打圆场，说：“你们的鸡翅真香啊，连一身傲气的闹闹都想吃了！”周大使随和地笑了：“好啊，那就吃吧！”我连忙把闹闹抱下来，放在椅子上，一边安抚它：“闹闹，这不是在自己家里，出门做客，要斯文点儿！”一边对服务员说：“请给我们拿个盘子！”哪知道，还没等到盘子拿来，闹闹已经按捺不住，“噌”地又跳上了桌子！我很为难，既不愿意扫了主人的兴，又怕委屈了闹闹，只好无可奈何地说：“唉，这都是我在家里惯的！”周大使真不愧是一个“中国通”，马上随机应变，说：“没关系，那就‘主随客便’吧！”紧张的气氛立即缓和了，就这样，闹闹站在餐桌上，把那盘鸡翅吃得精光，别人连尝都没尝。

岁月如流，往事如烟。周大使早已任满回国，闹闹离开人间也已经两年了，可是那一顿午餐仍然留在我的记忆中，因为闹闹吃得高兴，吃得随心所欲，还因为它这位特殊客人所受到的特殊礼遇。

两年来，闹闹生前的点点滴滴不断地在我脑际闪现，有时甚至十分清晰地听到它的声音，好像它根本没有离去，一回头就可以看到它那灵动的眼神，一伸手就能触摸到它那柔润的皮毛，时间愈久，思念愈切，撕心扯肺，不能自已。王先生开导我：生命是一个过程，有始就有终。值得欣慰的是，自从闹闹来到这个家，享受到了人间最真挚的爱，可以说它比世界上的任何一只狗都活得幸福。是的，闹闹是幸福的，十四年里，我们全家人宠它、爱它，从来没有一点儿委屈它、勉强它、对不起它，连朋友们也都那么宽容它、尊重它，在这个充满条条框框的世界上，它却无拘无束，活得潇洒，活得自如，此生足矣，夫复何求？它走了，我对它只有思念，没有愧意。如果人与人之间也能够这样体谅包容，相互珍惜，无愧无悔，这个世界该是多么和谐啊！

（发表于2007年1月3日《北京晚报》）

寻　味

已经有好几年了，心里馋馋的，总想吃一顿烧茄子。这是北京人的家常菜，每逢夏季，应时的鲜茄子上市，家家户户烹而食之，成本低廉，制作简便，本没有什么特别之处。也许，正因其家常和平易，在盛行山珍海味、粤菜西餐的当今，反倒令人怀恋。到餐馆点了这道菜，却横竖不对味儿，嫌做得不地道，惹得人家不高兴，把厨师长请出来理论一番，说得头头是道，可我不服。厨艺不是语言艺术，光靠说是不行的，要让食客“口服”才能“心服”，吃着不对味儿，说得天花乱坠有什么用？

回家自己做。选最好的料，用上等的油，精心烹制，一丝不苟，如同在完成一件艺术品。满怀信心地尝一尝，却仍然不对味儿。几次试验，都归于失败。问题到底出在哪儿？是如今的茄子被农药、化肥所害，质量不行了，还是不小心买了地沟油？据专家说，迄今为止还没有检测地沟油的有效手段，天天入口的东西，都很难说混进了什么有害物质。可是，我用的茄子是无公害“绿色食品”，油是进口的橄榄油……

百思不得其解。某日，在家里又做试验，一边操作，一边极力回忆着母亲在世时是怎么做的，亦步亦趋，用心揣摩，恍惚之中，眼前涌出一幅图景，母亲正从老宅的厨房里走出来，手里端着一盘刚刚出锅的素烧茄子，煎得金黄的茄块上冒着油泡儿，一股久违了的清香扑鼻而来，啊，就是这个味儿！突然之间，我明白了，终于明白了，那是妈妈的味儿！萦回于我心中久久不散、苦苦追寻的，正是妈妈的味儿，它和我的童年，和当年的老宅，和妈妈含辛茹苦养儿育女的岁月，一起永远地逝去了，上哪儿再找回来啊？

我长叹一声，熄了火。从此之后，再也不提烧茄子。

月到中秋，一年一度的月饼大战又起。如今的人们已经吃腻了名目繁多、虚饰浮华、百味杂陈的月饼，朋友们送来的，多数又被我转送了出去，连品尝的欲望都没有，唯独留下了一种朴朴素素的“自来红”，这是北京人记忆中原始、老牌、正宗的月饼，尝一口，就好像又回到了童年。

我问丈夫：“你们家乡的月饼，什么味儿？”

他一愣：“想不起来了。”

奇怪，怎么会想不起来呢？天南地北的人，都有着各不相同的味觉记忆，无论锦衣玉食还是吞糠咽菜，都和童年，和母爱，和故乡，和生于斯长于斯的一方水土连在一起，储存在心灵深处，萦绕于齿舌之间，咀嚼一生，回味一生。

良久，他才说：“哦，想起来了。我家的月饼，不是花钱买的，是奶奶做的。我叔做的模子，在木板上挖一个圆槽，周围一圈花边儿，当中刻个‘寿’字。不知道奶奶用的是什么材料，在模子上压出个月饼形儿来，就算是‘月饼’了，在贫困和饥饿的年代，过节哄哄孩子罢了，没有品牌，没有特色，要说是什么味儿，那就是奶奶的味儿吧！”

说着，垂落两行清泪。

2012 年秋，写于抚剑堂书屋

（发表于 2012 年 11 月 10 日《北京晚报》）

听　海

我是抢在台风之前到达青岛的。在北京就听到天气预报说，台风将在今天傍晚登陆青岛，心里便迟疑，我这个年纪，已经不适合“奔赴抗洪救灾第一线”采访了，刚刚经历了北京六十年一遇的水灾，却又鬼使神差地到青岛追赶台风，这次“度假”的时间、地点岂不是太荒唐了？可是机票已经买好，青岛方面也已经订好了宾馆，安排了人接机，若要取消这个行程，又怎么说得过去？只好走一趟了。

飞机晚点，到达青岛已近黄昏，来接机的司机小高等候多时了。我问他台风到了没有，他说，还没有，这边儿已经做好了抗洪准备。“大姐您看，天儿阴上来了！”我看看车窗外，泼墨般的乌云正从天边涌上头顶，暴风雨就要来了。

宾馆在远离市区的一个海湾。我随着小高踏进大堂，走进电梯，上了七楼，一直到房间门前，都头脑木然，毫无旅游观光的兴致。但当房门打开，我朝着明亮的落地窗走去，猛然映入眼帘的竟是浩荡的大海！我被惊醒了，精神立刻振奋起来。海滨的宾馆自然是建在海边，这并不意外，令我没有想到的是，它和海竟然挨得这么近，窗外就是海，站在阳台上，极目远望，海天相接处是一条弧形的虚线，那是半个地球的轮廓！

当晚，台风如约而至。大海疯狂了，掀起滔天巨浪，像水墙似的向前压过来，重重地拍打在岸上，发出巨大的声响，我所在的宾馆仿佛汪洋之中的一座孤岛，随时都会被撕裂，被吞没！我不禁悚然，关紧窗户，拉上窗帘，熄灭了所有的灯，却依然难以入睡。窗外，大雨滂沱，狂风呼啸，大海倾覆，教人如何安眠？突然想起“惊天地泣鬼神”这几个字，过去在文章里写到过，并没有真切的体会，现在倒是身临其境了，整整一夜听着万千头怪兽狂吼，真个是“惊天地泣鬼神”！

天亮之后，风息雨歇，没想到台风来得快，去得也快，大海又恢复了缓波舒浪的常态，只是水变浑了，像是黄河。吃过早饭，小高陪我到海边走了走，路灯倒了不少，栈桥也被掀翻了，扎着铁钉的木板散落在沙滩上，一些工人正在收拾。小高说，这次台风，咱这儿只是扫了点边儿，不算大。听那语气，波澜不惊，真是海边经过风浪的人。我说，几十年来，我到过中国的黄海、东海、南海，也到过外国的黑海、红海、地中海，甚至远涉大西洋，领略过各具特色的海洋风光，却唯独没有经历过台风，这次总算见识了，弥补了一项缺憾。我喜欢大海，没有白来！

说这番话的时候，我们已经回到宾馆，正走在七楼的楼道里。这时，忽听得身后有人答话：“大海？大海在哪儿呢？”

我回头看去，见是一位身穿黑色短袖衫的中年女性，正朝这边走来。

“窗户外边就是啊，”我随口说，“你的房间没有吗？”

“没有……”她茫然地看着我。

明白了。海滨的宾馆，并不是所有的房间都朝着大海，也许是为了省钱吧，她订了背阴的房间。可是，大老远地赶来，就是为了看海的，她显然已经迫不及待了，入住的第一时间就要看到大海，大海在哪儿呢?

我笑笑。打开自己的房门,说:“来,到我这儿来看吧!”

她并不推辞,匆匆走进来,就像我第一次进这个房间一样奔向窗前,惊奇地望着面前的大海,情不自禁地发出一声感叹:“啊……”但也仅仅待了片刻,便转过身,朝我说声“谢谢”,又匆匆跑了出去。我没有来得及问她从哪儿来,更不知道她是做什么的,这些似乎都不重要,“相逢何必曾相识”,大家都是来看海的,在大海面前,无论什么年纪的人,都天真得像个孩子。

第二天,我又在楼道里碰见了她,正在往电梯那边走,身边还带着两个男孩儿。

“你到海边去过了吗?”我问她。

“去过了,总算见到真正的大海了!”她朝我笑笑,两手揽着孩子匆匆走了。

又一次擦肩而过。

他们走远了,小高低声对我说:“大姐,您看见了吗?她那俩孩子,都是……瞎子!”

“是吗?”我一愣,“我刚才怎么没注意?”

“没错儿,那个大点儿的还拄着根竹竿儿呢,眼珠儿是浑的,一看就是……”

“两个都是吗?”

“都是。”

我的心一沉。人间竟然有这样的事,两个不幸的孩子生在同一个家庭!猛地回过头去,那母子三人已经不见了,显然,他们已经下楼去了。

“你刚才怎么不告诉我?”

“当着人家的面儿，我咋好意思说?”

他是对的。我知道，那些自身有残疾的人，包括他们的亲人，都有着超乎常人的敏感和自尊，最忌讳的就是旁人指指点点，更不要说歧视和嘲弄。其实，在自尊的背后隐藏着的是自卑，因为上天没有赐予他们或者他们的亲人健全的身体，不能像其他人一样正常地生活。在他们看来，人生在世，哪怕再平庸，再贫贱，只要肢体健全，耳聪目明，就是幸福的了。但这些最基本的要求，对他们来说竟然是奢望。这位母亲带着两个盲童抛头露面，显然已经做好遭人冷眼的心理准备，不管她表面上如何平静，内心深处仍然十分脆弱，她多么希望健全人“忽视”她的孩子的残疾，哪怕装作没看见，就已经是对他们的尊重了。

可是，我却为自己刚才的视而不见而懊悔，小高都看到了，我怎么没注意呢?

“大姐，您……”小高迟疑地望着我。

“我想去找他们。”

“为什么?”

怎么跟他说清楚呢?一个母亲带着两个盲童来看海……作为一个作家和曾经的记者，我的心被触动了！他们来自哪里?有着怎样的身世?又是出于什么动力，让她做出这样的决定，风尘仆仆，路途遥遥，带着她的孩子奔着大海而来?而那两个孩子又明明什么都看不见啊!

“我想和他们交流，我想知道……”

“什么?”

“想知道他们的一切，也许我能够为他们做点儿什么?”我转过身去，招呼小高，“走，去找他们!”

“啊?上哪儿找去?”

“海边，他们一定又到海边去了!”

我们又回到海边。沙滩上，游人如织。正是学生放暑假的时候，很多家长带着孩子，踏着浸透了海水的细沙，看海，说海，留下一串串的脚印。胆子大的，蹚着水朝着深处走去，浪头打过来，发出惊喜的欢呼，也不管那海水还是浑的。人们哪，是这么热爱大海！

我和小高踏着沙滩，走过这道海湾长长的弧线，目光搜索着每一个人，尤其是女人和孩子。

"一个女人，当她开始孕育生命的时候，心就不再完全属于丈夫，而主要交给孩子了。她每天都在想象着，当这个小生命出世的时候，是个什么样子？可是，万万没有想到，她寄予全部希望的孩子，竟然什么也看不见。在那一刻，她几乎绝望了。但她没有抛弃孩子，和天下所有的母亲一样，用奶水，用心血，哺育着这个在黑暗中挣扎的小生命。两年之后，第二个孩子降生了，谁能想到，他的眼睛，还是什么也看不见……"

"大姐，"小高听得发愣，"咱们不认识她呀，您这是听谁说的？"

"没有人告诉我，"我说，"这是我想象的……"

"唉，真是老天不长眼啊，她的命也太苦了！"小高感叹着，似乎也随着我进入了想象，"哎，怎么没看见她的男人？也许……"

"也许，这是个寡妇……"

我想象着：这个孤独的女人，是怎样含辛茹苦，把这两个什么也看不见的孩子带大，领着他们度过漫漫长夜，又是怎样向孩子们描述这个世界？在她语言里，人间是一片黑暗，还是充满明媚的阳光？还有大海，她该怎么跟孩子说，大海是个什么样子？

在我的面前，大海波涌浪翻，越来越多的游人向大海聚拢来，奔跑着，赞叹着，嬉戏着，可是，在他们中间，并没有我要找的那母子三人。他们到哪里去了呢？

我和小高怅然而归。忽然想到，餐厅也是个人人必到的地方。对，在那儿一定会碰到他们！

午餐开始之前，我和小高就到了餐厅，吃饭的时候心不在焉，眼睛巡视着周围的人，一直等到最后的一桌客人离开，都没有看到那个女人和她的孩子。我向餐厅的服务员打听，她们也说没看见。服务员们的眼光很敏锐，见过几次面就已经认识我了，虽然不知道姓甚名谁，但常来的客人总记得住熟脸儿，那母子三人应该很容易留下印象的，可是却没有，这几天都没有。难道……难道他们连饭都不在这儿吃吗？

小高问我："大姐，咱们还接着找吗？"

我说："找！"

可是，上哪儿找去呢？我们总不能挨个儿去敲客房的门，像查户口那样找人吧？我们没有那个权利。对了，去找大堂前台，请求他们的帮助！

前台的接待人员听了我们的描述，问："您要找的客人，姓什么？叫什么？"

"不知道。"我如实回答。

"那……您和他们是亲戚，还是朋友？"

"都不是，没有任何关系。"

"对不起，"接待人员礼貌地但又是果断地回绝了，"我们不能提供客人的信息。"

小高急了，忙说："同志，这位大姐是……"

我朝小高摆摆手，让他不要着急，随即拿出自己的证件，请接待人员过目。"请您相信，我有必要找到他们。请帮助我！"

"您找他们的目的是什么？"

"帮助他们。我认识中国最好的眼科医生，也熟悉国家办的慈善机构！”

“噢！”接待人员把证件还给我，“请等一下！”

柜台前，几名接待人员聚拢来，分头查找三天以来的客人入住记录，重点是七楼背朝大海的房间。我等着，期待得到肯定的答复，哪怕只是一点儿线索。

良久，终于得到了回答：“实在抱歉，查不到任何线索。在我们的记忆中，也没有这样三个人的印象。”

我只好作罢。她们已经尽力，只怪我无法提供更具体的信息，要在茫茫人海中寻找无名无姓的母子三人，真正是大海捞针！

又到海边，我望着夕阳下滚滚而来的海潮，怅然若失。

“他们真的是母子吗？”我心里一动，问小高。

“嗯？”小高也疑惑了，“难说呢！我看那个女的，俩眼好好儿的，咋会俩孩子都是……”

他没好意思再次说出“瞎子”，以后恐怕再也不会说这两个字了。

“也许……”我思索着说，“也许是她收养了两个从小被遗弃的盲童，也许，她是他们的老师……”

是的，我更相信这是一位老师带着她的两个学生。那么，那是一所什么样的学校？这两个孩子又有着怎样的身世？不知道，或许，在孩子们的心中，老师就已经是妈妈了。

“小时候，妈妈对我讲，大海，就是我故乡……”她教他们唱歌，一首许多孩子都会唱的歌。

他们问她：“老师，大海是什么？”

她答：“大海是望不到边的水，是蓝色的……”

他们又问：“老师，什么是蓝色？”

她答不出了。她的这两个学生，从来就没有感受过光线和色彩。她只好换个角度，为他们描述大海："大海汹涌澎湃，奔腾咆哮……"她也只能想到这些从书本上学来的词汇了。如果学生再追问什么是"汹涌澎湃"，什么是"奔腾咆哮"，她也答不出了，因为自己也没见过大海。于是，趁着暑假，她带着他们来了，来看真正的大海，却又赶上这个时候，台风过后的大海不是蓝色的，水是浑的，就像那两个孩子混浊的眼睛。其实，他们并没有看见大海，准确地说，是在"听"海，听海的涛声，是怎样"汹涌澎湃"，怎样"奔腾咆哮"。如果我能遇上他们，一定会补充说，大海还会"呜咽"，因为千百年来，它阅历了世间太多的悲剧，感受了人类太多的忧伤！

涛声呜咽。我要找的人却再也不见踪影，他们只在我的眼前一闪而过，就永远地消失了。也许，他们只在这里停留了短暂的一晚，在"听"过大海之后就匆匆离去了。也许，他们根本就没有正式入住宾馆，只不过投亲靠友，来这里做了一次"旁听"而已。谁知道，现在他们在哪里？

2012 年 8 月 8 日，写于青岛即墨鳌山湾

（发表于 2013 年第二期《十月》，

获中国散文学会优秀散文奖）

四十春秋两岸情

据说，大陆和台湾本来是连在一起的，不知从什么时候起，由于地壳的变动，它们中间形成了一道台湾海峡。但即使在舟楫艰难的漫长历史中，这道一百多公里宽的海峡也并没有阻止我们祖先的脚步，早在新石器时期就已经两岸同根。然而，到了本世纪四十年代末，由于人为的原因，分住在大陆和台湾的中国人却被隔绝了长达四十年之久，“盈盈一水间，脉脉不得语”！

一九九四年一月，此岸的大陆作家访问团应彼岸的作家艺术家联盟之约，前往宝岛参观访问。这是中国作家协会首次派团访台。

一月十一日，我们一行十三人从北京飞抵香港，次日转机飞往台湾。

飞机穿越云层，凌空飞渡那湛蓝的海峡，缓缓地降落在台北桃园机场。出口处早已拉起一条大横幅：“欢迎大陆作家访问团!”在等候的人群中，我看到了熟悉的面孔：台湾作家王贤忠、程国强先生。

去年春天，他们曾率一个“徐霞客研究会”的代表团抵京，中国作家协会设宴招待，就在那次宴会上，我们彼此认识了。不，仿佛我们早就认识，仿佛根本不曾隔绝得那么长久，同样的语言，同样的文字，同样的话题，同样的情感。大家谈文学，谈艺术，从徐霞客的游记竟然扯到京剧，简直是海阔天空。程国强先生说到激动处，一把扯下脖子上的领带，说：“衣冠楚楚的真别扭，还是随便一些吧！”于是气氛更融洽，都是自己人，原用不着什么客套的。

春去秋来。去年的十一月，王贤忠先生又来到了北京，立即打电话给我，已经像老朋友。我马上约他到舍下吃饭。我家先生也姓王，于是席间就有两位王先生，彼此称呼起来很是拗口，台湾的王先生就说：“不要叫我‘先生’，叫名字好了！”我们就称他“贤忠兄”，他高兴极了：“这样更亲切！”

贤忠兄人高马大，豪爽耿直。谈到近年来两岸越来越密切的关系，他说：“大陆处处对‘台胞’热情接待，可是总感觉把我们当客人。我不赞成‘台胞’这个说法，你是北京人，他是江苏人，我是安徽人，我和你们一样，只不过暂住台湾！”一口抑扬顿挫的合肥腔，“暂住台湾”这四个字包含着浓浓的乡情，只有长住台湾而又时时觉得是“暂住台湾”的人才能讲得出来的，小说家无论如何也虚构不出！

贤忠兄得知我将参加作协的访问团赴台，非常高兴。从我家告辞时，特地留下一些随身带着的台币，供我到时候使用。我忙说：“不用，不用，我带些美元、港币去就是了！”还以为人家是小看我们。他却解释说：“我知道你不缺这点儿钱，但是，美元、港币到台湾不能直接用，还要到银行去换，初来乍到，你到哪里去找银行？一下飞机，就要用钱，我是为了你方便！”

难得他如此细心！钱虽不算多，却是纸币、硬币齐全，硬币还是大小不等的面额，这样，无论是打个电话，付个小费也就都方便了。我无法再推辞，接受了这番好意，贤忠那忠厚兄长的形象越发在我心中深刻了。

现在，我已经来到台湾，贤忠兄正在等着我哩，只听他已经在对旁边的程国强兴奋地说："霍达来了，霍达来了！"

热烈地握手，亲切地献花，花环挂在每个客人的脖子上。一片寒暄问候之中，贤忠急切地说："昨天我给你家打了电话，碰巧你不在！"哦，我想起昨天听小保姆说有个从台湾来的电话，忘了问姓名，原来就是急切盼望一见的贤忠兄！经他们介绍，我们与台湾作家艺术家联盟主席尹雪曼先生，还有专门负责接待我们的尼沙先生和姚先生、郁先生等一一见面。从那一刻起，我们就被东道主所包围，所簇拥，一直送到住处，他们为我们安排了满满当当的日程：参观、访问、座谈、游览……

东道主设宴招待。嗣后，贤忠、国强又自己掏钱宴请大家。恰巧当时我去参加别的活动，他们私人的宴请我没有出席，二位很觉遗憾，硬是又专门补请我一次，还是那家"福华大酒店"。我被这两位安徽老兄的真诚和固执深深地感动了。这远不只是一顿饭，是一片千金难买的深情厚谊啊！

天下着雨，国强、贤忠兄开车陪我游览市容。在大陆早已被传说得天花乱坠的台北，我真的到了之后却并不如事先想象的那样好。大概在北京住得久了，已经习惯于古都的凝重雄浑，那宽阔的十里长安大街和天安门广场，不要说台北，全世界也难得再找到第二个。十五年改革开放，北京日新月异，拔地而起的高楼，纵横交错的立交桥，畅通无阻的机场高速公路，都是台北所不能望其项背的，最繁华处也不过像王府井、大栅栏的鼎盛时期罢了，我不止一次听到台湾朋友说："北京多好啊！"当然台北也有它的优势，那就是经济繁荣、商业发达、物品丰富，虽弹丸之地，却在亚洲处于领先地位，跻身于"四小龙"之列。等到两岸统一的那一天，台湾之富与大陆之强汇成"富强"二字，就真正是"珠联璧合"了！

王、程二位陪我来到一家名为"SOGO"的日本连锁店，走马观花之中，我随口说刚才看到一件浅驼色的羊绒披风还不错。王兄说：“那就买下吧！”我说：“忘记在什么地方了。”程兄说：“去找！”谁知道，找来找去，众里寻他千百度，却找不见那件披风的影子。我说：“算了，算了，太耽误你们的时间了！”这一位却说：“就是踏破铁鞋，也要帮你找到！”我们从六楼到三楼，又跑到二楼、一楼，累得气喘吁吁、汗流浃背，也没有找到，也许是“天意”不让我买吧？就在我完全失望的时候，不料国强兄自己又跑到了二楼，兴奋地喊道：“找到了！找到了！”我终于将这件披风买了下来，两位老兄像是完成了一件大事，舒心地笑了。

一月十六日离开台北去台中，参观自然博物馆；又奔赴台南，谒孔庙、郑成功祠；十七日参观中华日报社、游览佛光寺；十八日沿东部滨海公路赴花莲；十九日游览天祥名胜，然后循著名险峻之苏花公路返回台北……我开列这一串日程，无意要记流水账，而是要特别指出，这足迹几乎踏遍台湾全岛的行程，都是由郁先生、姚先生、尼沙先生寸步不离地陪同的。沿途每到一站，郁先生总要跑下车去，把当地的特产小吃、水果买来让我们尝鲜，让我们把该看的都看到，该吃的都吃到，唯恐有“遗珠之憾”，他们是那么爱台湾，又是那么爱大陆来的同胞！

郁先生黑黑的，胖胖的，一脸忠厚。六十多岁的人，却不辞辛苦，对我们的照顾无微不至。我们在台北的最后一天，我真诚地向他表示感谢，并且问候他的家人。他若有所思，从衣袋里掏出一个黑皮夹子，让我看一张照片。那是一个豆蔻年华的少女。我正在疑惑，郁先生深情地说：“这是我的女儿，你看，她长得多清秀啊！”直到这时，我才从他口中得知，郁先生的爱女在去年不幸夭折，他太太因此受到极大的精神刺激。为了安慰、照顾太太，郁先生近来是很少远出的，像这样离家数日，还不知太太在家里怎样度日如年！我望着照片上那水灵灵的却已不在人世的小姑娘，心房一阵悸动，说：“郁先生，想不到您为了陪我们，把太太一个人丢在家里！您一路这么照顾我们，心里却埋藏着深深的痛苦，这让我们太不忍心了！”郁先生忍着泪水，憨厚地笑笑说：“应该，应该，难得为你们服务啊！”

一句话，竟令我垂泪。在我们来到台湾之前，郁先生和我们根本不认识，并没有任何义务为我们“服务”，何谈“应该”？而他却是这么心甘情愿，置家事于不顾，两岸亲情、乡情，已经胜过了骨肉之情！

诗人尼沙也是从大陆来的，老家在安徽马鞍山，那里有两岸人民都引以自豪的诗仙李白的衣冠冢。

“‘举头望明月，低头思故乡’，李白的这两句诗，我感受最深！”这位年逾六旬的老诗人动情地说，“两岸关系解冻后，我回马鞍山去，看到大陆的经济建设突飞猛进，真为家乡高兴！我刚到家的时候，外甥女搂着我的脖子痛哭：‘舅舅终于回来了！’姐夫就骂孩子们不懂事：‘骨肉团聚是喜事，哭什么？应该笑啊！’我说：‘哭是人间最真实的感情，哭吧，痛痛快快地哭一场，哭比笑难得多！’”

这正是诗人的语言，用泪珠谱成的诗！

我被他深深地感染，不禁说：“说到您的故乡，我也想家了，真想啊！”

他们几位都感叹道：“你刚刚离家十天，就已经想家想得这样，你可知道，我们这些离家四十多年的人是怎么过的啊？”

短短的十天时间，我不记得走了多少地方，只知道一直在跑，跑，汽车的轮子，人的脚步，在急如星火地追赶着什么，似乎是要把过去失去了四十多年的时间再追回来。是谁都明白，逝者如斯夫，往日不再来。值得我们庆幸的是我们终于有了跨越海峡的今天，而且还会有填平海峡的明天。

一月二十日，朋友们一直开车把我们送到机场。我们该回北京去了，新朋老友又要暂时分手了。离别之际，大家紧紧握手，互道珍重，相约再见！我相信，重逢之日不会太久，因为我们已经到了九十年代，历史的潮流奔腾汹涌，势不可当，那一道窄窄的海峡再也无法阻隔两岸亲情了！

（发表于1994年2月26日《人民政协报》）

谒台湾郑成功祠

一九九四年一月十一日，内地作家访问团首次赴台，经台北、台中，十六日到达台南。在参观孔庙之后，驱车“开山路”，往谒郑成功祠。

郑成功的大名，在中国无人不知，无人不晓，是永垂千古的民族英雄。

郑成功生于一六二四年，恰恰在这一年，中国宝岛台湾被荷兰殖民主义者侵占，也许是历史的巧合？天降大任于斯人也，郑成功在历史上的地位便与台湾的命运紧紧连在一起了。郑成功初为明弘光时监生，隆武帝赐姓朱，号“国姓爷”，永历帝封为延平郡王。一六四四年吴三桂引清军入关，郑成功之父郑芝龙不战而降，郑成功坚决反对，于一六四六年在南澳(今属广东省)起兵抗清。一六六一年，他率将士二万五千人、战舰数百艘，经澎湖，向台湾进发，四月三十日在北线尾岛和赤嵌城西北的禾寮港登陆，包围了赤嵌城，击退了敌人从巴达利亚(今印度尼西亚雅加达)派来的援兵，并切断城中水源，迫使赤嵌城敌酋描难实丁于五月四日献城投降。随后，郑成功又指挥水陆两军，围攻荷兰总督揆一所在地台湾城，浴血奋战达八个月之久，揆一身陷绝境，不得不于一六六二年二月一日宣布投降。从此，在荷兰殖民主义者铁蹄蹂躏下长达三十八年的我国神圣领土台湾得以光复！

当年荷兰人修筑的“台湾城”“赤嵌城”，均在今天的台南市辖内。台湾人民为纪念郑氏收复台湾、开发台湾的功绩，修建了“开台圣王庙”。清兵入台后，民间的祭祀活动转入地下，此地改称“开山王庙”。而有意思的是，清朝统治者看到郑成功在台湾的威名不可动摇，竟也要加以利用，于光绪元年(一八七五年)募集白银七千四百两，将开山王庙扩建为“明延平郡王祠”，并追谥郑成功“忠烈”光荣称号，却不问其忠者为谁、烈者为何了。不过说到底，无论大明、大清，终归都是中国的国号，而番邦荷兰则是他们共同的敌人，郑成功收复台湾功不可没，当然是值得纪念的。

郑成功主要的功绩在台湾，郑成功收复台湾的主战场在台南，当然台南的郑祠也就成为最“正宗”的纪念之所。“开山路”就是因昔日的“开山王庙”而得名。

停车郑祠前，但见参天古木簇拥着红墙蓝琉璃瓦的殿宇，庄严肃穆，一座“卄”形的石牌坊矗立在面前，横额镌“忠肝义胆”四字，旁书一联：“孤臣秉孤忠五马奔江留取汗青垂宇宙，正人扶正义七绍拓土莫将成败论英雄”。均系国民党的将军白崇禧的手笔，书于一九四七年。额书与联语的意思本是不错的，但联想到当年国共激战，一方节节胜利，一方连连败北，最后不得不撤出大陆，退据台湾，所以白将军所说“忠肝义胆”“孤臣孤忠”以及“莫将成败论英雄”等语是否另有寄托或聊以自慰，也未可知，说不定正是“借他人酒杯，浇自己块垒”，与郑氏何干？

白石牌坊正中，就在“忠肝义胆”之上，赫然装饰着“青天白日”的国民党党徽，也令人觉得画蛇添足、不伦不类。郑成功又不是“国民党员”，何必给这位历史人物加上现代党派的标志呢？

脚下白石铺路，穿过牌坊，红墙蓝瓦的过堂券门上大书“前无古人”四字。往里即为祠宇正门，有石匾横悬门首：“明延平郡王祠”。此匾之上，更有一匾：“奉旨祀典”，所“奉”当是清光绪帝之“旨”。门前两株巨大的榕树，均已有三百年高龄，盘根错节，若虬龙飞舞，巨大的树冠浓荫蔽日，遮地一亩有余。据说这两株老榕树，本来根、干早已腐朽，而那条条下垂的气根却得日月精华、大地滋养，又枯木逢春，生生不息，繁衍不止，正像中国人民顽强的生命力。

殿内奉祀着延平郡王郑成功的塑像，目光炯炯，器宇轩昂。他的部下甘辉、张万礼两将军立于左右，有如关帝身旁之周仓、关平。塑像前，香火延绵三百年不绝。如今台湾省一年一度的体育运动大会上，那点燃火炬的火种就是取自这里。若延平郡王地下有知，似当为这“圣火”不熄而欣慰。

抬头望塑像上方，梁际又悬一横匾，上书“振兴中华”四字。这是我们所熟知的口号，已经传遍长城内外、大江南北。如今却见这口号出现在台湾，出现在郑成功祠，而且出自国民党前“总裁”、“民国”前“总统”蒋介石之手，书于一九五〇年八月。海峡两岸的中国人尽管有党派之争、政见之别，而在“振兴中华”这一口号下却又是异口同声、众口一词。其实，这个口号的历史已经很悠久了，最早提出的是中国革命的先行者孙中山。现在，二十世纪的历史行将结束，而中山先生的遗愿尚未最终实现，海峡两岸尚未统一，面对三百年前收复宝岛的延平郡王，能不感慨万端吗？

正殿后面，是祠堂后殿，中央祭祀郑成功的母亲田川氏，右为监国祠，祭祀郑成功之孙郑克𡒉及其夫人陈氏。这似乎也是中国人的习惯，既然出了英雄，必然有“英雄的母亲”，连儿孙眷属也跟着沾光。其实，当年郑成功收复台湾之后，不到半年光景就因病去世，他的位置，由他的儿子郑经、孙子郑克塽相继继任。在那个封建时代，父子相袭原也不必讥为“郑家天下”，但郑经却是个不肖子，他背叛了乃父反抗外来侵略的光荣传统，竟与荷兰殖民主义者勾勾搭搭，企图借洋鬼子的力量阻止清军进攻台湾，“攘外必先安内”是也。这就不对头了，按说郑成功收复台湾的本意也是为了以此为根据地对抗清廷，但客观上却是为中国保住了台湾。老爷子生前最恨的是荷兰鬼子，这无论如何不该忘记。郑经利令智昏，竟然认贼作父，当了汉奸，真是辱没了郑氏门风。这还不算，郑经后来还参加了以吴三桂为头子的“三藩”之乱，向大陆沿海地区大举进攻，残酷杀戮无辜百姓，并且屡次要求清政府允许台湾独立，妄图分裂祖国，罪莫大焉！老子英雄未必儿好汉，这又是一个明证。郑经的无耻要求，遭到清康熙帝严词拒绝，台湾的官兵民众也激烈反对，郑经在一片唾骂声中病死。一六八三年，康熙帝命名将施琅进军台湾，经过七天海战，占领澎湖，继任郑经的郑克塽拱手以降，俯首称臣。康熙不杀郑克塽，还给予优待，倒是颇讲究“政策”。自那时，清朝在台湾设一府三县，重兵把守，台湾与大陆分离半个多世纪的一段历史宣告结束。郑经那个不齿败类，自然在郑祠没有一席之地，耐人寻味的是郑克塽。按说此人一生活得相当窝囊，作为抗清的名门之后，却又以降清告终，既无“忠”可言，也无“烈”可表。台湾人民之所以纪念他，大约是看在他总算没有投降洋鬼子，既然全国都已是大清的天下，他降清也是大势所趋，不算“变节”，而且还稳定了台湾局势。此殿门旁的楹联曰：“夫死妇必死，君亡臣乃亡”。充满前朝遗老孤臣的味道，却是清朝福建船政大臣沈葆桢所书，真是没法儿说！中国人通常是讲究政策的灵活性和连续性的，否则，历来都是当朝为前朝修史，那历史该怎么写呢？

中国的历史太长，许多账都是一笔糊涂账，算也算不清的，只好“宜粗不宜细”。凡是爱国，爱我们中华民族，多多少少为这片神州大地做过一些好事的人，都应该给他以一定的历史地位。

这么想着，转到庭院。在正殿与监国祠之间，一株老梅亭亭玉立，老干龙钟，新枝婆娑，点点嫩萼，暗香疏影，清气袭人。梅旁竖一木牌，牌上有字："郑延平郡王遗爱古梅"，原来是郑成功老将军生前手植，算来少说也有三百三十多年了，竟生机盎然，风采依旧，睹物思人，如见延平郡王在酣战之余，立于梅旁运筹帷幄之音容。我想，无论大陆和台湾，恐怕唯有这株古梅可以称得上郑成功遗物，其余庙堂也罢，塑像也罢，题咏也罢，香火也罢，都是"寂寞身后事"了。据说此梅本在成功王府内，后来又移植于此，那么，是否原装原货、有无冒名顶替也是成问题的。不过，令人欣慰的是一段奇妙的插曲：日本军国主义侵占台湾之后，畏郑氏英灵，改郑祠为"开山神社"。这株古梅大义凛然，竟在日占时期不着一花，以示"抗议"。一九四五年日寇投降，忽然满树鲜花怒放，堪称一奇。如此说来，郑成功英灵不灭，永护宝岛，也不为妄谈。郑成功本名"森"，字"大木"，真森森然大木也！

伫足海岛，遥望大陆，不禁浮想联翩，三百年间兴亡事，四十春秋两岸情，一起涌上心头。无论我们面前的风云如何变幻，中华民族的统一总是人心所向、潮流所归，这是绝不会改变的。

郑延平郡王，魂兮归来！

（发表于1994年2月27日《光明日报》）

空门红颜

一九九四年一月十七日，大陆作家访问团游览台湾佛教名胜佛光山。

这是东道主早已安排好的日程，访问团集体活动项目之一。我不信佛，但也入乡随俗吧，权且把它当作一次文化考察，一次旅游观光，一次深入生活。我想，前来此地观光的人，恐怕也不见得全是“佛门弟子”吧？

佛光山位于台南市和高雄市之间，属高雄县大树乡。山不算高，有“佛”则名，这里不仅是台湾的观光胜地，而且还是国际颇有名气的佛教文化重镇。

傍晚到达此山，但见一片葱茏之中，耸立着释迦牟尼金身，低眉闭目，左手下垂，右手微微抬起，作“弘法”状。脚下簇拥着数也数不清的菩萨、罗汉，一个个都是“丈二和尚”，金光闪闪。牌楼式山门雁翅般排开，正中嵌一块黑色大理石匾，金字隶书镌刻三字：“不二门”。旁边四根红柱，书有两副楹联，一曰：“佛度众生，万类有情成正觉；光周法界，一超直入见如来”。此联藏头，点出“佛光”二字。一曰：“门称不二，二不二，俱是自家真面目；山为灵山，山非山，无非我人清净身”。为“不二门”做了诠释。由此门开始，一片庑厦式建筑，雕梁画栋，黄色琉璃瓦覆顶，金碧辉煌。此即佛光山寺，好一座宝刹！

据说，二十八年前，这里还是满山野草刺林、交通闭塞的荒野之地，信徒们埋怨道："这种地方谁愿再来？"开山祖师星云和尚力排众议，精心设计，率众搬石运土，披荆斩棘，终将荒山旷野开辟成今日颇具规模的现代化道场，倒也是一个颇为动人的"愚公移山"故事。

我们此番前来，正值星云法师远游美利坚布道，不在寺中。出乎意料的是，迎接我们的不是老方丈，也非小沙弥，却是四位女尼。她们一律身着棕色禅袍、布鞋、线袜，不戴帽子，见了客人，敛首低眉，双手合十，轻声软语道一声："阿弥陀佛！"

我不懂佛门规矩，问道："您贵姓？"第一个说："姓释。"再问第二个，也说："姓释。"一连问了四个，回答竟完全一样。我奇怪了："怎么你们都姓释？"为首的答道："既入佛门，都是佛祖释迦牟尼的弟子。"再问她们的俗界时的姓名，都不肯说，只告知她们的法号：永强、永芸、满来、满修。

我对四位女菩萨充满了好奇。细细看去，她们虽然衣着简朴，不施粉黛，连如云秀发也无情地剃去，只剩下青青的头皮，却也仍然掩饰不住女性的柔媚，一个个肌肤细腻，面色白皙，依然楚楚动人。我不禁暗想：不知她们缘何舍弃了美妙青春。遁入空门，来伴晨钟暮鼓、青灯黄卷？

四尼带我们参观寺院，凡佛堂、经坛、禅房、塔林，一一走遍，难以尽述。我本无心礼佛，只是揣测着她们个人的身世，边走边谈，很想探得隐秘。这恰恰是出家人最忌讳的话题。大概因为我也是女性，所以她们戒备较少，似露不露，倒也向我吐露了一些真言。

永强法师大约三十七八，白白胖胖，身材高大，自有大法师气度，而那一副金丝眼镜，却又透出文化人气息。据说，她在俗界时本是富家之女，大学中文系毕业，获硕士学位，入山已有十个年头。永芸法师出家也已届十年，娇小玲珑，像个精明的上海人。也戴着金丝眼镜，腕上戴着手表，手握“大哥大”，不时地和寺里各部门联络，一副现代化派头。她与永强同辈，且也具有硕士文凭，是佛光出版社社长，佛光山赠送我们的那些精美的书刊，原来都是从这位高尼手中出版的！

“永”字辈排行后面是“满”字排行，满来、满修都比她们晚来了一拨儿，当然也更年轻些。满修法师清秀瘦削，一脸庄重，不苟言笑。我试图问她点什么，但她似乎对僧俗界限划得很清，始终不愿多说。

满来法师大约三十岁，祖籍山东。她毕业于台湾师大中文系，而后去了美国，回到台湾当了三年教师，终于看破红尘，五年前落发为尼。满来法师长得并不算很美，但言谈举止，温文尔雅，给我留下极好的印象。按佛教的说法，许是我们有“缘”，边走边谈，颇为投机。上台阶时，竟然亲密地互相搀扶搂抱起来。这是女性的习惯动作，虽然在佛门禁地，也不知不觉地显露出来。当我发觉时，连忙闪开：“哦，这是不是违犯了你们的‘纪律’？”

满来法师侧眼看看师叔永强，以女性特有的神态莞尔一笑，轻声对我说：“按佛门戒律，这样本来是不可以的，不过……今天特殊吧！”

这使我放下心来，进而想更多地了解一些她们的情况，说：“我不懂你们的清规戒律，如果有什么话说错了，你就批评好了！”

满来宽容地笑着说：“没关系！”

“这里的生活是不是太……太……”我极力避开刺激的字眼儿，不敢说枯燥，只说，“太清净了吧？”

“不，我们很忙啊！”满来答道，“打坐参禅，念经礼佛，还要做很多社会工作，每天也是很紧张的！”

于是，她如数家珍，向我一一介绍。佛光寺的僧尼并不只是闭门修行，还设有“慈悲基金会”“佛光施诊所”“云水医院”“器官捐赠会”“大慈育幼院”“万寿园公墓”等社会福利组织，以及“美国西来大学”“都市佛学院”等成人教育院校，还办有“佛光山文教基金会”“佛光山编藏处”“佛光出版社”“佛光书局”《普门杂志》等文化机构，甚至通过广播、电视手段弘法传道，表现了对社会生活积极的参与性，这和人们概念中远离凡尘的老僧古庙是极不相同的，是否也说明了在社会文明进步的今天，宗教也越来越现代化？联想到佛光山的宗旨：以文化弘扬佛法，以教育培养人才，以慈善福利社会，以共修净化人心；佛光人的工作信条：给人信心，给人欢喜，给人希望，给人方便……这些口号中更多地闪烁着入世的文化色彩，与其说是宗教组织，毋宁说更像一个民间社团了！

看来，满来法师非常喜欢佛光山，非常热爱她所选定的生活道路。那么，又怎么解释她出家之前的青少年时期呢？一个大学毕业生，竟然放弃一切，当了尼姑，她不觉得可惜吗？

“你是不是……在家庭或者个人生活方面遇到了什么挫折，才决定离开尘世？”

“不。”她回答得很肯定，“按照俗界的观点，我的家境应该说是很好的，父母都在洛杉矶，生活没有什么麻烦；我自己的事业也很顺利，甚至已经交了男朋友，定了婚期……”

“啊？”我吃惊地看着她，“那后来怎么又……”

“后来嘛，”她微微眯起眼睛，回忆着那似乎已经十分遥远的、在另一个世界的经历，“距婚期越近，我心里越不安，这是佛祖在召唤我呢！我对男朋友说：我遇见了你、你遇见了我，这恐怕是一个错误，我不会和你白头偕老的，将来说不定会出家当尼姑！他听了嘻嘻地笑，根本不相信，而我说的却是心里话。主意已定，我就不想再继续和男朋友往来下去。既然命中注定要分手，那就早点分手，免得将来结了婚，我再出家，就对不起人家了。当我把这个决定正式告诉他时，他虽然很伤心、很失望、很痛苦，但还是忍痛接受了这个现实，因为他也知道，一个人一旦确定了信仰，那就根本不可以改变了！”

“那么，你的父母赞成吗？”

“当然是不赞成了，他们很生气，但也没有办法。我按照自己的意志，出家了！”

“噢！在你剃掉头发的那一刹那，在内心深处，是不是为自己从此不再做‘女人’而感到一丝隐痛？”我以自己的想象问她，并且相信那肯定是难免的。

“不，”她却说，“我从小就厌恶头发，羡慕出家人，心想要是把这多余的头发剃掉该多好啊！慢慢地，我这种愿望越来越强烈，读了一些佛经，终于明白俗界的一切都是暂时的、虚幻的，只有皈依佛祖才是我真正的归宿。你看，我不是终于实现了自己的理想了嘛！”说着，她抬起手，骄傲地抚摩着光光的头顶，似乎有一种解脱沉重负担的快意。

真是不可思议，我在心里为她深深地惋惜！

“你出家之后，寺里还允许你去看望父母吗？”

“当然允许。去年三月，星云法师还专程回大陆去，到故乡南京看望他的母亲。父母的养育之恩，出家人也是不能忘记的。我们的最高理想就是普度众生，怎么能对自己的生身父母无情无义呢？不过，我们还是尽量避免和俗界过多的接触，并不经常回家。如果要为父母尽孝道，最好莫过于为他们念经了！”

一个出家不过五年的“法师”，讲起她们的理论来已经头头是道，似乎道行很深了似的。她虽然自认为已经完全摆脱了尘世，甚至极力把自己看成“中性”或者“无性”的人，但是，在我眼里，她却仍然是个风华正茂的女人。我望着她那洗尽铅华、细腻白皙的肌肤，问道：“你们……一点化妆品也不用吗？”

“如果皮肤皴裂，只用一些凡士林，”她说，“香脂、香水是一概不用的，免得产生邪念。”

一种莫名的遗憾从我心中油然而生。正是如花似玉的年龄，却要将爱美之心强行压抑以至于如此！如果心中果真具有不可动摇的信仰，又何惧外界的“诱惑”？

“你们可以看小说吗？”

“当然可以。”

“我就是写小说的，以后把我写的书送给你。只是不知道书中那些‘俗界’的故事会不会影响你？”

“不会的！”她自信地一笑，表明其立场的坚定不可动摇。

“你们当中有人出了家又还俗吗？”我提的问题越来越“尖锐”，担心她会不高兴了。

“当然有。”她却并不回避，“任何事情，总有人追求到底，也有人中途退却，是不能勉强的。一个人做出出家的决定并不难，难的是一辈子一心事佛，知佛见佛，最终成佛。有的人刚刚出家，处处觉得新鲜，但是时间久了，就觉得很难‘熬’，熬不住了，就还俗而去。既然不是佛门弟子，那就随她去吧！”

满来说到这里，将右手举到额前，嘴唇微动，不知念了句什么，大概是“我佛慈悲”，一副悲天悯人的得道老尼的架势。

参观完毕，天已晚了，我和满来法师的“悄悄话”也只好中途打住。

寺里招待我们吃斋饭。饭菜当然全是素的，其清淡的程度，超出我的想象，真不知她们一年三百六十日、十年三千六百日是怎样度过的？更不知她们凭借如此菲薄的营养，又如何保持姣好的容貌和旺盛的精力？

餐桌上有鱼、有肉，不过全是假的，用豆制品做成鱼状、鸡状、肉状，形、色俱可乱真，品尝之下才知端的。这又让我纳闷儿：既然佛门戒除荤腥，拒绝诱惑，为什么却又曲意模仿凡界的食品呢？既然明知"色即是空"，为什么还要羡慕那虚幻的外表？次日我问满来，她说："那些东西，我们是不吃的，是专为施主做的！"

原来是人家一番好意、一片盛情。不过，我仍然不能理解：凡人到这里来，起码已经表示了对你们的尊重。这正是你们宣传佛教的好时机，又何必用"俗界"的观念去迎合"施主"呢？不过，这种话，我不好意思说出口了。

当夜，客人在佛光山招待所安歇。这里沙发、软床、空调，全无宗教气息。但次日绝早，天还未亮，便听到木鱼声声，僧尼们已开始早课了。

起床之后，四尼带领我们登山观日出，又参观了万佛洞，想必是本寺待客的传统项目。但参观时给我的一个收获，倒不是这些，而是又认识了四尼之外的另一位佛光寺女性。

她的年龄大约与我相仿，肤色白润光洁，身材修长清瘦，头上蓄着黑发，身穿白衬衣、黑布裙，外加一件长长的咖啡色大背心，脚穿黑布鞋，右手戴一只尼泊尔银手镯，左臂却挂一串佛珠。非尼非俗，我很难说清她的身份。一经攀谈，原来是一位在此"带发修行"的"居士"。

"您贵姓？"我不由得又是这么发问。

"姓孙，孙春华。"她答，并不像四尼那样，仍然在使用着俗界的姓名。说着，递给我一张名片，中间印着"孙春华"三字，上端是职务："佛光山寺联络室主任兼发言人"，下端是地址、电话以及传真机号。

我犹犹疑疑地望着她。一位献身佛门、以寺为家并且在这里拥有相当地位却又未曾正式剃度的特殊“尼姑”，令人不可思议！我不失时机地探问她的身世，也许里面藏着另一个故事?

春华居士完全不回避我的贸然提问，坦然告诉我：她本来是电视台的编导，丈夫是电影导演。因为丈夫的生活态度“不正统”，两人便分手了。她带着三岁的女儿上山修行，女儿读完了小学又进了佛学院，最近正式剃度当了尼姑。旁边的一位女“居士”又补充说，她的女儿长得比妈妈还漂亮!

再漂亮还有什么意义？我在心里说。她已经出家当尼姑了!

“这是你的主意?”我问，明显地表露了我的情绪。

“不，这是孩子自己的心意。”她解释说，“信仰是不好勉强的。”

“孩子的爸爸同意吗?”

“他……不反对，因为他知道反对也没有用。他说：‘你们娘儿俩的性格，决定了迟早要进佛门的!’”

“性格?”

“是啊，他说得很对。我从小和外婆住在一起，外婆是个吃斋念佛的老人，信仰很深，我受了她的影响，非常向往佛门净土。女儿大概又受了我的影响，我们的性格是很接近的。所以，在去年十二月二十八日，她剃度了!”

当她说出“剃度了”这三个字的时候，轻轻地舒了一口气，仿佛俗界的父母在说到儿女高考金榜题名时那般了却了一桩心愿。不，比那还要崇高、庄严，因为在她看来，女儿不仅一生都有了最好的归宿，而且已经取得了死后进入极乐世界的门券似的。

我从心里发出一声她不可能觉察的叹息：从今，俗界少了一个天真活泼爱读书爱看电影爱听流行歌曲爱跳迪斯科并且还时时下意识地瞟一眼男孩子的女孩儿，佛门多了一个循规蹈矩吃斋念佛的小尼姑，是耶?

非耶？得耶？失耶？幸耶？不幸耶？不同的观念不同的标准自然也就有不同的结论，谁能说得清楚？

与女儿不同的是，春华居士本人至今仍是俗家打扮。“联络室主任兼发言人”，这个职务不知是什么品级？按我们肉眼凡胎的看法，那就是寺院的“外交部长兼发言人”了，了不起！大概是出于工作的特殊需要，星云法师说：你不必剃度了。她经常往来于台湾—内地—尼泊尔—印度之间，传播着佛教文化，联络着四面八方的友谊。她似乎乐此不疲，心坚如铁。

但我仍然不能打消心头的疑窦，问道：“你为什么一定要选择出家这条路呢？生活中即使出现过不幸，但也已经过去了，你还有属于自己的青春、属于自己的人生！你人长得很美，又有很好的职业，不觉得可惜吗？”

她淡淡一笑：“我没有本事在外面混，外面乱哄哄的！”

回答仅此而已，我相信那没有说出的话，还有很多，很多。人生苦短，却也有人嫌它太长；寸金难买稍纵即逝如白驹过隙的光阴，该怎么度过，答案本来就有一万种；世间万事万物，有无价值全在各人的取向；大千世界，此亦一是非，彼亦一是非，莫若四大皆空，了却一切是非。我无意动摇人家的信念，只能尊重她的选择。那就祝愿她苦苦修行，早成正果吧！

于感叹之中又用了一餐斋饭，我们便匆匆告别了佛光山，又奔向下一个旅游目标。永强、永芸、满来、满修四位法师和春华居士一直把我们送上车，依依而别。我大概没有机会再次飞越海峡来看她们，便相约在北京再见，她们五位——尤其是春华居士是经常到大陆来的。待来日重逢时，愿再做长谈。

在我的旅途中，佛光山这一页已经翻了过去，参观游览的印象也已经模糊，但山上那五位超凡脱俗的女性的音容笑貌，却会清晰、长久地留在我心里。现在，当我在灯下写这篇怀念她们的短文时，她们在做什么呢？恐怕正在寂静的山寺之中，跪坐于蒲团之上，伴林间松涛、月下泉鸣，口口声声念诵“南无阿弥陀佛”吧！

1994 年 2 月 6 日夜，北京

（发表于 1994 年第 3 期《十月》）

“总统”秘书的家事

一九九四年一月十二日，大陆作家访问团抵达台北。

在第二天的一次宴会上，两岸文学艺术界朋友们欢聚一堂。与我隔座相邻的是一位年约五十上下的先生，文质彬彬，颇为健谈。我本以为这是一位作家，接过他的名片一看，非也，此人是现任“国立”中央大学哲学系教授、“国立”台湾大学兼职教授、《国是评论》社长冯沪祥先生，他的名片上还特地印上了曾任职务：“国立”中央大学文学院长、美国波士顿大学客座教授、“总统”府“总统”秘书、“行政院”顾问。这一串头衔中，最为显眼的便是“总统秘书”，即当年蒋经国“总统”的秘书。在交谈中得知，这位已故“总统”的秘书对现任“总统”李登辉颇不以为然，曾在“总统府”前静坐示威以反对“台独”，并且因此被国民党开除党籍。出于作家的职业敏感，我对这位政治风云人物的传奇色彩产生了兴趣，但同时也在想：冯先生无论过去和现在都不搞文学，却缘何对来自大陆的作家访问团如此感兴趣呢？

这且按下不表。却说席间宾、主说起一段佳话：某老先生年逾七旬，而他的续弦夫人尚不满三十，忘年之交，琴瑟和鸣，云云。不料此时冯先生主动插言道：“我的太太也是后娶的……”说着，向邻桌的一位女士指了指，意即那就是他后娶的太太，看样子也不过二十七八岁，与他年龄相差一半。

“噢!?”我一愣。对于别人的“老夫少妻”现象，我本不愿评论，但如此主动自我介绍的，尚不多见。“那么，您原来的太太……”我不知不觉脱口问道，却又只说了一半，因为这毕竟是人家的私事，问得多了，说不定会引起不快。

冯先生的脸上却不见任何不悦，好像正期望着我问他这个问题，庄重地回答说：“她是一位作家……”那神情，充满对作家这一职业的尊重，他以曾有这样一位妻子而深感自豪。

那么，既然如此，冯先生的婚姻怎么又会出现后来的变化呢？是离异，还是……我侧耳细听，愿闻其详。于是，冯先生便和坐在我和他之间的客人交换了位置，娓娓而谈他的家史……

他的结发妻子姓萧名毅虹，以文为业，著述颇丰。两人感情深厚，相敬如宾，却不料未能白头偕老，萧毅虹身患癌症，中年早丧，留下了孤雁般的丈夫和三个爱若掌上明珠的女儿。

“就在头一天晚上，我的大女儿梦见妈妈对她说：‘你要好好地照顾两个妹妹!’那是预兆啊，是毅虹的临终嘱托，第二天一早，孩子醒来才知道，妈妈已经在昨晚撒手西归了!”仿佛那悲痛的一幕就发生在昨天，冯先生潸然泪下，两眼痴痴地望着空中，仿佛在追寻那永难忘怀的伴侣。

一个中年女人对家庭来说意味着什么呢？几乎可以说是家庭的全部，她是丈夫的精神寄托，是儿女温暖的巢。可是，这个人突然没有了，再也没有了！“不，这个家怎么能没有她？在我的心里、眼里，在女儿的梦里、醒里，她还活着，她化作了清风和馨香，弥漫在空气中，充实在这个家庭的日日夜夜。每天，孩子们如同听到了妈妈的呼唤，黎明即起，洗漱完毕，各自奔赴学校，夜晚又急急归巢，好像病中的妈妈在倚闾而望；而我，事无巨细，总要默默地和毅虹‘商议’，在得到她的赞同之后才放心地去做，她在冥冥之中注视着、关切着、照护着我的一切。有一次，三个孩子因为一件什么事而争吵起来，我看看这个，看看那个，对谁都不忍训斥，只含泪说了句：‘你们忘了妈妈临终是怎么嘱咐的吗?’大女儿‘哇’地哭了出来，搂住她两个妹妹，悔恨不已……”冯先生娓娓叙述往事，似乎至今不能从失去爱妻的痛苦中自拔，犹如苏东坡悼念亡妻：“不思量，自难忘。千里孤坟，无处话凄凉”！

岁月在这个失衡的家庭艰难地推移。三年后的一天，冯先生接到一封美国洛杉矶学术活动的请柬。对这次活动，他本不感兴趣，不打算去了。是夜，万籁俱寂，月明如水，清风拂窗，一个袅袅倩影款款走到床前，那是毅虹！她深情地望着丈夫，轻轻地然而又是那么坚决地说：“去吧，别的事都可以推掉，你一定要去!”冯先生惊而坐起，连呼：“毅虹！毅虹!”眼前却人去楼空，刚才的情景只是南柯一梦。但是，他确信，自己是真的看到了毅虹了，毅虹所说的话，每一个字都记得那么真切！凭着直觉的信任，他听从了爱妻的劝告，匆匆登程了。

登上飞机，已经临近起飞的时间，空中小姐对旅客的最初服务已经完毕。行色匆匆的冯先生疲惫地坐在座位上，不经意地问从身旁经过的一位空姐：“小姐，有今天的报纸吗?”耳畔响起一个轻柔的声音：“有，先生。”一张当天的报纸递在他的手上，随即送上一杯水：“先生，请您先喝杯水。”他不禁心里一热：往日，只有毅虹对他这么体贴，可惜已经久违了！迷惘中抬起头来，他看到了一张美丽而温柔的脸，竟是那么熟悉，分明是年轻时的毅虹……

等到冯先生从美国回来，他和这位小姐已经相爱了，这就是他现在的妻子彭业萍。

“这完全是毅虹的安排!”冯先生喃喃地对我说，“她为什么那样执意非让我去不可呢？因为业萍在等着我！要知道，那是业萍最后一次做空中执勤，错过那次机会，我们将失之交臂！”

哦，哦，我听着这位痴情的男人神情恍惚的叙述，虽然并不相信阴阳两界的感应和神乎其神的“天作之合”，但他对前妻的那份痴情，却不能不令我感动。

“您……这么怀念前妻，业萍女士不忌妒吗？”我问。

“不忌妒——她也已经习惯了。”冯先生答，“我和她结合时，有言在先：毅虹生的三个女儿就是我们共同的孩子，以后不再生育了。为了纪念毅虹，我把她的遗著全部重新出版，并且设立了一项‘萧毅虹文学奖基金会’，用于奖励文学新人，每年十二到十五人，每人一万新台币。这项工作，是业萍和我一道做的，要一直做下去！”

说到这里，他站起身来，招呼邻桌的彭业萍女士过来和我见面。当我握着他这位贤内助柔软的手时，心中不禁升起一股敬意。

这顿盛宴，吃的什么我完全没有注意，留在记忆中的是这个缠绵悱恻的故事。席散之后，冯先生送我们回到宾馆，言犹未尽。我送给他我的书以及大陆的刊物，当他从中读到我引用的元好问词句“问世间，情为何物？直教生死相许”时，竟一连读了三四遍，仿佛在读给逝去的毅虹听。为什么一位搞了半辈子政治的哲学博士对大陆的作家访问团如见故人？为什么他对素昧平生、初次相识的我敞开心扉？明白了，明白了，他是在替亡妻偿还夙愿，在宝岛台湾接待来自大陆的同行，这就是他今天前来赴宴的原因！

我们在大陆时，过去只是风闻那边经济富裕了，婚姻、家庭、伦理、道德等社会观念都西化了，我在刚刚听到冯先生介绍那位“后娶”的年轻夫人时甚至还曾怀疑他是那种移情别恋、抛弃发妻的无情男人，却不曾想到他的内心深处是一片似水柔情，不曾想到在那个社会也仍然有真情存在！

谈及海峡两岸四十多年的阻隔，冯先生感慨万端，说到近年来的两岸交流和他几次回大陆观光，又甚觉欣慰。“不过，”他略有迟疑地说，“我感觉好像大陆的风气在变……婚外恋啊，‘性解放’啊，成了时髦的东西，有的人甚至到了一大把年纪，去职（即大陆所说的‘退休’）了还闹婚变，抛弃发妻，唉！我绝不是在提倡‘从一而终’的封建道德——我本人就曾两次结婚，也不是说夫妻感情破裂了不可以离婚，而是觉得有些人把婚姻当儿戏，丢掉了中华民族传统的美德，丢掉了人生最宝贵的真情，反而说成‘现代意识’，这太荒唐了，社会的进步不等于道德沦丧啊！”

我没有料到他会在这方面对大陆做出批评，一时不好回答。他所指责的那些现象，在大陆也的确存在。但我历来不愿臧否他人，只能说：“那些现象毕竟还是少数，我相信一个在经济上腾飞的民族，也必将会在现代化的进程中塑造自己真善美的形象！”

不知这个答复冯先生以为然否？但见他表情肃然，喃喃道：“但愿，但愿！”

风雨石板街

计程车沿着皇后大道由东西行，在一个十字路口停了下来，司机对我说："到了，就是这里啦!"

我下了车，撑起折叠伞，望着这个"慕名"而来的地方，朝它走去。这是一条很不起眼的小街，总长五百米左右，自干诺道起，向西南方向延伸，与德辅道中、皇后大道中交叉，略做曲折，再穿过士丹尼街、威灵顿街，到荷里活道止；街道很窄，依地势而筑，呈坡形，用不甚规则的石板铺成，两旁多是陈旧的房舍，和大厦林立的"东方之珠"很不协调。

这条街的英文名为"POTTINGER ST."，中文名与此对应，叫"砵甸乍街"。一个非常拗口的名字，连当地人都懒得叫，称之为"石板街"。

石板街的特别之处并不在它的石板，而在它那个拗口的正式名字"砵甸乍"，竟然是香港的第一任总督：亨利·砵甸乍，在清代的官方文书中被译为"璞鼎查"。

我们不会忘记一百五十多年前那场血与火的恶战，大英帝国的坚船利炮轰开了中国国门，一八四一年一月以武力强占香港。然而，曾为英国夺取香港立下汗马功劳的查尔斯·义律却并未得到表彰和晋升，当时的英国政府和相当一部分英国人仍把兴趣放在舟山群岛，认为占领香港得不偿失。他们并没有充分估计香港的价值，没有准确地预见香港的未来将成为世界最重要的航运中心、商业中心和金融中心之一，因此，英国外交大臣巴麦尊对义律弃舟山而取香港颇为不满，并且认为他先斩后奏地确定清廷赔偿七百万银元的鸦片“损失”费太少了，下令将义律免职，任命亨利·璞鼎查接替义律为驻华全权使臣兼商务监督。

璞鼎查原系英属殖民地印度信德省行政长官，在那里盘踞长达三十多年，并且在入侵阿富汗时冲锋陷阵，是大英帝国不可多得的“人才”。一八四一年八月，璞鼎查统兵三千五百名，率战舰三十七艘，由香港北犯，攻陷厦门，十月占领定海、宁波。次年六月，璞鼎查增兵进犯吴淞口，七月打下镇江，八月直逼南京。在强大的军事压力下，道光皇帝不得不低下高贵的头颅，派耆英、伊里布为全权代表，南下求和，于一八四二年八月二十九日在停泊于长江江面的英舰“康沃利斯”号上签订了丧权辱国的《南京条约》，条约共十三款，主要内容有：割让香港，开放广州、福州、厦门、宁波、上海“五口通商”，赔款二千一百万银元，中国的海关税率由中英两国协定，英国商人在中国自由贸易，不加任何限制。这是中国近代史上与外国侵略者签订的第一个不平等条约，从此列强蜂拥而上，瓜分豆剖，大清帝国一步步沦为半封建半殖民地。

当时，逼迫中国接受这些蛮横条款并代表英国在《南京条约》上签字的，便是璞鼎查。

一八四三年六月二十三日，一艘英国军舰将耆英从虎门护送到香港，履行换约手续。这一仪式于六月二十六日下午五时举行，由英国少校玛尔科姆宣读维多利亚女王的御旨，宣布香港成为英国领土，并任命璞鼎查为首任香港总督。据当时出版的文献记载，是日晚，功成名就的璞鼎查在总督官邸欢宴清使耆英，他特别兴奋，引吭高歌。而这场宴会的主宾耆英，在亲自完成将国土拱手让人这一罪恶勾当之后也显得非常

"愉快"。

璞鼎查在香港任职的时间自一八四三年六月起，到一八四四年五月止，总共不到一年，而由他开创的这一块"殖民地"的历史却已经延续了一个半世纪，对于大英帝国，无疑他是"有功之臣"，维多利亚女王因此封他为"巴斯大十字最高勋爵"。在他离任之后，遥远的香港还留下了这条"砵甸乍街"，以做永久的"纪念"。然而奇怪的是，以首任港督的名字命名的这条街竟然如此小气，如此破旧，并不像他当年那么耀武扬威。

蒙蒙细雨中，我走进临街的一家小店铺，问柜台里面的老板："请问，你知道这条街名的来历吗?"

他不假思索地回答："来历？什么来历？石板街就是石板街啦!"

我说："它还有一个正式的名字……"

没等我说完，老板就笑着打断了我的话："你要买什么东西啦?"

看来，砵甸乍(璞鼎查)在他心目中根本没有位置，对于一个半世纪之前的"街史"也没有什么兴趣。他甚至觉得奇怪：这个"北方仔"打听这些，要做乜嘢(粤语：干什么)？

我走出小店，撑着雨伞，踏着粗粝、泥泞、凹凸不平的路，向前走去。"砵甸乍"，一个疙疙瘩瘩的名字，就像脚下年深日久的斑驳石板。风雨之中，短短的一条小街，走得很艰难，仿佛是在走过那一个半世纪屈辱的历程。抬眼看，快走到头了!

(发表于1995年12月29日《南方周末》。收入《你是我永远的表达》，光明日报出版社1997年出版)

香港的起点

香港的历史有多久？一般认为，“香港”作为整个香港的地名，应自鸦片战争算起，因为在此之前，“香港”仅是现今香港仔附近渔村的名称，尚不包括全岛，更不包括九龙和新界。由于英国强迫清廷割让，在正式文件上才将整个港岛称为“香港”，此后陆续割让和租借的九龙与新界也纳入“香港”这一总称的范围之内。

然而，对于这片土地，人们怎样称呼它是一回事，它的客观存在又是一回事。现代意义的香港“开埠”可以从一八四一年算起，而实际上香港的历史却要久远得多。至少有据可查，早在秦始皇帝统一六国不久，便于公元前二一四年派屠睢南征五岭，平定百越，设立桂林郡、象郡和南海郡。现今的香港地区，当时即属于南海郡番禺县。自此，经历秦、汉、三国、两晋、唐、宋、元、明、清，虽建制屡有变更，这片土地却是始终在中央政府的统治下，至清道光年间，割让英国之前，此地隶属于广东省新安县所辖。

但这也仅是史籍所载，仍然存在极大的局限。随着学术界对香港史研究的不断深入和考古新发现，古代香港的面貌越来越清晰地呈现在我们面前。

一九三二年，由于一个偶然的机会，香港建筑工人在南丫岛挖取海沙时突然发现了一些碎陶器和石箭镞，由此引发了史家的注意。香港大学教授谢尔石亲往勘察，发现甚丰，遂又告知地理系讲师Finns，一同发掘、研究。后来，Finns在香港政府的赞助下，对南丫岛进行深入发掘，找到了一些新石器时代的石制器皿以及与内地汉代文物同期的青铜器。这是香港最早的考古发现，有力地证明，香港的先民远在新石器时期就与内地“同步发展”了。值得注意的是，南丫岛一带正是鸦片战争前被当地居民称为“香港村”的地方。可见远古时期的先民早已看中了香港仔湾两岸这块背山面水、适于渔猎的地方，繁衍生息，一直延绵到十九世纪，还有“香港村”这个村落存在，遥远的历史便画上了一条贯串的长线。

一九九五年，香港政府在九龙李郑屋兴建大厦时，建筑工人又偶然发现了一座古墓，经香港大学教授林仰山带领学生发掘，出土大量陶器、铜器。专家、学者普遍认为，这座古墓应是东汉时期的墓葬，其墓室建造之坚固，随葬器物之精美，都具相当水平，可见当时的香港地区有着与内地相通的文化艺术。

一九五九年，香港著名作家、学者叶灵凤与一些考古界人士在新界西贡东龙洲发现大型摩崖石刻，昔日《新安县志》所载的“石壁画龙”终于得到了实物印证。这条龙以阴纹刻于巨石之上，刀法古朴，线条苍劲，造型独特，与人们常见的绘画、雕刻中龙的形象迥然不同，浑然大气，磅礴古朴，三趾脚爪前伸，昂首凌空欲飞，好一条巨龙！由于此龙的形象前所未见，而且刻石除龙之外再无文字，所以很难断定它的确切时代，但无疑，它是香港地区先民们的杰作，龙的传人心目中至高无上的图腾。香港的起点到底在何时？也许，这条巨龙将告诉我们！

（发表于1996年1月5日《北京晚报》）

莞香缥缈香江源

现今我们所说的“香港”，实际包括香港岛、九龙和新界在内的一大片地方，这是英国自鸦片战争以来对我国领土逐渐蚕食的结果。而在一百五十多年前，香港这个地名的含义要小得多，且不说九龙、新界，连香港岛本身也不能包括，而仅仅是它的一个角落。早在明朝万历年间，郭棐所撰的《粤大记》便曾在地图上标着“香港”的地名，但并不是现在的香港，而是香港旁边的一个小岛，从所处位置来看，当是今日之鸭脷洲，位于香港仔附近。而今日之香港仔，当初也并没有那个“仔”字，径称为“香港”。大约这个名称所指，包括了香港仔湾两旁的鸭脷洲和香港仔，总之是现今港岛的一部分，而非全部。鸦片战争前夕，英国的商船、军舰初到此地，询问当地居民：“这是什么地方?”居民们便答：“香港。”由于他们所说的是粤语方言，英国人便记为“HONGKONG”，并且把它作为整个岛屿的名称了。最早名为“香港”那个小地方，为此只好再加上一个“仔”字，以示区别。说起来，这“香港仔”才是真正的、原始的香港，不料范围扩大了，辈分倒降低了。

无论“香港”二字所指的范围大小，这个名称是本地固有的，当是毫无疑问的。或问：香港为什么叫“香港”？对此，港岛故老相传，其说不一。

一种说法是：明崇祯年间曾有一名叫刘香的海盗盘桓此岛，清嘉庆年间又有一名叫香姑的女海盗来岛逗留，后人因以名之。此说虽得一个“香”字，而“港”字却无着落，难以令人信服。

另有一说：香港在历史上，自唐至德二年至明隆庆元六年曾隶属于东莞县，当地种植的一种香树，俗称“土沉香”，以别于印度、泰国、越南和中国台湾所产的沉香，因产于东莞，又称莞香。莞香既是香料，又可入药，极其名贵，东莞人多以种香起家，“莞香盛时，岁售逾数万金”。香港既属东莞，也是莞香生产基地，遂因之得名。可惜，清初为孤立郑成功，命令沿海居民内迁五十里，香农砍了香树，带走香木，以做搬迁之资。后来清廷又准许复界，香农再种新树，但幼苗长成，非一日之功，而官府又追索香木甚急，为此打杀香农，香农被逼不过，愤而砍了树苗，逃走了事。据古籍所载：“凡香先辨其所出之地，香在地而不在种，非其地则香种变。”也就是说，离开这方水土，香农即使携了树种到别处栽种，也生产不出这种独特的莞香。雍正以后，种香业便在港岛失传，只留下一个余韵缥缈的雅称。

由莞香而得名香港，这是人们普遍接受的说法，因为当时岛上所产的莞香要由水路运往内地，往来运香船只必然停泊于港湾，称之为“香港”，名副其实，至今仍存的香头埗就是当年运香船停泊的码头。

此外还有一说：现今香港的瀑布湾，原有一道瀑布，其水清洌甘甜，往来行船之人都要在此汲水解渴，因称此水为“香江”，香江的入海口便也就叫“香港”了。时至今日，香江仍被作为香港的别称，当年的瀑布虽早已枯竭，在瀑布湾公园也还有踪迹可循。但小小的一条溪流加上一道瀑布便号称“江”，似与地理学惯例不符，而且水质即使再“甜”，总不至于以嗅觉代替味觉称赞其“香”，终不免有些牵强吧？“人生易老天难老”，一个半世纪的岁月，在大自然只是短短的一瞬，而对人们来说却已经是久远的历史，有些事情甚至弄不大清楚了，留下一些扑朔迷离的传说，让后人猜测。不过，不管香港的得名是由于莞香，还是因为香江，总归是个动听的名字，而且是个美丽的地方。它位于祖国的东南海隅，鸡犬相闻穗、闽；隔海相望澳、台；水路可达朝、日、东南亚、澳大利亚；且为远去欧、美的必经之途，四通八达，占尽地利，得天独厚。所以，当年英国殖民主义者对它垂涎三尺，以强盗逻辑和武力威胁，从软弱无能的清政府手中攫取了这片土地，而中国人民，包括在香港生活的居民，百余年来从来也没有忘记这里是中国的土地，相信有朝一日还要回归祖国。这一天，很快就要到来了。

（发表于 1996 年 1 月 12 日《北京晚报》）

清末文人看香港

薄暮时分，从九龙半岛最南端的尖沙咀丽晶酒店一眼望去，维多利亚港水平如镜，对岸的港岛中区巨厦林立，万家灯火，在海面上垂下流光溢彩的倒影，仿佛面前是海市蜃楼。

正如西方的谚语“罗马不是一天建成的”“巴黎不是一天建成的”，东方明珠香港也不是一天建成的。一百五十年前，港岛还是峰峦叠嶂，临海处分布着几个渔家村落。鸦片战争之后，香港落入英人之手。西方近代科学技术的涌入和自由贸易的开展固然刺激了它的经济繁荣，但凿山填海、开路筑屋却是中国人付出的心血汗水。短短的时间内，太平山麓楼宇鳞次栉比，街衢纵横，海湾舟楫如林，香港崭露头角，引起相对封闭的内地人的好奇，这在当时一些著名文人的笔下，曾有生动的反映。

道光进士，曾任编修、武英殿国史馆协修等职的何绍基，一八四九年奉命到广东主持乡试，乘轮船途经澳门、香港，有诗纪游。诗中说道：“火激水沸水轮转，舟得轮运疑有神。约三时许七百里，海行更比江行驶。不帆不篙惟恃炉，炉中石炭气焰粗。有时热逼颇难避，海风一凉人意苏。”这大约是何老先生头一次乘坐火轮船，那种新鲜感表露得淋漓尽致，堂堂朝廷大员也如刘姥姥进大观园。他形容香港市容曰：“一层坡岭一层屋，街石磨平莹如玉。初更月出门尽闭，止许夷人车莽驰。层楼叠阁金碧丽，服饰全非中土制。”香港全岛皆山，房舍都在坡岭上建筑，他的描写很真实。“服饰全非中土制”一句恐怕仅指洋人，当时的港岛华人，男性仍然长袍马褂，脑后垂着大辫子，女性则旗袍、纂发，他们虽被清廷无情抛弃，却不改爱国之心。“初更月出门尽闭……”正是当时的情形，港府每晚十时实行宵禁，华人一律不许外出，而洋人车辆则通行无阻。这分明是殖民主义者露骨的种族歧视，何老先生却还有几分夜郎自大地嘲弄洋人：“其人丑陋肩肝修，深目凸鼻须眉虬。言语侏离文字异，所嗜酒果兼羊牛。”当然，由于何老先生是“高等华人”，所以洋人似乎还很给面子，听说他是书法大家，纷纷敬求墨宝。于是何老先生十分得意，乘醉挥毫：“谓余书有辟邪用，试悬老腕惊群酋。平生足迹遍行省，今日得此韵外游。万怪鱼龙窥醉墨，近仙楼与杏花楼。”

何老先生在香港的这番表演，百年之后在我们心中所引起的“效应”是他无论如何也想不到的。

比何绍基稍晚一些，江苏昆山书生王韬于一八六二年从上海来港。王韬有一个绰号叫“长毛状元”，据说他曾到南京参加太平天国的殿试，获头名状元，这恐怕只是讹传。不过他的赴港，倒真是与太平天国有关。王韬曾以“黄畹兰卿”的名字上书天王洪秀全，建议他不要攻打上海，而应联合英法，专攻曾国藩部，与清廷争天下。这封信为清军所获，缉捕甚急，王韬乘船来港避难。他到港之时，香港的建设方兴未艾，在他的日记中有所反映：“……往游下环，见工人之凿山填海者，不惮劳瘁。下环颇有树木山水之胜，景物幽邃，人家萧寂，迥异上中环之市廛尘溢、甚嚣尘上也。”“英人始辟此岛时，仅千余人。今生聚贾贩者，不下二十万众，瘴气渐轻，不致富人矣。”王韬系一落魄文人，在香港当然不会受到像何绍基那么高“规格”的接待，玩得那么开心。王韬开始很不喜欢这个"蕞尔绝岛"，在给友人的信中说："乃抵粤港，风土瘠恶，人民椎恶，语言侏离，不能悉辩。""终日独坐，绝无酬对，所供饮食，尤难下箸。饭皆成粒，坚粒鲠喉，鱼尚留鳞，锐芳螫舌。肉初沸以出汤，腥闻扑鼻；蔬旋漉而入馔，生色刺眸。既臭味之差池，亦酸咸之异嗜。嗟乎！"王韬是江苏人，当然习惯于苏菜而吃不惯粤菜，所以贬得一塌糊涂，三餐难咽，度日如年，如今我们设想他当时那副狼狈相，觉得十分有趣。但王韬终于还是习惯了这方水土，住了下来，并于一八七三年创办《循环日报》，几乎每期必有他撰写的评论，论说国是，鼓吹洋务，呼吁变法，文锋犀利，观点鲜明，一时名重海内外，对香港早期的文化、新闻事业有所贡献。

还有一位大名鼎鼎的晚清诗人黄遵宪，曾先后任大清国驻日本、英国使馆的参赞和驻旧金山、新加坡领事馆的总领事，借用今天的话说，"由于工作关系"，多次途经香港，并有诗作，一八七〇年有《香港感怀十首》。其中一首写道："酋长虬髯客，豪客碧眼胡。金轮铭武后，宝塔礼耶稣。火树银花耀，毡衣绣缕铺。五丁开凿后，欲界亦仙都。"诗中"酋长虬髯客，豪客碧眼胡"颇形象生动。"金轮铭武后"一句，作者自注"香港城为域多利，即女王名也"。所谓"域多利"，即维多利亚，指中环一带，这是香港最早开辟的城区，由首任港督砵甸乍命名为维多利亚城。中国有史以来仅出过一位女皇帝武则天，所以黄遵宪以"武后"比维多利亚女王。而"宝塔礼耶稣"当是指基督教教堂的高耸塔楼，并非真的什么宝塔，中国文人即使在描写西洋事物时也喜欢用传统文字和意象。"火树银花……"句描述香港夜晚彩灯齐辉之情形，当时是内地不曾见到的稀罕物，与何绍基对香港的新奇感受可谓异曲同工。

自然，黄遵宪作为中国近代史上一位杰出的思想家、外交家、改革家，香港在他眼中当不仅具繁华豪奢，更是一片丧权辱国的伤心之地，

“遣使初求地，高皇全盛时。六州谁铸错？一恸失燕脂。凿空蚕丛辟，嘘云蜃气奇。山头旗猎猎，犹自误龙旗！”真切地体现了痛失大好河山的悲怆情怀。

（发表于1996年1月12日《文艺报》）

似是而非的“阿群带路”

在早些年间的香港，有一个人人熟悉的图案：远山，大海，海面上行驶着一艘中式帆船和一艘西式三桅帆船，近处一座码头。一名身穿燕尾服、戴礼帽的洋人显然刚刚上岸，他的身后还并排放着六只方形箱子。两名中国人迎上前来，其中一个脑后垂着辫子的在和洋人握手。这幅图案，一八四二年英国占领香港之后，就铸在维多利亚女王颁给港督的官印上，作为香港的城徽，一直使用了百余年。很显然，英国殖民主义者设计这样一幅图案，是颇费心机的。画面上的山，最高的一座自然是扯旗山，山下的海也就是维多利亚港了。海面上既有中国船，又有西洋船，而且西洋船不是战舰，而是商船，表明英国人不远万里来到中国，不是来侵略，而是来做生意的，身旁的货箱就是明证。所以他们受中国人的欢迎，不是有梳辫子的中国人和他亲切握手吗？那个与洋人甚为亲热的中国人，据说名叫“阿群”。他是香港岛上的居民，当年洋人刚刚来到这个地方，由于不熟悉环境，阿群就热情好客地为他们带路。洋人为了纪念他为“开辟”香港所做的贡献，所以特地铸在徽章之上，叫作《阿群带路图》。

英国人是非常喜爱这幅《阿群带路图》的。而在我们看来，却如芒刺背，骨鲠在喉。一百五十年前，从英国开到中国海域的不仅有商船，还有战舰。商船上装载的货物，是毒害中国人民的鸦片。为此，中英两国打了两次鸦片战争，对此是再清楚不过的了。可是，殖民主义者偏偏要把侵略说成友善，为此，精心炮制了这幅图解式的广告画，使得“阿群带路”的说法广为流传，甚至香港早期中环一带的“群带路”也被附会成因当年阿群在此带路而得名，似乎当年真的发生过这么一件真人真事。

其实，这个刻意虚构的故事，极其容易戳穿。所谓“群带路”（或作“群大路”），作为香港的一个地名，早在英国人占领香港之前就已存在，明末清初的《东莞县志》和清嘉庆年间的《新安县志》上都有记载，但明明白白地写着的是“裙带路”，而不是“群带路”，一字之差，意义完全不同。一个半世纪之前的香港，未经殖民开凿，还是一派山区田园景象，山间小路，曲曲折折宛如飘浮于烟霭之中的一条裙带，这名字本是极形象、极贴切的，和后来英国人的占领毫无关系，更谈不上什么“阿群带路”。直到中英签订《南京条约》，正式把香港割让给英国之后，清廷钦差大臣耆英于一八四三年到香港与港督交换条约文本，回去向皇帝报告的奏折上也仍然使用“裙带路”之称：“该夷于近年以来，在土名裙带路一带，凿山开道，建盖洋楼……”可见“裙带路”作为当地人熟悉的“土名”的存在，连钦差大臣都知道。至于“群带路”或“群大路”，都是以讹传讹，再和徽章上的那幅图攀上关系，水也就越搅越浑了。

当然，中国人这么多，其中出几个引狼入室的人倒也难免，或许不叫阿群而叫阿猫阿狗，叫什么都无关紧要，但那种替侵占我国土、奴役我同胞的“红毛洋鬼”带路的行为，绝对为国人所不齿，更不值得“纪念”了。

《阿群带路图》在香港使用到一九六二年为止，以后便换了新的标志，即一龙一狮图案。但以此代替《阿群带路图》的原因，倒并非英国人忽然不喜欢“阿群”了，而是发现那使用了一百多年的图案原来有一个错误：“阿群”和英国人握手所站的码头，与扯旗山隔着海峡，那就不是在香港，而在中国其他的什么地方了，焉有用来代表香港的道理？于是只好换掉。这事儿说来是个挺可乐的笑话，贻笑大方竟达百余年之久。

（发表于 1996 年 1 月 19 日《北京晚报》）

百年沧桑“占领角”

沿着古色古香、遍布中药铺、古玩字画店的荷里活道迤逦朝西北方向走去，一直走到终点，便和皇后大道西相交。在它们夹角之外，是荷里活道公园，公园旁边有一条小街，叫“水坑口街”。如果时光倒流一个半世纪，从这里以北包括德辅道、干诺道在内的大片填海所得的土地都尚未存在，水坑口一带还是海滨。

一八四一年一月，大军压境的英国皇家舰队突然袭击珠江口虎门外的大角和沙角两炮台。清廷钦差大臣琦善慑于侵略者的嚣张气焰，一面下令炮台的守军撤退，一面派人到穿鼻洋上与英国驻华全权钦使兼商务监督查尔斯·义律谈判。义律提出了一个包括要求将香港割让给英国、中国赔偿烟价六百万银元等项内容的条约草案，即所谓的《穿鼻草约》。但这份草约并没有经过清廷和英国政府批准，只答应“来文中乞称给予口外外洋寄居一所，代为奏恳”。但义律却迫不及待，他认为两国正式批准条约只是早晚的事，最重要的是先下手为强，造成既成事实。于是，决定立即占领香港。

占领行动迅雷不及掩耳，距《穿鼻草约》的签订只有五天。一八四一年一月二十五日，英国海军测量舰“琉璜”号由舰长卑路乍率领，在香港岛西北角登陆，并鸣枪示威。次日，英国驻远东舰队支队司令麦伯率官兵登陆，举行升旗仪式。一月二十九日，义律照会当地中国驻军，声称香港已属英国主治，请清军撤回。二月一日、二日，义律又两番发布文告，称“本使大臣奉命为英国善定事宜，经与大清国钦差大臣琦善成立协定，将香港全岛地方让给英国统治，业有文据在案。凡尔香港居民，归顺英国为女皇之赤子，自应恭顺守法，勉为良民”“凡属英国及外国侨民，务须遵守英国法律，自可受英国法律之切实保护也”，云云。

翌年，道光皇帝在大败之后被迫签订了《南京条约》，正式将香港割让给英国，只不过是事后的追认而已，实际上英国占领香港的时间并非签订《南京条约》的一八四二年八月，而是一八四一年一月。

当年英军登陆的地点，就在水坑口一带，英国人遂称这里为“POSSESSION POINT”，意为“占领角”，在旁边开辟的水坑口街，便被命名为“POSSESSION STREET”，即“占领街”。

英人占领香港之后，立即募集民工，凿山开道，皇后大道和荷里活道都是最早开辟的道路。西营盘、上环一带大兴土木，屋宇日渐稠密。然而水坑口附近却长期抛荒，留着大片空地，成为大众休憩之所，贩夫走卒、江湖术士、巫婆神汉也在此招揽生意，好似一个不收门票也无人管理的天然公园。年深日久，这块空地虽被不断蚕食，范围越来越小，但至今仍没有完全消失，荷里活道公园便是它的一部分。附近这片地方，除俗称“水坑口”之外，还有一个古老的名字：大笪地。早年香港不像现在有这么多游乐场所，因此大笪地颇受劳动阶级欢迎，上一辈、上上一辈的香港人往往不无骄傲地说：“未有香港，先有大笪地。”以说明它的古老。古老是够古老了，这片“未开垦的处女地”竟然闲置一个半世纪，在寸土寸金的香港简直不可思议。其实，港英政府之所以对这块地方情有独钟，不忍占用，根本不是为了给中国人留下一片游乐之地，而是在纪念那最初的“占领”！大笪地——一八四一年一月二十五日，香港的殖民地历史由此开始，长达一个半世纪的民族耻辱由此开始，它的存在，犹如圆明园的残柱，那是我们祖国母亲身上的伤疤，有什么值得“骄傲”啊！

（发表于1996年2月2日《北京晚报》）

九龙腾飞话半岛

九龙半岛是香港特别行政区的一部分，与香港本岛仅一水之隔，好似大陆深情地伸出一只手，指向港岛的湾仔。

九龙为什么叫“九龙”？一般认为得名于半岛上的九龙岭（又称飞鹅山、赤望岭）。可是九龙岭也仅是一岭，何以称为“九龙”？即使加上东山、观音山、慈云山、鸡胸山、狮子山、笔架山、鹰巢山，也只有八岭而已，“九”从何来？若要刨根问底，便扯出了一个年深日久的故事。

南宋末年，元兵南逼，张世杰、陆秀夫护佑着赵宋根苗赵昰、赵昺逃到这里。少帝赵昺登临山间巨石，见周围八座山峰，郁郁苍苍，甚有气势，随口说：“每山一龙，八座山正好八条龙。”陆秀夫答曰：“陛下贵为天子，也是一龙。”赵昺颔首称是，便命名此地为“九龙”。

这个故事自然未可当真，想是好事者为了凑足九条龙，便把小皇帝这条“龙”也算上了。不过，考察起来，年仅九岁的宋端宗赵昰为元兵所追，与他的同父异母弟弟赵昺落荒而逃，由福州而泉州，而潮州，而梅蔚，而九龙，一路艰苦转战。赵昰在一二七八年病死在碙洲，张世杰、陆秀夫又拥立八岁的赵昺为帝，继续抗元复宋的武装斗争，两年后以失败告终，陆秀夫背着赵昺蹈海而死，慷慨殉国。九龙地方不大，却因接待宋末二王而驰名，后人在九龙湾西岸之圣山刻石宋王台以表纪念，清嘉庆年间又曾重修。一八九八年，香港立法局华人代表何启申述民意，向港府要求保护这一历史古迹，获立法局通过，当时曾在台旁竖碑："此地禁止采石，保存宋王台。"一九一五年，香港大学教授赖际熙吁请当局划地置园，并由绅商李瑞琴建石垣围绕，台前竖起牌坊，镌联曰："一声望帝啼荒殿，百战河山见落晖"。语极苍凉悲壮。一九四一年日军强占香港，为扩建启德机场，借口影响飞机起落，将刻石摧毁爆裂，原址夷为平地。其实此石并不算高大，空中的飞机根本撞不到它，日军所为，恐怕主要是心理作用使然，要借此铲除中国人的爱国怀土之心罢了。日军投降之后，香港政府应民众要求，在距原址不远处辟地建公园，并将残石移来，永久保存。宋王台摩崖石刻经日军毁坏，已断而为三，幸亏中间一块尚完整地保留着榜书大字，遂削为方形，置一石台之上，这便是今天仅存的宋王台遗迹了。

历史上，九龙半岛属"官富场"辖地，南宋政府曾派员在此管理盐政，并由军队驻守"官富寨"。一三七〇年，明太祖朱元璋在此设"官寨巡检司"，辖地包括现今整个香港地区和深圳东部。清初，政府在此设立炮台，重兵把守。鸦片战争之前，英国商船往来粤海，早已觊觎这片极具军事价值和商业价值的土地。一八四一年，英军强占香港岛，次年逼迫清政府签订《南京条约》，正式将香港割让给英国。然而殖民主义者欲壑难填，又把魔爪伸向九龙，擅自在尖沙咀修造炮台，派兵驻守。一八五六年，英国发动第二次鸦片战争，一八五八年，强迫清政府签订《天津条约》和《通商章程善后条约》。一八五九年，英国殖民地部副大臣通知驻华英军："一有机会，即尽早占领那个(九龙)半岛。"一八六〇年，英军在尖沙咀强行登陆，英国驻广州领事巴夏礼向清朝两广总督劳崇光突然袭击，提出租借九龙半岛的要求，其"理由"是："九龙半岛的混乱状态及因此而使英国利益受到损害""九龙成为附近一切地方的强盗和逃离法网者聚居之处。香港街上的小偷和强盗，只要越过海湾，到了尖沙咀，则不仅人身安全了，连偷盗来的财物也能任意处置了”。而他认为“改变这种情况”的办法，要么由中国政府派官员和军队去九龙“驱逐坏人”，要么“则中国当局应当划出一条界线，把界线以内的地方割让给英国政府，正如割让香港一样”。如果我在这里不是引用原文，读者恐怕很难相信世上竟然有如此荒唐无耻的强盗逻辑，一国可以借口另一国的“治安”问题而提出领土要求！？巴夏礼自己也做贼心虚，所以他在公函中又说：“阁下在请示皇帝之前，不能割让这个半岛，只能以出租的方式，把它移交给英国政府。”公函的末尾以强硬的口吻命令劳崇光：“阁下所应做的，只是在正式回信中表示同意这些安排，并提出租金的数目。”更令人吃惊的是，身为朝廷重臣的劳崇光，竟然未经皇帝许可，便私自和巴夏礼签订了租约，把自九龙炮台至昂船洲北端的土地租给巴夏礼，每年租银五百两，这个数目也是巴夏礼指定的。租约上还明确规定：“只要英国政府准时交付租钱，中国政府便不得要求归还上述土地”，工作做得真是滴水不漏了。及至签订《北京条约》，英国政府提出废除原来的租借九龙条约，而要求割让九龙，这时清朝政府才知道九龙南端的土地已经沦于英人之手。

正式割让九龙半岛的仪式于一八六一年一月十九日举行。广东方面有四位官员，例行公事般地来到尖沙咀，参加“授土典礼”。他们心里一定很纳闷儿：英国人也真是啰唆，这块“海口余地”已经给了你们了，干吗还要搞什么典礼啊？而英国人却非常认真，港督罗便臣和驻华外交全权代表及伊利近、驻广州领事巴夏礼都出席了仪式。巴夏礼手持一个装着九龙泥土的口袋递给中国代表，中国代表再把这袋泥土“授”给香港总督罗便臣，于是，这片自古以来属于中国、浸透了中华儿女血汗的热土，便就此拱手让人了。

当年的港督罗便臣和英国领事巴夏礼一定以为，经过这样郑重其事的“授土典礼”，这片土地就永远属于英国了。然而历史无情，丧权辱国的清王朝早已烟消云散，号称“日不落帝国”的大不列颠也早已失去了往日的辉煌。“一声望帝啼荒殿，百战河山见落晖”。中国人民从来不承认帝国主义强加于我们的不平等条约，根据中英两国政府关于香港问题的联合声明，我国将在一九九七年七月一日收回整个香港地区，历史的耻辱一朝雪洗，到那时，九龙半岛该是昂首长空、傲然腾飞了。

（发表于 1996 年 2 月 9 日《北京晚报》）

往事历历说“新界”

一八四七年八月十五日，一艘香港渔船驶近香港西南方向的南丫岛，在此海面作业，受到驻岛清朝水师的干涉。按照一八四二年签订的《南京条约》和一八六〇年签订的《北京条约》，清朝所割让给英国的地盘仅限于香港本岛和九龙半岛的南部尖角，其余的大片土地包括除昂船洲之外的周围所有岛屿仍在中国主权之内，所以清朝驻兵把守是理所应当的。清朝沿海水师防护章程规定，凡渔船出海，均需领取官方的水巡船照，无照私自出海，以海盗论处。当时驻南丫岛的清朝水师便向那艘被拦截的渔船查验船照，那艘渔船是在香港注册的，哪里拿得出广东水师的船照？于是清朝水师便令船上的渔民补领船照，否则就没收其渔船。应当说，这样的处理还是相当客气的，没有立即以海盗论处，给他们留有补照余地。而船上的渔民却不买账：认为香港既属英国，他们已是化外之民，大清国管不着，和水师发生了冲突。水师开枪示警，船上的渔民有三人受伤。以国家主权论，水师所为本是无可指责的，不然倒犯了渎职之罪。而受伤的渔民逃回香港，却去向英国主子报告了这件事，似乎要“讨个说法”。

半月之后，香港立法局召开立法委员常务会议，有个名叫罗威特的议员就此事提出质问：南丫岛和大屿山一带水域，是否归香港管辖？对于香港渔船受到清朝水师盘查这类事件是否已经采取防御措施？其实，在罗威特提出这项“质问”之前，港督坚尼地已经知晓此事，并且征询了律政司的意见，他们心里明白：南丫岛根本不在香港管辖范围之内，香港渔船越境到此捕鱼，是侵犯大清国主权的行为，港英政府实在拿不出任何理由去交涉，于是此事便不了了之。

然而，这次小小的海上冲突，却引发了英国殖民主义者的心病，觉得香港的土地还嫌太小，无论商业发展还是军事防御，都不够使用，应当进一步谋求扩展地盘。一八九四年，大清国在中日甲午战争中惨败，一蹶不振，列强乘机瓜分中国，清廷有求必应，大英帝国等待的时机终于成熟了。一八九八年，中英签订《九龙租借条约》以及《展拓香港界址专条》，在“专条”上签字的中国代表是太子太傅文华殿大学士一等肃毅伯李鸿章，英国代表是驻华公使麦当奴（当时清朝文书上的中文译名为“窦纳乐”）。将深圳河以南、深圳湾以东、大鹏湾以西的大片土地和海域租借给英国，租期九十九年。这块地方，由此称为“新界”，意即香港新的界址。

这个“专条”于一八九八年七月一日起施行。次年春，两国政府派出官员，郑重其事地勘察土地，竖立界桩。余生也晚，当然无由目睹那屈辱的一幕，但从历史遗留下来的发黄的照片上，还可以看到当时参与划分边界的双方要员的“尊容”：英国官员西服革履，神态傲慢；清朝官员长袍马褂，颟顸猥琐，真不知他们有何脸面在皇天后土亲手为洋人立“界”！

往事不堪回首。当我们翻检这些历史篇章，不禁为百年前的中国曾经有那样一个政府而脸红。义和团有歌唱道：“还我江山还我权，刀山火海爷敢钻；哪怕皇上服了外，不杀洋人誓不完！”大清国的天子和朝臣如果也有这么一点点血性，何至于人为刀俎、我为鱼肉！

无论历史的那一页如何令人不忍卒读，历史毕竟这么写下来了。香港、九龙、新界，无论是借也罢，是抢也罢，到头来是要归还的，“新界”九十九年的“租”期眼看就要满了。如今的新界，已与九龙、香港连为一体，密不可分，通称为香港地区。中华人民共和国政府决定，我国将在一九九七年七月一日对这一整个地区恢复行使主权，永远结束这段屈辱的历史。

（发表于1996年2月16日《北京晚报》）

九龙寨城挽歌

当年清朝政府把“新界”租借给英国时，曾提出一个小小的附加条件，即“仍留九龙城及原旧码头，以便文武官员驻扎，兵商往来停泊及他日自造铁路根据”。对此，英国人竟然答应了，《展拓香港界址专条》上遂有“所有现在九龙城内驻扎中国官员，仍可在城内各司其事”这样的规定，为此，清廷大员们沾沾自喜，以为虽吃了大亏也占了小便宜，在租借出去的土地上保留一个九龙城，象征性地代表国家主权，“尚可操纵自我”。其实，他们这点儿小聪明，洋人早已洞察，所以在紧接着就加了一句话：“惟不得与保卫香港之武备有所妨碍。”留下了居心叵测的伏笔。

“专条”签订之后第二年即一八八九年的四月十六日，港英当局正式接管“新界”。当地居民誓死不屈，自发以武力抵制，遭到英军血腥镇压，参与划界的以及驻扎在九龙寨城的中国官员虽坐视不顾，仍然被港英当局指责为“协助不力”，四月十八日便要求撤销中国对九龙寨城的管辖权。五月十八日，英军以武力强行攻占九龙寨城，将城内中国官员驱逐出去，没有遭到任何抵抗。虽然，清廷在事后曾表示抗议，但并未重新派员入城，自此，“专条”上保留九龙寨城的条款便名存实亡了。

九龙寨城的原址即宋代“官富寨”，有军队驻扎，管理九龙地区的官办盐务，并担任海防保卫。

九龙寨城占地七十余亩，城墙依山而筑，远望呈“人”字形，周有四门，南门为正门，门楼额镌“九龙寨城”四字，面对龙津桥。寨城虽然不大，但地势险要。可惜，当清廷把“新界”土地租借与英人之后，寨城即成孤城一座，失去了防卫的意义。而当英军强行驱逐寨城内中国官员时，软弱无能的清廷竟也顺水推舟，官员们撤走了事，扔下这座寨城和城中百姓，任凭洋人蹂躏。从那一天起，九龙寨城便成了无依无靠的“弃儿”。城中无人管理，外界各色人等随便出入，一片混乱。欧洲人素有决斗之“遗风”，而香港当局禁止决斗，于是那些玩命的洋人就到九龙寨城这个无法无天的地方，打个昏天黑地，杀得血肉模糊，到头来什么事儿也没有。一八七二年之后香港明令禁赌（实际上以官赌代替私赌），赌徒们便流入九龙寨城，狂博滥赌，乌烟瘴气，这里成为赌、毒、娼、盗、三教九流麇集之地。

太平洋战争中，香港、九龙、“新界”沦陷，九龙寨城的厄运又雪上加霜，日军为军事需要而扩建启德机场，将九龙寨城的城墙连同具有民族风格的门楼拆毁，城外码头和龙津大道也划归机场范围，寨城便徒有虚名，与外界无遮无拦，连界限都模糊不清了。日本投降之后，国民党政府不敢得罪英国，没有派兵接收香港、九龙、“新界”，这里仍然是英国殖民地，夹在中间的九龙寨城也仍然处于“三不管”的混乱状态。

但无论如何，九龙寨城的主权是属于中国的，即使是不平等条约也承认这一点。因而，自从“新界”租借之初，九龙寨城就是中英两国之间的一个“敏感地带”，冲突不断。最早的那一次就是一八九九年中国官员被英军“赶”出九龙寨城。此后，港英当局又在一九一九年、一九三二年限令寨城居民拆迁，由于中国政府的干涉而作罢。一九三六年，英当局拆毁城内民房，遭到居民抵制。一九四六年九月，九龙寨城的一名小贩被香港警察踢死，寨城居民群起抗议，南京政府也出面干涉，声明中国对“九龙城内治权，从未放弃”。并着宝安县政府在九龙寨城恢复治权。港英政府对此一口回绝，理由是：“一八九九年那年起，中国官员在九龙城内行使治权，被认为与保卫香港之军事需要有所抵触，因而中止。自该日起，距今几将五十年，英国当局在九龙城内，业已行使独有治权，一如在其他新界地区。”一九四七年底，港英政府再次限令九龙寨城居民搬迁，次年初公然进城强行拆毁民居，扯下中国国旗，九龙寨城居民奋起反抗，港英军警开枪镇压，造成居民两人死亡、二十余人受伤。港英当局的暴行，激怒了内地同胞。广州的青年学生发起声援活动，冲击英国领事馆，焚烧英国国旗。国民党政府外交部和宝安县政府也就此向港英当局提出交涉，英人不得不有所收敛。一九五九年和一九六一年、一九六三年，港英政府又故技重演，强令九龙寨城居民搬迁，一九六七年又拆除寨城附近的建筑物，引起寨城居民大规模的抗议行动，港英警方以血腥扫荡予以镇压。为此，中华人民共和国外交部多次发表严正声明，指出：九龙寨城是中国领土香港、九龙的一部分，它一向由中国行使管辖权。港英当局侵入九龙寨城，强拆民居，逮捕居民，不仅侵犯了中国人民的居住权益，也侵犯了中国的主权。

九龙寨城问题，是上个世纪末遗留下来的一个历史问题。它虽然主权明确，而实际上因为地理位置特殊，管理却极其不便，近一个世纪的艰难处境，使得九龙寨城建筑破败不堪，卫生状况恶劣。由于港英当局以种种借口，不断蚕食，这里的土地越来越少，而人口却大大增长，从最初的四百六十多人增至四万多人，几近百倍，早已拥挤不堪。

进入八十年代，随着中英两国政府关于解决香港问题的会谈达成一致，中国决定于一九九七年收回整个香港地区。九龙寨城问题遂得以在过渡时期予以解决。在中国政府的谅解之下，香港当局决定自一九八七年起对九龙寨城进行彻底清理，妥善安排寨城现有居民三万三千人，将原址改建为一座公园。

九龙寨城公园已于一九九五年落成，对游人开放。虽然早已没有了当年的城墙、城门，没有了往日的街巷，但这块土地总算保留了“九龙寨城”的名称。新建的公园大门是一座中式门楼，园内亦具中式园林风格，而且某些重要文物也保存了下来，永久陈列。游客到此，也许仅仅把它当作一个“游乐”之所；也许会从不同的角度，怀着五味杂陈的复杂情感，忆起曾经在这片小小的土地上发生过的许许多多往事，它们毕竟还没有完全被历史湮没。

（发表于1996年3月1日《北京晚报》）

情天恨海七姊妹

“七姊妹”是今日香港北角区的一条东西走向的街名，与英皇道平行，但比它短得多，西自琴行街，东至模范里。如果追溯到日本发动太平洋战争侵占香港之前，则那时还没有这条街。北角区到电照街为止，由此往东的一片地方通称“七姊妹”。要是继续上溯，那么现在的七姊妹道以北的大片地区，包括英皇道、渣华道和东区走廊在内，都是填海所得，当初曾是一片海湾，叫作“七姊妹湾”。但是，这个地名的起源却并未到此为止，这海湾之所以称为“七姊妹”，是因为海湾之中原有七座礁石，由西向东迤逦排列，一座比一座矮，宛如由长及幼的七个少女，“七姊妹”便成为人们对它们的称谓。可是，为什么不称它们为“七兄弟”而一定要将其指为女性呢？说起来，这里曾经埋藏着一个动人的故事。

在二十世纪，广东省内特别是顺德一带，流行一种女子“自梳”之风。所谓“自梳”，就是独身不嫁。未嫁的女孩子都是梳辫子的，出嫁时便梳起发髻，这道工序是由别人来做的，独身不嫁便永远自己给自己梳辫子，“自梳”之称，即此之谓也。香港地区在历史上隶属于广东，自然也染此风俗。当时的女孩子为什么要抱定“独身主义”？答案显而易见：昔日中国妇女处于神权、皇权、夫权的统治之下，“在家从父，出嫁从夫，夫死从子”，一生一世谈不上独立人格，所以，终身不嫁也是一种迫不得已的消极反抗。

传说那时的港岛有七个妙龄女孩儿，自幼一起长大，性情相投，遂义结金兰，相约今生今世谁也不嫁人，姊妹相守，按年龄长幼，依次排列为大姐、二妹、三妹……以至七妹。岂料，三妹的父母为女儿包办择定乘龙快婿，强迫她出嫁。这位三妹陷入极度痛苦之中，如若不嫁，父母之命难违；但要是屈己嫁人，则违背了七姊妹的金兰之约，万般无奈，只好以死明志。其他六个姊妹当然也救不了她，为了实践金兰结义时“不能同年同月同日生，唯愿同年同月同日死”的誓言，遂决定集体自杀。于是七姊妹手拉着手，从容蹈海，走向了永远的归宿。试想当年那一幕，七个弱女被滔天巨浪淹没，该是何等悲壮！

后来，在她们蹈海的地方，出现了七座礁石，肩次排列，宛若七姊妹慷慨赴死之状，于是“七姊妹”便成了礁石的名称。

这样一个哀婉凄绝的故事，是否确有其人其事，现在已无从考察，就连那七座礁石也早已因采石填海被毁掉了。不过，我们由此观照昔日香港妇女的悲惨命运，这一点是不容置疑的，民间故事从来都是社会现实生活的反映。

香港在鸦片战争之前和内地一样处于清王朝封建专制统治之下，一八四一年之后沦为英国殖民地。当时英国驻华全权钦使义律在占领香港的文告中曾有“岛上华侨居民，应照中国法律习惯统治之”“一切礼教仪式风俗习惯及私人合法财产权益，概准仍旧自由享用”之语，也就是说，香港居民在成为英国女王的“子民”之后，仍然“合法”地敬奉大清国的“天地君亲师”“忠孝节义”这一套，受着双重的精神奴役，妇女还要加上“三从四德”，依旧处于社会最底层。更为不可思议的是，中国内地在辛亥革命推翻皇权、实行民主共和之后，香港的华人照样可以依照“大清律”办理财产分割、婚丧嫁娶以至纳妾，因为从“法律”的意义上说，

“大清律”从来没有被正式废止。在香港的一些豪门望族，一直保持着森严的“家规”，如规定媳妇必须遵守公婆和丈夫的指示，每日清晨必须向公婆登堂问安，不得以丈夫不在家而迟归，不可经常探视娘家或在娘家居住，等等，这在内地都是少见的了。

老香港们还记得本世纪初首次出现女售货员时，曾引起万人空巷的轰动，争睹“奇景”，社会舆论则指责这是“有伤风化”，因为那时女性出来做事还见所未见，闻所未闻，成了一大奇闻。一九三三年九月，香港圣士提反旧生会的学生为母校校庆而男女同台演出话剧，因为这违反中国“男女授受不亲”的传统，所以曾经专门向华民政务司申请，华民政务司召开华人绅缙会议讨论通过之后，才准演出。由此开风气之先，才有了粤剧男女演员同台演戏，在此之前的粤剧男伶、女伶不但不同台，而且不同班。当时华人代表罗旭和、曹善允曾为此联名上书港督，得以批准，始有马师曾和谭兰卿在太平戏院的联袂登台。不过，那时候已有男女同演的无声电影，在七姊妹湾泳场也早已出现男女同泳的场面了。

香港开埠一百五十多年来，随着社会的进步，女性的地位虽然也有所提高，但至今在政治、经济、职业、工资待遇、社会福利、家庭、教育诸多方面，仍然存在着性别歧视，女性的从属地位并没有得到根本改变。据资料显示：在现代香港的家庭中，女性负担的家务劳动占百分之八十以上，男性则不足百分之十；而女性从业多是较低的职务，而且男女同工不同酬的现象依然存在，像方安生那样能够官至布政司的女性简直是凤毛麟角了。

在全世界，在中国，在香港，妇女的彻底解放之路还是漫长的，维多利亚湾旁那早已香消玉殒仅留一个空名的“七姊妹”，至今仍令人仰天长叹，生出许许多多的遐想。

（发表于1996年3月8日《北京晚报》）

吉士笠街随想

从中央市场朝前走，穿过公共小巴站，跨过皇后大道中，面前的街区，左为阁麟街，右为嘉咸街，夹在它们之间有一条小小的街道，叫作“吉士笠街”，早年写作“吉士立街”。

这条街长约三百米，与士丹尼街、威灵顿街、结志街相交，到摆花街终止，和砵甸乍街的上段大体相等，并且平行。街道异常狭窄，汽车不能通行。建筑物陈旧而不规整，墙脚还有很多杂物堆积。这样的“街”实在不配称之为街，只相当于北京的一些濒临拆迁的小胡同。然而，吉士笠街却几乎和香港开埠的历史一样长，早在一八四八年便已存在了。它的名称“吉士笠”——莫名其妙的三个汉字，源于一个洋人的名字：Gutzlaff。

Gutzlaff是德国普鲁士人，一八二六年毕业于荷兰的一家神学院，然后被荷兰传道会派往爪哇传教。三年后，他脱离组织，成为一名“个体”的牧师，活跃在东南亚一带，一八三一年从曼谷来到澳门，与在那里的英国牧师马礼逊会合。Gutzlaff早在荷兰求学期间就曾慕名前往伦敦拜访过回国休假的马礼逊，此番殊途同归。他们两人都是中国通，会说“官话”以及广州、潮州、闽南、客家方言，于是在澳门合作，用中文共同撰写了《日课初学》《张远西友相论》《英吉利国人品事略说》这样三本书，广为散发。书的内容当然不只是传经布道，其中充斥着殖民主义的宣传，威胁中国给予英国“外交平等”和“合法贸易”的权利。当时 Gutzlaff 使用的中文名字是“甲利”，后来改为“郭实猎”“郭实利”“郭士立”，总之是姓起“郭”来了，与华人交往，他喜欢人家称他为“郭爷”。

可惜这位说得一口中国话的“郭爷”却并没有一颗中国心，而是死心塌地为英国殖民主义效犬马之劳。

一八三二年一月十二日，郭士立奉英国东印度公司之命，乘“罗米亚美士德”号，沿粤、闽、江浙一带北上，一路散发他的大作，同时测量水位、绘制地图、收买汉奸、贿赂贪官、刺探情报。他们在上海碰到了硬的。当时的江苏巡抚林则徐、苏淞总兵关天培、苏淞太道吴其泰都不买账，将他的信件掷还，严密监视洋船行踪，着令“即速开船”“毋得迁延自误”。郭士立利用他的语言文字之便，多所纠缠，赖着不走，直到完成了上海地区海域的地图测绘，才继续北上，经舟山、镇江等地，一直到渤海湾和朝鲜半岛，一路仍是故技重演，为即将开始的鸦片战争和日后的“五口通商”做了充足的情报准备。

郭士立在鸦片战争中担任了英国全权钦使砵甸乍的中文翻译，并且和马礼逊的儿子马儒翰一起出席了《南京条约》的谈判和签字仪式。一个德国人，出于居心叵测的动机，不远万里来到中国，为了帮助英国殖民主义者对中国的野蛮侵略战争，郭士立的确立下了“汗马功劳”。所以，当砵甸乍受英王之命出任首任香港总督之后，便委任郭士立为“抚华道”——香港政府专门管理华人的行政机构，并且以他的名字命名“GUTZLAFF ST.”。尽管这条街很短、很窄，但在当时毕竟也是很“风光”的。可笑的是，当时香港华人当中的半瓶醋翻译尚不及这位“外来和尚”的中文程度，竟把他的名字译成了不伦不类的“吉士笠”，远不如“郭士立”这三个字更像样些。

郭士立于一八四九年回到欧洲，自然要把他在东方的所作所为、所见所闻宣传一番，以至于连与他有着不同信仰的同胞马克思都有所耳闻。一八五〇年一月三十一日，马克思在伦敦为《新莱茵报》所撰写的一篇《国际述评》中说道："当郭士立先生离开二十年之后又回到文明人和欧洲人中间来的时候，他听到人们谈论社会主义，于是问道：这是什么意思？别人向他解释以后，他便惊叫起来：'这么说来，我岂不到哪儿也躲不开这个害人的学说了吗？这正是中国庶民中间有很多人所宣传的那一套！'……"

马克思并没有到过香港，也没有到过中国的其他地方，但他那哲人的犀利目光，穿过欧洲大陆上空的阴云，注视着东方这片灾难深重而又大有希望的土地。就在那篇《国际述评》的末尾，他以铿锵有力的语言宣称："世界上最古老的帝国，八年来在英国资产者的大批印花布的影响之下已经处于社会变革的前夕，而这次变革必将给文明带来极其重要的结果。如果我们欧洲的反动分子不久的将来会逃到亚洲，最后到达万里长城，到达最反动最保守的堡垒的大门，那么他们说不定看见这样的字样：中华共和国，自由、平等、博爱。"

一个半世纪的岁月过去了，中华人民共和国已经成立了四十六年，中国恢复对香港行使主权的日子也即将来临。到了那一天，当闻名世界的东方巨港和万里长城重新连接起来的时候，我们脚下的这条肮脏、狭窄、短浅的"吉士笠街"是否还要存在下去呢？

（发表于 1996 年 3 月 15 日《北京晚报》）

历史上的“东方之珠”

今日香港，以其在金融、商业上的重要地位而享誉于世，有“东方之珠”美名。也许是历史的巧合，古代的香港，确实曾经是一个珍珠之乡。

香港珍珠的主要产地，在现在的大埔。大埔又称大步，地处九龙半岛的东北部，背靠大帽山、大刀屻、八仙岭，面朝吐露港，港湾几乎被陆地包围，仅有一条狭窄的赤门海峡与大鹏湾相通，港内水面开阔，风平浪静，确是吐露成珠佳境。自古以来，这里生活着一批与大海为伴的水上居民，以捕捞为生，古籍称之为“疍蛮”，并描述他们“椎髻裸体，出入波涛，有类水獭”，其矫健骁勇之状，可以想象。

大埔在唐代已是采珠重镇，名“黴州刃”，驻有八千军队。为什么采珠还要派兵驻守？因为那些“疍蛮”水性高强，又性情刚烈，当地官员不易管束，“若勾呼稍急，不聚为盗贼，则亡入番邦”，派兵驻守，“正虑其逃散为患故也”。唐代采珠时间不长，由于杨范臣上疏而停止了。五代时期，刘岩于在广州自立为王，国号大越，次年改称汉，即史称“南汉”。南汉王传至刘鋹，于大宝六年（公元九六三年）重将大埔辟为采珠场，称“媚川都”，招募三千善采珠者，为其采珠朝贡。宋太祖赵匡胤于开宝四年派潘美攻入广州，降伏南汉，在战争的废墟灰烬中发现许多玳瑁、珍珠，送往京城。翌年，赵匡胤降诏媚川都停止采珠，原来的采珠人，选其少壮者为静江军，老弱者遣散，听随自便。晚些时候，宋臣方信儒为官广州，曾到大埔一游，有诗叹道：“莽莽愁云吊媚川，蚌船光彩夜连天；幽魂水底犹相泣，恨不生逢开宝年。”说的就是这段故事。其实，当初赵匡胤好容易“黄袍加身”做了皇帝，岂能不愿意作威作福？珍珠还是喜欢的，但更加珍重的是他来之不易的江山，担心这种劳民伤财之举，易失人心，于国家不利。

原来古时采珠，辛苦异常。那时全然没有潜水设备和救生措施，船上的人手里拉着一根绳子，采珠人赤身裸体，缘绳而下，而且为了入水迅速，身上还绑一块石头，以增加重量。采珠人在海底摸索，寻找含珠之蚌，往往“刳蚌逾百，十得珠仅一二”。尽管“疍蛮”水性高超，但人在水中终不可停留太久，气息将尽，便赶快拉绳子给上面以信号，船上的人急急将他拉上来，若迟了片刻，便致七窍流血，窒息而死。而在水下作业时，碰到凶猛鱼类，也无所回避，往往葬身鱼腹。那供奉于宫廷的颗颗珍珠，都是百姓的血泪！

宋亡元兴，改朝换代，统治者又想起了大埔，至元十七年颁采珠令，大德三年将当地艇户七百家编为“珠人”，专事采珠。后又派员监督，威逼甚紧，“珠人”不堪重负。此时，有个仗义执言的张惟寅站出来说话，给宣慰司写了一份洋洋洒洒的《上宣慰司不便采珠状》，历数媚川珠场之史，备言百姓采珠之苦，“冒死入水，虽能得珠，岂无死伤”“官司立为定额，岁时采珠，必须尽数拘制疍蛮，俾其父兄子弟皆就死也，人情岂堪”“况蚌蛤含生之物，三百年不经采捞，今采仅有所获，采捞数年，蚌蛤必尽，上司又以原捞珠数责办，其为民害，何可胜言”。他警告当局，“窃计一岁采珠之利，不足以偿养兵之费也”“愚但见其蠹国害民，未见其为利也”“孰得孰失，皎然甚明。若不审其取舍，恐流弊于无穷。致乞备申上司，早赐革罢，庶存活海滨百姓，幸甚幸甚”！

这位张惟寅实在勇敢得很，这份为民请命的上诉状，摆事实，讲道理，言辞恳切，锋芒毕露，直指要害，虽千载之后拜读，犹令人为他捏一把汗！所幸的是，张惟寅的运气好，他竟然没有被问罪杀头，朝廷还接纳了那咄咄逼人的要求，《东莞县志》载：“按元史，延祐六年罢采珠，则此状为功不少矣。”

当然，封建统治者采纳这个建议，仅仅是为了避免“官逼民反”的权宜之计而已。实际上，大埔珠场的珍珠，经过历代毫无节制的采捞，已越来越少，不供需求，到明太祖朱元璋时代，就转移到广西合浦作为采珠基地了。

清朝初年，曾为了孤立郑成功而采取“迁海”措施，强令东南沿海居民内迁五十里，大埔也随之荒无人烟。待“复界”之后，从内地迁来此地的已多数不是原来住户，客家人不善采珠，此业也就消亡了。而“媚珠池”和“吐露港”的名称还遗留至今，记载着明珠闪耀的历史。

如今的大埔已经发展成大厦林立的新市镇，与整个香港一样，成为另一个意义的“东方之珠”了。

（发表于 1996 年 3 月 22 日《北京晚报》）

故垒无寻西营盘

西营盘在香港本岛的西北端，西接坚尼地城，东邻上环，北望维多利亚港，南靠太平山麓。比起繁华的中环地区，西营盘显得有些陈旧，但它却是香港开埠之初首先繁华起来的地区，皇后大道两边，街衢纵横，高楼林立，是华人聚居之所。香港居南北海运枢纽地位，北方的花生、大豆、药材、生丝，南洋的海味、大米、蔗糖等，都经香港转运，“南北行”大发其财。更有饭庄酒肆、秦楼楚馆，比比皆是，灯红酒绿，纸醉金迷，“塘西风月”为香港八景之一。晚清诗人黄遵宪过港时曾有诗咏道：“沸地笙歌海，排山酒肉林。连环屯万室，尺土过千金。民气多膻腥，夷言学鸟音。黄标千万积，翻牙屋沉沉。”极尽摹写当时奢靡之风。然而随着岁月的推移，西营盘渐渐失却往日的光彩，香港的风水“地运东移”，转向上环、中环。“风水”之说当然信不信由你，但如今的西营盘似已美人迟暮，明日黄花，倒也是事实，留下一些民族风格的旧式楼舍和古玩店、药材铺、海味店，令人回味它曾有过的辉煌。

我关心的倒是它的名字：西营盘为什么叫西营盘？香港人对此说法不一。古老相传，说是这个名称和当年的大海盗张保仔有关。

话说明末清初，郑成功收复台湾，拥兵与清廷作对，得到沿海人民的支持，清朝统治者引为心腹之患。顺治十八年(一六六一年)颁布迁海令，强迫河北、山东、江苏、浙江、福建、广东沿海居民内迁，广东从大虎门到防城之内的居民，统统内迁五十里，香港、九龙、离岛、沙头角均在迁界之列，人民流离失所，房屋焚毁，田地荒芜。由于广东巡抚王来任、两广总督周有德先后力陈迁界之害，康熙皇帝准奏，于一六六八年下令“酌许展界”，但彻底废除迁海令却迟至一六八三年，在前后长达二十余年之间，不仅严重摧残了社会经济，而且由于迁海造成的“真空”地带为海盗活动提供了极大方便。当时闽、粤一带的海盗，分红、黑、黄、蓝、白、青旗各帮，其中红旗帮头目为郑一，张保仔初出道时年仅十五岁，在郑一麾下。他是渔民出身，航海技术纯熟，又武功高强，深受郑一赏识。后来郑一死于海难，他的妻子郑一嫂被海盗们拥戴为首领。而郑一嫂又爱上了张保仔，于是张保仔便掌握了红旗帮的大权，成为一代海上枭雄。张保仔拥有战船二百七十多艘，部众三万余人，他骁勇多谋，又极重江湖义气，不扰乡民，专门杀富济贫，打劫西洋商船，为官府和洋人深恶痛绝。广东水师提督孙全谋曾与葡萄牙人联合围剿，却也奈何他不得。朝廷后来还是用了《水浒传》里的老办法，将其招安，封二等轻车都尉，赏双眼花翎。后来，张保仔奉朝廷之命，剿灭他的同类，功勋卓著，晋升为二品武官，他的老婆郑一嫂也被诰封为二品夫人。这个结局很有点儿像宋江了，只是宋江没有郑一嫂那么一位压寨夫人，他一生只养过一个“外家”阎婆惜，还让他给杀了。

张保仔的故事说来话长，据说他在当海盗时曾以香港为根据地，设瞭望台于太平山顶，在山下安营扎寨，东营盘在北角与筲箕湾之间的七姊妹附近，西营盘就在金鱼塘到水坑口这一带。

这个说法为香港人普遍接受，连已故著名作家许地山也曾撰文说：“西营盘现在上环，乃清朝海盗张保仔营垒。据传张保仔有东西两个营盘，东营盘在七姊妹附近，遗址也找不着了。”

另一种意见认为，西营盘和张保仔毫无关系。理由是，当年张保仔的大本营并不在香港岛而在大屿山。他有数百艘大船，数万部众，香港区区小岛是容纳不下的。而且香港距九龙半岛很近，他不至于在紧靠大陆的地方安营扎寨，充其量偶尔在本岛的赤柱和香港仔一带逗留而已。已故著名作家叶灵凤便主张此说，他认为“所谓西营盘者，实指英国军队占领香港岛后，最初在这一带山坡上所设立的军营而言”。叶先生还举出在卑路乍街附近的山上有“卑路乍炮台”遗迹，在薄扶林道学士台后面的山上有“义律炮台遗迹”，以做佐证，倒也言之成理。按逻辑推论，既然当年英国海军在攻打虎门之前已经抢占香港，毫无疑问军舰停泊在维多利亚海湾，当时岸上还未开发，部队上岸驻扎必然要搭造简易的“营盘”。只不过推论还需有过硬的证据，“炮台”遗址与“营盘”故垒毕竟还不能画等号。

英军在香港登陆是一八四一年，张保仔被招安后死在闽安协副将任上是一八二二年，两种说法都是距今不到二百年的事，竟然已经搞不清了，可见历史的岁月何等无情，转眼间便把人世间沸沸扬扬的事件湮没得无影无踪。无论这里曾经是海盗的巢穴，还是洋兵的据点，都早已灰飞烟灭，只留下“西营盘”一个扑朔迷离的名字，让后人猜想。尽管谜底还未可知，但这块土地却实实在在地存在着，它是香港的一部分，是中国领土的一部分，随着一九九七年中国恢复对香港行使主权，将开始它新的生命。

（发表于 1996 年 3 月 29 日《北京晚报》）

阅尽不平的太平山

太平山高五百五十二米，屈居香港境内诸峰之中第十一名。但排在它前面的十名均不在本岛，若以岛内山峰高度计，它则是赫然第一。加以地势突出，位于香港岛的西北部，耸立于“水泥森林”之中，一峰独秀，在对岸一眼先看到它，堪称香港的象征。

乘缆车飞上太平山，在山顶餐室品茗小憩，登狮子亭纵目远眺，整个香港尽收眼底。北望维多利亚港，艨艟巨轮云集，两岸大厦林立；沿山路南下，薄扶林水塘、香港仔渔港、南丫岛绿荫，风光如画，令人流连忘返。

说不上是大自然的哪一次造山运动成就了这座奇峰，它在祖国的东南海隅默默地矗立了千秋万代，先后被生活在这里的中国人称为硬石山、香炉峰、太平山、扯旗山。突然有一天，山下的海滨开来了大批西洋军舰，洋人登上了这块世世代代属于中国的土地，鸣枪放炮，升起了米字旗，声称从此香港划归大英帝国版图，连太平山也给改了个洋名，叫“维多利亚峰”。香港作为英属殖民地的历史由此开始。

太平山如一位历史老人，它痛苦地然而又是默默地注视着脚下的风云变幻。

它听到，炮声隆隆，伐木叮叮，采石铿锵。它看到，在鸦片战争对中国大陆进行疯狂破坏和屠杀的同时，香港岛上一条条道路出现了，一座座房舍竣工了，一片片街区形成了，昔日渔村变成海港，当年的山坡变为城市。它清清楚楚地记得，那一块块巨石是光着脊梁的中国人开凿的，那一幢幢新楼是说着广东话、潮州话、闽南话、客家话的中国人建造的，可是，这些中国人在自己的土地上却不能自由居住，只能聚集在海滨区，而半山区由洋人和“高等华人”居住，山顶则是清一色的洋人地盘了。洋人“高贵”“豪华”，出门以轿子和洋车代步，而赤脚抬轿拉车的却是中国人。它看到山路上滴下的滚烫汗水，它听到一声声发自肺腑、含混不清的呻吟。夜晚，洋人的车辆通行无阻，中国人被迫关门闭户，不准外出，而且门前还要点上灯笼，以备“查询”，兼为洋人作照明的“路灯”。夜幕沉沉，太平山无声地叹息：唉，中国人啊！

在二十世纪二十年代，与香港隔海相望的上海，两千多名工人和上万市民走上租界街头，抗议日本资本家枪杀中国工人顾正红。英国巡捕竟开枪射击手无寸铁的中国人，酿成“五卅惨案”。消息传来，太平山下沸腾了，学生罢课，工人罢工，离港回穗，全力声援内地同胞的反帝斗争，又遭英、法军队的惨杀，是为“沙基惨案”。省港大罢工历时十六个月，是世界工人运动史上最长的一次，曾使香港变为“臭港”。当是时也，太平山曾经长长地舒了一口气：中国人，也有敢于反抗洋人的时候！

然而，历史的劫难还远远没有结束。

一九四一年十二月，太平洋战争爆发。十二月八日，日军飞机轰炸启德机场，九龙半岛沦陷。在港岛的英军与对岸的日军展开炮战，历时十八天，太平山下浓烟滚滚，昔日繁华市区夷为废墟，人民死伤无数。万万想不到，当年强行霸占中国领土的英帝国主义在日寇面前竟然不堪一击。港督杨慕琦在十二月二十五日打着白旗宣布投降。香港上空，血腥的太阳旗取代了米字旗。中国大陆的抗日战争坚持了八年，香港同胞在日寇的铁蹄下被蹂躏了三年零八个月。日寇投降了，太平山终于等来了日月重光的时刻，也许此番要重新回到祖国的怀抱了。早在一九四三年十二月，美国总统罗斯福、英国首相丘吉尔和中国国民党政府“委员长”蒋介石在开罗举行会议，商讨联合对日作战计划以及击败日本后对日本的处置。蒋介石和罗斯福都主张战后的香港主权应该交还中国，作为中国管辖的国际自由港。但是，英国首相丘吉尔却断然拒绝。当时的中国，还没有强大到足以和英国抗衡，在英国的强硬态度下，便又一次妥协了。日寇战败之后，蒋介石胆怯地宣布：“中国不会派军队去香港接受日本投降”“以免引起盟军误解”。香港轻而易举地再次落入英国人之手，当年向日本投降的港督杨慕琦从集中营里出来，仍然是港督！

历史跨入了八十年代。一九八二年九月二十二日，撒切尔夫人访问中国，这也是有史以来英国首相第一次访问中国。此行的议题便是香港问题。刚刚打赢马岛战争的“铁娘子”踌躇满志，坚持认为当年英国强加于中国的《南京条约》《北京条约》和《展拓香港界址专条》这三项不平等条约“是有法律根据的”“至今仍为国际法所承认”，拒绝放弃对香港的主权。中国改革开放的总设计师邓小平斩钉截铁地指出：“如果同意英国延长统治，就有如过去李鸿章和清廷卖国贼以非法和无效的条约把中国领土割让给英国。中国肯定要收回主权，而主权包括治权。英国必须下旗归去，英国总督必须离去，中国政府唯一有权决定对香港未来的适当政策。”这个政策，就是“一国两制”。

自从鸦片战争那个浓烟滚滚、阴霾密布的年代，至今已经一个半世纪，英国人第一次听到中国人发出如此强硬的声音。谈判桌上唇枪舌剑，香港股市潮起潮落。经过几番较量，中、英两国政府终于达成协议，于一九八四年正式签订了《中英关于香港问题的联合声明》，郑重宣告：中国政府决定在一九九七年七月一日对香港恢复行使主权，英国政府同日把香港交还中国。

太平山绽开了笑颜，这位历史老人阅尽人间不平，漫长的殖民地时代就要结束了！

香港人习惯于把太平山称为“扯旗山”，据说是当初海盗张保仔曾在山顶设立瞭望哨，扯起旗帜指挥船只；另一说是昔日往来商船以扯旗山上的旗语为号。扯旗山上当年到底扯的是什么旗，如今已难查，但“九七”之后，它将升起神圣的五星红旗，却是可以肯定的。

（发表于 1996 年 4 月 12 日《北京晚报》）

“六不”钦差叶名琛

第二次鸦片战争使中国丧失了大量主权和一百多万平方公里的神圣领土，其中包括九龙半岛南端被英国强行割占。在这场战争的初期，钦差大臣、两广总督兼通商大臣叶名琛负有严重的、不可饶恕的罪责。

叶名琛，湖北汉阳人，矮矮胖胖，肿眼泡，厚嘴唇，一副昏聩颟顸之相。他于一八五二年(咸丰二年)出任两广总督。当时，北京还未设立专门负责外交的“总理各国事务衙门”，中英两国也还没有建立大使级外交关系，清政府指定一切“夷务”在广州办理，因此，两广总督便拥有实际上相当于外交部长的权力。叶名琛的工作作风极具“特色”：不阅外国公文，不见外国来使，不理睬外国人的一切要求，总督府形同虚设。

一八五四年七月，太平军相继攻占海陆丰和佛山，九月又占领九龙。香港总督宝灵认为，清政府为了从太平军手中夺回九龙，一定会向外国求援，英国正好借此打开与中国谈判的大门，以实现进一步扩张的野心。但是，他多次向叶名琛表示英国愿给予中国“友情援助”，但叶名琛任凭风浪起，稳坐钓鱼船，对他置之不理。到了年底，太平军封锁珠江口，击败广东水师，直逼广州，叶名琛觉得事情不妙，才委托在穗洋商写信给宝灵，请香港派兵到广州来保护洋人的产业。这为宝灵提供了一个极好的机会，于是他在一八五五年初亲率六艘军舰开赴广州。当英国军舰驶进虎门，太平军的水师便闻信退去。宝灵心想，既然英国人帮中国吓退了“叛军”，一定会受到友好的接待，下一步的事情就好办了。但出乎所料，当他写信给叶名琛约会“英军入城”问题时，仍然被叶名琛拒绝。这位两广总督真是不可思议！于县，宝灵便伺机采取武力入城之策。

恰在此时，“亚罗号事件”应运而生。

“亚罗”号是停泊在珠江上的一艘商船，广东水师为搜捕海盗，到这艘船上搜查，遭到英国驻广州领事巴夏礼的抗议，称“亚罗号”是英国船，中国官员上船搜查时扯下了英国国旗，侮辱了英国。事实上，“亚罗”号仅仅是为了给香港运送粮食曾在香港注册的一艘商船，注册的船主是中国人方亚明，而且注册已过期失效。按照国际惯例，在中国港口停泊的船只根本无权在船头悬挂外国国旗。“亚罗”号上所悬挂的只不过是一面普通信号旗而已。对此，水师官兵、巡船水手和被捕的十二名犯人都是目击者，当时在广州和香港的所有英国人也完全清楚事情的真相。

两广总督叶名琛一再向巴夏礼解释：船上未悬英国旗，何从扯下？但由于对方的强硬，叶名琛渐渐支撑不住，连自己人的证词也不敢相信了。巴夏礼蛮横地要求叶名琛释放被扣的水手，向英方赔礼道歉，否则就要进攻广州。叶名琛赶紧放了人，还向巴夏礼保证以后应当尊重英国国旗。这件事，中国本来理直气壮，却被自己的两广总督搅浑了水！而巴夏礼仍然抓住不放，借口叶名琛“礼貌不周”，命令英军上将西马糜各厘向广州发动进攻，第二次鸦片战争便由“亚罗号”事件引爆了。

一八五五年十月二十三日，英军攻占广州沿江炮台，叶名琛还在校场悠闲地欣赏骑射，对敌情置若罔闻，竟然下令：“敌船入内，不可放炮还击。”莫非这位总督大人是诸葛孔明再世，胸中自有退敌之策吗？当然不是，叶名琛抱定的是坚决不抵抗主义，一不准调兵设防，二不准市民和团练自卫，三不准派人侦察敌情，却幻想神灵保佑，迷信巫师的扶乩邪说，“过十五日可无事”。十二月二十八日，由额尔金和葛罗率领的英法联军攻下珠海炮台，次日占领广州，广东巡抚柏贵和守军将领穆克德纳束手降敌。美丽的羊城烈火熊熊，血流成河，官民财产被抢劫一空。此时，愚蠢的叶名琛瑟瑟发抖地躲在都统衙门的后花园里，被英法联军抓获。祖国的南大门竟然由这样一位钦差大臣驻守，实在可悲可叹！事后，咸丰皇帝斥责说：“此次夷情猖獗。原因叶名琛刚愎自用，办理乖谬，以致夷人激愤。”“叶名琛既不能驾驭夷人，复不能激励乡团，动其公愤，以致大伤国体，实堪痛恨！”而民间则形象地给叶名琛概括了六个“不”字：不战不和不守，不死不降不走。

叶名琛被俘后，由英军押解，乘坐火轮船于一八五八年二月十六日到达香港，在香港停留了四天，又被押走，经马来西亚、新加坡、孟加拉到达印度加尔各答。一年之后，到了一八五九年三月二十四日，他们带去的食物已经吃光，随员请求在当地购买，叶名琛坚决不允，说道：“我所带粮食既完，何颜食外国之物！”英方翻译屡次送来食物，他仍拒绝不用，绝食至四月十日(一说九日)而死。临死之前，随员问他还有什么遗言，气息奄奄的叶名琛说：“辜负皇上天恩，死不瞑目！”这位身陷囹圄、客死异国的钦差至死还保持着对祖国的眷恋和对大清皇帝的愚“忠”，倒也其情可悯，但已为时晚矣！如此悲惨的下场，完全是咎由自取，他的死，死有余辜！

叶名琛的遗体和身后财物由英国官员阿查利护送，于一八五九年五月十四日运抵广州，交付海南县收领。此时，英法联军已经打到华北，即将进攻大沽口炮台了。

(发表于1996年4月26日《北京晚报》)

轰动一时的“毒面包案”

正当港英借“亚罗号事件”挑起第二次鸦片战争之际，一八五七年一月十五日早晨，在香港的英国人以及其他欧籍人士约四百余人突然发生食物中毒，连港督宝灵的夫人也未能幸免。四面八方传来紧急的呼叫声，医生们自己也中了毒，又忙着到处营救，慌乱不堪，全港的外国人都陷于恐怖之中。据化验分析，这起中毒事件源于当日的面包有毒，其中，每四磅白面包含有零点九二格令①砒霜，烤面包含有零点一五格令砒霜。

港英当局十分震惊，立即就此进行调查，并且很容易就查出了：这些毒面包全部出自“裕盛办馆”。这家办馆专门承接外国人的伙食，包括供应全港外国人每天所吃的面包。裕盛办馆的老板姓张，名阿霖，广东香山县人。此人当然是毒面包案的首要嫌疑犯，警方马上前往裕盛办馆拘捕张阿霖。但是，当警察来到裕盛办馆时，却发现这里的五十一名伙计都在照常工作，毫无紧张之态，对今天早上发生的中毒事件一无所知。而他们的老板张阿霖则一早就坐船走了，据说是携带妻儿老小回老家去了。根据这一情节判断，张阿霖必是投毒之后畏罪潜逃无疑。于是

---

① 格令，重量单位，1 克 = 15.4324 格令。

警方拘捕了所有的伙计，并立即派“皇后”号轮船追捕张阿霖。

张阿霖乘船返乡，经过澳门时便听到了香港发生面包中毒案的消息，当然也就立即明白了自己难脱干系。这时，赶来追捕他的“皇后”号还未到达澳门，而张阿霖竟然不做逃走的打算，而是在澳门静等警察赶到，然后投案自首，由澳门警方代为扣留，次日押返香港。

嫌疑犯既已抓获，案情自然也就不难审明，这是当时人们的普遍看法。毒面包案的受害者和港英当局都认为，当时香港和广东因为“亚罗号事件”引起了战争，英军正在攻打广州，张阿霖肯定是受了两广总督叶名琛的指使，以投毒的方式来报复英国人。但张阿霖自己的供词却与此大相径庭。他说，在香山老家的祖父多次催他回去，他今天早上举家回乡探亲并不是突然行动，店里的伙计早就知道。在出发之前，他还带了当天烤的面包，途中，他的儿女都吃了这种面包，并且也中了毒，这说明他完全不知道面包有毒。他的裕盛办馆是专门做洋人生意的，现在生意正做得十分红火，他怎么可能投毒加害自己的老主顾呢？至于受两广总督叶名琛指使一说，更是对不上号。广东方面和张阿霖不但没有任何联系，反而还很恨他，因为他在香港为洋人服务，连英军的伙食也由他承包，骂他是“汉奸”，还扬言要捉拿他和他在香山的亲属，张阿霖为此很恼火，又怎么可能接受什么投毒的指使呢？

尽管张阿霖表白得有理有据，仍然受到了法庭的提审。毒面包出自他的办馆，不审他又审谁呢？这次提审在一月二十一日，经过初步侦查，认为投毒案证据成立，定于二月二日正式开庭审讯。裕盛办馆的伙计五十一人，其中八人和张阿霖一起被指控，其余人等暂时关押。

审讯一连进行了三天，查不出任何直接证据，陪审员认为投毒罪名不能成立，法庭只好将张阿霖等人宣布无罪释放。但是，那些吃了面包而中毒的洋人却不答应，声称要用私刑来收拾张阿霖等人，一律杀死。

港督宝灵又没了主意，把张阿霖和全部伙计再次拘押起来。等到五月八日，宝灵接到了英国殖民地部关于此案的指示：既然初审找不到投毒主谋以及投毒的证据，以后又无新的证据，可不必再审，应将全部有关人犯一律驱逐出境了案。

当年这桩案件，在香港引起了轩然大波，轰动一时。至今虽然已经过去了百余年，却仍然未被人们忘却。出于民族感情，一些香港同胞总要举出许许多多的证据和理由，以证明当年张阿霖的清白，以及此案与清朝政府无关，极力洗刷这一“谋杀”罪名。其实，这件事过得越久，真相也就越清楚。也许张阿霖的确是“清白”的，也许清朝政府和两广总督叶名琛的确未曾指使过什么人去投毒，但面包里的毒药却必然有人去投，至于为什么，还用问为什么吗？当时，居住在香港的中国人遭受着严重的种族歧视，而英国人又在开着战舰和大炮血洗广州，民族仇恨已达到白炽化，出现这样的事件还会奇怪吗？对照一下当年的三元里人民抗英义举，以及晚些时候出现的义和团“扶清灭洋”，答案就再明白不过了。革命导师恩格斯曾在“毒面包案”发生之后做过十分精辟的评论：“我们不要像骑士般的英国人那样去斥责中国人可怕的残暴行为，最好承认这是保卫社稷和家园的战争，这是保存中华民族的人民战争。”

（发表于 1996 年 5 月 3 日《北京晚报》）

“鬼子六”割让九龙

一八六〇年十月，英法联军攻入北京，把圆明园、长春园、万春园的珍宝金银抢掠一空，恐国际舆论非议，又放火焚烧以掩盖其罪行。这场大火一连烧了三天三夜，滚滚烟尘覆盖了整个北京城。当时，杰出的法国作家维克多·雨果曾经愤怒地谴责道：“两个强盗走进了圆明园，一个抢掠，一个放火。”“当初在巴黛农所发生的事情又在圆明园重演了，而且这一次干得更凶、更彻底，以至于片瓦不留。我们所有教堂的所有珍品加起来也抵不上这座神奇无比、光彩夺目的东方博物馆。那里不仅有艺术珍品，而且还有数不胜数的金银财宝。多么伟大的功绩！多么丰硕的意外横财！这两个胜利者一个装满了口袋，另一个装满了钱柜，然后勾肩搭背，眉开眼笑地回了欧洲。”“这两个强盗分别叫作法兰西和英吉利。”

面对灭绝人性的强盗，清朝统治者惊恐万状。咸丰皇帝早已逃往热河避难，派他的六弟即绰号“鬼子六”的恭亲王奕䜣与洋人议和。奕䜣在清廷内部争权夺利是个行家，但见了洋人，就软弱得连骨头都酥了。他带着健锐营、火器营两营兵数名进城察看动静，这些清兵听说城内有洋鬼子，竟然不敢入城，一哄而散，抱头鼠窜而去。奕䜣“登高瞭望，见火光至今未熄，痛心惨目，所不忍言”。但他不敢进行任何抵抗和阻拦，理由是，“如派兵拦阻，必于城内宫殿拆毁，以逞其毒”，“不得已顾全大局，未敢轻于进剿，目睹情形，痛哭无以自容”！

大清国的堂堂亲王，简直是窝囊废一个！他所能做的事，唯有低三下四地向洋人求和。十月十五日，奕䜣分别照会英、法全权专使额尔金和葛罗，询问“何时换约”，而对方竟迟迟不做答复。奕䜣如坐针毡，一直等到第三天，才接到两国照会，英军索取“赔恤银”三十万两，法军索取二十万两(尚不包括赔偿军费各八百万两)，并指定在当月二十日照复、二十二日付银、二十三日换约。奕䜣“伏思逆情猖獗”，“种种狂悖情形，实堪发指”，认为“该夷照会，任情要挟，有万不可允之处”，但又不敢不允，怕的是“一经驳斥，必致决裂”！而咸丰皇帝也一再催他“迅速进城换约”，并且在答复奕䜣的上谕中也说：“一经驳斥，必致决裂，只可委曲将就，以期保全大局，俱著照恭亲王等所奏办理。”

奕䜣按英、法指定的时间回复了照会，并按指定的时间付给了银子五十万两，丝毫不敢怠慢。但换约并未如期举行，原因是英、法对和约中的条款还有增减。英国增加的条款，其中有“广东九龙司地方，并归英属香港界内”等。英、法两国早就对清廷声称“悉照天津条款”，现在又出尔反尔，毫无信用。奕䜣虽然也纳闷儿：“何以忽有增减？”但照旧是敢怒而不敢言，他在报告皇帝的奏折中自我圆场说：“原应据理驳斥，无如自入城以后，我之藩篱既失，彼之气焰方张，一经驳辩，难保不藉生事端。”仍然是那句话，洋人说什么是什么，绝对不可辩驳。银子照给，洋人又提出割地，当然也照割。关于把九龙司割给英国，他向皇帝解释说：“查九龙司地方，据该夷称：已经两广总督劳崇光批准允租。则与给与无异，但事实无据，何可尽信？惟其地方与香港毗连，系海口余地，非内地要隘可比……”在他看来，既然劳崇光已答应将九龙司“租”给英国，就和割让“无异”，反正是“海口余地”，给了洋人算了。

条款完全按照洋人的要求拟定后，十月二十四、二十五两日，奕䜣分别与英、法全权专使额尔金、葛罗换约。换约的地方，也由洋人指定在清朝的礼部，“意在郑重其事”。光禄寺卿胜保担心英方有诈，派兵四百名前往保卫恭亲王。奕䜣这回倒出奇的“大胆”，令胜保派出的官兵驻扎在正阳门外，他只带了护卫和善扑营兵各十名，前赴礼部换约，“以示坦白”。而额尔金却带了众多的官兵，浩浩荡荡，开进大清礼部衙门，履行换约手续。奕䜣事后向皇帝报告说：“英酋额尔金所带队伍甚多，见臣等左右带兵甚少，觉该夷桀骜情状，为之顿减。然譬诸犬羊，时吠时驯，何足以为喜怒。额酋又因原议赔现银一百万两，改为五十万两，其余五十万两，归于各关税内分年代扣，意存见好，其实抢掠园庭，所得较多，故肯从减。该夷呈出夷谕敕书据单为凭，坚欲奏请御批，方肯换约。经臣再三开导，该夷复请臣奕䜣于八年条约后，另立字据，以为凭证。”如此说来，真是难为他了，似乎如果不是他奕䜣使得额尔金“桀骜情状，为之顿减”，并且对额尔金“再三开导”，大清国的损失还要大！奕䜣当然知道此番签约责任重大，对于皇帝，对于国人，他都得有个交代，一方面，他表白自己“窃思夷人焚掠园庭，增添条款，种种要挟狂悖，实覆载所难容，臣等具有天良，岂有畏其逼迫曲意求全之理”，另一方面，又把难处讲足：“惟夷人久在京城，必生枝节，俄酋又从中作祟，附京远近土匪横行，即城内土匪亦蠢蠢欲动，讹言四起，此等情形，岂能持久？库藏本极支绌，现在八旗月饷，援兵口粮，筹办无术，尤恐饷竭兵哗，诸难措手。臣等通筹大局，实属迫于时势，不得不为目前之计，际此天气尚未严寒，但能令夷兵迅退，即可及早回銮。”但不管如何辩解，丧权辱国的《北京条约》是由他亲手签订的，自此，九龙司归并于香港境内，“割让”给英国了。

（发表于1996年5月10日《北京晚报》）

香港与太平天国

十九世纪中叶，鸦片战争打破了清朝统治者“天朝帝国”的迷梦，外国资本主义的侵入进一步激化了中国本来就已经十分尖锐的社会矛盾。一八四三年，洪秀全创办“拜上帝会”，后来又写了《原道救世歌》《原道醒世训》等宣传品，开展秘密的反清活动，号召人民信仰“皇上帝”，打倒“阎罗妖”。一八五一年，洪秀全在金田村举行武装起义，建立起一个号称“太平天国”的反清政权。太平天国与以前历次农民起义的不同，是洪秀全从西方寻找到了一个思想武器：基督教。他所说的“皇上帝”亦即“天父”，其实就是耶和华，而把耶稣称为“天兄”，洪秀全自己则是“天王”。这种宗教学说虽然半土半洋，但毕竟和基督教有许多相似之处。

太平天国的出现，引起了港英方面的重视。香港教会人士对太平天国极有兴趣，认为：“如果太平天国成功，则全世界九万万人口之中，即将增加四万万八千万人皈依基督教，并以《圣经》为他们的基本信仰。”这其实是自明代以来，许多不远万里来华传教的传教士一直梦寐以求的理想，现在中国人自己起来推行基督教，真是可遇而不可求的千载良机。因此，教会人士极力主张港英政府支持太平天国，推翻清政府，到那时，基督教就成为中国的国教了。而英国商人则主张支持清朝政府剿灭太平天国，以便恢复社会秩序，有利于他们和中国做生意。

一八五三年四月，港督文翰亲自前往太平天国的首都天京(南京)访问。他此行的目的，并非像教会人士那样完全出于宗教目的，也不像一般英商那样目光短浅，仅仅着眼于自己的生意。港督文翰同时身兼英国对华全权商务代办，当时中国与外国通商的口岸已有不少落入太平天国控制，英国的对华贸易直接受到影响。文翰要亲自看一看太平天国的外交政策，如果他们对外国人非常友好，尊重外商在华的利益，那么，英国不妨修改原来对中国内战的“中立政策”，改而支持太平天国，帮助洪秀全建立一个基督之国，以后英国的许多事都好办了。如若不然，则英国也不妨采取完全相反的政策，转而支持清政府镇压太平军。

文翰的南京之行没有取得任何成效。太平天国感到他只关心英国的在华利益，并不是真正支持太平天国的造反，所以对他不但不热和，而且还抱有敌意，中国人历来都把外国人看作“洋鬼子”，这一点，太平天国也不例外。文翰失望而归，向英国外交部报告说，虽然目前仍可维持中立政策，但不排除在将来有机会时援助清朝剿灭太平军。

洪秀全的族弟洪仁玕是最早加入“拜上帝会”的信徒，但洪秀全发动金田起义时他正在清远教书，无法去会合太平军，又要躲避清廷的追捕，便于一八五二年逃往香港，投奔巴色教会的韩明山牧师，后来一度潜回东莞，一八五三年再度来港，并接受韩明山牧师的洗礼入教，成为一名真正的基督教徒。一八五四年，他曾乘船到达上海，打算由此沿江西上，进入天京，因战事受阻，又返回香港。到了一八五八年，他得到湛约翰牧师的资助，由陆路北上，几经辗转，四月二十二日觐见天王洪秀全，立封福爵，二十九日晋封义爵加主将衔，五月三日又加封为干王，总理太平天国政务，地位高于其他诸王。这是港督文翰和香港教会人士当初想做而没有做到的，湛约翰牧师之所以资助他远赴天京，也只是寄希望于他能够对洪秀全施加一些影响，得到在太平天国传教的自由，却未曾料到他竟然一举掌握了天国的大权。但是，洪仁玕执政之后在政治舞台上十分活跃，却并没有对太平天国在宗教和对外政策方面产生什么影响，这又让那些曾对他寄予热望的人失望。看起来，洪秀全的“拜上帝会”和基督教的确不是一回事，洪秀全不愿意和英国人联合，港督放弃对太平天国的争取转而联合清政府对它进行镇压，都是在情理之中的。两方面谈不拢，声称信仰上帝的英国人对“天王”也就不客气了。

第三任港督文翰于一八五四年四月离任。继任者第四任港督宝灵在确信太平军的不合作态度之后，便积极地走另一条路了，他亲自离港北上，向直隶总督要求进京与清政府交涉。他认为，利用太平军的压力来迫使清政府向外商开放广州内城，是一个极好的机会。这一目的，虽然此次北上并没有达到，但在不久爆发的第二次鸦片战争中则迎刃而解了，获得的利益比原来设想的还大得多。

太平天国发展到一八六〇年前后，已达鼎盛，但由于清政府与英、法、美、俄相勾结，组织“洋枪队”，联合对太平军进行镇压，苏州、杭州相继失守，至一八六四年天京陷落，坚持了十四年之久的这一反清政权归于覆灭。

（发表于1996年5月17日《北京晚报》）

麦当奴与“公赌”闹剧

二十世纪的香港，虽然在名义上是禁赌的，但有令不行，禁而不止，赌风狂烈，严重地危害着社会风气和治安。一些赌商以财物贿赂警方，从而得到庇护，有恃无恐。

到了一八六七年，当时在任的第六任港督麦当奴异想天开地想出了一个“解决”这一问题的办法。麦当奴认为赌博禁而不止是由于警力不足、经费不足、警员待遇不高等原因，所以他的高招儿是索性开禁：开公赌而禁私赌，由官方发放牌照，谁买了牌照谁就可以合法经营赌馆，官方把这笔牌照费用于扩充警力，提高警员待遇，使他们不必再接受赌商的贿赂，从而无后顾之忧地去打击私赌。他认为：这个“羊毛出在羊身上”的办法真是两全其美，何乐而不为？

麦当奴的这项法令叫作《维持社会秩序及风纪条例》，港府立法局通过，并获得英国维多利亚女王批准，于一八六七年七月一日起实行，发放牌照。第一批领照的赌馆九月十五日开始营业。从这一天的早上起，香港就突然出现了十二家领取合法牌照的赌馆，分布在西营盘、上环、荷里活道、皇后道、湾仔，最早的六时就开始营业，有的略晚一些，最晚的九时也开门了。在每一家赌馆里，都可以见到成群的赌徒，衣着污秽，表情迟钝，围着赌台，“拼搏”不止。赌馆的营业直到深夜才结束，每天如此。赌商因为花钱买了牌照，再也不担心警察来抓赌了，生意做得十分兴隆。当然，这种“公赌”的赌馆名义上并不叫赌馆，门口挂的招牌是“防务馆”，一个莫名其妙的名称！这十二家“防务馆”所缴的税（香港称作“饷”）一共有多少？港府一八六八年的这项预算是十万港元。这在当时已是一个天文数字，而实际收入比预算更高，截止到一八六八年五月二十三日已达到十五万五千。以后牌照数目不断增加，牌照费也不断“涨价”，“饷”当然就越收越多，到一八六九年底达到了二十七万有余，可见港府由此得到的好处实在不小。

至于“防务馆”的开设能不能起到禁止私赌的作用，那就天晓得了。须知，这些“防务馆”根本就是原来私赌的赌商开办的，一切原封未动，只是花钱换个招牌，就合法化了，生意比原来还红火。而这些买了牌照的赌商，并非只开一个“防务馆”，另外还有好多不公开的赌场，好比一系列连锁店，有一个招牌也就都保了险了，照赌不误，如果警方要抓赌，因为受了贿赂，自然会提前告诉他一声，所以也大可放心。有时为了给警方提供交差的“方便”，他们会在指定的地方布置一个小型的赌场，找几个无赖在那里赌博，警察来了，把他们抓走，做做官样文章，而根本未伤私赌的根本。

麦当奴的这项条例，不但没有起到“禁赌”的作用，反而火借风势，风助火威，愈燃愈烈。社会上的赌徒不是减少了，而是大幅度增加，甚至连原来并不赌的人也好奇地去凑热闹，出于侥幸的目的，试上几把，一来二去上了瘾，成了新一代的赌徒。后来发展到连驻港的士兵、洋行里的职员以及在港的欧洲人也参加了这个行列。应该说，赌场上这些后浪推前浪的接班人都是麦当奴培养出来的。与此同时，社会上刑事案件激增，治安状况恶化，“防务馆”甚至成了窃贼的销赃之所。

麦当奴的这项“以征代禁”的开赌政策，激起了香港中外商民的一片反对声浪，不断向伦敦上诉。一八七二年一月，由于英国殖民民部训令麦当奴废止这项条例，乌烟瘴气的“防务馆”才被迫撤销。

麦当奴是一八六六年三月上任的，于一八七二年四月任满卸职。在任六年期间，他导演的这出荒唐闹剧长达四年，在香港历史上留下了笑柄。

（发表于 1996 年 5 月 24 日《北京晚报》）

九龙有条赫德道

在香港的九龙半岛南端尖沙咀，南北交通主干线弥敦道和漆咸南道之间，是一片纵横交错、密如蛛网的街区。其中，在宝勒巷之南、么地道之北，有一条小小的“赫德道”，呈“Y”字形，东端与漆咸南道相交，南端与么地道相交，西北端与堪富利士道相交。

香港的街道，多数以人名命名，而这些人，除历届港督和港府要员之外，还有一些在不同的阶段为香港做出“贡献”的人士，并且绝大多数是洋人。那么，这位“赫德”是何许人呢？说出来您也许会觉得奇怪，赫德并不在香港任职，他的职务是大清国海关总税务司。更令人不解的是，这位身着长袍马褂、顶戴花翎、食中国皇家俸禄的海关要员，竟然不是中国人，而是高鼻碧眼红发的英国人！他从一八五四年来到中国，起先在英国驻宁波领事馆担任翻译，后来便进入了清朝的官方机构，在广州海关担任税务司。第二次鸦片战争之后，他在一八六三年进而把持了中国海关总税务司，制定了一套由帝国主义支配中国海关的制度，控制中国的财政收入，并且从此入手，干涉中国的内政，扩张英帝国主义的侵略势力。一八六七年，赫德胁迫清政府接受他的“建议”，任命某人为云贵总督，某人为四川总督，连人事权都夺了。同年，他还推荐一个美国人担任中国使臣，率领中国使团出使欧美，这个使团除团长是美国人外，还包括一名英国人、一名法国人，而中国人只有两名，占五分之二。清朝政府把外交大权也交给了外国人，简直岂有此理！中法战争期间，赫德极力怂恿清政府向法国妥协，策动李鸿章与法国签订《中法新约》。赫德在中国的手伸得实在太长了，朝廷要向外国贷款，甚至连慈禧皇太后和王公大臣要办一些涉外事务，都要走赫德的门子。

一八九八年，英国驻华公使窦纳乐与李鸿章签订了租借“新界”的《展拓香港界址专条》。这一行动，本来是英方蓄谋已久的，等到一八九四年清朝在中日甲午之战中惨败，一八九八年初，俄国强“租”了旅顺，德国强“租”了威海卫，法国也要强“租”广州湾，列强瓜分中国的气候已成，英国便不失时机地向清政府提出“展拓香港界址”。此前，港英陆军总司令柏克和另一名在中国九龙海关税务司任职的英国人一起前往北京，与驻京的英国公使窦纳乐晤面，把一份港英陆军所拟的“拓界”计划交给了窦纳乐，让他赶快向清朝政府提出“拓界”要求。窦纳乐接到这个计划，首先就是找赫德商量，两人密谋了进攻步骤，然后才由窦纳乐出面，与庆亲王奕劻、大学士李鸿章、礼部尚书许应骙等人多次谈判，一步步地逼迫清政府就范，同时，赫德与他紧密配合。赫德在华的时间久，对清政府的腐败无能了解得透彻，又担任中国海关总税务司的要职，比窦纳乐更有许多方便之处，时而以英帝国主义的立场向清政府进行恫吓，时而又以中国官员的身份向清廷大臣进行利诱，这个打入中国清廷内部的英国间谍，把他的鬼蜮伎俩施展得淋漓尽致。清政府完全没有主张，一切听从他们摆布，终于达成“拓界”协议，于一八九八年六月签订《展拓香港界址专条》，将英占原香港地区“展拓”十倍以上。办成这件大事，对于大英帝国来说，窦纳乐和赫德两人都“功不可没”。

赫德把持中国海关长达四十多年，这在世界间谍史上是一个奇迹，在中国外交史也是一项可悲的纪录。一个主权国家的海关和财政大权竟然交付于这样一个人手里，那么，发生任何丧权辱国的事情都不奇怪了。

赫德死于一九一一年。八十多年过去了，中国早已天翻地覆，腐败的清朝政府成为历史垃圾，那个混在中国海关里的赫德自然也早已被中国人民遗忘。然而港英政府却没有忘记他，还留着那条“赫德道”，纪念他的一系列“功绩”。

（发表于1996年6月5日《北京晚报》）

漫步港岛话填海

如果你是初次来港观光的游客，当你驱车飞驰在东区走廊，或者从容漫步于干诺道、德辅道时，大概不会想到，你脚下的土地本来是不存在的，当年曾是滔滔海水。

香港岛和九龙半岛以及附近的众多小岛，都属丘陵地带，岭壑起伏，山路崎岖，可供农耕和居住的地方不多，在十九世纪，除新安县境内深圳河以南（即后来称为“新界”的地区）可以看到几块丰腴的农田，其余地区的住户大都居住在依山傍水的海湾，驾轻舟，以捕鱼为生。英国占领香港后，着意把它建成远东军事基地和商埠，而凹凸不平的山丘和狭小的海滨陆地则又远远不能满足他们殖民、驻军、经商的需要，因此萌发了移山填海之想，向大海要地。

香港开埠之后，首先建成的马路是荷里活道和皇后大道。荷里活道由太平山的一条山路扩建而成，皇后大道则是沿着曲曲折折的海岸线修筑的，时在一八四二年。当年，英国绅士坐在中国苦力抬着的轿子上，颤颤悠悠走过皇后大道，惬意地浏览着身旁的海景，港湾中英国军舰如过江之鲫，一艘艘高扬着米字旗。那时候的皇后大道就是港岛的边界，还根本没有由此往北的大片陆地。英国人最早登陆的水坑口，本来是一道山泉的入海口，由于皇后大道的建成，也变成远离海岸的街区了。第四任港督宝灵曾计划从西营盘到铜锣湾修建一条海堤，并在新填土地上筑一条海滨马路，由于早已受到维多利亚湾有海权地段的商人反对而未果，改在黄泥涌入海的鹅颈桥填海造地。在第一次世界大战之前，规模最宏大的填海工程从一八八九年开始，至一九〇三年完成，前后历时十五年之久，耗资三百二十五万港元，这在当时是一个天文数字。这项工程从西营盘的屈地街直到中环的海军船坞，长达三公里以上。德辅道和干诺道都是在填海所获得的土地上筑成的，德辅道以第十任港督德辅的名字命名，代替了皇后大道原来的濒海位置；干诺道的名称则缘于英国王子干诺(Connaught)，他曾在一八九〇年访问香港，并为这项填海工程奠基。新开辟的干诺道又把海滨从德辅道向前推进，自此，形成了由三条交通干线横贯其间的从坚尼地域、西营盘到上环、中环、湾仔的港岛中心区的基本框架。随着经济的发展，人口的膨胀，这一带日益繁华。

进入二十世纪以来，港岛自湾仔到铜锣湾、北角、鲗鱼涌、筲箕湾，以及九龙的尖沙咀、九龙湾、深水埗、油麻地、九龙城等地区，都曾进行不同程度的开山填海工程。第二次世界大战结束之后，香港的填海工程已不仅在于改善居住环境和满足商业、军事的需要，更加注重于现代化城市交通和工业用地的需要，纳入了整体发展规划。

香港的填海造地，前后进行了一个半世纪，一直持续至今。从历史的角度来看，填海造地一定程度上缓解了香港人口的高度拥挤状况，也为香港的经济繁荣带来了极大的效益。然而有利也有弊，由于海岸线累年向前推进，维多利亚港已经越填越窄，不但对航运安全构成威胁，港口的货物吞吐量受到限制，而且使港湾水流量减少，海水冲刷力和自净能力降低，海洋环境被污染，生态平衡受到破坏。对此，香港各方人士都深表忧虑，对维多利亚港的填海工程和青洲公众卸泥场议论纷纷。天然深水良港维多利亚港是香港的宝贵自然资源，自古以来就是水上交通要道和当地渔业生产的重要渔场，近百年来特别是本世纪八十、九十年代以来对于香港的繁荣、香港和祖国内地以及世界各地的商业交流更是发挥了不可估量的作用。香港人民和全国人民理所应当地对她百倍珍视，国外有识之士也对她的前途极为关切，谁也不希望美丽的维多利亚港越来越窄，最终变成一条河。当我们流连于海滨，眺望着两岸林立的大厦似乎已经近在咫尺，一线海流中穿行着如梭的海轮，更加真切地感到这一点。

（发表于1996年6月14日《北京晚报》）

寂寥旗杆屋

旗杆屋是我在香港采访中所探寻的历史遗迹之一。这并非因为它是香港现存的最古老的西洋建筑，而是因为它在漫长的历史中的特殊用途：英国驻港三军司令部。当年，在它那高高竖立的旗杆上，飘扬着大英帝国的“米”字旗，被老香港称为“旗杆屋”。

如今，它在哪里？港岛中区摩天大楼林立，旗杆屋已经被五光十色密密麻麻的现代化高楼大厦淹没了。我向当地人打听它的所在，年轻的朋友们听到“旗杆屋”这个名字，往往不知所云。这也并不奇怪，因为它太古老了，已经随着逝去的历史，渐渐被人们遗忘了。然而正如历史不能被随意涂抹一样，旗杆屋和逝去的历史同在，并且至今依然还在。出于对历史的执着探究，我要一睹它的真面目。

当我找到它时，才发现它和那座高达七十二层钻石般造型的中国银行大厦近在咫尺，我来来往往中环不知多少次，却都擦肩而过。中银大厦的背后有一条西南东北走向的红棉道，和金钟道交叉，形成一个九十度的夹角，旗杆屋就在这夹角的小山坡上。现在，我已经登上了山坡，站在它的面前。这是一座坐南朝北的建筑，楼高二层，白墙黑顶，造型脱胎于十七世纪英国著名建筑师琼斯所设计的皇后别墅，那座帕拉迪奥风格建筑后来成为“样板”，从英国本土流传到它的海外殖民地，形成所谓的殖民地风格。旗杆屋和它的“样板”稍有不同的是四周增加了立柱式游廊，门窗增加了半封闭式的百叶窗帘，以适应香港远比大不列颠岛炎热的亚热带气候。

这座殖民地风格的旗杆屋，一砖一瓦，一木一石，都与那不堪回首的历史连在一起……

当年，英国的鸦片快船游弋于香港一带的洋面时，向中国倾销毒品的商人们早就梦想着在这方得天独厚的水土建立他们的永久基地，一八三六年四月，英商所办的报纸《广东纪事》公开声称：“如果英国人想在中国南部扩充势力，最理想的地方就应该是香港。”一八三九年林则徐虎门销烟沉重打击了殖民主义者的嚣张气焰，英国外交大臣巴麦尊决意实施武力报复。一八四〇年六月，英国远征军十六艘战舰在总司令乔治·懿律的率领下浩浩荡荡开进中国领海，进犯广州，打响了鸦片战争。侵略者在广州受到激烈的抵抗，又转攻厦门，占据定海，由此一路北犯，一直打到天津大沽口，逼迫清政府谈判议和。次年，英军攻占广州，新任驻华公使、海军少将璞鼎查又率炮艇从香港北上，攻占厦门，再陷定海，继而占领镇海、宁波，攻破长江门户吴淞口，一路西进，激战镇江，直逼南京。在英军坚船利炮的强大攻势下，道光皇帝屈膝投降，派耆英、伊里布于一八四二年八月二十九日在南京下关江面英舰“康沃利斯”号上签订城下之盟，将香港全岛割让给了英国，并做出巨额“赔款”，开放五口通商，而早在《南京条约》签订之前，英军测量舰“琉璜”号就已经在一八四一年一月二十五日登上香港岛西北部的水坑口，并命名该地为“占领角”；次日，英国远东舰队支队司令伯麦率领他的部下登陆，在海军和陆战队枪炮齐鸣声中升起“米”字旗，宣布正式占领这座中国岛屿，为他们的女王陛下夺得了一块崭新的远东殖民地。

殖民者的足迹刚刚踏上这片土地时，港岛北部还是一派峰峦苍翠的自然风光，港英政府凿山开路，拍卖土地，那时所谓的“维多利亚城”还没有一座永久性的建筑，靠贩卖鸦片发迹的商人捷足先登。抢在拍卖土地之前就已在中环海滨筑起石砌货仓。港英政府却突然猛醒：此地与对岸九龙半岛尖端清朝官府巡检司遥遥相对，具有远远超过商业价值的军事价值，于是赶快收回这块地皮，拆除货仓，兴建了美梨兵房和三军司令部。“旗杆屋”依山傍水，占尽地利，这座仅仅两层高的楼房在当时已经十分威武煊赫。再加上紧挨在东边的金钟兵房和随后在中环与湾仔之间兴建的海军船坞“铎也”，这片居于港岛北部中心区域的土地便成为举足轻重的军事要地。

旗杆屋的建造动工于一八四四年，一八四六年落成，由当时的驻港英军司令德忌立少将首先入住。而香港总督府直至一八五五年才在上亚厘毕道落成，比三军司令部晚了九年。这个时间表本身就已经说明了在炮舰开路的时代大英皇家军队所具有的显赫地位。早于总督府先行落成的三军司令部使占领者有了稳定的“大本营”，对于侵略战争和殖民统治更是发挥了不可估量的作用。总督府和三军司令部仅一箭之遥，因而这一带又被称为“政府山”，形象地揭示了大英皇家军队作为海外扩张政策的支柱的重大意义，真正是“枪杆子里面出政权”。更耐人寻味的是，在三军司令部落成不久，它的近旁便于一八四九年建成了圣约翰大教堂，港英军人在屠杀中国人之余，还可以在此装模作样地祈祷上苍！

对香港岛的武装占领，旗杆屋这座远东三军司令部的建立，是英军由第一次鸦片战争所得到的丰硕收获，也为以后的武力扩张提供了军事准备。一八五六年十月，英国驻华全权代表兼港督宝灵和驻广州代理领事巴夏礼借“亚罗号事件”挑起了第二次鸦片战争，英国海军上将西马糜各厘率领舰队突然闯入珠江，夺取炮台，进攻广州，掳走两广总督叶名琛；并纠结法军，联合北犯，次年六月攻陷大沽炮台，逼迫清政府签订

《天津条约》。一八五九年九月，英国政府又从本土增派海军，并在印度集结陆军一万人，大举侵华。一八六〇年，英法联军攻入北京，火烧圆明园，咸丰皇帝惊得魂飞魄散，仓皇逃窜，由恭亲王奕䜣签订丧权辱国的《北京条约》，其中一个重要条款就是将九龙半岛南端割让给英国，殖民主义者蚕食维多利亚海峡对岸土地的阴谋初步得逞。到了一八九八年，英国又以“香港一处非展拓界址不足以资保卫”为理由，逼迫清政府签订拓界《专条》，强行租借九龙界限街以北的广大地区和附近众多岛屿以及深圳、大鹏两湾水域，使香港面积扩大了十倍以上，于次年以武力接管。一次次的挑战，一次次的进攻，一次次的掠夺，一次次的屠杀，中国的边界步步后退，大片土地纳入了英国版图，中国人的鲜血流成了河！而这些，都化作了金光灿灿的勋章，挂在杀人、略地、夺权、劫利的英国皇家军队将士们的胸前。在历次的军事行动中，香港一直是他们的作战基地，向各地派遣军队、提供给养、补充兵员，这座运筹于帷幄之中、决胜于千里之外的旗杆屋实在“功”不可没！

自从一八四一年英国强占香港，至今一百五十多年过去了。历史烟云变幻，人间世事沧桑。今日香港，历史陈迹大多已荡然无存。而藏在大厦森林夹缝之中的这座几乎伴随了香港整个“开埠”历程的三军司令部，经过多次修缮，仍留存至今，犹如插在这片美丽的土地上的一把战刀，记载着侵略者的罪恶，记载着中华民族的耻辱。

一九七九年之后，中区海旁的“添马舰大厦”取代旗杆屋，成为驻港英军海军、陆军总部，空军总部则设在新界石岗空军基地，这座旗杆屋交还港府，挪作他用。被淘汰的故三军司令部门前已经没有了“米”字旗，只留下楼顶前沿一根空空的旗杆，恰应了“旗杆屋”之名，不胜寂寥落寞。

一九八三年，旗杆屋被港府辟为“茶具博物馆”。由穷兵黩武到悠然品茗，这一角色的转换，心态的转换似乎匪夷所思。但我们只要翻检一下历史的日程表，便可心领神会：正是在那一年，中、英两国开始就香港的前途进行谈判，第二年便签订了《联合声明》，向全世界庄严宣告，中华人民共和国将于一九九七年七月一日恢复行使对香港的主权，从此永远结束中华民族屈辱的历史。这是时代的必然走向，殖民主义的最后归宿。自一九八八年以来，驻港英军已在逐年撤退，原在当地招聘的军人、文员、雇员陆续遣散，到一九九七年六月三十日为止，驻港英军将一个不剩地全部撤出香港。往日的煊赫将不复再现，勾留香港的时日已屈指可数，那么，在打道回府之前，以一杯清茶的馨香来冲淡昔日坚船利炮的硝烟，也许是一种无可奈何的自我解嘲？

我伫立在旗杆屋前，一个半世纪的悠悠往事在眼前重现，那早已消逝了的炮舰兵马喧嚣之声又仿佛在耳畔回响，隐隐刺痛着一个远方寻访者、一个普通中国人的心。我丝毫没有兴致去欣赏旗杆屋所收藏所展示的什么茶具，而要目睹的是它的本来面目，要记住的是任何人也无法抹掉的历史。

（发表于1996年6月29日《光明日报》）

铜锣湾的午礼炮

到香港旅游的人，大概没有不到铜锣湾的。港岛北端的这个小小的港湾，由于得地利之便，在二十世纪五十年代填成陆地，人口和建筑设施渐渐密集，发展成为与港岛中区、九龙弥敦道并列的三大购物区之一。这里东邻维多利亚公园，南倚加路连山，北临避风塘，地面有轩尼诗道、告士打道、礼敦道、英皇道纵横相连，地下又有地铁相通，将依山傍水的自然风光与现代化商业中心集于一身，典型的香港风格。铜锣湾不仅高楼林立，酒店、商厦星罗棋布，著名的“食街”也在其中。这条街有数十家中、西食店，京菜、川菜、粤菜、台湾菜以及印度菜、日本料理、西洋风味，应有尽有，宾客日夜川流不息。避风塘内又有独具特色的水上市场，浮在海面的小艇一到傍晚便开始摆案待客，高声叫卖，生猛海鲜大吊游人的胃口。夜晚到此，沿着避风塘岸边漫步，眼前是两岸万家灯火，耳畔传来喧嚣市廛之声，热闹非凡。

铜锣湾的东角海道旁边，还有不大引人注意的一景：一座由花岗岩垒成的方台，台上立起一圆柱，柱端安放着一门炮，面向大海，四周以铁链围护。这座看来不甚起眼的炮，其历史倒是已有一个半世纪了。据说，早在一八四三年(清道光二十三年)，渣甸鸦片快船驶入维多利亚港时，港岛曾在铜锣湾鸣礼炮二十一响，以示隆重欢迎。而香港总督认为此举太过分了，区区一个供应商的到来，何以给予如此礼遇？因此下令从此每天中午鸣炮一响。此外又有一说，说是渣甸洋行的总经理在英皇御准赛马会上受到斥责，却又不知悔改，因此港督做出“处罚”，命渣甸的主管在每年的除夕站在炮前，鸣炮一发。按故事发生的年代，是在首任港督璞鼎查任职期间，那么下令在每天中午和除夕午夜鸣炮的就应该是璞鼎查了。但传说毕竟是传说，究竟是否属实，已难查考。不过，就这门礼炮的实际功能而言，倒是把这两种说法结合了起来。从一八四三年起，铜锣湾的午礼炮便形成了制度，成为香港的报时器，每到中午十二时，附近的市民们便听到轰然一声炮响。而每到新旧岁交替的除夕午夜十二时，这门礼炮也鸣放一发，相当于“新年钟声”。这一颇为奇特的“风俗习惯”，自此延绵下去。第二次世界大战中，日本侵占香港三年零八个月，这门礼炮也因此停放，“哑”了三年零八个月，日本投降之后，又继续鸣放，至今未曾间断。

我每次从铜锣湾经过，总要对这门礼炮看上一眼。因为每次都不是在鸣炮时间，炮身被绿色帆布遮盖，当然也听不到它的声音。我曾经同一些香港朋友谈起这门礼炮的来历，他们都只知道有鸣炮这一说，也没有真正听到过炮声。这当然也不奇怪，香港是个讲究高效率的地方，“时间就是金钱”，大家都整天奔波着“揾钱”，又有哪个腕子上戴着手表的人特地赶在中午到此听炮呢？有一天，我在采访途中匆匆从铜锣湾经过，猛然听得“嘭”的一声，抬起腕子一看，手表的指针正好指在中午十二时。我知道这就是午礼炮的鸣声了，从车窗里朝那炮看去，果然覆盖炮身的帆布不见了，锃亮的炮筒呈现出来，一名炮手正站在炮身后端，手中的扳机刚刚扣过。亲耳听到午礼炮的鸣声，才知道它并不响亮，那“嘭”的一声也不过像北京街头爆米花儿的打开炉盖时的声响而已，传不了多远。鸣炮当然是放空炮，并没有炮弹出膛。要说有什么奇特之处，倒是奇在那鸣炮的“炮手”既不是军人，也不是警察，而是一个着便装的年轻姑娘。当然，她并不是每天都有权利鸣这一炮，不过仅此一次而已，而且还是经过特殊预约手续才获准的。据说如今的午礼炮都是由这种方式鸣放的，就像我们在电视上常见的“本节目由××特约播映”的意思差不多。

（发表于1996年7月5日《北京晚报》）

两个罗便臣

在太平山半山区有一条“罗便臣道”，西与柏道相接，东与花园道相连。这条道路是以香港前总督罗便臣的名字命名的。可是，在香港的历史上曾有两个“罗便臣”总督，和这条路相关的是哪一个呢？

前面的一个罗便臣叫作赫科莱斯·罗便臣（Htercules Robinson），爱尔兰人，生于一八二四年。年轻时从军，一八四八年在爱尔兰任行政官，一八五四年调任西印度殖民地总督。一八五九年九月继第四任港督约翰·宝灵之后，出任第五任港督，时年三十五岁，在香港历任总督当中是最年轻的一个。而且从他开始，港督不再兼任驻华全权公使和商务总监，成为专职的地方行政长官。

罗便臣上任之时，正是第二次鸦片战争中英国内阁决定从本土增派海军，并从印度集结陆军，对中国采取更大规模的武力侵略行动之际。罗便臣是这一政策的积极支持者，主张占领南九龙作为增援部队的宿营地，他认为这“将为最终从中国政府手中割占对面的岬角铺平道路”，对南九龙先行占领，然后再谋求“两广总督劳崇光的认可，取得一种方便”。在英法联军占领下的广州，劳崇光不过是一具由他们任意操纵的傀儡，租约毫不费力地就办到了，罗便臣对此表示满意，并且进一步鼓动英国政府将这块租借的土地进行割占。一八六〇年十月，英法联军攻占北京，火烧圆明园，逼迫清政府签订丧权辱国的《北京条约》，南九龙自此正式割让给英国。一八六一年一月十九日，罗便臣和其他港英官员一起主持了南九龙的“授土仪式”，随后任命了九龙民政官员，并派警察部队协助接管这块新占“领土”。

殖民地的扩大和内地资产流入香港，为罗便臣任期内香港的发展提供了便利条件。他上任之后，针对官场的腐败、官吏素质普遍低劣、治安状况的严重混乱，采取了一系列措施，撤换不称职的官吏，从英国国内选拔在名牌大学受过高等教育的“官学生”来港，经过两年的汉语学习，出任公职，使港英官员的素质有所提高。经过整顿，使法律涣散、治安混乱的状况也有所好转。他并且开办香港邮政局，兴建薄扶林水塘，改革币制，组织成立香港商会，开办银行。这些措施的实行，推动了香港的经济发展。在他的任期内，港府的财政收支由平衡达到盈余，市政建设不再需要英国政府的补贴，还承担了驻港英军每年两万英镑的费用。罗便臣于一八六五年任满离港。英国皇室对罗便臣在港的政绩甚为满意，封他为爵士，这便是太平山半山区“罗便臣道”命名的由来。当然，罗便臣所做的一切都是为了加强英国在香港的殖民统治，他所有的政绩都改变不了这一本质，特别是积极参与割占南九龙，这一罪责更是中国人民永远不能饶恕的。

另一个罗便臣叫作威廉·罗便臣(Witlliam Robinson)，一八三六年生，早年在英国政府殖民地部担任文员，先后在这个部工作长达三十七年之久，具有丰富的殖民地行政经验。一八九一年十二月，他被委任为第十一任香港总督。他到任之时，香港正处于经济全面衰退时期，财政出现大量赤字，连政府官员的薪俸都不得不减少，以补漏洞。一些市政建设费用无处筹措，只好向伦敦借款。他在任职期间还赶上香港的瘟疫流行，一八九四年和一八九六年两次瘟疫高潮，使三千五百多人丧生，连罗便臣夫人也未能幸免。威廉·罗便臣本来是个管理殖民地的老手，可是天时、地利、人和都不具备，又可奈何？各种矛盾向他涌来，这个总督当得如坐针毡。

一八九四年中日战争爆发，威廉·罗便臣为了转移矛盾，寻求发展，不失时机地向英国殖民地大臣上书，希望借此机会，趁火打劫。他提出，加普礁、横澜岛、维多利亚港东西两端的出口鲤鱼门和青洲、九龙城都属于中国，中国或者别的国家不仅可以从水路南下九龙半岛，乘隙攻击英军要塞，而且易于从中国领土上炮轰维多利亚港并截断香港的食物供应，因此他建议英国政府向中国提出展拓香港界址的要求，话说得十分露骨："应当在中国来不及从失败中恢复过来以前，向它强行提出这些要求。"

威廉·罗便臣的建议开始并未受到重视，但几年之间，随着国际形势的急剧变化，俄、德、法列强纷纷向中国索取土地和种种特权，瓜分中国之势已成，"威胁"到了英国在远东的利益，英国政府于一八九八年向中国提出展拓香港界址的蛮横要求，经过反复谈判，最终强迫清政府签订了《展拓香港界址专条》，这个条约的蓝本，其实就是威廉·罗便臣的建议。

威廉·罗便臣在长达七年的任职期间，有两个抹杀不掉的罪恶，"拓界"建议是其一，其二是他在一八九六年下令将在香港从事革命活动的孙中山驱逐出境，并且宣布五年之内不许入境。威廉·罗便臣于一八九八年二月任满离港，他做了多年的"拓界"之梦，当梦想变为现实时，却没有来得及接收所展拓的"新界"，留待他的继任者去做了。九龙倒是曾经另有一条"罗便臣道"，是为纪念威廉·罗便臣的，但后来更名为"弥敦道"，原来的名字便被人们忘却了。

（发表于1996年7月12日《北京晚报》）

投降港督杨慕琦

一九四一年九月，杨慕琦(Markaitchison Young)奉命出任第二十一任香港总督。此时，距日本发动太平洋战争、香港沦陷之期已经十分迫近，可谓“临危受命”。

十一月一日，日本首相东条公开宣布决心消灭英美在东南亚的势力，派遣七十艘运输舰，满载车队，沿着中国海岸向南挺进。

十一月二日，英国新主力舰“威尔士王子”号和战斗巡洋舰“击退”号驶达新加坡，参加英国远东舰队。而这时，日军第三十六师已由广州向深圳推进，直逼香港。

十一月十六日，两个营的加拿大军队由英舰运抵香港，与香港的两营英军、两营印军和高射炮队、皇家工程队、小型空军机队、“香港义勇军”共同组成防卫战线，最高统帅便是港督杨慕琦。

十二月七日凌晨，日军偷袭美国珍珠港，太平洋战争爆发。

十二月八日香港时间八时许，日本飞机突然闯入香港上空，轰炸启德机场，并低空机枪扫射。英军未及还击一弹，机场的五架英国皇家飞机和八架民航机，以及美国巨型水机“夏威夷飞剪”号便已被全部摧毁！随后，已在深圳的日本陆军突破深港边界，攻入粉岭、大埔，港英布置在此守卫的印军抵挡不住，向城门河谷溃退。九日晚，日军攻占城门堡，十一日中午攻破“垃圾湾防线”，英军撤出九龙，退守港岛。

十二月十三日晨，日军代表团从九龙渡海，逼迫杨慕琦投降。此时的杨慕琦还想据城抵抗，不见来使。日军立即轰炸港岛，发起围城之战，至十八日晚，日军乘风雨交加，在猛烈的炮火掩护之下，从北角至太古糖厂之间的海岸登陆，随后，多路日军攻上港岛，狂轰滥炸，被围困在孤岛之中的香港居民，煤、水、粮、电供应中断，倒毙无数。

二十五日，孤岛军民在炮火中度过了一个血色圣诞，杨慕琦发表《圣诞文告》，号召英军“奋战到底”。而香港陆军司令马尔比则向总督报告说，英军已无法维持有效的抵抗。杨慕琦绝望了，当日下午五时，这位总督兼三军总司令举着白旗乘小船渡海到半岛酒店，向日军中将酒井屈膝投降。杨慕琦刚刚发表的《圣诞文告》成了绝妙的讽刺，什么“抗战到底”？总督本人就是个怕死鬼、可怜虫、屈节降敌的奴才！

总督投降了，港英政府不存在了，英国人把香港放弃了，而在这块土地上世世代代食毛践土的中华儿女却誓死不向侵略者低头，他们扯起“港九人民抗日游击队”的义旗，拿起土枪洋枪、大刀长矛，架起舴艋小舟，从大鹏湾到珠江口，从港九市区到新界乡村，燃起抗日的熊熊烈火，武装群众，打击敌伪，抢救蒙难港岛的何香凝、柳亚子、茅盾、夏衍、邹韬奋等一大批文化精英，配合内地人民的抗日战争和全世界人民的反法西斯战争，为此付出了血的代价，谱写了一曲英雄赞歌！抗战先烈们宁死不屈的英灵，和那个在日寇的刺刀下苟且偷生的杨慕琦相比，高尚和卑鄙，伟大和渺小，壮美和丑恶，岂止天壤之别！

一九四五年八月十五日，香港人民在经历三年零八个月的劫难之后，终于和全国人民、全世界人民一道迎来了反法西斯战争的胜利。但是，由于国民党政府的软弱，蒋介石屈从了英国首相丘吉尔不交还香港的蛮横无理的决定，中国作为战胜国竟然未能接受侵占香港的日军投降。英国在战争时期实际已经放弃了的这块“殖民地”在战后又重新落入英国人之手。尤其令人难以置信的是，当战后港英临时军政府把统治香港的权力交回港督时，此时的港督仍然是杨慕琦，当年他打着白旗自动钻进了日本法西斯的狗洞，现在从狗洞里爬出来，又装模作样地当起总督来了，真不知人间还有羞耻事！难道丘吉尔派不出第二个人来了吗？也不给“大英帝国”留点儿面子？

杨慕琦担任第二十一任香港总督从一九四一年九月起，至一九四七年五月止，任期不足六年，而实际上他上任仅三个月就投降了，中间的三年零八个月“集中营的干活”，战后从一九四六年五月“复出”，到次年五月便卸任交权，真正当总督的日子不过一年零三个月，官儿瘾还没过足，就又下台了。然而，在香港的历史上，“投降总督”杨慕琦却也是一个不可忘记的人物。

（发表于1996年8月16日《北京晚报》）

夏悫道和夏悫军政府

沿着港岛海滨大道干诺道由西向东行进，过了“干诺道西”“干诺道中”，却不见“干诺道东”，这条路从爱丁堡广场东侧便改了名字，叫“夏悫道”了。然而又是短短的一段，在添马舰拐了个弯，到了与告士打道相接处，便结束了。就在那个拐弯的地方，旁边还有一个三角形的“夏悫花园”。不消说，这条路和这个花园，都是以同一个人的名字命名的。那么，这个“夏悫”是何许人也？

一九四五年八月十五日，日本天皇裕仁宣布无条件投降，在香港的日军接到国内的命令，准备向战胜国投降。但是，受降的是谁？是英国、美国，还是中国？竟然无所适从。当时连在香港的英国人也不知道该如何是好。英、美战俘还留在集中营里，仍由日军暂管，吃着空投食物，等待进一步的指示。数日后，中国战区最高统帅蒋介石派遣特使来港，通知原港府辅政司金逊：“国军”将立即遣调来港，并由“国军”司令接受驻港日军正式投降。金逊对此置之不理，与一些原港府官员想方设法和英国政府殖民地部取得了联系，接到密令，金逊于八月二十八日向香港市民发表广播讲话：“我是目前驻港的英政府首席代表，现已取得日方同意，在维多利亚城设立一个办事处，并准备必要的步骤，当英军抵达港岛受降时，恢复英国的统治权。我确信英军抵港的日期将在不远。”

八月二十九日，一队英国军舰开进香港附近海域，为首的航空母舰“不屈”号上乘坐着海军少将夏悫(H. J. Harcourt)。次日十一时，香港政府发布自一九四一年十二月以来的第一号公报说：“夏悫海军少将率领的一支十分强大的舰队，正停泊在香港港外。海军船坞已为他在午间到达做好了准备……两天内，并将有其他舰只若干到达。正式受降仪式可能在东京仪式之后举行。”海军船坞的无线电台升起了英国国旗，夏悫在正午过后登陆，受到金逊等人的欢迎。

九月一日，夏悫宣布成立军政府，由他行使总督职权。九月五日，夏悫进入总督府办公。九月十六日下午四时，夏悫以香港军政府总督身份，代表英国政府兼代表中国战区最高统帅，在总督府正式受降。日本陆军少将冈田梅吉和海军中将藤田类太郎，代表日本天皇、日本帝国大本营以及他们所辖部队，把佩剑解下，献给夏悫，并在投降书上签字。中国少将潘国华仅仅作为一名代表，和美国、加拿大代表一起参加了这一仪式。至此，香港从日本侵略者手里又转入英国人之手，中国在战后收回香港的良机被国民党政府葬送了。来港会同夏悫办理受降事宜的中国军事代表团在本属自己的土地上却成了“客人”，向夏悫“租用”九龙塘的民房，作为过港北上的“国军”临时兵营。当时，全副武装过港的“国军”达十万人之多，却不过是匆匆过客而已，未能收复国土，辜负了香港同胞的久久期待。

战后的香港满目疮痍，民不聊生。夏悫军政府实行全面统一管制政策，银行的战前资金全部冻结，股票证券不准公开买卖，米、面、食油、食糖、木柴、煤炭、汽油、水产品、蔬菜等日用品一律由港府统购统销，配给物品供不应求，街头黑市猖獗，物价飞涨。当时连房租和工资也在“统制”之列。由于生活费用大幅度上涨，而工资却不得提高，市民怨声载道，不断爆发工潮。

一九四六年五月一日，原港督杨慕琦复职，历时八个月的夏悫军政府至此撤销。如果说杨慕琦扣除投降后蹲集中营三年零八个月的时间，成为任期最短的总督，那么，夏悫这个非正式的军政府“总督”的任期则更短了。但他比杨慕琦幸运，还留下一条“夏悫道”以做“纪念”，上了岁数的香港人有时还提起五十年前在军政府统治下的往事。

（发表于 1996 年 8 月 26 日《北京晚报》）

割辫之刑和剪辫不易服

在早期的香港，有一种莫名其妙的刑罚，华人犯了罪（罪名是否成立还不一定），除了鞭打、戴枷等等处罚，还要割去他的辫子。这种古怪的刑罚，在英国法律里找不到依据，在中国法律里就更找不到依据，完全是一项“土政策”。

中国人自古以来，对头发特别爱护，认为“身体发肤，受之父母，不敢损伤”。明朝灭亡，清兵入关，下令全国的男人一律剃发梳辫。其实当时的剃发并不剃光头，而是按照满族的发式，把前额和四周的余发剃去，把留下的长发梳成一条辫子，垂在脑后。但这毕竟是一次改装易服。汉人坚守传统，不肯接受这种新的发式。于是顺治皇帝下令，限全国在十日之内一律剃头梳辫，违者杀无赦，“留头不留发，留发不留头”。这项政策受到了抵制，江阴二十万人声称“头可断，发不可剃”！于是清廷调动二十万大军和几百门大炮，围攻孤城七十天，最终破城而入，血洗全城。清朝统治全国二百多年，当初的江阴屠城成了历史，剃发梳辫又成为中国人的正统发式。大清子民对辫子的爱护，仍然延续着“身体发肤，受之父母，不敢损伤”的观念，即使出国留洋剪了辫子的人，回国之后也要装上一条假辫子，不然就会受到鄙视和敌视。

香港割让英国之后，港岛原有居民和后来进港经商、做工的大陆人，仍然把自己看成大清国的子民，坚持天朝衣冠，不着洋服，不剪发辫。港英政府早已宣称对华人“应照中国法律习惯统治之”，理应尊重华人的这一生活方式和风俗习惯。可是，出于种族歧视的心理，他们动辄把犯人割去辫子，以侮辱华人的人格和尊严。据记载，一八四六年四月，由于港英警察无故拘捕一名华人苦力，遭到在场华人的集体反抗，造成五十四名华人被捕，一律罚款港币五元。当时的苦力根本没有能力交出这笔罚款，每人被鞭打二十藤条，割去辫子，驱逐出境。一次割去五十四个人的辫子，是无数割辫事件中的一个典型，而割辫案几乎每天都有发生。香港的华人不仅遭受政治上的压迫，经济上的剥削，肉体上的折磨，还要在精神上承受极大的屈辱。

港英的暴行激起了香港华人的极大不满，经过不懈地斗争，终于迫使当局废除了割辫之“刑”。中国最后一个封建王朝大清帝国灭亡了，除了少数清朝遗老遗少，人们不再视辫子为神圣不可侵犯之物，反而成了封建制度的象征，被时代潮流冲刷而去。而香港的华人社会，在清朝末年已经出现剪去辫子的年轻人，这些人以从国外回港的留学生居多，他们西装革履，完全丢弃了清朝衣冠。但多数市民仍然留着辫子，虽然清朝大势已去，但毕竟他们还是中国人嘛！还是一个痛苦而尴尬的时期。清朝要亡，中国将走向民主共和，而香港作为英国殖民地的地位却仍未改变，香港的华人该怎么办？出于民族的凝聚力和归属感，他们需要一个心理上的自我调节，找到感情的依托。在这个转变时期，一个叫作“剪辫子不易服会”的组织在香港应运而生，发起者是孙中山的同学关心焉。辛亥革命的前一年，一九一〇年十一月四日，“剪辫子不易服会”在华商会所举行集会，宣传该会宗旨：剪去辫子，但不穿洋服，仍着祖国衣冠。他们发动社会名流和青年学生率先带头，上街游行，动员广大市民加入“剪辫子不易服”运动。这一主张受到香港市民的拥护，逐渐推广开来，蔚为风气。在今天看来，发式和服式的“革命”与否其实算不了什么大事，但在当时，却十分牵动人心。“剪辫子不易服”既顺应了社会发展的进步和历史潮流，又维护了华人的爱国情感，所以，当年经过艰苦斗争才保住了辫子，现在自己把它剪去，也就不觉得可惜了。

区区一条发辫，在历史风云中几经变幻，隐现着香港华人独特的心路历程。

（发表于 1996 年 8 月 30 日《北京晚报》）

不受欢迎的港督戴维斯

一八四四年五月，年方四十九岁的戴维斯(John Francis Davis，又译作德庇时、爹必时、德俾士)，接替璞鼎查出任第二任香港总督。戴维斯对中国历史和中国文学有着浓厚的兴趣，潜心研究多年，著述颇丰，是一位知名的“汉学家”。

和他乘坐同一艘轮船到达香港的还有约翰·华脱·晓吾先生，他是即将建立的香港高等法院的首任大法官，现在和总督一起赴港履新。而谁能想到，两人戏剧性的政治博弈，由此拉开了帷幕。

戴维斯到港之时，香港仍处于开埠不久的混乱状态，法律、财经、行政未上轨道，治安一塌糊涂，偷盗案件层出不穷，甚至偷到了总督阁下的府邸！戴维斯上任之后，在赤柱和香港仔一带兴建道路、警察局，最高法院也在这时兴建。为维持港府日常费用，戴维斯决定增加各种税收。一八四四年八月，港府立法局通过了戴维斯倡议的一项新法令，自十一月一日起实行，这项法令规定：所有香港市民每人每年须向登记官报到登记、填写表格、回答询问，姓名、年龄、家世、职业等等都要如实报告，还要缴纳一至五元的登记费。这项不分国籍、种族的登记制度，引起在港白人的强烈反感，认为这有损于“高等民族”的尊严。一些华人富商也表示不满，认为与苦力、用人一样登记，有失他们作为“高等华人”的体面。一般华人市民也反对这一做法，称之为“人头税”，那时的一至五元税收已经是一个不小的数目。在港的英国人召开大会，并递交措辞激烈的呈文，谴责总督。而恰恰这时发布的港府宪报的中文译文又出了毛病，把每年缴纳一次“人头税”说成了每月都要缴纳，于是商人、工匠以及欧人雇用的华人仆役一律罢工罢市，百业停顿达三个月之久。戴维斯只好修正这项法令，政府文员、海陆军雇员、正常商人业主、自由职业者以及年收入在五百元以上者，皆豁免登记，变成只针对贫苦华人了，而这些人占了香港人口的大部分，倒霉的还是中国人！

戴维斯的“人头税”法令使他在香港大失人心。而这时正是洪秀全起义的前夕，内地一些反清人士由于清廷搜捕而来港避难，戴维斯竟然与两广总督耆英达成默契，在一八五四年公布一号法例中规定：香港警察有权逮捕由内地潜入香港的反清分子，监禁期满之后再在脸上烙印（英国政府批准时改为烙在肋下），引渡给清朝政府——这当然是送死无疑。这一残酷的法令撕破了港英政府“人道”的面具，戴维斯的形象更为恶劣了。

当初和戴维斯同船到达香港的那位晓吾先生，他作为香港高等法院首任大法官，和这位热衷于制定种种法令的总督时时发生矛盾。例如戴维斯曾不止一次直接下令将住在香港的葡萄牙侨民逮捕，不经法院审问便引渡回澳门，被晓吾认为“以政代法”，无视他的职权，耿耿于怀。一八四六年七月，一个侨居广州的英国人康普顿接连两次在街上无故推倒中国商贩和苦力，激起广州人民的强烈抗议。戴维斯身兼驻华商务监督，当然不能不管，他决定对康普顿处以四十五英镑的罚款，并将处罚结果告知两广总督耆英，以平息中国人的反英情绪。岂料此举却又惹恼了在广州的英国侨民，罪犯康普顿在英侨的支持下到香港高等法院上诉，被晓吾宣布无罪，撤销总督对他的罚款。这一来，总督和大法官之间的芥蒂更深了。

后来，戴维斯和晓吾又发生了一系列冲突。戴维斯向英国首相写信弹劾晓吾经常酗酒闹事，英国政府殖民地部对此进行了公开查处，使得总督和大法官两人闹得更僵。一八四七年十一月三十日，戴维斯宣布停止晓吾的大法官职务，晓吾于同年年底乘坐“北京”号轮船回国。出乎意料的是，晓吾一回到伦敦就被恢复了职务，回棹扬帆再赶往香港赴任，那么，处于尴尬境地的戴维斯就只有引咎辞职这一条路了。

一八四八年三月三十日，辞去总督职务的戴维斯黯然离港，凑巧乘坐的也是那艘“北京”号轮船。但是，与晓吾离港时英商们依依惜别的情形大不相同，虽然官方照章办事地为戴维斯送行，场面却极为冷清，香港居民对这位总督的离去无动于衷。

戴维斯的任期未满便提前走了。英侨英商不欢迎他，香港华人也不欢迎他，这一任总督当得真是窝囊透顶。作为资深的外交官，自认为对中国颇为了解的“汉学家”，却在中国栽了一个大跟头。而不可思议的是，回国之后的戴维斯竟然继续钻研中国文学，有《中国诗歌论》《中国见闻录》等著作，翻译过一些中国戏曲剧本和小说，还获得了牛津大学荣誉博士学位，一八九〇年死于他的隐居处布里斯特尔，终年九十五岁。

（发表于 1996 年 9 月 13 日《北京晚报》）

般咸道与文咸街

香港的一些主要街道，多数带有殖民地色彩，以英国或香港的一些政治人物的名字命名，最常见的是历届港督的名字。当然不是所有做过港督的人都“人手一街”，年代较晚的一些港督就没有享受过这份“殊荣”，因为香港地方有限，原有的街道已经命名“客满”，不可能换一任港督就开辟一条新的街道。但是第三任港督文翰，以他的名字命名的街道竟不止一条！

般咸道在太平山半山区，西起西营盘与坚尼地城之间，在香港大学前面与薄扶林道相接；东至上环坚道花园附近，与坚道相交。般咸道的英文名字写作“BONHAM ROAD”。

如果我们在上环再走一走，由荷里活道出水坑口往北，越过皇后大道西，便进入了叫作“BONHAM STRAND”的一条街，名字也是“BONHAM”，区别只在“ROAD”（道路）和“STRAND”（海滨）。然而奇怪的是，“BONHAM STRAND”的中文名字却并不是“般咸海滨”，而被译成“文咸街”。

“文咸街”又分“文咸东街”和“文咸西街”，但又不是一条街的东段和西段，而是邻近而又各自独立的两条街。文咸东街上接皇后大道西，向东北方向与永乐街相交，又折而往东，至禧利街为止；文咸西街则与永乐街平行，东端与文咸东街呈“丁”字相交，西端抵德辅道西。虽然两条街都不长，但都赫然标着“文咸”之名，前面说过，一个名字出现在两条街上，这种情况在香港是少见的。那么，这位“文咸”何许人也？他和“般咸”又是什么关系？

说来好笑，这“两位”其实是一个人：第三任港督 George Bonham。这个人之所以不好称呼，是因为他的中文译名实在太多：般含、般咸、文咸、文安、文翰、濮亨，都是这一个人名的不同写法。如果以普通话的发音对 Bonham 进行音译，似以“般含”二字最为接近。

一八四八年，文翰出任第三任香港总督。

文翰赴任之时，他的前任戴维斯刚刚灰溜溜地离开香港，留下政治、军事、财政方面的许多问题，首先是英商吵嚷已久的要求进入广州城问题。戴维斯在任时，两广总督耆英曾经许诺两年后准许英商入城，现在时间已到。文翰乘军舰去见巡视虎门的徐广缙，于海上相遇，便请徐广缙上他的船谈判。这突如其来的举动，把大清方面吓了一跳，所以有“劫之于舟”之说，其实文翰当时还是想以谈判解决问题。岂料徐广缙并不好对付，谈判竟不了了之。文翰见软的不行，就来硬的，派副总督兼陆军司令乍畏将军到广州去，并且以炮舰逼迫广州，造成攻城之势。这一明目张胆的侵略企图激起广州人民的反抗，由粤秀、羊城、越莱这三家书院的知识分子牵头，联合商界人士，发起拒英入城、拒买洋货的运动。英商的转港货物堆积如山，没有销路，经济遭受很大损失。文翰请示了英国政府，不得已将入城之议作罢。这件事旷日持久，英方一无所获，文翰本无“功”可言。但是，由于他先以谈判和武力对英商给予了极大支持，后来又将罢议入城的责任推给伦敦，自己倒颇得英商的“口碑”，可见此人政治手腕之圆滑。

文翰上任之初，面临香港财政的大量赤字，他采取了节省政府开支，放弃公共建筑计划，裁减港府和驻军人员，压缩薪金等措施，获得一定成效。太平天国起义爆发后，内地一些居民、商人为避战火，纷纷来港，大量资金随之流入，以及美国西部发现金矿，香港成为罪恶的苦力贸易的转口基地，客观上也都为香港的经济发展起到了“助燃”作用。文翰任期内香港人口从一八四八年的两万三千九百九十八人增加到一八五四年的五万五千七百一十五人，一些新建筑相继动工、落成，城市面貌也发生了很大变化。一些历史著作把这些都归功于文翰，对他评价甚高，其实香港的每一步发展和繁荣，无不浸透了中国人的血和汗！

文翰督港期间还有一件事值得一提。自从英国在一八四一年强占香港，就开始由官方进行土地拍卖，但在文翰到任之前，买主对土地的管业年期一律为七十五年，这是首任港督璞鼎查于一八四四年宣布的政策。而文翰为了满足英商的需要，竟然把这一期限一下子延长到九百九十九年，连那些饕餮巨商也惊喜过望，没有想到口子能够开得这么大！这一新政策始于一八四九年，港府由此获得丰厚的收入，香港的地产生意也被刺激得异常活跃。文翰大概以为这块殖民地永远在英国的统治下，千秋万代再无回归之日。他何曾想到，从一八四九年到一九九七年，只不过一百四十八年，历史就要改写了，哪里还有他的九百九十九年之期呢？

（发表于1996年9月20日《北京晚报》）

吾土吾民

清代著名诗人、外交家黄遵宪在一八七〇年赴广州参加乡试归途中，经过香港，曾有诗纪游述怀："水是尧时日夏时，衣冠又是汉官仪。登楼四望真吾土，不见黄龙上大旗!"那时，香港沦为英国殖民地已近三十年。诗人登临纵目，故国山水依旧，人民衣冠如昔，只可惜看不到象征中国主权的龙旗了，心中升起无限悲愤，却又凄凉无奈。

自从英国殖民者宣布香港为"女王治下的领土"，香港居民就如同白种人治下的非洲黑奴，在自己的土地上沦为"贱民"。"岛上华侨居民，应照中国法律习惯统治之，但废除各种拷刑。至于英国人或其他人民，则适用英国现行刑事或海事法规，以为管辖。"英国驻华全权钦使兼商务总监查尔斯·义律在最初的布告中，就已经十分露骨地表明了种族歧视的政策，把华人列为劣等民族。事实上，所谓对华人"应照中国法律习惯统治之"，只不过是在英国法律之下兼行清朝法律，给华人施以双重重压，而"废除各种拷刑"纯属一句空话，并未实行。

就在占领之初的一八四一年，义律任命威廉·坚担任总巡理府兼警察队长官和典狱长，委任书中明确规定，他有权对华人处以一百鞭以下的体刑。在他任职期间，华人的两脚只要跨进巡理府，不管有罪无罪，都难免横遭鞭笞，甚至还要在耳朵上刺字或者号枷示众。曾历时长久的对华人实行宵禁的制度也是自威廉·坚开始的。他后来升任辅政司，还当过副总督，香港有一条连接上环和中环的“坚道”就是以他命名的。他的“知名度”是靠凶狠残暴地欺压华人而取得的。“在英国殖民地，一张白色面孔当然就是具有充分效力的护照。”当时的英文报纸如此评说。而你如果长着黄皮肤，就失去了自我保护的权利，不知在什么时候，就会无缘无故地挨白人的鞭子。为什么？第二任港督戴维斯说得十分坦率：华人穷得付不起罚款，蹲监牢对他们也起不了惩戒作用，只有用鞭子抽打，戴木枷，割辫子，才是对付他们的好办法！

鞭刑，最初用的是藤鞭，到了第六任港督麦当奴时代，更新换代为九尾鞭。所谓“九尾鞭”是九根皮带或九条麻绳束拧成的鞭子，皮带或麻绳上还绾着许多疙瘩，一鞭下去，伤痕累累，皮开肉绽。麦当奴任职于一八六六年至一八七二年，酷刑峻法达到极点，在皇后大道上几乎每天都可以看到华人当街遭受鞭打，一八七一年还规定每星期三为“鞭笞日”，将鞭打华人形成制度。第七任港督坚尼地继承他的前任麦当奴的衣钵，奉行种族主义，直到第八任港督轩尼诗执政时期，残酷野蛮的鞭刑才有所收敛，将公开行刑改为狱中行刑，废除“九尾鞭”，恢复藤鞭。轩尼诗已经意识到从十九世纪七十年代起，香港的华商迅速崛起，港府的财政收入百分之九十来自华人，而种族主义对香港的发展极为不利，因此他从人道主义出发，为改善华人待遇做出了一定的努力。

在十九世纪五十年代、六十年代和七十年代，港府曾不断颁布歧视华人的法律，如规定不准贫苦华人行乞，违者被处以罚款、鞭打、监禁、苦役和遣返原籍等等刑罚，而这些人唯一的“罪行”只是贫穷。又如规定中国技工和劳工不得在公园内穿行，“轿子和轿夫不得进入公园，狗若无人牵着亦不得进入公园”，把华人与狗相提并论，和上海滩上洋人的行径如出一辙。第十任港督德辅执政期间，又曾明文规定：抚华道有权随时传讯任何华人房主和房客，不准华人逢年过节上街吹奏乐器和列队行走，华人夜晚上街必须提灯，无通行证的华人晚间不许出门等。德辅并且推行种族隔离政策，规定在某些街区只许建造欧式房屋，并且限制居民人数，以防华人迁入这一区域。至于歧视华人的"理由"，德辅振振有词地阐述道："目前华人还缺乏为获得真正的进步所必需的品质，而且在未来的长时期内很可能仍缺乏这种品质。"

在漫长的殖民统治下，香港华人处于社会的最底层，不仅被剥夺了一切自由，甚至连生存的权利都不能保障。当年，因为牵连太平天国而赴港避祸的著名文人王韬曾真切地描述当时华人悲惨的生活图景："华民所居者率多小如蜗舍，密若蜂房……寻丈之地，而一家之男妇老稚，眠食盥浴，咸聚处其中，有若蚕之在茧，蠖之蛰穴，非复人类所居。"王韬居留香港多年，对香港社会的观察，自然远比偶然过港的黄遵宪以诗感喟更加具体而深刻了。

（发表于1996年10月25日《北京晚报》）

梅轩利遇刺

一九一二年七月四日，香港干诺道毕打街卜力码头上，“米”字旗高高飘扬，本港军政要员和社会精英齐集，仪仗队笔直地分列两边。他们在等待新任港督的到来。

轮船靠岸了，总督和他的夫人在随员的簇拥下登上码头。总督身材高大，仪态威严。当他踏上香港的土地时，脸上露出了自豪的笑容，因为香港曾是他居住和工作多年的地方，此番以新任总督的身份归来，颇有“衣锦还乡”的荣耀之感。他情不自禁地举起右臂，向岸上欢迎的人群挥动……

然而，就在此时，突然，“砰!”的一声枪响，子弹呼啸着从他身旁飞过，总督大惊，他的夫人已经骇得面无人色，码头上的欢迎人群顿时乱作一团！欢迎仪式被猝不及防的刺杀打断了，总督匆匆地钻进早已等在码头上的八抬大轿，在警察的保护下迅速撤离了。总督遇刺事件在香港史无前例，这位上任第一分钟就被惊破了胆的总督叫梅轩利。

梅轩利(Francis Henry May，又译梅含利、梅含理、轩利·梅)，一八六〇年生于爱尔兰，大学毕业后考入英国殖民地部，一八八一年作为“官学生”来港，在政府行政部门工作。一八九一年担任代理港督柏加少将的私人秘书，并且娶柏加的女儿夏莲娜为妻。后来他又先后任水师提督参议、库政司、副华民政务司等职，自一八九三年起任警察司达十年之久。警察是港英政府维持殖民地秩序、威慑和管制广大华人的重要工具，其残暴、腐败世所目睹，而梅轩利担任这支警察部队的头子长达十年，其罪恶之深，可想而知。一八九九年春，港英政府按照强迫清政府签订的《展拓香港界址专条》，前往接收新界，梅轩利便是这一行动的急先锋，在遭到新界人民的反抗时，他的警察部队和驻港英军施行了血腥的镇压！血债是要用血来还的，当梅轩利在斐济群岛总督任上接到新的任命，来港出任第十五任总督之际，仇恨的子弹终于射出了枪膛。这次刺杀没有成功，但从此之后，再也没有一位港督敢于坐轿，改用汽车代步了。

梅轩利当年以"官学生"的身份来港，接受了华语训练，加之长期在香港任职，成为一个会说华语、熟悉华人事物的"中国通"，他甚至还写过《广州方言入门》等书。他在当了总督之后，把与华人社会有密切关系的总登记官改为华民政务司，通过慈善事业、社会福利等手段，拉拢华人的感情。但是，由于殖民主义者仇视、歧视华人的本质难以掩饰，统治者与被统治者水火不相容的关系根本无法改变。一九一三年，即梅轩利出任港督的第二年，他颁布了禁止使用外国货币的条例，包括在香港市面上流通的中国银元、铜元和纸币，都在禁止之列。香港的公共电车是普通市民的重要交通工具，也拒收中国货币，使香港华人极为愤慨，于是齐心协力予以抵制。宁可步行，也拒乘电车，以至出现电车空载运行的场面。这一风潮从一九一三年十一月一直持续到第二年，电车公司损失惨重，港府不得不宣布将该条例推迟施行。

梅轩利任港督期间，赶上第一次世界大战。由于英国和日本的特殊关系，香港并未受到战争的伤害，反而利用战争时期欧洲工商业衰疲的空当，积极开拓远东市场，经济迅猛发展，港府的税收从一九一三年的八百五十一万二千元激增至一九一八年的一千八百六十六万五千元，人口也急剧增多，突破五十万。香港发展的这一“黄金时期”为梅轩利装点了门面，他因修建旺角避风塘、大潭笃水库等公众设施也博得一些声誉。但是，在他卸任之前却又碰到两件百年不遇的大事，在香港人的心里蒙上久久不散的阴影。

一件是一九一八年一月二十二日湾仔机利臣街警匪大战，打得天昏地黑，人心惶惶。另一件是同年二月六日快活谷马场大火，使五百七十多人丧生，由于港英政府实行种族歧视政策，华人在赛马这种娱乐活动中也不能与白人平起平坐，华人看台是用木料、葵叶搭成的简易看台，易塌易燃，所以在火灾中罹难的绝大多数是华人，那场悲剧是香港华人低下社会地位的生动体现，滚滚浓烟把梅轩利苦心营造的“中国通”“杰出政治家”的光环遮没了。

梅轩利于一九一九年一月申请提前退休。他督港六年，从码头遇刺，到马场大火，香港历史上前所未有的事都让他给赶上了，说起来也真是不堪回首。

（发表于 1996 年 11 月 1 日《北京晚报》）

爱国老人邓圣时

今年国庆前夕，新华社和中央电视台播发了一条消息：九月二十九日晨七时三十分，在香港“新界”的邓氏宗祠前，嘹亮的中华人民共和国国歌响起，鲜艳的五星红旗冉冉升上天空。在场的六百多人热烈鼓掌。长达十五米、多达一百万响的鞭炮震天鸣响，心情激动的群众纷纷拥到红旗前拍照留念。旗杆周围的“隆重庆祝中华人民共和国成立四十七周年”“热烈迎接九七香港回归祖国”等巨幅花匾在朝阳下光彩夺目……七十三岁的老人邓圣时说：“这次升国旗意义非常重大。一九四九年新中国成立的时候，这里的爱国群众也升过国旗，但港英很快就派密探来抓人，把人都吓跑了。现在香港要回归了，我们才能将国旗隆重庄严地升起来。”

我在北京看到这条消息，眼前立即浮现出依山面海的屏山三围六村，那些热情朴实的乡亲，那门悬“南阳承世泽，东汉启勋名”楹联的邓氏宗祠。现在，造价六万港元、高达十六米的新旗杆已经在那座祠堂前巍然矗立，五星红旗迎风飘扬。我立即把电话打到屏山邓圣时先生的家里，告诉他我此时的激动心情。老人听了，非常兴奋，同时又感慨万千，他从我的电话中得知来自祖国首都的热烈反响，百感交集，心潮难平。我说我在国庆过后将再次赴港，他热诚地邀请我届时重游屏山。

到达香港后，和邓先生通了电话，他便立即过港来看我，并且带来了屏山邓氏族谱、锦田邓氏族谱、当年“新界”乡民抗英斗争的许多珍贵资料以及一些难得的历史照片，这些都是我千里迢迢多次赴港采访所追寻的目标。古稀老人亲自送到我的手里，同胞之情令我深深感动，连声说：“谢谢！”而邓先生却说：“你从北京远道而来，写我们先人的历史，我们应当感谢你呀！”邓氏是“新界”五大家族之一，在一八九八年至一八九九年英国强租“新界”的过程中，邓氏联合各族乡邻，不畏强暴，拿起武器，奋勇抗击侵略者，付出了巨大的牺牲。而在将近百年的岁月里，国耻不得昭雪，正义不得伸张，屈辱和仇恨只能埋藏在心底。邓圣时先生作为抗英先烈的后人，默默地搜集、保存着那些珍贵的史料，坚信总有一天，为国捐躯的先人悲壮的史迹会重见天日。在他拿给我看的当年邓氏“一体堂”的账簿上，许多地方特地贴了标签，做了记号，在记载着×月×日捐银××两购买大炮这一行字旁边，重重地画上了一条红线，我拜读至此，怦然心动。邓先生面目清癯，气质儒雅，但讲到邓氏先人惨遭英军镇压的情形，不禁痛哭失声！“男儿有泪不轻弹”，这位古稀老人的眼泪已经强忍了七十多年，面对专程前来寻踪问迹的探访者，终于奔涌而出！

我应老人之约，再访屏山。

村庄的背后，那片苍翠的山冈，便是大名鼎鼎的屏山，它坐东朝西，扇面形展开，宛如一道屏风，护佑着邓氏聚居的三围六村。八百年前在此立村的邓氏先人曾引用风水先生之论告诫儿孙：此地风水为“毛蟹局”，蟹可横行而人不可横行，横行最终必遭灾；狼不可引入室，引狼者终必害己害人，头破见红，蟹局之大忌。一八九九年港英政府在接管“新界”前夕，便已看中了这块地方，要在屏山上建造警署，遭到邓氏族人的强烈反对，而未能得逞。然而，在武装到牙齿的港英军警的残酷镇压之下，乡民们的英勇抵抗以失败而告终。港英占领了屏山，随即在山上修起两座建筑：警署和理民府，居高临下，虎视眈眈，威慑着被“征服”的百姓。那警署的红色瓦顶，使乡民们触目惊心：“头破见红，蟹局大忌”，强盗横行，豺狼入室，屏山的风水已破坏殆尽！

我和邓先生一起站在他所居住的四层楼阳台上，默默地注视着山上那如巨石压顶的警署，那刺眼的红顶。

老人以惯有的低沉、徐缓的声调说：“这块巨石，已经在屏山人心上压了将近百年。要说是风水，它就是风水；要说是心理，它就是心理；要说是政治，它就是政治；而说到用途，它是和我们敌对的，用来镇压我们的。这是我们屏山立村八百年来最大的耻辱！”老人把话说尽了。显然，他并不十分笃信“风水”，而对当年那场流血斗争进行了深层的剖析，心理、政治、军事，说到底，是一个国家侵略另一个主权国家，一个民族压迫另一个酷爱和平的民族，强权政治、海盗手段，完全违背国际公理、人类道义，它又怎么能够真正“征服”呢？

入夜，邓先生请我去邓氏宗祠参加他们阖族聚餐的“盆菜”宴会。祠堂里灯烛辉煌，男女老幼济济一堂。在祠堂的门口，我看到了那根崭新的旗杆。“今后我们每年九月二十九日都要举行升旗仪式”，邓先生指着旗杆对我说，“到明年国庆升旗的时候，香港已经回归祖国，和今年的情形就大大不同了！”

（发表于1996年11月29日《北京晚报》）

水淹英勇祠

我应邓圣时老人之邀，从港岛跨海，往访屏山。

屏山只是新界的一片村庄，在香港却颇有名气，那里有整个香港行政区仅存的一座古塔聚星楼，以及上璋围、侯王庙、五桂堂、邓氏宗祠、愈乔二公祠、若虚书室、觐廷书室、洪圣宫、述卿书室等古典建筑，迤逦一公里的“屏山文物径”移步换景，吸引着中外大量游客，终年络绎不绝。一九九三年，这条文物径正式定名、向游人开放之时，港督彭定康从港岛中环总督府远道驱车而来，亲自主持开幕仪式并剪彩，为这一民间活动增添了政治色彩，似乎要给人造成一个强烈的印象：港英政府是如何珍视香港的文物古迹，如何尊重华人传统文化，如何热心公益、与民同乐……

然而，表面的热热闹闹却难以掩盖残酷的事实。

就在这条文物径的尽头，六百年古塔聚星楼的近旁，有一座硬山式老屋，已经十分破旧了，粉墙斑斑驳驳，门前堆满垃圾杂物，长着齐腰深的荒草，与修葺一新的聚星楼极不协调。它显然不在供人参观的“文物径”之内。出于寻访历史的好奇，我走近了这座已经废弃的三开间老屋，端详着檐下残存的木雕、壁画和花岗岩琢成的门框，门楣上浮雕着“达德公所”四个楷书大字。这房子比我脚下的地面要低很多，像是“入土半截”，显然是出于某种原因，房前的地面垫高了，老屋不能随之拔高，仍然屈居于原来的地基，便如同陷进了深坑。我探头往门内看去，不觉又吃了一惊，原来这老屋不但“入土半截”，而且还存着半截水，黑黝黝微波不起，那是一潭死水，仿佛是一座水牢，令人毛骨悚然。

紧靠“达德公所”的右侧，相连又是一座同样风格的老屋，但山墙比它低了尺许，并且幅宽也小得多，仅仅一开间。门框也是以花岗岩琢成，门楣上浮雕着三个大字：“英勇祠”。与“达德公所”一样，它里面也积了半截死水。

这两座老屋使我大惑不解：此“所”是个什么机构？此“祠”又是祭祀何人？又为什么废弃破败如此呢？

邓圣时老人以徐缓低沉的声调，回答了我的疑问，揭开了那尘封的历史……

如今的屏山文物“径”，当年其实是一条屏山河，发源于洪水山，自南向北，蜿蜒曲折，流经三围六村，汇入后海湾，聚星楼前便是入海口，港阔水深，载重木船可以驶进桥头围的拱桥，建筑祠堂、书室的石柱、石梁都是从水路运来。“门环碧水观龙跃，地枕屏山听鹿鸣”，青山古围、小桥流水、渔歌帆影，绘就一派旖旎幽雅的田园风光。屏山河不仅是天然的泄洪河道，两岸村民的生活废水经过池塘的沉淀，澄清后也流入河道。池塘夏季养鱼，冬季塘涸，又可取泥肥田。按照现代环保理论，屏山先民们这一“制天命而用之”的良性循环系统倒是十分科学，立村八百年来，即使盛夏豪雨，山洪暴发，也调节自如，从未发生水涝灾害。

屏山由于地理环境优越，水陆交通便利，成为附近一带乡村的中心，从深水埗沿西部海岸到后海湾，再加上腹地八乡一带，共三十九个自然村落组成一个“约”，名为“达德约”，办公地点设在屏山，称为“达德公所”，也就是我所见到的这座老屋。

十九世纪末，英国殖民者胁迫清廷租借“新界”，遭到当地人民的激烈反抗，屏山便是抗英运动的中心之一，达德约联合附近三十九村的乡民，募集款项，购买枪支弹药，组织青壮男丁，武装抗击侵略者，“达德公所”便是当年的指挥所。港英出动军队、警察，残酷地镇压抵抗运动，乡民们为保卫国土和家园洒下热血，献出生命，谱写了香港历史上悲壮惨痛的一页。国恨家仇埋藏在心底，屏山人集资修葺“达德公所”，为抗英义士刻石立碑，一一记下烈士、烈妇的英名，又在近旁兴建“英勇祠”，配享祭祀，让子子孙孙永远不要忘记那血写的历史。

“达德公所”和“英勇祠”刺痛了港英政府的神经。八十年代初，他们将毗邻屏山的天水围辟为新市镇，乘此机会，借口“市政建设需要”下令填平了屏山河，周围的农田也垫高五六米，建起一片高楼。从此，屏山三围六村的天然排水系统遭到彻底破坏，山洪、雨水和生活废水无以排放，地势低凹的“达德公所”和“英勇祠”惨遭水淹，虽用一台水泵终年抽水，也无济于事，屋内污水深达数尺，一面后墙已被腐蚀损毁，整个建筑也岌岌可危。

百年岁月在我眼前重现。怀着沉重的心情注目那一潭死水的深处，抗英义士纪念碑依稀可见，上端镌刻着四个金色大字：“忠义留芳”。那些为国捐躯的英魂竟被浸泡在污水之中，激愤的热泪模糊了我的双眼……

在文物荟萃的屏山，“达德公所”和“英勇祠”无疑是最具历史意义的文物，却不但被港英排除在“文物径”之外，而且处心积虑，必欲将之淹垮、摧毁而后快，以销毁屠杀中国人民的罪证。然而，血写的历史，水冲得掉吗？历尽劫难百年不倒的老屋，忠义留芳的古碑，仍然倔强地挺立在污水之中，等待着日月重光的一天。随着香港回归倒计时秒针的“嗒嗒”跳动，那一天已经越来越近了！

（发表于1996年12月6日《北京晚报》）

屏山文塔聚星楼

在屏山上璋围之北，有一古塔，名“聚星楼”，又名“文昌阁”，当地人则称之为“文塔”。“文昌”，即神话传说中的“文昌帝君”，开文运而司文柄，是一位掌管文化的神，唐代刘禹锡诗云：“莫道骚人在三楚，文星今向斗牛明。”塔名“文昌”，楼曰“聚星”，寓意便是在这位文化之神的光辉照耀之下，人间文运发达、群星聚会，寄托着古人的美好愿望。

聚星楼是香港现存唯一的古塔，由屏山邓氏第七世祖邓彦通所建，时在明洪武十五年，公元一三八二年，至今已六百年有余。据邓氏族人故老相传，那一年，邓彦通受封为“宁国府正堂”，上任升堂之日，当夜忽得一梦，梦见故乡屏山上空群星灿烂，光彩夺目，突然之间却如流星般下落，聚于村西北屏山河入海口。俄而梦醒，惊诧不已，记起当年祖上在此立村之时，曾请教风水先生，先生指点道：此地依山环水，必子孙繁衍，千年不衰。但不足之处，一是青山尖而高大，旺火为忌，宜多水而济之；二是西北缺口，北煞伤人，将来邓族文官升堂，自有挡煞妙法。待问为何要等“文官升堂”？何时升堂？先生答曰：“天机不可尽泄……”

邓彦通想起这段往事，回顾屏山邓氏家族历史，自迁居到此，虽经历七代，却男丁不旺，仅仅发十二丁，其中尚有四人早逝，或许正是应了“北煞伤人”之说。他心怀忐忑，次日向风水先生讲述了当年逸闻和昨夜梦境。风水先生说：贵村之立村先师果然学问不凡，所谓“文官升堂，自有挡煞妙法”，即待今日也。今大人升堂，群星来会，应建楼以聚之。楼宜为塔，塔若文笔，大人升堂而掌之，借助于众星，自有雷霆之威而北煞服焉。苟有文笔而无掌笔之才，不为用也！

邓彦通听了，恍然若悟。于是在屏山村西北，屏山河入海口近旁，兴建了这座文塔“聚星楼”。此塔以青石为基，青砖垒就塔身，共有七级，巍然如一支巨笔，矗立在屏山河边。朝晖夕阳之中，水面垂下长长的塔影，景色如画。夜来明月高挂，群星灿烂，登塔仰望苍穹，恍若一步登天，扪参历井，飘飘欲仙。自从建立此塔，屏山邓氏子孙兴旺，人才辈出，在明、清两朝的科举中硕果累累，有觐廷书室中的“祖孙父子兄弟叔侄文武登科”的大红功名牌为证……

这些神乎其神的传说，我们自然未必全信，但由此而流露出的屏山邓氏族人爱乡恋土的真挚情感，建功立业的进取精神，崇尚文化的善美风俗，却实实在在地感染着到此造访的远方来客。

一向在内地人的印象中，香港总难摆脱“文化沙漠”的不雅之称，这是英国统治者长期推行殖民教育和拜金主义社会风气熏染的结果。然而在历史上，香港与内地同宗共祖，传统文化一脉相承。早在鸦片战争爆发、英国占领香港之前，港岛上的村落就设有乡村私塾，从内地延请塾师，教子弟读书。而至一八九八年始以“租借”形式被港英强占的新界地区，本来就是大陆新安县的一部分，文化教育比港岛还要发达，大量构筑精美的庙宇、宗祠、书室都是教育子弟之所。翻阅当地史、志和族谱，功名头衔触目皆是，历代不乏其人；寻记庙堂书室，每见匾额楹联，翰墨飘香。或许正是因为港、九、新界一带远处祖国边陲，先民们披荆斩棘，食毛践土，创业艰苦，则更加珍视中华民族的优良传统。在英国强租新界之前，当时新安县境不仅农耕渔盐商贸都已具相当水平，乡村文化教育也颇具规模，有“海上邹鲁”之称，人文荟萃的屏山便是其中生动的一例。

屏山文塔聚星楼屹立六百余年，至今犹存。原来的七级浮屠被台风摧毁了四层，仅余底部三层，每层门楣上均刻有题额，底层为“光射斗垣”，二层为“聚星楼”，三层为“凌汉”。虽历尽沧桑，六百高龄，仍雄风不减，壮志凌云。如今，恢复对香港行使主权指日可待，古塔有幸迎盛世，这矗立南天的一支巨笔，必将写下光射斗垣、聚星揽月的最新最美的文字。

（发表于1996年12月13日《北京晚报》）

寻根寻到黄帝陵

屏山邓氏宗祠的大门前，高悬着一副黑漆金字的木质楹联："南阳承世泽，东汉启勋名"。这次我再去采访，此联旁又添了以红纸墨笔新写的一联："屏翰仰闽侯，绍南阳之世胄，今朝派衍支蕃，不替衣冠隆祀典；山河开万里，承高密之家风，此日苹馨藻洁，聊将俎豆报宗冥"。

楹联以简洁的文字概括了新界邓氏家族久远的渊源和由衷的自豪，使人一见之下，便觉扑面一股雄风。但其中颇多用典，要说清来龙去脉，便要费些笔墨。

联语中的"南阳"，即古南阳郡。早在公元前十一至十六世纪之间，商帝祖丁少子曼受封于邓城，遂以南阳为郡，国名曰"邓"，曼也以邓为姓，称"邓曼"，成为邓氏的始祖。屏山邓氏宗祠楹联中所说"南阳承世泽""绍南阳之世胄"，便是追溯这位开山鼻祖和家族发祥之地南阳。邓国后来为楚国所灭，但邓曼的子孙虽散居各地，仍不改姓氏，世代相传。西汉末年，南阳邓氏出了一位少有将才的邓禹，系邓曼第四十七代孙，出仕光武帝刘秀，拜宿卫将军，击败王莽，兴汉室为东汉，联语中"东汉启勋名"，典出于此。邓禹二十四岁官至司徒，封高密侯，所以联语又称"承高密之家风"。北宋初，邓曼的第八十六代孙邓汉黻，开宝年间官拜承务郎，宦游入广东，见屯门、岑田（即今之锦田）一带山川秀美、土地肥沃、民风淳朴，卸任之后便举家从江西吉水迁居岑田，筑室耕读。今天香港“新界”以及广东东莞的邓氏，都是邓汉黻的子孙，把他奉为锦田邓氏始祖。

锦田邓氏传至十二世纪下半叶，子孙繁盛，酝酿分居迁徙，五大房之中除邓元亮部分子孙留居锦田，其余都另觅福地，卜宅而居。邓元祯之子邓万里便在那时迁往屏山立村，至今也已八百多年。邓万里是屏山邓氏的始祖，从锦田算起，他则是邓汉黻的第八代孙。如果追溯到南阳邓氏发祥地，他已是邓曼的第九十三代孙了。

岁月已经悠久得惊人了。然而，历史就是这样一代一代传下来的，任何一个姓氏的子孙，也不会“数典忘祖”，总是以深深的崇敬，世世代代缅怀着自己的先人。如果说，邓氏以“邓”为姓始于邓曼，那么，邓曼的祖先世系又是出于何源呢？屏山邓氏随着千古不断的血脉源流，沿着漫漫岁月留下的踪迹，继续溯源寻根：

邓曼为祖丁之子，祖丁系万阳之后裔。

万阳乃嫫母之子。嫫母生有二子，一个叫苍林，一个叫万阳。

嫫母是万阳之母，当然就是邓氏的老祖母。

那么，老祖父是谁？

嫫母乃轩辕黄帝之妃，那位老祖父当然就是中华民族共同的祖先轩辕黄帝。

这一寻根不得了，一直寻到黄帝陵。陕西桥山，松柏森森，长眠着中华大地的人文初祖，五千年来，他的子子孙孙遍布神州，邓氏和赵、钱、孙、李、周、吴、郑、王……百姓千家万户，十二亿众，皆同出一源。五千载岁月，他们经历了多少艰辛，创造了多少辉煌，遭受了多少劫难？而这个民族却如桥山挺立的青松，巍然不倒。即使在国土被割裂、被强占的港、九、“新界”，中华儿女心中仍然燃烧着不熄的圣火，一次次举起抗暴义旗，前仆后继，英勇不屈，“我以我血荐轩辕”，历史证明，他们不愧为中华民族的优秀子孙。

（发表于1996年12月20日《北京晚报》）

独具风采的“新界”清代民居

“屏山文物径”向游人展示的书室、宗祠等精美的古典建筑，都是村民共用的公共场所；而与它们同时代的旧式民居，则由于人口的增长对住宅需求的压力，大多拆毁，改建“石屎森林”式的新式楼房了。这不免令人遗憾，现代化使乡村城市化，传统文化因之受到毁灭性的摧残，置身于高楼大厦的包围之中，已不复见乡村旧颜。

那么，当年的民居是何等风貌呢？

幸而它们还没有被完全摧毁，在屏山愈乔二公祠的后街，尚保留着一座建于一百六十年之前的古屋，它便是清代武举邓辑伍子孙的旧居。

邓辑伍是屏山邓氏第二十世祖，生于一七七七年，卒于一八三一年，官至武略骑尉守府，生有六子，儿孙文武举人辈出，“祖孙父子兄弟叔侄文武登科”的功名牌即缘于此。邓辑伍去世之后，留给六个儿子大量田产，还有六座房舍，现在仅存的这座房舍是邓辑伍的次子邓述卿及其少子邓大成的故居。邓述卿生前例授文林郎，邓大成为郡庠生。邓辑伍及其子孙是屏山盛极一时的巨子，声名远播广州府，所以他们建造的居室也极尽气派，为屏山立村八百年间民居建筑之中的顶峰之作。

现存的这座老屋以花岗岩石为地基，上面再加筑五行花岗石，仅墙基总高就已达一点八米。再以青砖砌成三十三厘米厚的空心墙，不仅极其坚固，而且有隔热功能。由于当时沿海一带海盗猖獗，所以又特别加强了防盗措施，整幢房子没有一扇窗户，这在今天看来似乎不可思议，但当时即使内地北京的民居，也是只有面向院内的正面开窗，而通常不开后窗，以保持住宅结构的封闭性，这是时代使然。邓氏旧居为了防盗则把这一点推到极致，好在房舍宽大，房顶及四墙隔热性能良好，较好地解决了遮阴避热问题。这座老屋的大木门厚达六厘米，又有十余条碗口粗的方木条通过门夹，造成可开可关的“门闸”，如果外人要想破门而入，须冲破两道门闸、四道木门；谷仓上面以及其他处于较低位置的桁条又加密一倍，即使登房越脊，打烂瓦面，也难以进屋。再加上当时乡村之中的更练防守甚严，盗贼登堂入室的可能性被完全杜绝。

和南方多数民居结构一样，在这里，神厅、客厅、大小天井、阁房、厨房都是不可缺少的，此外，仓房和磨坊亦为乡村家居所必需。“民以食为天”，当时没有粮食加工工业，虽富甲一方的邓述卿，也要在家里设仓储粮，磨坊里由佣工负责碾谷、舂米、舂粉。这座古屋里至今还保存着当时逢年过节做炒米饼、裹粽子使用的工具，令人感受到百年前乡绅生活的浓郁气息。身为武庠生的邓大成又与众有所不同，家居之中还要天天习武，当年使用的大关刀重百余斤，如今也留存故居，由此可以想象这位力士的昔日雄姿。邓氏这座旧居之所以能够保留至今，并非因为什么部门采取了“保护文物”的措施，而是邓述卿、邓大成的后人出于对祖先的怀念之情，不离不弃，不拆不迁，注入了一份情感，留住了一段岁月，保存下来一份文化遗产，其意义则远远超出了家族私产的价值，成为社会的宝贵精神财富。这座典型的清代民居以其独特的风采吸引了中外游人的浓厚兴趣，虽不在“屏山文物径”之内，参观者也络绎不绝。

（发表于 1996 年 12 月 27 日《北京晚报》）

义冢丰碑

当我又一次穿过港岛海底隧道，翻越大帽山，来到"新界"锦田，正值春末夏初的清明时节，漫山遍野开满了黄白的花。那是一种高大的乔木，墨绿色的叶子类似椿树，枝端缀着繁盛的花穗，花朵细小如米兰，黄白相间，密密麻麻。锦田平原和周围的山上长满了这种树，花开时节，白茫茫一望无际，笼罩在如烟似雾的清明细雨之中，更具有强烈的象征意味。

我从吉庆围往北，沿着锦田五围六村之间的小路前行两公里许，出了水尾村，进入逢吉乡，便到了鸡公山下。这里是锦田平原的北端，山下一片开阔地，竹林、农舍、菜田，一株古老的榕树，盘根错节，丝丝缕缕的气根从茂密的枝干间垂向大地。穿过浓密的树荫，我寻访的目的地到了。

在我的面前，一座硕大的坟墓，占地数十平方米，墓身呈平缓的坡形，以水泥覆顶，正面砌以屏风式石壁，本也是粤地常见的墓葬形式。而不寻常之处在于，这座坟墓并没有记载墓主姓名和事迹的碑刻，正中的墓门部位，上方镌一"卐"字图案，下嵌一长方形石碑，刻有"义冢"二字；旁有一联："早达三摩地，高超六欲天"；两翼横题"西方极乐"四字。这些带有佛教意味的文字，极易使人产生错觉，以为坟墓中埋葬的是什么高僧或者笃信如来的善男信女。其实不然，这座坟墓和佛教没有任何关系，"错觉"是修墓人故意制造的，以隐蔽事实真相，因为，在这一抔黄土下面，掩埋着一段血写的历史……

十九世纪末叶，大清王朝在甲午战争中一败涂地，日本割占台湾，俄国吞噬旅大，德国夺取胶州，法国染指广州湾，英国则不仅强租威海卫，更进一步实施蓄谋已久的“香港拓界”，神州大地被列强瓜分豆剖，遍体鳞伤。经过长达两个月的谈判，英国胁迫清朝政府于一八九八年六月九日签订了《展拓香港界址专条》，强行租借广东新安县三分之二的土地，租期九十九年。这是继一八四二年八月二十九日签订的《南京条约》、一八六〇年十月二十四日签订的《北京条约》之后，中、英之间关于香港的第三个不平等条约，英国侵吞中国领土香港的“三部曲”终于宣告完成，于香港岛和九龙半岛“界限街”以北又增加了偌大一块“NEW TERRITORIES”——“新界”，英占香港的土地面积由此扩展了十一倍，水域扩展了四五十倍。

英国殖民主义者的海盗行径和清朝政府的软弱无能，激起了新安县人民的强烈义愤，邓、文、廖、彭、侯五大家族联合十万乡民，并且得到了深圳、东莞、惠州等内地民间社团的支持，在一八九九年四月港英接管“新界”前后，发起了抗英保土的武装斗争。中国人民历来有抵御外侮的光荣传统，但是，与戚继光抗倭、郑成功收复台湾、三元里抗英斗争、中法战争、中日甲午战争有所不同的是，“新界”人民的抗英斗争是在两国已经正式签订香港拓界《专条》之后进行的，他们已经失去了祖国，不但得不到清朝政府和军队的支持，总理衙门反而指令两广总督派兵为港英的武装接管“维持秩序”，新安乡民在腹背受敌的情况下，坚持“中国人不打中国人”，民族大义，震天撼地，使前来弹压的清军挥泪回师。而这些胼手胝足的农夫，则拿起落后、原始的武器，与拥有先进武器装备、训练有素的大英皇家军队和警察展开殊死搏斗，先后两战大埔，再战林村谷和上村石头围，最后据守锦田吉庆围，血战到底。围破之时，英军大肆“屠城”，无数抗英志士和老弱妇孺为守最后一寸国土献出了热血与生命，宁做华夏之鬼，不做英夷之民，其英勇悲壮可谓前无古人！他们捐躯之日，“新界”已经飘扬着“米”字旗，笼罩在殖民主义血腥恐怖之中，港英当局疯狂查抄抗英指挥部，搜捕抗英领袖，没收家产，烧毁房屋，迫害家属，盘查、传唤、逼供、处罚村民，强迫他们递交“归顺”请愿书，幸存的抗英志士和他们的家属不得不逃亡内地，有家难归。死难者的遗体则由乡亲们安葬在鸡公山下，血肉之躯和着那血染的黄土，堆成一座硕大的土坟，直到三十五年后，才修建了这座义冢，为了避免港英当局的追查和迫害，连墓碑也没有树立。而实际上，墓中到底埋葬着多少位抗英烈士，已经难以确切统计了。他们不屈的英灵长眠地下，隐姓埋名，等待着国土回归、日月重光。从他们捐躯之日算起，将要等待九十八年，那一天是一九九七年七月一日，中国政府对香港恢复行使主权的日子。

我从北京远道而来，拜谒鸡公山下这座无名烈士的义冢，凭吊这些为国捐躯的英灵。他们是香港的脊梁，是中华民族的民族英雄。我朝着义冢凝神肃立，向他们三鞠躬，默默地，默默地。

英灵无言，义冢无碑。不，他们的丰碑已经树立在包括香港六百万同胞在内的十二亿中华儿女心中，树立在标志着“中国人从此站起来了”的天安门前，由毛泽东主席撰写、周恩来总理手书的碑文以金色的大字铭刻着：由此上溯到一千八百四十年，从那时起，为了反对内外敌人、争取民族独立和人民自由幸福，在历次斗争中牺牲的人民英雄们永垂不朽！

（发表于1997年4月28日《人民日报·海外版》。
获《人民日报·海外版》“香港回归”征文比赛一等奖）

烟雨文武庙

香港不大，寺庙道观却多得数不胜数，其中享大名者，荷里活道的文武庙似乎可居榜首。

一日，细雨如烟，我撑了一把布伞，走过荷里活道，在满眼高楼之中忽然现出一座古典式庙堂，硬山结顶，饰云雷纹，覆绿色琉璃瓦，廊下护栏拱卫。殿前一道碧瓦粉壁且镂空的矮墙，目光越过墙去，可以看到大殿门楣上悬一黑漆横匾，书“文武庙”三个镏金大字。从喧嚣闹市中到此，顿觉耳目一新。久闻文武庙之名，我便近前一观。

山门内外，香客络绎不绝。身旁走过一位耄耋老者，我上前打一问讯：“请问老伯，这庙里供奉的是何方神圣?”

老者答道：“文武二帝。”

“噢,”我点点头，“是孔夫子和关云长?”

不料老者却微微一笑：“只说对了一半。孔夫子虽是‘至圣先师’，却从未称‘帝’，这文武二帝是文昌帝君和关圣帝君。”

我颇觉诧异。据平日读书所得印象，世间所谓“文昌帝君”的原型似乎是晋朝人张亚之，死后成“神”，“玉帝”命他掌管文昌府与人间禄籍，唐宋时封至“英显王”，元代仁宗延祐三年又加封为“辅文开化文昌司禄宏仁帝君”，赫然称“帝”，与天上的“文昌星”合而为一，成为“文昌帝君”，是一位“文化之神”。在内地，在台港澳地区，在世界上凡有华人的地方，“关帝庙”屡见不鲜，但三国名将关羽与晋人张亚之向无瓜葛，两人同祀一庙，是何道理？此时瞥见山门上一副楹联：“文德武功双帝祀，神恩圣泽五环安”。我猜想，这大概是为了求“双”而凑数，把两人捏在一起，便“文武双全”了。

我与老者一起步入山门，庭院之中有一对石狮，左右把守庙堂，那石座上刻有款记：“咸丰元年四月吉日立”。

我问老者：“看来，这庙建于咸丰元年？”

“不，”老者转身指着大殿门旁一联道，“此联比石狮还要早。”

我举目看那石刻楹联。语曰：“翰墨淋漓光华文德冲霄汉，声灵赫濯凛烈英风镇海江”。上联有款，题道：“道光三十年岁在庚戌季冬吉旦”，果然比石狮更早了一年，当是公元一八五〇年，英国割占香港不久。

我又问：“那么，这庙始建于什么年代呢？”

老者道：“不清楚。道光三十年重修的时候，文武庙已经是一座古庙，始建于何时，难以查考了。”

“嗯。”我点点头，心想，英人一向称“开埠”之前的香港只是“荒岛渔村”，既然岛上早已有此等堂皇建筑，其说也就不攻自破了。

两人站在庙前说话，身旁的香客、游人熙熙攘攘，摩肩擦踵，士绅商贾，男女老幼，无所不包，我与老者便也随之走进庙去。

庙堂里重幔叠幛，红烛高烧，天井悬挂着巨大的塔形盘香，紫铜香炉里香烟袅袅，自是一番鼎盛气象。再看庙里供奉的神像，前殿是十殿阎罗，后殿正中并排端坐着文昌帝君、关圣帝君，两旁配享者左为包拯，右为城隍。这些互不相关的“神”，被莫名其妙地凑在一起，似乎有些可笑，但香客们顶礼膜拜的神情却庄严肃穆，各自默默地表达着他们的敬畏和期望。关羽塑像前人群最为拥挤，“文昌帝君”果然成了他的陪衬。

与我一起进庙的老者也请了一炷香，要去拜祭关公。我不揣冒昧，问道：“老伯向‘关圣帝君’所求何事？”

老者淡然一笑，道：“我老了，生意交给儿孙去做，已无所求，仅仅表达敬仰之情罢了。关公是中国人的英雄，不要说千里走单骑、过五关斩六将、单刀赴会、刮骨疗毒，只说被曹操软禁，夜读《春秋》，秉烛达旦，身在曹营心在汉，誓不降贼，那是多么了不起啊！”

我不禁心中一动。面前这位老者，想必是熟读《三国演义》的，但他未必同样熟读《三国志》，出于对关云长的崇拜，也不愿去考证那些被神化了的事迹是否于史有据，中国老百姓创造的神灵其实是自己理想的化身！

“想当年，”老者收敛了笑容，对我说，“按照香港自古以来的风俗，民间遇到钱财纠纷、口舌是非、冤仇曲直，例来不愿惊官动府，双方事主来到文武庙，焚黄表，斩鸡头，对天盟誓：‘关圣帝君在上，小民受人欺负，蒙辱含冤，如有妄言伪语，有如此鸡，身首异处！’这是香港人最隆重的起誓取信的仪式，世世代代都是这样的，连港府的法院都允许。本来，英国人审案要让原告、被告手按《圣经》起誓，但这种方法对华人并没有什么约束力，倒不如斩鸡头，华人在关公面前没有敢发假誓的，比《圣经》还有权威。所以遇到疑案，法院便要他们到文武庙来斩鸡头，案子轻易就断了。这种风俗一直延续到本世纪初呢！”

我听了，心中又是一番感慨。此时，前面的拜祭者已经立起身来，老者便不再和我闲谈，忙把手中的那炷香点燃了，举到关圣帝君面前，郑重地插进香炉，然后跪倒在蒲团之上，两眼含着无限崇敬，凝望着关公，嘴唇轻轻嚅动着，念念有词……

缭绕的烟雾遮住了视线，面前一片混沌。我走出烟雾，走出庙堂，一阵冷风扑面，外面的雨已经下得大了。猛然折回身来，我的目光落在二门门楣的一块镏金匾额上，“神威普佑”四个大字映入眼帘。刚才进门的时候由于人群的拥挤，没有留意此匾，也不知是何人题字？举目细看，匾上无款，却盖有一颗图章，六个阳文篆书：“光绪御笔之宝”。我待要向人打听此匾来历，见二门之侧，壁间嵌一大理石碑，镏金隶书镌刻着一篇《“神威普佑”匾额史事》，其文曰：

> 公元一八七七至一八七八年间，我国北部洪水为患，东华医院率上海及浙江慈善机构捐银五拾万两，赈济灾黎。清帝德宗准李鸿章所奏，钦赐“神威普佑”匾额予东华医院，以彰盛德。匾额颁于一八七八年(光绪四年)，翌年送达……

按《史事》所载，光绪御笔“神威普佑”匾一直珍藏在东华医院，至一九八三年，特聘专家精工重修，箔镂真金，并悬于文武庙，“以祈神威降祥，普佑众生”。

遥想二十世纪，正是我国内忧外患频仍的年代，而当内地人民遭遇洪水灾害之时，早已在英占之下的香港同胞却义不容辞地伸出了援助之手，五十万两白银，一片拳拳爱国之心，这块珍贵的光绪御笔镏金大匾就是历史的见证。我突然明白了：在高楼林立的现代化都市香港，古老的文武庙何以历尽沧桑，巍然屹立？“关圣帝君”驾前的香火何以如此鼎盛？正是那“身在曹营心在汉”的“忠、义”二字，在漫长的屈辱历史中成为香港同胞的感情寄托和精神支柱，他们的心时时向着祖国，殷切地盼望着早日回归祖国，让华夏神威光耀九州，普佑众生！

文武庙外，烟雨凄迷，我的双眼湿润了……

（发表于1997年5月17日《光明日报》。获侨兴杯97香港“百年沧桑话回归”征文一等奖）

英勇悲壮的“新界”抗英斗争

一八九四年，清王朝在中日甲午战争中一败涂地，于次年签订了割地赔款的《马关条约》，西方列强趁火打劫，纷纷向中国索取利益。英国借此机会抛出了蓄谋已久的“香港拓界”计划，英国驻华公使窦纳乐和清朝总理衙门大臣李鸿章等人经过两个月的谈判，胁迫软弱无能的清政府于一八九八年六月九日签订了《展拓香港界址专条》，将广东新安县三分之二的土地划为英国“新租借地”，英占香港的土地面积由此展拓了十一倍，水域面积则扩大了四五十倍。这是继一八四二年的《南京条约》、一八六〇年的《北京条约》之后，中、英两国签订的关于香港的第三个不平等条约。英国强占、蚕食中国领土香港的“三部曲”终于宣告完成。

消息传到新安县，如晴天霹雳。新安邓、文、廖、彭、侯五大家族从内地迁居这片土地均已达数百年之久，其先民披荆斩棘，食毛践土，克绍箕裘，艰苦创业，建成锦绣田园，繁衍了大片子孙，忽闻家园将被异邦占领，“咸怀义愤，不愿归英管”，一场轰轰烈烈的抗英保土斗争如地火奔涌，一触即发。

一八九九年春，港英在经过将近一年的准备之后，决定正式接管“新界”。三月底，港府警察司梅轩利先后在大埔、屏山选址搭建警棚，遭到当地乡民的坚决抵制，锦田、屏山、厦村、八乡等地乡民纷纷集会，寻求自卫之道，共商抗英大计。四月三日，梅轩利率领印警和九龙城清兵来到大埔检查警棚修建情况，被当地乡民以砖石、棍棒迎头痛击，落荒而逃，正在修建的警棚也被付之一炬，“新界”人民的武装抗英斗争由此揭开了序幕。

四月七日，港督卜力宣布于四月十七日接管“新界”。四月十日，“新界”各乡代表在元朗东平社学集会，成立武装抗英组织“太平公局”，公推厦村士绅邓菁士为首脑，积极筹集经费，购买枪支弹药，各乡壮丁投入紧张的操练，准备抗敌。四月十四日，太平公局领导的抗英武装开往大埔，开挖战壕，枪口对准敌人即将升旗的泮涌运头角山。四月十五日，港督卜力派警察和军队前往大埔保护升旗场地，抗英乡民再次焚毁警棚，以炮火和枪弹向敌人发动猛烈攻击。卜力急忙派军舰增援英军，并紧急决定提前一天于四月十六日举行升旗仪式。

四月十七日，抗英武装再战大埔，由于英军炮火猛烈，难以取胜，不得已退往林村谷。英军乘胜追击，却在林村谷遭到突如其来的伏击，险些全军覆没。双方激战一个半小时，英军凭借先进的武器装备和丰富的实战经验，转败为胜，抗英乡民终因武器低劣而遭受重创，痛失良机，再次退却。

四月十八日，邓菁士领导的抗英武装集合了各乡壮丁及深圳、东莞等内地支援者两千六百余人，向驻扎在上村石头围的英军发起反攻，与敌决战。不料，狡猾的英军早有准备，预先埋伏在一条干涸的河道里，抗英武装从空旷的平地向石头围冲锋，在此突遭英军伏击，伤亡惨重，从此再也难以组织大规模的战斗。当日黄昏，英军由上村开往锦田，攻破吉庆围、泰康围，夺走两围的铁门，标志着“新界”的抗英斗争已被镇压下去，至四月二十六日，“新界”境内的武装抵抗全部平息。

“新界”人民的武装抗英斗争虽然失败了，但他们在国难当头、列强横行的时代所发出的不屈吼声却至今振聋发聩：中华儿女不可侮！我国人民历来富于抵御外侮的光荣传统，而“新界”的抗英斗争与以往的戚继光抗倭、郑成功收复台湾、三元里抗英斗争、中法战争、中日甲午战争都有所不同，在中、英两国已经正式签订香港拓界《专条》之后，他们的抗英行动不但得不到清朝政府和军队的支持，总理衙门反而指令两广总督派兵为港英的武装接管“维持秩序”，新安乡民在腹背受敌的情况下，坚持“中国人不打中国人”，民族大义，震天撼地，使前来弹压的清军挥泪回师。而这些胼手胝足的农夫，则拿起落后、原始的武器，与拥有先进武器装备、训练有素的大英皇家军队和警察展开殊死搏斗，宁做华夏之鬼，不做英夷之民，为守住最后一寸国土献出了热血与生命。香港被英国强占一个半世纪之久，近代香港史是一部惨痛、屈辱的历史；然而香港同胞不畏强暴、誓死抗英的历史又是一部英勇悲壮的历史，一曲中华民族的正气歌！

（发表于1997年6月2日《人民政协报》）

寻访“太平公局”

一八九九年四月十日，大清光绪二十五年三月初一，清明刚刚过去，谷雨就在眼前，春寒料峭，细雨霏霏，正是插秧季节，四声杜鹃在空中啼叫着：“割麦插禾！……”然而，即将沦为英国“新租界地”的新安县却笼罩在一片愁云惨雾之中，到处人心惶惶，农民们连最当紧的农事也荒疏了。

这一天，元朗旧墟不是“三、六、九”墟日，街头冷冷清清。在一座叫作“东平社学”的地方，正在举行一次重要的集会。“东平社学”是元朗墟附近乡民的议事中心，连一些生意人立约为证，江湖人士拜师结义，也要借助那块宝地。距它的后门不远有一棵盘根错节的百年老榕树，成为“东平社学”的标志。

今天到此集会的，既不是生意人立约为证，也非江湖人士拜师结义，而是来自新安县各乡的代表，针对英国“展拓香港界址”，共商抗英大计。会议决定成立“太平公局”，领导新安十万乡民，拿起武器；抵抗侵略者，保卫家园。各乡代表一致公推厦村邓菁士为太平公局首脑，核心人物还有邓菁士的胞弟邓植亭、族侄邓仪石等人。当日，各乡代表在那棵大榕树下的空地上摆设香案，立誓抗敌：“大忠大义，祭告天地；海枯石烂，心志不移!”大家共同签署《约法三章》，以黄表纸书写：

“一，枪尖，刀嘴，指向红毛鬼；二，有钱自动出钱，有力自动出力，无钱、无力帮助传递消息；三，做内奸，通外鬼，猪笼浸水。”所谓“猪笼浸水”是将罪犯捆绑手脚，装入猪笼之中，坠上重物，沉入水底，后来当地乡民果然用这种刑罚处置了通敌卖国的汉奸。

太平公局还向新安县各界同胞发布了《告乡民书》：“济济炎黄华胄，赫赫中华民族，和平立国，亲善睦邻……”在《告乡民书》中回顾了第一次鸦片战争时期英军肆虐广东的暴行：“容纵兵卒，扰乱村庄，抢我耕牛，伤我田禾，锄坏我祖坟，淫辱我妇女，鬼神共怒，天地难容，此而可忍，孰不可忍？由是而有联乡抗英组织，发扬三元里抗英之精神，共同保卫乡土！”

这篇气壮山河的战斗檄文，与三元里“平英团”的抗英义举一脉相承，至今读来，仍令人激动不已！

太平公局成立之后，又从内地聘请钱壮、王廷勋等人担任军事顾问，在屏山觐廷书室密设参谋部，拟定“三弹攻势”的斗争策略。“三弹”者，“银弹、钢弹、纸弹”之谓也。“银弹”即多筹款项，每村以一百两为基数，以此资金用于民兵装备。“钢弹”即利用多种渠道购买枪支弹药，枪支多数是由民间购得。“纸弹”即大量散发宣传品等。

太平公局在新安乡民中享有崇高威望，在邓菁士等人的领导下，他们集结了数千抗英志士，与武装接管“新界”的英军、警察展开了殊死搏斗，谱写了一曲中华民族抗敌御侮的壮歌。抗英斗争失败后，港英当局查抄太平公局，缴获了不少文件，作为“新界”人民“叛乱”的“罪证”存档，却始料不及地成了英国殖民主义者强占我国土、屠杀我人民的罪证！

将近一个世纪的岁月过去了。而今，我来到当年抗英志士曾经浴血奋战的这片土地，寻找他们当年的足迹，九十多年的时间在历史老人眼中只不过昨日之事，而在人间却显得十分遥远了。上面说到的太平公局往事，有些有据可查，有些则不载经传，而来自民间故老相传。香港在英国统治下已经一百五十多年，中国人的抗英斗争自然上不得港英的“正史”，因此，散落民间的史料便越发可贵了。

当我来到元朗旧墟寻找“太平公局”的遗址时，才知道它早已不存在了，根据有关线索，我找到了位于公局后门的那棵大榕树。一些人在树下闲聊，我问他们：这棵榕树旁边原来有一座“太平公局”或者“东平社学”吗？他们都说不知道，但他们告诉我，这里原来有一棵很老很老的榕树，被台风摧毁了，现在的这棵是在原址补种的。我心中一动：老榕树是不是太平公局的那一棵呢？很可能是，如若不然，榕树在粤地并非什么稀罕物，何以会有原址补种之举？想必补种之人有所寄托，借此纪念什么，只不过在港英的统治下不便明言罢了。我抬头望着眼前这棵榕树，虽然是补种的，如今也已老态龙钟，枝叶葱茏，树冠直径数丈，颇具规模了。我不敢断定这棵树旁就是当年太平公局故址，但元朗旧墟曾是抗英志士们结盟立誓的地方，是当年那场轰轰烈烈的武装斗争的指挥中心，则是可以肯定的。我脚下的这片土地曾经刻印着他们足迹，曾经抛洒过他们的热血，滋养了这棵参天大树。我拿起相机拍下榕树的雄姿，睹物思史，留作纪念吧！

（发表于 1997 年 6 月 6 日《南方周末》）

吉庆围铁门纪事

在香港博物馆的港史陈列中，对强租“新界”一笔带过，极力淡化人们对那一页历史的记忆。而其中的一副铁门模型却引起了我的注意，一望而知，那是吉庆围铁门的复制品。

吉庆围在“新界”中部，为邓氏家族自北宋初年迁居到此的发祥地，锦田五围六村之一。现存的吉庆围房舍始建于明成化年间，清康熙年间又加筑围墙，开挖护城河。此围坐东朝西，以麻石为基，青砖为墙，高约一丈八尺，宽约三十丈，四角炮台耸立，炮台和围墙上开着整整齐齐的一排排长方形枪孔。围墙之外，当年四周碧水环绕，门前架有吊桥，气势雄伟，一派森严，俨然一座固若金汤的城池。大门开在围墙的西面正中，花岗石门框之间镶着两扇铁门，以熟铁锻打而成的七十二个铁环，再以铁筋环环相扣，坚固异常。进入围墙，里面三街十巷，屋舍井然，排列成整整齐齐的棋盘格，又好似一座袖珍的“京师五坊”。

一八九八年香港拓界，打破了邓氏族人世代耕读的田园生活，他们与文、廖、彭、侯各大家族联合起来，团结十万乡民，奋起抵抗英国强占中国国土的强盗行径，一八九九年四月与接管“新界”的英军和警察浴血奋战。四月十八日，英军在石头围之战以后开往锦田，将吉庆围团团封锁。围中的邓氏族人凭坚据守，四座炮楼土炮猛轰，围墙四周的枪孔万弹齐发，拒敌于铁门之外。阴险狡诈的侵略者使出了“声东击西”的毒计，以猛烈的火力佯攻铁门，而在背后架起浮梯，跨越护城河，由工兵运载强力炸药，在东北角墙身挖孔填入，炸开洞口，破围而入。吉庆围村民英勇抵抗，与英军展开激烈的巷战，三街十巷，鲜血飞溅，横尸枕藉。据当地故老相传，吉庆围当时只有三十多户人家，而死难的男丁达六七十人之多，有些甚至全家被杀。英军入室奸淫掳掠，无所不为，围村里频频传出老弱妇孺凄厉的哭喊，不知有多少被强奸的妇女披发跣足，悬梁自尽。

吉庆围村民在异邦入侵之际，以一个围村的有限力量敢于抵抗强敌，宁死不屈，其爱国保土的忠肝义胆，感天撼地！英军在锦田肆虐之后，还将吉庆围、泰康围的连环铁门掠走，由辅政司骆克献给了港督卜力。卜力在卸任时携带铁门回到英国，安装在他的艾尔勒的私邸，以纪念自己督港期间的血腥“业绩”。

时隔二十六年，到了公元一九二五年，“省港大罢工”爆发，香港经济陷入停顿，这是继一九二一年香港海军船坞工人和电车工人罢工、一九二二年海员罢工、一九二四年手车夫和轿夫罢工之后一次规模空前浩大的总罢工，香港各界人民抗英斗争的星星之火渐成燎原之势，“新界”各区乡民代表一百零二人也于一九二四年八月二十四日在大埔文武庙集会，反对港英实施农地建屋补价政策，成立“租界维持民产委员会”，抗英浪潮如火如荼。此时，锦田邓氏后人向港英政府索赔祖传铁门，焦头烂额的港英当局为淡化民族仇恨，不得已报告英国政府，将铁门追回。可惜，当年被英军掠走的两副铁门，送还时各余一扇，只能勉强装在吉庆围凑成一副了。

一九二五年五月二十六日，吉庆围村民举行盛典，庆祝铁门回归，邓氏宗亲及地方名流到场祝贺。如今，饱经腥风血雨、历尽苦难沧桑的吉庆围仍然屹立在锦田平原上，那副去而复还的铁门每日接待着五洲四海的慕名来访者，向人们讲述着惨痛的历史，成为“新界”人民铮铮铁骨的象征。

（发表于1997年6月20日《南方周末》。收入《被封锁的消息》，文化艺术出版社1999年出版）

沧桑宋王台

在香港的诸多公园之中，若说大的，海洋公园占地八十七公顷，香港仔郊野公园占地四百一十公顷，大潭郊野公园占地一千三百一十五公顷，大帽山郊野公园占地一千四百公顷，如此等等，不一而足；若说小的，大约最小的当数宋王台公园，仅以栅栏护卫着一块石头，别无他物，实在“袖珍”得可以。然而，最小的恰恰价值最大，一块石头抵得上半壁江山。

久仰宋王台，今到马头涌。宋王台公园在九龙启德机场西侧，位于世运道和马头甬道之间。此地名“台”而实无台，青石座上供奉着一块淡赭色花岗石，削为长方形，居中阴刻填红“宋王台”三个行书大字，每字三尺见方，“台”字繁写异体，作“臺”，略似“堂”字。右首竖刻一行小字：“清嘉庆丁卯重修”。清仁宗在位期间只经过一个丁卯，当为嘉庆十二年，公元一八〇七年，重修宋王台距今也已将近两个世纪了。而宋王台的历史却又比它早得多，那是一个久远的故事……

岁月倒流一千多年，元世祖忽必烈的彪悍铁骑纵横驰骋，席卷大江以北的辽阔疆土，突破长江天险，攻占建康，直逼南宋国都临安。至元十三年(南宋德祐二年，公元一二七六年)正月，南宋太皇太后战战兢兢地将签署着“臣妾谢道清”的降表送往元营，元军占领了临安，掳去了年仅五岁的南宋恭帝，扣押了誓死不降的右丞相文天祥，至此，偏安江南整整一百五十年的南宋半壁江山终于易手。有宋一代，自太祖赵匡胤陈桥兵变黄袍加身，至谢太后降元，前后历时三百多年，边患迭起，西夏而外，抗辽、抗金、抗元，几无宁岁。其间奇耻大辱，莫过于靖康徽、钦二宗被俘于金，德祐恭帝遭劫于元，而这一次，国家彻底完了。当时，身历此变的宫廷乐师、诗人汪元量有诗叹道："乱点连声杀六更，荧荧庭燎待天明。侍臣已写投降表，臣妾签名谢道清！"

然而，就在元军大获全胜，准备押解着俘虏班师大都之际，却发现了一个巨大的疏漏：德祐皇帝还有两个兄弟益王赵昰和信王赵昺却不在俘虏之中，他们不见了！元将立即追问文天祥："二王"哪里去了？听到这个讯问，身陷囹圄的文天祥脸上泛起了笑容，他知道，益王和信王一定是脱险了，而只要赵氏的根苗还在，大宋就没有灭亡，仍然匡复有日！于是，昂然答道："非闽则广，宋疆土万里，尽有世界在！"

文天祥响亮的回答震惊了占领者，也揭开了南宋残部誓死抗敌的悲壮一页。

当年五月初一，陆秀夫、张世杰等拥戴益王赵昰在福州即帝位，改元景炎，改封信王赵昺广王，后又改封为卫王。不久，文天祥在被元军押解北上途中逃脱，历尽艰辛，千里迢迢投奔幼帝而来，此时，南宋流亡朝廷以陈宜中为左丞相，文天祥为右丞相兼枢密使，张世杰为枢密副使，陆秀夫为签书枢密院事，君臣辗转闽、粤，招募豪杰，鼓舞百姓，奋起抗元。景炎二年四月，帝昰偕卫王昺驻跸官富场。"官富场"是宋东莞四大盐场之一，元改称"官富巡检司"，司署在今之九龙寨城公园附近，辖地包括今之整个香港地区。当时帝昰、卫王昺到此，土瓜湾百姓划船列队，箪食壶浆，以迎王师，获御赐黄伞一把，引为至荣。

六月，"二王"移跸古墐，九月次浅湾，一路转战，寻望南去，十二月至秀山，复至井澳、谢女峡，元兵追至七洲洋，景炎三年三月，“二王”驻跸硇洲。左丞相陈宜中已在转战途中弃主而逃，少帝昰一路风寒惊惧，四月，崩逝于硇洲。五月，陆秀夫、张世杰拥戴年仅八岁的卫王昺继位，改元祥兴。六月，迁至厓山。当时，流亡政权尚有十余万人马，被元朝视为心腹之患，遣重兵追杀。元军主帅张弘范指挥海陆两军南下，对南宋王朝最后的海上据点发起猛攻，而恰恰文天祥又不幸在五坡岭被元军所擒，再次成为俘虏！祥兴二年正月，文天祥被元军押解，开往厓山。厓山有他誓死效忠的少帝，有和他共同战斗的将士，可是，此番前往却不能和他们相见，他所乘坐的元军战船正是去“征剿”自己的军队。船过零丁洋，离厓山已经很近了，文天祥一腔悲愤之情喷涌而出，化作惊天地泣鬼神的英雄诗篇：“辛苦遭逢起一经，干戈寥落四周星。山河破碎风吹絮，身世浮沉雨打萍；惶恐滩头说惶恐，零丁洋上叹零丁。人生自古谁无死？留取丹心照汗青！”

祥兴二年二月初六日，南宋君臣在抗元的最后一战中惨败，万分危急的生死关头，陆秀夫郑重地穿起朝服，背起九岁的少帝昺纵身跳下滚滚怒涛，壮烈殉国！南宋官兵誓不降元，纷纷蹈海而死，尸体达十余万具，使海面淤塞……

这慷慨悲壮的一幕，就发生在南海之滨。少帝孤臣在国破家亡之后，又艰苦卓绝地抗战四个年头，祥兴二年(一二七九年)才是南宋真正的结束。当年“二王”转战所经之地，经专家考证，“古墐”即今之九龙马头围，“浅湾”即今之荃湾，“秀山”即今之虎门，“井澳”即今之大横琴岛，“谢女峡”即今之小横琴岛，“厓山”即今之崖门。唯“硇洲”一地颇有争议，许地山、叶灵凤、罗香林诸先生均认为硇洲即今之香港大屿山，饶宗颐先生则力主硇洲在化州，双方各有所据，目前尚难做定论。但无论帝昰崩逝之硇洲是否在香港，他和卫王昺曾转战九龙是完全可以肯定的，多种古籍都证明了这一点。“二王”驻跸官富场虽然不过数月，却在当地留下了永久的纪念。御赐土瓜湾百姓的黄伞被世代珍藏，每年端阳龙舟竞渡之前都要隆重拜祭，直到清光绪末年，黄伞已破败不堪，才予以焚化。九龙寨城附近有二王殿村，便是“二王”驻跸之行宫旧址。当年“二王”曾经登临的小山，因名“圣山”，据嘉庆版《新安县志》，昔有磐石方平数丈，台侧巨台，刻“宋王台”三字，这一记载与嘉庆十二年重修宋王台的题记是吻合的。

“宋王台”巨石，经元、明、清三朝，屹立圣山，巍然不倒，北靠九龙城，南向香港岛，东望鲤鱼门，西眺零丁洋，极览江山之胜。春秋佳日，观者不绝；文人墨客，流连题咏。民国初年，港人出资修石垣以缭巨石，建牌坊以作山门，爱护尤加。不料“第二次世界大战”期间，日寇侵占香港，借口“宋王台”巨石有碍飞机起落，将其炸裂，滚落山脚。日寇投降之后，港英政府为扩展启德机场，又将圣山铲平，千年遗迹，毁于一旦！香港同胞珍惜故国遗物，虽残石抔土亦不忍弃之，寻得巨石碎块，幸而“宋王台”三字及嘉庆重修题记尚完好无损，遂切割成方，移至新址，建“宋王台”公园以永久保存，时在一九五九年，次年公园落成。

千里来寻宋王台，凝眸此石久徘徊。一块普普通通的石头，只因为镌刻了象征着故国的三个大字，便具有了强大的生命力，经历了千年苦难沧桑，而留存到今天，与九州大地共存，与中华儿女同在，这大约是南宋少帝孤臣所始料不及的。但世世代代的香港同胞对此却坚信不疑，在这块巨石上，寄托着他们对祖国的无限依恋之情、回归之念。可歌可泣的不仅是宋王台，更有那些倾尽心血抢救宋王台、保护宋王台的人！

（发表于 1997 年 9 月 6 日《光明日报》）

我站在长城上，倾听

站在高山之巅、长城之上，我的脚下飞起一条白色的巨龙。东不见其首，西难穷其尾，越山跨谷、蜿蜒曲折、穿云破雾、远接苍穹。啊，壮哉长城！学者们说，用长城的砖石，可以修筑一道高一米、宽五米、环绕地球一周的城。宇航员们说，当他们在太空中回望家乡时，淡蓝色的小小寰球只是一片迷蒙，唯有一条白色的飘带依然清晰可辨，那便是长城！长城，中华民族的骄傲，中国的象征！

我站在长城上，倾听。仿佛巨龙在诉说遥远的往事，仿佛历史的长河在回溯它的源头。我听到了，伐木叮叮，采石咚咚，干戈铿锵，号角长鸣。长城，不是哪一位工程师的惊世杰作，它是我们祖先智慧和血肉的结晶。秦始皇帝东临碣石，登高一呼，召来了三十万众。三十万条生命历尽严冬酷暑，化成了万里长城。不是有这样一首秦代民歌吗？“生男慎勿举，生女哺用脯，不见长城下，尸骸相支柱！”这歌声似乎太悲凉了，也许唱歌的人想让子孙后代在瞻仰长城的时候，不只是想起秦始皇帝，还要记住那筑城的三十万黔首①——虽然他们谁也没有留下姓名！且不管怎样评价始皇其人吧，他那短暂若流星的王朝，毕竟留下了这座

① 黔首：秦始皇统一中国后，“更名民曰黔首”。

举世瞩目的丰碑，记载着永不磨灭的奇功。且不管修筑长城的缘起吧，正是在天地间出现这条巨龙的年代，从阴山之北，到五岭以南，众多兄弟民族的中华儿女形成了河山一统。汉魏六朝，隋唐五代，宋元明清，朝代的更迭只是过眼烟云，历尽纷繁的劫难，河山依旧，长城不倒，人民永生。筑城黔首的后代珍惜长城上的每一块砖石，龙的传人日日夜夜守卫着巨龙。

我站在长城上，倾听。仿佛九州生气汇成龙的长啸，万马奔腾化作龙的足音。东三省在呻吟，卢沟桥在怒吼："起来，不愿做奴隶的人们!"当长城上空再一次升起滚滚狼烟，为国捐躯的已不只是那手无寸铁的三十万民众。巨龙的身上有四万万七千五百万块鳞甲，每一块鳞甲都是锐不可当的龙泉、青萍①！当侵略者剖开了杨靖宇将军的胸膛，粒米全无的忠肝义胆岂是一片空空？不，侵略者发抖了，在一腔殷红的热血之中，他们分明看到了一条用血肉筑成的长城！听，"把我们的血肉，筑成我们新的长城"！这不是两千年前的悲歌，"冒着敌人的炮火前进"！这是中华儿女最后的吼声！长城，作为母亲，长城，作为壁垒，长城，作为旗帜，长城，作为战歌，直到五星红旗在长城脚下、天安门前冉冉上升。啊，长城，不可战胜的巨龙！

我站在长城上，倾听。俱往矣，十八拍胡笳，一阕大风！我听到了，听到了巨龙的心脏在跳动。仿佛是，十亿条血管的脉搏，十亿根琴弦的和声，宫商角徵羽②，东西南北中。当巨龙翻身挣断窃国大盗的桎梏，当巨龙昂首重新飞向"四化"的前程，当五星红旗在群雄拼搏的洛杉矶升起，中华儿女的心中一同响起震撼世界的歌声："把我们的血肉，

① 龙泉、青萍：古剑名。
② 宫商角徵羽：国乐之五音。

筑成我们新的长城！”

我站在长城上，倾听。长城在对我说，两千年的岁月，它才度过了稚拙的童龄。今日起，将是一条风华正茂的巨龙！

我站在长城上，倾听……

（发表于1984年第10期《民族文学》，1985年第4期《散文选刊》转载。收入《万里长城文选》，河北少年儿童出版社1985年出版）

“奇石”记

听说东山是东海、南海交界处的一个孤岛，脑子里便先有了“忽闻海上有仙山，山在虚无缥缈间”这样的念头，做好了乘船跨海的准备。谁知此去仙山，完全不用舟楫，一道长六百余米、宽十七米的八尺门海堤将大陆与海岛相连，驱车直达，须臾之间，身已在此山中也！

岛上有奇石，名曰“风动石”，有“天下第一奇石”之称，自然不可不看。

从城关东门外海滨，经过戚继光抗倭的古城墙，往左登钓鳌台，复行数十步，“奇石”便突兀立于面前。它三米多高，一米多宽，上尖底圆，状如仙桃，在石盘的边缘，着地处仅方寸而已，外侧尚在石盘之外，凌空欲飞，极似小儿信手将一玩物于桌上滚动，滚至极限，将落未落，却又岿然不动，令人欲伸手扶持！扶是不必扶的，它金鸡独立，稳如泰山久矣；纵使坠落，也是无法扶的，重达二百吨的巨石，如滚将下来，漫说一只凡人的手臂，便是千军万马，也难以抵挡。问及它的历史，悠久得吓人：陪同者说早在新石器时代此岛便有我们的先人居住，想必他们在茹毛饮血、刀耕火种之余就反复观赏这天然奇景了。

伫立石旁，伸手摩挲着这万劫不灭的仙桃，猜不透它的年龄，探不清它的秘密，它像一位缄默的历史老人，在此闭目闲坐了千千万万个世纪。也许它是天外飞来的一块陨石，不偏不倚地落在这块风水宝地，安家落户不走了；也许是远古时代的艺术家忽然产生创作冲动，喊着“杭育杭育”的号子，为遥远的后代子孙留下这纪念碑式的雕塑。现代的建筑师、数学家是无法计算“鬼斧神工”的，只能望石兴叹！

巨石虽重，然风可以动之。据说每当海上风起，它便作“摇摇欲坠”状，风息之后，复归静止。可惜我们登临之时，浪静风平，此石不动声色。当地宣传部长高发民同志则说不妨，人仰卧于石下，以足蹬之，亦可动。说毕，真的卧倒为我们表演，当地诗人刘小龙也随后表演，巨石果真晃动，观者连连称奇。我当时想，他们一定是为了证实“言之不虞”，费了很大力气。待他们起来，我自己也一试足力，果然毫不费力，诚可谓“举重若轻”，连自己都难以置信！

陪同者又告诉我们：当年侵华日寇欲毁此石，曾用两艘战舰系上铁索，费了九牛二虎之力，却未能将它移动寸分，闻此，使人不禁产生一种崇高的敬意：壮哉此石，吾风可动，吾人可动，而不为寇动，凛凛然大节，中华民族一山一石皆有此无上尊严！

出奇石处，更有奇人。县图书馆馆长陈汉波同志告诉我们：明代著名理学家、书法家、民族英雄黄道周的出生地就在奇石附近。公元一五八五年黄道周诞生前夕，其母梦见“风动石”离开石崖坠入怀中，梦已，黄道周呱呱落地，奇石的精灵化作了东山奇男儿。是年，石旁生出一株荔枝树。十年后，黄道周进学，此树硕果累累，白如雪，甘似蜜，且有一股翰墨清香，因获“翰墨香”之名，列为闽中佳品之一。天启二年，黄道周得中进士，跨入仕途，他为官清正，敢诤敢谏，忧国忧民，终遭放逐。崇祯十七年，北京陷落，黄道周以花甲之年，自请行边，出关抗清，因寡不敌众，兵败被俘，迭经威胁利诱，英勇不屈，隆武二年三月五日，慷慨就义于南京东华门外，刑前裂衿咬指，血书“节义千秋”等语。噩耗传来，大海为之呜咽，东山为之悲催，飓风呼啸，惊涛裂岸，“风动石”战栗摇动，若家乡父老为之恸哭！石旁荔枝亦随之焦枯而死！

传说当然只能当作传说，历史是人民写成的。弹指数百年过去，“风动石”下，换了人间。如今的东山岛，已不见黄沙蔽日，饿殍遍地，已不见战争烽烟，贼寇铁蹄。新中国诞生后的三十六年，东山岛变成风光绮丽、物产丰富的瀚海明珠，“风动石”仍然屹立石崖，注视着脚下的沧桑沉浮。

（发表于1986年第4期《旅游》）

戏非“戏”

一到广州，就听到诸多奇闻趣事，其中之一便是广州动物园驯兽表演中的“猴子点炮”。我怀着好奇心终于在动物园中看到了马戏团的这一场压轴戏。

当扩音器里报出这一节目的名称时，观众中泛起一阵隐隐的骚动，那是只有名角登场前才有的骚动，包含着期待和兴奋。

舞台前沿摆着一只铁架，吊着一挂鞭炮。看！猴子上场了。它穿着一件漂亮的连衫短裙，那满不在乎的洒脱神情，充分表明它已是一位老“演员”了。你看它随手玩弄着打火机，似乎是在向人们显示：这玩意儿没什么，一打就着，一点就响，不必担心！

驯兽员取来一支纸捻儿，小猴子立即把打火机抛过去，驯兽员接在手里，“咔嚓”一声，把纸捻点着。看到这里，我心里不禁有些失望，原来那打火机只是一个幌子。且看它下一步如何动作？

驯兽员把燃着火苗儿的纸捻儿递给小猴子，以手势命令它去点炮。小猴子手持纸捻儿向台口走去，远离着鞭炮走起“圆场”来，看来它是想借此来拖延时间，以便为点炮做好精神准备。走了半个圆，到了台口中央，小猴子突然庄重而严肃起来，望着那一挂赫然悬空的鞭炮，不知不觉止住了脚步。无数次的舞台实践告诉它，那炮虽小，点燃起来却如雷贯耳。所以一见此物，便不觉“心有余悸”，此时，观众席上发出一阵笑声。小猴子强自镇静，环顾四周，像是在观众中寻求鼓励和安慰。在进行了一番内心搏斗之后又向鞭炮走去，前进，后退，再前进，再后退，如此反复，那纸捻儿早已灭了。

出师不利，使小猴子有些脸上无光。驯兽员重新点燃一根纸捻儿，观众的情绪更加高昂起来，津津有味地等待着第二个回合。

小猴子被主人严厉的目光和手势所迫，高举着火苗儿，向鞭炮走去。这回它改变了策略，采用快攻打法，铤而走险，不顾一切地从吊着鞭炮的铁架下蹿过，手中的纸捻儿只匆匆一举，便飞速逃走。鞭炮依旧没有燃响，因为纸捻儿压根儿没有碰到鞭炮！

火苗儿又熄灭了，第二次冲锋又告失败。当小猴子带着惶惶不安的神情从驯兽员手中接过第三个纸捻儿时，它已经紧张得不能自已了。只见驯兽员亲切地俯下身，搂住小猴子，轻轻地抚着它的胸膛，给它压惊。

终于，小猴子第三次上场了。显然，主人的鼓励给了它勇气和力量，这次是赴汤蹈火也在所不辞了。但它毕竟是处在极度的紧张之中，硬着头皮，举起火苗，吓得头不敢抬，眼不敢睁，全凭手中的火苗儿在鞭炮下面晃来晃去瞎碰运气。一次，两次，三次，总是不着边际。啊，这时，无数观众的心被这一朵火苗儿牵住了……

“噼啪噼啪！”一串紧促而响亮的爆炸声突然爆发，说时迟，那时快，被吓得魂飞魄散的小猴子像一颗流弹似的飞奔逃命而去……

我在欢笑的浪潮中缓缓地站起身来，还有点儿恋恋不舍。果然名不虚传，这一场别开生面的表演，给了我极大的艺术满足。不知为什么，我的脑际闪过了许多画面……

不错，这是“戏”，是一场由人来导演的、有情有趣的猴戏，但，它妙就妙在毫无“做戏”之感。你看那小猴子，奉命点炮的勉为其难，点炮之前为自己壮胆的色厉内荏，临阵恐慌、欲罢不能的忐忑心情，以及最后时刻的“孤注一掷”，都是它真情实感的自然流露，哪有半点矫揉造作！导演为什么要安排这样一个节目呢？我想，他一定有所构思有所追求。他深知小猴子具有灵巧和怯懦的双重性格，让它去担负点炮一定会产生很多意料不到的“戏”来。事实证明，这也正是观众要看的，猴子点炮的节目之所以受到热烈欢迎，其奥秘就在于此。

水　乡　魂

世人皆谓："上有天堂，下有苏杭。"天堂是个什么样子？谁也没有见过，只能凭想象去认定：天堂也许是金阙银宫、琼楼玉宇。然而若是按照这个标准，苏杭却又完全对不上号。虽遥想当年，吴越争雄，南宋偏安，亦不乏"帝王气象"，却终不似长安、洛阳、燕都之古朴雄浑。其实，人们所流连的，是那里的"日出江花红胜火，春来江水绿如蓝"；是"烟柳画桥，风帘翠幕""三秋桂子，十里荷花"；是"小楼一夜听春雨，深巷明朝卖杏花"……即使在伍子胥叱咤风云的时代，也是"水犀十万横吴钩"，江南水乡，离不开一个"水"字。《红楼梦》里说："男儿是泥做的，女儿是水做的。"以苏州姑娘林黛玉来验证，则是最恰当不过了。

此番我游苏州，行前请教著名画家吴冠中先生。他自幼生长水乡，老来以画水乡著称，想必得其三昧。不料吴先生却对我说："苏州面貌改变太大，看水乡，要到乡下去！"

我问吴先生："您看去哪儿好？"

他如数家珍，列举了几个小镇：朱家角、甪直和周庄。并且说："江南水乡的水魂在周庄，比苏州还苏州！"

我于是一到苏州，便急着打听这几个小镇，心向往之。接待我的友人说："朱家角在上海郊区，不归苏州管辖；周庄和甪直倒都是苏州下属的地盘，角直最近，可以先去看看。”

车子开出苏州金门桥，朝西南方向驶上郊区的公路。起初还好，后来路便愈来愈窄，且不平整，车子颠得厉害。但路旁的景色和城里很不同了，没有了市区的拥挤、狭窄、嘈杂，视线一望无际，感到豁然开朗。水稻正在抽穗儿，田野一片碧绿，金风习习，使人心清神爽。溪水清清，垂柳依依，三两只渔船咿咿呀呀地摇过，留下一串涟漪。车子随时与一些徒步进城的农村妇女擦肩而过，她们都穿着式样独特的“竹裙”，下摆肥大，腰部紧束，打了很多皱褶，美得很。上衣或蓝，或黑，都相当贴身，显现出优美的曲线。头上则戴着黑白相间的头巾，两个三角像燕尾似的垂在颈后，绣着花，发髻上也扎着鲜艳的绒线。苏州城里的妇女早就摒弃了这种装束而追逐“新潮”时装，乡下姑娘、媳妇则固守传统，即便进城去也依然故我，穿着落后于时代的服装招摇过市，毫无“乡下人”的自卑，倒有一股纯朴可爱的古风！

一路跋涉，不久便到了小镇角直。角直，仅这一个极眼生的“用”字便使人恍若隔世。在我印象中，汉初“商山四皓”中的“角里先生”的名字用过这个“角”字，再加上“角直”，除此之外，就见所未见了。今天有许多人到了角直，径读为“角直”，似也只好原谅。

角直是个小镇，名气却不小。这里曾诞生了当代大文学家叶圣陶，并且还留有盛唐大雕刻家杨惠之的遗作。接待我的王先生是角直的活“地理志”和“博物馆”，他带领一班人自筹经费修复保圣寺，守护着若干堪称国宝的文物，并且开设了“水乡民俗、服饰陈列馆”，为保住“水乡之魂”煞费苦心。站在杨惠之的巨幅壁雕前面，听他洋洋洒洒地介绍，如同读了一部浓缩的角直史。由古到今，他一一列举了许许多多与角直有关的名人，我脚下的路便是由这些名人和更多名不见经传的凡人共同踩成的。

走在角直的街头，觉得这是一个缩小了、集中了的苏州。踏小桥，过清溪，穿进极窄的小巷，下面是石子路，两旁是古色古香的木结构民居，抬头看天，仅留狭长的一线。沿街摆满了货摊；用草绳捆着的，吐着泡沫的螃蟹，活蹦乱跳的鱼虾，价廉味美的螺蛳，还有名目繁多的小吃，一应俱全的竹编器皿……这些东西我未必都想买，只看一看就非常满足了。在这些并不认识的乡亲们中间走一走，仿佛在隔绝已久的故地重游，仿佛和他们有许许多多的话要说，这种“一见如故”之情，在我来说是少有的。半生以来在大都市中奔波的劳苦与困顿，在这里得到了消除。我长长地舒了一口气，这里的空气清新而湿润，畅快之极！

我匆匆地走在角直的街上，频频按动快门，摄下我所醉心的一切，尤其是她那造型奇特的桥：从镇口相当于“门户”的大桥，到一座座跨过市河的小桥，真可谓“五步一桥”。据说角直的桥，古有“七十二顶(座)半”之说，保留至今的，还有四十余座。与古桥相配的是那整齐的条石驳岸，驳岸上又嵌以河埠，从屋内可踏步直通河岸，正是江南水运之便最好的写照。驳岸上还有不少扣船的石板，雕琢十分精细，有铺首形，有如意纹，有盘肠式，还有的如竹叶、似蜻蜓……小小的镇子丰富多彩，我跑得不辨东西，迷了路。幸亏王先生事先告诉了我一个诀窍：角直的河道和街巷正好组成一个“上”字形，你沿着笔画走下去，到最后一横，便回到保圣寺了！

角直使我流连忘返。但角直仍使我不够满足：她的美景似有分散之憾，要“集美”则要跑很多路去寻寻觅觅，而且常常被一些“新”建筑遮住了视线、破坏了画面，使得拍照难得“神完气足”。看来角直也多多少少染上了“现代病”，在“新”与“旧”的争夺战中，“旧”处于被动挨打的守势，一些如王先生那样的“老古董”未必有力挽狂澜的本事，早晚角直会变得不像角直，也会丢了“魂”！

我问陪同前来的友人：角直与周庄相比如何？友人答曰：周庄的景更集中，古建筑保存得更完好。我于是迫不及待地要从角直赶往周庄，因为在地图上看，角直与周庄已近在咫尺。不料友人说：“勿来事格！”具体解释，原因有三：其一，周庄虽近，却无旱路可通，车子去不得，要去只好乘汽轮；其二，天色已晚，“来勿及哉”；其三，这是最重要的一条：角直属吴县，来之前已同县里、乡里的政府打过招呼的，而周庄属昆山，需另打招呼，不好“僭越”的。

我只好悻悻作罢，改日再议。回到苏州后，同市里打招呼，人家车子太忙，派不出，而且去昆山路也太远。但又说，可以替我们同县里打个招呼。我想，这就足矣，不麻烦市里了。没有车子，我们另想办法，最末不成，搭渔民的小船也要去，且更有味道！

不过，友人却出了个更简便易行也更快的主意：“乘火车去嘛好哉喂！”

次日绝早起身，奔赴苏州火车站，赶上了开往上海的火车。到距离上海很近的昆山下车，刚刚是吃早餐的时分。

昆山县派的车子已等在站口了。

于是驱车直往周庄，去捕捉“众里寻她千百度”的水乡之魂！

路很远。周庄在昆山西隅，与吴县接壤，由于行政区划和交通的阻隔，我不得不舍近求远！

周庄到了。我们下了车，却被一条大河拦住了去路。周庄就在对岸，遥遥在望，却无路可通。河上正在架桥，水中已经立起了一座座硕大的桥墩，尚未到合龙之期，过往行人唯一的交通工具仍是千百年来因袭的渡船。

登上坐满了乡亲的渡船，听着他们的吴侬软语和欸乃桨声，我感到：周庄果然是个世外桃源。我在苏州已看到《周庄镇志》，无怪乎上面说："镇为泽国，四面环水。港汊纷歧，湖河联络。咫尺往来，皆须舟楫。"现代的工具在这里还难以"登堂入室"！

在周庄，我受到乡政府的热情接待，并且派了乡文化站长庄先生导游。庄先生和甪直的王先生属于一类人物：他们谙熟家乡的文史掌故、风土人情，醉心于保护这一切。每个古镇上都有这种人，真是地灵人杰。果然，庄先生一见面就引用吴冠中教授的话说："黄山集中国山川之美；周庄集中国水乡之美。"我说："我正是按照吴先生的指点，来寻水乡之魂啊！"

周庄旧名"贞丰里"。北宋元祐元年（公元一〇七八年），周迪公郎舍宅为寺，并将田二百亩捐助寺中，百姓感其恩德，将此地命名为"周庄"，距今已九百年。一一二七年，金二十相公随宋高宗南渡，居于此地，人烟渐密。元代中叶，富豪沈万三之父沈祐由湖州南寻迁徙到此，形成以富安桥为中心的"贞丰里"。至元代末叶，由于沈万三的发迹，处于水陆交通要道的周庄成为江南商业大镇，粮食、丝绸等手工业品的交易中心。周庄的手工业和商业亦得以迅猛发展，尤以丝绸、刺绣、竹器、脚炉、酿酒等最为著名。明、清两朝进一步扩展，康熙初年正式命为"周庄镇"。

周庄位于澄湖、淀山湖、元荡湖、长白荡湖和南湖的中间，是货真价实的"四面环水"，镇内又有南北市河、后港河、油东漾江、中市河，组成一个"井"字，房屋傍水而筑，形成整齐的八条长街。漫步小巷之中，但见屋宇鳞次栉比，楼台檐牙交啄，果然保存完好。有近百座古老宅院和六十余个砖雕门楼，历经风雨，安然无恙，仍是明、清旧貌。其中"迮厅""章厅""周厅""张厅""沈厅"争奇斗胜，洋洋大观。沈厅即沈万三宅第，从街面直至后河，房屋排列幽深，中轴线有七进大厅，旁有侧院走马楼、备弄。居中的一座主厅，梁柱檩椽都用良木剖制，虽处水乡，历数百年而不朽，堪称奇迹。房梁窗楹之木雕及四座门楼之砖雕，玲珑剔透，古朴典雅。

镇中更有早于此的古建筑，如建于宋代的全福寺、澄虚道院、清远庵，建于元代的永庆庵，加之明代的十余处庙宇，阵容相当强大，博得“水中佛国”之誉，可惜有些未能保留至今。宋、元以来，周庄形成著名的八景：全福晓钟、指归春望、钵亭夕照、蚬江渔唱、南湖秋月、庄田落雁、急水扬帆、东庄积雪；又有银子浜花园纵目亭、苍珩山庄、翁园等古典园林和沈万三水底墓，种种景观，我难以一时尽赏，但透过那富有诗意的名称，仍能领略到一股水乡的灵气，无怪乎周庄又称为“水上桃源”！

周庄之美，最美的还是“小桥流水”。这里的河道不宽阔，桥便也极小，却又造得极精、极美，如一弯弯新月、一道道飞虹，凌驾于碧波之上，连接于街肆之间。桥多为拱形，舟楫通行于桥下，毫无碍滞。站在桥头，俯首脚下，一艘艘小舟缓缓摇过，装着鲜鱼活蟹、红菱脆藕，随着桨声远去，不由人心儿醉了。再极目前方，一排木楼枕河而卧，蠡壳窗中，村姑倩影梳妆；临水门前，少妇玉臂浣纱。几枝竹竿斜伸，挂满衣衫斑斓色；谁家吊桶低垂，汲取碧水清凉意。哦，水乡魂！

沿碧水，过小桥，步步堪逍遥。周庄不算大，元、明、清古桥倒有十座之多，其中最著名的是“富安桥”和“钥匙桥”。富安桥始建于至正十一年(公元一三五一年)，至明初始告成。此桥最为堂皇壮观，横跨南北市河，两端有引桥，正桥上有四座古色古香的桥楼，楼高三层，雕梁画栋，飞檐高耸，三面均镶以乳白色半透明的蠡壳(蚌壳)，素净淡雅，远胜洋楼的彩色玻璃。钥匙桥在庄东北。这里银子浜和南北市河交叉呈“十”字形，两河各有一桥，一横一竖，一方一圆，连环相接，恰恰组成一把钥匙形状，故而得名，又称“双桥”。我走至双桥，由此及彼，复由彼及此，往返再三，不忍离去。既是桥，又是艺术品，二者的统一，其价值已不仅仅是供人们通行了。水乡水多，便应运而生许多桥。桥是水的儿女，也是水的伴侣；水不绝，桥亦不灭，洋洋乎千秋，巍巍乎万古！

庄先生引我来到庄西的贞丰桥。此处的迷人处却不在桥，而在临水的一座二层小木楼。初看此楼，也不觉其妙，庄先生面带神秘之色，遥指曰：此乃“迷楼”。我愿闻其详，于是引出了一段故事。

说的是此楼原是一家小小的酒店，店面不大，楼上“雅座”仅能容下几张方桌。店主是一母一女，母名阿金宝，女名阿金。母擅烹调，女有美貌，均得顾客盛誉。二十年代的革命低潮时期，诗人柳亚子先生壮志难酬，蛰居乡里，寓情于诗酒之间，一度与叶楚伧、费公直秘住周庄，便常常与沈君匋、柳率初、王大觉、陈巢南等人相约于阿金的店中借酒浇愁、赋诗述怀，他们的诗作常以阿金的美貌为题，如《迷楼曲》《迷楼夜醉》，后来刊印成集，名《迷楼集》。于是“迷楼”代替了酒店的字号，名声大噪。

种种“逸闻”不胫而走，这几位先生的太太自然也有所耳闻。沈君匋夫人想见识见识这位叫阿金的美女到底有多少魅力，竟然引得这些文人骚客入“迷”？于是特地差她的用人到“迷楼”订菜，而且指名叫阿金送到府上，好看个仔细。谁知这个阿金机灵得很，一到沈府门前，就把菜交给用人，转身离去。沈夫人仍不甘心，又与另外几位夫人相约，造访“迷楼”，决心“百闻不如一见”……

半个世纪过去了，柳亚子等先生都已作古，阿金母女也早已香消玉殒，但“迷楼”仍在，尚保存完好，向人们述说着颇有传奇性的往事。我想，那位沈夫人的疑心和举动也许是不必要的，后人的传说也许并不符合“迷楼”的本事。柳亚子并非登徒子，他诗中的美人恐怕也并非阿金。中国的诗人借香草、美人以感怀述志，自古以来不乏其人，连屈原那样的先贤也是堕入了情网才作诗的吗？听说在吴江县黎里镇柳亚子故居仍存有《迷楼集》，有朝一日我将以此来证实以上猜测。

斜阳西坠，暮色来临，“迷楼”渐渐隐入夜幕，沿街亮起盏盏灯火，清清的河面上粼光闪闪，一个迷离恍惚的水的世界。我踏着石子小路西行，仿佛身畔响着一串足音，那是一些魂留周庄的人：西晋的张季鹰，唐代的刘禹锡、陆龟蒙，现代的苏曼殊、柳亚子……

入夜，明月高照，一片黛色中的周庄，水也朦胧，桥也朦胧。镇西北的九里蚬江，点点渔火伴着归舟，远远送来悠扬的渔歌互答。此刻，天上人间混为一体，云也流，水也流，对此谁言愁？

周庄，一个真正的“世外桃源”，一件历史悠久而又完好无缺的“出土文物”，她在江南水乡默默地生长了九百年，在改革开放的时代，突然放出了异彩，引得史学家、文学家、建筑学家、画家、摄影家、旅游家以及金发碧眼的远方来客竞相折腰。周庄的价值当然不是因为突然被外界垂青，只是因为人们在发觉东方明珠一颗颗被历史的尘埃埋没之后才更加珍重她的价值，被她的独特魅力勾魂摄魄。历史的恶作剧还在于：周庄之能够度过像“文化大革命”那样的劫波，保留至今，并不是由于什么人的着意保护，更主要的是因为她闭塞在水国，现代交通工具不便，这给她造成了“有利”条件，别人想破坏她反而不易，成为一个被世界遗忘的角落。祸兮？福兮？如今人们又突然想起她来，成群结队的看客蜂拥而至，周庄是否会“适应”这种形势而大搞“开发”？又“开发”成什么样子？福兮？祸兮？

我告别周庄的时候，再次登上那古老的渡船，望着正在兴建中的、日渐增高的大桥桥墩，我感到：周庄幽居独处的时代恐怕要结束了，

“现代化”这位为中国降福的女神正在叩响水乡之门，但愿她在这同时不要扼杀水乡之魂！

（发表于1988年第2期香港《文学世界》，1994年11月号香港《紫荆》转载）

喀什河畔“姑娘追”

骏马、猎枪、山鹰、猎犬，哈萨克小伙子最珍惜；
再娶上一位天鹅似的姑娘，年轻的小伙子多么称心如意！

——哈萨克民歌

朋友，你登过玉琢冰雕的天山吗？游过水天一色的赛里木湖吗？涉过绿如翡翠的伊犁河、喀什河吗？结识过剽悍爽朗的哈萨克吗？领略过豪情恣肆的“姑娘追”吗？

很遗憾，你说没有。你压根儿就没到过新疆，也就无缘见到这一切。也许你知道“姑娘追”这个词儿，也许是在民族画报上见过一幅照片，或是听谁闲聊说起过这个话题？你记不清了。你只依稀记得“姑娘追”是哈萨克人在节日集会时经常举行的一种娱乐活动，至于怎么个“追”法儿，则不甚了了。你还纳闷儿：普天下都是小伙子追姑娘，为什么哈萨克的姑娘倒追起了小伙子？

是的，在我亲眼看见“姑娘追”之前，所知道的与你彼此彼此，也曾这么纳闷儿来着。及至跋涉数千公里到了新疆，在喀什河畔大开眼界，才知道这“姑娘追”实在是追得奇特，追得浪漫，追得精彩，追得艺术，追得淋漓尽致，简直堪称“天下第一追”！以至我在回到北京后还念念不忘，还要说给你听。

八月盛夏，喀什河畔的绿洲已含微微秋意，长空雁叫，旷野马嘶。为了欢迎远道而来的客人，或者说是为了他们自己痛痛快快地玩一场，威武骁勇的哈萨克从四面八方走来了，骑着他们的黑骏马、白龙马、雪青马、栗色马、黄骠马，弹着他们的冬不拉，拉着他们的库布兹，唱着他们的炽情如火的歌。这个以马蹄为翅膀、以歌声为语言的民族，自有一种先声夺人的气势！

看那制作精美、多姿多彩的服装！男人们穿着雪白的衬衣，深色的坎肩、短大衣，套着“袷袢”，肥大的长裤，绣着美丽图案的长筒靴；女人们穿着五彩缤纷的多褶裙，戴着各色头巾或形制多样的帽子。珠光宝气，熠熠生辉。

骑上骏马唱起歌，
绵绵的恋情滋润着我心窝……

“姑娘追”开始了。熙熙攘攘的人群分成两组，酝酿着推举各自的“选手”。当地的朋友告诉我：这两组将由一方派出一位姑娘，另一方派出一位小伙子，两人各骑上最好的马，并排走向前方的指定地点。一路上，小伙子尽可以向姑娘唱情歌、说情话，表达爱慕之心，百无禁忌，甚至可以吻她，无论怎么嬉闹调笑都不算“犯规”。如果姑娘喜欢这个小伙子，当然心领神会，正中下怀，自不必说；如果不喜欢呢？却必须忍着，不许“反击”。等到达目的地，两个立即返回，小伙子拨马便跑，姑娘挥鞭紧追，追不上只好认输，追上了便告取胜。胜利者一把抓住小伙子的衣襟，将马鞭高高举起，频频打圈儿，甚至可以抽打他！“姑娘追”的妙处就在这追与打，如果小伙子是她的意中人，便追得有意、打得留情；但如果她厌恶这个调情者，则在此时获得了“反击”权，尽可以狠狠地报复，那鞭子是无情的！……

听到这里，我不知不觉进入了紧张的“观战”状态，哈萨克姑娘好厉害！且看她们怎样追法儿、打法儿？

这时，双方选手已经出场。我定睛看去，不觉一惊！出现在“跑道”上的并不是一对儿少男少女，而是一位中年汉子和一位半老徐娘。这……这是怎么回事儿？“大龄青年”也不至于大到这种程度，“姑娘追”岂不成了“大嫂追”？

我在这边纳闷儿，那边，“大哥”“大嫂”已经策马前行。只见他们并辔比肩，一路徐行，男的娓娓絮语，女的颔首微笑，好像谈得十分投机，只是距离太远，不知说些何等言语。我想：绝了！这位年近半百的“老小伙子”倒还真走运，看那意思是一拍即合了，如能借此成就了百年好事，倒是比北京城里的“老年婚姻介绍所”省事儿！

一路谈谈说说，两人走到了头儿，折回来，该“追”了。我等着看那汉子落荒而逃，看那“老姑娘”穷追猛打，不想全部落空！这情投意合的一对儿，追得毫无战斗气息，女方的鞭子只绕圈儿而不落下，含情脉脉地跟他走到头，完事儿。

“这是怎么回事儿?”我忍不住问身旁的朋友。

朋友诡秘地一笑，说：“您没认出来吗？那男的是我们的×××副主任啊，女的是他的夫人!”

我忍俊不禁，放声大笑！好个幽默的哈萨克民族，好个独出心裁的东道主，竟然给我们来了个“真戏假做”，你们老夫老妻还“追”个什么劲儿？真个是“老夫聊发少年狂”！

第一“追”到此结束，原来是一场“骗局”。

第二“追”方兴未艾。这一对儿，甲方派出的是一位窈窕少女，我留意观察，见她戴着水獭皮做的绣花圆帽，插着猫头鹰羽毛，知道这是个未嫁的女郎、真正的姑娘；乙方呢？旗鼓相当，也派出了一位英俊小伙子，只是有些腼腼腆腆，初出茅庐还显得怯场。仔细辨认，又发觉这小伙子虽然穿着哈萨克服装，那脸形、肤色却像个汉人。于是我精神为之一振，觉得有“戏”可看了！

一对儿少男少女并马前行，竟又是情切切、意绵绵！那小伙子把马紧紧靠着姑娘，充满期望地凝视着她的脸，嘴里不停地念念有词，一定是在苦苦求爱，瞧那真挚、那迫切，唯恐遭到拒绝。

两匹马走到了头儿，该“追”了，我不知道姑娘将怎么收拾他，为他捏着一把汗。也许那小伙子比我还着急，勒转马头，踉跄奔逃，却显然马上功夫不到家，东倒西歪，眼看就要翻身落马！

此时，场上欢声四起，群情高昂，要看那巾帼英雄怎样生擒这无能的男儿！小伙子，太自不量力了，既然连马都骑不利落，刚才何必那样多情？不怕“报复”吗？

说时迟，那时快，姑娘已经策马赶上，好“戏”达到了高潮！

完全出乎我的预料，那姑娘面对已成败局的小伙子却并不怒加鞭笞，在他将要落马之际，猛然俯身，轻舒玉臂，一把将他提将起来，放在自己的雕鞍上，拥着他扬鞭而去！

我看得呆了，莫不是穆桂英生擒杨宗保吧？

人群大哗，哄笑不止。我挤上前去，探问缘由，道是：那小伙子确系汉族，去年刚从中央民族学院毕业分配到这里，此次不料被推举参“战”，被吓破了胆，刚才他一路上哪是求爱？而是在不断地求情：“大姐，我不会骑马，你可别打我！大姐，求求你……”左一个“大姐”，右一个“大姐”，才获得了这般照顾，总算免了皮肉之苦，却惹得人们捧腹大笑！

谈笑间，再看场上第三对儿。这一对儿，男的是个彪形大汉，虎背熊腰、鹰鼻鹞眼，典型的哈萨克；女的三十岁左右，衣着并不鲜艳，头戴“克米谢克”，显然是个结过婚、生过孩子的少妇。按照习俗，少妇也是可以参加“姑娘追”的，只是我不知道这少妇的具体情形，婚姻家庭状况如何，当然也不知道她面对那汉子的“谈情说爱”将如何动作？“压轴”的常是最好的“戏”，我拭目以待！

两人纵马而去，那汉子果然是个调情的行家里手，一路上拉拉扯扯、挤眉弄眼、滔滔不绝，少妇却不答不理。旁边熟悉内情的朋友说：“等着吧，那小子得挨打！”

我问：“何以见得？”

答曰：“他平时就是个拈花惹草的浪荡子，今天又喝多了，你看那醉醺醺的样子，借这机会撒酒疯呢，不知说些什么胡言乱语，一定不堪入耳！”

我心头一紧，替那少妇着急，却又反问：“不是说什么都允许吗？”

“去的时候允许他说，回来也允许人家打！”朋友说。

是了，我记着这规矩呢，等着看他们怎么回来。

转眼间已见分晓。那汉子一路撒野，自知理亏，返回时惶惶如丧家之犬，急急如漏网之鱼，狼狈逃窜！少妇岂能放过他？催马扬鞭，穷追不舍！那汉子果然醉了，又急不择路，乱了阵脚，晃晃悠悠，摇摇欲坠。少妇胜券在握，紧随左右，却并不伸手抓他，只将手中皮鞭高高举起，狠狠落下，没命地一路鞭打！可怜那汉子只能打不还手，又无计逃脱，咎由自取，“噼啪”声中，鼻青眼肿，连帽子都被打飞了！

场上欢声雷动，为少妇助威，好不快活！

壮哉，哈萨克！美哉，哈萨克“姑娘追”！

朋友，你以为如何？

（发表于 1989 年 5 月 19 日《人民政协报》）

美 洲 月

十月一日，共和国的生日，我却在这一天离开了祖国；再有两天就是阖家团聚的中秋佳节，我却提前离开了亲人。此行何处？美国，应邀前往参加爱荷华国际写作中心的交流活动。

飞机九点钟从北京起飞，横跨整个太平洋，经过东京，降落在旧金山。转机到丹佛，再转机到斯达瑞匹茨。天上地下几番折腾，这还不是终点站。前来迎接的车子又跑了一阵子，总算是到达了爱荷华城。

爱荷华城迎接我的是黑夜，看不清它的真容，苍茫夜色中，只看见盏盏灯火和闪闪星斗，还有那一轮接近浑圆的明月。

我被安排在“五月花”公寓八楼，这是历次前来参加国际写作计划的作家的住地。每人一个房间。有床铺、桌椅、空调、电话等基本生活用具；卫生间和厨房则是两“家”合用的，我的隔壁是一位韩国女作家。“五月花”是爱荷华大学的学生公寓，八楼用来招待作家，来自世界许多国家的作家都住在这里。

一路辛苦，到此我已疲惫不堪，倒头便睡。却又偏偏睡不着，眼睁睁望着窗外的星斗。我知道，我的心还留在北京呢！

次日天明，梳洗毕，走出“五月花”，这才领略了爱荷华的风貌。

爱荷华是一座位于密西西比河西岸肥沃平原上的小城，人口仅六万，按照中国的概念只能算个“乡镇”。但这里却拥有一所爱荷华大学，它的医学院和附属医院闻名全国，是美国文盲率最低的地区。实际上整个爱荷华城都属于这所大学，不同的学科分布在每个角落，全城都是它的“校园”。城市的设施围绕着大学这个“主题”，发电厂、图书馆、旅馆、公寓、银行、超级市场。市场里的物品丰富而价廉。水果硕大肥美，像是蜡果，一只去毛开膛、收拾得干干净净的嫩鸡才卖一美元，比中国便宜。

“五月花”公寓的前面潺潺流过爱荷华河，背后是一座小山。缓缓的山坡，铺满了绒毯似的翠草，林木郁郁葱葱。据说秋天是爱荷华最美的季节，现在绿叶间已经夹杂着金黄和丹紫，斑斑驳驳如印象派油画。林间有长满青苔的怪石，原木搭成的或者是未加修饰的石块垒成的小屋，像童话世界。这里是爱荷华公园，但没有围墙，分不清哪里是边界，仿佛到处都是公园。在爱荷华看不到像纽约那样的摩天大楼和车水马龙，甚至很少看到人。发展中国家追求繁华，发达国家却反过来寻找宁静，在世外桃源中返璞归真。人，到了金钱和自由都不能打发日子的时候，就挖空心思“逃离”花花世界：或者沉醉于吸毒的幻觉，或者归隐于原始的山野。

爱荷华的天空蓝而透明，纤尘不染，可以清楚地看到飞机从头顶飞过。

我在爱荷华没有亲朋故旧，来到“五月花”之后的第一个电话打给北京的家，第二个便是打给美籍华人作家聂华苓了。中国作家对聂华苓这个名字都不陌生，她和她的丈夫诗人保罗·安格尔从一九六七年开始共同创办了这个国际写作中心，前来参加活动的中国作家得到她不少关照。一九八八年，她“退居二线”，把写作计划交给克拉克·布莱兹，便在家里忙自己的写作了。

聂华苓欢迎我的到来，并且约我当晚到她家做客。

当夕阳把山坡染成金黄的时候，她开车来，把我接到她家。她的家就在“五月花”左边不远的山坡上，一幢红色房子掩映在树丛中，门口书“安寓”二字，“安”即安格尔也，她夫家的姓。年迈的安格尔在家里迎接客人，并且会用汉语说“你好”。

“安寓”的楼上挂满了奇奇怪怪的、从不同国家搜集来的脸谱，这是安格尔的心爱收藏。客厅很宽敞，后面是木结构的大阳台，站在这里，便面对着爱荷华河，河水在晚霞中流金泻玉。两位老人已经在这里隐居多年，与他们做伴的是丛林中的野生动物——老邻居了，轮番来探望和觅食，彼此都掌握了对方的生活规律。“鹿来了！”“松鼠来了！”仿佛是杜子美“隔篱呼取尽余杯”。

我送给这对夫妇的见面礼是一幅中国画：《春雨江南》，我的丈夫、画家王为政的作品。画展开来，聂华苓和安格尔都发出了赞叹：“啊，太美了！”

在他们的客厅里已经挂有吴作人先生等人的作品，现在又增加了一幅收藏。

聂华苓亲自下厨，为客人烹馔接风。我则宾至如归，表示要动手炒几个中国菜。聂华苓当然欢迎，高兴地为我打“下手”。但这里毕竟不是北京，没有应手的炊具，“不粘锅”无论如何也代替不了中国的铁锅。原料也不对路。豆腐既不像北京豆腐，也不像南豆腐，而且事先已被女主人切成小块儿。也炒不出我的“风格”。鱼和鸡则是聂华苓自己炒的。挺好的一条鱼，切成乱七八糟的块儿，放在不粘锅里煮熟了事。

我不禁骇然：“你们平时就这么吃饭吗？”

她答：“平时很简单，午饭吃几块饼干，晚饭才炒菜。”

这就是美国的生活？太苦了吧？

“我坐在自己的办公室里，心里就是充实的。”她像是对我解释，又像是自我安慰。典型的中国知识分子的人生哲学：“君子食无求饱，居无求安。”在美国也如此？两个国家的“穷富”差异，在某些方面却又是很小的。

宾主共进晚餐。在座的除了中国人，还有中国的女婿安格尔。我吃了不少洋水果，那梨像是“莱阳梨”，瓜像是“哈密瓜”。但菜却没有中国味儿：豆腐没豆腐味儿，鱼没鱼味儿，鸡没鸡味儿。据说美国的鸡都是机器喂养的，膘肥体壮，但食之无味。一个美元买来的便宜货，却只是好看而不好吃。一方水土养一方人，美国人对此心安理得。

席间的话题自然是围绕着中国。聂华苓一九四九年从大陆去台湾，一九六四年到美国，在海峡两岸阻隔的年代，曾有多少家国之恋！随着中国的改革开放和世界潮流的和平进步，中国大陆和台湾的作家才得以在大洋彼岸的异国土地上聚首，真是来之不易。聂华苓在这里搭起了一座珍贵的桥。她忆起许多往事，有欣慰，也有遗憾。

“我退下来了，是真退，写作计划的事情就不再过问了。”她说。

我听得出，这话有两层意思：其一，在美国，“不在其位，不谋其政”是真正实行的。如果中国作家有什么要求，只能去找克拉克，而不便向她提出了；其二，在她主持工作期间，中国大陆和台湾的作家必然如鱼得水。今年来此的中国作家便只有大陆的，台湾、香港的都没有，同胞的聚首便不可能了。

当然我们可以和其他国家的作家交流。我们要了解他们，并且通过他们认识世界，认识世界的目的在于更透彻地认识自己。

“这里的中国留学生要在星期五举行中秋聚会，约我参加。”我说，“今天，在中国已经是十月三日，阴历八月十五……”

“噢！”聂华苓好似突然记起，“我忘了今天是中秋节！”

于是宾主共同举杯，庆祝我们民族的团圆节——在远离祖国的地方。

天黑透了。月亮在爱荷华河上空升起来，圆圆的，亮亮的。没有污染的天空明净澄澈，清晰得可以看见月亮上的环形山影，那是我心中的“蟾宫桂树”。

美国的陆地好像离天空更近，月亮似乎显得特别大、特别圆。

已经有好几十年了，自从有一个中国人说过“连美国的月亮都比中国的圆”这样的话之后，便引起了一场长久的论争：到底是谁家的月亮圆。当然，争论的焦点并不在于那个借助太阳的余照在夜晚向我们发光的，既不属于美国也不属于中国的星球，而是由它引发的情感。中国人站在留有弹洞与血迹的卢沟桥石狮和蒙着硝烟与屈辱的圆明园残柱旁仰望明月时的情感，无论如何也不会引起日本人、英国人和法国人的认同；而即便是不识一个汉字的外国人也会通过翻译透彻地理解“月是故乡明”这句本不易翻译的中国诗。因为人各有国、有家、有情。

今宵的我，身在美洲，心在中国。

庚午中秋，记于爱荷华“五月花”公寓

（发表于1991年第2期《共鸣》）

游　子　情

一九九〇年十月一日，我应美国爱荷华国际写作中心邀请，前往参加文学交流活动。

我从北京先乘中国国际航空公司的飞机前往日本东京，然后再转乘联航的飞机去美国旧金山。在东京机场，要停留两个小时。在办理转机手续时，我看见旁边有一个中国姑娘——这是全凭直觉看出来的，因为她那一身朴素的装束和粗壮的长相，令我一眼就能从众多的日本人当中区别开来。她身上有一股“土”味儿，像个没出过远门儿的乡下丫头。

我想她人生地不熟的，一定挺不容易，说不定需要我帮点儿什么忙，就主动打个招呼：“你这是上哪儿去啊？”

她看了看我：“上美国。您呢？”

果然是中国人，普通话，但带有挺浓的东北腔。在北京，在国内旅行，听到这种语言当然不会留意，因为太平常了。但在东京，别看刚刚离开中国三个小时，却有一种“他乡遇故知”的亲切之感，因为脚下已经是异邦之土了！

“去圣弗朗西斯科（旧金山）。”我说。

“噢，那咱们同路啊，”她操着东北腔朗声说，“我先到旧金山，然后从那儿上加拿大！”

“就你一个人?”我疑惑地看看她，心想这个乡下丫头可真够胆儿大的，单枪匹马闯世界，行吗?

“可不一个人儿咋的?”她笑笑，“这条道儿我跑了好几年了!”

不问不知道，一问吓一跳！原来她是经常出门在外的国际旅客，道儿比我还熟，凭那一身打扮儿，可真是看不出来!

既然是自己的同胞，我们就亲切地聊了起来。

她叫徐永贤，长春人。前几年到了美国，读了三年大学，然后去了加拿大，并且把她的父母也接了去。她本人现在在美国的一家律师事务所当律师，每月收入八九万美元，够阔的了！她这次是从中国探亲回来，先去加拿大看望父母，然后再回美国上她的班。好家伙，她这一番过五关斩六将让我咂舌，这个东北人儿还真不简单哩!

我们办完了登机手续，一起到休息厅吃点儿东西。我已经拿出了钱，小徐却抢着要付钱，说:“别跟我客气了！您在中国恐怕不算穷的，可是我知道，公派出国的人儿，兜儿里那几个美元是有数儿的，还是花我的吧!”

但我不肯，于是两人争着付钱。我明知道这在外国是新鲜事儿，老外没有这么干的。可是我们是中国人哪，中国人讲究仗义，出门在外，该花钱的时候不能往后头缩。

“您瞧，争来争去的，都让外国人笑话了!”她埋怨着，到底还是争得了付款权。中国人哪，萍水相逢，也是这么古道热肠!

吃过了冷饮，我们一起登机，一路又得到她许多照顾。这条道儿她是轻车熟路。

飞机到了旧金山，她要转机去加拿大，我要转机去丹佛。我国驻旧金山领事馆的同志来接我，帮我办理转机手续。办完之后，就利用等待登机的时间去吃午饭，没想到小徐又和我争着付钱。她财大气粗，出手满不在乎。我又一次吃了她的请，心里怪不落忍的。一边吃饭，一边闲聊。聊什么呢？远离祖国的人，没有一句不是在说中国。何况今天是我们共和国的生日！

“领事馆的人对您真好！”她感叹道。

这是她第一次表现出对我的羡慕，言语之中流露出某种失落感。这个双脚踏平“走向世界”之路的姑娘，腰缠万贯美元，也还有她不能满足的地方。那是什么呢？是祖国，她需要祖国！

“我刚来美国的时候，谁管我啊！那时候真想家，想得没法儿的时候，就到咱们的领事馆去。里面的工作人员问我：‘你找谁?’我说：‘不找谁，就是想咱们的国家，想在这儿坐坐。’于是人家忙人家的工作，我就在那儿坐一会儿，觉得领事馆就是自己的家！”

多么朴实而又真挚的语言！如果不是亲耳听到，我们写小说的人是无论如何虚构不出来的！这个已经完全适应了西方的生活方式并且在美国和加拿大混得如鱼得水的中国姑娘，仍然保留着一口东北腔，一颗中国心，这是无论如何也忘不掉的。在她工作的律师事务所里的美国同事们，听着她流利的英语，看着她无拘无束的美国做派，大概都以为她早就“美国化”了，谁会知道她真正的内心世界？而我和她只是陌路相逢，却已经袒露无遗。

聊着聊着，我看了一眼手表：“哟，你到时间了！”

她这才想起还有遥远的征途，唰地站起身，匆匆向我告别：“走喽，走喽，走喽，再见！希望下次还能碰到您！”

她就这样匆匆而去，一个新结识的朋友就此分手了。我知道，再碰到她的机会太渺茫了，我们很可能一辈子就见这么一次，但我永远也不会忘记她，一个经常到中国领事馆去“坐一会儿”的中国姑娘。

到达爱荷华的第三天，我去参观爱荷华大学图书馆，迎面碰见一个黑头发、黑眼睛、黄皮肤的小伙子。

我问他："你是中国人吗?"

他说："是。"

就是这么简单的一问一答，却胜过千言万语。爱荷华城是一个以爱荷华大学为中心的城市，只有六万人口，华人就更少了。在黄发碧眼的洋人中间，碰到一个中国人是不容易的，因此倍感亲切。我们是同胞，虽然从未见过面，却一见如故。

他叫张雷，上海人，来美国两年了，在爱荷华大学从事生物研究，攻读博士学位。一天到晚钻在实验室，忙得很。

"我已经两个月没来图书馆了，今天偶然来找书，正好碰见了您，好像是命运安排让我们认识的!"他话语不多，却是那么真诚。

当时我还有别的参观项目，来不及细谈，彼此留下了电话号码，相约再找机会见面。

几天以后，我打电话给他，他急得很："霍老师啊，我打了好多次电话，总是和您联络不上。这几天，您生活得怎么样啊？我怕您刚到这里，还不习惯，今天就搬到我家来住吧，我和丽萍都非常欢迎您!"

他说的"丽萍"是他的爱人，姓黄，两人是同乡、同学，现在同在爱荷华大学留学。他们的热情很令我感动。我并没有从"五月花"公寓搬到他们家里去住，但从此却成为他们的常客。我来了，就像他们家里来了亲人，把课余时间都给了我，开车带我出去观光、买东西，为我安排许多生活细节，无微不至。我比他们年长十几岁，真像他们的大姐来"探亲"了。

一天，我独自外出，在爱荷华大学的校车上看到一位黑发女郎。

她同时也发现了我："Are you Chinese?"

这肯定也是我的同胞了，我干脆用中国话回答："是啊！你呢?"

"我也是!"

"太好了！哪儿来的?"

"北京来的!"

北京？与我同在一座城市。"北京的哪儿啊?"我问得更具体了。

"崇文门!"

这就离得更近了，近在咫尺！可是我们却从未谋面，不意相逢在异国。一时有许多话要说，好像我是受了她家里人的委托来看她似的。可惜她就要下车，来不及说话了。车子开动了。我急忙从车窗探出头去，朝她喊："告诉我你的电话!"

"我叫牛玉寰!"就在那一刹那，她朝我扔过来一支笔，并且喊出一个号码，让我记住她，以后就好联络了。

于是我在爱荷华又多了一位中国朋友——牛玉寰。她也忙得很，但常打电话来并且尽量抽空来看我。来的时候还带着一口锅，给我做饭，带着一条毯子，陪我住。我在里间睡着了，她还在外间看书。留学生的时间，是抓得很紧的。她和张雷、黄丽萍本来不认识，由于我的到来而和他们接上了"关系"。北京—上海，在中国相隔两千里，但到了美国，就都是"老乡"了。有道是：老乡见老乡，两眼泪汪汪!

我到达爱荷华的时候，正是美丽的金秋，据说是当地最好的季节。可是，一场秋雨到来，落叶殆尽，立即跨入萧索寒冬。张雷和丽萍开车来接我，显然是要以家乡人的温暖为我驱散心灵上的"寒冷"。

在他们的寓所，有电话打过来，我去接。

话筒里传来我熟悉的声音："我是牛玉寰啊！霍老师，变天儿了。我怕您出不了门儿，心里寂寞。这种雨天儿，人最容易想家了!"

这个泼泼辣辣的小牛，心倒真细，也真理解我的心啊！毕竟我们都是北京人，这种天儿应该是围着火锅儿吃着涮羊肉、爆肚儿聊天儿的时候！

张雷家里来了国内的客人，他的同事都知道了，我就成了大家的客人。两年前我在国内发表了记述几位英年早逝的知识分子事迹的报告文学《国殇》，这儿的留学生都读过。听说《国殇》的作者来了，都要见一见，陈岱就是其中之一。盛情难却，我应邀来到她的“家”。

陈岱这个二十八岁的上海姑娘，长得白白净净，娃娃脸，说话细声细语，腼腼腆腆。她是学儿童教育的，刚来两个月，还没打开“局面”。房间里很冷清，没有个“家”的样子，甚至连行李箱子都没打开，就这么凑合着过，好像随时都准备打道回府似的。来到这里深造，本来可以同时选修好几门功课，可是每门课要交三百五十美元的学费，她一次交不起那么多，只好每年选修一门，这样时间就拖得长了。但也没办法，这还要靠她自己去打工挣钱呢，除了交学费还得交房租，还得吃饭……

陈岱要请我吃饭，我哪里忍心吃她的那点儿血汗钱？可是她已经预备好了：自己烤的蛋糕，热气腾腾的呢！

吃着她的蛋糕，我听着她的娓娓长谈。

“霍老师，我好羡慕您！你们访问学者，只是短时间在这里，随时都可以回去。可是我不能！我好想家，但既然来了，总得拿下学位，才好见江东父老！可我总是觉得在这儿待不长，这儿是人家的地方，不是我的家。您看，我来了两个月了，连箱子都懒得打开！”

唉，唉，面对这个小妹妹，我该说些什么呢？是劝她咬紧牙关坚持下去，还是鼓动她“打回老家去”，了却这一番愁煞离人的思念？

“我在家的时候，喜欢音乐，喜欢弹琴，可是在这里买不起琴了。有一次在超级商场里看到陈列在那里的电子琴，就忍不住坐下来弹一曲。您知道我弹的是什么曲子？手里不知不觉地弹的是：‘我爱北京天安门，天安门上太阳升……’”

听到这里，我的眼睛湿润了。那是她孩童时代印在心中的乐曲，将会记住一辈子！

陈岱不但会弹琴，还爱唱歌。十年前，她就看过我写的电视剧《鹊桥仙》，并且至今还记得其中的插曲。现在见了我，又情不自禁地唱起来：“四海为家家万里，天涯荡孤舟！……谁伴我，沉与浮？”

歌声哀婉凄绝，连我这作者本人都感动得为之泪下。未必是因为我写得好，而是在真正离家万里的天涯海角，本来并不是为海外学子而写的歌词却恰好道出了他们柔肠寸断的家国之恋！

我在爱荷华的活动即将结束，明天就要到美国其他城市去了。

中午，牛玉寰从爱荷华的一家“湖南餐馆”买来了饭菜，端到“五月花”，算是为我“饯行”。留学生们事先排好了队，一个一个地分头来我这儿，为的是每个人都能说上话，免得七嘴八舌搭不上茬儿，以后就再没有机会畅谈了。

当天晚上，我就搬出“五月花”公寓，住到张雷和黄丽萍家里，他们为我炖了鸡，煮鸡汤面。这一碗长丝缠绕的面条，大概象征着大家分手之后长久的思念吧？

我吃着面，张雷为我收拾行李。耐心地把东西装进箱子，设想着一路上可能遇到的问题，千叮咛万嘱咐。这哪里像是在打发一个刚认识不久的朋友？是真的在送大姐远行！

张雷的情绪很低沉：“霍老师！真想留您多住些天，可是，我们这么多人都留不住您！唉，您要走了，不再回爱荷华了，现在就算踏上回家的路了！回家，回家！您以为我在这里不想家吗？我想上海，想外滩，想黄浦江，想我家那个小阁楼！那里的每一块砖、每一片瓦、墙上的每一个蜘蛛网都是我熟悉的！……”

他的声音哽咽了，但极力忍住，不让眼泪流下来：“霍老师，您放心，我不哭，眼泪是女人的专利，男孩子不能哭！”

他真的没有哭，而我却潸然泪下！

第二天凌晨，美国的太阳还没升起，他们送我离开了爱荷华。

到了登机口，该分手了。我挥手向他们告别，眼里滚着热泪。

我看见，张雷仍然没有哭，他说到做到。但是，丽萍哭了。难道眼泪果然是“女人的专利”吗？不，当我们面对祖国的时候，男儿女儿都是母亲怀抱中的婴儿；在母亲听来，婴儿的啼哭是最美的音乐。张雷，你哭出来吧，让我把你的声音带回祖国！

（发表于1991年3月2日《文艺报》）

漫步撒哈拉

我从没有想到，今生今世会登上非洲大陆，会漫步在撒哈拉大沙漠。因为在我看来，那里和中国之间，地理的遥远和地貌的差距都不可思议。

然而我却真的到了那里。

在我访问西班牙的时候，到了它最南端的加那利群岛拉斯帕耳马斯，这座美丽的海岛已经远离西班牙本土而濒临西非海岸了。从这儿乘飞机只需要一小时，便到了毛里塔尼亚第二大城市努瓦迪布。稍事休息再起飞，降落于首都努瓦克肖特。

毛里塔尼亚，一个完全陌生的国度，我在到达的当天下榻于中国驻毛里塔尼亚大使馆。但是，当毛里塔尼亚官方得知我到来的消息，马上请我移居“NOVOTEL”宾馆。这是法国的系列店，我在广州，在法国和英国也曾住过“NOVOTEL”，看来和它们有缘。在努瓦克肖特，这是最豪华的宾馆。为什么对我如此厚待？东道主说，我是访问毛里塔尼亚的第一位中国作家。回国后中国作协外联部的同志告诉我，确是如此，我的同行们还没有人到过那个遥远的地方。台湾的三毛曾经写过《撒哈拉的故事》，但她只到了西属撒哈拉，似乎并没有深入到毛里塔尼亚。毛里塔尼亚人对我所表现出的异乎寻常的欢迎，还有一个原因，是他们得知我是一位穆斯林作家。在毛里塔尼亚，阿拉伯语为国语，伊斯兰教为国教。真是“海内存知己，天涯若比邻”，尽管我们肤色不同，语言不通，共同的宗教信仰却立即缩短了距离，沟通了感情。

毛里塔尼亚曾经是法国的殖民地，法语是通用语言。我的长篇小说《穆斯林的葬礼》的法文译本，连我自己都不认识，在这里却遍布知音，我所到之处，总是遇到欢迎的人群，那些肤色黝黑、衣着斑斓的男男女女争着和我握手，用我听不懂的语言表达着美好的感情。在一次次官方宴请的宴会上，好客的主人以丰盛的食品招待我，我最喜欢的是非洲的大杧果。他们马上就发现了这一点，于是把别的桌上的杧果也都送到我的面前，以致我“心有余而力不足”，吃不下了。因此，东道主送给我一个友好的绰号：“MDM. 杧果”！

努瓦克肖特，建筑在沙漠中的城市。当我驱车郊外，才更深切地明白了为什么毛里塔尼亚人如此爱中国，如此尊重中国客人。除了我的作家身份和宗教信仰，还有一个系在每个毛里塔尼亚人心中的“中国情结”……

撒哈拉沙漠，全世界最大的沙漠，总面积八百六十万平方公里。而在毛里塔尼亚一百零三万平方公里的国土当中，沙漠和半沙漠竟占五分之三，除了西南部和塞内加尔交界处有一条天然界河——塞内加尔河之外，境内没有一条河流，北部地区年降雨量仅仅二十五毫米。我开着车子，向沙漠的纵深之处驶去，置身于撒哈拉，纵目天涯，一片黄沙，看不到一棵草，一棵树，一点绿色，名副其实的“不毛之地”。我开车的技术不高，在北京是绝对不敢上街的，但在沙漠之中却毫无顾忌，这里没有马路，没有任何建筑物，也没有任何障碍物，完全可以横冲直撞，而不必担心“闯红灯”以及什么“禁止左拐”“禁止右拐”之类，不会有警察找你的麻烦，更不可能撞着人。只是有一条要注意：迷了路连个问路的人都没有！所以，我不敢继续深入，就此“打住”。从冷气车子里出来，突然感觉就像进了蒸笼，赤道线上又加之大沙漠，气温高达五十多摄氏度，隔着鞋底，脚下也感到滚烫，怎一个“热”字了得？我不敢久留，赶紧回到车里，原路返回！毛里塔尼亚的居民百分之八十以农牧为生，放牧着骆驼和牛羊，我真不知道在这没有水、没有绿色生命的地方，人和他们的牲畜怎样生活！毛里塔尼亚的地下储有大量的铁矿、铜矿，沿海地区渔业资源丰富，但从十五世纪起到本世纪初，这里的人民先后在葡萄牙和法国殖民主义铁蹄下挣扎、呻吟，丧失主权的国土哪里还谈得到开发和繁荣！一九六〇年十一月十八日，毛里塔尼亚人民赢得了独立，一九六五年七月十九日和中华人民共和国建立了外交关系。我这个年龄的人还记得，在六十年代，我们曾经怀着怎样的激情高唱“亚非拉人民要解放”！热爱和平、热爱自由的中国人，节衣缩食，尽其所能，支援了被压迫民族和被压迫人民的独立斗争。友谊从来就不是单方面的，“你敬我一尺，我敬你一丈”，在一九七五年联合国恢复中国合法席位时，毛里塔尼亚当时的总统投了庄严的一票，并且联络了许多非洲国家，为五星红旗在纽约联合国大厦升起，起到了关键作用。

患难见真交。七十年代，中国专家帮助毛里塔尼亚在塞内加尔河北岸的罗索试种水稻成功，使毛里塔尼亚人民吃上了自己国土上种出的大米，姆颇利农场成为毛里塔尼亚水稻种植的发源地。中国援建的卫生中心和两座医院被誉为毛里塔尼亚人民健康的保证。

水，水！撒哈拉沙漠中最缺的是水，水比黄金还要珍贵！是中国人帮助他们兴建引水工程，一九七四年十月竣工之日，总统亲自打开龙头，从伊迪尼到首都努瓦克肖特二十五公里之间挤满了人，人们跪着迎接中国朋友引来的“圣水”，这一供水工程被称为毛里塔尼亚人民的生命线！

毛里塔尼亚拥有六百六十七公里海岸线，美丽富饶的西非海域人称“世界鱼库”。但是，经济的落后使毛里塔尼亚的渔业长期处于半原始状态。一九八五年，中国的远洋渔船开到了这里，投资六百一十八万美元，成立了与毛里塔尼亚合资的“毛中渔业有限公司”，友好合作关系使毛里塔尼亚的渔业也翻开了新的一页，一九八九年毛里塔尼亚鱼产量达到五十九万两千吨，出口三十二万三千吨，收汇二亿五千六百万美元。毛里塔尼亚这个沙漠之国正在一步步摆脱贫困，一九九〇年国民生产总值十一亿一千万美元，人均国民收入达五百美元。

我从撒哈拉沙漠来到海边，浩瀚的大西洋岸上，“友谊港”三个中文大字在赤道的烈日下分外醒目。这是由中国援建的毛里塔尼亚有史以来第一座海港码头，一九八六年落成，被视为毛里塔尼亚独立的象征。为了永远铭记着两国人民的深情厚谊，毛里塔尼亚将它命名为“友谊港”。更有意思的是，这个海港禁止外国人在此钓鱼，唯独中国人例外。我伫立海港，面前碧海无垠，桅樯如林，来自世界各国的船只在这里捕鱼、贸易，“生意兴隆通四海”。有中国船吗？当然有。我仔细辨认，看到了船尾的五星红旗在猎猎飞舞。有人说，全世界的水都是相通的，在遥远的撒哈拉大沙漠，在天涯海角的友谊港，我印证了这一真理。

从首都出发，到努瓦迪布访问，住在总统官邸。这也是一座建在大漠之中的城市，走遍毛里塔尼亚也走不出撒哈拉大沙漠的“手心”。在我返程回国之前，好客的主人在“钓鱼宾馆”设宴饯行，从总统官邸到钓鱼宾馆，汽车还要在沙漠中开一个小时。筵席上，生鱼片、活蹦乱跳的海鲜，以及宾馆里以鱼骨制作的精美装饰，使人忘记了身在沙漠之国。不，毛里塔尼亚不仅拥有沙漠，也拥有海洋！

席间，我发现所有桌上都没有杧果，唯独我面前摆着许多特大的杧果。原来东道主得知我爱吃杧果，在我到达之后就立即派人去买，而且还把所有的杧果都放到我面前，我哪里吃得下这么多?

我的住处与机场近在咫尺，直到听见飞机降落的“隆隆”声，东道主才送我去机场，竟然丝毫不误事。整个毛里塔尼亚只有两架民航机，我现在乘坐的，就是刚才降落的那一架。握别之际，我们用各自的语言告别，但东道主所说的话中有一句我是听得懂的，那就是“MDM. 杧果”!

（原题《大漠行》。发表于1992年第7、8期合刊《共鸣》）

远 东 雪

广袤的黑土地上，黑龙江水滚滚东流，在这里弯成一个弓形，两个城市隔江相望。此岸，是我国黑龙江省黑河市，彼岸，是俄罗斯远东第三大城市、阿穆尔州首府布拉戈维申斯克。

汽笛长鸣，一艘满载着中国乘客的轮船离开黑河码头，向对岸驶去，我便是乘客之一。

站在船头甲板，回首往事并不遥远，却是那么沉重。一八五八年，一纸丧权辱国的《中俄瑷珲条约》把江对岸六十多万平方公里的土地划归沙俄帝国，本来是中国内河的黑龙江从此成为两国界河，北岸那个叫海兰泡的地方便也有了一个新的洋名字：布拉戈维申斯克，意为“报喜城”。尽管历史扭曲了国界，却并未扭曲两国人民向往和平共处之心，在那“百里不设防，百里不纳税”的数十年间，黑龙江并没有阻止两岸人民的交往，民间贸易仍然十分兴旺。一九三一年，日寇侵占我东北，这里成了他们防苏的基地，黑龙江被封锁了。一九四五年，苏联红军对日宣战，跨过黑龙江，东北人民箪食壶浆，以迎友军，优秀的苏联儿女为了帮助中国人民的抗日战争，付出了血的代价。中华人民共和国成立以后，黑龙江两岸人民的友好往来和民间贸易又如火如荼地开展起来，至今，年长的黑河人还对当年的“苏联花布”津津乐道，四十年前买的苏联表还戴在手腕上，不离不弃。但是，那一阵子好光景也只不过二十年，随后，黑河又成为“反修前哨”，除了两国驻军有事交涉升旗为号，互派使者，老百姓重又“鸡犬之声相闻，老死不相往来”了。

这一切都过去了，过去了！当此岸的中国人掀起改革开放的热潮，彼岸的苏联人也在尝试“新思维”，彼此互相好奇地打量着对岸，似乎在询问：咳，你们那边怎么样啊？

一九八八年九月二日，黑河人向对岸送去了一船令苏联人艳羡的红沙瓤西瓜，换回了我们所需要的三百零六吨化肥，这颇具古风的“易货贸易”结束了隔绝的历史，开辟了黑龙江上“开放搞活”的一个新时代。同年九月二十四日，“中苏一日游”开通了，隔江相望的老朋友笑逐颜开，又互相“串门儿”了。这一活动很快闻名遐迩，全中国各省份的人都纷纷涌来，黑河—布拉戈维申斯克，中苏两国边界上距离最短、交通最方便的这一对城市之间的“一日游”成为人们向往的热线，甚至连苏联解体那样巨大的变故都没有造成影响，照游不误！人们哪，共饮一江水的兄弟，怎能被江水隔断！

一九九二年三月九日，国务院批准黑河为首批首个进一步开放的城市。十月下旬，我和首都文艺界的朋友一行数人北上，经哈尔滨，慕名飞往黑河，意欲过江一日游。谁知到了这里才知道，“一日游”热门得很，预约登记要等上十天半个月也说不准！幸亏省里打了招呼，市里给予关照，我们到达当天就将一切手续办好，次日一早便可启程了。

清晨六时，我们怀揣着贴有自己的一次性快照的健康检查证和出入境通行证，带着东道主发给的每人一个鼓鼓囊囊的蛇皮袋，乘车匆匆前往集结地——旅游饭店。那里已经挤满了游客，都带着沉重的行囊，那是准备到俄罗斯去易货的资本。这天气温骤降，空中飘着雪花，不一会儿便成了鹅毛大雪，游人们一个个穿得臃肿暄松，缩颈耸肩。我们初到东北，耐不得这般寒冷，猛然想起：咱们的“行李”里是不是有羽绒服啊？咳，毕竟不是自己“倒”来的东西，里面有什么都心中无数，说来也真可笑！这才纷纷打开蛇皮袋，里面除了十件“阿迪达斯”运动服，还有一件羽绒服！于是赶快取出，穿在身上，虽大红大绿，刺目不堪，也不去管它了。我们几个人互相顾盼，哈，这一身打扮，再加上那个大蛇皮袋，像个什么呢？不言自明，如今混迹于“倒爷”之列了，而且还是“国际倒爷”呢！

站在门外等到七点钟，才见有人出来，张贴告示，此行共分五个旅游团，每团三十六人，某人编在某团某号，云云。然后开门，大家一拥而入，用了一顿狼吞虎咽的早餐，“快走，快走！”便背着各自的蛇皮袋挤上旅游车，前往黑河口岸，八点钟过海关。别看仅仅在一天之内到一公里之遥的对岸去走一趟，手续却和正经八百地出国没什么两样。

八点半钟上了船，一直等到九点半才开船。为什么节奏如此之慢？我大惑不解。后来从舷窗里看岸上，这才明白了。我们同行的这一百八十个人，像我等这样过江“体验生活”的恐怕不多，你看那大包小包，每个人都恨不得带去成吨的货物，艰难地扛啊，抬啊，推啊，像蚂蚁在拖大于自己几倍的虫子，这样一来，装船的速度就慢了。有的人实在没有办法，就在江岸上把包袱往下一推，利用地心引力帮助搬运，等货物滚到跳板边上再下手。可怜那些蛇皮袋上已是泥泞不堪，我真担心到了对岸，里面的货物是否还有人要？

开船了。与我们同时，对岸的一艘俄罗斯客船也起锚开航，那是和我们相对应的“一日游”，我们去他们那儿游，他们到我们这儿游，交换场地。不要嘲笑中国的“倒爷”们为了发财急红了眼，那边大鼻子蓝眼睛的“洋倒”们也是如此。人们到什么时候也不可能摆脱物质的诱惑，贫困时盼温饱，温饱了盼小康，小康之后又想当“大款”！想我们这条船上的人们，也没有什么“大款”，如此出牛力、扛大包，无非是利用两岸的差价得点儿好处，或是互通有无、各取所需罢了！

船行半个小时，在俄罗斯的地界靠岸。看见那飞落的鸽群，那雪地里持枪站岗的战士，我心中不免一阵激动，眼前浮现出少年时代在电影和书报上常见的莫斯科红场，威武雄壮的苏联红军，过海关的时候，我还不由自主地用那早已生疏的俄语向边检小姐道一声“兹德拉斯维捷(你好)!”她也用同样的语言和微笑向我致意。一颗红色海关图章盖在我的证件上，我惊奇地发现，那上面竟然还在使用“CCCP”字样！

踏在俄罗斯的土地上，乘坐的已是对方提供的旅游车，一位穿制服的小姐收去我们的证件，发给每人三百七十五卢布。如果倒退五年，每个卢布等于人民币五元九角，而现在已经贬值到两分钱，这三百七十五卢布的价值不过相当于人民币七元五角，如果在中国，能买什么呢?

车子驶过布拉戈维申斯克市区，中方随团来的导游小姐说：“第一站是列宁广场……”

我从车窗里看着那一幢幢用圆木拼成墙壁的房舍，叶落殆尽的白桦树，枝丫上挂着积雪，搭着黑色的鸟窝，马路上过往的行人，好像前世曾经来过这里那样亲切。是中午放学的时候了，穿着裙子和长靴的小姑娘，戴着皮帽的男孩子，三三两两地走回家去。他们谁也没有朝我们这辆车看一眼，更没有像前些年我们这边经常出现的那样围观“洋人”。现在俄罗斯虽然面临着许多困难，但人们依然生活得很安详、自信，我想。

列宁广场到了。我迫不及待地挤下车，眼前却并没有阳光、鲜花、红旗、笑脸，在被雪打湿的水泥地上，我看到的是黑压压的人群，男的，女的，老的，少的，他们在等待我们，人人手里都拿着东西：皮大衣、皮帽子、照相机、手表、钢精锅、儿童车。看见我们下车了，他们一拥而上，急切地用带怪味儿的汉语叫着：“同志！同志！”好亲切的称呼啊，但这些“同志”并不是来和我们共叙友情，而是急于兜售手中的东西。看样子他们并不像“倒爷”，有些人显然是老实本分的知识分子，到这里来干这种营生也许是为生计所迫吧？一个中年汉子拦住我，固执地要用照相机换我身上穿的羽绒服；我连连摆手，旁边又挤过来一位少妇，拉住我的胳膊，要抢做这宗生意。她把一件银灰色呢大衣塞到我面前，连声说：“新的！哈拉少(好)！一件换一件！”我尴尬地像逃犯一样摆脱了他们的纠缠，向阿穆尔州政府大楼旁边的列宁塑像跑去。塑像底座很高，列宁巍然屹立在顶端，纵目远望，右手伸向前方，这是我们非常熟悉的姿势。但是，列宁像前没有花环，没有少先队员拉着手风琴唱歌，也没有新婚夫妇向伊里奇致敬，他的子孙现在关心的是能否用那点儿家私换一件中国的羽绒服！哦，是啊，列宁时代早已结束了，斯大林、赫鲁晓夫、勃列日涅夫、戈尔巴乔夫时代也都相继结束了，“苏联”这个词已经没有了！

我们同行几个人用闪电式的速度在列宁像前摄影留念，旅游车那边已经在催“快走，快走”了。上了车，我问中方导游小姐下一站是否带我们去参观博物馆，据说那是“一日游”必去的地方，答曰：“现在去吃饭，吃了饭去贸易市场，别的项目都取消了！”唉，我只有深深地叹息！横流的物欲压倒了一切，我们到俄罗斯来一次，难道仅仅是为了把蛇皮袋里的那点儿东西“出手”吗？

吃饭的地方叫“艾列干特”，是“一日游”指定饭馆。我们一下车，立即又被一大群人围住，也是那样叫着“同志，同志！”还是执意要换那几样东西。我好容易从他们中间挤进去，吃饭的时候，眼前还总是浮现出那些渴望“易货”如同等待施舍的面孔。

这顿饭当然是俄式的，一盘面包，一盘鸡翅，一盘洋白菜沙拉，一盘浇了炖牛肉的米饭，一小盘马哈鱼子，一盘凉拌西红柿，还有一大瓶酸梅汤和许多瓶啤酒。不算丰盛，但可以想象，这恐怕已经是对“外宾”的优待了。

饭后，再次冲出“同志，同志”的包围圈，逃进汽车，那些“同志”还不肯走，拥挤在车前，眼巴巴地望着我们，口中念念有词。这时，车里有人在惊叫：“哎呀，我的手表被偷走了！”“我的收录机丢了！”“我的眼镜盒被掏去了！”不用说，作案者肯定是那些“同志”当中的某一位或是某几位。三十年前我们曾说：“苏联的今天就是我们的明天。”谁能料到，三十年河东，三十年河西！曾经诞生过列宁和托尔斯泰、普希金、契诃夫、柴可夫斯基、苏里科夫……的举世瞩目的俄罗斯民族啊，你曾预测这样的“明天”吗？不要让政治变故和经济恐慌压弯了腰，不要让一两个扒手污损了你的形象！

旅游车删去了许多必停之地，直奔“阿穆尔旅游局贸易市场”，一日游变成一日“倒”了！

贸易市场是个简易大棚子，有数百个摊位，早已摆得琳琅满目，只待我们光临。那些陌生而又熟悉的面孔，也许叫安德烈或者季米特里、谢辽沙、卡巴奇卡、喀秋莎、列娜……吧，都以十倍的热情、百倍的耐心接待友邦倒爷，“同志，同志！羽绒服，羽绒服！”我真不知道俄国人何以如此醉心于中国的羽绒服！说句不好意思的话，我们带来的羽绒服没有一件像样的，和人家的呢大衣交换真不好意思。可是他们认，你又有什么办法！出发之前，国内知情人士就曾交代过：“跟他们交换，只能用伪劣产品，你拿优质的去，他也认不出来，还是那个价，你不就亏了吗？”不看不知道，世界真奇妙，那些在中国扔了都没人要的伪劣羽绒服，到了这边却身价倍增，换得飞快！羽绒服之外，最为抢手的算是“阿迪达斯”运动服了，虽是名牌，却是假的，在中国花二十多元钱买了，到了俄国就成了“硬通货”。谈生意不以货币为单位，而是几件“阿迪达斯”能换一件呢大衣或是一本精美的集邮册，至于锅碗瓢勺那就更便宜了。苏联前些年重工业一路领先，轻纺日用品冷门缺货，物以稀为贵，才造成今日之局面。在大棚子里，交易双方外语水平都是二五眼，只会大路边的几句，连说带比画，中国人喊人家“达瓦里什”，俄国人却叫你“同志”。有一个摊主亲切地拉住我，连声说：“同志，研究研究！”大概有人告诉他“研究”就是“商量”的意思吧，所以他要和我“研究研究”，结果我没和他“研究”，他又去找别的主顾了：“同志，研究研究！”

我实在是第一次“研究”这种贸易形式，毫无经商之经验，但既然来了，总不能把那几样伪劣产品再带回去吧？便人云亦云，根据“行情”，胡换一气。“阿迪达斯”本是尽人皆知的牌子，我却是头一回听说，砍价时竟然想不起叫什么，说成了“阿里斯顿”，俄国人听得直发愣。人家一眼便可看出我是生手，得寸进尺，结果我的“生意”连连“亏损”，本来用两件“阿迪达斯”就可成交的，我给了人家三件；已经买好的一只水壶竟又丢在了摊上，幸亏被省里陪同我们来的干部发现，替我要了回来。

千万不要以为俄国人傻，我们好像进了“君子国”，用伪劣产品就可以唬人，他们也有他们的价值标准，也是无利不起早的，不赚钱，他干吗？更有甚者，一些“小人”作风也时有发生。我亲眼看见一个中国小伙子抓住一个俄国青年，愤然骂道：“狐狸干，狐狸干！（流氓）”并且请俄国警察来，连说带比画地揭发那个“狐狸干”如何在交易当中有意数错了数，坑了他五件“阿迪达斯”，藏起来了。俄国警察果然主持公道，从货架底下搜出了赃物，把那个“狐狸干”好一通揍！

一个下午的时间飞速度过，傍晚时分，车子又载我们到“艾列干特”吃晚餐。在餐厅的楼梯上，一个五六岁的男孩追着我叫：“大大！大大!”我早已听说，俄国孩子喜欢上海的“大大牌”泡泡糖，见了中国人就要。可是我并没带泡泡糖，只好抱歉了。那孩子听不懂我说的是什么，依然“大大”不止，而且他并不是白要，手中捏着一枚硬币，一副“贸易”的架势。我连忙拿出自己带着吃的一个苹果给他，想换那一枚硬币做纪念，不料他接过苹果，并没有给我硬币，说声“斯巴细巴”，跑了，这个小滑头!

饭后，我抓紧开车前的一点儿时间，逛了逛附近的一家副食商店。不是为了购物，只是想看看。商店里窗明几净，货物却寥寥无几。肉食柜台大半空着，只在角落里摆着一块肉和几只小得可怜的烤鸡。在这里可以买到的只有饼干、面包干、咸菜和果酱之类。我看了看价格，一大瓶果酱才合两元人民币，脱口说道：“这里的东西怎么这么便宜?”谁知马上便有人用汉语反驳说：“我们在这儿挣工资为生，一点儿也不觉得便宜!”回头一看，是个中国“马达姆”。她说，她在这儿定居十八年了，酸甜苦辣当然比我知道得透彻。在今天的俄罗斯，总统叶利钦的工资才不过一万八千九百卢布，折合人民币三百七十八元；而普通居民的工资只有他的二十一分之一，折合人民币十八元，天晓得他怎么生活?!

晚上七点，我们过海关返程。俄国海关并不像来的时候那样容易过，他们知道中国人在这里换了不少东西，要详细盘查，“苏联的货币，其他国家的货币，有没有?”他会操着生硬的汉语这样问你，因为货币是禁止过关的。俄国产照相机等电子产品、皮毛也是违禁品。上好的银狐、蓝狐领子大衣，在中国要卖数百元、上千元，而在俄国，几件“阿迪达斯”就能换到手，自会有人为了利润铤而走险。难就难在过关，他们怎么混过海关人员的耳目呢?就我所看到的，办法有二。其一，行贿。检查时塞过去几千卢布，或是一条香烟、一盒泡泡糖，不合法的也就合法了。其二，伪装。你看那些有经验的，身上的呢大衣穿了一层又一层，据说是带得多了要交税，而穿在身上，就不用交了。还有不少男人围着一条女式大披肩，那是为了遮挡狐皮领，先窝到里面，再一挡，就蒙混过关了，实在过不去，就将行贿法并用，便可蒙混过关。在大庭广众之间如此明目张胆地行贿受贿，我还是第一次看到，惊诧不已！

回国的船上，那些成功的过关者都谈笑风生，皮领子、皮帽子都纷纷亮相，得意地讲述他们过关斩将的招数。我的同伴们则向我询问：此行收获如何？

怎么说呢？在早晨出发的时候我就说过：我只想去亲自看一眼现在的俄罗斯。虽只是匆匆一瞥，也总算有所收获！在寂寥冷落的列宁广场，在空空如也的副食商店，在物欲横流的贸易市场，在以权谋私的海关，我感到的是一种难言的失落。政治家的失误给国家和民族带来的不幸，要想弥补谈何容易！但是，面对曾经患难与共、兄弟相称的俄罗斯，我们不计前嫌，更不会幸灾乐祸，而是真诚地祝愿他们：同志，“研究研究”吧，失误也可以使人明智，灾难也能够教人奋发，“面包会有的，牛奶会有的，一切都会有的！”

（发表于 1993 年第 4 期《随笔》）

天涯倦客

一

湛蓝的大西洋上，在邻近非洲西海岸的地方，撒落了一片珍珠，那便是远离西班牙本土的加那利群岛。首府拉斯帕耳马斯，是闻名于世的自由港，海上贸易中心，超然世外而又热闹非凡。站在铺满米黄色细沙的岸边，眼前舟楫如林，艨艟巨舰宛如一座座小城，轻盈帆板则像掠波而飞的海鸥。

我在这座海岛上漫步，走过沙滩，走过海港，走过声色犬马的闹市……

在那条颇似上海某条马路的街道上，有一家小小的店铺，红白相间的二层楼。我曾好几次经过这里，却没有进去，也不知道里面卖些什么。后来听说老板是个中国人，姓王。

某日，我跨进了店门。

第一印象，竟大吃一惊！我实在没有想到，这居然是一家中药铺。没有国内的中药铺那么齐全，没有写着“半夏”“勾藤”字样，装着汤剂草药的一个个抽屉，这里卖的是中成药，丸散膏丹之类，当我看到同仁堂的“牛黄清心丸”摆在货架上，竟然忘了身在异国！

柜台里面的那位就是王老板。他已是七十多岁的老人，瘦瘦的，高高的，慈眉善目。他正在看电视，八台电视机同时播放国内第一届春节联欢会的录像。听说我是从北京来的，他高兴得不得了，连忙热情欢迎，一开口，就听得出来是十足的胶东味儿。一问，果然是青岛人。

他搬了把椅子请我坐，泡了一杯茶，放在柜台上。那茶也是地道的中国茶，而且是北京人喜欢喝的茉莉花茶。

我们就隔着柜台攀谈。

“王老板是什么时候离开家乡的?”

“民国三十八年，当兵出来的。”

我在心里换算：民国纪年加上十一，便是公元纪年，那么，正好是一九四九年，中国大陆解放的年头。于是，我也就立即明白了他当的是什么兵，而且由于什么原因离开了家乡。

“家里还有什么人?”我问。

“父母都去世了，没……没有什么人了!”他说。尽管是几十年前的事了，说起来仍然流露出掩饰不住的伤感。而且中间还略有停顿和迟疑，也不知道还有什么不便说出口的事，因为不熟，也不便问。

“那么，什么时候来到西班牙的呢?”我绕开了这个疑点，把话题从地域上拉开了好几万里。

“差不多三十年了。在台湾当兵没有多长时间，就从军队里出来了，想回大陆又回不去，就到海外谋生，华人嘛，也就是这几条路!”

“在这里生活得怎么样啊？生意还不错吧?”

“马马虎虎，混日子吧!”他笑笑，“开这个店，赚了点儿钱，买了几处房子。反正是吃喝不愁，人生还不就是这么回事儿!”

“这里的华人多不多?”

“不多！碰头碰脸的都是洋鬼子，想找个说家乡话的人儿，都不容易！”他感叹。

我想，这恐怕正是他虽然日子还过得去，却仍然不那么舒心的原因。中国人走到哪里都恋群，他在这儿生活得寂寞。

“看黄色录像吗?”他问我。

我一愣，但立即明白了，这种突兀的问话其实是一种友好的表示，似乎看“黄色录像”是对客人的“款待”。

我摇摇手，谢绝了。

说话间，有顾客上门来买药，看样子是个韩国人。我在这里聊了半天，还只遇到这么一位顾客，可见生意也清淡。

但是王老板此时却无心做生意，面前有了我这个“老乡”，他连“顾客就是上帝”这一西方的信条也不顾了，挥挥手说：“走！走！不卖了！”

那位韩国人说的话我听不懂，王老板说的青岛味儿的中国话人家懂不懂我就不得而知了，但从表情来看，那位顾客只好遗憾地接受了这种欠礼貌的待遇，悻悻而去。因为走得匆忙，不留神衣裳刮着了柜台上的茶杯，差点儿碰翻。这又惹得王老板很不高兴，那位被驱逐的顾客反而像欠了他什么，连连道歉着走了。

我很不安，好意来拜访，不承想却把人家的生意搅了！

这时，一辆“奔驰”停在店门外，下来一位中年妇女和一个男孩儿，直奔店里而来。

又是顾客吗？但愿不要再次被逐！

王老板却指着那女人，对我说：“这是我太太，阿莱莉娅！”

二

阿莱莉娅是个地地道道的西班牙女人，中等身材，肤色白白的，棕色头发，蓝眼睛。年纪有四十岁左右，和她的丈夫至少要相差三十岁。

王老板用西班牙语向她介绍了客人，阿莱莉娅绽开笑颜，向我打招呼。可惜她不大会说中国话，只具备最简单的水平：“姐姐——你好！”

这种称呼显然是王老板教她的，叫“姐姐”很得体嘛，他倒是没有教她叫带大葱味儿的“大嫂”！

跟着她一起来的那个男孩子，显然是她的儿子了。那孩子看起来十五六岁，长得硕壮，虎虎有生气，穿着件海魂衫，像个水兵似的。从他的长相倒是一点儿也看不出王老板的遗传基因，棕色头发，蓝眼睛，一个标准的“洋孩子”。

王老板对他说：“这是老家来的姑姑！”

“姑姑，你好！”这孩子立即接过这个称呼，向我问候。而且一开口，我就不能不信服，他确是王老板的亲生儿子无疑，那一口青岛腔儿相当标准，这就是王老板远播海外的“国语”。

我问这孩子：“你叫什么名字？”

“永强！”这小子倔啦吧唧地回答，很为自己的名字自豪。

这么一副洋面孔，配上这么一个名字，似乎有些不搭调。

“你有没有西班牙名字？”我问，显然不大相信他在学校、在社会上也叫“永强”。

“没有，我叫‘永强’！”

我在心里暗暗吃惊，因为还是第一次遇到没有两套名字的混血儿，而且他从出生到现在都还没见过中国是什么样儿，青岛是什么样儿，却固执地将那“老家”引以为荣。

“您为什么给他起了这么个名儿？”我问王老板。

“他是‘永’字辈儿的。”王老板说。说得很平淡，并没有刻意渲染爱国主义色彩，而那色彩却反而显得格外浓酽，仿佛为我沏的那杯茉莉花茶，虽远渡重洋，仍不走原味儿，依然如在故土上一样散发着局外人无法品味的芳香。

阿莱莉娅拿出钱，命永强去买吃的来待客。一会儿，永强回来了，买回了大冰激凌，每份价格为西班牙币三百比赛特！在人情薄如纸的西方世界，阿莱莉娅和永强遵循的却是古老的东方的待人之道。

三

阿莱莉娅请我到她家里做客。

家就在楼上。下面开店，上面住人，这在中国被称为“连家铺”。王老板虽然拥有好几处别墅，但“大本营”还是这里，恪守着“连家铺”的传统。

家收拾得很干净，看得出阿莱莉娅是个勤快的人。王老板的衬衣，每天都要洗换，熨得平平整整，连袜子都要熨平。

我惊奇王老板的福气，在海外娶了个这么贤惠而又这么年轻、漂亮的媳妇。

“我——不漂亮，姐姐——漂亮！”听得似懂非懂的阿莱莉娅莞尔一笑，说道。

这一表态，更显出谦虚谨慎之美德！

我饶有兴致地想了解他们两人当初结合的罗曼史。

这个问题是否有些唐突？王老板倒并不在意，对我滔滔说起往事，反正他的夫人听不大懂他说的是什么，所以用不着忌讳。

说的是，想当年王老板只身闯西洋，并无什么财产，是从当打工仔开始的。几番拼搏，攒了些钱，这才开了此处的中药铺。那时候，他已经是差不多五十岁的人了，还是没有“家小”。

每天，他都看见一个美丽的少女从门前经过。初见也并未在意，久而久之，这就成了门前一“景”，如果哪天看不到她，心里就觉得像少了点儿什么，这一天的生意也就做得乏味。

他知道，自己是从心里喜欢上这个姑娘了。但是他比姑娘年长三十岁，该怎么开口“求爱”呢?

别看这个老实巴交的山东人儿，倒也有他的蔫主意。他精心选购了一束鲜花，康乃馨啊，红玫瑰啊，鸢尾啊……等次日一早姑娘再从门前经过，他就主动迎上去，笑容可掬、恭而敬之地献给姑娘。

天下的少女哪有不爱鲜花的？那姑娘含笑接受了。但又问：“先生，需要我为您做些什么呢?”因为在西方人看来，天上从来不会掉馅儿饼，此人向她献花，必有所求。

“不，我什么也不需要，”王老板说，“我觉得这花怪好看的，送给你挺合适!”

竟如此善于恭维。姑娘向这位彬彬有礼的中国人投以感激的一笑，捧着花束，轻盈地走了。

那回眸嫣然一笑，使王老板醉了，辗转反侧，寤寐思服。

第二天，第三天……姑娘每天经过这里，都得到一束鲜花。从每次献花时的简短对话里，他知道了姑娘名叫阿莱莉娅，正在求学，此地是她上学的必经之途。

无数次的献花，使深深地埋藏在姑娘心灵深处的那颗爱情的种子悄悄地萌发了嫩芽，不知不觉，她爱上了这位比她年长三十岁的“老头儿”。其结局是：有情人终成眷属，他们结婚了，并且育有一子一女，儿子就是“永强”，还有一个小女儿，我第一次没有看到。

……这是一个并不算新奇的故事，但发生在这样两个人之间，仍然富有新意。山东老哥征服西班牙女郎的罗曼史，如果不是亲耳听到，我是虚构不出来的。

阿莱莉娅对王老板极尽“妇道”。不仅是照顾他衣食饱暖，为他生儿育女，也不仅是帮他料理生意，而且难得的是，她深深地理解丈夫背井离乡的孤独，想方设法抚慰他那颗布满了伤痛的心。在拉斯帕耳马斯，不乏吃喝玩乐的去处，但王老板不喜欢。他辗转万里，仍不改家乡的积习，专爱找“自己人”聊天儿、喝酒、打牌。在这个地方遇见中国人不容易，所以王老板特别珍视“机遇”，有了“牌友”就不肯走，一打少则半夜，多则通宵。阿莱莉娅完全不懂得这“两万”“六饼”的玩意儿，却自愿陪同。他打牌，她坐在沙发上等，一等就是红日东升。啊，阿莱莉娅，多大的情分噢！

四

我从此常去王老板的店，听听他那地道胶东味儿的“乡音”。看看阿莱莉娅和他们的全家。后来我也见到了他们的小女儿，一个俊美的小姑娘。相信长大了，一定出落得比阿莱莉娅还要漂亮。她没有起像“永强”那样的名字，叫什么来着？我没记住。看来，他们夫妻是有意这样安排的：男孩儿随父，女孩儿随母。而有意思的是，这个小姑娘却比哥哥更多地带有中国味儿，那双晶亮的眼睛是黑的，满头秀发也是黑的！

王老板有这么一个幸福美满的家庭，可是，却仍然没有填补他心中的空寂，要不然为什么用八台电视机同时播放八年前的春节联欢会录像？而且天天如此。他常常一个人站在大西洋岸上，久久地望着东方，似乎在回味同样也在海滨的故乡青岛的那习习海风，似乎在倾听那滚滚滔滔的海潮从遥远的故国带来的信息……

一九八五年，中国的一家国营大公司不远万里来到了拉斯帕耳马斯安营扎寨，设立了办事处。多么凑巧，这家公司的总经理也是胶东人，和中药铺的王老板是真正的老乡。在这块华人不多的地方，他们很容易地就碰上了，相识了，“老乡见老乡，两眼泪汪汪”，成为莫逆之交。王老板对生意也不大上心了，三天两头去找总经理，两个人一起喝浓浓的高粱酒，吃烙饼卷大葱，好似回到了阔别四十余年的故乡。阿莱莉娅当然是照例奉陪到底，看着丈夫的那副孩童般的神态，她心里直纳闷儿。当初王老板离家时不过二十郎当岁，此生的一大半是在外面度过的，可是，为什么那一股乡情却山重水复隔不断、岁月悠悠冲不淡呢？

在经过几次访谈之后，我终于大胆地向王老板提出了一个早就想提的问题：“您离开大陆之前，在山东结过婚吗？”

他犹豫了一下，还是说了：“被抓走当兵之前，我就娶了媳妇了，还有孩子……”

这就是他和我第一次见面时那欲言又止的内涵。

这就是他那满腹愁肠而又欲诉无人的最准确的注解。

“这事儿，阿莱莉娅知道吗？”

“她不知道！怎么能告诉她？”

历史多情，让他今生和两个女人结成夫妻，在两个地方传下了血脉。历史无情，粗暴地拆散了他的家庭，又长久地蹂躏着他的家国之恋。而当他怀着对故乡妻儿的深深眷恋回首东方时，心中又袭上一股对阿莱莉娅的愧意。一个男人的心里，怎么能同时装着两个女人呢？阿莱莉娅是那么爱他，也已经是二十年的夫妻，可是他却一直瞒着她。对于王老板的内心世界，他的妻子甚至还不如我这个偶然相遇的“老乡”知道得更多！

“您……打算回去吗？”我审慎地问，“回去看看吧，这些年，祖国变化很大，我去过胶东，那地方真是好得很，不光山好、水好、人好，改革开放以来，老百姓都富了！”

“要回去，一定要回去！”他说，眼睛里闪烁着山东人的执着，“我已经是七十多岁的人了，再不回去，这把老骨头恐怕要埋在异国他乡了！”

这又使我感到意外。我原以为他只是回去看看，却想不到他是在做最后的安排，此去故国，就不打算重返西班牙了。

“那么，阿莱莉娅怎么办？”

“阿莱莉娅还年轻，让她‘往前走’吧，她应该得到幸福，不能守着我这个老头子过一辈子！”王老板说这番话时，垂着头，眼里含着泪水。

我知道，山东人所说的“往前走”并不是源于电影《红高粱》的插曲《妹妹你大胆地往前走》，那是一个很古老的说法儿，用现代的语言来讲，就是：勇敢地去寻找新的爱情！当这位山东汉子对自己苦苦“追求”到的爱人这么说时，他的心里该是什么滋味儿呢？

“可是，这里还有您的孩子，还有您的中药铺……”

“我把这些都留下，房子、财产都留给阿莱莉娅！这个店，还有永强嘛……”

这就是他在拉斯帕耳马斯从未对人言而首次向我透露的机密。他去意已坚，任凭大西洋上如画的风光和美丽的阿莱莉娅，也留不住他了！他走后，这里将永远留下一段中国老板向西班牙少女献花的佳话，留下一家小小的中药铺，留下一个长着一副洋面孔却说着一口山东话的“永强”！

我离开拉斯帕耳马斯回国之前，专程来向他们一家告别。王老板默默不语。永强亲切地吻着“老家姑姑”的脸。阿莱莉娅仍然满面春风，操着生硬的中国话说：“姐姐——再见！”

我想我“再见”到阿莱莉娅怕是不容易了，连她的丈夫都已经悄悄地做好了准备，要离开她，去和梦魂萦绕四十余年的骨肉团聚了。这，我知道，她却不知道。

啊，阿莱莉娅，临别之际，我能对你说些什么呢？你叫我一声“姐姐”，我就从内心深处祝愿“妹妹你大胆地往前走”吧！

（发表于1993年第10期《人民文学》。收入《凝眸》，贵州出版社1995年出版）

走向金字塔

久闻金字塔，今到开罗城。

一九九四年十二月八日，开罗电影节请十一位国际评委游览金字塔。车子从我们驻地所在的扎马立克岛出发，由 Aigela 桥跨过尼罗河西行，出城约六英里，尼罗河谷绿洲和繁华喧闹的都市便被抛在了身后，面前是缓缓的高坡，一片黄沙，寸草不生，仿佛另一个世界。裹着包头、身穿长袍的当地人热情地招徕游客，请你骑上他的骆驼或毛驴摄影留念，小商小贩跟在你的身后热情地向你兜售工艺品。每年、每月、每日，全世界不同种族、不同肤色、操着不同语言的游客慕名而来，绝大多数不是为了观赏开罗的城市风光，而是要亲眼一睹现存于地球最古老的建筑——金字塔。

迄今为止，埃及已发现的金字塔共有七十多座，其中最大、最著名的便是吉萨省的三座：胡夫金字塔、哈弗拉金字塔和孟卡乌拉金字塔。

我现在已经站在它们的脚下。

“金字塔”是中国人形象化的译名，因为那等腰三角形的侧面剪影略似汉文的“金”字，而它真正的名字却是“方锥体”，也是因形而得名。胡夫金字塔是三座之中最雄伟的一座，据说原来底边长二百三十米，高一百四十六点五米，由于数千年风雨剥蚀，现存实物的底边长二百二十七米，高一百三十七米，体积二百六十万立方米，占地五万余平方米，仍是庞然大物。在一八八九年巴黎艾菲尔铁塔落成之前，它一直雄踞于世界建筑物高度之冠。

按照传说的说法，胡夫金字塔建于古埃及第四王朝法老胡夫统治时期，这位国王从公元前二六〇〇年登基，至公元前二五六〇年驾崩，在位四十年，胡夫金字塔便是他的陵墓。旁边的哈弗拉金字塔、孟卡乌拉金字塔里埋葬着他的儿孙，均以各自的名字命名。而在胡夫金字塔以东，还有三座小金字塔，据说是他的三个王妃的陵墓。

我们从胡夫金字塔左下方第六排石级的“马蒙入口”进入陵墓，穿过隧道来到一间长五点七五米、宽五点二米、高十五米的石室，这大约就是胡夫法老的寝宫了。幽暗的光线、神秘的气氛令人毛骨悚然，想起以前听到的种种传说，不禁怦然心悸：我等擅入禁地，会不会受到“法老咒语”的惩罚？静静地等待了几分钟，却没有任何不适的感觉。室内空无一物，法老的棺椁何在？听了导游人员的介绍，方知这里只是王后的殡室，棺椁早已不知去向。由此退回通道，沿坡前行，进入宽敞的大厅，再由通道深入，才来到法老的寝宫。此宫长十点八米，宽五点二米，高五点八米，供奉着一具大理石棺，呈深褐色，表面打磨得甚为光洁。此棺无盖，不知原盖失落何处。棺内也并无法老遗体，是被盗走，还是早已腐朽？“木乃伊”不是不朽的吗？或许从来就未曾在此存放，“法老陵墓”之说纯系后人附会？

退出黯淡无光的石宫，又回到阳光灿烂的沙漠，好像通过时光隧道到史前世界走了一遭。仰望着这座由二百三十万块巨石垒成的建筑，很难想象当时仅掌握冶铜技术，尚不知铁为何物，更不可能拥有现代搬运器械的埃及人是怎样把这些石块垒起来的，而且工艺十分考究，石块之间的接缝甚至针插不进。据埃及人讲，他们在一九五四年发现了一座

“半成品”的金字塔，由此破译了古人运石之谜：先造坡道，然后用人力和畜力沿坡道运石登高。大约在公元前四五〇年，著名的希腊历史学家希罗多德曾亲赴埃及考察金字塔，据他估计，胡夫金字塔的建造历时三十年，动用了十万民工。想起我们的长城，也是始建于公元前，也耗时长久，并且难为当时的人想出了许多聪明的办法。中国古代曾经采用过填土铸钟、泼水冻冰借以搬运重物等技巧，想来与古埃及人的思路也大体相通。我相信古人的聪明才智，但又费解关于金字塔的一系列数据：经现代科学家测算，胡夫金字塔底边周长除以高的两倍，商正好是圆周率；四面的等腰三角形，每个的面积都等于高的平方；塔高的十亿倍又与地球与太阳之间的距离相吻合！四五千年前的埃及人是怎样掌握这些数据的?!

在哈弗拉金字塔东北方向三百七十多米的地方，端踞着另一人间奇迹：狮身人面像。它由整块巨石雕成，高二十米，长五十七米，加上以石块垒成的前足，全长七十二米。一副慈祥、温和、颇似女性的面容，体形却似雄狮，身上雕饰着鹰羽状花纹。据说，这尊石像是在公元前二六一〇年由哈弗拉下令雕琢的，像的面部便以他的形象为依据。然而奇怪的是，古希腊人渡海到此，一见之下便惊呼：“斯芬克斯!”原来希腊神话中的怪兽斯芬克斯恰恰就是这副尊容：女人头、狮子身、身上还有两只鹰的翅膀。在上古时代，埃及和希腊隔海相望，舟楫难通，如此“巧合”又该怎样解释?

千百年来，关于金字塔和狮身人面像的传说和臆测千奇百怪，近年则愈来愈奇：有人说，金字塔的建筑比例使内部产生一种神奇的能量，可防腐、治病、健身、延年；有人说，金字塔内的“宇宙射线”“磁场”是地球和宇宙力量相互作用的产物；有人干脆说，金字塔根本就是外星人建造的，是宇宙飞船在地球上降落或起飞时的平台；更有人还拍摄了火星上照片，赫然显示在火星上也有“狮身人面像”，而且和地球上的埃及狮身人面像酷似，如出自同一人之手！

我无意也无力为金字塔和狮身人面像做“翻案”文章，对种种说法都姑妄听之。远古时期人类的生活状况、科学技术水平和艺术创造力究竟达到何等程度，大概永远是一个谜，我感兴趣的不在于破译它的谜底，而在于这个谜本身。历史造就了文化，也阻隔了文化。而正是由于阻隔，神话产生了。如今存在于地球上，被人类奉为珍宝的古文化遗迹，其实都是经过历史的千淘万滤偶尔留下来的，也许十不余一、万不余一，也许失落、湮没了的远比留下来的更珍贵。修补历史永远是一件徒劳无益的事，而人类天生的好奇心促使着自己不知疲倦地一代又一代去做这种尝试，于是在历史之外又衍生出许多“历史”。关于金字塔和狮身人面像的种种天真的神话、童话、趣话和梦话，证明在物质文明高度发达的今天，人类没有泯灭白日做梦、想入非非的天性，证明人类还年轻，还有无穷的生命力。如果没有了幻想，人类就要完结了。

站在金字塔前，痴痴地遐想着天花乱坠的历史和未来，身旁的吆喝声把我拉回了现实，那牵驼拉驴的当地人极力撺掇我照顾他们的生意。盛情难却，当然也是为了留个纪念，我在三座大金字塔和众多小金字塔以及狮身人面像前都照了相，并且既乘了骆驼又骑了毛驴，代价是：骑骆驼，两个埃及镑；骑毛驴，一盒中国产的清凉油。清凉油在国外物以稀为贵，牵毛驴的喜欢得不得了。在充满幻想的金字塔前，这场交易倒是十分现实而又实惠的。

（发表于1995年3月11日《光明日报》）

悠悠尼罗河

一九九四年冬，我应开罗国际电影节邀请，出任第十八届该电影节国际评委。

在开罗下了飞机，我国驻埃及大使馆文化参赞王贵发同志已在机场等候。我随王参赞走出机场，驱车前往驻地。机场远在开罗郊外，路旁是一望无际的沙漠，与非洲其他国家并没有多少差别。可是，当车子进了城，眼前便又是一番景象，房舍鳞次栉比，挺拔的热带乔木点缀其间，俨然沙漠之中的一片绿洲。一条大河当胸穿过，把城市分成两半，这便是闻名天下的尼罗河。

尼罗河全长六千七百公里，为非洲第一大河、世界第二大河。它上游的两条支流分别发源于乌干达和埃塞俄比亚，在苏丹的喀土穆汇合后流入埃及，由南向北，浩浩荡荡，贯穿全境，境内长达一千五百三十公里。到了开罗北部，又分成两股支流进入地中海，两条河道之间形成河渠纵横，盐沼、潟湖密布的尼罗河三角洲。自新石器时代起这里就有人类生存，是埃及古代文明的摇篮，至今居住人口占全国的百分之九十九。一九六〇年至一九七〇年，埃及人民历时十年修建了阿斯旺大坝，拦腰截断尼罗河，形成五千平方公里的纳赛尔水库，创造了“高峡出平湖”的奇迹，从根本上避免了旱灾和洪灾，造福于尼罗河两岸。周恩来总理曾高度赞扬“阿斯旺水坝宏伟的建设工程体现了埃及人民改造大自然、变沙漠为良田的雄心壮志”。王参赞告诉我，埃及有一句谚语：尼罗河就是埃及；不到尼罗河，等于没到埃及。我很理解这个意思，尼罗河是埃及的母亲河，是埃及的象征。埃及人对她就像中国人对黄河、长江那么充满感情！

车子顺着尼罗河岸前行。从车窗望去，河面上飞架着一座又一座大桥。王参赞一一指点，讲起这些桥的来历：“七月二十六日桥”是为纪念一九五二年七月二十六日，人民革命运动推翻末代国王法鲁克的统治，埃及从此结束了君主制度；四年之后的同一天即一九五六年七月二十六日，纳赛尔总统宣布苏伊士运河国有化，也契合了这个日子。“十月六日桥”是为纪念一九七三年十月六日埃及联合叙利亚发动对以色列占领军的进攻、收复西奈半岛的战争。这场战争被国际军事家称为第二次世界大战后“规模最大的现代化坦克战争”。位于开罗市中心的解放桥是在收复西奈半岛之后修建的，因为桥头雄狮的雕塑又被称为“狮子桥”。据说，这座桥的建筑师在竣工之后发现忘记了给狮子雕上胡须，因而投尼罗河自杀！这位建筑师的敬业精神使我钦佩，但雕塑是否须要雕上“栩栩如生”的胡须，似乎还值得探讨。

我们就从这座狮子桥上横跨了尼罗河，登上河中心的扎马立克岛。此岛是埃及的“富人区”，当地政府官员、富商巨贾和外国使节大都住在这里。开罗电影节评委驻地希尔顿饭店位于扎马立克岛的南端，从远处看去，这座圆柱形的建筑像是浮在湛蓝的河水上，旁边一座差不多与它等高的喷泉，冲天直射一条雪白的水柱，至顶端垂下轻纱般的水雾，喷泉脚下白帆点点。

希尔顿饭店除底层和顶层之外，共二十七层，我的房间在第五层。走进房间，迎面看见桌上一束鲜花，电视屏幕上映出一行字：“欢迎你，霍达女士!”令人倍感亲切，宾至如归。落地长窗外便是宽敞的阳台，我不觉走出去，清澈的尼罗河从脚下伸向远方，沿岸迤逦数十公里的开罗市区景色尽收眼底。清风拂面，一路的疲劳似乎被冲淡了。难怪埃及人因拥有尼罗河而自豪，她的确很美啊!

电影节的评选工作紧张而辛苦。工作间隙，我们参观了当地的名胜古迹。面对五千年前人类建筑杰作金字塔，发思古之幽情；在埃及博物馆，为数以万计的珍贵文物而惊叹；登上十二世纪时撒拉丁国王为抵御十字军的侵略而修建的古城堡。鸟瞰开罗；观赏军事博物馆中的全景画，身临其境般地感受当年海陆空协同作战，冲过苏伊士运河，攻破侵略者防线的“十月六日战争”；后来还到了著名的米纳·豪斯饭店，重温当年罗斯福、丘吉尔和蒋介石在此签署《开罗宣言》的历史，当然不能忘记埃及人民在反法西斯斗争中所发挥的巨大作用……悠悠尼罗河是历史的见证，她哺育了一个伟大的民族，造就了地中海畔的一颗明珠。

夜幕降临了开罗，白天的炎热和喧嚣退去了。墨蓝墨蓝的天空下，满城华灯齐放，椰子树、棕榈树在灯光下青翠欲滴，散发着诱人的清香；无数游艇在尼罗河上游弋，流光溢彩，笙歌阵阵，恍若秦淮河上的元宵之夜。

电影节组委会在法老船上夜宴评委。双层的法老船装饰得古朴、典雅而豪华。用餐之后又欣赏舞蹈，恰逢两对新人在此成婚，我们便成了嘉宾。后来一问才知，尼罗河上夜夜如此，在游艇上举行婚礼已是埃及人的风俗。婚礼上，新郎西服革履，新娘身披白色婚纱，完全是欧美风格。舞女上来献舞，她下身着黑裙，上身除胸部之外几乎赤裸，仅穿一层似有似无的黑纱，舞蹈极其粗野癫狂。据埃及人士说，这种“肚皮”舞女过去地位低下，收入寥寥，而如今却不得了，一场半个小时的婚宴表演，出场费便是三千美元，走红的舞女甚至名气高过政府的官员。历史上，埃及曾先后被法国和英国武装占领，成为事实上的殖民地；如今，西方文化和生活方式也在向埃及渗透，尼罗河搞活了埃及的经济，而西风也冲击了这个文明古国的传统文化。实在说，像这样的“肚皮舞”很难引起我的兴趣，但也只好客随主便、入乡随俗，不能败了东道主的兴致。

两天以后，我在开罗东部的“老城”认识了另一个开罗。那里街道狭窄，两旁尽是百年以上的房舍，人们穿着长袍，在热闹的露天市场熙来攘往，俨然中世纪东方古韵。我们在老城的文化宫看了一场“裙子舞”演出，这些民间艺术家全部男性，头缠包头，身穿长袍，在手鼓、手铃和喇叭徐缓悠扬的乐曲中且歌且舞，一股肃穆深远的浑然大气荡人心胸。这是真正的埃及艺术，轻浮的“肚皮舞”怎能与之同日而语？一位埃及官员曾对我说：“希尔顿代表不了开罗。”我在开罗的所见所闻渐多渐广之后再回想这句话，才真正理解了他的意思。在开罗，在埃及，民族传统文化和现代西方文化并存，谁也没有挤垮谁，谁也没有取代谁，让各自的生命力去接受社会和历史的考验。新与旧、传统与现代、东方与西方在埃及杂糅，形成斑驳多彩的文化大观，显示了一个古老民族博大的容量。

埃及与西方有一个极大的不同，那便是犯罪率极低。虽然“肚皮舞”、夜总会沸沸扬扬，但民风淳朴，并不淫乱；尽管贫富悬殊极大，却绝少偷盗抢劫。我开始不能理解，后来亲眼见到小贩在街头卖大饼，问了问，一个埃及镑可以买二十张大饼，而且全国统一价格，决不允许“乱涨价”，哪怕收入最低的贫民也可以吃饱肚子，不必为了活命铤而走险。在汹涌澎湃的市场经济大潮中，政府并没有忘记底层的贫苦大众，以政策保证了他们的温饱，不失为一项德政，从而也维护了社会的安定。埃及人知足常乐、待人热情、谈吐幽默，即使卖艺行乞者也笑容可掬，他们可以巧妙地诱使你给予施舍，却不屑于去做明抢暗偷的勾当。

在开罗小住旬月，不觉已近归期。我发现，我已经爱上了置身于其中的这座城市，爱上了临窗的这条河。启程回国前夕，我把闹钟定到凌晨四时。其实用不了这么早，而是我留恋尼罗河的夜景。次日凌晨，铃声响了，我起身向尼罗河告别。银灰色的晨曦中，天也朦胧，河也朦胧，两岸的灯光像满天繁星，在静静的河面上垂下千万条长长的倒影。哦，尼罗河还没有醒来，她沉浸在甜甜的梦中，像梦境一样美！

我要走了，轻轻地说一声吧：再见！

开罗电影节主席瓦赫贝先生曾对我说过："喝过尼罗河水的人，一定会再来的！"

我当时回答："我一定会再来！因为我不但喝过了尼罗河的水，而且深爱尼罗河！"

（发表于1995年6月15日《光明日报》）

会见水上勉

一九九五年九月九日，乙亥中秋。早晨八时二十分，中国作家代表团从大阪出发，前往日本著名作家水上勉的家乡若狭参观访问。火车于九时三十三分途经敦贺，十一时到达若狭。

对大多数中国人来说，若狭是个极其陌生的地名。实际上它也是个小地方，隶属于福井县的一个乡，濒临日本海东岸的若狭湾，如果不是这个湾名，我们在世界地图上就连找都找不到它了。历史上，这里的确堪称穷乡僻壤。然而，仅仅因为这里的一个叫作“乞食谷”的小山村诞生了杰出的作家水上勉，他的一系列作品的主人公大都出生在若狭，使得这个名不见经传的地名放射出耀眼的光芒，照亮了这片土地，不但在日本名声大振，而且也成为国际文学界友人访日的重点之一。

水上勉先生专程从东京赶来，在此迎候中国作家代表团。

七十六岁的水上勉并不像事先想象得那样苍老，虽已头发灰白，仍然精神矍铄，步履矫健，仪态潇洒，和我们初次会面，却一见如故，仿佛已是老朋友了，十分健谈。我们就坐在“若州一滴文库”之中一个颇有杜甫草堂味道的木结构凉棚下，一边喝茶、品尝着糯米青团，一边谈得海阔天空。

七十六年前，水上勉就诞生在这里，他的父亲是一个建筑寺庙的穷木匠，常年在外边劳作，却从未寄钱回家，家里五个孩子，还有年迈病弱、双目失明的老祖母，全靠母亲一个人务农养家糊口。由于生计艰难，一九二九年二月，年仅九岁的水上勉被送往京都相国寺瑞春院当小和尚，小小年纪，承担着寺院的全部事务，饱尝艰辛，并且洞察了寺院住持的腐败堕落。望着寺院中金泥隔扇上的小孔雀偎依着母孔雀，他顾影自怜：鸟儿尚有一个温暖的家，为什么自己的妈妈竟然忍心把儿子抛舍在这样的人间地狱？三年之后，他终于忍无可忍，逃出了寺院，到处流浪。在他的青少年时代，先后在两家寺院苦熬了七年，靠半工半读念完了中学，考入立命馆大学，当过商人、模特儿、演员，做过记者，其间还曾在十九岁时到中国东北做过劳工。这些颠沛流离的生活，使他广泛接触社会，深切体味下层劳动人民的心声，成为他日后从事写作的一笔“财富”。一九六一年，水上勉发表了小说《雁之寺》，轰动文坛，荣获第四十五届“直木文学奖”，确立了他在日本文学界的地位。小说中的雁之寺其实就脱胎于瑞春院，那个十岁的小和尚慈念身上则明显地带有水上勉自己的影子。昔日的“财富”果然使他在中年之后取之不尽、用之不竭。

水上勉从一九四八年发表处女作《油炸锅之歌》起，迄今已创作了一百多部作品，一九七七年出版的《水上勉全集》便已达二十六卷规模。他的作品，字里行间充满对下层劳动人民的深切同情和对社会恶势力、日本军国主义的满腔悲愤，读来如泣如诉，在日本文坛独树一帜，有“水上调”之誉。作家在他的晚年，在生他养他的这块土地上亲手创办了“一滴文库”。这个名称源于本地出身的高僧仪山善来禅师之语“曹源一滴水”，同时也寄托着作家浓浓的乡情。现在这座文库由他的女儿管理。

水上勉父女带领我们参观这座洋洋大观的文库。大海之滨，山谷之中，一片农舍风格的庄园，裸露的木结构梁、柱、粉墙、青瓦。这当然不会是水上勉出生的旧宅，他当年如果能住上这么宽敞的房舍，也就不会出家当和尚了。然而这座水上勉的“纪念馆”却体现了纯正的“水上调”，朴朴素素，不尚奢华。文库里展出水上勉的作品以及这些作品的插图、装帧原稿，与水上勉交往甚厚的一些画家的绘画作品，仪山善来禅师等人的墨迹；并辟有图书室，藏书二万余册，都是各出版社和水上勉的作家朋友赠送的，他的私人藏书全部都交付与文库了。自幼在没有电灯，没有书读的家里长大的水上勉，成名之后念念不忘这里的乡亲，他奉献给家乡子弟的是书，是文化。“这件事，本来应该是在我死后，由别人做的，我把它提前做了。”作家的语调中半是欣慰，半是不安。一位七十六岁的老人，难免要想到身后之事，但我相信，在若干年之后，若狭人民乃至整个日本人民都不会忘记水上勉在开掘乡土文化上所做出的贡献。就在这里，水上勉把他的一册《雁之寺》题款签名送给我留念，作为回赠，我也送他一册自己的作品《穆斯林的葬礼》，为不择细流的“文库”献上“一滴”水。

走出文库，水上勉带我们去参观附近的农村，由当地的村长开车，一路上水上勉指指点点，在田间小路上穿行。走得热了，他索性脱去西服，只穿一件白衬衫，像农民们那样随意。正是秋熟时节，农民们在用康拜因收割水稻。水上勉说：“现在政府不鼓励种水稻了，农民赊账买康拜因，仍然坚持种水稻。”那“把酒话桑麻”的语调，似乎一位老农在议论年景，显示出作家始终与人民血肉相连的感情。

当晚六时，水上勉和他的女儿来到我们下榻的马林海滨宾馆，宴请中国同行。席间，宾主一起饮着日本清酒，品尝着中秋月饼，水上勉又感慨地说：“我的一生中只有两次在家乡过中秋，一次是九岁时，出家当小和尚之前，第二次就是今天了。”我说：“我平生却是只有两次不在家里过中秋，一次是五年前在美国爱荷华参加国际笔会，另一次便是今天。从中国走到西方，走到东方，那一轮明月总是勾起一片乡情。”月饼是我们从北京带来的。水上勉的女儿连呼：“好吃，好吃！都给我吧！”那毫不见外的坦率，更增添了欢乐的节日气息。是夜阴有薄云，若狭湾上空不见明月，而当地居民仍然在纵情庆祝节日，放起了焰火，海空火树银花，飞鸣之声传到窗内，对中秋有着共同情结的中日两国作家都陶醉了。

（发表于1995年12月5日《光明日报》）

浏览梵蒂冈

国中之国

“不到梵蒂冈，等于没来罗马。”我到达罗马之后，第一件事便是参观梵蒂冈。

然而，梵蒂冈却既不属于罗马，也不属于意大利，而是一个主权国家，国土面积零点四四平方公里，人口两千。这大约是世界上最小的国家，小到不能再小，以致没有地方为那些有外交关系的国家建造使馆，所有“驻梵蒂冈使馆”都只好借用罗马的地盘，建在它的“国”外。一个国中之国，一座城中之城，一片弹丸之地，没有工业，没有农、林、牧、副、渔业，没有交通运输业，却在世界上占有举足轻重的地位，它是普天之下七亿天主教徒的精神中心、至高无上的“圣地”。

梵蒂冈建在罗马城西北角的一块高地上。我驱车前往，在距“国界”数百米之外便下车步行，因为到此“朝圣”的人太多了，熙熙攘攘，摩肩接踵，车子要想开到跟前是根本不可能的。沿街商店、货摊林立，货物中最多的是各式各样的圣母像、基督像、教皇像，有以金银制作的，有以玉石雕刻的，有制成纪念币或钥匙的，有印成画册或明信片的，琳琅满目；此外也有一些关于罗马的纪念品，如罗马城徽《母狼》和米开朗基罗的代表作《大卫》的复制品，因出于商人之手，且批量生产，制作相当粗糙，并无收藏价值。

我从这些货摊前掠过，径直朝梵蒂冈走去。

梵蒂冈的“国门”是一段不长的城墙，赭红色，上缘一排齿形垛口，与中国式的城墙并无多大区别。当街开两座券门，那样式颇有一些像北京天坛的西门。来自世界各地的游人或信徒出入此门，川流不息，梵蒂冈国既没有海关，也不设岗哨，无须护照，更不必签证，任何人都可以自由来往。

进了这道门，便是开阔的圣·彼得广场。广场两侧，两道弧形的拱廊遥遥相对，像一对括号。拱廊下排列着二百八十四根圆柱和八十八根方柱，柱高十九米，平行排为四列。按照别人的指点，我站在弧形拱廊的中心部位，看到了四列石柱完全重叠的奇观，可见当初设计之巧、施工之精。拱廊的设计者是著名的建筑师兼雕塑家贝尔尼尼，廊顶耸立着他做的九十六尊大理石雕像，像高三点二米。

广场以深灰色的方形石块铺就，每块边长十厘米左右。这大概是当地约定俗成的一个尺寸，在罗马城几乎看不到柏油马路，路面、广场大都铺着这种石块，而且都是一样大小，边缘并不规则，表面也不加打磨，自自然然地铺在地上，让漫长的岁月和千万人的脚步去把它磨平。当你走在这种路面上，尤其是旁边再有一辆马车或一名骑士经过，听着那嘚嘚的蹄声，一股悠远的历史感便油然而生。圣·彼得广场上当然不会有马蹄声，与我擦肩而过的是肤色、种族各不相同的善男信女和被好奇心所驱使的一般游人，无论出于何种动机，凡有机会到此一游者莫不深感三生有幸。

此时斜阳西照，广场上一片金黄，鸽群飞鸣起落，追逐着撒食的人群，一派祥和景象。如果在星期天到此，就水泄不通了，届时，梵蒂冈要例行大型弥撒，教皇亲自布道讲经，教徒们齐集广场，万般虔诚地仰沐天恩。广场几无立锥之地，教皇从西侧教皇宫三楼的某个阳台出现，将会在信徒中造成何等轰动，可想而知！圣·彼得广场可容十万人众，尚远远不及我们的天安门广场，但置身于此，却极觉其雄伟广阔，之所以造成如此视觉，得力于四周的弧形拱廊和广场之内的建筑。

就在广场中心，巍然耸立着一尊埃及方石柱，下宽上窄，如一柄利剑，直指青天。上面阴刻着典型古埃及风格的图案，令人一望而知其来路：据说古罗马曾从埃及劫掠这种方石柱无数，至今仍随处可见，但唯有圣·彼得广场这一尊为原件，余皆系复制品。埃及方石柱两侧各有一喷泉，在靠近拱廊尽头之处，立起两尊高大的雕像，一为圣·彼得，一为圣·约翰。

广场到这里便完结了，南面是教堂建筑群。这一群体，两侧和后院有圣母马利亚教堂、西斯廷礼拜堂和拉特兰宫、教皇皇宫，而居于正中部位的主建筑则是圣·彼得大教堂。

巴洛克式的圣·彼得教堂正面方方正正，矗立着四根方柱、八根圆柱。两旁有高大的券门，右首的券门前站着两名卫兵。卫兵身穿中世纪服装，手执长戟，固执地保持着传统。梵蒂冈一共两千居民，其中有一百五十名当兵的，负责保卫这小小的国土。卫兵来自瑞士，由那个永久中立国为它提供兵源，似乎是最得体的。

圣·彼得教堂据说是世界上最大的天主教堂，占地三万六千四百五十平方米，长一百八十七米，宽一百三十七米，穹庐式圆顶高一百三十八米。一百三十八米是全世界天主教堂高度的极限，也是罗马城所有建筑物高度的极限，这个限度从一六二六年一直保持至今。

圣·彼得教堂的基础是圣·彼得的墓地。公元一世纪，教皇阿那格莱在墓地上建了一座教堂。到了四世纪，罗马皇帝君士坦丁曾花费六年的时间把它扩建，规模当然远远不及我们现在所看到的，但当时已是全世界最大的教堂。十五世纪时，教皇尼古拉五世下令重建。经历了漫长岁月和数代教皇，设计者先后有勃拉芒德、拉斐尔和米开朗琪罗，穹庐式圆顶便是出于米开琪基罗的设计。他从一五四六年接受设计任务，直到一五六四年去世，工程也没有完成。一六二六年，圣·彼得教堂从始建时算起已满一千三百年，才落成了主体建筑，留下广场上的长廊由贝尔尼尼继续努力。

圣·彼得教堂不是一天建成的，当我们跨进它的大门，便强烈地感到这一点。幽暗的过厅越发映衬出门窗上彩色玻璃镶嵌的辉煌。川流不息的人群踏着光洁的大理石地面，尽管极力控制脚步声，听来仍然像马队在奔跑。地面拼镶着花纹，仔细观察可以看到一些数字，那是穹顶一次次扩建的记录。

过厅里和穹顶下有数不尽的绘画和雕刻，任何一件都足以令人流连忘返，其中最引人注目的当然是米开朗琪罗的《哀悼基督》。它安置在一座巨大的壁龛里，在聚光灯的照射下，精雕细刻的十字架和龛壁金碧辉煌。圣母马利亚忧伤而庄重，怀抱着她的儿子——从十字架上取下来的耶稣。没有痛不欲生的哀恸，没有对暴力凶杀的仇恨，白色大理石传达给世间的是深沉的博爱，是上帝所主宰的宇宙的和谐。

一四九八年到一四九九年，米开朗琪罗在罗马完成了这件杰作。他翻遍了《圣经》，却找不到描写耶稣死后和圣母马利亚单独在一起的记述。他猜想：这机会总应该是有的，比如说，当士兵把基督从十字架上放到地上之后，尊贵的义士约瑟前往总督彼拉多那儿要耶稣尸体，尼克底姆为安葬基督去收集香料，其他人都回家致哀，这时，圣母抱起了自己的儿子。没有光环，没有簇拥着他们的天使，只有两个普普通通的人，一个母亲，一个儿子。身材魁伟的耶稣躺在母亲的膝头，苗条孱弱的马利亚一手托住他的肩背，一手展开来，似乎在察看儿子的胴体。米开朗琪罗没有把马利亚雕成一位疲惫、憔悴的中年妇人，我们看到的马利亚柔美而恬静，这是儿子眼中的母亲。

“告诉我，我的孩子，”格罗拉斯主教问米开朗琪罗，“为什么马利亚这么年轻，甚至比她的儿子还要年轻？”

“阁下，我认为圣母马利亚的青春常在。她是纯洁的，可以永葆青春活力！”米开朗琪罗答道。

他的回答使主教非常满意。实际上，米开朗琪罗是按照早逝的母亲的形象来雕刻圣母的。

他夜以继日地赶做这件倾注心血的作品。昏暗的油灯使他无法看清雕像的每一个细部，他把蜡烛用铁丝固定在帽子上，这样，他的头贴近哪里，烛光便照到哪里。今天的人已经很难想象米开朗琪罗当年工作的艰苦，而他自己却曾经对这个类似后代的矿灯的小小发明而兴奋不已。

红衣主教格罗拉斯在契约上称米开朗琪罗为“大师”，这是他第一次获得这样的称呼。米开朗琪罗的朋友、经办此事的加罗还在契约上添了几句话：“我，加科波·加罗担保，今日罗马的任何大理石雕像也不可能与此作品同日而语，而且当代也不可能有任何在世大师创造出更胜一筹的雕像。”

格罗拉斯主教没有等到雕像完成就去世了。

“我兑现了和红衣主教签订的契约，这是罗马最美的大理石雕像！”当米开朗琪罗终于做完了这座雕像，他的朋友加罗赞叹道。

可是，米开朗琪罗却忧虑地说：“契约上并没有说我们必须把这座雕像放在圣·彼得教堂，主教现在死了……”

“我们悄悄地把它放进去。”加罗说，“只要一装到壁龛里，谁也不能把它搬走了！”

米开朗琪罗请在采石场干活的朋友们来帮忙，他们用毯子裹好《哀悼基督》，搬上一辆破车，沿着碎石铺成的路走向圣·彼得大教堂，吃力地抬上三十五级台阶，搬进教堂，毕恭毕敬地安放在法兰西国王礼拜堂的壁龛里。他们还买来了许多蜡烛，点燃在雕像的面前。朋友们辛辛苦苦地忙碌了多时，却分文不取，他们说："我们会从上帝那儿拿到报酬的！"

那时的圣·彼得大教堂破败不堪，《哀悼基督》为它增添了光彩。雕像吸引了信徒们的注意，但不知道这天才的作品的作者是谁，有人说是从奥斯坦沃来的刻碑人干的活儿，有人说是米兰人克里斯托夫刻的。一天晚上，米开朗琪罗悄悄地来到教堂，头上戴着那顶矿灯式的帽子，一手持锄头，一手持凿子，在圣母马利亚胸前的佩带上刻下一排花体字：佛罗伦萨人米开朗琪罗·波纳罗蒂刻。

这是米开朗琪罗第一次为圣·彼得大教堂留下传世经典作品。在以后的日子里，还有巨幅壁画《创世记》《末日审判》和穹庐圆顶的设计在等待着他。

一五五四年，已经八十九岁的米开朗琪罗又在雕刻新的《哀悼基督》。笃信基督的米开朗琪罗一生的作品选题都出自《圣经》，《哀悼基督》是他反复表现的题目，现在做的是最后一件了。与六十五年前安放在圣·彼得大教堂的那件不同，和以往所做的同题雕像也不同，这是一座双人立像，圣母垂着头，搂抱着勉强站立的耶稣。刀法简洁粗放，极其"写意"，甚至连圣母和耶稣的面部都没有细致刻画。按照米开朗琪罗自己的说法，这是一件"消遣性"的作品，也许被肾结石、胃功能紊乱、背痛和阵发性晕眩、左腿和左臂麻木以及面部肌肉痉挛等病症折磨着的这位老人已感到自己将不久于人世，而他用来修身养性、延年益寿的唯一法宝只有艺术。"只要白色的灰粉沾在我的鼻孔里，我的呼吸就最畅通。”他再次戴上那种矿灯式的帽子，拿起铆头和凿子，像音乐家弹奏琴键似地敲击着乳黄色的大理石。他用舌尖舔着那似乎有生命的石头，一丝甜蜜漾上心头。

这件作品完成之后的两个星期，米开朗琪罗溘然长逝，或者说这件异乎寻常地简练的雕像其实并没有最后完成，而他体力已经不支了。令他欣慰的是，在教皇保罗四世猝死之后登基的新教皇乌皮斯四世再次确认了米开朗琪罗为圣·彼得大教堂建筑师的地位，为修建穹庐圆顶提供了资金。“感谢上帝！现在，谁也无法改变设计了！”弥留之际的米开朗琪罗怀着莫大的荣誉感离开了人间。

圣·彼得大教堂的穹庐式圆顶直到米开朗琪罗逝世后又过了六十二年才建成。

现在，我走进这座耗尽了一代又一代艺术家心血的大教堂，望着它那宽阔的殿堂和高耸的圆顶，那每一寸都装饰得金碧辉煌的内壁，所感到的巨大的震撼并不是宗教本身，而是人为宗教付出的无法计算的奉献。一代又一代教皇执着地把他们所构筑的精神世界具体化，似乎没有庙堂便不足以证明神的存在；一代又一代艺术家驯服地依附于宗教，因为没有庙堂便也没有了艺术的用武之地。如果宇宙间真有一位上帝，既然他拥有创造万物的超然神力，对于人间如此艰难地构筑的大厦以及那些精心雕刻和描画的艺术品似乎也不至于像凡夫俗子那样发出惊叹，惊叹的还是我们这些凡夫俗子，如今来到这里的与米开朗琪罗的前辈和同代人已不可同日而语，有的人着眼于这里的艺术，有的人仰慕这里的盛名，当然也还有的人仍然怀抱着虔诚的信仰。

穹庐式圆顶下面是庄严的圣坛，圣坛下面是圣·彼得的坟墓。

圣坛前正在做弥撒，善男信女们敛容屏声，聆听红衣主教布道。然而同时，却谁也无法制止众多的普通观众踢踢踏踏的走动、嘁嘁喳喳的私语，甚至在进门之初就被告知不准拍照这神圣处所，仍然会不时看到闪光灯在偷偷地明灭。宗教和世俗的矛盾，理想和现实的冲突，纪律和无序的并存，构成了无奈的世界。

艺术圣殿

如果说“不到梵蒂冈就等于没来罗马”，那么，不到西斯廷教堂就等于没来梵蒂冈。

西斯廷教堂在梵蒂冈博物馆。

走出了圣·彼得大教堂，我便左顾右盼地寻找下一个目标，却被导游小姐告知，梵蒂冈博物馆的入口不在圣彼得广场，而在“城”外。果然，出了城门，便看到城墙在这里拐了个弯，斑驳的石壁上开了一座不大的券门，以白色大理石雕就，门楣上刻着：

MVSEI VATICANI

这就是大名鼎鼎的梵蒂冈博物馆，不显山，不露水，谦逊朴素的外表蕴藏着博大深沉。梵蒂冈博物馆本是教廷宫殿的一部分，馆藏艺术品发端于枢机主教德拉·罗维雷，即后来的教皇朱力二世的个人收藏，历代的教皇又不断搜求捐赠，藏品日益丰富，几乎将古代美术史和近代美术史上最重要的作品大都网罗其中。

我随着长长的人流走进去，穿过通道来到开阔的庭院。博物馆坐北朝南，据说，门楣上的青铜孔雀和松果是分别从圣天使古堡和先贤祠移来的，门前的两座铜狮则来自埃及。仅仅这三项已经粗略地描绘出梵蒂冈博物馆的来历：它是一个万方搜求的珍品组合物。

走进博物馆，一道道券门连成了一眼望不到头的长廊，像一条长长的隧道。拱形的顶棚上画满了壁画，两面的墙壁挂满了壁毯，古代艺术家们不知疲倦地用画笔和彩线讲述着《圣经》中的故事。壁毯前面，排列着难以数计的雕刻珍品，如果每一件都细细欣赏，你将旷日持久地流连在此，不知何时才能看完。眼花缭乱之中，我只记住了最熟悉的一些：《尼度斯维纳斯》《拉奥孔》《贝尔维利亚的阿波罗》……它们的形象早已印在中国的书籍、画册之中，今天终于得睹真容，好似故友重逢，一股亲切之感油然而生。石雕默默无言，它们根本不知道我是谁，每天到此与它们“叙旧”的人太多了。

其实我不远万里追寻而来，和它们也只是偶然地“邂逅”，心中最急于要看的是米开朗琪罗为西斯廷教堂所作的著名壁画。

西斯廷教堂始建于一四八五年，以当时的教皇西斯廷的名字命名。他召集画家、雕塑家来装饰这座教堂，把摩西和耶稣的生平表现在四壁和穹庐圆顶上。正像在漫长的中国封建社会中宫殿和庙宇总是艺人的用武之地和衣食父母一样，西斯廷教堂造就了一代又一代的艺术家，其中佼佼者当数米开朗琪罗，他在此留下的《创世纪》和《末日审判》与西斯廷教堂一起历尽沧桑，永垂不朽。在这两幅巨作诞生四个世纪之后的今天，梵蒂冈当局组织专家进行了一次长达十三年的修复，于一九九四年四月七日宣告完成。据外电报道：当巨大的壁罩缓缓揭开之时，负责修复的主要工作人员如“听到婴儿呱呱坠地时的第一声啼哭”，为眼前精美绝伦的壁画而激动不已。然而，与此同时，修复工作也招来大量非议甚至强烈的攻击：壁画的颜色失去了原有的沉郁典雅，变得好像色彩艳丽的通俗漫画，明暗变化的层次减少了，削弱了丰富的立体感。如此说来，我便愈加急于先睹为快了。

此时，导游小姐又热心地提醒说，西斯廷教堂内禁止喧哗，因此，我们要在进去之前要先听她为我们讲解。这位小姐当然不是艺术工作者，她的讲解不可能回答我所关心的问题，而只是背诵一些类似说明书的简单条文，而且随意借题发挥。“米开朗琪罗的伟大在于，他不是在平面上而是在圆顶上作画，如果在平面上作画，谁不会画?”她这样说。我不禁心中暗笑：你口气太大了吧？在圆顶上作画固然难度极大，但壁画和布面油面也并不是轻而易举的啊！

且不去理会导游小姐的信口开河，我现在已经走进了西斯廷教堂，我要用自己的眼睛观察这座举世闻名的艺术圣殿，瞻仰米开朗琪罗的传世杰作。

公元一五〇五年，米开朗琪罗奉教皇朱力之召，再度来到罗马。六十二岁的朱力已经须发花白，他是有史以来第一个蓄须的教皇。他端坐在宽大的紫红色御座上，对米开朗琪罗说：“我在圣·彼得教堂看到了你的雕刻《哀悼基督》，我的陵墓就准备设在那里。”并且具体地要求把陵墓设在教堂的正中，四周的中楣全部装饰上青铜浮雕，描述他的丰功伟绩。

米开朗琪罗认真地投入这项巨大工程的设计。陵墓长十点九八米，宽七米，高九点一五米；除青铜中楣之外，他还要做四十个大理石雕像，按照当年做《哀悼基督》的速度，这些雕像将要花去八十到一百年的时间。上帝不可能给他这么长久的时间，因此他要加快速度，争取十年完成。而教皇只给他五年时间，限期完成，不得有误。所幸的是，由于经费不足等等原因，教皇自己取消了这项工程。后来他又决定将西斯廷教堂进行翻修，命令米开朗琪罗为穹顶作画。

当时的人和今天的人都难以想象，米开朗琪罗竟然激愤地回答教皇的命令：“我是雕刻家，不是画家！”

米开朗琪罗崇敬雕刻而鄙视绘画。当他听到达·芬奇说“绘画胜于雕刻”时，立即反驳说：“像浮雕的绘画是好画，像一张绘画的浮雕则是坏浮雕。所以，雕刻是绘画的指导，前者是太阳，后者是月亮。”他认为“绘画胜于雕刻”的说法“与奴婢相近”。我们固然可以不赞同他过于偏执的观点，但却不能不为他当时违心地接受绘画任务而深表同情。

米开朗琪罗来到他将要施工的西斯廷教堂。凭借着从三个高窗中流泻而进的阳光，他站在色彩斑斓的大理石地板上，仰望着穹顶，环顾着四壁。他的身旁已经有了前辈大师波提切利、柯辛和罗塞利的壁画，而穹顶只点缀着几颗金色的星星，等着他来充实。与其说是教皇需要他的壁画，不如说是大墙和穹顶相连的支柱造成的凹凹凸凸需要设法加以掩饰！

画什么呢？米开朗琪罗登上山巅，在早晨的阳光下俯瞰着远处浩瀚的特里尼安海和烟霭之中的茂林、山峦、田野、农舍和通往罗马的大道，他突然感受到了《圣经·旧约》的首卷《创世记》的意境："太初的时候，上帝创造天地。地面上空虚混沌，黯淡无光。于是上帝说，要有光……第二天上帝说，要有穹庐。上帝称穹庐为天。天将水分开，有天上之水和地下之水……第三天，上帝说，要按照我的形象造人……于是上帝按照自己的形象造出了人类……"这就是米开朗琪罗将要在西斯廷教堂穹顶上创造的世界！

"你是一个怪人，"教皇说，"当初你怒气冲冲地说壁画不是你的职业，现在却跑来提出一个工作量超过原计划五六倍的计划，你爱怎么画就怎么画吧！"

米开朗琪罗遣散了助手，只留下一个人磨颜料，一个人铺灰泥，剩下的事全部自己动手。一袋袋石灰、沙子和火山灰被搬到脚手架上，搅拌在一起，然后抹在墙上，趁灰底还没有干透的时候在上面作画，这样壁画便永远不会剥落。最上面的一层脚手架高十八米，米开朗琪罗站在上面，还要把肩膀和头部后仰，眼睛朝天，每一笔都是那么艰难，颜料和灰泥常常滴在脸上、掉在眼睛里。

一五一〇年六月，壁画工程已完成一半，教皇朱力前来视察，下令把脚手架拆掉，让世人都知道他正在创造奇迹。可是米开朗琪罗不肯，因为有许多地方还没有画完。

“什么时候才能画完?”

“该画完的时候才能画完!”

教皇恼火地举起权杖，打在米开朗琪罗的肩膀上：“你怎么能这样随便打发教皇？你给我走!”

伟大的艺术家像辞退一个伙计似的被赶跑了，米开朗琪罗惴惴不安地等待发落，说不定他会被处以绞刑。然而教皇原谅了他的冒犯，让他继续工作。整整用了四年的时间，米开朗琪罗终于完成了西斯廷教堂穹顶壁画《创世记》，那时候他只有三十七岁，却已经像个面容衰老、身体佝偻的老人。

现在，这幅画就高悬在我的头顶。它长四十米，宽十三米，由《神分光暗》《创造日月》《授福大地》《亚当的创造》《夏娃的创造》《逐出乐园》《挪亚祝祭》《洪水》和《挪亚醉酒》九幅画面组成，并且在穹顶边缘那些边边角角、起起伏伏的地方画满了画，一共画了三百三十六个人物。英俊雄健的亚当，世界上的第一个人，当他刚刚被上帝创造出来的时候，青春的生命还没有启动；耶和华把自己的手指伸向他，就在那若即若离的一刹那，神力像电光石火传递给了人！……西斯廷穹顶壁画上的人物一个个在笔下活起来，米开朗琪罗以四年的心血和生命，创造了一个神和人的世界!

教皇曾经嫌壁画中圣徒和先知的服装色彩不够辉煌，要求他再加粉饰，米开朗琪罗固执地说：“圣人都是清贫的，他们的衣服没有那些华丽的装饰!”

朱力暴躁而专横，艺术家在他的钳制下深感屈辱而孤独。米开朗琪罗曾经感慨：“我既不是一个画家，也不是一个雕刻家，像一个商店老板一样，我服侍过三个教皇，而且不得不如此！”这心情，这语言，和中国唐代大画家阎立本在宫中奉诏挥毫之后回家愤愤地告诫儿孙永不要再做画师简直如出一辙。可是，热爱艺术的艺术家能真正放弃艺术吗？当米开朗琪罗后来参加佛罗伦萨起义并被任命为卫戍总督时曾经发出相反的呐喊：“战争不是我的职业！”

西斯廷教堂穹顶壁画落成九个月之后，教皇朱力驾崩，梅迪奇家族的奥瓦尼被选为新教皇，即利奥十世，他是第一个做教皇的佛罗伦萨人，以后又传位给阿德瑞安和克力门特。

正当米开朗琪罗奉命为新教皇营造梅迪奇家庙之际，教廷和圣罗马帝国之间的战争波及佛罗伦萨，人民借机举行起义，将梅迪奇家族逐出佛罗伦萨，成立了共和国。由于叛徒的出卖，起义失败了，遭到卷土重来的梅迪奇家族的残酷镇压，起义军卫戍总督米开朗琪罗成为阶下囚，在惩罚性的工作中含着悲愤雕刻了著名的雕刻《朝》《夕》《昼》《夜》。

一五三四年，新教皇保罗三世登基。这位被称为“艺术庇护人”的教皇刚刚践临君位，便召见米开朗琪罗。命令他在西斯廷教堂的正面墙壁绘制壁画《末日审判》。

这面墙高十六点七九米，宽十二点二米，面积约二百平方米。像二十多年前绘制《创世记》一样，他在脚手架上爬上爬下，在墙上抹上灰底，然后作画，所不同的是，他现在已经是六十一岁的老人。

米开朗琪罗以六年艰苦卓绝的奋斗完成了我面前的这幅巨作。画面再大也是有限的，他在有限的空间塑造了又一个庞大的世界。数不清的人群浮动着，回旋着，构成大气磅礴的激流，右边是沉入地狱的罪人，左边是升入天国的灵魂。耶稣基督处于宇宙的中心，他扬起右手，庄严地做出末日审判。为信仰而殉难的圣徒们靠在基督的身旁，拿着受害时的刑具申诉冤屈，彼得捧着大钥匙，安得烈背着十字架，巴多罗买提着他牺牲时被剥下来的人皮，这张下垂的人皮上痛苦的面孔画的正是米开朗琪罗自己。

《末日审判》的创作开始与《创世记》的完成相隔二十四年。这期间发生的罗马大劫掠和宗教改革，在米开朗琪罗的肉体和精神上都留下了鲜明的烙印，早年在《创世记》中表现的人文精神与新柏拉图主义的基督思想已经转变为《末日审判》中的悲怆与冷峻，从血与火、灵与肉的煎熬中活过来的艺术家一腔悲愤，于绝望中呼唤耶稣基督对人间的善恶做出铁面无私的审判。

一五四〇年底，《末日审判》已经完成了三分之二。教皇保罗不告而至，他缓缓地走向壁画，跪倒在地，泪流满面，对米开朗琪罗说："我的孩子，你为我的王朝增添了无比的荣耀！"

而跟随教皇前来的司仪比阿基沃却认为这幅壁画"伤风败俗"，他说："我根本分不清谁是圣人，谁是罪人，在教皇的礼拜堂里，怎么能出现一丝不挂的裸体？"

没有等米开朗琪罗辩解，教皇保罗答道："在最后的审判日，我们都要赤裸裸地站在上帝面前！"

"总有一天，这幅亵渎神灵的壁画要被毁掉！"比阿基沃仍然不肯罢休。

"谁敢动一动这幅伟大的杰作，我就把谁从教会赶出去！"保罗威严地喝道。

他们走后，米开朗琪罗便把比阿基沃的形象画进了这幅壁画，让他做地狱中鬼魂判官，头上长着一对驴耳，身上被毒蛇缠绕。比阿基沃请教皇再次来看壁画，当面指责米开朗琪罗对他的不敬。

"那毒蛇不过是个遮盖物而已，"米开朗琪罗机智地答道，"我知道，您不愿意被画成光屁股！"

教皇饶有兴致地观看着这个驴耳判官，赞扬道：“真是惟妙惟肖！米开朗琪罗，你不是说你不会画肖像吗？”

米开朗琪罗说：“我是因为激愤才画成的，教皇陛下！”

比阿基沃哀求教皇：“陛下，让他把我从那儿移出来吧！”

教皇却冷冷地回答：“要是他把你放在炼狱里，我竭尽全力也许会把你解救出来，可你是在地狱里，那就无法解脱了！”

一五四一年万圣节前夕，教皇亲自做大弥撒，庆祝《末日审判》大功告成。

那一年的圣诞节，西斯廷教堂正式开放，罗马市民潮水般地涌进来，一双双震惊的眼睛凝望着米开朗琪罗笔下的耶稣基督，仿佛每个人都在接受庄严的审判。

穹顶下挤满了来自世界各地的观众，尽管不同种族，不同信仰，而对于米开朗琪罗却是同样的热爱。人们屏息静气，默默地观看着历尽沧桑的杰作。这里不许拍照，所有的照相机都沮丧地垂着头，不敢眨眼。时至今日，已经没有多少人把《末日审判》当作宗教教义的宣传画来看，震撼人心的是米开朗琪罗伟大的创造力。浑然天成的鸿篇巨制，随心所欲的平面构成，惊涛骇浪般的回旋律动，雕塑般的人体塑造，在四百多年之后的今天看来仍然是难以超越的艺术高峰。“像浮雕的绘画是好画”，伟大的雕塑家米开朗琪罗同时也是一位伟大的画家，已经被他自己的话所证明，尽管他本人认为请他作壁画好似“杀鸡用牛刀”，而一旦投入创作，那不可遏止的激情便像手持锄头和凿子雕刻大理石一样一发而不可收，直到挥洒得淋漓尽致。

我现在看到的是经过艰难修复的《末日审判》。与原来在印刷品上所看到的灰暗、阴沉截然不同，画面洁净、清晰、明亮、鲜艳，好像昨天刚刚完成。主持修复工作的人士说，他们所做的修复，一是清洗几百年来沾染在壁画上的污垢，二是除去历代画匠在多次修补时添上的劣笔，以恢复《末日审判》的本来面目。反对者则说，清洗掉的往往并不是污垢，也不是他人增添的劣笔，而恰恰是米开朗琪罗自己反复加工的笔触，要知道这幅画画了六年，不可能一挥而就，反复修改是必不可免的。“干净”的米开朗琪罗并不是原来的米开朗琪罗，美国哥伦比亚大学教授詹姆斯·贝托说：“米开朗琪罗如果见到《末日审判》变成现在这个样子，定会失声大叫！”

面对崭新的《末日审判》，我确有怅然若失之感。试想如果把秦兵马俑、敦煌壁画和《女史箴图》《步辇图》等都“整旧如新”，我们还会认识它们、承认它们吗？我们在认识历史的同时便接受了历史的积淀，一旦“除去”了积淀，“历史感”便随之消失殆尽。然而，人们如果永远被“积淀”蒙着眼睛，便也就永远不可能真正看见历史。难道最初的秦兵马俑、敦煌壁画以及顾恺之、阎立本、米开朗琪罗们的杰作是锈迹斑斑的“古董”模样吗？

我不敢保证壁画的修复者们所“恢复”的就是米开朗琪罗的本来面目，但并不怀疑清洗后的《末日审判》更“接近”本来面目，尽管我接受得也并不情愿。清洗之后鲜艳的画面至少在一定程度上廓清了后世人们对米开朗琪罗层层加码的盲目迷信，比如色彩。蒙在污垢尘埃之中的《末日审判》朦胧中给人以无限的遐想，而一旦清洗洁净却变得鲜艳而实在，人们不敢相信这是米开朗琪罗的手笔。其实，在米开朗琪罗时代，画家对“色彩”还远远不具备印象派出现之后的概念，那时的色彩还紧紧地依附于素描，米开朗琪罗笔下的天空、人体和大面积的衣饰都只是区分明暗的固有色而已，米开朗琪罗并没有也不可能超越时代的局限，他的贡献在于前无古人而不是超前地代替后世的创造，把近、现代的“色彩学”强加于米开朗琪罗，和强加于南齐谢赫《六法》中的“随类敷彩”同样荒谬。就像今人对《易经》所做的无所不包的解释，那只不过是一厢情愿的梦呓而已。

走出西斯廷教堂，沿着回旋楼梯拾级而下，我仍然在思索着：历史和现实，这是一对永远无法解决的矛盾，对于《末日审判》修复是非功过，艺术家们还将持久地争论下去，而不可能得出举世公认的结论。这争论，也必将更加激起懂艺术和不懂艺术的人们的浓厚兴趣，西斯廷的观光客会更多、更拥挤，“香火”更兴旺，这一点倒是肯定的。

1996年秋，草于罗马，改定于北京

雅　丐

和煦的阳光抚摩着意大利古城佛罗伦萨。我从乌菲齐美术馆走出来，面前的希诺利亚广场上游人如织，成群的鸽子此起彼落。乌菲齐美术馆以“文艺复兴美术之宝库”闻名于世，众多的藏品中包括波提切利的代表作《春》《维纳斯的诞生》，米开朗琪罗除西斯廷教堂壁画和天顶画之外仅存的绘画作品《圣家族》，以及拉斐尔的《金翅雀的圣母》，提香的《乌尔比诺的维纳斯》，等等。当年，二十六岁的米开朗琪罗完成了雕刻《大卫》，就安放在乌菲齐门前的希诺利亚广场，一八七三年才由后人将原作移至学院美术馆，而原址以复制品代替，当然，复制品的水平也是相当高超的，来自世界各地的艺术“朝圣”者无不站在这座雕像前拍照留念。佛罗伦萨连空气中都弥漫着浓浓的艺术气息。

我穿过广场，走进一条不知名的小巷。旁边是粗粝的麻石砌成的老墙，脚下是石板铺就的路面。

路旁竖立着一座雕像。这当然毫不奇怪，在意大利旅行就像是在一座巨大的美术博物馆里穿行，无论在哪个城市，你走到哪条街上，随时都可能从青铜或大理石的雕塑作品的旁边擦肩而过，随便哪座雕塑都可能拥有数百年的历史，出自某位艺术大师之手，说出姓名让你大吃一惊。我不经意地朝路边的雕像瞥了一眼。这是一座女像，真人一般大小，通体洁白，头戴两个灯座形饰物，白色的纱巾从头顶垂下，裹住双肩，一直垂到腰部，身穿白袍，下面又露出白裙，遮住双脚。也就是说，她几乎全身都被白纱遮盖，只露出冰清玉洁的面部，微闭双目，静静地立在路边。在西方古典雕塑人像中，裸体或半裸体的居多，像这么严严实实的着装方式实属罕见，何况这雕像的质地又是这么纯白，这么洁净，看不到风雨和岁月留下的痕迹。我本能地觉得，这座雕像不可能是古董。心里这么一想，脚步不禁停了下来，再仔细地看去，雕像的底部竟然没有底座，就直接竖在马路边，而且脚边还放着一只装饰着花边的白色花篮。噢，我明白了……

此时，一位少妇带着她的女儿从我身后走过来，也被这座白色的雕像所吸引。女孩的双眼充满了好奇，问她的妈妈："她是石头做的，还是活的人?"少妇微微一笑，没有直接回答，却说："你试试看!"说着，从手提包里掏出一枚硬币，递给女孩。女孩接过去，极其庄重地丢进雕像前那只装饰着花边的白色花篮中，眼睛紧紧地盯着雕像的面部。随即，雕像那张像洁白细腻的脸上现出了笑容，双眼眨动着，朝女孩点了点头。女孩兴奋极了："噢，她活了，她活了!"这欢笑声立即吸引了过往的行人，纷纷近前观看，小巷里响起了一片啧啧赞叹声和清脆的硬币撞击声。

我连忙按动快门，留下这精彩的瞬间。在欧洲，这种情景是常见的，记得几年前我去法国访问，在巴黎的香榭丽舍大街也曾见到一位男士当街做雕塑状。欧洲人称这种街头表演为"活雕塑"，其实说到底，这也不过是一种行乞的方式而已，和在路边拎着一顶破帽子请求施舍的乞丐同操一种职业。所不同的是，他们不是以破衣烂衫、蓬头垢面和苦苦哀告博取人们的怜悯，而是向人们奉献艺术的美感，以自己的劳动换来应有的报酬。他们精心设计的形象和姿态与周围的城市环境非常协调，观者不但毫无厌恶之感，反而由此感受到浓郁的文化气息，甘心情愿地为此付出"观赏费"。

他们静静地立在街头，以“姜太公钓鱼”的方式挣钱，不吵不闹不扰民，比起那些街头乐队、马路画家更胜一筹，更不必说惯于以魔术般的手段从行人身上掏钱的吉卜赛人了。因此，我把这些“活雕塑”称之为“雅丐”。

进入信息时代，西洋的东西传进中国的速度比以前快得多了，听说我们这里现在也已经有了“活雕塑”，不过那只是个别专业演员周身涂满了颜料，在做探索性的演出，而远未普及到乞丐当中。乞丐们还是用老办法，当街拦住行人，千遍万遍地重复“没钱买车票，连家也回不去咧”之类。我就曾经在同一个地方三次碰到同一个乞丐，他把同一套说辞说了三遍，我当然只上当一次就够了。在“老舍茶馆”门前，我还曾亲眼看见乞丐追着外国人要钱，人家不给，就胡搅蛮缠甚至威胁恫吓，临上车还被他踹了一脚。这哪里像乞丐，简直像拦路抢劫的“李鬼”！据说现在的乞丐大多是“职业乞丐”，有的已经腰缠万贯，白天行乞，晚上住星级饭店，比那些善良的施舍者阔得多了。懂得了这个奥妙，我就不再像过去那样每遇乞丐必施舍，尤其是见到携儿带女的乞丐，让正值童年的孩子们伸着小手沿街乞讨，令人目不忍睹，我痛心的已非“哀其不幸”，而是“怒其不争”！难道他们的父母除了行乞之外再无生路了吗？只要肯付出劳动，干点儿什么不能挣碗饭吃？

话说到这里，有必要声明：我绝没有发动中国的乞丐化装上街表演“活雕塑”的意思。试想，如果北京的马路上突然冒出一些横眉怒目的“八大金刚”或是泥头泥脸的“收租院”来，也够大伙儿受的！我只是想说：一个国家、一个民族的文明史，是由它的全体成员一代又一代共同写成的，他们之中的每一个人都在“雕塑”着国家和民族的形象，佛罗伦萨街头的“雅丐”便是一例。

（发表于1999年2月1日《北京晚报》）

海空星河

天边褪去了最后一抹晚霞，夜幕笼罩了大海，一层层白浪缓缓地漫上沙滩，再缓缓地回落，是那么悠闲、从容。这是退潮的浪，奔腾了一天的大海也需要歇一歇了，像睡眠中轻柔的呼吸。有意思的是，退潮并不是海水倒流，而是随着浪涌的一起一落，水位渐渐降低，那湿漉漉的沙滩便越展越宽了。

我和两三个当地友人来到海边，他们说，若不是为了陪我这位远方来客，倒还没有机会乘夜观海，今天也是第一次。我感慨，海边的人真是太“奢侈”了，白白浪费了多少良宵美景！海边大排档的小伙计为我们在沙滩上置一张方桌，几把座椅，泡一壶铁观音，于是宾主落座，把盏临风，对海品茗，踏浪听涛，好不快哉！千里之外的都市喧嚣，余威未尽的秋后残暑，都作云烟散去，一时不知身在何处，今夕何夕！

旁边有渔民在拉夜网，听他们说，今天是农历七月初一。我这才意识到，怪不得看不见月亮。天已经黑透，浓黑中泛着微蓝，明净澄澈，闪烁着无数星斗，与远处的点点渔火交相辉映。这般满天星斗的夜色，在北京是看不到的，大概是因为北京有太多的“明星”吧？我和友人仰望星空，竞相指点，头顶一抹轻纱纵贯苍穹，那是银河；右岸一颗大星，闪着黄钻石般耀眼的光，当是织女；而左岸并排三颗稍暗的小星，一定是牛郎和他肩挑的一双儿女了。奇怪不奇怪？我们中国人即便走到天涯海角，看到星星便会想起那个牵动了一代又一代人情感的神话故事："迢迢牵牛星，皎皎河汉女。纤纤濯素手，札札弄机杼。终日不成章，泣涕零如雨。盈盈一水间，脉脉不得语。"此刻，天上的牛郎织女正在隔水相望，欲语不得，要等到鹊桥飞架，他们夫妻母子团聚，还有整整七天。每年的那一天，善良的中国人都要向他们表示庆祝，并且也期望借此为自己带来吉祥。《帝京岁时记胜》"七夕"条云："街市卖巧果，人家设宴，儿女对银河拜，咸为乞巧。"在我的儿时，北京的这些风俗已经大大淡化，种种仪式都没有了，但"七夕"并没有消失，它仍然活在人们的心里。记得那时，我总要和年龄相仿的几个女孩儿一起到院子里的葡萄架下谛听牛郎织女的夜半私语。那是极为认真、极为虔诚的潜心静听，"不敢高声语，恐惊天上人"，听他们都说些什么。一阵寂静之后，小伙伴儿们开始转述各自所听到的内容，这个说，牛郎肩挑着两个孩子，一路上又累又饿。见到织女就说："快给我两个油饼儿吃吧！"那个说，她听到织女的女儿在诉苦："妈呀，爸爸这个人真不怎么样，对我们一点儿都不好，你跟他离婚算啦！"现在想想，这些天真的话语都是孩子们的心声，是他们自己生活的折射，可是在当时，却都信誓旦旦地宣称这是亲耳"听"到的！我已经记不得自己曾经听到过什么，也记不得往年"七夕"是否看见过牵牛星和织女星在银河相会，倒是在事隔几十年之后，当我如此清晰地注视着海空星河之际，却更加关注那个四口之家的命运了。你看你看，现在牛郎和织女还离得这么远，七天之内真的能够走完这段路程吗？这引起了我的好奇，决心要亲自看个究竟。

夜深人散。次日晚餐后，还是在那个时间，还是那几位朋友，又相约来到海边，吸引我们的已不仅是品茗听涛，更重要的一项内容则是夜观天象了。我们仔细观察，发现银河的走向与昨晚稍有不同，但牛郎和织女的位置却看不出什么变化。等到深夜，依然如故，只好再待来日。第三夜，西南天际现出一弯新月，浅浅的鹅黄，淡淡的光亮，像一只金钩，给海滩又增添了一层情趣。曹操诗云“月明星稀”，那大约是指浑圆的满月，而我们此时所见到的新月还没有足够的光辉照亮海空，天上的银河和密密麻麻的星斗仍然十分清晰。但遗憾的是，我们所关心的牛郎织女却并没有像想象的那样近，这是怎么回事呢？第四夜，第五夜，新月悄悄地丰满起来，到了第六夜，已经接近半圆，清晰的弓，模糊的弦，像一片飘浮在空中的羽毛。然而，牛郎织女的状况还是没有什么改观，仍然保持着相当的距离，“盈盈一水间，脉脉不得语”。要知道，明天就是他们鹊桥相会的日子，现在只剩下短短的二十四小时了，还来得及吗？海边休闲变成了焦急的等待，好像卫星发射进入倒计时。尽管我们这些中年人谁也不可能将神话故事信以为真，凭着有限的天文知识也知道牵牛星和织女星与地球之间的距离是不相等的，也就是说，他们永远也不可能碰面，地球人所看到的“牛女相会”只不过是个虚假的表象，犹如电影上两个镜头的叠印，但人到什么时候也不可能将童心完全泯灭，比如现在，我们都像孩子似的痴迷着星空，盼望那“纤云弄巧，飞星传恨，银河迢迢暗渡”的动人时刻早早到来。当然，这只有等到明天了。

终于等到了第七夜，“七夕”的正日子。我们早已按捺不住心头的激动，提前吃过晚餐，黄昏时分便赶到海边，坐等天黑。真是不巧，今天是个多云天气，薄云至晚未散，天朦胧，月朦胧，银河也朦胧，仿佛洪水暴发，泛滥得漫无边际。织女在哪里？牛郎和他的两个孩子在哪里？“一片汪洋都不见”了。这就是我们苦苦等待七个夜晚的答案吗？这就是牛郎织女故事的结局吗？真令人太遗憾了。众人默然良久，不知该如何收场。座中一位忽然说“那云彩就是鹊桥啊，他们已经在相会了！今天喜鹊来得特别多，把银河整个都遮住了！”亏得这个聪明人，用“模糊”手段解决了这个难题。

夜空茫茫，星月朦胧。寂静之中，大海从容不迫，推过来一层层白浪，吞吐着沙滩。这是退潮的浪。等退到极限，就开始涨潮，奔腾汹涌，咆哮冲天。这便是大海，天天如此，月月如此，年年如此。不知明年“七夕”，我还会来海边吗？

（发表于2001年9月23日《北京晚报》）

感受“以人为本”

临近岁尾，我从香港返京，经广州搭乘CA1302航班。不巧的是，出发前失手烫伤了脚，涂了药，包了纱布，连鞋子都穿不上，何况还要拖着很重的随身行李，跑很多路去登机，困难是可以想见的。我一只脚穿着皮鞋，一只脚穿着拖鞋，在白云机场一瘸一拐地慢慢走着，正在为难之际，忽然看见一个柜台上方横写着“中国国际航空公司”字样，也不知是干什么的，心想，既然和国航有关，不妨前去打个问讯。

一位小姐接待了我。听了我的叙述，看了我的机票，她便开始打电话，因为隔着玻璃，听不清她说些什么，也不知道她是打给谁的。片刻，她放下电话，微笑着对我说：“联系好了，现在就派轮椅来，送您去贵宾休息室！”

这个结果和她的办事效率都使我惊叹。中国是个人口大国，商品大潮冲刷着拥挤的人群，人情越来越寡淡，“一人有难众人帮”已成为遥远的神话。因此，当一名行动不便的乘客求助时，不但没有遭到拒绝，反而还受到“贵宾”待遇，不免要“受宠若惊”了。我怀着感激的心情问小姐贵姓，她笑笑，轻声说：“姓刘。”

一位小伙子推着轮椅来了，把我扶上去，带上我的行李，往里面推去，仅一面之交的刘小姐便消失在我的视线以外。小伙子带我提前过了安检，然后把我推进贵宾休息室，省去了许多麻烦。登机之前还有两个小时，也有了比较舒适的歇脚的地方。

飞机预定在十六时四十五分起飞，眼看登机的时间快到了。休息室服务员小姐对我说：“别着急，先让别人上，您最后上。”

我看看自己的伤脚，想到轮椅无法上舷梯，便问：“有廊桥吗？”

“哦，这个航班没有……”

“那……我怎么上？”

“您放心，”她说，“我们有升降机。”

这又是一件新鲜事儿，我这辈子还没坐过升降机，不免有些紧张。

到了该登机的时候，还是那位小伙子把我扶上轮椅，推到停机坪，又和一位司机一起把轮椅抬上汽车，一直开到待飞的飞机前。果然，一架升降机已等在那里。他们把轮椅推上去，升降机缓缓地升高，就像摄影师拍摄鸟瞰镜头那样。当机器升到与一个十几平方米大小的平台等高时，便停住了，他们把我和轮椅推上平台。那平台也是活的，又缓缓升高，直到和机舱门对齐，轮椅直接推进了机舱，登机的这一复杂“工程”才算胜利结束。

上了飞机，空中小姐笑脸相迎，乘务长还亲自上前关照(据我事后了解，她叫尹宁)。为了方便我行动，她们没有让我对号入座，而把我扶上了最前排的一个座位。一会儿，这个座位的主人来了，见鹊巢鸠占，面有不悦，待乘务长向她说明了情况，那人也就莞尔相让了。

空中飞行的时间大约两个半小时，其间，乘务长和她的伙伴们对我的照顾，可以说是无微不至。更让我想不到的是，在繁忙的服务间隙，小尹还抽时间为我用纱布缝制了一个松软的脚套。以免我穿着拖鞋下飞机太冷。哦，当她们为我穿上这个脚套时，我这个以编造故事去感动别人为职业的人也不禁被深深感动！

北京到了，地面上早已接到信息，准备好了轮椅，此时推了上来，小尹和她的伙伴们把我扶上轮椅，我和她们一一握手，表达我真诚的谢意。而她们却说："没什么，这都是我们应该做的！"

是的，这句话倒也没错，从"为人民服务"的角度来说，民航作为一个服务性的商业机构，的确应该善待它的顾客。但说到容易做到难，以我的经历而言，平生还是第一次给别人添这么多的麻烦，也是第一次得到这么周全、细致的服务。因为我，两个机场和一个航班付出了多少辛苦，甚至还动用了升降机那么个庞然大物！要知道，这一切都只是为了一个人，一个普普通通、无权无势的人，一个生命！过去，我们已经习惯了那样的宣传：少年刘文学为了保护公社的辣椒而英勇牺牲，红卫兵金训华为了抢救公家的电线杆而葬身洪水……我无意诋毁他们的精神，只是感叹：几斤辣椒、一根电线杆，竟以他们年轻的生命为代价，那生命何等廉价！而我今天所经历的一切，则令人真真切切地感到，在我们的社会，已开始走向"以人为本"。轮椅缓缓地前行，我的脑际浮现出一系列镜头：胡锦涛总书记走进农家小院，嘘寒问暖；温家宝总理亲切地握着艾滋病人的手……世风在变，首先是因为党风、政风在变，"权为民所用、情为民所系、利为民所谋"，新一代领导集体率先垂范，榜样的力量是无穷的。在这样的大气候下，每一个十三亿分之一，才可能成为一撇一捺、端端正正的"人"字。

（发表于2004年1月19日《北京晚报》、2月4日《国际航空报》）

碑

离开莫斯科之前，去看了新圣女公墓。原定的访问日程中本来并没有这个项目，是受了翻译小刘的鼓动才临时增加的。在瞻仰列宁墓时，他对我说，斯大林的遗体本来也保存在这里，苏共二十大之后，被赫鲁晓夫搬出去了，埋在克里姆林宫的红墙下。

“我知道，在国内看到过这些报道。”我说。

“其实，能埋在克里姆林宫的红墙下也已经是很高的‘规格’了，只有‘领袖’级的人物才能获得这份殊荣。”他又说，“但是有一个人例外，那就是赫鲁晓夫。赫鲁晓夫也是当过总书记和部长会议主席的人，但死后并没有埋在这里，你知道他埋在哪儿了?”

“他埋在哪儿，我怎么会知道?”我毫不掩饰对赫鲁晓夫的漠然。

“埋在新圣女公墓。”小刘说，“墓碑是抽象派雕塑家涅伊兹维斯内设计的。你知道吗?赫鲁晓夫当权的时候，并不喜欢这个人的作品，曾经当众羞辱过他：你画的是什么玩意儿?驴尾巴蘸上颜料胡乱甩几下，都比你画得好!”

“那为什么还请他来为赫鲁晓夫设计墓碑?是后人恶作剧吧?”

“不，这恰恰是赫鲁晓夫本人的遗愿。”

“这更不可思议了，为什么?”

"谁知道？也许是想修补人缘儿吧？咳，早知今日，何必当初！"

我不禁对赫鲁晓夫产生了"兴趣"。谁能想到，当年不可一世的苏共中央总书记、苏联部长会议主席赫鲁晓夫失势之后如此栖栖惶惶，竟然向一位曾被他不屑一顾的艺术家低头服输？有意思！

"怎么样？我陪您去看看？"小刘向我建议。

我立即表示同意。第二天，趁代表团自由活动的时候，我们雇了辆出租车，冒着蒙蒙细雨，直奔新圣女公墓。

原以为公墓一定在郊外，其实不然，新圣女公墓就坐落在市区的一条街道上，外表并不引人注意，里面倒很宽敞，形形色色的坟墓、墓碑和雕像参差错落，像一座露天的雕塑博物馆。小刘也是第一次来这里，他对我讲的那一大套都是听来的，正像北京的许多名胜，北京人往往是因为陪外地朋友参观才第一次领略。公墓里的游人很少，我们踏着落叶，寻寻觅觅，从一座座坟墓旁向前走去，秋风拂过头顶的树枝，瑟瑟作响，令人心头掠过一阵悲凉。

旁边走过一位老太太，六七十岁的样子，从朴素的服装看来像是一位农妇，白发苍苍，步履蹒跚，手里捧着一束鲜花。小刘连忙上前打个问讯："大婶儿，请问，赫鲁晓夫的墓在哪儿？"

"赫鲁晓夫？"老太太站住了，吃惊地望着我们，好像是怀疑自己听错了，或许是有意装傻充愣，"哪个赫鲁晓夫？"

"尼基塔·谢尔盖耶维奇·赫鲁晓夫。"小刘说。

"噢，是他呀，"老太太的眼神里流露出对死者的不敬，连带着对我们也没有好脸色，"你们……是去给他上坟？"

"不，不，我们是外国游客，只是来'看看'。"我连忙解释，生怕因为赫鲁晓夫而得罪了这位"苏联人民"。

"看看？赫鲁晓夫的墓有什么好看的？"老太太不以为然，"斯大林在世的时候，他说斯大林就像他的父亲；斯大林一死，他马上翻脸，把斯大林说得一无是处，这样翻云覆雨的小人，不值得纪念！”

老太太说到这里，转过脸去，撇下我们，径自去了。

我和小刘不禁感叹：赫鲁晓夫在他的国家竟是这样不得人心！一路闲聊着往前走，忽然发现赫鲁晓夫的墓就在近旁，那墓碑十分惹眼，而且上面还有赫鲁晓夫的头像，很容易辨认，我这个年龄的人对他那张肥脸是很熟悉的。赫鲁晓夫留给我们的印象太深了，他专横、霸道，粗暴干涉兄弟党和国家的内政，背信弃义，单方面撕毁和中国的经济技术合作协议，使“三年自然灾害”雪上加霜；他野蛮、粗鲁、随心所欲，信口开河，在美国当众脱下皮鞋敲桌子……劣迹斑斑，不胜枚举。当年“反修”热潮中，中共中央“九评苏共中央公开信”的战斗檄文就是针对他的，毛主席的诗句“土豆烧熟了，再加牛肉，不须放屁，试看天地翻覆”也是针对他的。在中国，“赫鲁晓夫”这四个字就是野心家、阴谋家、修正主义的代名词，是十恶不赦、万劫不复的魔鬼。从赫鲁晓夫时代到现在，四十年过去了，当年的“反修”斗争已成为历史，连苏联都不复存在，那么，今天又该怎样来评价赫鲁晓夫呢？也许，如果没有赫鲁晓夫的折腾，极“左”、专制的斯大林时代不会那么早结束；庞大的苏联也不至于那么快衰败、消亡。

有意思的是他的墓碑：深灰色的基座上，黑白两色的大理石相互交错，相互扭结，两者的缝隙中嵌着赫鲁晓夫的头像。这就是涅伊兹维斯内极具独创性的杰作，黑白两色的墓碑，史无前例，举世无双。但他为什么要这么设计？这黑白两色是什么意思？小刘说：“可能是寓意赫鲁晓夫功过兼具、毁誉参半。”也许是吧？可我听着又觉得这种说法更像习惯于“三七开”“四六开”的中国人的思维方式，谁知道墓碑的设计者涅伊兹维斯内是不是这么想的呢？如果真是这样，我倒要佩服这位艺术家的大度，他并没有因为旧怨而报复死者，而能够以平静的心态，力求客观地认识墓主的一生，不管“半黑半白”的评价是否准确，他设计墓碑的创作态度是严肃的，墓碑上的赫鲁晓夫头像以写实手法雕成，而没有丝毫丑化。

离开赫鲁晓夫墓，我们又意外地发现了众多“熟人”的墓：作家果戈里·法捷耶夫、奥斯特洛夫斯基，诗人马雅可夫斯基以及青年英雄卓娅和舒拉都埋葬在这里，简直是明星大聚会，新圣女公墓强大的阵容和深厚的底气着实令人惊叹！这激起了我们极大的兴趣，一一拍照留念，并且继续寻找下去，看看还有什么人是我们熟悉的。这时，竟又碰到了那位农妇似的老太太，她正半蹲半坐在一座墓前，低头自言自语地说着什么，原来捧在手里的鲜花已经放在墓碑前。这墓碑十分简朴，也没有墓主的雕像，不像那些名人墓那么醒目。

我问小刘：“这是什么人的墓？”

小刘看了看碑上的字，说：“乌兰诺娃。”

“啊？”我吃了一惊，“乌兰诺娃！”

老太太被惊动了，抬起头来，满脸泪痕。她认出了我们，好像很为墓主而骄傲，问道：“听说过这个名字吗？知道她是谁吗？”

“当然知道了，”我说，“她是苏联最优秀的舞蹈艺术家，在全世界都非常有名……”

“是的，”她点点头，“乌兰诺娃为我们的国家争了光！”

“她曾经访问过中国，只可惜我没有亲眼看过她的演出！”

“我看过，看过许多次！”老太太说，那神情极其自豪。

“您……是她的什么人？”

“我？我是她的观众，她的崇拜者！在一次演出之后，她还亲笔给我签过名呢！当然，她不一定记得我，因为崇拜她的人太多了！”

这个回答实在出乎我的意料，原来她既不是乌兰诺娃的亲戚也不是朋友，而只是一个“老追星族”！

老太太告诉我，她从小就喜欢芭蕾，梦想着能成为像乌兰诺娃那样的艺术家，可是天不遂人愿，她后来的人生道路与舞蹈完全无缘，但是她丢不下那刻骨铭心的爱好，几十年来一直崇拜着乌兰诺娃，直到她去世，仍然痴情不改。她不是本地人，家住在二百多公里以外的一个小镇，到莫斯科来一趟要坐好几个小时的火车，昨天进了城天就已经黑了，她只好在火车站坐了一夜，天一亮就赶到这儿来了。

“这是您进城的唯一目的吗？”我问，“是不是还有别的事要办？”

“没有，”老太太说，“就是特地来给她上坟。每年我都至少要来一次的，给她献一束花，对她说一说心里话，就好像又看见了她在舞台上翩翩起舞，那是一种崇高的艺术享受啊！”

啊，不知长眠地下的乌兰诺娃听到了没有？如果她九泉有知，应该为自己仍然活在观众的心里而欣慰，这也正是艺术家的生命价值所在！中国的史学泰斗司马迁说过：“古者富贵而名磨灭，不可胜记，惟倜傥非常之人称焉。”是的，历史无情，生前富贵尊荣，死后未必不朽，长留天地之间的唯有“倜傥非常之人”，那碑，立在人的心中。

小刘，给我们拍张照吧！我和老太太并肩而立，身旁是乌兰诺娃那近乎简陋的墓碑。

从新圣女公墓归来，赋绝句一首：

秋风黄叶雨霏霏，哭倒坟前道是谁？
莫谓舞魂从此逝，巍然不朽在心碑。

（发表于2004年第4期《文学风》）

他扑向太阳

——吴冠中的艺术道路

很久以来，我总想为著名画家吴冠中先生写一篇短文，却迟迟未能如愿。我为他笔下的画幅而折服，为他不知疲倦的艺术劳动而惊叹，为他那清瘦的面庞上一双闪闪发光的慧眼而感染，但怎样来描绘他呢？却不知如何下笔。

终于，在我读到他写的充满激情的《凡·高》一文时，豁然开朗了！

> 每当我向不知凡·高其人其画的人们介绍凡·高时，往往自己先就激动，却找不到确切的语言来表达我的感受。以李白比其狂放？不适合。以玄奘比其信念？不恰当。以李贺或王勃比其短命才华？不一样。我童年看到飞蛾扑火被焚时，留下了深刻的永难磨灭的印象，凡·高，他扑向太阳，被太阳熔化了！

他把凡·高写活了，无意中也勾勒出一幅惟妙惟肖的自画像！

“太阳”，它是光和热的源泉，是造就自然和人类的鬼斧神工，是“真善美”的崇高艺术境界。

一九一九年，吴冠中出生在江苏宜兴的一个清苦农家。这个挂角野读的村童是打着赤脚向太阳扑去的。在国立杭州艺专，他一头钻进民族艺术的星空，从仰韶文化到秦汉石刻，从唐宋人物到明清；竹，他目不暇接地浏览着，手不释卷地摹写着，就像儿时划着木盆在碧波中采莲摘菱，他甚至担心舟不胜载。然而，很快便感到了不足。他举目远望、发现自己周围闪烁的只是银河中的群星，而不是太阳，或者说，太阳还遥在天边，“盈盈一水间，脉脉不得语”。夜空的清冷，晨曦的迷蒙固然使他陶醉，但他向往的是烈焰升腾、光华万丈的太阳。他不满足于“墨分五彩”，而要让蕴藏在日光中的赤橙黄绿青蓝紫毫无保留地分解在调色板上。他告别了恩师潘天寿，甘愿留级插班进入西洋画系。毕业之后又远渡重洋，直奔巴黎。

在巴黎，他追日的速度不仅使同辈人惊异，也博得他的老师苏弗尔皮先生的刮目相看。年轻的艺术家擦拭着汗水，计算着扑向那光灿灿的太阳已经没有多少光年之遥的距离。

那一年，巴黎的一个美术团体发起绘画比赛，并将对优胜者颁奖。吴冠中雄心勃勃，跃跃欲试，要拿它一个头奖！但是，创作题目公布之后，他立即打消了这个念头。《圣诞节》！为什么不是《端午节》？使他梦魂萦绕的是龙舟盛会，而不是唱诗班，使他荡气回肠的是《离骚》，而不是《圣经》。圣诞节，他并非不熟悉，几年来，他也曾和巴黎的老师同学一起欢度这个节日。但总是有一层隔膜、一段距离。圣诞节，这是人家的节日！他不爱耶稣，他爱汨罗江，爱屈原！民族的血液在他的血管中冲腾，他突然为“独在异乡为异客”而无限惆怅。他对着默默流淌的塞纳河出神，望着高耸入云的埃菲尔铁塔遐想。他凝视着熔金般的太阳，寻找向它靠拢的途径。

啊，多么玄妙莫测的太阳！虽然生活在地球上每一角落的人们都可以得到它的光热，它却从来没有平均施舍，不但有春夏秋冬，还有风雪雨露。太阳虽然只有一个，而椭圆形的地球上的人类通往太阳的道路却有千万条，中国的吴冠中决不能走荷兰的凡·高的老路！

已故的凡·高说过的话在他耳畔回响：“你是一粒麦种，应该撒在自己的土壤中！”

苏弗尔皮先生对他说：“回到中国才能从自己传统的根基上发出新枝！”

于是，他又匆匆上路了。

“万里赴戎机，关山度若飞。”祖国的山，祖国的水，为这位长征者提供了最丰富的营养。啊，又饥又渴的艺术家，痛饮吧，这是故土的甘泉，这是母亲的乳汁。你远走天边，在瞻仰罗丹的雕塑杰作时，可曾想到霍去病墓前的石刻？在徘徊于夏凡纳的壁画之前时，可曾忆起顾闳中的《夜宴图》和韩滉的《文苑图》？在欣赏罗浮宫的无身石佛头像时，可曾记得它的身躯和脚跟还坚实地立在祖国的泥土上？“人生易老天难老”，这泥土下埋藏着我们无数先人的躯体，而这泥土却永存着，他们创造的灿烂辉煌的艺术传统也永存着。虽然，他们只是夜空中的寒星，黎明前的晨曦，但是，随之而来的不就是一轮红日吗？前人在无路的泥土上走出了路，但没有走完，你走来了，冲上来！

有一次，吴先生在威海面对着大海写生。他把画架绑在礁石上，以免被强劲的海风掀掉，浪花打湿了他的衣衫，他全然不顾，整整五个小时的紧张工作使他忘记了一切，直到满意地端详着完成的新作，收拾画具时才发现一位热心的旁观者默默地站在他的身后。这是一位须发全白的渔民，自始至终关注他那战斗般的创作全过程。临了，才蹒跚离去，喃喃地说：“中国人真聪明啊，外国人就画不出来！”

吴冠中被老人的话惊呆了。他知道，这并不是对自己作品的准确估价，因为他常常面对祖国的山河感到自己技巧的贫乏，感到无能。他的作品也曾经受到同行和外行的种种非议。同时，他也相信这位老人未必见过多少外国美术作品，未必具有评判其优劣的眼力。然而，他却可以肯定，老人见过帝国主义的炮舰在这里登陆，他本人就是苦难的旧中国的见证！他的话，正是代表着人民对祖国山河的热爱、对自己的艺术家的无限期望啊，期望你在全人类的文明进步的竞争中赶上去，超过去，名列前茅！为了这个，你能不竭尽自己的每一滴心血吗？

吴冠中画了多少画？没有人做过统计，也无法统计，一山、一水，一草、一木……无一不成为他的表现对象，他在画布上画，也在宣纸上画，两者都没有时，他就画在木板上、马粪纸上！

太阳的光辉闪耀在他的画上：在青翠欲滴的《瓜与花》的枝叶上，在《漓江鱼鹰》的明净澄澈的水面上，在《春雪》的融融残玉上，在《海》的滔天白浪上……

追日者深知太阳是一个奇热无比的火球，但却甘愿被它熔化！

也许，人们永远追不上太阳，因为，人生是有限的，太阳却是永存的，而人们理想中的太阳却又随着时代的推移越升越高。但是，他毕竟是距离太阳越来越近了。以至于我们在远眺他的背影时，已被四射的光芒闪烁得只看见一片透明的云彩。

是的，他正在扑向太阳……

（发表于1981年第1期《艺术世界》）

蓦然回首

——荒煤与周总理的交往

重庆曾家岩50号，“周公馆”。

这是四十五年前周恩来生活和战斗过的地方，它的左侧不到五十米处便是特务头子戴笠的公馆，从那里可以“监视”这里的一切；门前有一座伪装成“茶馆”的特务据点。

一九九一年一月二十六日，七十八岁的荒煤老人怀着虔诚的景仰之情再次走进这里。立时，他听到了那亲切的一声呼唤：“荒煤!”他看到了那熟悉的面容，浓黑的剑眉下，一双深沉睿智的眼睛在注视着他。他的心颤动了，泪水模糊了眼帘。随着岁月逝去的一幕一幕又清晰地浮现出来，就像发生在昨天……

一九三九年，他第一次见到周恩来，是在延安窑洞里的“周公馆”。面对这位震惊世界的伟人，他感到就像他在《西行漫记》里看到的照片一样，就像他从武汉、重庆的朋友们口中听到的描述一样。周恩来拿出一本厚厚的相册，一页一页翻给他看，那里面有他的妻姐张瑞芳在重庆的剧照，周恩来和张瑞芳的合影，还有他在重庆的许多朋友的照片。他兴奋极了：“这些都是在周公馆照的?”周恩来笑了：“你也知道‘周公馆’?”

当然知道，早就知道，天下谁人不识君！

新中国成立以后，他又成了中南海西华厅“周公馆”的常客。而他真正来到重庆的“周公馆”，已是多年之后的一九五六年，他到重庆主持电影剧本创作讲习会，才有机会细读了周公留在这里的每一个足迹。

从五十年代起，荒煤就是我国电影事业的主要负责人之一，而国务院总理周恩来既是他无限信赖的领导，又是无话不谈的朋友。总理和电影界人士在一起，那是怎样一种融洽的气氛啊！为了《达吉和她的父亲》电影和小说的比较，他可以笑容可掬地和赵丹争论不休：“你赵丹是一家之言，我周恩来也是一家之言嘛！”

一九五八年，全国正处在“大跃进”的热潮中，电影界也提出了“人人放卫星”“部部工农兵，片片满堂红”。那一年的四月二十三日，因病卧床的总理把在京参加人大、政协会的荒煤和陈鲤庭、沈浮、郑君里、赵丹、张瑞芳叫到医院谈话。总理从枕头下拿出一张事先准备好的提纲，对他们说：“不管做什么事，都要学会两条腿走路，都要设想一下对立面，否则就容易片面。尤其是艺术问题，是精神产物，有一个指头的错误就容易引起意见。”“艺术不能和工农业一样地要求多快好省，要量力而行，不能勉强。是粗制滥造好，还是精细一些好？……宁愿好的影片不惜工本，明知不好的可以不拍，宁可上了马下马。”在那个时候，这真理的声音是多么难得！

五月三日，总理又在中南海紫光阁再次就“文艺工作要两条腿走路”的问题做了重要讲话。正是在总理热情而又冷静的关怀下，一批向国庆十周年献礼的优秀影片诞生了：《我们村里的年轻人》《五朵金花》《战火中的青春》《林家铺子》《风暴》《青春之歌》《聂耳》《老兵新传》《战上海》……

一九六一年六月十九日，总理又在广泛调查研究的基础上，“心有所感，言之为快”地做了《在文艺工作座谈会和故事片创作会议上的讲话》，重申废除“一言堂”，改进领导作风，尊重艺术规律，发扬艺术民主，重视经验、才能和艺术技巧。他特别指出：“精神产品是不能划一地要求的”“是不能限数量的”“文艺要好好为人民服务，就要通过实践，到群众中去考验。你这个形象是否站得住，是否为人民所喜闻乐见，不是领导批准可以算数的”“至于题材，完全允许作者自由选择……对创作题材不要干涉过多”。总理的话，使长期在“左”的压抑下的电影工作者热泪盈眶，他们大声疾呼，要把在周总理亲切关怀下产生的“文艺十条”和“电影三十二条”刻成碑树立在电影厂的大门口！

那次会议之后，中国的电影事业再次出现了一个高峰，拍出了《甲午风云》《停战以后》《李双双》《冰山上的来客》《早春二月》《燎原》《红日》《农奴》《英雄儿女》《阿诗玛》《白求恩》《小兵张嘎》《霓虹灯下的哨兵》等一批优秀影片。

谁能够想到呢，和煦的春风竟是那样短暂！一九六四年文化部“整风”，荒煤便受到了猛烈的冲击。在经过许多次会议批评、诱导、启发之后，他终于在极其痛苦、复杂的心情中沉痛检讨，承认自己所领导的电影战线已经形成了一条系统的、完整的“修正主义路线”！以当时荒煤所处的环境和他当时的认识水平，他不可能意识到这是有人在借此向总理施放暗箭，他只是凭着一个共产党员的忠诚和事业心在真诚地忏悔。虽然他在检讨中一开始就声明：自己在电影局推行修正主义路线，多次提出的改革方案，尽管得到中央、中宣部的批准，但这是我们向领导反映了错误的情况，干扰了领导，甚至可以说利用了领导对我们的信任，蒙蔽了领导，不能把责任往上推……但是事情怎么可能就此完结呢？当年十一月，他被停止了文化部副部长的职务；一九六五年五月，又奉命调离北京，任重庆市副市长。

在重庆，他无数次地拜谒“周公馆”，设想着：我一定好好改造自己，等做出些成绩，再给总理写信，请他相信，我是真心“认罪”的！

一九六五年，总理在陪同外宾访问时飞经重庆。在宴会上，荒煤不敢靠近总理，只想远远地看他一眼。谁知道，总理那双炯炯有神的眼睛在大厅里巡视了一周，远远地就看到了他，立即伸出手来亲切地叫道：“荒煤！”他顿时全身涌起热血，紧紧地握住了那双温暖的手……

总理走了。事后，一位老战友告诉荒煤：总理说，在重庆的时间太紧促了，他觉得很遗憾，没有时间找荒煤谈谈。总理看了荒煤在文化部最后的检查，说：“不知道荒煤怎么想的？”

一句问话，掷地有声，使荒煤彻夜失眠。是啊，自己是怎么想的？

他再也没有机会当面回答总理的询问。“文革”的狂风骤起，他首当其冲，被“打倒”了。经过长达七年的监禁之后，又被发配到重庆市图书馆做填写图书卡片的“工作”，一直到听到那巨星陨落的噩耗……

历史的乌云消散了，一切都清楚了。可是，现在他置身在“周公馆”，却无法和总理做倾心交谈了。他凝望着总理的遗像，耳畔回响着总理在新中国成立十周年庆祝新片展览月的讲话：“戏剧、电影可以说是开得最茂盛的两朵花，十年来，电影工作者在党的领导下有了很大的进步……我们的电影已经开始创造了一种能反映我们伟大时代的新风格……新片展览月的优异成绩，在中国电影史上留下了一个异峰突起的空前纪录！”

荒煤的灵魂颤抖了！这一切，不都是在周总理的领导下取得的吗？自己所承认的那一条“修正主义路线”在哪里？那样的“认罪”又被某些人利用来做了什么？

啊，啊，总理啊，总理啊！

总理的遗像默默不语，深沉的慧目注视着荒煤，好像在向他发问：

“你是怎么想的?”

四天以后，他在北京的寓所铺开了稿纸，动手写一篇痛苦的文章:《你是怎么想的》。

回忆周总理的文章可谓多矣，但荒煤此文不可多得。因为写这篇文章，不仅需要激情，尤其需要胆量和品格。一位七十八岁的老人公开“解剖”自己，标志着他的炉火纯青。

（发表于1992年第8期《四川文学》）

送您一束红玫瑰

——送别崔月犁伯伯

春节之前，我打电话到崔月犁伯伯家，准备去给他和书麟阿姨拜年。接电话的是一个熟悉的声音，好像就是崔伯伯本人，只是显得低沉。我并没有多想，便说："伯伯，我是霍达，您好吗？"话筒里的那个声音却说："我父亲去世了。"我一愣，以为号码拨错了，忙问："是崔伯伯家吗？"对方回答："是。""你是谁？""我是晓彤。"

这就完全没有错了，他的儿子决不会误报父亲的死讯！但是，噩耗来得太突然了，突然得令我没有任何思想准备，难以置信，我急切地说："这怎么可能？前几天我还在电视里看见他！什么时候去世的？""大前天，"晓彤说，"他去世很突然，只有几分钟，就……"

放下电话，我和为政连外衣也顾不上换，便匆匆赶往崔伯伯家。一路上，我们默不作声，沉浸在巨大的悲痛之中，崔伯伯不平凡的一生犹如一部波澜壮阔的影片，清晰地映现在眼前……

一九二〇年，崔伯伯出生在河北深县一个农民家庭，本姓张，"崔月犁"是他在革命战争年代的许多化名之一。一九三七年六月，在中华民族生死危急的关头，年仅十七岁的他便投身革命，同年十二月加入中国共产党。一九四三年，他奉命来到平津地区，以医生为掩护职业，从事地下党工作，任北平学生工作委员会委员兼秘书长、职员工作委员会书记。在白色恐怖下，他和书麟阿姨置身家性命于不顾，先后与日伪敌寇和国民党反动派巧妙周旋。后来，他又按照党中央的部署，为争取傅作义将军起义、和平解放北平做出了不可磨灭的贡献。我在十多年前创作的电影《鞘中之剑》，其中那位英气勃勃、大智大勇的“李大夫”，原型便是崔伯伯，历经风雪严寒迎来古都春晓之日，他还不到三十岁。共和国的开国功臣当时还那么年轻！

从一九四九年一月到六十年代，崔伯伯先后担任彭真同志秘书、中共北京市委统战部副部长、市政协秘书长、全国保卫世界和平委员会秘书长、北京市副市长兼卫生体育部部长、统战部部长、市政协副主席兼秘书长等职务，在他亲手参与解放的这片土地上，洒下了辛勤耕耘的汗水。不料，“文化大革命”狂飙骤起，人间是非颠倒，这位功勋卓著的老战士却沦为阶下囚，漫漫铁窗生涯使他的身心受到严酷摧残。在幻觉中，他听到监视的铁门“哐啷”作响，听到一个熟悉的声音传来：“崔月犁同志在哪里？你们怎么能这样对待他？”啊，这是敬爱的周总理！他兴奋地高喊：“周总理来救我了，放我出去！”长达八年的非人折磨并没有动摇他对党和人民的坚定信念，同林彪、江青反革命集团的倒行逆施进行了不屈不挠的斗争。“将军百战死，壮士十年归”，他终于活着迎来了人民的胜利，迎来了天翻地覆的“第二次解放”！

一九七八年以后，崔伯伯历任国家卫生部副部长、部长、党组书记、全国中医学会会长、中国保卫儿童委员会主席，并兼任全国爱国卫生运动委员会副主任和中国中医药学会、世界医学气功学会，中国中西医结合学会等学术团体的会长、理事长等职务，在党的第十二次全国代表大会上当选为中央委员。在拨乱反正的新时期，当年的“李大夫”重操旧业，为医治“四害”给国家带来的灾难、造福于人民而殚精竭虑。他坚决贯彻执行党的十一届三中全会以来的路线、方针、政策，注重调查研究，坚持改革、开放、搞活，组织力量对癌症等疑难病症发起攻击，努力开创卫生事业新局面，推向新高度。他本是西医出身，但同时对于祖国传统医学极其重视。他认为，源远流长、博大精深的中医中药学是其他任何学科无法替代的，是世界古老文明和当今尖端科研项目之一。继承和发展中医中药学，使之走向世界，为人类做更大贡献，是中国医务工作者当仁不让、义不容辞的神圣责任。他为建立中医网点、发展中医教育、总结名老中医经验、开展中医科研，做了大量工作，呕心沥血，不知疲倦，以此作为自己终生奋斗的事业。他多次抱病观察边远地区，为缺医少药的少数民族同胞增加医药投资，改善医疗条件。每到一处，人们载歌载舞，喜迎来自北京的亲人，那鱼水相依、水乳交融的场面令人难以忘怀。

一九八七年，崔伯伯退居二线，在党的第十三次全国代表大会上当选为中央顾问委员会委员。他不顾年事已高，疾病缠身，仍然关注着祖国的改革开放大业，牵挂着息息相关的人民群众。长期革命斗争造就的这位特殊人才，人们已经很难界定他的“专业”，作为卫生战线的老部长，他不能放弃自己的事业，虽已古稀高龄仍然深入基层调查研究，主持中医典籍的编译出版工作；作为统战工作的老战士，他广泛团结海内外各界人士，为弘扬中华文化、建设有中国特色的社会主义、促进祖国和平统一而辛劳奔走；作为一名老共产党员，他心中时时装着老百姓，倾听着来自社会底层的声音，向党中央反映社情民意，为群众排忧解难，甚至以老病之躯亲自走访菜市场，详细询问关系着千家万户生计的物价起落，连他住地的电梯工因为值班而误了吃饭，他都看在眼里，回家急忙嘱咐家人：“某某还没吃饭，赶快给她送点儿去！”

这样一位可亲可敬的长者竟然走了！他走得太急，走得太突然，走得令人揪心！

走进崔伯伯居住的那座楼，便遇到手捧花篮的陌生人，我们一起上了电梯。电梯工面带悲戚，默默地把我们送上五楼，不必问，大家都是去同一个地方，向同一个人表达敬意和悼念。

接待我们的是崔伯伯的儿子晓彤和晓澎，其余孩子还没有来得及赶回。在崔伯伯平时休息和会客的房间里，挂着他的大幅彩照，清癯的面容，慈祥的微笑，只是再也听不到他那爽朗的笑声。遗像前已经摆满了花篮，洁白的马蹄莲、金黄的秋菊，寄托着人们无尽的哀思。晓彤含着热泪，向我们述说崔伯伯的最后时刻：“一月二十二日那天早晨，爸爸本来是要去参加《中医古籍名著编译丛书》的一个会议，突然感到身体不大舒服，临时决定去医院，衣服还没有穿好，就跌倒在床前，昏迷不醒。医生闻信立即赶来抢救，上午十时三十五分宣布死亡。其实在他摔倒后几分钟就已经没有了脉搏，只是谁也不愿意相信，医生为挽救他的生命尽了最大的努力……”崔伯伯是累死的，他虽然已经不再担任领导职务，但这位老共产党员仍然在竭尽全力为党为人民工作，直至生命的最后一息！

我们去看书麟阿姨，生怕她经不住这突然而来的致命打击。但出乎预料，她神态冷静、安详，坐在兼做画室的客厅里，面前摆着几张纸，似乎刚才正在写着什么，回味着她和崔伯伯并肩战斗的一生。难以想象，她是以怎样的毅力强制住内心深处的巨大悲痛。彻底的唯物主义者是无所畏惧的，这对经历过地下斗争年代九死一生和“文化大革命”浩劫的老战士，早已把生死参透了。崔伯伯生前曾多次谈及自己的身后之事，嘱咐家人捐献他的遗体、角膜，不保留骨灰，他真正做到了“怀着一颗心来，不带半根草去”，把一切都交给养育他的人民和华夏热土。晓彤说：“爸爸不愿意看到悲悲切切的场面，不喜欢凄凄惨惨的白花、黄花，他喜欢赤诚、炽烈的红玫瑰！”这是儿子心目中的父亲，是对崔伯伯那火一样的生命的生动诠释！

二月十日，崔伯伯的遗体告别仪式在北京医院举行，江泽民等党和国家领导人，党政机关和众多的学术团体献了花圈。哀乐低回，灵堂门外排着长长的队伍，其中有他生前的老战友、老同事，有长期在他麾下工作的医务工作者，有和他交往密切的社会各界人士和国际友好人士，还有许多来自社会底层的、得到过他的帮助的普通劳动者。崔伯伯襟怀坦白，面慈心善，他的一生都在行善；他参与和平解放北平，使国共两方兵不血刃，千年古都免于战火，百万民众免遭涂炭，造就无量功德；他领导医学界攻坚克垒，济世活人，挽救了万千生命；他为官清廉，勤政爱民，心系百姓，惠及四方……这些，人们怎么能忘记呢？现在人们都向他走来，从四面八方走来，百姓们记着他的好处，但斯人长逝，无以为报，唯有在他的灵前痛洒一掬热泪，做最后的诀别。

我和为政捧着一束红玫瑰，走进灵堂。在“沉痛悼念崔月犁同志”的横幅下，悬挂着崔伯伯的遗像，两侧是我们敬献的挽联：“坦荡无私，赤子情怀如朗月；鞠躬尽瘁，公仆风范似铁犁。”这是崔伯伯为共产主义奋斗一生、为祖国和人民忠诚服务一生的写照。他的遗体安卧在苍松翠柏和鲜花丛中，走完了七十八年光辉的人生之路，他奉献了自己的一切，永远地长眠了。面对遗容三鞠躬，我们把殷红的玫瑰放在他的身旁。

起灵的时刻到了，伯伯的遗体即将移送八宝山火化。我们把心力交瘁的书麟阿姨从轮椅上扶起来，让她再看伯伯最后一眼。这时，她再也无法控制自己的感情，扑上前去，伸出颤抖的手，拉住伯伯的胳膊，口中喃喃有声：“我再也看不到你了……”随后，她匍匐在棺木前，把那束红玫瑰，一朵一朵，一瓣一瓣，撒在棺底，陪伴伯伯远行。殷红的玫瑰，这是他生前所喜欢的花，红得像火，鲜得像血，赤诚、炽烈，一如他那不朽的生命，不灭的灵魂！月犁伯伯，安息吧！

（发表于1998年3月11日《北京晚报》）

荒煤，文坛守门人

——荒煤逝世周年祭

荒煤老师病重的消息传来，我的心骤然一沉，立即奔赴北京医院……

病房内外走动着焦躁的人群，从楼道里就听到如雷的鼾声。我急急走进病房，荒煤老师仰卧在病床上，一动不动，只是张着嘴，发出紧急而剧烈的鼾声。其实这不是熟睡的打鼾，而是昏迷中的艰难呼吸。医生、护士以及荒煤老师的女儿好林、秘书严萍、司机小陈向我述说着他的病情，他们所说的那些医学用语我听不大懂，情急之中也听不进去，但早已明白了他们的意思：他已经不行了，只有准备后事了。我不敢相信，这位被电影界、文学界奉为师长的老人真的要离开我们了吗？我走近病床，像过去那样凑近他那听力欠佳的耳朵，大声呼唤着："荒煤老师！荒煤老师！……"

荒煤无语。我伸手抚着他的脸，也没有任何反应，只是在无知觉状态中鼾声不止，而这艰难的呼吸一旦停止，他的生命也将随之结束了。望着他那清瘦的面容，泪水蒙住了我的双眼，如烟往事像"闪回"镜头清晰地浮现在面前……

和这位长寿老人的漫漫人生路相比，我认识他的时间不算长，但也不算短了。那是在一九八〇年，欧阳山尊先生把我的电影剧本《我不是猎人》和《公子扶苏》转给荒煤，征求意见，因为荒煤和夏公是中国电影界的泰山北斗，就教于他是顺理成章的。荒煤很快便读了剧本，写了信来，约我一见。那是我第一次走进他的府上，临近大门的一间斗室，兼做他的会客室、写作间和卧室。一家之长住“门房”，像个“守门人”。他解释说：“我耳朵聋，住在门边，有人来找，好听得见。”第一印象便是这位老人的谦逊、随和。他和我谈论剧本，主要谈历史剧《公子扶苏》，说了一些肯定和勉励的话：“你在剧本结构、人物刻画上都下了功夫的，写得也很有气势……”但更多的是流露出他的疑虑重重。当时，“文革”刚刚结束，政界、思想界正在“拨乱反正”，开展“真理标准”的讨论，极“左”阴霾尚未廓清，文艺创作还处于“乍暖还寒”阶段，历史剧特别是涉及“千古一帝”秦始皇的历史剧应该怎样写，还是一个“敏感”的问题。荒煤说，前不久某电影厂要拍摄一部有关刘邦和项羽的片子(这二位也曾被纠缠进“批儒评法”的政治运动中)，就有人提出一个问题：“你们现在拍这种电影，为什么？想说明什么？”荒煤曾在“文革”中饱经政治磨难，又是电影界的最高领导，不能不想得多一些，既要尽量避免政治上的麻烦，又力图探索历史题材创作的正确路数，用心可谓良苦。但我当时年轻气盛，很激动地述说自己的见解，和他“争论”，此后在彼此的书信往还中仍然“争论”不休。十年之后，荒煤在为我的一本报告文学集作序时还提到我们最初的相识，说起当年对我的指导，他认为“现在看来可笑”，其实，“可笑”的应该是我，受益的也是我。正是在这种无拘无束的交往中，我在影视创作和文学创作的道路上从青年步入中年，也越来越敬重这位忘年之交的忠厚长者。

一九八六年夏，我的中篇小说《红尘》刚刚发表，正在青岛休假的荒煤就写了评论《霍达新作〈红尘〉读后感》。他说：“对反映十年动乱的作品，有些评论工作者总有无尽的忧虑。我倒希望有些评论家下下‘凡尘’，来认识一下这篇作品中一些极为平凡的人物，对他们演出的一场小小的悲剧做个了解。”荒煤很喜欢《红尘》，对其中的人物设置、性格刻画、情节推进做了细致的分析，并且表示“特别欣赏作者那么运用自如地用北京口语写景写人，揣摩人物、描绘人物心理，纯朴自然，清新可喜”，甚至说：“我简直有点惊奇，我觉得这不像是一般感情丰富的女作家的手笔。似乎有点老舍先生的神缘，但又与老舍那冷峻、辛辣的讽刺笔法有所不同。”老师的肯定和褒奖，使我确有诚惶诚恐之感，但更令我震动的是他那在这篇评论中所表现出来的忧虑：“彻底否定‘文革’这句话说起来简单，真正做到，谈何容易。”“一场大地震之后即使轻微的余震，也会使人心魂不定，较之突然的风暴，蕴孕着更深的颤抖。”他以一位老共产党员、老作家的成熟、睿智和强烈的责任感，关注着中国的前途，关注着文坛的命运，“呼吁作家要努力创造站在历史经验总结的高度更全面概括‘文革’的史诗性的作品”。

出于长期领导电影工作的职业本能，荒煤非常希望《红尘》能搬上银幕，这与我的创作初衷不谋而合。他不厌其烦地亲自审阅了我修改多次的剧本，并且对拍摄厂家、导演和主要演员都做了具体设想，在他那间“门房”般的小屋里，我们谈得很兴奋，那时他完全不像“领导”了，而是真正的艺术家，对于创作——尽管这是别人的创作——充满了激情。但是由于种种原因，这些都没有实现，“可惜，在‘娱乐主体’论的大潮中成了梦想”。他后来曾感慨地说。荒煤在以往领导电影工作中曾经有过许多遗憾，一些想拍的片子没有拍成，一些已经拍成的片子不得不违心地做出“修改”，一些有意思的题材丧失了问世的机遇，对于《红尘》，他付出了很多心血，终于又是遗憾，从他那一声叹息，我深深理解这位老人那颗沉重的心。

一九八七年底，我的长篇小说《穆斯林的葬礼》发表，未等单行本出版，荒煤便捧着杂志读完了全书，这对于一位古稀老人来说已很劳神费力，但他读得很兴奋，说："打开杂志能一口气看下来不能舍手，读得很流畅，被作品中的一些人物的遭遇和命运所吸引，为他们的喜怒哀乐、生死忧患所感染，人物性格的特征与其内心世界逐渐生动鲜明的表现而终于留了一些难忘的印象，读后不能不引起许多思考……这确是我这两年来极少有的情况。"翌年夏天，出版社召开《穆斯林的葬礼》座谈会，荒煤恰恰因为一个重要会议而不能参加，特地写了信来。那封信其实是一篇评论，像以往一样，他对他这名学生的新作给予了充分肯定和热情的鼓励，并且再一次以电影行家特有的语言，称赞这部作品"用平行蒙太奇，交叉地表现两代人的命运""结构使人感到新奇"。然而他又决不仅仅"捧场"，在充分肯定的同时也指出了作品的不足："表现旧时代、旧社会的场景描写、生活气息、社会背景，甚至包括二次大战伦敦市的某些生活现象，都写得比较生动、细致。可是，对比起来，新中国六十年代的时代、生活背景的描绘都似乎太简略了一些。""倘如加强这方面的描写，我觉得这部作品的现代意识会更强烈一些。"其实，六十年代正是我的学生时代，那段生活也是我最熟悉的，如中苏论战和"三年自然灾害""三面红旗""反右倾""突出政治"及个人崇拜……闭目如在眼前，但写起来难免心有余悸，有些已经写出来的段落又删去了。经荒煤指出，茅塞顿开，打消了思想上的"禁忌"，把删掉的又恢复起来，并且对全书做了一次全面的加工、修改，增加了七八万字，使得单行本不再留下"遗憾"。《穆斯林的葬礼》自问世以来，得到了同行和读者很多的赞誉，我当然非常感谢，而荒煤老师真诚的批评尤其令我铭记在心。

一九九一年，我的报告文学集《万家忧乐》出版，请荒煤作序。他看了书稿，说"激发了我更多的热泪，也引起我强烈的思考"。他思考的是什么呢?“我们的文艺既不能只强调什么‘娱乐人生’的功能,也不能强调什么脱离时代、生活和群众的‘纯文学’。”“‘文学是人学’的确是颠扑不破的规律,作家不写人,不关心人的命运,不画‘魂’,不去发掘我们民族在振兴中华的伟大创业中一颗又一颗饱经坎坷而奋斗不息的美丽的心灵,不去满腔热情地歌颂这些可贵的中国魂,他从哪里去获得和创造真正的艺术生命?!”

一年又一年,一位又一位前辈辞世而去,当我们隆重庆祝荒煤八十寿辰之后,他也日渐衰老,头发几乎全部脱落,牙齿也残缺不全。而他的头脑却仍然非常清晰,那广阔、光洁的额头中蕴含着深沉的思想,他思考着,写作着,指导着众多的晚辈,在时风时雨的征途上赶路。

一九九四年,我赴香港为创作长篇小说《补天裂》深入生活,搜集素材。行前,我去看望荒煤,他听了我的这项创作计划,很激动,也很感慨。激动的是我没有辜负他的期望,知难而进,敢于不远数千里前去啃这个大题目,为迎接香港回归祖国尽一名作家的责任;感慨的是年龄不饶人,他已经不可能出远门了,要不然真想到香港去看一看呢!我问他有什么事要在香港办,他说:“你去那么远的地方不容易,我什么也不需要,就等着看你的书了!”

一九九五年初冬,我从香港返京,听到了一个令人震惊的消息:荒煤老师病重住院,并且已确诊为癌症!尽管我对现代医学技术抱有幻想,却不能不考虑荒煤的年龄,一位年逾八旬的老人要闯过这一关,恐怕是很难很难了!我马上赶往医院去看他,行前匆匆地炸了些“松肉”,装了一饭盒带去,老人的牙不好,也许可以吃一些?

荒煤躺在病床上,面容比过去消瘦得多了,但情绪仍然很好,他的司机小陈告诉我,老人至今仍然不知道自己患的是不治之症,他的夫人张老师和家人、工作人员都瞒着他。这使我在见到他的时候,心情更加沉重，生怕出语不慎，流露了真实病情，刺激了老人的情绪。但荒煤对此毫无觉察，仍然像过去那样，兴致勃勃地和我谈文学创作，详细询问我《补天裂》的写作进度，并且殷切嘱咐我在长篇小说创作中应该注意什么什么，思路极为清晰，讲得很有条理。我用医院的病例纸详细记下他的话，心里在暗暗感叹：这位不久于人世的前辈，在他生命的尾声，心中仍然装着文学这一神圣的事业，肩上仍然担着诲人不倦的使命！我怕他太劳累，也怕他发觉我的伤感情绪，便适可而止地起身告辞，劝慰他多加保重，忍着眼泪离开了病房，因为心绪烦乱，竟然忘记了带走那几页记录纸。走到楼道里，荒煤让司机小陈追上了我："老头儿说，'这是她写的，拿走啊！'"我接过这几张纸，热泪终于忍不住滚落下来！

那是荒煤最后一次和我谈文学，永远难忘的一次长谈……

又是一年过去了。一九九六年冬，我再次回到北京，《补天裂》的创作已处于完稿之前的"冲刺"阶段。我闭门谢客，日夜兼程，当然不仅仅是为了赶在香港回归之前完成创作"任务"，还因为我的背后有众多的眼睛在看着我，关心我、支持我的人们在等着这部书的问世，其中就包括我的良师益友荒煤老人，我不能让他们失望！可是，荒煤已经等不及了，在举世翘首以望的一九九七年到来之前，他就要离去了……

当我再一次来到他的病床前，任凭我含泪呼唤，荒煤毫无反应，回答我的只有那艰难的呼吸声响若雷鸣。我不能分担他的痛苦，无计挽救他的生命，也难以承受这巨大的心理折磨，盘桓许久，凄然而去。走了好远，还听到那震慑心魄的鼾声，那是伏枥老马最后的嘶鸣。我平生写过的作品大多是悲剧，在作品中极尽悲欢离合之能事，而在现实生活中却脆弱得经不起这生离死别的打击！

我赶写着《补天裂》最后的篇章，把精心塑造的主人公最终送进死亡之门，心里惦记着荒煤，不断地打电话询问，又唯恐听到那可怕的消息。可是，奇迹出现了，荒煤没有离去，他竟然战胜了死神，又活过来了！这简直令人难以置信，我惊叹老人顽强的生命力！当我赶到医院，果然那痛苦的嘶鸣消失了，我看到的是神态安详的荒煤，见我来了，转过脸，慈祥地望着我。“荒煤老师!”我激动地叫着他，迫不及待地告诉他，“我的书写完了，可以请您看了!”他点点头，脸上似乎泛出欣慰的笑容，嘴唇嚅动着，对我说“……”他的声音微弱，言辞含混，完全不能辨识，但我仍然不断地点头，告诉他，我“听”明白了他说的话！我相信，在场的所有的人也都“听”到了这位老作家的心声……

我们并没有留住荒煤老师，他还是走了。灵堂没有设在客厅，还是那间“门房”似的小屋，他平时工作、休息和会客的地方，印留着他生命的最重要的痕迹的地方。张老师说：“他习惯那间小屋。”这句朴素无华的话，包含对朴素无华的荒煤的深深的理解。我又走进了荒煤的小屋，置身此地，并没有感到悲哀，心中涌起的是与凭吊亡人的气氛并不协调的一丝欣慰。我感谢上苍，在老师的弥留之际给了我一个极其宝贵的机会，把我要说的话告诉了他，完成了他所关注的创作，向他交了卷，没有留下遗憾。望着他宛若生时的遗像，仿佛一如往日，在和来访的我们促膝对谈。荒煤没有死，像众多的花圈和挽联所表达的那样，他活在我们的心里，活在文坛，活在他的岗位上，活在他这间“门房”似的小屋里，如一尊门神，用自己的身体抵挡着风风雨雨，护佑着后生晚辈。“我耳朵聋，住在门边，有人来找，好听得见。”有他在，年轻人可以活得踏实些。

（发表于1998年第4期《随笔》。收入《忆荒煤》，中国电影出版社1997年出版）

别情依依忆冰心

“文坛祖母”冰心老人溘然长逝的消息传来，后生晚辈们无不为之震动。尽管她已经创造了九九高龄的纪录，但我们多么希望这位与二十世纪同龄的老人寿满百岁，跨进新的世纪，可惜岁月无情，谁也不能留住她！

我几乎自读书识字便熟知“冰心”这个名字，却迟至八十年代末，一直没有贸然拜访，因为我知道，老人虽年事已高，仍笔耕不辍，她的时间太珍贵了。但我却没有料到，未曾谋面的冰心老人却关注着我的创作。

那是一九八八年，我的报告文学《国殇》发表之后，周明同志拿给冰心老人看，她“一听到“国殇”这两个字，就心惊肉跳！就知道这一定是一位满含着热爱祖国和一腔怨愤之心的作者，用自己的笔浸着血泪写的”。当时她因病即将入院治疗，已经一点儿力气都没有了，而且担心自己经不起阅读这种作品的情感刺激，只好先放下来。三个星期之后，老人出院回家，心里仍然挂念着这篇报告文学，不但细细地读了，而且写下一篇充满激情的评论《我呜咽着重新看完〈国殇〉》。她写道：“《国殇》里那些为‘国’而‘殇’的知识分子，我一位也不认得，但他们的形象在我的脑子里是活灵活现的！因为这样的人物和他们的遭遇，不但科技界中有，社会科学界中也有，文艺界中也有，正如这篇文章里所说……”老人不惮其烦地引用了报告文学中的两段文字，并且以她那特有的敏锐而犀利的笔法，边引边注，在“‘文革’过后在科技、文化、教育事业一片荒芜，百废俱兴的时期”一句当中，老人加了“‘文革’前头，还应该加上‘反右’二字！冰心注”；在“我国知识分子的总收入尚不及普通劳动者”一句之后，老人加了“比起腰缠万贯的‘倒爷’来，更有天渊之别了，冰心注”；而在引文的结尾处，紧接“为了中华民族的腾飞，抢救中年知识分子迫在眉睫”这句话，老人喟然叹曰：“说‘腾飞’是很乐观的话，长出翅膀的知识分子，有的已经折掉了，坠地了，有的已经飞走了，‘外流’了，谈‘抢救’谈何容易！”“说一千，道一万，抢救知识分子的工作，还得知识分子自己来做，‘殷鉴启圣，多难兴邦’，呼吁，请求，是没有多大用处的，我有这个经验！”文章的末尾，老人写下了“一九八八年九月一日急就”字样，可见她当时的激愤之情，如果不是病腿行动不便，简直就要拍案而起了！冰心老人曾经用“甜、酸、苦、辣”四个字概括自己写作历程中的不同阶段和不同风格，的确，她晚年的散文、随笔，最大的特点便是一个“辣”字，披肝沥胆，直抒胸臆，无所顾忌，一语破的，展现了一位正直的老作家的嶙嶙风骨、坦荡胸襟。在这篇文章中，老人对我这个晚辈寄予热情的鼓励，“希望她一直坚持这样地写下去，至少我希望她不像这个‘多少事欲说还休’的老人！”

捧读这篇发表在《文艺报》上的评论，我激动不已：原来，被我们视为泰山北斗的冰心老人离我竟是这么近，我们的心是连在一起的！于是，便由周明引见，我与为政一起前去拜望她老人家。冰心老人坐在她那朴素的客厅中的书桌后面，慈眉善目，和我们谈文学，谈艺术，谈历史，甚至深情地谈到她的父亲——曾经参加过中日甲午海战的谢葆璋将军，使我从中窥察到融化在冰心生命中的浓烈的爱国之情的源头，将门虎女也是一名战士啊，只不过她手中的武器不是枪炮，而是一支笔，为了我们的祖国从积贫积弱的历史中崛起。她从“五四”一直战斗到今天。一见如故，从此，我与年龄长我一倍的冰心老人结成忘年之交，她的道德文章成为我高山仰止的楷模。

我们认识的那一年，是冰心老人的八十八岁大寿，此后每一年的十月五日前后，只要我在北京，都要前去向她表达美好的祝愿。平常，每隔一些时日，我也去看看老人，总是觉得心中有话要对她说，并且要听听老人的声音，虽只言片语也令人振聋发聩。若是间隔得时间长了，老人便会写信来，约我们去聊天，逢年过节，我和为政寄了贺卡去，老人必亲笔还贺，有时兴之所至，还题词垂赠，诸葛亮诫子书和龚定庵诗句，都是她特别喜爱书写的内容，集龚句联浑然天成，最见老人的功力和情操，非常人所能为之，乃当代文坛的奇迹绝唱，我得以珍藏墨宝，幸莫大焉。尤其令我感动的是，老人在九十一岁高龄时还将我的长篇小说《穆斯林的葬礼》通篇读过，并且为这本书的外文版写了序，《序》中的勉励之词鞭策着我努力读书、写作，以不负老人厚望。

一九九四年，我为创作《补天裂》赴香港深入生活，虽然有时返回北京，但来去匆匆，难以经常看望冰心老人了，而这时老人的身体已大不如前，住进北京医院，年复一年，不知何日才能出院。三年后，《补天裂》出版了。我在书中刻意塑造的主人公正是北洋水师的后代，报国无门，九死未悔，最后在抗击英国殖民者展拓香港界址的战斗中为国捐躯，这一创意的最初萌生便是源于对冰心老人对她父亲的爱国情操的一脉相承。

可是，当我怀着“还愿”的心情来向老人汇报时，她却已经不能再读书了，多么令人遗憾！老人在恍惚中记起了我是谁，以微弱的声音谈起一些往事，我不忍再搅扰她，不谈创作，只说一些祝福她早日康复的话，轻轻地按摩着她的手，她的腿，问她：“舒服吗？”老人慈祥地笑了：

“舒服……”我问她想吃点儿什么，她说：“猕猴桃。”我立即到外面去买猕猴桃，等我拿着猕猴桃再回到病房，老人却又认不得我了。“冰心老师，我是霍达呀，不是刚刚来过吗？”“噢，”老人的记忆又重新恢复，拉住我的手，“霍达，霍达，好久没见了，咱们是老交情啊……”于是，一切从头开始，循环往复，仿佛她沉浸在一个长长的梦中，时而醒来，时而睡去，说不定在什么时候，就再也醒不来了。我的泪水忍不住涌出来，苍天为什么这样不公平，你不该剥夺一位智者的思维啊！

如此又挨过了两个年头，岁月已经临近二十一世纪的门槛，我在心中说，对老人的女儿和女婿说，对熟悉的朋友们说，冰心老师一定能闯过这道门槛，到那时，我们将在庆祝新世纪到来的同时为这位百岁老人祝寿！

可是，天不遂人愿，仅一步之差，老人停止了她的脚步，永远地长眠了。如烟往事奔来眼底，一代宗师冰心老人音容宛在，却再也不能与我们做促膝交谈！相见时难别亦难，我想为老人说几句送别的话，但在这悲痛的时刻，思绪纷乱，百感交集，却说不出……也许，当年为政给冰心老人画像时所题的一首七律，概述了老人的一生经历，并且嵌进了老人的一些重要著作书目，可以多少表达我们的心意，谨录以献祭于老人的灵前：

一片冰心在玉壶，同龄世纪等身书。
春华春水邀明月，秋雨秋风忆鉴湖；
沧海横舟忍去国，烽烟策马认归途。
橘灯光暖怜孺子，点点乳汁记事珠。

（发表于1999年3月20日《文艺报》）

大师不朽

——纪念李苦禅先生诞辰一百一十周年

苦禅先生诞生于一八九九年一月十一日，但按华夏古历，却还没有进入己亥年，当为戊戌年十一月三十日，属犬。我之所以特别强调这个年份，是因为在以“戊戌变法”为标志性事件而载入史册的那一年，中华大地上诞生了一批盖世英才：周恩来、刘少奇、瞿秋白、彭德怀、田汉、老舍、李苦禅……他们在不同的领域做出了杰出的成就，对当代及后世产生了巨大影响。

我认识苦禅先生的时候，他已年逾古稀。当时正值“文革”中期，经历过抄家、批斗、住“牛棚”、下“干校”的种种磨难，劫后余生的苦禅老人回到北京，在中央美术学院的传达室负责分发报纸、接听电话。真正是“黄钟毁弃，瓦釜雷鸣”，一代国画大师竟沦为这等处境。一个星期天，我陪同我家先生王为政和他的同学吴传麟，到煤渣胡同美院宿舍去看望苦禅先生。苦老白发苍苍，穿一件棉涤混纺的灰色短袖上衣，很旧了，前胸后背都是汗迹。但简朴的装束却掩盖不了老人的器宇轩昂，谈笑自若，毫无悲苦之态，更不像某些人在失势时那样自卑自贱，令人肃然起敬。

那时，苦老的夫人和子女都被发配外地，他孤身在京，衣食无人照料，困难可想而知。他本不会做饭，自己炒鸡蛋时还要学着“颠勺”，结果把鸡蛋颠到火炉里去了。当他把这当作笑话讲时，我听了却笑不出来，只觉得心疼。自此，我们便常去看他，尽可能地宽慰宽慰这位孤独的老人，帮他做些家务。看到他那件汗渍斑斑的短袖上衣总也不换，我就说：“李先生，您把上衣脱下来，我给您洗洗！”他却不肯，直说：“不用，不用……”我知道，老先生要面子，讲礼节，不愿让客人动手。但我们哪算是客人？老人的子女不在跟前，理应尽一尽晚辈之责。在我的一再劝说下，老人才进里屋换了下来，这件上衣总算见了天日。以后，每隔三五天，我都去把他换洗的衣服洗干净，但仅限于外衣而已，内衣、内裤他都刻意收起来，不让别人看见。有时候，我也帮他做做饭，以“文革”时期的物质条件和我的“厨艺”水平，也就是鸡蛋炒饭而已。我至今记得，第一次炒得挺好，第二次就不行了，原因是上次把他仅有的半斤油都用光了，这次只好干炒。这类往事，想起来可笑而又可叹！

我们每次到来，老人心情就极好，开怀畅谈，从天下大事到生活细节，从绘画艺术到京剧表演，信马由缰，妙趣横生。谈到兴起时，展纸援笔，挥毫泼墨，直抒胸臆。亲眼观摩苦老作画，才知道什么是大师风范，不由得想起古人评论苏东坡词时所说：“眉山苏氏一洗绮罗香泽之态，摆脱绸缪宛转之意，使人登高望远，举首高歌，而逸怀浩气，超然乎尘垢之外，于是《花间》为皂隶，而柳氏为舆台矣。”东坡开豪放一派词风，“大江东去”，千古无敌，晚唐、五代艳词《花间集》和柳永的那些风花雪月之作，只配给他抬轿子、吹喇叭了。中国绘画的大写意花鸟，八大山人是一个高峰，齐白石是一个高峰，苦禅先生近承白石，远接八大，创造了又一个高峰。他的画删繁就简，大气磅礴，令观者惊心动魄。苦禅出，充斥画坛的那些纤柔俗艳之作，皆不足观矣。绘画之道，是极讲功力的，但比功力更重要的是画家的气质。功力可以通过后天的刻苦磨炼而获得，而气质是上天赐予的，伪装不得，也模仿不来。苦禅先生豪侠旷达的气质，和他那大刀阔斧、元气淋漓的画风，浑然一体，相得益彰，连他的老师齐白石都由衷赞叹：“雪个先生无此超纵，白石老人无此肝胆！”“人也学吾手，英（苦禅先生名英）也夺吾心，英也过吾，英也无敌。来日若不享大名，天地间无鬼神矣！”正如白石老人所料，苦禅先生日后果成大器，享大名，在写意花鸟画史上拥有不可替代的地位。真正的大师，不是自封的，更不是靠炒作而成的，而是大浪淘沙之后留下的真金。历史无情，艺术史从来只记录大师的匠心独创，而忽略平庸之辈的嘈杂喧闹，诚所谓“会当凌绝顶，一览众山小。”

与苦禅先生交往，令我们受益匪浅。为政曾说：“得苦老亲炙真传，是我学画生涯中的最大收获。从苦老那里学到的不是单纯的笔墨技巧，更重要的是境界，从作画的境界到做人的境界，苦老都是我终生的楷模。”我虽非画家，也深有同感。苦禅先生正直，率真，讲信义，重然诺，赤诚待人，心口如一。他自青年时代投师白石门下，与齐翁情同父子。白石老人早已名满天下，画作洛阳纸贵，于是仿冒者蜂起，赝品充斥坊间，当时尚为北平国立艺专学生的苦禅先生宁愿以拉黄包车维持生计，也决不肯假冒老师之名以弁利。为此，白石老人赞曰：“苦禅仁弟画笔及思想将起余辈，尚不倒戈，其人品之高即可知矣！”苦禅先生与画界同行惺惺相惜，从不嫉贤妒能，李可染、许麟庐等画家均由他引见，拜齐白石为师，后皆成大器。苦禅先生追随、侍奉恩师三十四年如一日，直到白石老人去世。在“文革”初期的“红色恐怖”中，苦老和他的儿子李燕冒着身家性命的极大风险，把被造反派查封的白石老人画作和印章抢救出来，加以密藏，以免遭焚毁。这不仅是出于对恩师的深情和对艺术的尊重，更是自身人格的生死锤炼。苦禅先生的人生信条是“必先有人格，尔后才有画格”，他本人就是最好的范例。早在日寇侵华，民族危亡之际，他曾冒死掩护抗日志士、共产党员、爱国学生，不幸被捕入狱，受尽酷刑仍威武不屈；新中国成立之初，他曾直言上书毛主席，坦陈中国画教学的艰难遭遇，其胆略与勇气，又有几人能为？苦老以传奇性的一生，书写了一个顶天立地的“人”字，这也正是他绘画艺术的坚实骨架。中华自古以人品、画品并重，有大人格才有大艺术。画界名流荟萃，难免文人相轻，但论及苦禅先生，则无人不称道。即使在“文革”的疯狂年代，他被强加诸多“罪名”，但在人们的心目中仍是巍然耸立的一座高山，打而不倒。

“文革”后期，苦老的夫人和子女陆续回京，他终于结束了那一段孤寂清苦的生活，重享家庭的温暖。过去的朋友、学生都来看望他，慕名求见的人也越来越多，家里经常高朋满座。苦老对于来访者，无论地位高低、名气大小，一律以礼相待，赫赫高官和普通百姓，在他那里平起平坐。凡登门请教画艺者，苦老都耐心指点，并且亲笔示范，将自己的画作慨然相赠，毫不吝惜。他秉承白石老人遗风，常在自己喜爱的学生作品上题字勉励，一片怜才之心，跃然纸上。他深知年轻人学画不易，要在茫茫艺海崭露头角更是难上加难，需要老一辈的扶持，一经名家品题，则声价十倍，这是不言自明的。以自己的光焰照亮后来人，正是为师者的至高境界。那些颤抖着双手接过苦老墨宝的青年学子，一辈子都会感念老人慈父般的仁爱之心。

在改革开放的新时期，苦禅先生焕发了艺术青春，并出任全国政协委员，他以耄耋之年，握如椽之笔，作鸿篇巨制，尽情挥洒胸中浩然之气，讴歌改革开放的开明盛世，展望中华民族伟大复兴的光辉前景。可惜病魔无情，向老人突然袭来，一九八三年六月十一日，一颗艺术巨星陨落了！

光阴荏苒，苦老辞世已经二十六年了。不，当我们凝望着老人慈祥的遗像，总觉得他并没有离去，仍然活在我们的心中，他那沉雄博大的艺术，永远留在人间。苦老的一生，作为画家，他在继承传统文化精髓并吸收外来艺术优长的基础上勇于探索，开拓进取，创造了独具个性的艺术风格；作为美术教育家，他辛勤耕耘，硕果累累，培养了一批卓有成就的后继艺术家，被公认为大写意花鸟画的一代宗师；作为一名爱国者，他以赤子之心为国家前途、民族发展而不懈奋斗，无私奉献，直至生命的最后一息。他是二十世纪中国知识分子的杰出代表之一。

苦禅先生不朽！

己丑清明，写于抚剑堂书屋

发表于2009年月日4月20日《人民政协报》

非百百非不非秦

——怀念著名史学家马非百先生

一九八五年春节，我照例给马非百先生寄去贺卡，数日后即接到回函，却不是马老手迹，而是师母游若愚写来的：“霍达同志：您好！惠卡拜读。可惜，信来迟了！不幸马非百患病毒性肺炎，于一九八四年十二月十日上午九时突然去世！彼苍者天，非百再不能与您相见，畅谈秦史矣！不胜悲痛！……”

太意外了，一代史学大师就这样匆匆走完了人生旅途！

马非百先生字元材，湖南隆回县人，一八九六年生。一九一九年考入北京大学，先后就读于英文系和经济系。当时正值五四运动爆发，风华正茂的马非百也卷入了革命洪流，与中国共产主义运动的领袖人物李大钊、陈独秀、毛泽东都有过交往。一九二六年，他受聘于黄埔军校，任历史教官和政治教官，与邓中夏等中共高层人士仍有密切联系。他积极支持省港大罢工和广州起义，起义失败后，他掩护同志们撤退，自己也逃亡上海。此后，他主要致力于教育和治学，担任过中学教师、校长，河南中山大学、山西大学、河南大学的讲师、教授、历史系主任等职。但这位向往革命的学者并没有隐居书斋、不问世事，而是力图把马克思列宁主义运用于教学和研究之中。他仍然和一些共产党员、进步人士秘密接触，并且利用自己的身份掩护、营救过邓拓、嵇文甫等共产党员。一九四九年是国共两党长期较量中的一个重要年份，也是中国知识分子何去何从的分水岭。就在那一年，傅斯年准备出任台湾大学校长，约请非百先生到台大担任重要职务，被他拒绝。上海解放前夕，非百先生从苏州动身，分三段乘车来到北平。同年六月，经他的学生、当时的华北大学教育长兼政治研究所主任尹达介绍，进入华北大学学习，那时，他已经五十三岁了。从华北大学毕业后，他被分配到中国历史博物馆工作，先后任设计员、办公室主任。那是他一生中最为意气风发的年代，因为他亲身经历了、亲眼看到了革命的胜利，并且正式参加了革命工作，政治理想和业务专长紧密地结合在一起，他决心做一名革命的史学家，把历史博物馆办成全国先进单位。

非百先生是成就卓著的历史学家，尤工秦汉史、中国经济史和经济思想史，同时又是一位古籍整理专家。早在新中国成立前，他就已经发表和出版《桑弘羊年谱》、《秦始皇帝传》、《秦史纲要》上册和《桑弘羊及其战时政策》《秦汉经济史料》《周秦诸子经济思想之研究》等重要著作以及多篇单篇论文，尚未出版的还有《桑弘羊传》《秦集史》《管子轻重篇新诠》。为了研究秦史，他立志要沿着秦始皇七次出巡的路线去亲自考察一遍，由于条件所限，没有得以完全实现。新中国成立后，正当他处于“海阔凭鱼跃，天高任鸟飞”的最佳心态，却不料在一九五七年因言获罪，被加冕为“资产阶级右派分子”，打入另册。本来一直以为自己是“左派”，怎么突然成了“右派”呢？对此，马老不怨天，不怨地，只怪“自己不小心”。他被调去中华书局当编辑，为他人做嫁衣。他在研究中的一些新发现、新成果，只能无偿地被别人使用，自己则隐姓埋名，一位学者从此失去了著述的权利。“文化大革命”中，他以七旬高龄、病弱之躯，被迫去“五七干校”劳动改造。然而，即便在那样艰难困苦的逆境之中，他也仍然没有放弃史学家的使命，在辛苦的劳动之余，像反刍的老牛一样咀嚼着中华民族多灾多难的历史。

待到“四人帮”覆灭，“右派”改正，马老已届耄耋之年。这把年纪，对任何行业的人来说，都应该退休养老、颐养天年了，而马老却要从头再来，填补那几十年的空白。老眼昏花，双手哆哆嗦嗦，在狭小的居室，他伏案写啊写啊，密密麻麻的字迹就像火车站拥挤的人群，互相纠缠着，撕扯着，只有中华书局的老编辑们才能辨认，因为马老是那儿的老人儿啊！马老几经沧桑，几十年来一直不断修改的书稿《管子轻重篇新诠》《盐铁论简注》《秦集史》，终于得以出版，这件工作几乎陪伴他终生。马老治史极其严谨，在充分占有史料的前提下，独立思考，决不盲从。比如《史记·如皇本纪》中“始皇东游，至阳武博浪沙中，为盗所惊”一句，他经过实地勘察，发觉历来句读有误，遂改为“始皇东游，至阳武博浪，沙中为盗所惊”。不但指明了当年始皇遇刺时的地理环境、气候特点，而且将一直流传的“博浪沙”这一以讹传讹的地名也给予纠正了。又如《战国策·秦策》中吕不韦说：“而士仓又辅之”，马老疑“士仓”系“土仓”即“杜仓”之误，却又苦于没有证据，弄得昼夜苦思，而又无人能助，后来忽于午睡中梦到《诗经》中的“自土徂漆”，这里的“土”即为“杜”，由此才解决了悬疑。再如赵高的出身，《史记·蒙恬列传》中曾提到“赵高兄弟皆生隐宫”。何为“隐宫”？《史记·集解》云：“徐广曰：为宦者。”《史记·索隐》：“刘氏云：盖其父犯宫刑，妻子没为官奴婢。妻后野合，所生子皆赵姓，并宫之。”《史记·正义》：“宫刑，一百日隐于荫室养之乃可，故曰隐宫……”总而言之，都认定赵高的父亲受了“宫刑”，而宫刑犯人须在“隐宫”养之百日，而赵高兄弟即在此时生于“隐宫”。绕了好大的弯子，总觉似是而非，难以服人。试问：赵高之父纵使受了“宫刑”，与其妻何干？为什么她要到所谓“隐宫”去生孩子？马老经过缜密查寻，终于在新出土的云梦秦简中找到答案。秦简云：“工隶臣斩首及人为斩首以免者，皆令为工，其不完者以为隐官工。”原来，秦时根本无“隐宫”之设，倒是有个“隐官”，乃是一处收容受过刑罚因立功被赦的罪人的机关，与后世之劳动教养所类似。赵母正是在这个地方生下了赵高兄弟二人，与“宫刑”毫无关系，两千年迷雾终于得以廓清。对于史学家来说，一生中能够解决一两个字的问题，就已经是巨大收获了，诚可谓“吹尽狂沙始到金”啊！

二十世纪七十年代后期，我以秦王朝的兴亡史实为基础，创作了历史剧本《秦皇父子》。我以忐忑不安的心情将剧本送请马老审阅。马老一生致力于秦史研究，对于在历史天空中像流星一样闪烁过耀眼的光芒又迅速消失、给后世留下无尽争论的大秦王朝，他充满了感情，正如当年胡适所说，“非百百非不非秦”。当他看到自己所熟悉的历史人物秦始皇帝、扶苏、胡亥、李斯、赵高、蒙恬、蒙毅、卢敖等在剧本中都化为艺术形象，老人极其兴奋，给予了充分的肯定和热情支持，甚至连我所虚构的人物和情节也予以首肯，因为历史剧毕竟不等于历史教科书，只靠堆砌史料并不是艺术。在这一点上，马老表现了难得的通达宽厚，大师毕竟是大师。

一九八三年六月，马老分到了两套新房，从西城没水河胡同乔迁安定门外馆东街新居，当时，那里还是比较偏僻的地方。他在给我的来信中说，“空间是够宽的了”，流露出对“组织上的照顾”的感激之情，但又说，“只是地点偏远，自己既无能力外出访友，而友人下访又很困难，以此感到很孤寂！”那时他已经八十七岁，对于这位风烛残年的老人，住房的改善还有多少意义呢？当年，他身居斗室，连床下都塞满了书籍和手稿，最需要的是“空间”，可是没有；现在，有了“空间”，却丧失了工作能力。悲夫！马老在这所新居只住了一年多，便去世了。令我至今抱憾的是，在他最后的岁月里，我没有能够及时地去分担老人的“孤寂”，虽然计划着和爱人、孩子一起去看望他，却因为诸事繁忙而一拖再拖，等到我终于来到他的新居，这里已经成为“故居”，人去楼空，睹物思人，与游师母说起当年往事，不禁感叹唏嘘！

一九八六年秋，我的《秦皇父子》由北京人民艺术剧院上演，首场演出时，贵宾席上没有马老的身影，他盼望已久的一出戏，已经看不到了。

我今生有幸，结识了包括马老在内的一批德高望重的老前辈，忘年之交，亦师亦友。他们在世时，我还年轻，常在他们门下走动，也并不觉得受宠若惊。及至他们都不在了，我自己慢慢变老了，才越来越感到失去大师的空落和惆怅。

非百先生，怀念您！

（发表于2007年8月13日《人民政协报》）

忘年之交

——怀念孙大光同志

我和大光同志的认识，大约是在一九七六年底或者一九七七年初。当时，“四人帮”刚刚垮台，国家地质总局邀请几位文艺工作者到地质战线深入生活，创作反映李四光同志业绩的文艺作品。在那个特定的历史时期，这是很需要一些胆识的。众所周知，“四人帮”肆虐十年，各个领域的学术权威几乎都被打倒了，“知识越多越反动”。十月的胜利虽然从组织上清除了“四人帮”，但“批邓，反击右倾翻案风”还在继续，思想上仍很混乱。而大光同志明确提出要为知识分子的典型人物李四光树碑立传，显示了他的远见卓识。

被他邀请的文艺工作者之中，包括我和我的先生——画家王为政。我们的选题是创作一套类似画传的组画《我国卓越的科学家李四光》，由我撰文，为政作画。在此之前，我们对于李四光是不够熟悉的，仅闻其名而已。为了让我们尽快地进入“角色”，地质总局安排李四光的旧部、秘书以及家属和我们一次次座谈，提供了很多文字资料和形象资料，仅李四光生前的工作照和生活照就不计其数，使“李四光”由文字符号变为立体形象，闭目如在眼前。我们拜访李四光故居，踏着他当年走过的路，到他发现第四纪冰川遗迹的庐山去实地写生，并且深入基层地质队去感受“是那山谷的风，吹动了我们的红旗；是那黎明的雨，洗刷了我们的帐篷”的野外勘察生活，李四光这个形象在我们心中活起来了，只需把他付诸笔墨。

创作极其顺利而且迅速。在一九七七年一年之内，整套组画全部完成，由郭沫若先生题签，上海人民美术出版社出版，作为向即将召开的全国科学大会的献礼。其中的两幅画，《毛主席和李四光》《周总理和李四光》在一九七八年一月八日周总理逝世两周年之际由新华社发通稿，一夜之间几乎覆盖了全国所有的报纸，家喻户晓，使李四光这个形象大放光彩，经历过那个时代的人们至今还留有深刻的印象。

一九七八年三月十八日，全国科学大会在京召开，邓小平在开幕式上讲话，指出：四化的关键是科学技术现代化，要大力发展科学研究事业和教育事业，大力发挥科技和教育工作者的积极性。他着重阐述了科学技术是生产力这个马克思主义的观点，明确肯定我国知识分子是为社会主义服务的脑力劳动者，是劳动人民的一部分。华国锋在大会上做了《提高整个中华民族的科学文化水平》的发言，大会还宣读了中国科学院院长郭沫若的书面讲话《科学的春天》。的确，那是中华民族科学、技术、教育、文化事业的春天，是拨乱反正、改革开放新时期的开始。组画《我国卓越的科学家李四光》的诞生，可谓恰逢其时，扣准了时代脉搏，顺应了时代潮流，这个功劳，首先应该归于这项创作的领导者大光同志。

这里要特别说一说大光同志在我们创作中所起的作用。其实，在整个创作过程中，大光同志并没有发号施令、指手画脚，他和他的部下，只是竭尽全力地为我们创造条件、提供方便，至于文章该怎么写，画该怎么画，则绝不横加干涉，作家、画家享有充分的创作自由。我们像朋友一样随意交谈，一起在职工食堂吃饭。地质总局食堂里的凉菜做得很好吃，大光同志开玩笑地说：“爱吃你就多吃一点儿，可也不要吃得太胖了！”在地质总局生活的那一段时间，记忆之中觉得十分愉快。现在想想，这正是大光同志领导艺术的高超，不露痕迹的领导才是最聪明的领导，这与那种对文艺不懂装懂，偏偏还喜欢班门弄斧的某些官员相比，真如天壤之别。

大光同志是尊重知识、尊重人才的典范。他曾在一篇文章中说：“地质工作必须由内行来领导，如果自己不懂，工作起来就像是隔靴搔痒。如果一大批领导骨干不懂或不很懂专业技术知识，就会贻误整个事业的发展。”这段话中的“地质”两个字，如果换成“文艺”，会令我们感到更加亲切。我有时候甚至觉得，大光同志没有能到文艺界做领导工作，是很可惜的。这么说，千万不要以为大光同志对文艺“外行”，其实他懂行得很，自己文章写得好，而且还从地质战线发现、扶持文学人才，有“文坛伯乐”之誉。他精于书画鉴赏，是知名的收藏大家，曾在一九八七年和一九九八年两次将珍藏的二百四十一幅古今名画捐献给家乡，从那些作品的目录中，已约略可见其鉴赏品位。

回忆和大光同志的交往，不觉已近三十年。这期间，地质总局先后更名为地质矿产部和国土资源部，大光同志早已从领导岗位上退下来，部长也换了好几茬儿，我和为政没有再去过部里，但仍然和大光同志保持着联系。有时候，到他住的那个小院儿去坐坐，看看他的收藏，聊聊当年的往事，恍然如昨，勾起一番感慨；秋天来了，院子里的小枣儿红了，他和夫人张刚同志还想着让手下人给我们送一些来，尝尝鲜。吃在嘴里，又脆又甜，那哪是枣儿啊，是忘年之交的一份情谊。转眼又是一年秋，大光同志已经不在了，他住了多年的那个小院儿，因为拆迁，已不复存在，那棵枣树恐怕也难以保住了。以后，再想念大光同志，到哪儿去看他呢？

（收入孙大光同志纪念文集《大光》，地质出版社2007年出版）

半个世纪白毛女，五十年间战士情

——记歌唱家王昆

一

半个世纪之前，德、意、日法西斯带给全人类一场空前浩劫，中华民族到了最危险的时候。风在吼，马在叫，黄河在咆哮！保卫黄河，保卫华北，保卫全中国！当日寇铁蹄踏上河北唐县的土地，一个年仅十二岁的小姑娘毅然走出家门，要去投奔抗日队伍。

娘哭着问："闺女，你上哪儿去？"

她说："找三叔去！"

娘大吃一惊。在这个家，谁也不许提那个"失踪"了的三叔，只有奶奶每天都在菩萨面前为三叔祷告，保佑他在外边别冻着，别饿着。这丫头要去找三叔?!

"你知道他在哪儿吗？"

"不知道。"

一九三七年十月的一个夜晚，她和比她大两岁的姑姑和堂姐一起走了，跑过二十里地，爬上魏庄岭，到了中共唐县县委所在地北店头，参加了抗日队伍。

十二岁的女兵，身材还没有步枪高，能干些什么呢？感谢爹妈给了她一副天生的好嗓子，在学校里曾经因为组织同学唱戏而挨过老师的教鞭，到大车店扒着窗户看走红的“戏子”险些被糊窗纸的人喂了一嘴糨糊，没想到在抗日队伍里圆了她的歌唱之梦：

叫老乡，你快去把战场上，
快去把兵当！
莫等到日本鬼子来到咱家乡，
老婆孩子遭了殃，
你才去把兵当。

你别说，日本鬼子难找我，
我就享快乐，
你一不当兵二不出钱想着法儿地躲，
没人打仗亡了国，
我看你怎么活！

未经专业训练的天然童声清脆嘹亮，未经文人加工的方言土语明白晓畅，震动了那些身穿臃肿的黑棉袄、头裹羊肚子手巾的庄稼汉的心灵，他们扛起土枪洋枪，拿起大刀长矛，投入到那场血与火、生与死的大搏斗中去。

夜深人静，青纱帐里走出游击队、武工队和普通老百姓，人人眼里闪射着复仇的火焰。小姑娘手里敲打着洋瓷缸子，又在引吭高歌：

一更里月儿挂树梢，
背起了炸药扛起了铁镐。
出(嘚儿)村庄去破坏铁道，
免得那鬼子兵运兵来杀烧。
嘚儿噌，嘚儿噌，嘚楞打噌打噌，
免得那鬼子兵运兵来杀烧！

那时候，她已经是训练班里的“尖子”，合唱《我的家在东北松花江上》，当唱到“什么时候才能回到我的家乡……”大伙儿使坏，都闭了嘴，只剩下她一人唱“爹娘啊……”她当然挺得意，人来疯，不知道真正的成名还在后头。

一九三九年四月，她参加了周巍峙领导的西北战地服务团，每天跑七八十里地，巡回演出。她的任务是找老乡借个板凳啦什么的，说得好听点儿就是“剧务”。遇到人手不够的时候，也凑合着演个逃难的老百姓，一出场就被鬼子打死，没什么戏。导演曾经想让她演《雷雨》里的四凤，又觉着这个乡下小丫头没有大都市的生活感受，终又作罢，只让她演一些边边角角的小角色，《复活》里的“红头发的克拉拉”，《李自成之死》里的女兵之类，连台词也没有几句，龙套而已。

一九四四年四月，她随西北战地服务团回到了延安，进入鲁迅艺术学院戏剧音乐系学习，一个将影响她终生的契机就在眼前了。

清清延河水，巍巍宝塔山。在三叔居住的窑洞前，一位身穿列宁服的阿姨笑眯眯地端详着她，说：“恩来，快来看！王鹤寿这个侄女，十九岁，从前方刚来，在鲁艺学习。侄女怎么会这么像叔叔呢？真有意思！”

中国未来的总理愉快地舒展着剑眉，向小姑娘伸出他那受过伤的右臂，亲切地握手："十九岁，正是学习的年龄，要好好学习！"

一九四五年四月至六月，中国共产党第七次全国代表大会在抗日战争即将夺取最后胜利的关键时刻隆重召开。延安鲁艺献给大会的礼物是大型民族歌剧《白毛女》的首场演出。大幕拉开了，舞台上出现了中国农民的典型杨白劳和他的女儿喜儿，"北风那个吹，雪花那个飘。雪花那个飘飘，年来到……"无须说明书，也无须早期"文明"戏开场之前的"幕表"，观众立即随着这歌声进入规定情境，为父老乡亲的悲惨命运潸然泪下，义愤填膺。延安没有电，舞台上挂的是汽灯，当然更不可能有麦克风，演员全凭肉嗓子，把每一个音符送到最后一排观众的耳朵里。人们被震撼了！第一幕结束后，导演来到后台，兴奋地对演员们说："毛主席来了！周副主席来了！还有……还有……会场座无虚席，连陈赓旅长都是站在门口看的。第一幕很成功，所有的人都拿着手绢擦泪。"并且特别嘱咐喜儿的扮演者："你演得很好，千万别紧张！"其实，她当时完全把自己融进戏里去了，根本不知道什么叫紧张。

演出结束了。那时候还不兴谢幕，也没有首长上台接见、照相这些程式，都拥到化装室里去看杨白劳和喜儿，包括周恩来、刘澜涛、罗瑞卿这些叱咤风云的人物。

邓颖超说："恩来，你发现了没有？这孩子化装起来，多么像张瑞芳呀！"

周恩来笑声朗朗："是像，特别是嗓音很像张瑞芳！"

正在忙着卸妆的"喜儿"并不知道他们说的张瑞芳是抗战大后方的一位大明星，更没有想到延安也从此升起了一颗新星，那便是她：王昆。

二

王昆从鲁艺所在地桥儿沟到中央组织部去见三叔王鹤寿，搭周副主席的车子。那不过是一辆小型卡车，但在当时的延安已属凤毛麟角，没有几辆。周恩来和邓颖超坐在前面的驾驶室，王昆站在后面的槽帮里。车子一开，凛冽的朔风把她的头发都吹起来，像飘扬的旗帜。那是她头一回坐汽车，心里美得不行。

车子过了飞机场，顺着延河拐了个弯儿，到了中央党校对面，她该下车过延河了。车子为她停了下来，她下了车，周恩来和邓颖超也下了车，陪着她沿着延河散步，说了好一阵子话。

“你一个晚上唱《白毛女》这样大的歌剧，嗓子累不累？有没有保护措施？”周恩来问。

“每演一场，组织上发给两个鸡蛋，叫生着喝下去，说这样能保护嗓子。”王昆答。

“不演出的时候有没有？”

“没有。”

“其他演员有没有？”

“林白和我一起演喜儿，她演的时候我没有，我演的时候她没有，其他演员一律没有。”

“哦！”周恩来深深地叹息一声，“我们现在还很困难哪！请你转告大家，这个戏表现了广大劳苦农民的命运和反抗，因此感人至深，希望你们再加工修改。革命形势很快就改变了，你们文艺工作者将到更广阔的天地去，有更重要、更繁重的任务在等着你们。你学了毛主席《在延安文艺座谈会上的讲话》吧？讲话的核心就是文艺为人民，你是唱歌的啰，你要记住为人民歌唱！”

慈父般的谆谆教导，王昆记住了，一辈子也不会忘！《白毛女》从延安演到解放区，从抗日战争演到解放战争，王昆以歌声为武器，为人民而歌唱。前线的“戏台”是用冻土临时搭成的，杨白劳喝了盐卤而死，喜儿受伤倒在山洞里，等到幕间演员站起身来，土台子上已经被他们的体温融化出凹陷的人形！要说身上不冷、嗓子不疼，那是假的，可是，当他们看到战士在枪杆上刻着“为杨白劳、喜儿报仇”的誓言，仿佛得到了最高的奖赏。

在枪林弹雨、烽火硝烟之中，王昆长大了。

三

“白毛女”边走边唱，跨进了新中国。她的歌声在抗美援朝的战壕里回响，她的足迹踏遍苏联、东欧各国以及音乐之都奥地利的舞台，一九五七年她因主唱电影《白毛女》而成为共和国首批金质奖章的得主。

土生土长的“白毛女”，在五十年代的“土”“洋”之争中也曾经困惑。一九五一年，前来我国访问的苏联人民演员哈里玛·纳赛洛娃悄悄地对王昆说：“你千万不要去那个什么学院学那个‘洋嗓子’，千万不要重复我走过的弯路。在苏联我有千百万观众，是斯大林奖金获得者。后来为了学科学的唱法，我上了音乐学院，等回到乌兹别克的时候，我的观众再也不认我了！我丢掉了‘自己’，心里很痛苦，关起门来，一面打着鼓，一面流着泪，练呀，练呀，终于把‘自己’找回来了。中国人民有好几亿，不用多，你有十分之一的听众也就够了！”

这肺腑之言，使她怦然心动。然而，在那个时候，中央音乐学院苏联专家班仍然是“挡不住的诱惑”，她还是主动要求去进修了。临行之前，周恩来语重心长地叮咛道：“你去学习是好事。但学归学，只能学好，不能学坏。什么叫学‘好’？就是你学完之后，不能让我们再也认不出你来了，而只能让我们觉得你比以前唱得更好了，但还是王昆，而不是别人。什么叫学‘坏’？那就是我们在收音机一听，听不清是谁，以为是另外一个什么人！”

日理万机的共和国总理，还惦记着一位歌唱家的成长之路，这一番对艺术的论述何等精辟！可惜，当时的王昆并没有完全理解。两年之后，当她在苏联专家和中国专家的课程中都拿了满分，已经能用“洋嗓子”熟练地演唱威尔第的《奥赛罗》了，却发现自己唱民歌已经使不上劲、吐不清字、唱不成调了。在一九五七年的一次盛大的音乐会上，她当着周总理的面唱了维吾尔族歌曲《解放了的时代》、印度歌曲《摇篮曲》和印度尼西亚歌曲《宝贝》。周恩来一脸严肃，说：“你终于学成这个不土不洋的样子了。你的嗓子本来是很高亢、嘹亮的嘛！关于‘洋嗓子’‘土嗓子’问题，你们音乐界什么时候才能纠缠得清呢？《宝贝》是刘淑芳的曲目，你唱它做什么？你要走自己的路嘛！”

总理的严责振聋发聩，王昆惭愧得几乎流出泪来。她暗暗发誓：一定要把“自己”找回来！

四个月之后，她将一封请柬郑重地送到中南海，请总理来听她的独唱。那一天，她唱的是《夫妻识字》《南泥湾》《北风吹》《扎红头绳》和《秋收》。大幕徐徐地落下去，周恩来和邓颖超走上了舞台。

王昆泪眼望着总理，总理满面春风，握着她的手说：“今天你唱得很好，我很高兴！”

邓颖超说：“你的歌声使我们回到了延安！”

哦，延安！还记得延河边上的散步吗？还记得中央党校后台化装室里的笑谈吗？转眼快二十年了。“白毛女”王昆从那时脱颖而出，在世界上兜了一个大圈子，又把“自己”找回来了！

四

一九六二年，经周总理批准，王昆调入刚刚组建的东方歌舞团，担任独唱演员和艺委会主任。

也是在这一年，纪念毛主席《在延安文艺座谈会上的讲话》发表二十周年之际，《白毛女》再次上演，周巍峙特地把当年首场演出的原班人马重新召集起来，联袂登台。周恩来总理和许多中央领导同志都兴致勃勃地前来观看，仿佛十八年后重回延安！

一九六四年，举世瞩目的大型音乐舞蹈史诗《东方红》隆重上演，并拍摄为电影。这是在周恩来领导下，由共和国最优秀的一批艺术家联合创作的一部杰作，人们称周恩来是“总导演”。王昆在大歌舞中担任《农友歌》的领唱。她在作曲家原作的基础上二度创作，加强了湖南民歌风味，大获成功。毛主席看后十分赞赏：“很有当年革命妇女的气魄！”周总理说：“王昆是二十年前的《白毛女》，二十年后的《农友歌》呀！”

六十年代初期是王昆歌唱艺术的又一个高峰。那时，我们的祖国刚刚从天灾人祸中复苏，经济困难的阴影还没有褪去，而人们的精神面貌却是那样奋发昂扬，文艺界在周总理的呵护扶持之下也呈现出一片春色。可惜，严冬很快就要到来了，《白毛女》的原班人马曾相约在她诞生二十周年、三十周年时再相聚，只能是梦想了！

一场史无前例的“文化大革命”搅乱了正在前进中的共和国，人妖颠倒，魔鬼横行。王昆被江青打成“特务”“反革命”，《白毛女》的原班人马都成了“黑帮”，只有陈强一个人没有改变“身份”，纸糊的高帽子上写着“恶霸地主黄世仁”。

黑云压城城欲摧，周恩来殚精竭虑，挽狂澜于既倒。他挺身而出，保护一大批开国元勋，保护曾经受战火考验的文艺战士：“周巍峙有什么问题？他作了《志愿军战歌》，影响很大嘛！至于王昆就更没有问题了，她从小参加革命，在革命队伍里长大的，在延安演出了《白毛女》，对革命文艺工作是有贡献的！”

周恩来没有能解救王昆和周巍峙，“四人帮”对他们的迫害更变本加厉。爪牙们甚至无耻地威胁王昆，逼迫她提供攻击周恩来的“子弹”。王昆的心在滴血，眼在冒火！周总理，是她敬爱的领袖、师长和慈父，谁妄图玷污周总理，天诛地灭！一名小喽啰向王昆勒索钱财，她正义凛然地回答：“我不会给你钱。我的钱包放在哪里，你都知道，可以自己去偷嘛！”革命战士身陷囹圄，威武不屈，她心里越来越明白：这哪里是什么“革命”？分明是法西斯借尸还魂！啊，当年的反法西斯斗争还没有完结，那就再较量一次吧！

想要逼死我，
瞎了你眼窝！
我是舀不干的水，
扑不灭的火，
我不死，我要活！
我要报仇，我要活！

在铁窗外监视着她的狗窃鼠盗之辈，面对着不可征服的“白毛女”，能不心惊胆战吗?!

一九七六年一月八日那个寒冷的清晨，收音机里播放的哀乐把亿万人的心击碎了。不好了，天塌下来了！王昆踉踉跄跄向北京医院跑去，泪水打湿了前胸，衣襟冻成了冰块。她站在马路上凝视着那座可望而不可即的医院：周总理，您在哪里！她平生第一次懂得什么叫肝胆欲裂，向着前方深深地三鞠躬，哭倒在地上……

十里长街送总理，那如山如海的花圈中有周巍峙、王昆一家敬献的一个简陋的花圈，那泣血号天的人群中有一个从延安走来的“白毛女”，周总理，您知道吗？您老人家慢走，让我们再看一眼您鞠躬尽瘁的面容！

周公无语，撒手归去。十里长街，万人广场，九百六十万平方千米的神州大地，北风吹，雪花飘，正经历着共和国成立以来最严酷的一个冬天……

五

十月响春雷，九州尽开颜。王昆重登舞台，放声歌唱，千万观众聚集在体育场、剧场和电视荧屏前，泪飞如雨，纵情欢呼。

一九七七年，东方歌舞团恢复建制，一九七八年王昆出任团长。十年之间，发扬传统。锐意创新，广出人才，展示实力，二度腾飞，再造辉煌。“东方歌舞团的名称很光荣，你们要保持这个光荣！”周总理在“文化大革命”之中东方歌舞团被“砸烂”的情况下仍殷殷寄语，现在，他老人家九泉有知，可以欣慰了。

一九八二年，王昆演唱的《白毛女》和《桂花开，幸福来》获广电部颁发的金唱片奖。

一九八七年，王昆获巴基斯坦总统授予的卓越明星勋章。

一九八九年，王昆退居二线，任东方歌舞团顾问。她与一批老艺术家一起创建了东方声乐培训中心和东方华夏艺术中心，走遍大江南北，为国育才。她集资出版了《难忘的歌——抗战篇》录音、录像带，她在纪念毛主席百年诞辰等重大活动中登台演唱，她组织举办了《当代资深著名歌唱家首唱曲和成名曲演出展》在祖国各地巡回演出，所到之处，盛况空前。

一九九五年，中国人民抗日战争暨世界反法西斯战争胜利五十周年，也是《白毛女》诞生五十周年，当年扮演喜儿的那个小姑娘王昆，如今已是七旬老人。古稀之年，王昆仍然嗓音洪亮，风采依旧，堪称奇迹。从抗日战争时期就参加革命队伍并开始歌唱生涯，至今仍然活跃在舞台上的歌唱家，只有王昆一人了。文坛泰斗夏衍在辞世之前写道："她演歌剧满怀激情，她唱民歌朴实纯真，可以说是一片天籁。六十年风风雨雨，她胸怀坦荡，古稀之年仍保持艺术青春，弥可贵也。"

半个世纪之前的"八一五"之夜，中国现代史上的盛大节日。当第五十个"八一五"到来的时候，七十岁的王昆将再度演出《白毛女》，以她那永葆青春的歌喉，纵情高唱：太阳出来了，太阳出来了！

（发表于1995年第13期《中华英才》）

天地为之久低昂

——记舞蹈家资华筠

“昔有佳人公孙氏，一舞剑器动四方，观者如山色沮丧，天地为之久低昂。㸌如羿射九日落，矫如群帝骖龙翔。来如雷霆收震怒，罢如江海凝清光。”这是杜甫《观公孙大娘弟子舞剑器行》诗中的一节，真可说是字字珠玑，灿烂夺目，动人心魄，“㸌如”“矫如”“来如”“罢如”以一系列极为形象的诗句写了舞蹈的光感、动感、声感、静感，令人如临其境，致使如山观者，在被震撼之后一派静穆，连“天地为之久低昂”！

但，我又深觉遗憾。因为文学语言的精彩描述毕竟不能代替视觉形象，我终于无法“看”到公孙大娘的剑器舞到底是怎么一回事儿。更令人不快的，我想如果没有杜甫这首诗，人们将无从得知唐开元年间曾有过这么一位公孙氏(叫什么名字？杜甫没写)的杰出舞蹈家，即使如公孙大娘这么杰出的艺术大师，在封建统治的时代，也只得栖身“梨园”“伎坊”之中，属“倡优”之列，舞蹈这种表露人的情感、自娱的原始特质已经丧失，舞蹈艺术家也根本谈不到人格尊严和自我价值。他(她)们不可能具有较高的文化素养(在这里，“文化素养”包含着更大的范畴而并非贬低其舞艺的高超)，也不可能具有著书立说的能力和权利，因此只能以有限的血肉之躯在有限的时间内自愿或不自愿地为舞蹈艺术献身，在放出一阵耀眼的光芒之后，便像彗星一样永远消失在“久低昂”的“天地”之间。

我常想，如果公孙大娘能够亲手留下一部著作，或可超过杜甫这个舞蹈外行的千万倍，该是多么辉煌！然而，这是不可能的！呜呼，舞蹈家！呜呼，舞蹈艺术！

近几年，陆续读了资华筠的自传《舞蹈和我》以及她的一批关于舞蹈的散文，我的上述遗憾得到了补偿，因为终于读到了舞蹈家写的关于舞蹈和人生的精彩文字。（也许其他舞蹈家也写了不少这样的文字，而我孤陋寡闻，未曾拜读，敬请海涵。）

资华筠是新中国造就的第一代舞蹈家之一。新中国成立时她只有十三岁，有幸考取由戴爱莲主持的中央戏剧学院少年舞蹈班，得名师真传。在十五岁那年即一九五一年，即赴柏林参加世界青年联欢节的舞蹈比赛，和同伴们一起以《西藏舞》夺得金奖，为刚刚诞生的共和国赢得了荣誉。此后便脱颖而出，成为一颗灿烂新星，屡屡获奖。她是戴爱莲的传世名作《飞天》的“原版”演员，创造性地把长绸舞从京剧“化”入舞蹈，十余米长绸在手中飞卷自如，翩翩起舞，如行云流水，令人叹为观止。画家叶浅予赞曰：“敦煌有飞天，华筠能舞之。”《飞天》由壁画上飞到舞台，飞到人间，飞向世界，迷倒了亿万观众，成为中国舞蹈经典作品，最早的表演者、创作者资华筠功不可没。她也是国际获奖节目《荷花舞》和《孔雀舞》的最早演员之一。《荷花舞》脱胎于陇东、陕北的民间舞蹈《荷花灯》，原型是以“一颠一颠的蹭步来跑场子”，经戴爱莲加工、升华之后变得纯净、优美、抒情。当资华筠以轻盈的“水上飘”步法上场时，观众甚至怀疑她穿的是溜旱冰的“轱辘鞋”。《荷花舞》把亭亭玉立、出淤不染、香远益清这些象征中华民族传统精神的真、善、美意境，表达得淋漓尽致。《孔雀舞》则取材于傣族民间舞蹈。编导者大胆地将原来的男性为主的舞蹈改变为女性独舞，并且删除了沉重的“鸟架子”和“鸟冠”，又以缀满雀翎图案的曳地长裙取代了筒裙，一个既为傣族人民首肯又被全中国、全世界赞赏的“孔雀公主”终于骄傲地诞生于舞林。

资华筠在人生和事业的高峰时期赶上了“文化大革命”，本来应该灿若黄金的十年在浩劫中沦为粪土。但她不甘沉沦，冒着极大的风险，借体委训练场秘密练功，“混迹”于北大宣传队向工人普及舞蹈知识。工人师傅在政治压力下，在停电的夜晚（真正是“最黑暗”的时刻）举着烛光请她跳舞，这真是中国舞蹈史上令人心碎又令人感奋的一笔！

“四害”覆没之后，资华筠已是不惑之年，但仍以不可遏止的激情，拼着“老”命，和几位前辈、老友创作、演出了《周总理永远活在我们心中》《长虹颂》。一九八〇年，在全国独舞、双人舞比赛上，她与姚珠珠再度合作《飞天》，荣获优秀表演奖。这是她最后一次获奖。已隐隐有“老将”捧“安慰杯”之感。从此，极少登台演出，年逾半百之后任中国艺术研究院舞蹈研究所所长。如此看来，她的缀满荣誉也布满伤痕、可堪骄傲也可堪感叹、不无遗憾也不无欣慰的舞台生涯，大体善始而又善终，可以画上一个句号了。

然而她却不！在尽职尽责地做所长之余，她仍然念念不忘还有许多事情要做。当然不是“老夫聊发少年狂”，去和晚辈争强斗胜，“晚有弟子传芬芳”也就够了。但资华筠毕竟不是公孙大娘时代的“伶人”，而是今天的艺术家，她有更高的精神境界和完整的艺术观、自我价值观。从资华筠所写的大量舞评、舞思可以看出，公孙大娘的今日子孙已经怎样超越了祖先。华筠已经消逝了的舞台岁月以文字手段永驻了。她的自传《舞蹈和我》便是三十多年舞台生涯、人生道路的一个系统的总结。这本书使我感动的不仅是她少年时代同时考取中央戏剧学院少年舞蹈班和南开高中却含泪撕毁南开入学通知而毅然献身舞蹈艺术，也不仅是她在训练中战胜常人难以想象的困难所表现出来的毅力，以及她在“文化大革命”中的不幸遭遇，还在于她在繁忙、劳累而又辗转不定的演出途中完成了大学中文系课程，并且在不惑之年风雨无阻地业余从师学习英语，从中可以看出一位自立自强的艺术家的远见卓识。在游历亚、欧、美三十余国的演出之中，她把视野放宽到世界范围，立足于民族艺术而又广泛采撷异国芳菲，从墨西哥、西班牙、印第安、秘鲁、阿根廷、印度、波兰、德国、苏联等的民间舞蹈中汲取新鲜活泼的养分，并且对我国五十六个民族的舞蹈逐一进行研究，寻求融会古今中外、发展中国舞蹈的创新之路。“五十而知天命”，她又开始了《舞蹈生态学》的写作，为中国舞蹈艺术著书立说。她不仅是舞蹈家，而且是学者。她的著作，功在当代，功在后人。

而我对于华筠还有更高的期望，建议她在完成《舞蹈生态学》之后，再写一部鸿篇巨制的文学作品，不是她的自传，而是塑造前仆后继的数代人的形象，为新中国的舞蹈事业树碑立传。这将是可歌可泣、可咏可叹的一部大书。华筠对此却有所顾虑，一曰：“文学功力不足！”其实，她有丰富的阅历，又有极好的文笔，已具备最基本的条件；其二曰：“还是留给作家写吧！”她应该明白，专业作家未必像她那样熟悉舞蹈家的生活，仅仅靠采访和“体验生活”恐怕难以写得令行家首肯。这件事需要舞蹈家当中的文学家来做。

我想华筠总有一天会这么干起来，她的前辈、同行、朋友都会热心地为她做参谋，集思广益，众志成城，来完成这件并非属于华筠一个人而是属于整个中华民族的事业，这部未来的作品将会使“天地为之久低昂”！

我期待着。

（发表于1990年第9、10期合刊《太湖》）

梨园酣梦

酣梦梨园醒复醉，醉眼蒙眬，一展杨妃媚。待月西厢花影碎，秋江雁去斜阳坠。　一片痴心谁与寄？台后台前，似戏原非戏。镜里佳人长自睇，柔情忍却女儿泪！

这首《蝶恋花》小词，说的是一位异国奇女子，新加坡乐龄京剧团团长、艺术之家总监吴书玉。

我和吴书玉女士已认识多年。她的公职是新加坡一所中学的美术教员，我家先生去新加坡讲学或举办画展，她总是热心地帮忙，有时也挤在学生当中听课，就这样不知不觉便成了很熟的朋友。他们是书画之交。书玉每次从南洋到北京来，必到舍下做客；我去新加坡的时候，她自然更是热情照应。书玉已年逾不惑，但看上去却很年轻。她身材小巧，体形苗条，性格文静，未曾说话，脸上先泛起腼腆的笑容，生人也许猜她不过二三十岁。我和书玉见面的时候，很少听她谈到本行——绘画，她津津乐道、滔滔不绝的往往是京剧和中国民族音乐，到北京来办事，也总是找这方面的学校和表演团体联系什么什么。她是个“戏迷”。不过，不是普通的戏迷，而是早已迷出了名堂，现任新加坡乐龄京剧团团长和艺术之家总监，在新加坡的京剧界颇负盛名，拿手好戏有《贵妃醉酒》《秋江》《西厢记》《拾玉镯》《白蛇传》等数十出，难以尽述。去年我在新加坡的时候，便曾欣赏她和她的学生合演的《秋江》，台上的书玉光彩照人，袅袅婷婷，载歌载舞，把个为了爱情而私奔的小尼姑陈妙嫦演得活灵活现。我惊叹她的表演天赋和艺术悟性，更钦佩她对艺术的一片痴情，几十年刻苦磨砺，矢志不移。

书玉本是豪门名媛，父亲是新加坡的“船王”，当年新加坡河门泊万里船，大半都姓吴。然而，书玉却没有跟着父亲“在商言商”，而是莫名其妙地迷上了艺术。还是在她上中学的时候，来自中国的戏曲艺术片《梁山伯与祝英台》在狮城上映，书玉一下子着了迷，自此与中国戏曲结下不解之缘。如果豆蔻年华的女儿只此一迷，倒也罢了，不料也就在那个前后，她与一个小伙子双双坠入爱河，而小伙子的家境又不是吴老先生所中意的。这一来麻烦了，生活中的“梁祝”上演了，吴老先生说：你要嫁他，我们就断绝父女关系，我没有嫁妆给你，将来遗产也没有你的份！书玉抱定了“生命诚可贵，爱情价更高”的信念，昂然说：不给就不给，我们自食其力！所以，这位大家闺秀没有能够进大学深造，中学毕业之后就跨上了艰难的人生之路。“剧情”的发展不像梁祝，倒更像卓文君与司马相如了。志同道合的两个年轻人自力更生筑起小巢，养育了两个可爱的儿子，并且在业余时间创办了乐龄京剧团，时在一九八一年。他们自筹资金，遍访名师，四处求教，招聘不付薪水的业余演员，而且经常免票为社会演出。不为名，不为利，只为实现自己少年时代的艺术之梦，在南洋培育梨园之花。

遗憾的是，这场可歌可泣的爱情并没有持续太久，他们分手了。无须评论谁是谁非，这场婚变对于书玉总之是个致命的打击。但是，她对艺术的痴心却并没有因此而摧毁，一个孤身女人，带着两个幼子，顽强地活下去，并且仍然撑起不倒的乐龄京剧团。可以想见，这需要多大的勇气！

岁月如流，书玉在艺术上渐渐成熟了。她曾在一九八八年、一九九一年两度在中国戏曲学院进修形体训练和表演专业，取得优异成绩；曾在一九八四年扮演梁红玉击鼓抗金，以巾帼不让须眉的英雄气概参加新加坡国庆二十五年大典；曾在一九九一年被新加坡国家艺术理事会委任为“艺术大使”，率团赴苏格兰进行文化交流并担任导演，同年应印度尼西亚政府之邀参加印度尼西亚艺术节演出，赢得世界性的荣誉。除领导乐龄京剧团和艺术之家之外，她还身兼新加坡布莱德岭联络所京剧指导和华族文化艺术中心执行委员、新加坡艺术理事会艺术咨询委员、宗乡总会文化组委员等多种职务，一年三百六十五日，繁忙之至。她似乎越忙越显精神，艺术已经成为她的生命，是她生存意义的全部。“当你年轻的时候，你的经验等于零；可当你的演技已经炉火纯青时，你却发觉已经进入老年了！”她说，在说这番话时，那语气中有自信、自怜，似乎还有些许的无奈。

书玉从不后悔自己走过的路，父女情绝，夫妻恩断，纵然天道有所不公，但书玉不悲不哭，“豪情忍却女儿泪”！她对艺术忠贞不贰，作为华族的一员，对得起生她养她的中华民族，今生无悔。

（发表于1996年4月12日《中国艺术报》）

一代名医姚五达

突闻姚五达大夫逝世的噩耗，震惊之余，我陷入深深的悲痛之中，久久不能平静。

我结识姚大夫是在十几年前。一九九〇年秋，我大病一场，久治不愈，到了第二年秋天，已是形销骨立，虚弱不堪。

某日，有客来访，和我先生商谈收藏他的画作事宜，见他心不在焉，愁眉不展，不免要问："王先生是不是身体不大舒服?"他便直言相告："不是我生病，是我爱人重病在身，跑了好多医院，仍然不见起色。"

客人脱口说道："我给您介绍一位大夫，治疑难杂症特别有办法。"

"谁?"

"姚五达。"

世间事物的发生、发展，往往具有极大的偶然性。当年如果没有那位客人的来访，或者虽然来了却少说了一句话，我便失去了认识姚大夫的机缘，那岂不是终生的憾事！

当天晚上，那位友人就开车陪我们来到了崇文门东大街姚大夫的寓所。那时，他已年届古稀，白发苍苍，一团和气，给人以亲切之感。于是望、闻、问、切，这是中医诊病的基本程序。姚大夫与众不同之处在于，在开好处方之后，他又仔仔细细地审视一遍，轻声说道："好极了！"好像是在赞赏别人的手笔。不，这张处方不可能出自他人之手，它体现了姚大夫对病情的独特认知和医治的独特思路，犹如面对复杂的战争局面，不同的指挥员各有各的打法，或正面强攻，或迂回包抄，其结果也是大不相同的。我常见一些中医大夫，对初诊病人不敢把话说得太满，只说，先吃几服药看看，见好再来。这本也无可厚非，万事开头难，要允许人家先试一试，"摸着石头过河"。但患者拿着这样的处方，心里却没有底，满怀希望而来，心绪茫然而去，气已泄了大半。姚大夫则不然，知己知彼，百战不殆，在完成处方之际，他对于这场"战役"已是胜券在握，所以他才敢于做出"好极了"的自我评价，这是指挥员在完成兵力部署之后静待捷报传来时的气定神闲，是艺术家欣赏自己刚刚完成的作品时的满足和陶醉，而作为医生，他的自信对于患者则是最富于鼓舞性的心理暗示：有这样的大夫，你还怕什么！姚大夫把处方递给我，微笑着说："你放心，一定给你治好，我说话算数！"

当时，我的眼泪几乎要夺眶而出，一年多来我苦苦盼望的就是这句话啊！走出姚大夫的家门，我看到街上熙熙攘攘的人群，心中已不再是以往的疏离感，因为我的病有救了，还可以像别人一样享受人生，享受生活！

果然，姚大夫的许诺没有落空，服了他开的药，我的病情渐渐缓解，数月后基本痊愈，到一九九二年春天已经可以出外考察工作和出国访问了。切身的经历，使我感受到姚大夫医术的精湛和医德的高尚，对他充满了由衷的敬佩和感激之情。

其实，姚大夫早就医名远播，只怪我孤陋寡闻，认识他太晚了。一九二一年，姚五达出生于北京的一个中医世家，幼承家学，十五岁随父佐诊，后考入北平国医学院，苦读五载。一九四〇年以优异成绩毕业，又拜“四大名医”之一孔伯华先生为师，深得孔氏真传；而立之年已是远近闻名的杏林高手。

新中国成立后，姚大夫曾先后在北京市第三医院、妇产医院、建工医院等单位从事中医临床、教学、科研工作。几十年来，他救治了千千万万个患者，给无数家庭带来了健康和欢笑；他培养了一批又一批后起之秀，如今已桃李满天下；他总结自己在治疗妇科疾病、内科温病方面的独到经验，创立了“轻可投实法”“截流开源法”“温病治疗六法”，并撰写了《妇科治疗经验》《温病治疗经验》《诊法伤寒要诀》《中医杂症》等学术著作，为祖国医学宝库增光添彩；他还是治疗不育症的专家，帮助许多渴望做父母的夫妇圆了天伦之梦，在他办公桌的玻璃下压着一沓婴儿的照片。这些孩子都是靠了姚大夫的神奇医术来到世间；他经常应邀为国家领导人、国际友人、海外华人华侨诊治疑难病症，在海内外享有盛誉。由于他对祖国医疗卫生事业所做出的卓越贡献，国务院授予他终身特殊津贴，并被有关部门任命为“继承老中医学术经验指导老师”……

姚大夫退休之后，仍然退而不休，超前服役，因为患者需要他，中医事业需要他，他继续为他人的健康奔忙，先后在北京炎黄国医馆、同仁堂、京城名医馆等处应诊，慕名就医的中外患者应接不暇。他出诊的足迹遍布各地工厂、农村、工地、军营，晚年还曾不远数千里亲赴香港，为驻港部队官兵义诊。直到他自己身患重病，仍然不肯拒绝任何一位求医就诊者，从病床上挣扎起来，为来客把脉、开方，他真正把救死扶伤奉为天职，忘记了自己的安危！

二〇〇一年春，姚大夫度过了硕果累累的八十华诞。然而，就在这个春天，他的夫人不幸辞世。四十年的相濡以沫，一旦生离死别，给予他的打击简直是致命的。姚大夫是一个感情细腻的人，和他在事业上的自信恰恰相反，生活中的姚大夫性格内向、谦逊和蔼、淡泊名利、与世无争，和爱妻携手并肩，把儿女抚养成人。如今儿女大了，爱妻走了，留下耄耋之年的一只孤雁，他飞不动了。在人前，他强忍悲痛，勉作笑颜，当儿女不在身边的时候，才暗自饮泣，一腔老泪流不尽那长长的思念。熟悉他的人都在担心：姚老恐怕过不去这一关了。果然不幸而言中，一年不到，姚大夫也驾鹤西归，到另一个世界里相伴他的爱妻去了。

姚大夫的遗体火化那天，正值北京大雪之后，天气奇冷，道路壅塞，然而这一切都阻挡不住悼念的人群从四面八方涌来，他们都要见姚大夫最后一面，为他送行。灵堂里摆放着党政机关的领导同志和各界人士敬献的花圈。低回的哀乐声中，人们排着长队，缓缓走到他的身旁，默默地三鞠躬。人群中，有有关部门的领导，有与他多年共事的同行，有受过他无私教诲的晚辈，他那些远在海外的弟子也专程飞赴北京，含着热泪，扑倒在恩师灵前……

更多的是曾受惠于他的不同年龄的患者，用鲜花、挽联表达对他的怀念和感激之情。其中有一对中年夫妇，当年姚大夫为他们治愈了不育症，现在他们带了孩子来拜辞恩人，这孩子如今已经十几岁了，一米七几的小伙子，如雨后春笋。逝者长已矣，但他给世界留下了生命，留下了健康，留下了希望。

姚大夫静卧在鲜花丛中，依然像生前那样安详、谦和，仿佛在和他的患者交谈："你放心，一定给你治好，我说话算数！""别着急，不生气，少管闲事不思虑！"这是他经常对病人说的话，不但治人之病，而且宽人之心，现在还有谁能为他宽心，替他治病呢？没有了，一代名医姚五达走完了八十年人生之路，完成了苍天赋予他的历史使命，和我们永别了。

姚大夫，您慢慢地走……

（发表于2002年1月19日《北京晚报》、3月18日《人民政协报》）

门框胡同记事

且说门框胡同

北京到底有多少胡同？明人张爵写的《京师五城坊巷胡同集》、清人朱一新写的《京师坊巷志稿》和民国时期出版的《北平地名典》《北平指南》，洋洋洒洒地开列了几千条胡同的名单，但认真考订起来也未必就已经完备，反正我是说不清，仅距我家不远的大栅栏一带的胡同就已经多如牛毛，门框胡同便是其中的一“毛”。

门框胡同在本世纪四十年代还有门槛遗留在入口处，可以推测原来有一个完整的门框，名字便也由此而来。它的确窄得像个门框，汽车是过不去的，但常常被骑车的、步行的、挑担子的人塞满，现今的青年男女喜欢挎着胳膊遛大街，到了这儿就不大好挎了。

门框胡同虽然窄小，却是一条交通要道，如果你要从前门西大街、西河沿和廊房头条、二条、三条到大栅栏去，或是从大栅栏到这边来，就得从门框胡同穿过，所以它俨然有大栅栏的“门户”和“咽喉”的架势。

大栅栏原名“廊房四条”，和廊房头条、二条、三条并列。历经元、明、清三朝，渐渐成为繁华的商业中心，绸缎布匹、日用百货、干鲜果品、珠宝玉器、参茸饮片、茶馆饭庄、酒肆戏楼无所不包，终年客商云集，日夜车水马龙，为“京师精华”“中城珠玉锦绣”。王府井大街与它相比，只能算是“后起之秀”，而天桥则只堪称“下九流”了。门框胡同就是串联“珠玉锦绣”的一条链子，可谓举足轻重。

公元一九〇〇年，岁在庚子，义和团在北京大闹“扶清灭洋”，各国公使一片惊慌，出兵干涉，英、美、俄、法、德、日、意、奥八国联军血洗北京，慈禧太后和光绪皇帝逃之夭夭。次年，这场历史劫难以永远钉在耻辱柱上的《辛丑条约》而告终：中国赔偿白银四亿五千万两；将东交民巷划为由外国人驻兵保护、华人不得入内的“使馆区”；拆毁大沽至北京的炮台；由各国派兵驻守从山海关到北京的铁路沿线的城市；永远禁止中国人民反抗外国侵略的行动……

庚子事变使大栅栏一带化为灰烬！

但是，大栅栏却也并没有因此而被抹掉，它在废墟中又重新出现了，百废俱兴，百业并举，“二十年后又是一条好汉”，甚至比原来的大栅栏“更大栅栏”。经历过庚子大火的老人儿渐渐都谢世了，儿孙们也就不大记得当年赛金花在这一带为德军统帅瓦德西筹措钱粮、骗买民女的往事了。

如今的大栅栏比当初体面、堂皇得多了。虽然还叫“大栅栏”，但始建于乾隆年间的铁栅栏早已不见踪影了，是一片“没遮拦”的热闹去处。老字号的店铺油饰一新，又挂上了有着数百年声誉的金字牌匾，新建筑则追求时代气息，门脸儿镶上大理石面儿，店堂里装上护墙板，糊上锦缎似的壁纸，挂着豪华的枝形吊灯，有的还播放流行歌曲以助兴。这景象，从大街上一直延续到小胡同里。

如果你逛完了“同仁堂”“德仁堂”药店，“张一元”茶庄，“瑞蚨祥”绸缎庄，“内联升”鞋店，“亨德利”钟表店；吃过了“同和轩”饭馆，又就手儿转了一圈第一、第二百货商场和首都彩色摄影厅，见口儿往北走，就进了门框胡同。

小小的门框胡同，其容量却是惊人之大。仅餐馆便有四家，其中“同益轩”“瑞宾楼”相当豪华，“同义馆”“会仙居”属中小型。服装店大的有“蓝翎”，小的不计其数。这里还藏着北京仅有的一家“全景电影娱乐中心”，花上一块钱，就可以做一次二十四分钟的《冒险的旅行》，领略由鱼眼镜头展示的最新进口复制，大洋彼岸奇妙而惊险的景色。至于其他的吃的、喝的、穿的、戴的、听的、看的、玩儿的，就不胜枚举了。临街的房子大都租给了个体户，哪怕是一间、半间门脸儿，也可以开个字号，挂着重重叠叠的牛仔裤、连衣裙、蝙蝠袖的毛衣、人造毛皮的大衣、猎装、西服……说不上是从哪儿趸来的，价钱可以面议，成交前后往往浮动很大。还有沙发、组合柜、镀金首饰、塑料玩具、进口录音机、录像机、组合音响，还有汽水、烟酒、冷饮，还有修鞋的、修钟表的、扩印彩色照片的、点痦子的、拉双眼皮儿的、扎耳朵眼儿的……好像是什么都有。租不上门脸儿的就在街上摆摊儿，卖苹果、鸭梨、橘子、黄瓜、心里美的水萝卜、进口的“厄瓜多尔”香蕉，等等等等。胡同就显得更窄了。

我很少有工夫去“逛”大栅栏，但自从搬到了附近，也就免不了有时要到同仁堂买点儿丸、散、膏、丹，到百货商场为孩子买裤衩、背心，来回都要侧着身子挤过门框胡同。因为挤，便也就走得慢，走走停停，浏览着这条今中有古、古中有今的小胡同，总觉得它里面好像藏着什么故事。后来竟然在这里还有了熟人，就是在路东挂牌子“专修‘傻瓜’相机”的个体户。

专修“傻瓜”相机的小伙子

如今的“个体户”，名声多半不大好，几乎成了“坑、蒙、拐、骗”

的同义语。但我听别人介绍说，这个小伙子不但技术好、服务态度好，而且“很有思想”，于是萌发了要采访他的念头。找他谈了几次，果然很有收获，后来便写成了报告文学《小巷匹夫》。

这个“匹夫”是个不大安分的人物。他原来是一家国营照相馆的摄影员，有感于气动快门的原始、落后、误差大，鼓捣成了“遥控电动快门”，成为技术革新的新闻人物。又进一步想搞“照相监视系统”，目的在于使人像摄影跨越“隔皮猜瓜”的阶段，让顾客能在照片拍出之前就预先“审定”自己的尊容，可以省去以后不满意再上门算账、吵架、补照等一系列麻烦，还可以增加收益。这原是个不错的主意，领导也表示支持，却奈何不得使惯了旧设备的同事，落下“出风头”的嫌疑。领导又把图纸还给了他，他一怒之下给撕了。三年之后，日本人“率先推出”了这项新成果，把他气得眼睛冒火。那时他已经离开照相馆了。他本来是想换个地方接着搞，有几个摄影单位要他，照相馆又不放，把好机会都错过了，他无路可走，退了公职，当了个体户，差点儿把新婚的妻子给气跑。

我问他为什么要“专修‘傻瓜’相机”，他抬起披着乱发的头，眯着一双被精巧的相机零件折磨得发红的眼睛，苦笑了笑，眼角拢起了与二十来岁的年龄不相称的鱼尾纹，说：“因为找我修‘傻瓜’相机的人太多！这几年，日本的‘傻瓜’相机大批进口，北京市的私人相机里头，‘傻瓜’占一半儿，把国产的同类产品给挤垮了！其实，‘傻瓜’相机的工艺并不特别复杂，日本的‘富兰卡’比咱们国产的次得多，一用就坏，可就是有人认，真是邪门儿！人家卖给咱们的时候，多数都不带图纸，附加的维修零件只给百分之三，实际上损坏率要高得多，可是没有零件，连国内的组装厂子也没法儿修，大批的‘傻瓜’就报废了！”

“你用什么修呢？你有进口零件儿?”我问。

“我没有，我用的是土造的‘国产件儿’!”他说着，拿出像一粒花生米大小的东西给我看，“就说这个高压线圈吧，是相机闪光灯的关键、易损部件，特别容易坏，可是国内无货，全靠进口。其实这有什么？就是磁芯绕上线圈！咱们的一些国营厂子，宁可把磁芯低价出口，等人家加工之后再花外汇高价买回来，还以为是‘洋货’呢！您说是可笑还是可气？”

我问他“国产件”是怎么生产的，他叹息着说：“一言难尽！”原来是他找了好几家电子大厂都碰壁之后，和一个不起眼的街道小厂联合试制成功的。他就用这些“国产件”来替换损坏的进口零件，使一台台“傻瓜”康复，收费却相当便宜。名声很快传出去，吸引了整个北京城和黄河以北地区买了“傻瓜”相机而又无处修的人，顾客盈门，生意兴隆。他的店只有巴掌大，却享有“只此一家，别无分号”的声誉，他一年到头埋头和“傻瓜”打交道。他的技术不保密，把“相机使用、保养知识”抄成大字，贴在墙上，公之于众，让“傻瓜”相机减少损坏。他的压力也就小一些。他又不打算靠“傻瓜”吃一辈子，等到没人上门来修了，他的使命就完成了，好干点儿别的事儿。但目前他还得天天和“傻瓜”纠缠，“我不忍心瞅着人家把中国人当傻瓜坑!”

他的话，使我的心里翻腾了好久。这小伙子还真有点儿匹夫之志呢，他是把“生意”当成事业来干的，不甘当傻瓜，才专修“傻瓜”!

那天下午，我又去找他聊，快到店门口的时候，却挤得走不动了，被一群人挡住了去路，而这些人却不是来修“傻瓜”相机的……

变色镜

人家占了他门口的宝地，当街做起了买卖。

“哎，买进口变色镜！有美国的、日本的、联邦德国的，国际流行款式，现代科技精华！本品采用优质水晶石和多种化学元素经过严格的熔炼和精密的热处理工艺制成，最大的特点是能自动变色，遇到强光变暗，到了暗处变亮，能遮挡太阳光和紫外线对眼睛的刺激，最适合航海、航空、野外作业、海滨旅游的人员、汽车驾驶员、电影放映员的需要；最适合文艺工作者的需要，新婚旅行的需要，社交场合的需要；能为您增添女性的魅力、男士的风度，居家、旅行，不可不备；还可以防止头晕眼花，对角膜炎、青光眼、老花眼、近视眼、散光、夜盲症都有显著疗效！经济实惠，美观大方，一镜多用，要买的快来买啊，存货不多，来晚的可就买不着了！……”

这是一段背得滚瓜烂熟的广告语，把变色镜的优越性渲染得淋漓尽致。而做这一番演讲的，竟是一个十五六岁的男孩儿，衣着平常，其貌不扬，还带有几分稚气。如果他在街上卖冰棍儿、卖晚报，收旧瓶子、收破烂，绝无动人之处，而奇怪的是他却在闹市做起了进口货的买卖，并且能做这一番滔滔不绝的宣传，即使有现成的讲稿，也算不容易了。他的行囊极为简单，只是一个手提包，一边说着，一边拿出货物，挥舞着：“美国的、日本的、联邦德国的！……”立即博得过往行人的青睐，眨眼间就围了一片。

“咳！你这镜子多少钱？”

“二十五块一副！”

“嗬，够贵的！”人群中发出议论。

“贵？”卖眼镜的男孩话茬儿接得快，“现在的二十五块钱您能买什么？全聚德的一只烤鸭还三十多呢，吃完了就完了。变色镜能让您戴一辈子！值不值？”

笑声。这是表明人们觉得他说得“倒也是”，就往前挤，看他的变色镜。

一个中年妇女从我旁边往里探头，手里提着个大网兜，装着支支棱棱的莴笋、油菜，直碰我的腿。“走吧，走吧，瞅这玩意儿干什么?”旁边有个穿工作服的男人不耐烦地催她，显然是她的丈夫了。

“哎，你瞅瞅，变色镜!”她不但不想走，还往前招呼她的丈夫，“我正想着买一副呢!”

“什么，什么？你还想戴这个?”男的撇撇嘴。

女的说：“去！我是说给咱们老大买，现如今的年轻人都往洋里打扮，他正搞着对象呢，老怕人家瞅着他没‘派’!”

“戴上变色镜就有‘派’了？嘁！他才挣几个钱？尽玩洋的，整天抽的是‘万宝路’‘三个五’，你连根冰棍儿都舍不得吃，还给他花钱填海眼呢?”男的很不以为然，却又做不了老婆的主，那女的把网兜递给他，让他等着，就自己挤到里头去了。

卖眼镜的把变色镜摆了一片，人们都在弯着腰挑选，那女的赶忙伸手拿了一副，“倒是挺是样儿，”她说，问那男孩，“这是进口的?”

“不信您仔细瞅瞅，上面印着洋字码儿呢!”男孩坦然地笑笑。

“噢……”那女的拿着变色镜，瞅着镜片上的圆形标志，瞅了一阵，大概并不认得洋文，就转脸瞅瞅旁边，朝挨着她站在旁边的一个胖老头儿说，“哎，老师傅，您瞅瞅这是……”

“唔?”那老头儿正在悠闲地瞅着前面的变色镜，没想到这是在叫他，回头见到那女的是在跟他说话，一愣。这年头儿，“师傅”是个用滥了的称呼，在街上问路、借火儿、借气筒，都称“师傅”，如果对方是位工人，自然乐于接受，而有的就不大合乎身份了，这位老头儿就是如此。问话的人不认得他，我倒是对他很面熟，他就住在我们那一排楼里，据说原来是什么单位的书记。我常看见有小汽车来接他，他上车的时候旁若无人，很有一点儿在街坊面前摆摆架子的味道。我从来没和他说过话，等于不认得，不过耳闻这个人没什么工作能力，人缘也不好，在任期间毫无政绩可言，年龄一大，自然就被淘汰了。“退下来”之后，就不大看见他坐车出门了，有时候在楼前头瞎转悠，和街坊打个毫无内容的招呼，似乎闲得无聊。现在，他转悠到这儿来看卖变色镜的了。穿着一身灰中山装，腆着肚子，背着手，耷拉着眼皮，花白头发拢得很整齐，依然是个领导模样，仿佛在“视察”什么似的。听见人家叫“老师傅”，显然很不高兴，这不符合他的身份。可是，在这儿又有谁知道他过去的身份呢？

中年妇女把变色镜递过来请他过目，他略略犹豫了一下，也就只好接了过去，耷拉着眼皮仔细看镜片上的字，紧绷着的嘴唇旁边的好几条皱纹，随着脖子的转动而扭曲，蚯蚓似的。他那副神情很像是在“审查”眼镜。眯着眼睛看了一阵，却没说话，只在嗓子里含含混混地“唔，噢……”不知是因为老眼昏花看不清，还是压根儿不认得上面的洋文。

卖眼镜的男孩指着老头儿手里的镜片说：“这不嘛，USA，正经的美国货，您瞅清楚喽！”

“是，倒真是……”老头儿终于说。

他这么一说，旁边的人兴趣就更大了，好多双手都往前伸。中年妇女赶紧从胖老头儿手里接过“USA”，生怕被人抢了去。“要买就快点儿买吧，别磨蹭了！”她丈夫在外面等得不耐烦了。“着什么急呀？”她冲后面嚷了一嗓子，又朝卖眼镜的男孩说，“哎，我买两副，你可得便宜点儿！”

“得了，大婶儿！您还想让我白送是怎么着？”男孩笑笑，伸手往南一指，“您到大栅栏里边瞅瞅去，晨光眼镜店，跟我这儿一样，美国康龄变色镜，公家卖四十五，日本架、联邦德国片的卖五十三，连安徽凤阳产的‘柴’货还卖四十呢！我这儿全是进口的，只收您二十五！”

“噢!”围观的人一片惊叹，为之轰动。

中年妇女赶紧又抓了一副，却并不急于付钱，犹犹豫豫地问：“那……你为什么比公家卖得还便宜?”

“啧，进口途径不一样嘛!”卖眼镜的男孩神秘地说。

人群中发出一阵轻微的、会意的笑声。卖眼镜的等于公开告诉大家，他走的是“偷税”“漏税”“走私”之类的“途径”，这就更加激起了人们的购买欲望，看来他是很掌握这种心理的。中年妇女看来是决定要买了，从钱包里掏出了钱，却又塞回去，蹲在地上，拿了好几副眼镜比来比去。丈夫又在后面催她，她倒极有耐心：“待会儿，我还得挑挑呢!”

男孩鄙夷地瞅了她一眼，任凭她蹲在地上去挑选，又去招呼别的顾客了：“哎，瞅清楚，美国的、日本的、联邦德国的！二十五块一副，便宜到家了！我可不为赚钱，是给首都人民谋福利！要买快来买，过这个村儿，没这个店儿，想吃包子没这个馅儿，您可别后悔!”这一串的广告又带着“土特产”的味儿。

围在前面的呈现出抢购的趋势，后边又招来一圈子的人。人总是好奇的，围观本身就是广告，何况那男孩又在从头背诵“国际流行款式，现代科技精华！本品采用……”有的人在挑选，有的人在掏钱，有的人在商量，有的人在犹豫，又都没真正买定，变色镜吊着买主儿的胃口，也揪着卖主儿的心。那个胖老头儿却不知哪儿去了，我刚才忘了注意他。

蹲在前边的一个姑娘把十几副眼镜都试了一遍，还在抢别人手里的，先挤到里头的中年妇女差点儿跟她打起来。卖眼镜的男孩不大耐烦地说：“甭挑花眼了您哪，个个好，您到底要哪副？快点儿，快点儿，国营商店可不让您这么挑!”

中年妇女说：“不让挑我可不买了！一分钱买两根针，我还得挑直溜的呢，嘁！”

男孩对她的兴趣不大了，抬眼招呼前边正朝里挤的一个男人，那人肤色黝黑，头戴一顶白色遮阳帽，身穿一件汗渍斑斑的红棉毛衫，左胳膊夹着件大衣，右胳膊提着一嘟噜北京糕点。男孩笑着对他说：“这位大哥，卖君子兰发财了，还不买副变色镜？”

“嘿，你咋瞅出来的呢？”那人讪讪地笑着，果然一口东北腔，挤到前头，从大嫂、大姑娘、小伙子、中年人、半大老太太们扒拉过来扒拉过去的眼镜里抢过一副眼镜，“出门戴上这玩意儿倒是不赖，哈？真能变色儿不？你别蒙我们老赶！”

“瞧您说的！我多咱蒙过人？您试试，这是联邦德国的，还能不变色儿？”

东北佬赶戴上试试，咧着大嘴乐。又把眼镜摘下来，正着看看，反着看看。胡同里被西边的房子挡得不见阳光，也弄不清变色儿不变色儿，就伸手掏钱，皮带上挂着个皮荷包，鼓鼓囊囊地尽是票子。

“还是这位大哥痛快！”男孩奉承着，伸手去接钱，“您哪，这就更够‘派’了，上太阳岛去度哈尔滨之夏吧！能挣会花才是好样儿的！”

这本是讨好买主儿的话，无意中却伤了别的买主儿，正低头挑眼镜的那位中年妇女嘀咕说：“我们可不是万元户，哪儿挣那么多钱去？哼，上这儿显摆来了，那钱还不知是怎么来的呢！”

“咦，你说是咋来的？凭能耐挣的！君子兰一盆儿就上万，你见过吗？”东北佬赶拍着腰里的皮荷包，“瞅着眼红了是咋的？”

旁边的人看他这么毫不隐讳地抖富，有的摇头，有的点头，有的感叹。中年妇女说：“眼红？我们还没学会坑人呢！”

“我坑人了，你又能咋的？坑人的多了，你去告哇！”

这么你一言我一语，跟说相声似的逗起来没完没了，卖眼镜的男孩说："哎，别吵了，要买快买！"

中年妇女和东北佬赶都赌着气地往外掏钱，眼看变色镜的买卖要开市，却又被那位胖老头儿给岔开了，"哎，二十怎么样？"他一边从后边往里挤，一边朝男孩嚷了一声。这一声，使得往前递票子的手又缩回去了。

男孩恼火地瞪了他一眼："二十？您上'晨光'去问问公家的价儿！我这货要是摆到他们柜上，立时就卖四五十！"

"我刚从'晨光'来，"胖老头儿胸有成竹地说，原来他已经去做了调查研究，"东西倒是真东西……"

"噢！"那些正在挑眼镜的、准备付钱的，都为这及时的信息而振奋。东北佬赶忙问："比这儿贵不？"

"那当然，"胖老头儿说，"问题是，他这儿进货也比公家便宜嘛！"他冲着男孩问，"二十块一副，怎么样？"

"别逗了，老头儿！"男孩冷笑着说，"我进货还二十三呢，一副才赚两块钱，您还想让我亏了血本儿？"

称呼从"老师傅"又降成了"老头儿"，使这位有身份的人很不舒服，面带愠色。但他也没有发作，忍了，在这里不可能指望人家称他"××书记"或"××同志"，他和市井小民是一样的。他把一只手背在身后，另一只手抬起来，伸出一个指头，点着男孩，像发表"指示"似的，耷拉着眼皮，说："唉，你们这种人哪，尽想钻公家的空子……"

男孩鼻子里"哼"了一声："不钻公家的空子，你上我这儿干吗来了？还想占我的便宜，老帮菜！"

"老帮菜"比"老头儿"更难听了，他大丢面子，气得下巴上的肉直哆嗦："你……骂人！"

"骂你又怎么样？不买眼镜靠边儿待会儿去，别在这儿招人不待见!”男孩不客气地往外扒拉他，丝毫也不照顾他的身份，把他看扁了。

“唉，买卖不成仁义在，别吵吵了，大伙儿还等着买眼镜呢!”东北佬赶现在倒来充当和事佬了，把男孩拦住。

胖老头儿怕吃眼前亏，后退了几步，却也没走，他恐怕是不好意思就这样败走，就站在旁边怒目而视，伺机反扑的架势。

男孩接着张罗买卖，东北佬赶却趁机杀价：“哎，我说，就照这位老大爷说的，二十，行不?”

“哎呀，你可真是的!”男孩不满地瞟瞟他，“说好了的二十五一副嘛，少一分也不卖!”

“二十，多一分钱不给!”东北佬赶坚持说。他卖君子兰赚得容易，却花得仔细，能省的就省，寸步不让。

“二十，二十!”大伙儿都随声附和，连刚才差点儿和东北佬赶打起来的中年妇女也跟着嚷，他们现在又结成统一战线了。

“二十五，不还价儿!”男孩一口咬定。

“二十一怎么样？我全包了!”东北佬赶胳膊底下又钻出个穿花衬衫的长发青年，使出了拍卖行上的手段，大概他想整个趸走，再到别处卖好价去。

“哎，你这个人是怎么回事儿?”人们群起而攻之，眼看这个害群之马要坏大伙儿的事。

“花钱买东西！干什么?”花衬衫青年丝毫不怕众怒难犯，从上衣兜里掏出一沓硬哗哗的钞票，问那男孩，“哎，一共多少？都归我了!”

男孩刚要答话，人们都急眼了，冲他嚷嚷：“别卖给他！我们是先来的！……”

眼看要爆发一场变色镜的争夺战!

这时，斜刺里却杀出两员战将，卖眼镜的男孩一看就慌了，忙着收摊儿，把人们正在挑选、试戴的眼镜都抢回来，往手提包里塞，慌慌张张地说：“不卖了，不卖了！”

围观的人乱了，有人窃窃私语：“联防的人来了！”

路见不平

我一直弄不清“联防”是个什么组织，它既不是公安机关，也不是工商管理部门，又好像拥有这方面的权力，常出没于大街小巷，特别是个体商摊集中的地带。这些人都穿便衣，也没有什么标志，专门出其不意地收拾不合规章的摊贩，处置的办法有没收、罚款、补税等。在农贸市场或在胡同里摆摊的，最怕“联防”，也最恨“联防”，背地里给他们送了个相当不雅的尊号——“二狗子”。

现在，两位“联防”过来了：一位，二十来岁，彪形大汉，看来有的是力气，能对付任何泼皮无赖；另一位，四十有余，矮小而精明，眼睛很有神，嘴唇向前突出，像是个能说会道的角色，第一眼的印象，让我联想起北影已故的演员安震江，他演了一辈子“坏蛋”，尤以《平原游击队》里的汉奸、地主“四和尚”最为出色。

他们的出现，使卖眼镜的慌了神儿，想买眼镜的也惶惶然，眼瞅着买卖要做不成了！那个花衬衫青年只差一步没有把所有的变色镜都逐走，都被男孩收进手提包里。男孩想溜，却又走不脱了。

长得像“四和尚”的那位“联防”冷冰冰地问卖眼镜的男孩：“有营业执照吗？”彪形大汉则背着手不说话，虎视眈眈。

“大叔，大伯……我……”卖眼镜的男孩刚才那口若悬河、滔滔不绝的劲儿没有了，像老鼠见了猫似的，连话都说不利落了。

“哼，他有什么执照？一看就是个二道贩子！”胖老头儿终于等到了反攻的时机，背着手，腆着肚子，又恢复了自己的尊严，并且向“联防”

发指示：“你们哪，得好好儿地整一整这种人，市场秩序都让他们搞乱了，怎么得了噢！”

“嗯，这位老同志说得好啊！”“四和尚”向他点点头，又朝男孩追问，“无照经营是非法的！你知道不知道？”他目光炯炯，脸上挂着微笑，那笑容是很可怕的。

“大伯……那什么……我这是头一回干这个，不懂得规矩……”男孩哆哆嗦嗦地蹲在地上，两手护着他那个手提包。

“四和尚”一把抢过手提包，拉开看了看，“哼，好哇！还全是洋货！走私倒卖进口物资，扰乱国家市场，人儿不大，胆子不小啊！赚了多少钱了？”

“没……我刚到这儿……”

“四和尚”显然不相信，朝后边一甩头，彪形大汉铁塔似的走过去，一把将男孩提溜起来，翻遍了他身上的兜，却没翻出什么钱，抡起巴掌，“啪，啪”两个耳光，打得男孩跪在地上直叫唤：“大伯，大叔，我再也不敢了！”

这景象使我的心一阵紧缩，卖眼镜的毕竟还是个孩子，他无照经营，你们依法处理就是了嘛，也不能打人啊！要说我对那个男孩有什么好感，也绝对谈不上，但看着他这么挨打，却又觉得可怜，而且“联防”的人毕竟代表“官方”，这么样大打出手，也太损形象！心里一急，就往前挤，竟想出面调停：“哎，哎，同志……”

我的衣服却突然被谁揪住了，回头一看，是专修“傻瓜”相机的小伙子！

“哎，你看这简直……”我有了帮手，更觉理直气壮，拉着他往前挤。

他却使劲地把我往后拉：“您甭激动，甭嚷嚷，甭管！走，上我那儿去吧!”

隔岸观火

小伙子把我拉进了他的小店，把门关上了。回身对我说：“您坐下歇会儿，喝点儿水，甭管他们那些事儿，您也管不了!”

他的小店，门窗大半截儿都是玻璃，我被关在里边，外边的事儿仍然看得清清楚楚，成了“隔岸观火”的人。他不让我管，大概是怕我吃亏，如果那个彪形大汉连我一块儿“招呼”，我当然不是对手，刚才应该有这个自知之明，一时的书生气差点儿“路见不平，拔刀相助”，幸亏被小伙子拦住了。此刻，他对窗外的事儿就不再关心了，坐在柜台后边继续修他的“傻瓜”相机。我却放心不下，接着看。

彪形大汉还在对那个男孩拳打脚踢，围观的人更多了，却没有一个人出来劝解。胖老头儿现在是很解气的神情，指手画脚地在旁边助威：“不严厉打击就是不行啊，狠揍这个小兔崽子!”这话和他那舍不得放下的“架子”似乎不大相称。

“这小东西是可恨！少一个子儿他都不卖，这下踏实了吧？报应!”那个挑了半天也没买成变色镜的中年妇女一脸懊丧，也在那儿埋怨。

她丈夫提着网兜催她：“走吧，还耗什么？瞎耽误了半天工夫，你也没买成变色镜，哼!”

“唉，还不如一开头儿就买了呢，二十五也不算贵了，比公家便宜一半儿呢!”她后悔了。

“那怨谁?”东北佬赶借机会朝她撒气，“都是让你们给搅和黄了的，这下子得了呗，谁也别想买了!”

“谁搅和的?”中年妇女怒气冲冲地问。

“你说是谁?”东北佬赶又要接茬儿吵架，一看提网兜的男人过来了，就连忙改口说，“还不都怨那个老家伙？要不是他胡嘞嘞，咱们都买上了！”

胖老头儿如今又成了“老家伙”，里外不是人，索性不理他们，也许是没听见，背着手站在“联防”的人旁边，看他们怎么收拾那个男孩。

男孩现在孤立无援，惊恐地龟缩在地上。“四和尚”从兜里掏出一本印好的单据，厉声说：“无照加走私，罚款五百！”

男孩胆怯地抬起头：“大伯！我……我……”

“这小子身上没钱！”彪形大汉说。

“没钱？”“四和尚”抖落着手里的提包，“没钱没收他的东西顶了，削价处理！二十块一副！”

“啊？！”男孩疯了似的扑上来，“大伯，大叔！你们要了我的命了，我是二十三买的……”

“活该！”彪形大汉一拳把他打倒，“谁叫你走歪门邪道呢？处理了，处理！二十块一副，谁要？谁要？”

围观的人群愣了一两秒钟，才突然反应过来，东北佬赶首先掏出一把钞票：“我……我要！我都包了！”

“哎，你这个人怎么不讲理？我们来得比你还早呢！”中年妇女慌着往前挤，“同志，同志，不能卖给他一个人儿，大伙匀着来！哎，我要两副！”

人们“轰”地把“四和尚”包围起来，争先恐后地往里塞钞票，往外抢眼镜，有买一副的，有买三五副的，东北佬赶劲儿大，又抢先动了手，买了一大把，咧着大嘴又往后挤，后边的人从他胳膊底下往前钻……

一阵乱哄哄，我看得头晕眼花，分不清楚谁是谁了，突然看见玻璃窗跟前有个人在喜滋滋地试戴变色镜，噢，是那位胖老头儿！他那么一大把年纪，又那么胖，竟然也能挤着买到了手，真够不容易的。看他现在那副自得的样子，仿佛打了个大胜仗！

变色镜转眼间就被处理光了，人群渐渐散开，买着了的喜气洋洋，没买着的懊悔不及。两位“联防”仍然不肯放过那个男孩，押着他，提着一包钞票，推推搡搡地扒开路人，往南走了，可能他们的办公室在大栅栏里头。那个无照经营的小走私犯的事儿恐怕还不算完！

话又说回来

我看着窗外的这一切，不禁感慨：“这……这叫什么事儿啊？”

专修“傻瓜”相机的小伙子仿佛对这些都置若罔闻，埋头修他的“傻瓜”。等到手里活儿告一段落，门口的风波也平息了，才抬起头来问我：“怎么样？您瞅出点儿门道来了吗？”

“什么门道？”我转过身来，心里很不是滋味儿，“我还是头一回看见‘联防’的打人，够狠的啊！那个小孩被他们抓去，是不是还得吃苦头？”

他“扑哧”笑了：“咳，弄了半天，您还是没看明白！人家都说，作家的眼睛善于窥测人的心灵，在你们面前没有秘密可言，看起来，您的眼睛不灵啊！”

“什么秘密？”我被他说得一愣，“是不是‘联防’的人把卖眼镜的钱贪污了？”

“得了！”他哈哈大笑，“那是假李逵剪径，跟卖眼镜的小孩，还有那个要‘包圆儿’的花衬衫都是一伙儿的！”

“啊?!”我大吃一惊，原来从头到尾上了一个大当，仔细想想，那两个“联防”的确不大像好人，而且那个花衬衫到了后来“处理”的时候也果然不见了。“原来都是假的？”

“可不都是假的嘛！连变色镜都是假的，顶多值五块钱！”

“要是他们碰上真联防怎么办？”

“真李逵来了，假李逵就溜了，舍车马保将帅，那个小孩让联防逮去也不碍事，小孩是他们雇的，逮走了就再雇一个……”

“啊！”我听得直发愣。

“您觉得新鲜吧？我都看惯了，门口经常是这样儿，他们有时候一天演好几场呢，变色镜卖了不少了，生意不错！”他说起这一切，神色似怒非怒，似笑非笑，是一种令人心寒的冷漠。

我现在觉得，这个小伙子并不像我原来看的那么单纯、那么可爱了，他也有另一面——世故的一面。“这和你的这个小店的宗旨很不协调啊！你不是要立志修‘傻瓜’吗？为什么又天天在这儿装傻呢？”我问。

“唉！”他长长地叹了一口气，“我也不知道，生活，比修理相机复杂多了！开头儿，我瞅着他们在门口这么变着法儿地坑人，也像您那么样儿生气；长了，也就假装瞅不见了。话又说回来，您不觉得那些人也是活该挨坑吗？”

“噢？”我倒被他问住了。刚才的那一幕，又在眼前清晰地浮现出来……

1987 年初夏于抚剑堂书屋

（发表于 1988 年第 1 期《花城》）

新春夜话

己巳新春，我家的大门和房门上都贴上了斗大的“福”字。大红的底色，周围装饰着荷花、牡丹、玫瑰、月季、菊花、梅花、水仙、百合，簇拥着中间烫金的“福”字，灿烂夺目。年轻的时候不喜欢这东西，觉得太俗、太火；步入中年之后，终日为“事业”劳碌，又拖儿带女，肩膀上压着许多沉重，便极珍惜岁月，逢年过节，也寄托着某种情感。除夕之前很想写一副大红的春联，“驱”点儿什么，“迎”点儿什么，北京的大街上却连红纸也买不着，只好作罢，心中怅然。无意中得了这“福”字，大喜，端端正正地贴上，看了又看，仿佛什么稀罕物。这百分之百的“国货”，并不是我们自家所产，而是海外朋友吴先生和翁女士辗转带到北京送给我的。新岁伊始，表达了他们真挚而美好的祝愿，愿进入改革、开放第十个年头的神州克服物价飞涨、通货膨胀和农业危机、教育危机、人才危机、风气危机……时来运转，繁荣昌盛，愿生活在这里的父老兄弟姐妹幸福安康。

吴先生是泰国人，出生于缅甸，祖籍福建泉州，现年五十三岁，体格硕壮，肤色黝黑，普通话里还带有乡音。他是香港和昌集团董事主席、仰恩基金会理事长。一九八七年开始，在泉州出资数千万元创办仰恩学院(以后将称仰恩大学)。这是一所集教学、科研、生产于一体的新型大学，计划设置八个系，目前已设置的有动物科学系、机械工程系、土木工程系和英语系，将要开设的还有工商管理系、生物工程系、食品工业系和国际商务系。学校将从国内缜密地组织一支高水平、高质量的师资队伍，并得到美国九家州立大学的支持，提供最新教学资料，代安排学习程序、分学，并愿定期派专家前去讲学，以及规定指标每年接受仰恩学生赴美深造。学校的一切费用和设备都由吴先生创办的和昌集团出资和引进，一九八八年九月已完成占地二百余亩、总建筑面积七万多平方米的部分工程。待全部计划完工，总投资额将超过两亿元。

翁女士是新加坡人，祖籍广东潮州。她已年逾花甲，文静谦和，一口标准的普通话。她是和昌集团的董事经理，吴先生志同道合的助手。为了创办仰恩学院，她已在两年内往中国跑了四十九趟，吴先生则跑了五十三趟。

“您办这所学校的目的是什么呢?”我问吴先生，“有没有什么经济效益?”

请原谅我的冒昧和直率。自从中国对外开放以来，到中国来投资的外商可谓多矣，但没有一个不为盈利而来的，“无利不起早”，在商品经济社会，并不为怪。但像吴先生这样花了大把的钱，到中国来“办义学”，我还是头一次碰到。

“没有任何经济收益。培养出人才是我唯一的目的，将来收益的是中国。”吴先生爽快地回答，“我在泰国生活了几十年，在香港、新加坡、美国都有我的企业，但我没有给它们办过一所学校，而愿意把钱花到中国。因为中国有我祖先的根，因为中国有我的母校!”

朴实无华的一席话，袒露了一颗赤子之心，把宾主之间的距离缩短到零。海外漂泊了几十年，他的心仍然是中国心，他仍然是我们的同胞!

吴先生早在一九五六年就曾到北京体育学院留学，对于母校、故国怀有游子恋母那样的深情。三十年后，他再度归来，感慨万千。不是惊叹北京竖起了多少幢高楼、引进了多少洋货，而是觉得母校变得陌生了。“学校里到处在做生意，卖什么的都有。怎么会变成这样呢？和一九五六年相比，差得太远了！”

中国人最不愿意让人家讲“今不如昔”，偏偏这位吴先生不肯投其所好，大讲“今不如昔”，至少在教育界是这样。我无法讳言。当今的教育界，已不仅是“斯文扫地”，而是“斯文不如扫地”，教育经费连年下降，教师的待遇捉襟见肘，“傻得像博士，穷得像教授”的民谚不胫而走，直接影响了万千学子的心，厌学风、弃学风、经商风如旋风般刮遍大、中、小学校园，这种事实谁也不能闭眼不看。学生宿舍里，开着灯是在打牌，关着灯是在恋爱，也已经不是偶然见到的孤例。国家的未来是什么？民族的希望是什么？

说起这些，吴先生忧心忡忡。“我不是教育家，也从来没有办过教育，”他说，“但是，我看到，美国、日本、新加坡等经济发达的国家，没有一个不把教育放在十分重要的地位。有了知识、人才，有了先进的科学技术，才有了发达的经济。教育是生产力，教育是本啊！”

为国育才，为振兴中华而育才，这就是他的动机和动力。为此，他选择了泉州城外的鲤北山区为基地，用了两年时间，把荒山秃岭建成了一座有教学楼、办公楼、职工宿舍、教师宿舍、学生宿舍、餐厅、多功能大礼堂、图书馆、实验楼、教授专家楼以及游泳池、娱乐场、运动场……的完善大学。为了尽早出人才，暂由华侨大学的教职工兼课，已正式招收二百三十名学生，一九八八年九月开课上学。他眼巴巴地盼望着，这些学生们快快成长，好早一点儿为国效力！

为了激励学生的爱国、报国之心，他规定：每天早晨，集体升国旗、唱国歌！“起来，不愿做奴隶的人们！把我们的血肉，筑成我们新的长城！……”

但是，谁能够想到呢？刚刚实行了两个月，便有教师找他要求：“能不能把每天一次的升国旗、唱国歌改为每周一次？”而且还用录音伴唱。

“为什么？”他问。

答曰：“唱不来呀！”

他大怒：“中国人唱不来中国的国歌，简直是奇耻大辱！”他规定：“不许用录音机，一定要天天唱！唱不来的，必须在二十四小时之内学会，否则，教师解聘，学生退学！”

说到动情处，吴先生目眦欲裂！他历数东方、西方的许多国家，上自叟妪，下至童子，如何热爱自己的国旗、国徽、国歌，因为那是他们的母亲、他们的信仰、他们的生命！而他，却苦苦地爱恋着中国。中国人啊，我们有我们的母亲、我们的信仰、我们的生命！在我们的国土上，曾经飘扬过太阳旗、星条旗、米字旗……为了升起五星红旗，我们付出了血的代价，我们的国歌，融会了几代人的呐喊！

吴先生的拳拳痴情，使我热泪盈眶！

温文尔雅的翁女士也谈到了她的另一番感受：“在奥运会期间，在电视里看到中国夺得了金牌，我们新加坡的华人都激动得流泪。可是，在屏幕上升起中国国旗、奏起中国国歌的时候，中国运动员却没有立正，还在交头接耳。看到这种镜头，心里真难受！”

坦率的批评，使我哑然。一个巨大的声音在我的胸腔中响起，与这两位并没有中国国籍的华人的心脏共鸣：“中华民族到了最危险的时候，每个人被迫着发出最后的吼声！……”

中华民族曾经经历过无数次的“最危险的时候”，志士仁人们发出过无数次的“最后的吼声”，我们多灾多难的祖国最终没有亡国灭种。但是，在我们前进的道路上，“危险”还在，“吼声”也还要吼，难道还要好心的朋友来提醒吗？

吴先生和翁女士是在看到了中国的教育危机才毅然置大宗贸易于不顾而来办学的，他们的可贵之处，难道仅仅是送来了钱吗？

……

金碧辉煌的“福”字贴在我的门上，这是两位海外朋友在和我一起，为我们的国家和民族祈福，盼望幸运之神光临神州、永驻神州！

窗外，鞭炮声响起来，像炒豆儿，像机关枪，震耳欲聋，经久不息。这是我们的祖先发明的玩意儿，后来被洋人用来制造枪炮来打我们；时至今日，我们的同胞仍然重复着祖先的玩意儿，以此为娱乐。是偏爱这噪声的美妙吗？还是借此来麻醉自己？莫若抛弃这不济事的劳什子，唱起我们的国歌：

起来！起来！起来！

己巳春节写于抚剑堂书屋

（发表于1989年3月24日《人民政协报》）

路上碰到个“卫嘴子”

从北京到天津的火车只有两个多小时的路程。

他一上车就嘴不停。喝白酒，吃午餐肉罐头，并且滔滔不绝地跟我聊了一路。“卫嘴子”！

他就坐在我对面。

我本不认识他。但在这个狭小而固定的空间，素不相识的人也能聊起来。

刚开头儿我就在注意他，出于作家的本能，习惯于观察一切人，了解一切人。

他大约三十还不一定出头儿，瘦小的身材，紫棠色面皮，像是经常出门在外、南跑北奔的人。乳臭未干，却又极力显示见过大世面的架势。喝着一瓶白酒，头顶的行李架上还摆着一箱子白酒。我猜想这是个“倒儿”(恕我不恭，有意删去眼下很流行的“倒儿爷”一词的最后一个字，我认为在当今社会各色人等一律无权称“爷”)，而且是“倒”白酒的。

出于这样的猜测，贸然向他发问。

“介(这)是给我爸爸买的，”他指指行李架上的那一箱白酒，“老爷子爱喝酒！比我还能喝！”

一口地道的天津腔儿，抑扬顿挫，听着那么“哏儿”。

我的猜测错了一半儿：他不是“倒”白酒的。但另一半儿还是对了：他的确是干“倒儿”的营生。刚搭上话茬儿，就把底儿端给了我，他无所不“倒”：染料、煤炭、钢材，什么紧俏就“倒”什么，正规渠道弄不到的东西，他都有，从东“倒”到西，从南“倒”到北，不亦乐乎。没有人干涉他。政策允许个体经济。而且他的存在和奔波还使得各地区“互通有无”，促进了“商品流通”。他是许多大企业所欢迎的人！

“你一定赚了不少钱？”我问他，语气中不无揶揄。

“不多。十万八万的吧？”他口不辍饮，手不释箸，还腾出工夫儿来回答我，丝毫不因我的揶揄而耍什么“无可奉告”的外交辞令，“挣得多，也花得多。吃！喝！交朋友！都是花钱！我这一趟，五千块钱就搭进去了！”他伸出五指辅助嘴，“我这个人，不在乎钱财！”

一股浓烈的酒气，伴随着同样浓烈的铜臭气。如此外露地夸富，还要显示“挥金如土”，十足的当代小小暴发户。贫汉骤富，露出措大本色。也许是因为喝多了点儿。

“中国都富了你们了！”我毫不掩饰自己对他的贬义，“工人、农民、知识分子、一般机关干部，处境还很艰难……”

“谁不知道？”他打断了我的话，“我爸爸是个老工人，我当过兵，也当过工人，什么苦都受过！”

“嗯？”原来这小子曾经是“最可爱的人”，又是血统的“领导阶级”！那么……“现在退职干个体了？”

“嘁！”他一笑，“我才不退呢，跟厂子里签个合同，保留百分之七十的工资……”

“那，厂里干吗？”

“怎么不干？我对他们有好处！厂子里缺什么原材料，就拜托我了，擎好吧您哪！”

啊，他的回答令我吃惊。这小子可真机灵，一手捧着铁饭碗，一手去“倒”金饭碗，趁政策允许，捞他一把，一旦政策有变，仍有退路，钻空子钻到家了。而且“兔子不吃窝边草”，他把本单位的人缘儿还搞得挺好，厂子里需要他“倒”、支持他“倒”，绝了！

我叹了口气，摇摇头：“这么下去，国民经济……”

没等我说完，他也叹了口气，打断我的话说：“您操那么大的心干吗？社会弄坏了，风气弄糟了，没有好人走的道儿，我不‘倒’别人也照样‘倒’，‘官倒’可比‘私倒’厉害！一个工人‘廉洁’有吗用？‘从我做起’，只能当个傻雷锋！中国不需要雷锋，需要包公！”

他那双被酒精浸泡的眼睛血红，瞪着我，浓烈的酒气熏着我。我却觉得其中倒还有些“真气”。原来这小子是看破红尘，才走了“以毒攻毒”的路，虽非上策，倒也与一般心毒手狠的市井无赖不可同日而语，他的血管里毕竟流着(或者说流过)人民子弟兵和产业工人的血！

“要是国家出了事儿，”他还是那样瞪着我，“需要我穿上军服再上前线，咱哥们儿不含糊？你信不信？”

“信！”我直视着他，给以肯定的答复。这种信任不是随便的奉承，是因为他灵魂中爆出的那个亮点引起我的共鸣，并且立即获得了我的认同。中国人本是千差万别的，但是在对待国家和民族的态度上却是一个最基本的试金石，面前的这位小伙子不是比某些发了财去勾结官府、鱼肉乡里、胡作非为的人干净些吗？不是比某些尸位素餐的人、弄权枉法的人……更可信赖吗？

“大姐，你是干吗的？”他突然问我。

我也突然想起了这场“对话”还不够对等，盘问了人家半天，自己还没亮明身份。于是回答：“我是作家。”

“咳!”想不到他先对我这个行当叹了口气，似乎是深深地失望，“你们作家里头，也有不怎么样的!”

“噢？谁?”我愿闻其详。

“×××。”他说出一个曾经发表过一些文字而目前并不在国内的女人的名字。

“你认识她?”我问。我一贯口不臧否人物，并不打算评论他所提到的那个人，但想听听他的见解。

“不认识，听说过她的事儿！跑到国外低三下四地请求外国人‘可怜’她，唉!”他满脸不屑的神色，“在中国怎么样都没嘛，不该去要外国人的饭!”

“栽面儿了?”我好容易找到了一个天津词儿，及时地用上，反问他。

“栽面儿栽大发了!”他愤愤然，“要饭你找中国人要嘛，饿死也不能要外国人的饭!”他又一次重复着，并且一拍胸脯，“真的没饭吃，找我，我养活她!”

我扑哧笑了。这位小伙子可真“哏儿”，不但既忙着倒买倒卖又忧虑着国家的前途，还想当“收容所”所长！不知那个被他恨又受他怜的女人意下如何？如有机会，这当是他们之间会谈的事儿了，与我无关。

“不过,”我说，“我们作家队伍并不全是这样……”

“那当然，也有好样儿的，人民的作家!”他又抢着说，并且举出几位作家的名字，又一拍胸脯，“这些人要是没饭吃，我全包了!”

言谈之间，已没有哀怜之意，倒是充满景仰之情。

我又笑了：“你趁多少钱？养得起吗?”

“没问题！情况不同，还得区别对待嘛！人民欢迎的作家，我每月给他七百，够了吧？像×××那样儿的，给七十，有饭吃就行了!”

好小子，还“政策性挺强的”!

我默默地注视着他。天津人素有“卫嘴子”之称，咋咋呼呼，能说善“侃”。但他却“侃”得极为正经，丝毫不像是在开一个巴不着边儿的大玩笑，不像是喝多了信口胡诌、说完了随风吹走翻脸不认账，似乎在认真地盘算他的资本可以养活多少“区别对待”的作家！

车到天津，我们分手了，各奔前程。至于他的那项计划何时兑现、能否兑现、需要不需要兑现，我就一概不了解了，欲知后事如何，且听下回分解，如果我以后还能碰上他的话。

我当然不相信中国会走到作家个个都砸了饭碗而需要个体户做“后盾”的那一步，但他的那种神情显然不是在撒酒疯儿。

（发表于1989年第8期《报告文学》）

张守义，装帧艺术的“赤子”

张守义君，当今中国书籍装帧界的权威人士，名声大大的。我与他认识、交往，算来已有十来个年头。开头，并不是因为请他为我的书作封面或插图，而只是因为他和我家先生是同行，而且是校友，所以他是我家的常客，来往很随便的，并不因他是权威就像人们所想象的那样对待权威，况且他也不自视为权威，一个很随和而又很谈得来的朋友而已。如今要写写他，因为我毕竟和他不同行，难以透彻地分析他的专业成就，所记也仅是只鳞片爪。

真人不露相

俗语云：“真人不露相，露相不真人。”以此印证守义，信哉斯言。如果是仅慕张守义其名而未曾谋面的人，见过他的那些极简练极精彩极“洋气”的书籍装帧作品，一定认定他是一位风度潇洒的风雅之士。抱着这样的成见，即便与他擦肩而过也绝不会认出他来的。这位先生头发那么长、那么乱，脸色又似乎几十年未曾洗过，完全适用一个现成的词儿：“蓬头垢面”，和他的作品似乎一点儿也“不搭界”，不被人认为是个流浪汉才怪呢！

记得七八年前他到我办公室去，我的同事们看见这么一位“流浪汉”

来访，都惊得直纳闷儿。我当时便和守义开了个玩笑：“你身上有虱子吗?”谁知这一问，他自己也非常不自信起来，竟然伸手乱抓一气，谁知越抓越痒，弄假成真，那种姿态如果由守义自己画一幅自画像，一定比铁拐李搔痒还要精彩！

守义大约是不大讲究个人卫生的，所以对他的贵体是否有虱子很不自信。但他对于自己的专业却又是极自信的，这就足够了。所以我家先生说：“对艺术家只可看作品，不可看相貌。风度翩翩者多为‘金玉其外，败絮其中’，其貌不扬者倒可能学富五车。二者兼得者，极为鲜见。”我想他说的是对的，艺术这一行实在是苦行，原非奶油小生、花花公子可为的。守义一意苦苦修炼，便把凡人所看重的仪表都忘了，这“真人不露相”倒是极为可贵的。

“孔”伯伯

守义有胃疾，做过胃切除手术，自此几乎粒米不进，完全依靠啤酒维持身体所需。他所到之处，便总是随身携带着酒瓶，无论什么场合，也是边喝边谈，大有李太白“斗酒诗百篇”的架势。而我偏偏又与他作对，不肯把那“酒仙”的雅号给他，却称之为“孔乙己”，似乎更形象，他竟也欣然领受。于是我那小儿子便真的以为他姓孔，一见他来，便亲切地叫：“孔伯伯来了！”

酒逢知己千杯少

守义外表像个疯子，内心却是个赤子，谈起他的创作，便兴奋得两眼放光，口若悬河。他到我家来，总和我家先生对饮、对谈，兴致大得很。按说，他们两人一个搞装帧，一个画国画，作品的样式和风格都很不同，不料如此谈得来。他们互相都充分看到对方的长处，常常说：

“这本书由你来搞装帧，再好不过了！”“插图由你画，唏，这种风格，就这种风格！”两个人还你推我让，其实不是哪一个偷懒，也不是互相吹捧，实际上是盼望对方创造出最能代表自己水平的艺术风格，这种信赖、尊重、激励，其实是艺术家之间最宝贵的友谊。

几度合作，以命相托

算起来，我已与守义有过好几次合作：请他为我的书作装帧——少说也已有四本。每一次，他都极认真，不但反复和我商量，还虚心征求我先生的意见，互相切磋，九朽一罢，他那种严肃认真的创作态度，真令我感动。

最近的一次，是他为我的长篇《穆斯林的葬礼》作封面和插图，精装、平装两种版本，两套方案，真不知耗费了他多少心血！

其中“玉殇”一幅，画的是葬礼场面。守义不是穆斯林，不熟悉那亡人的遗体应是什么样子，跑来问我。我又恐口头形容不够，万般无奈，只好自己装扮“亡人”，身上蒙上“卧单”，为他“死”了一次，守义有了“现场”感受，笔下便自如了。这次合作，无异于“以命相托”了！对一个作家来说，作品确乎像生命一样重要；而插图画家又何尝不如此呢！

画稿全部完成，守义肩上的担子还没卸掉，他又在和出版社的美编们反复研究封面的用料，到什么地方买什么布，染什么色……简直像一位妈妈打发女儿出嫁准备嫁妆那么细心！

爱书的人们，也同时爱他们吧，精美的书籍是从装帧艺术家手中“嫁”出去的！

（发表于 1989 年 9 月 2 日《文艺报》）

彝山一枝秀

——观李秀版画展

十月金秋，收获的季节。一个身材高高的彝家女，风尘仆仆、冒冒失失地只身来到北京。也许她不知道，近年来北京画展如云、佳作如林，早已令人目不暇接，一个生面孔的彝家女能否在挑剔的同行和观众面前引人注目？也许会在繁花似锦的丹青海洋中淹没！

然而，她却一炮打响。

李秀出身于书香门第，父亲李乔是著名的老作家，她本人毕业于广西艺术学院版画系。近十年来，她的作品多次参加全国性美展并获奖，并曾在美国、日本、比利时等十余个国家展出，受到普遍赞誉。李秀现年四十五岁，时届中年，已不是娉婷少女，纯朴的笑脸上印着半生人世奔波的风霜，爽朗的谈吐中透出对生活的挚爱和对艺术事业执着的追求。

“李秀版画展”的展厅不大，作品也不多，仅只三十六幅，但给人的感觉却是琳琅满目、耳目一新。这里面，印留着一个彝家女在富饶而又贫穷、美丽而又落后的西南山区跋涉奋进的足迹，洋溢着一股从父辈的血管中，从母亲的胸膛里流淌下来、滚滚不息的热血，欢跳着一颗拥抱彝家土地、亲吻祖国蓝天的赤子之心。李秀永远记着父亲的教诲：“不热爱自己民族的人，不可能热爱祖国!”

李秀的画如散文。《啊，马帮》中的旖旎湖光、冉冉篝火、幽幽河谷，质朴无华地勾勒出西南同胞的民族风情。

李秀的画如诗歌。《五月》中集市一角的热烈，《七月》中牧羊女的优雅，《湖畔》中摩梭人泊船晒网的古朴，正是一串串妙语如珠的诗句，咏叹着历史，讴歌着生命。

李秀的画如音乐。一套《横断山系列》组画，一部深沉浑厚的乐章。苍凉的牛群，纯净的山影，皎洁的明月，仅仅是人人可见的物象吗？那是乐师、歌手跳动的音符，从心底流出。飘动的白云，嘶鸣的白马，在呼唤什么？在呼唤山野的苏醒、春风的萌动、祖国的崛起、彝家的新生！开阔的布局，简洁的刀法，凝重的色彩，博大的情思，远远溢出那尺幅画框了!

（发表于 1988 年 11 月 2 日《中国文化报》）

何必再相逢

一位三十年没见面儿的朋友钱梅芬突然光临寒舍。三十年过去了，同班同学再度相逢，都已进入不惑之年。

当年那个梳两根辫子、满脸机灵劲儿的小丫头已成为半老徐娘。但是，她不见胖，脸形依稀可辨认，眉毛还是那么弯弯的，眼睛还是那么水灵灵的，嘴还是那么笑吟吟的，说起话来神采飞扬，极富有感染力和煽动力。机灵劲儿有增无减——这是当然的。

她捧着一盒精致的糖果，兴冲冲地跨进了我家的门后，一惊一乍地说："这是日本的!"

如今人们对日货很有些崇拜。但对我来说，品尝一盒原装的日本糖果远远不如故友重逢更有兴趣。

一见到她，五十年代的往事又浮现在眼前。

那时候，我和她，还有华蓉，是三个最要好的女同学。记得我们曾经一起光着脚站在我家的大床上，用未经训练的童声做游戏，谁输了，就扮演汉奸，另外两个人指着鼻子骂她，那词儿到现在还没忘：

问一声×××，

你是哪国做(音 zòu)的人?

要说你是中国做，

你跟着日本来打中国人！

这词儿一点儿也不文雅，是未经加工的俚词俗语。我们和这词儿一样质朴而真诚。

记得那时，做游戏华蓉总是输，就只好总扮演汉奸。华蓉是我们三个当中年龄最小的，胖乎乎的圆脸，白白净净，单眼皮，小嘴儿，剪着齐耳短发，很可爱。当我们两个指着鼻子骂她是“哪国做的人”时，她眼里含着泪，忍受着奇耻大辱，还要做出恐惧状，一个劲儿地哆嗦。演完之后，她如释重负，认真地解释说：“刚才是假装的，噢？我是中国人！”

钱梅芬便笑嘻嘻地安慰她：“当然喽，你才不会跟着日本人跑呢，当中国人多好！”

童心里一片真诚，纯洁，童心里一片灿烂的阳光……

可当钱梅芬把一盒日本糖果送给我时，那种夸张的炫耀之情，使我突然觉得她极其陌生，和童年趣忆完全对不上号了。

心里的想法不好说出口，我只是默默地听她讲话。她说，她现在做外贸工作，去年去了趟日本，如何大开眼界，人家经济那个发达，生活那个舒适，社会那个文明，我们下辈子也赶不上，等等。而我脑子里却总是有一个梳小辫子的女孩子在对我说：“我们是中国人，我们爱自己的祖国！”

她今天来找我，并不是来忆旧或忆离别之情的。谈了一阵之后，便进入正题，请我帮助她的一位日本朋友的女儿联系到中国留学的事儿。

“我只听说现在中国人到日本留学很热门，没想到你这文章反着作，”我说，“她想学什么？”

“学什么都成，”钱梅芬说，“这孩子只想混个大学文凭！”

“那为什么不在日本‘混’呢？”

“咳，中国的学费生活费不是比日本便宜吗？在那边儿，每月得多少万日元；这边儿，几百块人民币就足够了！”

我又惊叹这位日本人的精明。钱梅芬也很会替日本人打算。

“这孩子的中文水平怎么样？”我问。

“问题就在这里，”钱梅芬面有难色地说，“她们担心中国方面刁难，才请你疏通一下，其实这孩子的中文挺好的，是在中国长大的！”

我糊涂了。“日本孩子怎么会在中国长大的？既然会中文怎么还怕‘刁难’？”

钱梅芬一笑，那表情挺复杂，似有难言之隐：“唉，说来话长，这些你就别管了。劳你驾给她糊弄着进去就成了，她妈妈说，事成之后一定重谢！”

我觉得受了侮辱。来龙去脉都没弄清楚，就让我帮她“糊弄”而且还要“重谢”？

“这个忙，我恐怕帮不了。”我淡淡地说，已经露出逐客之意。

钱梅芬有些失望。但她那双精明的眼睛依然闪出执着的光，似乎不允许我后退。

“这个人，你认识呀。”她掏出一张名片递给我。这恐怕是不得已而为之，事先未必想拿出来。

我接过名片，上方印着一个日本的什么株式会社的名称，正中是一个女人的姓名：矢野美和子。

我摇摇头：“不记得。我从来也不认识这个人！”

钱梅芬无可奈何地伸出手来，重重地拍了一下我的肩膀，哈哈大笑：“她就是华蓉啊！”

啊？华蓉?！我愣了。华蓉怎么成了日本人？连姓名都改了！

第二天，华蓉母女便来看我。

华蓉已经完全像个日本女人，穿着和服，脸上涂着脂粉。那张圆圆的白脸，单眼皮儿，小嘴唇，确也像日本人。她的女儿却和北京的中学生无异。娘儿俩见了我，弯弯腰，双手搓着膝盖，说：“请多关照！”

我愣愣地看着她们。我简直想哭！华蓉，华蓉，你到底是怎么回事呀？

华蓉其实前年才到日本的。在此之前，她曾经历了长长的苦难。她的丈夫是个从日本回来的华侨。因为“海外关系”在“文化大革命”中受到冲击，黑锅一直背到“四人帮”倒台。形势变了，政策变了，丈夫去日本探亲，一去不回。华蓉由思念到等待到发愤：哼！有什么了不起的？不就是因为日本比中国富嘛！有朝一日……

前年，她的丈夫回来了，正式和她办了离婚手续。

后来，华蓉以闪电的速度嫁了日本商人矢野太郎，她于是成了矢野美和子，女儿也随着改了姓。

“我就不信不如他，我要比他混得强！”她愤愤地对我说，那个被她咬牙切齿的“他”，当是指她的前夫。

我默然。中国的婚变，形形色色可谓多矣，但像华蓉这种样式，我还是初次领略。她那种“发愤”的方式令我惊奇：不是“发愤”要强过人家，而是“发愤”变成日本人！如果现在有人问她“是哪国做的人”，该怎么回答呢？华蓉啊，你的确不是以前的华蓉了！

“在那边儿，混得好吗？”我随便问问。

“还好，”她说，“反正吃的、住的、用的，比这边儿好多了，我们有自己的商店，有自己的汽车……”

一阵炫耀，被我中途打断了：“精神生活呢?”

“物质第一吧，还谈什么精神生活?”华蓉好似在宽慰自己，惨然一笑，眼里不觉渗出了泪花，“到了那边儿，什么都跟在家里不一样了，好比从头做一个人。刚开头儿的几个月，矢野不许我出门，天天关在家里学日语，学做日本菜，学穿和服，穿木屐、学跪坐，学日本礼节，怕我出去露怯，给他丢脸……”

我的心一阵冷缩。华蓉啊，这可不像咱们小时候做游戏那样只是“假装”的了，你已经假戏真做了!

“这些，我都能忍受，”华蓉拭着泪说，“不能忍受的是他不待见这孩子！这孩子……在中国没考上大学，又不会日语，矢野也不想让她去日本，没办法，我才托你帮帮忙……”

华蓉的叙说变成哀求，又被哭泣打断。娘儿俩一起望着我，凄凄地说：“拜托啦!”

我一阵酸楚。

但我没让眼泪流下来，极力使自己理智、冷静，对华蓉说：“矢野太太，涉及两国之间的事儿，还是请你通过贵国有关部门和我国接洽吧，我只是一个中国普通老百姓!”

华蓉——矢野美和子失望地走了。望着那飘逝的和服，我在心里说：“何必再相逢！让你的童年形象永远留在我的记忆中，不好吗?”

己巳之春于北京抚剑堂书屋

（发表于1989年第10期《人民文学》。收入《感情世界》，漓江出版社1993年版）

东山男儿

东山岛，台湾海峡万顷碧波之中的一颗璀璨明珠，一只翩翩欲飞的斑斓彩蝶，她的旖旎风光、淳朴民风、人文古迹、风物掌故使我流连忘返，恍如置身“海上仙山”“世外桃源”。而更使我惊叹的是，这个浓荫蔽日、苍翠欲滴的绿洲，新中国成立初期还是黄沙一片，寸草不生。百姓们鹑衣百结，饿殍横野。当时农民出身的南下干部、县委书记谷文昌深知：民以食为天，农民不能没有土地；共产党人的天职是为民造福。面对肆虐的“沙虎”，他指天为誓：“不治服风沙，就让风沙把我埋掉！”于是，这位不为人所知的“焦裕禄”走上了一条以自己的生命做抵押的险路。

十几年过去了，昔日的荒丘沙滩奇迹般地披上了绿纱，连绵几十千米的“绿色长城”与当年郑成功收复台湾时的故垒雄台交相辉映，展现出东山儿女的新姿。老书记谷文昌鞠躬尽瘁、死而后已，这位造林英雄却至死都以石桌石凳办公、吃饭，没有为自己动用一寸木材，留下的是一身洁白、两袖清风！

以谷文昌为代表的一批共产党人，赢得东山人民的衷心爱戴更有一个至关重要的“情结”。

一九五〇年五月，国民党从这里溃退台湾，抓走了东山十六岁至四十五岁的壮丁四千二百余名，仅一个铜砵村就抓走了一百四十五名，成为有名的“寡妇村”。全岛三分之一的家庭被拆散，留下了多少新婚少妇、白发爹娘、无依孤儿！海天相隔，亲人摇幡焚香，呼唤已在异乡做鬼的游子魂兮归来；年年冬至，全家团聚吃汤圆，总要给未归人摆一副碗筷。这些人苦大仇深，对着毛主席像叩头感谢翻身解放，吃干饭庆祝土改斗霸，但骨肉分离又留下了切肤之痛，国与家、亲与仇交错扭结，剪不断，理还乱。该怎么对待这些人呢？难道能把他们看作“反革命家属”吗？政策，像千钧巨石悬在人们头顶，掌权的人要三思啊！中共东山县委审慎而又勇敢地为这些人创造了一个新名词：“兵灾家属”，政治上不歧视，经济上对穷困孤寡给予照顾。

一项德政，众望所归！信任，联结了民心，沟通了海峡！中共东山县委在五十年代历史转折关头所做出的战略决策，其威力和影响是不可估量的。到了八十年代，许多台胞辗转归来，目睹家人无恙、家乡巨变，这无声的历史胜过了多少言辞！东山成为吸引台胞、侨胞和外资开发建设的重要基地，原在情理之中，而非人力所强为。“春种一粒粟，秋收万颗子”，人们怎么能忘记新中国成立之初播下种子的“春天”啊，艰难、悲壮而又祥和、奋发的春天！

我去采访时，谷文昌已去世四年了，憾未睹其风采，但所到之处，有口皆碑。我认识了现任县委书记杨琼。杨琼四十出头，高高的个子，戴一副眼镜，谈吐审慎而文雅，系福州农学院毕业生，显然和谷文昌属于两代人的不同“型号”。但我在接触中发现，他竟与谷文昌也有惊人的相似之点，那就是博大的抱负和坦荡的胸怀。当他离开两地分居多年而刚刚团聚不久的妻子，只身前往东山赴任，踏上这块浸透了老书记谷文昌心血汗水的土地时，心潮难平。东山太美了，这个地方值得大干一番！他站在水天一色、明净澄澈的无礁湾前，默默地一吐胸臆：做人，就要像无礁湾这样！

杨琼上任不久，便根据党组织的决定，实现了谷文昌“埋骨东山”的遗愿，把他的骨灰安葬在茫茫林海之中，墓碑上刻着：“谷文昌同志万古长青”。这是东山的民心为谷文昌筑起的一座丰碑，也是东山沧桑巨变的里程碑。现在，历史的重任落到新一代的肩上了，杨琼啊，你将怎样继承老一辈一脉相传的遗风，并且亲手把东山的腾飞推向新的高度？

五年过去了。一九八九年秋，当共和国欢度四十岁生日的时候，我重访东山。杨琼已经连任两届县委书记，过度的劳累已使他略见苍老，头发谢顶，露出宽阔的前额，细碎的纹路记载着数载征程。我走遍东山，以作家的职业本能和对东山的关切，悄悄地“考察”杨琼的政绩。我发现，杨琼这几年果然没有白干，今日东山又应刮目相看。

改革开放的大潮汹涌而来，给宝岛的腾飞提供了千载难逢的良机，得天独厚的地理位置使东山成为天之骄子、海上明珠。经国家批准，东山已成为沿海经济开发区之一，设立了东山海关。新建的两个五千吨泊位的深水码头以及五百吨泊位的渔码头，吞吐量一千万吨以上，成为内地与港、澳、台以及东南亚贸易的枢纽之一。引进外资发展的网箱养鱼年产值两千万元，对虾养殖年产值四千五百万元。十一万伏变电站已经竣工，全县村村电灯通明，城镇已普及纵横自动电话。尤为令人振奋的是东山因地制宜，大胆调整农业结构。发挥沙土的优势大力发展芦笋生产，种植面积四万余亩，成为全国最大的芦笋基地，占全国出口量的百分之六十，年创汇两千多万美元。一九七八年，东山农民年人均纯收入五十四元，杨琼上任的第一年一九八四年提高到三百四十元，到一九八九年猛增至一千三百五十元，昔日的乞丐村盖起了别墅式新房，东山名列福建全省首富。

如果说，谷文昌的功绩在于把东山的不毛之地改造为绿洲，那么，杨琼则又在这块土地上种出了金子，这是东山历史上的第二个里程碑。当时做出这一决策是面临极大风险的，杨琼说：“不冒风险就干不成事业。我是个男子汉，不能就这么趴下，也不能灰溜溜地离开！将来大陆和台湾统一了，我们不能让人小看，经济上要平起平坐！”

时代，又为东山造就了一个新的“谷文昌”！

东山的巨变当然不是杨琼一人之功，是全体共产党员、全县人民创造了这一切。县长洪我追是杨琼运筹帷幄的亲密搭档，他也是大学生出身，也和杨琼一样，不带家眷，只身投入东山，这样做是为了排除一切干扰，保持自身的清廉。洪县长短小精干，热情朴实，他的办公室里没有一张椅子，快节奏地站着办公，并且不断地跑来跑去接好几部铃声此起彼伏的电话，忙得像一位“挡车工”。他的心里装着整个东山，而自己过着极为俭朴的生活，清廉如水。难怪远道归来的侨胞要给他送匾：“我追廉政，造福东山”；难怪当我向百姓征询对于县领导的意见时，人们便竖起两个拇指。我曾问洪我追：“你最爱的人是谁?”他答：“除了我妻子，最爱杨琼！我们肝胆相照，携手奋战，这是最难得的！”

告别东山时，我望着海岸上那块阅尽沧桑的风动石，仿佛听到当年郑和七下西洋船队的激浪声和郑成功重整山河统一祖国的豪迈誓言。这一切都没有完结，还在儿孙手中继续。

（发表于1990年2月1日《光明日报》。获“共和国在我心中”优秀征文奖）

重访东山岛

已经记不清这是第几次来东山了，只记得初识东山是在一九八五年的冬天，那时北方大地还是“千里冰封，万里雪飘”，而闽南的东山却温暖如春，苍翠的海岛、澄澈的海湾和洁白的沙滩使我陶醉。十多年过去了，我先后游历过太平洋、大西洋和地中海沿岸大大小小的许多岛屿，仍然觉得我梦中的东山最美，最值得留恋。

东山，祖国大陆东南边陲一个面积一百九十四平方千米的小岛。据专家考证，早在中更新世冰期，一条“东山陆桥”经澎湖列岛与台湾相连，一万年前的“东山人”就是沿着这条“陆桥”迁往台湾。岁月悠悠，大海淹没了“东山陆桥”，台湾海峡的盈盈一水隔开了宝岛和内地，而两岸同胞的骨肉亲情却像朝落夕涨的海潮一样悠长，明末延平郡王郑成功和清初施琅将军两次横渡海峡收复台湾，都是从东山誓师出征的，留下了千古佳话和不朽遗迹；而本世纪中期的国共之战也正是在这里结束，国民党军队在撤退之际胁迫四千二百余名东山壮丁溃逃台湾，又制造了多少生离死别的人间悲剧！在令人心悸的“寡妇村”，我听到那些“活寡妇”独守空房近四十年、天天盼郎归的哭诉，也听到她们由衷的感激：共产党没有把她们看作异类，划入“另册”，而称之为“兵灾家属”，在政治上不准歧视，与其他公民一视同仁，除了不享受为革命军烈属“代耕”的特殊照顾之外，照样分房分地，困难户给予经济补助。初踏东山，我便被东山县委这惊人的胆识所震撼，兵家必争之地，争的是人心啊！东山的百姓无数次地提到一个名字：谷文昌，那是东山县委的老书记，他亲手解放了这片土地，又带领百姓们艰苦奋斗十几年，用汗水染绿了东山的坡岭、沙丘和盐碱海滩，把不毛之地变成了海上绿洲，创造了举世罕见的人间奇迹。令我感动的不仅是这惊天动地的英雄业绩，还有东山人的质朴无华、不事张扬，出了这样的英雄竟然在全国范围内尚鲜为人知！这一切，都融进了我的报告文学《渔家傲》，我蘸着泪水写“兵灾家属”，写鞠躬尽瘁、死而后已的老书记谷文昌，写顶着“右倾机会主义分子”帽子修建八尺门海堤宏伟工程的老县长樊生林，写他们的继任者的不断开拓进取，我要让全中国、全世界都认识东山。

中共东山县委在新中国成立之初所制定的德政，到了改革开放的年代发挥了无穷威力，随着海峡两岸局势的缓和，许多当年去台人员和早年背井离乡赴海外谋生的侨胞纷纷回乡寻根认祖、探亲访友、投资经商，化作推动东山现代化建设和两岸统一大业的滚滚春潮。由于历史的原因，东山的经济发展直到八十年代初还相当滞后，“以粮为纲”的绳索却仍然束缚着农民的手脚，粮食即使产量登峰造极也难以自给，国民生产总值在福建全省和龙溪地区都位居末尾，怎样才能使百姓们富起来？新任县委书记杨琼走遍一百三十九个自然村，和扎根在基层的党员、干部交谈，向那些脸朝黄土背朝天的农民要办法。果然，农民有办法：台胞从海外引进的芦笋最适合东山的沙地种植，按当时的售价，一亩芦笋收入就可达一千多元，相当于一亩粮食的好几倍，这可是富民的好东西啊！县委从善如流，顺从民意，大胆地突破“以粮为纲”的框框，推出万亩芦笋基地的发展规划，穷则思变的农民，认定了改革开放的方向不回头，果然短短几年就在海岛的沙土中种出了“金子”！与此同时，县委、县政府开辟万亩对虾基地、万亩水果基地，调整产业结构，并且充分发挥东山的地理优势，开发旅游资源，大抓基础设施，兴建十一万伏的高压变电站、万吨自来水厂和年吞吐量四千万吨的货运码头，更新落后的手摇电话为程控电话，并且与省华福公司联合兴建三星级的东山华福酒店。当时，这在全省各县都是绝无仅有的，连前来视察的省领导都吃了一惊：一个小小的县，有必要建这么高级的宾馆吗？东山人说：盖店是为了招商，如果连个住的地方都没有，怎么能留住客人？要干就要上档次，不搞“瓜菜代”，一步到位！

我第一次来东山时住在简陋的县委招待所，只有二十几个床位，窗外农家鸡犬之声可闻。第二次到此，三星级华福酒店已经竣工，台胞、外商云集，码头上高耸的龙门吊正在忙碌，远道而来的货轮帆樯如林。第三次、第四次、第五次，我分别带了专题电视片《蝶岛情》《古镇铜陵》和《海岛新城》摄制组来到东山，拍下了蒸蒸日上的海港，“耕海牧渔”的海湾，游人如织的海滨浴场，雨后春笋般的乡镇企业，崭新的中小学校舍，洋房别墅式的农民新居和敬老院，四通八达的环岛公路，集商贸、旅游、文化、娱乐于一体的“百亿新城”……自一九九一年以来，国务院和福建省政府先后批准设立国家级东山经济技术开发区、一类对外开放口岸省级旅游经济开发区，一系列政策倾斜使东山的腾飞如虎添翼，国民生产总值一路攀升，从全省有名的后进县一跃而为全省第一，一九九二年、一九九七年两次获得福建全省经济发展十佳县，并被评为全国生态工程先进县、全省第一个基本实现小康的县。从八十年代至今，我与东山结下了不解之缘，每隔一两年，都要重访这片充满魅力的土地，东山年年在变，天天在变，令人目不暇接。美丽如画的东山不是一天建成的。十多年间，东山的县委书记已经更迭了好几茬，从脚踏实地、坚韧执着的杨琼，到豪放爽直、风风火火的洪我追，思维缜密、作风稳健的郑道溪，大刀阔斧、雷厉风行的黄汉河，都像老书记谷文昌那样，为官一任，造福一方，留下了为百姓们称道的政绩，他们都曾是我笔下的人物，而且至今仍然是我的朋友，连接我们友谊的纽带就是说不尽的东山！

现在，我又来到了东山，接待我的东道主是现任县委书记陈易洲和县政协主席高爱明。老高已经是老朋友了，早在我第一次来东山时，他就是县委宣传部长，陪同我踏遍了东山的山山水水。那时他还年轻，记得在铜陵镇古城墙畔的风动石前，他曾当众仰卧在地上，用脚轻轻地蹬动这块从天而降、耸立崖端的“天下第一奇石”，让人们领略此石迎风而动的妙处。如今，他已经五十有余，这种趣事只能让给年轻人去“表演”了。老高做了十五年宣传部长，辅佐四任县委书记，勤勤恳恳地工作了十五年，建设东山的每一幅蓝图中都浸染着他的汗水。现在转到了政协主席的岗位上，继续辅佐年轻的县委书记陈易洲，仍然像当初那样尽心尽力。陈易洲文质彬彬、轻声细语，一副知识分子气质。一九九七年五月，他奉中共漳州市委之命，出任东山县委书记。在此之前，由于工作的关系，他曾进出东山不下百次，对这片土地充满了向往之情。而当这副重担落到了他的肩上，却感到重若千钧，他将怎样描绘出亮丽的一笔，才能不负上级党组织的谆谆重托，不负二十万东山百姓的殷殷期待？

陈易洲上任之后所做的第一件事，就是向市里要“权”，力争把港口由市属改为县属。东山地处台湾海峡的咽喉，港口的重要性不言而喻。而这里的港口过去一直由漳州市管辖，市里鞭长莫及，县里望梅止渴，阻碍着东山的经济发展。在一个多月的时间里，陈易洲频繁地向市里交涉，与市交通局、港务局等有关部门多方协调，精诚所至，金石为开，历任县委书记的梦想终于在他手中得以实现，一九九七年七月一日“东山港”挂牌之时，陈易洲不禁悲喜交集，热泪盈眶！理顺了港口的管理体制，东山的经济收益立即显示出来，当年年底，港口的出口集装箱由上年的一千六百标箱增加到两千五百标箱，一九九八年又飙升至五千标箱，比上年翻了一番，出口总值超过一亿美元，比上年增加百分之五十,新官上任便出手不凡!

陈易洲和我一起来到港口，“东山港”三个大字赫然在目，辉映着门泊万里船的货运码头。我们来到刚刚落成的海铲大桥，这里与大陆原为大海相隔，而今天堑变通途，客车、货车可以直达汕头，与经济发达的广东相接。在通往内地的八尺门，当年由樊生林牵头筑成的巍巍海堤也即将更新换代为跨海大桥。随着港口、码头的不断扩建，集装箱码头配套工程的完善，东山—香港、厦门—东山的客轮航班和厦门—东山—汕头飞翔船航线的相继开通，东山的旅游业和对外开放更上层楼，全方位多层次的开放格局基本形成，一九九八年全县农业总产值七亿八千四百万元，工业总值四十三亿三千六百万元，乡镇企业总产值六十八亿八千万元，财政预算内收入一亿七千九百万元，外贸出口总值一亿多美元，实际利用外资七千零六十二万美元，固定资产投资总额七亿三千万元，农民人均纯收入三千九百七十八元，城镇居民人均可支配收入五千六百四十九元，人民群众的生活水平大幅度提高，在改革开放的进程中一步步富起来了。

在西埔镇坑内村，我听乡亲们说起一个感人的故事。坑内村地处红旗水库旁边，当年建水库征用五百亩地，这里的老百姓曾经做出巨大牺牲，可是他们自己饮用的却仍然是井水，因为水质不好，人们经常被传染病困扰。一九九八年春节前夕，上任不久的陈易洲得知此情，心中极其不安，当即做出指示：不能让乡亲们再苦下去了，由县里和镇里拨一笔专款，村民们自己也出一点钱，务必在一个月之内为他们架设起自来水管！事情很快就办妥了，村支书请陈书记来“热闹”一下，与民同乐。陈易洲说：“为群众办实事，要实实在在，一不准发纪念品，二不准请客，三不准放鞭炮，开一下水龙头就行了。”简朴的通水仪式结束，陈易洲的一块心病终于解除了。他在村头遇上一位老阿婆，亲切地问：“现在用上了自来水，感觉怎么样啊?”不料老阿婆却沉着脸，不吭声。他很奇怪，经再三询问，才知道老阿婆是个“五保户”，交不起一百多元的自来水管钱。像她这样的特殊情况，村里还有四五户。陈易洲心里咯噔一声，本以为给群众办了件好事，却没想到不尽完美，留下了遗憾。此时，任何宽慰和解释都是苍白无力的，陈易洲二话没说，立即掏出了自己刚刚领到的当月工资九百五十元，又向司机借了五十元，一齐交给村支书，命令他再突击一天，把这几户的自来水管接通，让全村百姓过一个舒心的年！

这位农家子弟出身的县委书记，把百姓的事放在心口上，时时感到东山父老的二十万双眼睛在盯着自己。严于律己，如履薄冰，兢兢业业，以为民造福为己任。一次，他到西埔镇一家文具商店买笔记本，被旁边的人认出来了，抢着要付钱。陈易洲很奇怪：“同志，我们素不相识，你为什么……”那人说：“陈书记，我认识你！看得出来，这种笔记本也不是你用的，恐怕是为‘希望工程’买的吧?”果然，让他猜中了，陈易洲自从来东山之后，就主动负担起两名贫困学生的学习和生活费用，今天正是来为这两个“孩子”买笔记本。与那位热心人争执不过，他又不愿引起群众的“围观”，只好让人家付了钱，心里好感动：东山的群众真好啊！而与此同时，“陈书记助学”的事也传开了。陈易洲上任至今不过两年，在东山已经有口皆碑，好评如潮。

时势造就当代英才。从谷文昌到陈易洲，中共东山县委带领父老乡亲走过了半个世纪的创业之路、改革之路，把一座贫穷落后的孤岛建设成举世瞩目的海上仙山。“充分发挥临海的优势和对台的特点”，这是陈易洲的口头禅，也是他抓得最紧的一件事。听到台胞反映县里某些部门工作效率差，个别干部存在吃、拿、卡、要的不良作风，不给“好处”不给办事，陈易洲极其重视，亲自调查研究，邀请台、港同胞和外商座谈，请他们挑刺，对查实有据的贪赃枉法者决不姑息，该退赔的退赔，该撤职的撤职，赢得了投资者的信任。在一九九八年夏季的强台风中，一位台胞网箱养鱼的铁架被刮裂，网箱被冲断，经济损失二百多万元，几年来的心血付之东流。陈易洲闻信立即派人前去慰问，表达县委、县政府的关注。台胞的母亲专程赶来，伤心地叫儿子回去，不要干了。陈易洲出面请他们母子吃饭，倾吐肺腑之言：“是去，是留，主意由你自己拿；不过，作为朋友，我劝你不要走，在哪里跌倒，就在哪里爬起来！有什么困难尽管说，列一张表给我，县里帮你解决！”危难之际见真情，这位台胞涌出了两眼热泪：“东山人对我真是太好了！有你这样的‘家长’为我做主，我不走了，我还要告诉台湾的朋友们，东山是投资环境最好的地方！”

我和陈易洲漫步在马銮湾畔，看白帆点点、碧浪滔滔，听他描述着东山的明天。这位貌似文弱的县委书记，心胸却宽阔得像大海，他说，按照县委、县政府的规划，到二〇〇〇年，东山的国内生产总值将达到三十五亿元，比一九八〇年翻五番，人均国内生产总值翻四番半，实现宽裕型小康。在即将到来的二十一世纪，东山将以它“临海对台”的区位优势和稳健而迅猛的势头在可持续发展的道路上迈进，正如深圳、珠海接驳香港、澳门回归那样，繁荣富庶的东山将成为接驳台湾与祖国大陆和平统一的“黄金口岸”，这已经是可以看得见的远景。

“长风破浪会有时，直挂云帆济沧海。”瞻望未来，东山人充满自信，充满豪情。

1999 年 6 月，北京

（发表于 1999 年 7 月 22 日《光明日报》）

老谢尔盖，走好

近日从远方传来一个消息：俄罗斯著名演员谢尔盖·伊凡诺维奇因心脏病突发，不幸逝世，终年七十二岁。闻此，我不禁黯然神伤，老谢尔盖的音容笑貌清晰地浮现在眼前，久久不去。

两年前，根据我的小说《补天裂》改编的电视连续剧正在紧张地拍摄，我去横店外景地看望演职员，赶上了一个尾巴。为了真实地再现百年前香港旧貌，尤小刚导演不惜工本，在浙江横店影视城搭建了六条街道，其中包括皇后像广场和中环码头、扎打街钟楼、港督府、英军司令部、圣约翰教堂等历史景观以及我虚构的望海楼酒家、迟府和翰园等中西建筑，全部真材实料，一比一的比例，置身此处，恍若时光倒流，走进了“拓界”前后的香港。当时大部分戏都已经拍完，剩下的只是翰园的几场戏。翰园是剧中英国牧师林若翰的半山别墅，林若翰的扮演者谢尔盖·伊凡诺维奇暂时做了这里的“主人”，我便是在此和他相识。

谢尔盖·伊凡诺维奇是从俄罗斯“借”来的。因为剧中需要大量“洋面孔”，除了林若翰之外，还有港督卜力、辅政司骆克、警察司梅轩利、大律师纳赛及其妻女、珠宝商迈克、地产商罗杰斯等，都需要聘用外籍演员，不知尤导演用什么神通，竟然把俄罗斯某剧院的台柱子通通挖了来。谢尔盖·伊凡诺维奇是这个剧院的总导演，于是带队应聘。因为在剧组中他的年龄最长，被称为“老谢尔盖”。老谢尔盖身材颀长，面庞清瘦，一双灰蓝色的眼睛，稀疏的白发，灰黄的连鬓胡须，给人的第一印象很像列宾名画《伊凡杀子》中的伊凡雷帝。但他没有伊凡雷帝的那份威严和暴戾，随和谦逊，衣着朴素，走在横店熙熙攘攘的人群中，从背影看你或许会把他当成一位中国老农。拍戏的时候，他极为认真，按照导演的要求，很快进入角色，一个镜头拍上他三五条都是常事，他毫无懈怠之意，每一遍都力求达到最佳状态。从他的身上，可以清楚地看到受过斯坦尼斯拉夫斯基体系严格训练的老一代艺术家的风范。他不懂汉语，除了呼唤仆人“阿宽”那个词是普通话，其余的台词都是按照剧本的俄译本讲俄语，待后期制作时再译配英语。我不知道他使用的俄译本是否能够忠实地传达原著精神，但看老谢尔盖的表演，把林若翰这位英国牧师的慈祥、善良以及屈从于政治压力而违心地为虎作伥的尴尬和痛苦，都表现得准确到位。在拍戏间隙的交谈中，他对我说：“感谢你塑造了林若翰这个人物，给我以用武之地。我能理解林若翰的内心世界，因为我们俄罗斯也曾遭受过外来侵略，在卫国战争中，我们为了捍卫国家主权和领土完整，付出了血的代价。林若翰作为一名牧师，他的天职是为全人类弭灾祈福；但他又是一个英国公民，无力违抗女王和港督的意志，无法阻止英军对中国人的血腥屠杀，这是何等的痛苦啊!”事后综观全剧，在外籍演员中老谢尔盖的表演是最出色的。尤小刚选中了老谢尔盖，可谓得其人矣。

拍戏的时候，老谢尔盖并不仅仅把自己当成一名演员。由于语言不通，中国导演给演员说戏要借助于翻译，而那种极其微妙的艺术感觉又往往是机械的翻译所难以言传的。每当这时，老谢尔盖便不由自主地露出“导演”本相，具体指导俄方演员动作该如何做，台词该如何说，毕竟他们是老搭档，一点就透。俄方演员心领神会，与中方演员演对手戏，虽然是各说各的，却能够配合默契。

按说，像老谢尔盖这样老资格的艺术家，若是在苏联时代，“身价”该是很高的，那时候要是请他到中国演戏，就得当“苏联专家”对待了。可是时过境迁，苏联解体之后，俄罗斯艺术家的境况今非昔比，剧院没有了国家拨给的经费，演戏要自筹资金，往往是演得越多赔得越多。不演戏又没有饭吃，于是这些失落的艺术家便把目光投向了改革开放的中国，到这里挣点外快已成为人人向往的美差。在中国拍戏期间，老谢尔盖的生活极其俭朴，他总是买最便宜的烟，为的是尽量省钱，把这部戏的酬金带回去养老。他曾对道具员说，林若翰的这套服装，是他所穿过的最好的西服，隐隐流露出不忍脱下之意。待拍摄结束之后，剧组就把那套服装送给他了，作为这次中国之行的一个纪念。据说，在此之前，他还曾在中国电视剧《黑龙江三部曲》中担任角色，而《补天裂》则是他参演的最后一部中国戏，不料竟也成了他人生的告别演出。现在他走了，匆匆地走了，不知从中国带走的那笔养老钱是不是够用？也不知从中国穿走的那套他最喜欢的西服是不是还穿在身上？从中国到俄罗斯，山高路远，我不能为这位仅有一面之交的朋友送行了，只能从心底表达真诚的祝愿：老谢尔盖，走好！

（发表于2000年6月28日《北京晚报》）

抚剑堂诗抄

自序　格律之美

旧体诗词在今天的处境，有些像老祖母的嫁衣，穿么穿不得，扔了又舍不得。为什么穿不得？因为时代变了，当年的“时装”落后于今天的“新潮”一个世纪，如果穿了它上街，前朝遗老似的，难免被人侧目而视。为什么扔了又舍不得呢？因为它确有其价值，是多少代人创作实践的结晶，形成了民族风格、民族气派、民族特色，这样的好东西怎能轻易扔掉！那么，对这份祖先遗产，只有加以改造，使之既保留精华，又适应时代，今天的人们才能穿得上身。比如旗袍，清王朝灭亡之后，旗袍并没有随之废弃，近百年间不断地被改造，在面料、身长、袖长、领口、三围、开气儿、绲边儿、纽襻儿等等方面，人们动了不少脑筋，使得这一民族服装样式不仅没有失传，还有所发展，如今时装展示会上那些花样翻新、层出不穷的旗袍，都是从清代的老式旗袍改造而来。此中所包含的“继承与发展”的道理，似也适用于旧体诗词。

我们通常所说的旧体诗词，主要是指唐代兴起的所谓“近体诗”即律诗、绝句，以及发轫于唐、五代，完善于宋代的词，也可以包括在元代形成鼎盛的曲。今人所作的旧体诗词，是上述三个时代的延续。其中也有一些优秀作品，但数量很少。究其原因，当然是由于时代的变迁。任何一种艺术形式的生存和发展，都必须具备与之相适应的气候、环境和土壤，犹如古代战争以骑射和冷兵器拼杀为主要手段，当时的将士莫不精于此道。而今时过境迁，在飞机、坦克、导弹和原子弹时代，骑射在战场上已无用武之地，只能作为体育竞技项目供人观赏了。近现代的文学，本来被视为“末技”的小说占据了主流地位，诗歌的风光不再；而“五四”以来的诗歌又以新诗为主，旧体诗词就没有多少空间了，写的人少，高手少，佳作少，自然也就难以形成规模。在这样的气候下，一些老先生的诗词作品能聊以自娱或者在小范围内供同道欣赏，难以广泛流传。不可否认，由于毛泽东主席擅长旧体诗词，并且在二十世纪六十年代发表了一批诗词作品，曾经造成了很大影响，同一时期，郭沫若、柳亚子也有几首旧体诗词令人们耳熟能详，但很大程度上却是因为与毛主席唱和，搭了“顺风车”，才得以传播。一般人由于喜爱毛主席诗词而竞相模仿，但因作者本身的气质、阅历和学养、功力所限，那些“跟风”式的作品不可能达到毛泽东的水平，论其内容，多数是标语口号、豪言壮语；论其形式，则许多人不知诗词格律为何物，写出来的不过是“顺口溜”而已，被戏称为“老干部体”。

说到这里，就不能不提到毛主席在一九五七年一月写给《诗刊》的《关于诗的一封信》。他在信中说：“诗当然应该以新诗为主体，旧诗也可以写一些，但是不宜在青年中提倡，因为这种体裁束缚思想，又不易学。”但他本人却是不喜欢新诗的，而致力于旧体诗词的创作，理论和实践似乎自相矛盾。其实这也不奇怪。按照他的哲学理论，这叫作“对立统一”。“诗当然应该以新诗为主体”只不过是一种理性的说法，这是由他的革命生涯和领袖地位所决定的，理所当然地在一切领域提倡“推陈出新”；而就其感性来说，他无法摆脱旧体诗词的魅力，所以又说“旧诗可以写一些”，为自己，也为同好留有余地。至于说“不宜在青年中提倡”，主要是指这种体裁亦即形式“束缚思想，又不易学”，但“不易学”

并不等于不可学，如果熟练掌握了这种形式，那就不再“束缚思想”，而自由自在地驰骋，“从心所欲不逾矩”，他本人的创作便是成功的范例。

当然，要达到这样的境界，非一日之功。今人驾驭旧体诗词的难点，第一是现代语言和传统体裁的矛盾，要解决得好，既具时代气息而又古朴典雅，实属不易。但以时语、口语入诗(词)是古人、前人创作的成功经验，如白居易的“汴水流，泗水流，流到瓜州古渡头。吴山点点愁。”(《长相思》)苏轼的“花褪残红青杏小，燕子飞时，绿水人家绕。枝上柳绵吹又少，天涯何处无芳草!”(《蝶恋花》)辛弃疾的“昨夜松边醉倒，问松我醉何如？只疑松动要来扶，以手推松曰：‘去!’”(《西江月》)写眼前景物，全用口语，明白如话，却毫无鄙俗浅陋之感；又如毛泽东的“西风烈，长空雁叫霜晨月。霜晨月，马蹄声碎，喇叭声咽。雄关漫道真如铁，而今迈步从头越。从头越，苍山如海，残阳如血。”(《忆秦娥·娄山关》)写当代战争，气势磅礴，慷慨悲壮，颇具古风，极为难得。语言运用水平是作者思想境界和学识积累的体现，需要长时间的锤炼，急于求成是不行的。

第二个难点是诗词格律。格律的主要内容包括字数、句数、对仗、押韵、平仄，其中字数、句数好办，一般人都可以“照虎画猫”。后三项就比较难了。不懂对仗根本不能作律诗，也不能作楹联。不懂押韵和平仄根本不能作诗词。而对仗不仅要求词性、词义相对，还须平仄相对，所以对仗也和平仄密切相关。但是，我们今天使用的《诗韵》和《词韵》已经和普通话拉开了很大差距，在普通话里，阴阳上去四声(也包括读音)已与古时不尽相同，入声则已“下岗分流”(在某些地区的方言里还存在入声)，今人要想合乎古人的规范，只好死记硬背，而规范化的结果，往往读起来又不顺口。格律要适应时代，势必要进行改造。这里所说的改造，不是将格律全部推翻，那样就等于消灭了诗词，正如改造后的旗袍必须还是旗袍，如果改造成连衣裙、超短裙、比基尼，也就不成其为旗袍了。一九五七年一月，几乎与《关于诗的一封信》同时，毛泽东在与两位诗人谈话时说过：“中国诗的出路，第一条是民歌，第二条是古诗。”他在一九六五年七月《给陈毅同志谈诗的一封信》中也曾说过：“将来趋势，很可能从民歌中吸收养料和形式，发展成为一套吸引广大读者的新体诗歌。”对于未来的诗的形式，他并且提出过具体要求：“应该精炼，大体整齐，押大致相同的韵。”鲁迅亦曾有过类似的设想。毛与鲁都是写作旧体诗词的大家，他们的主张是极富远见的。中国的新诗已有近一个世纪的历史，但被千万人传诵的作品极少，其重要原因是不讲究句式整齐和韵脚，读起来不上口，不易背诵，当然也就不易流传。正如毛泽东所批评的：“新诗太散漫，记不住。”新诗是一个从外国引进的品种，要在中国生根，很难。翻译诗中似乎只有一首广为流传，即裴多菲的“生命诚可贵，爱情价更高。若为自由故，二者皆可抛”。那还是因为白莽的译本采用了中国的形式，若是照原作直译，就没有这样的效果了。传统的文人诗歌和和新诗的血缘很远，而与民歌的血缘很近。民歌之所以具有强大的生命力，其内容贴近生活、通俗易懂、生动活泼固然是重要因素，但形式上的一些特点也不可忽视，那就是：整齐，押韵，上口，易记。中国第一部诗歌总集《诗经》中的《国风》部分就是经文人加工整理的民歌集。楚辞、唐诗、宋词、元曲发展、繁荣也都从民歌中汲取了大量营养。今天的一些流行歌曲和影视插曲，真正能够“流行”的，不是那些胡诌八扯、文理不通的无病呻吟，而是一些贴近诗词或者贴近民歌的作品，因为群众喜欢，才得以流传。

诗词和民歌有不少相通之处。但诗词又比民歌更严谨，更讲究“游戏规则”，这规则便是格律。毛泽东所说的“中国诗的出路，第一条是民歌，第二条是古诗”，意在糅合二者的长处，将民歌的生动活泼和诗词的格律严谨集于一身。当然，糅合就意味着改造，就诗词来说，首当其冲的就是适当改造其格律。

改造格律不是不要格律，不要格律和不懂格律同样是愚蠢的。我们以为，诗词格律改造的第一步可以从改造诗韵和词韵着手。以现行的普通话的读音和四声为依据，制定一部通用全国的、为大家所普遍接受的韵书，作为诗词写作的准则。这样，人们就不必再为古今读音和四声的差别而苦恼。平仄仍然要保留。正如毛泽东所说："不讲平仄，即非律诗。"(《给陈毅同志谈诗的一封信》)旧体诗词的平仄交错是很科学的，节奏感、韵律感皆由此而来。如果按照普通话的四声来排列平仄，朗读起来一定十分上口。黏、对法则也应该保留，汉语的对仗法则在全世界的语种当中是绝无仅有的，诗词决不可丢弃了对仗之美。解决了这几个关键问题，其余的就比较好办了。比如句子的长短，词就比律诗和绝句自由，曲则比词更自由，这是在诗歌的发展过程中自然形成的，将来的诗词很可能会创造出一些前所未有的新形式，但只要具备了上述几个特点，它就仍然是诗词，而不等同于新诗。

当然，这一改造工程并非一朝一夕可以告竣的，不能靠行政命令，也不能靠少数人说了算，而应该慎重为之，在创作和研究的实践中不断探索，集思广益，循序渐进，因势利导，水到渠成，逐步形成一套为广大诗词作者和语言文字专家所普遍接受的，易于在人民群众特别是青少年学子当中普及的，最后经国家有关部门认可的新格律，使诗词创作和鉴赏有"法"可循。如果在近几十年内能够完成这件大事，那将是对中华文化的一项伟大贡献。而在新格律问世之前，诗词的创作还应该遵循原有的格律。否则，不等新衣做好就急切地扔掉旧衣，那就"衣不蔽体"了，难免贻笑大方。

歌　词　难诉相思

电视剧《鹊桥仙》插曲

一九八〇年

应中央电视台之约，创作电视剧本《鹊桥仙》，由果青导演。插曲由高潮谱曲，王洁实、谢莉斯演唱，获太平洋影音公司“云雀奖”。

孤馆寒窗风更雨，
欲语语还休。
昨日春暖今日秋，
知己独难求！

四海为家家万里，
天涯荡孤舟。
昨日春潮今日收，
谁伴我，
沉与浮！

连夜风声连夜雨，
佳梦早惊休。
错把春心付东流，
只剩恨与羞！
风雨摧花花何苦，
落红去难留。

春暮凄凄似残秋，
说不尽，
许多愁！

张弦难诉相思意，
咫尺叹鸿沟。
花自飘零水自流，
肠断人倚楼！

夜夜明月今何在？
不把桂影投！
关关雎鸠恨悠悠，
一般苦，
两样愁！

七　绝　送剑歌赴日留学

一九九〇年十月

我家小女渡扶桑，
一水牵愁万里长。
纵是东瀛风景好，
月明勿忘是家乡。

水调歌头 送中国远洋渔业船队起航

长篇报告文学《搏浪天涯》卷首词

一九九四年

为记录中国远洋渔业的开拓者的辉煌业绩，创作长篇报告文学《搏浪天涯》，由北京十月文艺出版社出版，卷首题此词，并由雷蕾作曲，在一九八五年中国远洋渔业开创十周年纪念会上由蒋大为演唱。

漫漫西行路，
滚滚远洋潮。
汽笛一声长啸，
壮士赴滔滔。
重驾郑和樯橹，
再续丝绸古道，
雪浪溅征袍。
网落鱼龙舞，
锚起星辰摇。

男儿血，
赤子泪，
洒碧涛。
夜来船满明月，
乡恋挂桅梢。
梦里乘风归去，

问讯故人安好，
暮暮更朝朝。
叩舷歌一曲，
大海起狂飙！

蝶恋花　赠新加坡女艺人

一九九六年

酣梦梨园醒复醉，
醉眼蒙眬，
一展杨妃媚。
待月西厢花影碎，
秋江雁去斜阳坠。

一片痴心谁与寄？
台后台前，
似戏原非戏。
镜里佳人空自对，
柔情忍却女儿泪！

忆秦娥　香港抒怀

长篇小说《补天裂》卷首词

一九九七年

为迎接香港回归祖国，应北京十月文艺出版社、香港明报出版社之约，创作长篇小说《补天裂》，卷首题此词。

涛声咽，
登楼又见伤心月。
伤心月，
故国山水，
异邦城阙。

零丁洋上忠魂烈，
宋王台下男儿血。
男儿血，
化五色石，
补南天裂！

西江月　闻美炸我驻南斯拉夫大使馆，邵云环、许杏虎、朱颖殉难后作

一九九九年五月

梦里青春作伴，
怎堪异域魂孤。
炎黄儿女好头颅，
望断神州归路。

漫道天倾地覆，
且听海啸山呼。
长城血肉万民躯，
父老冲冠一怒！

江城子 “两会”抒怀

二〇〇〇年三月

全国人大、全国政协九届三次会议，西部大开发和促进祖国和平统一是两大主题，因赋此阕。

春风飞度玉门关。
跨贺兰，
越楼兰，
大漠荒原，
快马更着鞭。
西域繁华千载梦，
琵琶曲，
谱新篇。

长城极目望南天。
日月潭，
阿里山，
骨肉情浓，
游子几时还？
盼得凌波横渡日，
东方月，
九州圆。

踏莎行 海 趣

二〇〇一年

七夕之夜，在福建东山岛，与三五友人，坐海边沙滩，仰望星空，漫论古今，因有是阕，以记其趣。

对海谈天，
踏沙说浪，
英雄淘尽空惆怅。
蟹行画地欲成书，
潮来荡荡无寻状。

牛女当空，
千年对望，
星河谁见鹊桥样？
何如渔妹弄轻舟，
情歌一网天边唱。

七 绝 访俄罗斯(五首)

二〇〇一年十月

其一 黑海遇险

十月四日夜，中国人大代表团乘飞机过黑海上空，忽闻炮响，于舷窗中亲见一飞机被击落。此时距“九一一”不久，机组乘务人员及乘客均以为遭遇恐怖分子袭击或是战争爆发，惶然不安。及至抵莫斯科，方知系乌克兰军事演习，导弹误中俄罗斯客机。而此导弹亦原属苏联，彼此非外人也。

夜飞黑海炮声鸣，
烈焰临窗举座惊。
导弹居然能走火，
自家骨肉弟伤兄。

其二 谒列宁墓

苏联解体后，俄当局拟迁列宁墓，由于负责保存列宁遗体的科学家和民众的反对，也不敢轻举妄动，在经费严重不足的情况下，勉强维持现状。

红场早已红旗落，
场上空余此墓台。

寂寞英雄身后事，
西风残照久徘徊。

其三　邂逅乌兰诺娃墓

在新圣女公墓，遇一老妪，于某坟前献花，状极哀切。问后方知，此系著名舞蹈家乌兰诺娃之墓。而老妪与墓主竟非亲非故，仅一普通观众，每年均不远数百公里赶来凭吊。

秋风黄叶雨霏霏，
哭倒坟前道是谁？
莫谓舞魂从此逝，
巍然不倒在心碑。

其四　参观冬宫

我记住冬宫这个名字是因为一九一七年十月革命攻打冬宫的惊世壮举。七十年后苏联解体，历史大反复竟不足百年。冬宫现在的看点是精美的建筑和丰富的收藏，尽展昔日沙皇帝国之辉煌，而“革命”已随黄鹤去也。

回廊雕柱访遗踪，
世纪兴亡一览中。
帝国风光无限好，
当年何必打冬宫！

其五　登阿芙乐尔号

“阿芙乐尔号一声炮响，给我们送来了马克思列宁主义。”而今时过境迁，阿芙乐尔号早已成为商业性的旅游景点，现任舰长满面笑容地与参观者合影，不知他心里想些什么。

当年十月一声雷，
赢得声名四海垂。
远客迟来登战舰，
可怜历史去无回！

七　绝　写在“非典”肆虐时(三首)

二〇〇三年五月

其一

晴空朗朗起烽烟，
鼓角悄然铁甲寒。
夜气如盘笼碧月，
斯人大任照无眠。

其二

抛家别子赴难关，
勇士多情义感天。
唯愿早除黎庶苦，
此躯何惧去无还。

其三

烂漫春花枉自开，
凭栏徒羡燕归来。
阴霾终有澄清日，
阳伞轻车尽展怀。

清平乐　同韵（四首）

二〇〇五年

其一　哀萨达姆

呼风唤雨，
怎把军机误？
兵败如山垓下渡，
纵有江东何去！

天翻地覆匆匆，
故人云散无踪。
强盗已成霸主，
满篇公理不公。

其二　挽杜宣先生

浦江泪雨，
噩耗传无误？
正欲南行天海渡，
岂料杜公先去。

百年也只匆匆，
故城何觅遗踪。
天外忽闻吟唱，

抑扬顿挫如公。

其三　挽刘炳森

栉风沐雨，
恐把前程误。
艺海无涯人敢渡，
滚滚大江东去。

人生来去匆匆，
雪泥鸿爪留踪。
举世皆知刘体，
盖棺论定为公。

其四　挽陆星儿

十年风雨，
早把青春误。
幸得同船撑苦渡，
争奈船残人去。

此生何太匆匆，
空留纸上萍踪。
漫道苍天在上，
其实天道不公。

绝　句　旅日诗草（四首）

二〇〇五年十月

七绝　岚　山

京都岚山有周恩来总理诗碑，我当年访日时曾到此瞻仰。今又重来，拂去碑前落叶，揩净道旁标识，以表敬意。

登临不为岚山美，
只为岚山有此碑。
故土无坟何祭扫？
他乡遗墨久凝眉。

七绝　唐招提寺

黄昏至唐招提寺，山门已闭，默坐阶前良久，方去。

扶桑月色洗征尘，
古寺苍茫访鉴真。
欲叩山门终不忍，
恐惊千载梦中人。

七绝　奈良鹿苑

奈良东大寺鹿苑，无栏无羁，游客可与鹿自由接触。旁有小店，专卖饲鹿之饼与游人，店主即以此为生。人饲鹿欤？鹿饲人欤？

东大寺前草色鲜，
依人小鹿最堪怜。
专营鹿食街边店，
你爱生灵我爱钱。

五绝　大涌谷途中

大涌谷有地热，终年烟雾蒸腾，鸡卵投入温泉中，须臾卵皮尽黑，日语称“黑玉子”。此景可满足游人猎奇心理，而观赏价值不大。倒是从大涌谷远眺富士山，颇为壮观。

心闲景亦宽，
路远不愁攀。
回首霜林外，
云横富士山。

诉衷情　葬爱犬闹闹

二〇〇六年一月

我家爱犬闹闹，一九九二年自莫斯科以五美元购得，当时苏联刚刚解体，诚丧家之犬也。来我家后，备受宠爱。闹闹与我朝夕相伴，耳鬓厮磨，前后达十四个年头，终因高龄老迈，器官衰竭，医治无效，离我而去。

此生谁许百年期？
最怕别离时。
千回百转无计，
今夜送君归。

呼不应，
影难追，
墓无碑。
从今唯有，
冷月横空，
照我徘徊。

七　绝　峻青艺术馆落成志贺

二〇〇六年十月

峻岭崇山一望间，
青春作伴好登攀。
长风又染秋林色，
寿宴挥毫写斑斓。

歌　词　难忘是家园

电视连续剧《苍天圣土》插曲

二〇〇六年

根据长篇小说《补天裂》改编电视连续剧《苍天圣土》，由李前宽、萧桂云导演，中央电视台播出。插曲由张千一作曲，谭晶演唱。

难忘是家园，
难舍是江山。
太平山下，
九龙湾畔，
秦砖汉瓦，
唐风宋韵，
往事越千年。
无限江山，
无限江山，
一别相见难！

难忘是家园，
难舍是江山。
鸡公山下，
吉庆围前，
义旗不倒，
久冢无碑，

忠魂恨无眠。

还我河山，

还我河山，

血泪啼杜鹃！

七　律　海棠祭

话剧《海棠胡同》插曲

二〇〇九年十月

话剧剧本《海棠胡同》创作于二〇〇九年，二〇一一年公演，由王剑男导演，宋春丽、郭冬临、郭达、杨立新等主演；此插曲由杨乃琳作曲，杨乃彤演唱。

庭院深深二百年，
绿肥红瘦化云烟。
三生有幸和鸾凤，
半世无依啼杜鹃。
冷月凝空浮旧梦，
孤灯抚案读残篇。
海棠忍看花将尽，
从此人间绝管弦！

楹　联　贺《小说选刊》出版三百期

二〇一〇年二月

高手千家，
小说人间事；
美文百卷，
选刊天下书。

疏　影　朔方歌

二〇一三年

癸巳秋，重访宁夏。三十年前曾到此，文物古迹、风景名胜，未能尽览。当年秦初定六国，遣大将蒙恬率兵三十万，北击匈奴，修筑万里长城，长公子扶苏为监军。后，始皇出巡途中崩逝于故赵国沙丘宫，赵高、胡亥、李斯阴谋篡位，以伪诏赐扶苏死，遂成千古悲剧。上世纪八十年代初，我创作《秦皇父子》，涉及这段历史，而其遗址正在宁夏境内。此地有迹可寻的还有苏武牧羊处，以及西夏王陵，等等，可惜像天书一般的西夏文字已没有几个人能看懂了，令人感叹历史的扑朔迷离。倒是从丝绸之路传来的伊斯兰文化，落地生根，展示了强大的生命力。贺兰山没有被岳武穆踏破，迄今挺立在黄河之滨，成为多民族融合与团结的坐标。因填是阕，调寄《疏影》。

洪荒巨裂，
纵浊流滚滚，
一筏飞越。
胡马嘶风，
秦剑铮鸣，
由来版图凝血。
沙丘诏赐扶苏死，
恰此处、长城埋骨。
百代后、问牧羊人：
曾记筑城人不？

来去匆匆过客，
把阳关唱遍，
羌笛吹彻。
苏武魂归，
西夏陵存，
谁识断碑残碣！
此身且倚驼峰侧，
看大漠、细沙如雪。
正好风、吹散流星，
独照贺兰山月。

图书在版编目 (CIP) 数据

霍达文集. 卷十，散文诗词卷：听雨楼札记、抚剑堂诗抄 / 霍达著. —北京：北京十月文艺出版社，2017. 12
ISBN 978-7-5302-1720-7

Ⅰ. ①霍… Ⅱ. ①霍… Ⅲ. ①中国文学—当代文学—作品综合集 ②散文集—中国—当代 ③诗词—作品集—中国—当代 Ⅳ. ①I 217. 2

中国版本图书馆 CIP 数据核字 (2017) 第 200778 号

听雨楼札记 · 抚剑堂诗抄
TINGYU LOU ZHAJI　FUJIAN TANG SHICHAO
霍　达　著

出　　版　北京出版集团公司
　　　　　北京十月文艺出版社
地　　址　北京北三环中路 6 号
邮　　编　100120
网　　址　www.bph.com.cn
发　　行　新经典发行有限公司
　　　　　电话（010）68423599
经　　销　新华书店
印　　刷　北京金秋豪印刷有限责任公司
版　　次　2017 年 12 月第 1 版
　　　　　2017 年 12 月第 1 次印刷
开　　本　880 毫米 ×1230 毫米　1/32
印　　张　21.625
字　　数　536 千字
书　　号　ISBN 978-7-5302-1720-7
定　　价　59.80 元
质量监督电话　010-58572393
如有印装质量问题，由本社负责调换。